GAMING THE SYSTEM

\-

ALLES ODER NICHTS

Brenna Aubrey
Übersetzung: Dominik Weselak

SILVER GRIFFON ASSOCIATES
ORANGE, CA, USA

ISBN 978-1-940951-35-5
Silver Griffon Associates
P.O. Box 7383
Orange, CA, USA 92863

*Für die wundervollen nicht-so-kleinen Männer in meinem
Leben. Ihr seid mein Ein und Alles.*

DANKSAGUNGEN

Es gibt so viele Leute, denen ich für die unschätzbare Rolle, die sie gespielt haben, um bei der Entstehung dieses Buches zu helfen, unendliche Dankbarkeit schulde. Meinen ersten Lesern Kate McKinley und Sabrina Darby, die nicht zögerten, mich zu kritisieren, und mich anspornten, die Geschichte besser zu machen. Denen, die mir bei der Recherche-Arbeit halfen: Mia Kayla, Kate Pearce und Mr. Pearce, Mimi Strong und Jennifer Lewis. Meinem Produktionsteam, die diesem Buch den letzten Schliff gaben: Sarah Hansen, Lindee Robinson, Chasity Jenkins-Patrick, Eliza Dee und S.G. Thomas. Danke meiner moralischen Unterstützung: Tessa Dare, Courtney Milan, Carey Baldwin, Leigh Lavalle, Natasha Boyd und die unglaublichen *Chicas* im Fast Draft Club™.

Ein riesiges Danke an alle, die über meine Bücher bloggen, meine Bücher rezensieren und helfen, meine Bücher zu verbreiten. Ich wäre ohne euch nicht in der Lage dazu. Ich bin zutiefst dankbar, dass ihr diese Geschichten und Charaktere ebenso liebt, wie ich das tue. Eure E-Mails, Tweets und Posts auf Facebook und auf meinem Blog bedeuten mir so viel und ich schätze eure liebenswürdigen Gedanken und Worte.

Die letzten Dankesworte gehen an jene, die am meisten opferten, während ich dieses Buch schrieb – meine Familie. Mom, entschuldige bitte die plötzlich ausbleibenden Telefonanrufe und danke für dein Verständnis, als ich unter Termindruck war. Es ist schwierig, eine Fernbeziehung mit denen zu haben, die man so sehr liebt, und sich doch von der Arbeit die Zeit mit ihnen einschränken zu lassen. Danke an meinen wunderbaren, unglaublichen Lebenspartner. Ich habe gewürfelt und eine Natürliche 20 bekommen, als ich dich getroffen habe. Ich liebe dich so sehr, Sweetie. Danke, dass du es mir ermöglichst, meinen Traumjob auszuüben. Und ein riesiges Danke und viele Küsse für meine zwei nicht-so-kleinen Jungs, die in letzter Zeit nicht viel von mir gesehen haben. Ich verspreche Euch, es wird nicht mehr lange dauern, dann werdet ihr Euch wünschen, nicht mehr so viel von mir zu sehen. P.S.: Bitte hört auf, so verflixt schnell größer zu werden! Xoxox

Kapitel Eins
April

„APRIL, WACH AUF. DEIN HINTERN IST IM INTERNET." Sids panische Stimme schnitt durch die Nebelschwaden meines tiefen Schlafs, um mich zu erreichen.

Ich stöhnte und vergrub meinen Kopf unter dem Kissen. Gestern hatte ich meine Mitbewohnerin gebeten sicherzustellen, dass ich heute Morgen rechtzeitig aufwachte, mit welcher Taktik auch immer, abgesehen von Eiswürfeln. Ich hatte keine Ahnung, dass sie auf solchen Unsinn zurückgreifen würde.

„Sid, verschwinde."

Ihre Hand war auf meiner Schulter und schüttelte mich. „Nein, ernsthaft, du musst dir das ansehen."

„Lass mich in Ruhe", murmelte ich. „Ich kann noch fünf Minuten schlafen."

„Nein, kannst du nicht. April, da ist ein Sexvideo von der Comic-Con im Internet und ich bin ziemlich sicher, dass du darin bist."

Ich setzte mich blinzelnd auf und sah immer noch verschwommen. „Was zum *was?*"

Ich hatte dieses Wochenende fast gar keinen Schlaf abbekommen und von all der Reizüberflutung, dem Alkohol und den Ausschweifungen war ich ausgelaugt und an diesem Morgen platt wie ein Pfannkuchen.

Und ich musste *heute* in meiner neuen Position bei Draco Multimedia anfangen.

Meine Augen zogen sich zusammen und schnellten zu meiner Mitbewohnerin. Ich hätte sie bezichtigt, mir einen Streich zu spielen, aber Sid würde nie auf so etwas Ausgefallenes kommen. Noch würde sie *jemals* so frivol das Wort S-E-X benutzen.

„Okay, nochmal von vorne und ganz langsam. Es ist gerade mal Viertel vor Kaffee."

Sid seufzte, offensichtlich frustriert über meine Verwirrung. „Ich war auf Tumblr und bin der Comic-Con gefolgt und dieses Video von zwei Leuten, die Sex haben, poppte immer wieder auf. Ich habe es sofort wieder geschlossen, weil – ihh – wer will das schon sehen? Aber einmal habe ich genauer hingesehen und das Kostüm des Mädchens sah aus wie *mein* Elfen-Kostüm – das, das *du* dir ausgeliehen hattest." Ihre Stimme war schrill, als wäre sie aufgeregt oder in Panik. Zum Wecken fast so effektiv wie Eiswürfel.

Ich schwang einen Fuß aus dem Bett und war immer noch im Halbschlaf, als sie mich mit ihren Worten überflutete. Da war dieses Übelkeitsgefühl in meiner Magengrube und mich beschlich eine Ahnung, dass es nichts mit meinem rauen Wochenende zu tun hatte.

„Bitte sag mir, dass du scherzt."

Mit großen Schritten stolzierte Sid zu ihrem Computer und drehte den Bildschirm so, dass ich ihn sehen konnte. Sie zeigte auf das eingefrorene Bild einer Frau. Ihr Rücken zeigte zur Kamera und sie war von der Taille abwärts nackt und saß auf einem Kerl auf einem Stuhl. Sie hatte ein markantes Tattoo auf ihrem Kreuz, einen grässlichen Totenschädel mit einer Schlange.

Plötzlich erstarrte ich. *Mein Tattoo.* Meine rebellische Phase, die ein paar Jahre zurücklag, starrte mich aus dem Bildschirm an und verspottete mich.

„Also, bist du das nun?"

Ich schluckte. „Ähm."

„Verdammte Scheiße! Apes, es ist *überall*. Es wurde schon hunderte Male rebloggt. Es ist auf Twitter, Facebook, *überall*."

Ich sprang aus dem Bett und mein Kissen und meine Decke fielen auf den Boden und vor meine Füße, sodass ich fast gestolpert wäre. „Neiiiiin!"

Sid wäre die letzte Person, der ich dieses Video gezeigt hätte. Sie war so rein wie frisch gefallener Schnee. Ich war mir fast hundertprozentig sicher, dass sie noch Jungfrau war. Das Mädchen sang – *sang* –, während sie das Haus putzte wie das verdammte Aschenputtel. Und ich wette, dass, wenn ich nicht hinsah, Tiere ihren Besen für sie schwangen.

Im Gegensatz zu Sid hatte ich schon Sex gehabt, auch wenn ich kein Profi darin war. Und das eine Mal, als ich etwas getan hatte, um mich von meiner wilden Seite zu zeigen und zu beweisen, dass ich ein böses Mädchen sein konnte – wie etwa anonym mit einem Kerl rumzumachen und es auf Video aufzunehmen –, tauchte es irgendwie überall auf. Was zum Teufel sollte das?

Mein Körper wurde lebendig, aus Panik und Furcht. Adrenalin schoss durch meine Adern und Übelkeit stülpte meinen Magen um. Das durfte doch nicht wahr sein! Nicht heute! Eigentlich nie, aber definitiv *nicht* heute. Ohne dass ich sie darum gebeten hätte, klickte Sid auf den Play-Button und ich bekam einen uneingeschränkten Blick auf den heißesten Sex, den ich in meinen jungen zweiundzwanzig Jahren gehabt hatte.

Ich stand wie angewurzelt da, als ich das ganze Video ansah. Ich war betrunken gewesen, aber nicht so betrunken, dass ich nicht gewusst hatte, was ich tat. Meine Zurechnungsfähigkeit litt gewaltig, wenn ich trank, wie dieses verrückte Sextape und das zuvor erwähnte Tattoo bewiesen. Mit Tränen in den Augen schwor ich mir, nie wieder einen Tropfen zu trinken ... *nie wieder*. Denn bei dieser Entwicklung würde die Welt das nächste Mal, wenn ich trank, in sich zusammenfallen.

Oder vielleicht nur *meine* Welt.

Ich drückte die Handballen gegen meine Schläfen und meine Finger gruben sich in mein Haar.

„Erde an April ... hat jemand das Video aus Rache ins Internet gestellt oder so? Was ist los?“

Ich atmete zitternd ein und war nicht in der Lage zu glauben, was geschah. „Oh Gott. Oh Gott. *Oh Gott*. Das ist ein Alptraum.“

„Hattest du Sex auf der Comic-Con, April?“

Ich drehte mich um und schenkte ihr den besten „Ähm, ja“-Gesichtsausdruck, den ich aufbringen konnte. Ihr Mund formte ein „O“ und ihre Augenbrauen hoben sich. Sie schniefte missbilligend und rückte ihr schweres schwarzes Brillengestell zurecht. „Ähm, wer war es?“

Scheiße, meine Antwort würde alles nur noch schlimmer machen. Mein Kopf suchte nach einem Bezugspunkt. „Ähm ... äh.“ *Denk schneller. Lass dir etwas einfallen, verdammt!* „Es war ... er –“

„Du weißt es nicht, oder?“

Oh Gott, ich war das schlimmste „böse Mädchen", das es gab. Ich schluckte Galle, als ich wild mit den Händen in Richtung Computer wedelte. „Lösch das!" Sie war schließlich der Nerd. Sie verbrachte *Stunden* vor dem Computer. Sie musste wissen, wie man das verschwinden ließ.

Sid runzelte die Stirn. „Das kann ich nicht."

Jetzt kochte die Übelkeit in mir hoch. Sid würde nicht lügen, nur um mir eine Lektion zu erteilen. „Was ... warum? Warum zum Teufel kannst du das nicht?"

„Weil das nicht mein Account ist. Es wurde von jemand anderem hochgeladen und mit dem #ComicCon getagged. Ich bin dem Tag gefolgt, da ich, im Gegensatz zu dir strippendem Nicht-Nerd, keine Chance hatte, dorthin zu gehen. Und das ist gut so, denn es scheint ein Sündenpfuhl zu sein!"

Von jemand anderem hochgeladen? Wie zum Teufel war das passiert? Hatte ich es versehentlich in die Cloud hochgeladen? Was zum Teufel war „die Cloud" überhaupt und wie funktionierte sie? Hatte mich jemand gehackt, wie diese armen Schauspielerinnen, deren Nacktbilder im Internet verbreitet wurden?

Ich war kurz davor zu kotzen. Mein halbverdautes Essen überall zu verteilen.

„Habe ich ... habe ich das von meinem Handy hochgeladen?"

„Also ist es *dein* Video? April! Warum filmst du dich beim Sex mit einem Fremden? Und wieso weißt du nicht, wer er ist?"

„Er war als dieser Kopfgeldjäger aus dem Spiel verkleidet –"

„Falco."

„Ja – irgendwie so. Egal, er hatte diese Rüstung an und den Helm. Und ... und ..." Mein Magen rumorte. „Oh verdammt, ich muss kotzen."

„Zu viel Alkohol, April!", rief Sid mir nach, als ich schnurstracks zur Toilette eilte.

Vage Erinnerungen kamen zurück. Es war der letzte Abend der Comic-Con gewesen, vor lediglich zwei Tagen. Selbst in meinem angetrunkenen Zustand erinnerte ich mich, dass der Sex unglaublich war. Heißes Atmen, Schweiß unter meinem Elfenkostüm, das Gefühl begabter Hände, die unter meine Kleidung glitten und meine Hüften so fest drückten, dass ich noch am Tag danach wund war. Er hatte nur im Flüsterton gesprochen und das hatte alles nur noch heißer gemacht.

Diese lustvolle Begegnung, zusammen mit dem Alkohol, hatte mir geholfen, eine Zeit lang alles andere zu vergessen. Vor dieser Nacht war es mir wegen der schrecklichen Nachrichten, die ich am Tag zuvor erhalten hatte, die ganze Zeit mies gegangen. Ich blinzelte gegen die Stiche in meinen Augen an und schob diese Gedanken weg.

Verdammt. Ich hielt meinen Bauch und wartete, aber nichts kam hoch. Stattdessen verkrampften sich meine Innereien noch mehr. Es war mein erster Arbeitstag als Assistentin im Büro des Finanzchefs und den sollte ich unter diesen Umständen beginnen? Was, wenn die Leute in der Arbeit das Video gesehen hatten? Was, wenn die, die mein Kostüm erkannten, herausbekamen, dass ich es war? Die Fragen wirbelten in meinem Kopf umher und machten mich schwindelig. Wie sollte ich mich heute nur konzentrieren?

Ich taumelte zum Waschbecken, um mir kaltes Wasser ins Gesicht zu spritzen und eisige Tropfen liefen meine Schläfen entlang über meinen Hals hinab in mein Nachthemd. Dann konfrontierte ich mich mit meinem eigenen Ich im Spiegel und untersuchte die Flecken auf meiner blassen Haut, zusammen mit den neu hinzugekommenen dunklen Ringen unter meinen blauen Augen. Über den Augen waren perfekt geschwungene Augenbrauen, dank meines Makeovers vor der Convention. Ich kämmte durch mein dunkelbraunes Haar. Ich sah aus wie der Tod. Und fühlte mich noch schlimmer. Wie bin ich nur in dieses Schlamassel geraten?

Oh ja, ich hatte mich betrunken, um die Demütigung zu ertränken, und das hatte meine sowieso schon geringe Zurechnungsfähigkeit beeinflusst – *erneut*. Alkohol und April passten definitiv nicht zusammen und waren eine gefährliche Kombination. Sie führten zu hässlichen Tattoos, anonymem Sex mit einem behelmten Mann, der einen lächerlich großen Penis und die härtesten Bauchmuskeln hatte, die ich je an meinem Körper gespürt hatte.

Ich war wegen meines Jobs auf der Comic-Con gewesen und er war ein *Dragon Epoch*-liebender Nerd gewesen, den ich mir geschnappt hatte, weil das etwas war, was die *nette, langweilige, gutmütige kleine* April nie tun würde. Sie würde sich nie irgendeinen kostümierten Fremden suchen und sich von ihm das Hirn rausvögeln lassen. Aber die betrunkene April war kein *nettes Mädchen*.

Ich war unter Einfluss von Alkohol offensichtlich eine weibliche Version von Dr. Jekyll und Mr. Hyde.

Zehn Minuten später, nachdem ich unter die Dusche gesprungen war und mich abgetrocknet hatte, ging ich wieder in unser Schlafzimmer. Sid saß immer noch an ihrem Computer und starrte mit offenem Mund auf den Monitor.

„Ähm", murmelte sie, als ich neben ihr anhielt. Sie sah sich das gottverdammte Ding noch einmal an.

„Schalt es aus. Das ist unheimlich, wenn du es dir wieder und wieder ansiehst."

„Das ist nicht das Video – das ist ein gif, das jemand aus dem Video gemacht hat."

Ich beugte mich vor und starrte auf das animierte gif meines Beckens, das über den muskulösen Beinen des Kerls kreiste, während er seine Finger in meine Hüften grub – in Dauerschleife. Eine Hitzewelle fuhr durch mich, als ich mich daran erinnerte, wie wahnsinnig es sich angefühlt hatte. Meine Erinnerung an das Vergnügen verpuffte aber in der Sekunde, als Buchstaben über uns auftauchten, die sagten: „Das Paarungsverhalten von Cosplay-Nerds."

Scheiße ... das wurde schlimmer und schlimmer.

Ich richtete mich auf. „Schließ das verdammte Ding oder ich werde dir einen Trojaner-Virus auf deinen Computer aufspielen!"

Sid warf mir einen mitleidigen Blick zu, als ich mich umdrehte und zu meinem Schrank ging. „Es heißt Trojaner *oder* Virus – nicht beides."

„Wie auch immer. Jetzt sag mir bitte, dass du eine Idee hast, wie man das Ding aus dem Internet bekommt."

„Wie zur Hölle soll ich das machen?"

Ich erstarrte mit der Hand auf meinem Business-Rock und dem dazu passenden Pullover. „Du meinst, du kannst das nicht?"

„April, das Ding hat sich rasend schnell verbreitet. Es gibt Memes, gifs. Es ist überall in den Sozialen Medien. Hast du nicht zugehört? Es ist *überall*. Es gibt keine Möglichkeit, es aus dem Internet zu bekommen."

Ich sank, immer noch in mein Badetuch gewickelt, auf mein Bett. Mein Magen machte einen Hechtsprung in Richtung meiner Knöchel. Ich rieb meine Stirn und versuchte, die nahenden Kopfschmerzen abzuwenden. „Scheiße."

Sid drehte sich auf ihrem Schreibtischstuhl zu mir herum. Sie war zierlich und süß wie eine Maus, mit olivfarbener Haut, dunklem Haar und Augen wie poliertes Onyx, eingefasst von einer dunklen Brille, die ihr Gesicht überschattete. Sie verschränkte die Arme vor ihrer bescheidenen Brust und zog eine dicke dunkle Augenbraue hoch.

„Du weißt, dass es wirklich nicht *so* schlimm ist. Niemand weiß, dass du das bist. Du bist als Prinzessin Alloreah'la von Dragon Epoch verkleidet – violette Perücke, spitze Ohren, eine dicke Schicht Glitzer-Make-up. Ich bezweifle, dass der Kerl, den du ... ähm ... *du weißt schon* ... überhaupt weiß, wer du bist. Und er hat einen Helm auf und du trägst den Großteil deiner Kleidung – außer an deinem Hintern. Also sind die Chancen, dass euch jemand erkennt, wirklich klein."

„Naja ... Gott sei Dank. Aber trotzdem ..."

Mit einem Bein schob ich einen Stapel Wirtschaftslehrbücher – meine neueste Passion – aus dem Weg, legte das Outfit auf mein Bett und ging zur Kommode. Es war zu bezweifeln, dass meine Freunde, die von meinem doofen Tattoo wussten, dem #ComicCon Tag in den Sozialen Medien folgen würden. Ich war vielleicht ein „Bücherwurm" und „langweilig", aber ich war kein Videospiele-Nerd. Und ich sorgte für gewöhnlich dafür, dass mein Tattoo bedeckt war. Ich wartete noch auf den richtigen Zeitpunkt, um das hässliche Ding weglasern zu lassen.

Der größte Fehler meines Lebens ...

Okay, der *zweitgrößte* Fehler meines Lebens. Ich seufzte.

„Also ... wie lange dauert es, bis der ganze Trubel sich in Luft auflöst?", fragte ich und beugte mich vor, um mir einen frischen Slip und einen neuen BH zu schnappen. Ich hielt den Slip hoch – dunkelblaue Spitze – und entschied mich dagegen. Ich legte ihn in die Schublade zurück und zog einen Tanga heraus. Unter dem Rock würde der Slip sich zu sehr abzeichnen. Seltsam, wie sehr mein Kopf trotz der Panik arbeitete und eine Art von Normalität suchte, indem er jedes Kleidungstück genau abschätzte. Aber ich wusste, dass ich diese Cosplay-Demütigung irgendwie hinter mir lassen musste. Gegen jedes bessere Wissen hoffte ich, dass sich das alles bald in Luft auflösen würde.

Scalett O'Hara sagte immer: „Morgen ist auch noch ein Tag", aber für mich würde „morgen" in dreißig Minuten beginnen. Ich musste mich zusammenreißen oder zumindest so tun. Dazu befördert zu werden, für einen leitenden Angestellten in der Firma zu arbeiten, war eine riesige Ehre für eine Praktikantin. Ich brauchte seine Empfehlung, um in die Business School zu kommen und ich würde das nicht vermasseln. Nicht jetzt. Dafür hatte ich viel zu lange hart gearbeitet.

„Nie. Wieder. Alkohol", sagte ich mir laut vor, als ich mich aufs Bett setzte und meine Kleidung anzog.

Sid grunzte von ihrem Computer herüber. „Das habe ich schon oft gehört."

Ich streckte ihr die Zunge heraus, aber da sie mit dem Rücken zu mir saß, konnte sie es nicht sehen.

„Wer weiß, was für Geschlechtskrankheiten du dir bei dieser Eskapade eingefangen hast?"

Ich schnitt eine Grimasse. „Er hatte ein Kondom drüber, Idiotin."

„Oh, dann ist es ja gut. Ich denke, das lässt das alles in Ordnung gehen.“

„Sid, bitte“, flehte ich und zog meine Stiefel an.

Sie drehte sich wieder in ihrem Stuhl um, legte die Hände an ihre Hüften und nahm diesen mütterlichen Tonfall an, den sie so gerne benutzte. „April ... bitte erklär mir das genau, weil ich wirklich verwirrt bin. So etwas zu tun ist rein gar nicht deine Art. Haben Aliens an deinem Gehirn herumgedoktert? Denn du weißt schon, Comic-Con wäre wirklich der Ort für so etwas.“

Ich atmete tief durch und lehnte mich gegen die Wand. „Meine Mom hat mich angerufen, als ich dort war.“

„Oh verdammt. Und was wollte die böse Hexe der Westküste?“

Ich biss die Zähne zusammen und kämpfte gegen das erneute Gefühl von Schmerz an. „Sie rief mich eigentlich aus Las Vegas an. Sie hat geheiratet. *Erneut.*“

Sids Augen weiteten sich. „Oh, heilige Scheiße. Zum vierten Mal? Du hattest kaum Gelegenheit, ihren letzten Ehemann kennenzulernen, bevor es schon wieder vorbei war ...“ Dann schien sie sich an ein wichtiges Detail zu erinnern – Gott sei Dank, denn ich hatte nicht den Wunsch, es für sie zu buchstabieren. „Oh nein ... bitte sage mir nicht ... sie hat doch nicht ...“

„Sie und Gunnar sind jetzt Mann und Frau“, würgte ich heraus. „Ist das nicht *süß?*“

Sids Gesicht spiegelte reines Mitgefühl wider. Es hätte mich wahnsinnig wütend gemacht, wenn mir irgendjemand anderes als sie diesen Blick zugeworfen hätte.

Ja, ich war *diese* Verliererin. Die, deren Exfreund meine Mutter heiratete – dieselbe Mutter, die nicht einmal genug

Verstand hatte, um zu realisieren, dass sie damit vielleicht meine Gefühle verletzen könnte. Aber selbst wenn sie es kapiert hätte, wäre es ihr egal gewesen.

Der Begriff „Mutter" konnte ihr nur auf absolut wissenschaftlicher Basis zugeschrieben werden, auf die Weise, dass sie mich neun Monate ausgetragen und mich dann geboren hatte. Jennifer Alden hatte seit jenem Tag wohl keinen Gedanken mehr an mich verschwendet.

„Es tut mir leid, Apes. Er ist so ein – so ein –"

„Schwanzlutscher?"

„Schlechter Mensch! Ich hasse ihn. Und deine Mom ist auch scheiße."

Ich zog eine Augenbraue hoch. Meine süße Sid war *sehr* angepisst, wenn sie eine so vulgäre Sprache benutzte. Oder vielleicht war es mein schlechter Einfluss gewesen. April Weiss, das schlimmste „böse Mädchen", das es gab, korrumpierte nun den reinsten und süßesten Menschen, den sie je getroffen hatte ... ich blinzelte, plötzlich überwältigt, und in meinen Augen spürte ich erneut ein Stechen.

Ihr Kopf neigte sich. „Oh, Apes. Bitte nicht weinen. Wenn ich gewalttätig wäre, wäre sie jetzt in Schwierigkeiten. Ich habe es immer gehasst, wie sie dich benutzt hat. Wie wenn sie dich auf Einkaufstouren mitgenommen und dich gezwungen hat, die Rechnung zu bezahlen. Sie ist so abartig."

Ich zwang mich, die unvergossenen Tränen zu verdrängen und fing an, alles Wichtige in meine neue *Kate Spade*-Tasche zu packen – meinen Laptop, Handy, Geldbörse und natürlich meinen E-Reader für die Pause.

Sid sah mich besorgt an. Ich konnte das Gewicht ihres Blickes spüren. Als ich mich aufrichtete, trafen meine Augen auf ihre.

Sie sprach mit sanfter, mitfühlender Stimme. „Also, nachdem sie dich angerufen hat ... bist du zur Bar gegangen, hast dich vernichtet und dir Falco den Kopfgeldjäger aufgerissen?"

„Nicht ... genau."

Sie zog eine Augenbraue hoch und ermutigte mich wortlos, mit der ganzen schmutzigen Geschichte fortzufahren. Ich dachte, dass es das Beste wäre, jetzt alles herauszulassen. Wie wenn man ein Pflaster abreißt – den ganzen Schmerz auf einmal kommen lassen. Ich seufzte kapitulierend. „Ich war in der Bar und habe einen Vodka Gimlet nach dem anderen getrunken und die anderen Praktikantinnen wollten wissen, was los war."

„Die *anderen Praktikantinnen* bedeutet Königin Gemein?" Wir wechselten einen Blick. Sid hatte Cari einmal getroffen und sie waren *nicht* miteinander ausgekommen. Das war verständlich. Cari war gewöhnungsbedürftig. Und viele gewöhnten sich einfach nicht an sie. Sid fuhr fort: „Sie ist gemein. Ich weiß nicht, warum du mit ihr rumhängst."

„Ich habe es dir gesagt, aus Überlebensinstinkt. Sie ist die Art Person, die ich lieber auf meiner Seite hätte als gegen mich. Außerdem ... denke ich, dass viel davon mit ihren eigenen Problemen zusammenhängt. Sie tut mir leid, da ihr Zwillingsbruder getötet wurde. Es ist so schrecklich."

Sid nickte. „Niemand verdient das, da stimme ich zu. Aber manchmal verstehe ich nicht, warum du ihr Benehmen tolerierst."

Ich wandte meinen Blick ab und Hitze stieg in meine Wangen. Die Hälfte der Zeit war ich nicht stolz darauf, wie ich mich benahm, wenn ich mit Cari zusammen war. Ich hatte Dinge getan, von denen ich mir wünschte, ich hätte sie nicht getan. Dinge, die ich gerne wiedergutmachen würde. Das war eines dieser Male.

„Egal, mit all dem Alkohol in mir habe ich Cari erzählt, warum ich verärgert war und sie hat mich getröstet und sogar gesagt, dass Gunnar mich nicht verdient hat. Dann sagte sie, dass ich einfach etwas zu tugendhaft war und deshalb keinen Mann festhalten konnte."

„Das ist nicht trösten, das ist eine Herausforderung. Und ich vermute, dass du in deinem betrunkenen Zustand dachtest, dass es eine gute Idee wäre, hinauszugehen und der Welt zu beweisen, dass du nicht so tugendhaft bist?"

Ihre überaus genaue Einschätzung der Situation zeigte mir, wie gut sie mich kannte. Obwohl wir auf unterschiedlichen Schulen waren, waren wir während unserer gesamten High-School-Jahre Freunde gewesen und hatten auch die ganzen vier Jahre am College zusammengewohnt.

Sid war an der High School eine Art Einzelgängerin gewesen. Sie hatte einen kleinen Freundeskreis, aber der wurde oft gehänselt. *Ich* dagegen war ein soziales Chamäleon, das es drauf hatte, so zu wirken, als würde es dazugehören, auch wenn es nicht wirklich dazugehörte. Das hatte ich schon in sehr jungen Jahren gelernt – ein Kind, das nie wirklich irgendwo hineinpasste, brauchte eine besondere Fähigkeit, um zu überleben. Aber es stellte sich heraus, dass Hineinpassen oft bedeutete, dass ich mir selbst nicht treu war.

„Ja, sie hat mich gereizt. Und ja, es war wahrscheinlich mit Absicht, aber ich habe mich sowieso schon schlecht gefühlt und da war dieser heiße Kerl an der Bar, in einem tollen Kostüm mit Helm."

„Woher wusstest du, dass er heiß war?"

Ich rieb meine Stirn. „Er hätte ein Affengesicht unter dem Helm haben können, ich weiß nicht. Aber sein Körper war echt heiß. Er war groß und muskulös."

„Habt ihr viel geredet?"

Ich zuckte mit den Schultern und versuchte die Panik zu verscheuchen und die Geschehnisse der Nacht auf rationale Weise durchzugehen. Erneut erlebte ich das aufregende Gefühl, mit ihm zu reden und zu planen, was als Nächstes passieren würde – anonymer Sex, gar nicht meine Art und so gefährlich. Ich hatte gegen Caris Worte rebelliert, denn sie hatten so nach den Worten meiner Mutter vor sechs Monaten geklungen. *Ich hoffe, dass meine Beziehung zu Gunnar nicht seltsam für dich ist ... wir haben nur Spaß. Wenn jemand weiß, wie man einem Kerl eine gute Zeit verschafft, dann deine MILF-Mama.* Mehr Galle brannte in meiner Kehle, als ich mich an die Demütigung durch ihre Worte erinnerte, daran, wie ich meine Tränen zurückgehalten hatte, bis sie aufgelegt hatte.

„Ein wenig. Wir haben über Drinks gesprochen. Ich bin ganz albern geworden und dann habe ich ihn in mein Zimmer eingeladen."

„Warum?"

Ich verdrehte die Augen. „Um Charade zu spielen. Warum wohl?"

„April ..."

Ich verzog das Gesicht. „Ich hatte schon lange keinen Sex mehr gehabt. Eine Frau hat ihre Bedürfnisse. Bitte verurteile mich nicht oder ich werde dir nicht sagen, was passiert ist."

„Naja, da du die Hauptdarstellerin warst, kann ich mir sehr genau vorstellen, was passiert ist. Was ich nicht verstehe ist, warum du es aufgenommen hast."

Seufzend sammelte ich meine dreckige Kleidung vom Boden auf und warf sie in meinen Wäschekorb. „Weil ich in meinem betrunkenen Zustand ganz geil und heiß auf den Körper dieses Kerls war. Und ... ich war *aufgeregt*, weißt du? Ich hatte so etwas noch nie zuvor gemacht. Also dachte ich, was könnte diese Begegnung *noch* aufregender machen? Und dann ist es mir einfach in den Sinn geschossen. Ich stellte mein Handy hin und drückte auf Aufnehmen. Dann habe ich mich auf ihn auf seinen Stuhl geworfen."

„Du hast alles aufgenommen? Denn das Video ist nur fünf Minuten lang und selbst ich weiß, dass ... naja, dass das länger gedauert haben muss."

„Er sagte etwas, dass er mich aufs Bett legen wollte. Ich bin aufgestanden und habe das Handy ausgeschaltet."

„Und wie zum Teufel weißt du nicht, wer er ist? Hat er seinen Helm nie abgenommen?"

„Er wollte ihn abnehmen, aber ich sagte ihm, er solle es nicht tun. Ich wollte nicht wissen, wer er ist. So war es aufregender. Dann ... als wir uns zum Bett bewegten, legte er mich mit dem Gesicht nach unten darauf, schaltete das Licht aus und nahm den Helm ab. Ich habe nicht hingesehen oder versucht, etwas zu erkennen. Das ist ja der Sinn von anonymem Sex."

Ihre Augen leuchteten verärgert. „Ähm. Wenn du das sagst. War es so ... aufregender?"

Hitze stieg in mein Gesicht, als ich mich an sein Gewicht erinnerte, an seine Hände und seinen Mund auf meinem Kreuz, an das Gefühl, als er in mich eindrang. „Das war es."

„Denkst du, er wusste, wer du bist?"

Gott, ich hoffte nicht. Er wäre noch jemand, mit dem ich mich wegen des Videos auseinandersetzen müsste. Aber es war unmöglich ...

„Ich habe die violette Perücke getragen und mein Gesicht war ganz mit dem Glitzer-Make-up bedeckt, das du mir gegeben hast. Ich bin ziemlich sicher, dass er mich nicht wiedererkennen würde."

„Und er weiß, dass du es aufgenommen hast, oder?"

Mein Magen drehte sich um und ich starrte sie an, widerwillig, es zuzugeben. „Ähhhm ..."

Die Gesichtszüge entgleisten ihr. „Verdammt, April. Du hast ein Sexvideo gemacht und dem Kerl nichts davon gesagt?"

Ich lege meinen Kopf in meine Hände, hauptsächlich, um ihrem prüfenden Blick zu entgehen. „Ich habe dir gesagt, dass mein Urteilsvermögen scheiße ist. Aber ich schwöre bei Gott, dass das niemand sehen sollte. Es war nur ein Anfall von Schwärmerei, wie wenn man nach einem genialen Urlaub irgendein dummes Souvenir kauft. Ich hatte vor, es später zu löschen."

Sie presste ihre Lippen zusammen, wie eine missbilligende Großmutter. „Dafür ist es zu spät."

Ich richtete mich auf und sah sie an. „Hast du eine Idee, wie wir den Schaden eindämmen können?"

„Die gemeinen Mädchen haben gesehen, wie du Falco abgeschleppt hast, oder?"

Ich blinzelte und erinnerte mich verschwommen daran, dass wir an ihrem Tisch vorbeigegangen waren. Ich hatte Falcos Hand gehalten und ihnen zugewunken. „Ja ... wenn sie das Video sehen, werden sie wissen, dass ich das bin. Aber ich denke, sie werden mich decken."

Sie waren meine Freundinnen ... zumindest nach außen hin. Ich konnte mich darauf verlassen, dass sie meine Identität geheim hielten, oder?

Sid stand auf, setzte sich neben mich aufs Bett und legte einen Arm um meine Schultern. Ich schaute sie an und meine Kehle fühlte sich trocken an. Was zum Teufel war los?

„Du musst aufhören, dich wegen ihr so fertig zu machen." Ich wusste, dass sie meine Mutter meinte und *nicht* Cari. „Und Gunnar –"

„Gunnar kann mich mal. Ich hoffe, dass ich ihn nie wieder sehe."

„Aber das musst du jetzt wahrscheinlich. Thanksgiving, Weihnachten, Chanukka – oder feierst du das mit deinem Dad?" Angesichts der Wahlmöglichkeiten würde ich alles am liebsten alleine machen. Ich starrte auf meinen Schoß und fühlte mich so verlassen. Ihr Arm legte sich enger um mich. „Gunnar ist *nichts* für dich – nur eine kurze, vergangene Geschichte. Du warst nur wie lange mit ihm zusammen? Ein paar Monate?"

„Ein Jahr." Ich hatte ihn am Ende meines zweiten Studienjahrs kennengelernt und wir waren das ganze darauffolgende Jahr zusammen. Meine Schwesternschaft und seine Bruderschaft waren eng verbunden und alle waren der Meinung, wir wären ein süßes Paar ...

Sie machte eine schneidende Geste. „Okay, egal. Du warst ja nicht einmal wirklich völlig in ihn verliebt."

„Habe ich – habe ich dir je erzählt, was er mir gesagt hat, als ich mit ihm schlussgemacht habe? Dass ich ein kleiner langweiliger Bücherwurm bin und viel zu durchschnittlich im Bett. Arschloch."

Sie atmete tief ein und langsam wieder aus, wahrscheinlich um etwas zu finden, mit dem sie mich trösten könnte. „Er hat wahrscheinlich nur seine eigene Unsicherheit überspielt. Deine Mutter ist hier die schlimmste Verbrecherin. Sie hätte wissen sollen –"

„Sie interessiert sich nicht für die Gefühle von anderen, nur für ihre eigenen. Selbst wenn ich etwas gesagt hätte, was ich nicht habe, würde sie sich einreden, dass ich absolut einverstanden mit ihrer neuesten Ehe bin." Und ich wusste, dass sie *mich*, hätte ich etwas gesagt, nur als Egoistin bezeichnet hätte, die sich in ihr Glück einmischte. „Ich bin so ein Feigling", stöhnte ich.

„Du versuchst, den Frieden zu wahren, April. Das ist normal, wenn man deine Familiensituation bedenkt. Du bist ein Scheidungskind. Du wolltest nie Ärger machen, da du dachtest, ihre Liebe wäre an Bedingungen geknüpft."

„Die *Liebe* meiner Mutter ist an Bedingungen geknüpft. Und Dad ist einfach ... nie da. Gott sei Dank habe ich eine Freundin wie dich." Mein Mund verkrampfte sich und ich lehnte meinen Kopf gegen ihre Schulter. „Du bist die Beste. Ich liebe dich."

„Ich liebe dich auch, Hühnerpopo."

„Hör auf, mich so zu nennen."

„Niemals."

Ich strich ein paar Fussel von meinem Rock. Ich musste aufstehen, Make-up auftragen und mich auf den Weg machen, aber ich fühlte mich gerade wirklich demotiviert.

Sid verzog ihren Mund, als hätte sie in eine Zitrone gebissen. „Also ... das macht Gunnar jetzt zu deinem Stiefvater."

Dieser schlechte Geschmack in meinem Mund war zurück. Unser Freundinnen-Moment war vorbei. „Halt die Klappe, Sid."

Sie zitterte.

Ich lehnte mich vor, legte mein Gesicht in meine Hände und stützte meine Ellbogen auf meinen Knien ab. „Gott … ich muss mich zusammenreißen. Ich muss heute meine neue Stelle bei Draco antreten.“

„Das ist heute? Oh, scheiße! Könnte das Timing noch schlechter sein?“

„Nicht wirklich“, murmelte ich in meine Hände. Für den Finanzchef zu arbeiten, war mein Traumjob. Eine gute Beurteilung von ihm könnte mich in jede Uni bringen, die ich besuchen möchte. Harvard … Stanford … oder meine erste Wahl, UCLA. „Ich denke nicht, dass ich an etwas anderes als das denken kann …“

„Warum konzentrierst du dich nicht darauf, wie eifersüchtig ich auf dich bin, weil du bei der Firma arbeitest, die mein Lieblingsspiel produziert.“ Sie war durch und durch Gamerin und hatte tagelang nicht aufgehört zu reden, als ich vor ein paar Monaten eine Tour über den Campus für sie organisiert hatte. Sie spielte ständig Dragon Epoch und hielt mich über das Spiel stets auf dem Laufenden, obwohl ich nie wirklich viel gemacht hatte, außer kurz in die Spielwelt einzutauchen. Meine Interessen lagen anderswo.

„Du kannst deinen Joystick behalten. Ich habe meine Bücher.“

Sid lachte. „Dummchen. Dragon Epoch spielt man nicht mit einem Joystick!“

„Ja, ja. Was auch immer. Ich muss los. Bitte, wenn du einen Weg findest, etwas deswegen zu machen …?“

„Ich habe keine Ahnung, wie es hochgeladen werden konnte, außer du hast es in die Cloud synchronisiert und jemand hat dich gehackt.“

Ich seufzte und fragte mich, ob ich auf den Share-Button gekommen war, als ich es das eine Mal für mich abgespielt hatte. Jetzt, wo es draußen war, breitete es sich wie ein Buschfeuer aus. Mein Magen verkrampfte sich wieder vor Übelkeit. Würg.

Vermutlich war es egal, wie es geschehen war, denn das *Warum* war ganz allein meine eigene Dummheit. Abgesehen davon, dass ich dem Alkohol entsagen würde, fügte ich auch „ein idiotensicheres Handy anschaffen" auf meine Liste der Dinge, die ich tun wollte, um Buße zu tun. Keine Videos mehr. Keine Kameras. Und keine Sozialen Medien. Nie mehr.

Ich stand auf und ging ins Badezimmer, um mich zu schminken.

***

Ich bog gute fünfundvierzig Minuten zu früh auf den Parkplatz bei Draco Multimedia Entertainment. Die beste Möglichkeit, Enthusiasmus für einen neuen Job zu zeigen, war früh aufzutauchen, zu lächeln und eifrig zu arbeiten. Und je schwerer ich heute arbeitete, umso einfacher könnte ich die negativen, panischen Gedanken von heute Morgen aus meinem Kopf drängen. Sie nagten an mir und schwirrten wie Mücken bei Sonnenuntergang in meinem Kopf herum. Und egal wie sehr ich versuchte, sie zu verscheuchen, sie kamen zurück, um mich noch mehr aufzuregen.

Ich arbeitete seit sechs Monaten als unbezahlte Praktikantin bei Draco, aber hatte vor Kurzem eine Möglichkeit für eine Beförderung bekommen – wahrscheinlich dank meiner harten Arbeit im Marketing. Und diese Position war erstklassig. Gerüchten zufolge würde die Firma bald an die Börse gehen, also würde ich im Büro des Finanzchefs einen großen Einblick in die Prozesse bekommen. Dies in meinem Lebenslauf angeben zu können, würde die Business Schools dazu bringen, sich vor mir zu verneigen und mich anzuflehen, mich bei ihnen einzuschreiben.

Draco befand sich in einem einzigartigen, burgartigen Glasgebäude, das ganz aus verspiegelten Fenstern bestand. Mir gefiel das Design, da es die Mission der Firma widerspiegelte – eine vollständige Fantasiewelt als Kulisse für ihr Spiel bereitzustellen. Drinnen war es hell und geräumig, mit hohen Decken und einem offenen Grundriss, der nach Abteilungen aufgeteilt war. Nachdem ich das Foyer betreten hatte, das mit kunstvollen Ausstellungsstücken der Spiele, die Draco produzierte, geschmückt war, ging ich durch meine alte Abteilung. Nur eine Handvoll Marketing-Mitarbeiter war zu dieser Stunde anwesend. Es war niemand da, den ich wirklich kannte, und vor allem keine anderen Praktikanten, die für gewöhnlich erst ein paar Minuten vor Arbeitsbeginn durch die Vordertür schlichen.

Ich schüttelte meinen Kopf bei dem Gedanken. Sie waren alle sehr gutherzig, aber sichtlich neidisch auf meine Beförderung. Es fühlte sich gut an, das Objekt ihrer Bewunderung zu sein.

Normalerweise war ich es, die so sehr versuchte dazuzugehören, dass ich alles mitmachte, was die Herde tat. Was vor allem Cari, die selbsternannte Anführerin unsere Gruppe, tat. Glücklicherweise war sie nett zu mir, wahrscheinlich, weil mein Daddy reicher war als iher.

Nicht dass mir das etwas bedeutete. Ich hätte einen weniger reichen Vater bevorzugt, der dafür mehr Zeit mit mir verbracht und mich nicht an meine narzisstische Mutter abgeschoben hätte. Aber Menschen wie Cari war diese Sache wichtig, also war ich drinnen.

Der Trick lag ganz darin, so auszusehen, als würde man dazugehören, denn ich war nie wirklich irgendwo „drinnen". Ein soziales Chamäleon, das sich stets anpasste, um mit der Umgebung zu verschmelzen. Das war ich. Aber Chamäleons hatten einen riesigen Makel – sie stachen nicht hervor. Und in der Geschäftswelt, besonders in dieser neuen Position, würde ich genau das tun müssen. Mir einen Namen machen, damit ich diese begehrte Empfehlung bekommen würde.

Ich schob mich durch die Doppeltür, die in das große Atrium vor den Büros der Führungsebene der Firma führte. Auch hier war es ruhig, bis auf einen anderen Praktikanten – den nerdigen Kerl, der als Assistent für den Chef der Firma, das ultragut aussehende Genie, Adam Drake, arbeitete. Adam war wie mein Boss und die meisten der anderen Führungskräfte der Firma jung, ehrgeizig und mega-erfolgreich. Schon in meinem Alter leitete er seine eigene Startup-Firma, die innerhalb von vier Jahren zu einem Multimillionen-Dollar-Geschäft wurde. Von seinen Leistungen zu hören, brachte mich oft dazu, mich wie ein Faulpelz zu fühlen.

„Hey, Charlie", sagte ich und stoppte an seinem Schreibtisch.

„Ähm, eigentlich ist es Charles", korrigierte er mich und richtete seine schwarze Hipsterbrille auf seiner Nase zurecht.

„Oh, sorry. Ich denke, dass ich dich monatelang beim falschen Namen genannt habe."

Er zuckte mit den Schultern und ließ seinen Blick langsam über meine Brust wandern. Ich verschränkte die Arme, um meine Brüste zu verdecken. Der Gedanke, in dem Video für alle entblößt gewesen zu sein, erschütterte mich bis ins Innerste.

Jedes Mal, wenn es drohte hochzukommen, musste ich meinen Kopf senken und mich auf das *Jetzt* konzentrieren. Das war fast unmöglich.

Charles erinnerte sich endlich, wo meine Augen waren. „Das passiert. Aber ich dachte, da du jetzt hier oben arbeitest, sollte ich dich korrigieren."

Ich blickte in Richtung des Büros des Finanzchefs. „Ist, ähm, Mr. Fawkes schon da?"

Jordan Fawkes, mein neuer Boss, war sogar noch jünger als Adam und zusammen hatten sie die Firma gegründet. Es war seltsam, dass ich nicht so eingeschüchtert von ihnen wäre, wenn sie älter gewesen wären, wahrscheinlich da ihr riesiger Erfolg mich an meine eigenen Unzulänglichkeiten erinnerte.

Charles lächelte herablassend. „Erstens, keiner von der Führungsriege will gesiezt werden. Hier geht es sehr locker zu. Und es herrscht ein legerer Business Dresscode", sagte er, als er auf meine *Pencil Skirt und Pullover*-Kombination blickte.

Ich verlagerte mein Gewicht und schob mein langes Haar hinter meine Schulter. „Es ist der erste Tag. So etwas wie einen *zu* guten Eindruck machen gibt es nicht", sagte ich, einen meiner allgegenwärtigen Aphorismen murmelnd. Ich hängte Zitate und Binsenweisheiten aus meinen Büchern auf meine Pinnwände und klebte Post-Its an meinen Computer und meinen Badezimmerspiegel. Sie halfen. Sie waren wie Wegweiser. Meine Bücher waren die Mentoren, die ich in meinen Eltern nie hatte.

„Egal, Jordan kommt normalerweise sehr früh, aber da es der Montag nach der Comic-Con ist, tust du dir einen Gefallen, wenn du ihn bis Mittag meidest. Er wird dich wahrscheinlich losschicken, um ihm Mittagessen zu holen. Ich habe seine übliche Subway-Bestellung zur Hand."

Ich versuchte, nicht finster dreinzuschauen. Natürlich sagte ich nichts, da ich wusste, dass es in Situationen wie dieser besser war, keine Verärgerung oder andere negative Emotion zu zeigen. *Nicken und lächeln.*

Aber Essensbesorgungen? Ich wollte eigentlich keine Kellnerin werden. Ich brauchte gute, solide Geschäftserfahrungen, über die ich in meiner Bewerbungsessay schreiben könnte. Und ich hatte gehört, dass Jordan Fawkes ein schlauer und gerissener Geschäftsmann war. Man erzählte sich, dass die Firma ihm genauso viel Erfolg zu verdanken hatte wie der Genialität des Geschäftsführers beim Programmieren und virtueller Innovation.

Trotzdem wollte ich gefallen und wenn ich mich dazu zuerst mit Charles' herablassender Einstellung auseinandersetzen musste, dann sollte es so sein. Mein neuer Boss konnte kaum schlimmer sein als dieser kleine Arsch.

„Also, soll ich etwas tun? Vielleicht reingehen und sein Büro saubermachen oder –"

„Hey – rühr seinen Schreibtisch oder sein Zeug *nicht* an, außer er bittet dich darum. Warte einfach da drüben." Er zeigte auf den Wartebereich mit einem bequem aussehenden Arrangement gepolsterter Sessel für Besucher und Klienten, die darauf warteten, die Häuptlinge zu treffen. „Du sollst dich bei Susan melden, seiner bezahlten Assistentin, und sie ist noch nicht da."

Ich blickte ihn wieder an. „Kann ich nichts für dich tun?"

Er zog seine Augenbrauen hoch. „Ja, eigentlich schon ..." Ich lehnte mich vor, begierig, etwas Arbeit zu bekommen, um meinen neuen Kollegen zu beeindrucken. „Ich trinke meinen Latte mit Magermilch und zwei Stück Zucker. Und geh nicht in unser Café, die sind scheiße. Da ist ein Starbucks am Ende der Straße. Extra heiß, okay?"

Ich richtete mich auf und widersetzte mich dem Drang, ihm einen finsteren Blick zuzuwerfen. Dann drehte ich mich mit ein wenig Resignation in meinen hängenden Schultern um, um seine Bestellung zu holen. Hier gab es eine Hackordnung und offensichtlich dachte Charlie-boy hier, dass er über mir stand.

Zwanzig Minuten später kehrte ich mit seinem Kaffee und einem für mich zurück. Als ich dieses Mal hereinkam, war die Marketing-Abteilung voll besetzt und einige der Praktikanten, mit denen ich gearbeitet hatte, winkten und lächelten. Cari raste mit ihrer wallenden Mähne auf mich zu. Sie trug ein provokatives Outfit – einen karierten Faltenrock, der nur knapp bis zur Mitte ihrer Oberschenkel reichte, zusammen mit einer engen weißen Bluse und Kniestrümpfen. Sie bezeichnete dieses Outfit als ihre Version des „ungezogenen Schulmädchens". Professionell war das *nicht*.

Sie betrachtete meine Pullover-Kombination mit einem zustimmenden Lächeln. „Du siehst heute sehr erwachsen für deine neue Position aus! Wie geht es dir? Soll ich dir beim Tragen helfen?"

Ich lächelte, etwas unbehaglich, da ich mich an Sids Kommentare über sie von heute Morgen erinnerte. „Geht schon, danke."

Sie warf mir einen neugierigen Blick aus den Augenwinkeln zu, als sie die Doppeltür aufdrückte. „Also, nervös? Läuft alles gut?"

Ich zögerte einen Moment und erwiderte ihren Blick, während ich langsamer wurde. „Warum fragst du immer wieder?"

Sie verzog das Gesicht. „Ich, ähm ... naja, habe heute Morgen meine Timeline in Facebook durchgesehen ..."

Meine Hand, die Charlie-boys *ultra-heißen, garniert mit dem Feuer von tausend Sonnen* Kaffee trug, zitterte ein wenig und etwas davon schwappte heraus und verbrannte meinen Handrücken. *„Scheiße'*, sagte ich, aber wusste nicht, ob es wegen des Schmerzes oder der Tatsache war, dass Cari wusste, dass ich die Frau in dem Video war.

„Ähm. Ich will nicht darüber reden", murmelte ich.

„Ich, ähm ... warum ist es im Internet?"

„Ich weiß es nicht. Ich muss einen Button gedrückt und es in die Cloud hochgeladen haben oder so. Ich habe keine Ahnung. Und habe ich erwähnt, dass ich nicht darüber reden will?"

Ich drehte mich um und machte mich wieder auf den Weg ins Atrium und zu Charlies Schreibtisch, begierig darauf, diesen brodelnden Becher glühender Lava endlich aus meiner Hand zu bekommen.

„Also, was wirst du machen?"

„Ich bin mir nicht sicher, ob ich da viel machen *kann*", sagte ich verbittert. Aber vielleicht doch ... Wenn ich Cari auf meine Seite brachte, würde ihre Loyalität alle anderen davon abhalten, darüber zu reden. So geschmacklos ihr Benehmen in der letzten Zeit auch gewesen war, ich würde ihre beste Freundin sein müssen. Cari wurde schnell zu einer großen Mücke, die ich nicht wegscheuchen konnte. Ich würde dieser Mücke sogar in den Hintern kriechen müssen.

„Kann ich, ähm, dich darum bitten, mich vor den anderen zu decken?“

Cari lächelte. „Ingrid war die andere mit uns in der Bar und sie war so betrunken, dass sie sich nicht einmal erinnert, dass du da warst. Ich werde kein Wort sagen. Ich weiß, dass du gestresst sein musst. Ich werde alles in meiner Macht Stehende tun, um dir zu helfen. Treffen wir uns zum Mittagessen, okay?“

Das Gefühl von Erleichterung kam wie ein Rausch – mir wurde fast schwindelig davon. Gott sei Dank hatte ich Cari hierbei auf meiner Seite. „Das klingt toll“, sagte ich.

Ich vertraute ihr nicht gänzlich – das hatte ich noch nie. Aber sie hatte keinen Grund, mich zu verraten, und sie war schlau genug, um zu wissen, dass es auch auf sie zurückfallen könnte. Ich würde einen Weg finden, die Loyalität, die ich bei ihr gewonnen hatte, zu behalten. Es war an der Zeit, dass das Chamäleon wieder die Farbe wechselte.

Cari verließ mich, bevor ich das Atrium betrat, wo ich den Kaffeebecher fast auf Mr. Hipsters Schreibtisch knallte. Ich schüttelte meine Hand aus, sobald sie frei war.

„Mmm, dampfend heiß. Genauso wie dein neuer Boss ihn mag“, summte Charlie. „Er ist übrigens *hier* und das Erste, was er geknurrt hat, war, dass er einen dreifachen Espresso ohne Milch und ohne Zucker will.“

Ich erstarrte. Er musste mich doch verarschen. Aber kein freches Grinsen tauchte auf seinem Gesicht auf. Charlie zeigte mit dem Daumen auf Jordans Büro. „Du beeilst dich besser, Freundin. Er hat einen Kater von dem ganzen Partymachen auf der Comic-Con und ist nicht gerade in bester Laune.“

Scheiße. Scheiße. Scheiße. Das erwies sich ja schon als ein fabelhafter Tag. Verdammt. Ich drehte mich um und ging wieder zur Tür hinaus, wobei ich einen großen Schluck von meinem jetzt lauwarmen Kaffee nahm. Ein fabelhafter und scheiße langer Tag.

Ernsthaft, konnte es noch schlimmer werden?

Kapitel Zwei
Jordan

ES WAR SCHON MITTAG, ABER ICH HATTE MEINEN Appetit verloren. Statt zu essen, wanderte ich im hinteren Teil meines Büros umher und starrte durch die deckenhohen Fenster hinaus auf die Begrünung und diesen seltsamen riesigen, kugelförmigen Marmorbrunnen in unserem Atriumgarten. Während ich zu einem spontanen Meeting gerufen worden war, hatte meine neue Praktikantin mir mein Mittagessen auf meinen Arbeitstisch gestellt, zusammen mit einer Nachricht mit einem Smiley. Ich hatte sie sofort zerknittert und durch den Raum geworfen. Niemand lächelte in diesem verdammten Raum, noch im Büro neben mir.

Ich ging zu meinem Schreibtisch und öffnete meinen Laptop, um das verfängliche Video erneut anzusehen. Ich war so schockiert gewesen, als Weston, unser Mann für die PR, es uns vor fünfzehn Minuten gezeigt hatte, dass ich kaum eine Chance gehabt hatte, auf irgendwelche verräterischen Details zu achten. Noch war mir bewusst gewesen, wir sehr es sich bereits verbreitet hatte.

Und natürlich bedurfte es nur einer Google Suche nach „Comic-Con Cosplay Sex", um es als die ersten hundert Treffer angezeigt zu bekommen. Auf jeder nur vorstellbaren Social Media Plattform. *Heilige Scheiße.*

Ich drückte auf Play und lehnte mich zurück, wobei ich den Vorder- und Hintergrund des nichtssagenden Hotelzimmers betrachtete – Standardmöbel und wenige persönliche Gegenstände. Ich zwang mich, das leidenschaftliche Paar in der Mitte des Bildschirms zu ignorieren, und suchte nach Details, die meinem Boss auffallen könnten, um unsere Identitäten herauszubekommen. Er hatte bereits meinen Firmenausweis entdeckt, doch der Name war unleserlich. Gott sei Dank, denn mein Arsch stand auf dem Spiel. Adam würde mir den Hintern aufreißen, wenn er wüsste, dass ich das war. Er hatte bereits Wutanfälle deswegen und jetzt war ich in der nicht zu beneidenden Lage, meinen besten Freund anzulügen, um meine eigene elende Haut zu retten. Hilflose Wut brannte wieder in mir.

Aber die Laute zu hören, die das Mädchen in dem Video machte, erregte mich auch und die heiße Wut vermischte sich bald mit Verlangen. Ich konnte nicht hier sitzen und diesen köstlichen Geräuschen lauschen und *nicht* geil werden. Sie brachten mir sofort das Gefühl ihrer Haut unter meinen Händen zurück ins Gedächtnis, die Art, wie sich ihr Körper an meinem angefühlt hatte. Ich biss die Zähne aufeinander und versuchte mich zusammenzureißen.

Ich studierte ihren festen kleinen Hintern und dieses seltsame Tattoo erneut. April Weiss, eine der heißesten unserer albernen College-Praktikantinnen, war zum Fluch meiner Existenz geworden.

Was zum Teufel hatte ich mir dabei gedacht?

Ich hatte überhaupt nicht gedacht. Das war das Problem. Ich war betrunken gewesen und hatte meine Anonymität in der Bar genossen. Niemand hatte gewusst, wer unter der Rüstung und dem Helm verborgen war, und obwohl ich mich ziemlich volllaufen hatte lassen, hatte sich diese köstliche Praktikantin in ihrer hautengen Leggins und trägerlosem Top neben mir niedergelassen und angenommen, ich wüsste nicht, wer *sie* war.

Und ich hatte sie abgeschleppt.

Denn verdammt, warum nicht?

Außer dass sie eine Praktikantin in meiner Firma war und Praktikantinnen laut meinem Boss absolut tabu waren. Aber als wir in der Bar gesessen und getrunken hatten, hatte sie mir von ihren Fantasien über anonymen Sex erzählt. Und ich war ein Kerl, der in seinem Leben schon einige Fantasien hatte wahr werden lassen.

Ich war einfach selbstlos.

Naja, okay, nicht *ganz*. Ich musste zugeben, dass ich sie seit der Minute hatte kosten wollen, in der ich letzten Herbst zum ersten Mal ein Auge auf sie geworfen hatte. Aber weil sie verboten war, hatte ich mich zurückgehalten. In meinem betrunkenen Zustand an jenem Abend hatte ich mir allerdings eingeredet, dass ich sie auf die Art aus meinem Kopf bekommen könnte und niemand zu Schaden kommen würde.

Aber jetzt musste ich zugeben, dass Schaden angerichtet worden war. Ich wusste nicht, was ich von der Existenz des Videos halten sollte. Ich konnte nur annehmen, dass *sie* es aufgenommen hatte. Aber warum? Und warum hatte sie mir nicht gesagt, dass sie uns filmte?

Ich war zwar sehr mit dem beschäftigt gewesen, was wir machten, und ziemlich angetrunken, aber ich hätte doch gedacht, dass ich so etwas mitbekommen würde. Außer das war irgendeine abgekartete Sache. Außer sie hatte genau gewusst, wer ich war und wollte ein Druckmittel gegen mich ...

Ich versuchte mit rauchendem Kopf herauszubekommen, was ich tun sollte. Sollte ich sie sofort feuern? Einen Privatdetektiv anheuern? Sie anzeigen? Da es ein Video mit mir war, könnte ich das tun, aber ich würde so auch riskieren, mich selbst bloßzustellen. Auf keinen Fall.

Frustriert ballte sich meine Hand zur Faust und schlug auf den Tisch. Wegen dieses verdammten Videos brach hier gerade die Hölle aus. Ich brauchte einen Plan und ich brauchte ihn schnell.

Als hätte er meine Gedanken gehört, stürmte Adam, mein bester Freund und Boss, ohne anzuklopfen herein und schloss die Tür hinter sich.

Ich schlug meinen Laptop mit verzerrtem Gesicht zu und unterdrückte einen Anflug von Schuldgefühlen.

Jetzt sah Adam nur noch wie hundertprozentig angepisst aus anstatt tausendprozentig. Sein Gesicht hatte wieder einen normalen Farbton angenommen statt des tiefen Rots, das es zuvor gehabt hatte. Er bewegte sich auf meinen Schreibtisch zu, setzte sich darauf und lehnte sich mit überkreuzten Füßen und verschränkten Armen zurück.

Ich mied seinen Blick und massierte die steifen Muskeln in meinem Nacken. „Fünf Minuten sind nicht genügend Zeit, um eine Lösung zu finden, wie man dieses Problem angehen soll, weißt du", sagte ich.

Er biss die Zähne zusammen und blickte weg. Er wirkte ebenso frustriert wie ich. „Sag mir einfach, wie schlimm es ist – ernsthaft. Du hast bezüglich des Börsengangs mit den Investment-Bankern zusammengearbeitet. Wie wird sich das auf das Angebot auswirken?"

Ich schluckte die erste – und ehrlichste - Antwort hinunter, die mir in den Sinn kam. *Es wird ins Bodenlose stürzen.* Investment-Banker und ihre Armee von Versicherungsträgern waren ein launisches, abergläubiges Pack. Sobald sie von der Verbreitung eines Sextapes, das einen Mitarbeiter von Draco zeigt, Wind bekommen würden, würden sie sich schneller zurückziehen als ein Achtzehnjähriger beim Sex mit seiner minderjährigen Freundin.

Ich räusperte mich und formte eine vorsichtigere Antwort. „Ich weiß nicht. Wir müssen mit einem Plan zur Schadenskontrolle aufwarten. Sie mögen keine Skandale, besonders keine Sexskandale." Ich atmete tief ein und langsam wieder aus. Was ich verbreiten müsste, um das mit Adam zu glätten, würde heftig werden.

„Wir müssen sofort herausfinden, wer der Schuldige ist. Mein nächster Anruf wird an die Internet Security Firma gehen, die ich –"

Ich hob die Hand und versuchte, meine Panik zu unterdrücken. „Whoa, Partner. Ich habe dir gesagt, dass ich mich darum kümmern werde, und das werde ich auch. Überlass das einfach mir, okay? Ich kümmere mich um alles. Aber ... wir müssen auch vorsichtig sein, Anschuldigungen zu verbreiten, bevor wir solide Beweise haben. Wir wollen uns keiner sexuellen Belästigung schuldig machen. Wir sollten vielleicht auch unseren Anwalt einschalten."

Adam blickte finster drein. „Gott. Mit dem ganzen Mord-Selbstmord-Fall vom letzten Jahr und diesem hier werde ich ihm das Geld bald bündelweise zuschieben müssen."

Ich blinzelte, überrascht darüber, dass ich das in meiner Panik nicht im Kontext mit den Geschehnissen vom letzten Jahr gesehen hatte. Ein treuer Nutzer unseres Spiels war in einem Anfall von Wut zum Haus seiner Freundin gefahren, weil sie seinen Ingame-Fortschritt zunichte gemacht hatte. Er hatte eine Waffe gezogen und zuerst sie und dann sich selbst erschossen. Die Eltern hatten seine Handlung der Sucht nach Dragon Epoch zugeschrieben und die Medien benutzt, um es alle wissen zu lassen. Und natürlich hatten sie gegen uns geklagt. Diese Geschehnisse, zusammen mit persönlicheren, hatten Adam zutiefst erschüttert.

Und jetzt das, was mein Werk war. Was für ein beschissener Freund war ich, wenn ich ihm noch mehr aufbürdete?

„Das ist wahrscheinlich eine gute Idee. Vielleicht solltest du versuchen herauszufinden, was du tun musst, um Joseph in Vollzeit anzustellen", sagte ich.

Er schüttelte den Kopf. „Zumindest ist es noch nicht zu spät für uns, aus diesem Deal auszusteigen. Wir könnten warten, bis sich das beruhigt hat ... und alles auf einen besseren Zeitpunkt verschieben. Wir haben das S1-Formular für die Regierung ausgefüllt, aber Firmen ziehen sich ständig von Börsengängen zurück."

Nur über meine Leiche würden wir uns zurückziehen.

Jeder Muskel in meinem Körper verspannte sich. Ich schoss aus meinem Stuhl hoch und trat zum Fenster, um den verdammten Brunnen anzustarren. Lange, tiefe Atemzüge. Rein mit dem Guten – raus mit dem Schlechten.

Ich hatte jahrelang an diesem Projekt gearbeitet, sorgfältig Buch geführt und alles dokumentiert, was die Firma seit Beginn gemacht hatte. Das war von Anfang an mein Ziel gewesen und es hatte mindestens ein Jahr Flehen und Schleimen bedurft, um Adam mit ins Boot zu holen.

Einen Teil seines Firmenkuchens abzuschneiden und diese Macht an ein Komitee aus Verwaltungsmitgliedern zu übergeben, war das Letzte, was ein Firmenchef mit Kontrollzwängen wollte. Sehr lange hatte er das nicht zulassen wollen, obwohl er an dem Tag, an dem wir an der Börse notiert würden, Milliardär werden würde.

Aber er war fixiert auf dieses neue Projekt gewesen – eines, für das er liquide Geldmittel brauchte, um es zu entwickeln. Und das hatte ich als meine Gelegenheit gesehen, ihn für mich zu gewinnen. Endlich, *endlich*, hatte er zugestimmt. Man konnte darauf vertrauen, dass Adam eher von seiner eigenen genialen Vorstellung motiviert werden würde anstatt von einem dicken Bankkonto. Das war ein bewundernswerter Charakterzug, aber einer, den ich nicht mit ihm teilte. Was erklärte, warum wir so gut zusammenarbeiteten.

Ich musste vorsichtig vorgehen. Die Banker waren nicht die Einzigen, die launisch waren.

Ich blickte Adam an. „Darf ich dich darum bitten, mir noch etwas Zeit zu geben, um mir einen Plan einfallen zu lassen? Ich habe mich seit *Monaten* regelmäßig mit diesen Bankern getroffen. Ich habe mich auf jede erdenkliche Weise bei ihnen eingeschmeichelt. Ich denke nicht, dass die Sache so furchtbar ist.“

Adam zog die Augenbrauen hoch und sein dunkler Blick schwankte nicht. Ja, er kannte mich schon sehr lange. Wir waren seit unserem ersten Jahr auf dem College Freunde. Er wusste, wenn ich nur Scheiße laberte, und heute sprudelte sie geradezu aus mir heraus.

„Du hast zwei Wochen und ich werde alles abblasen, wenn es nicht gut aussieht.“

Ich wollte fast vor Frust aufschreien. „Wie wäre es mit einem Monat? Es sind viele Banker ... und einige von ihnen sind nicht gerade hier aus der Nähe."

Er starrte mich weiter an und ich wusste, wie seine nächsten Worte lauten würden, bevor er sie aussprach. „Zwei Wochen, Jordan. Und dann ziehe ich den Stecker."

Zum Teufel.

Adam richtete sich auf und entfaltete seine Arme. Ich verkrampfte meinen Kiefer so sehr, dass mein Kopf schmerzte. Ohne ein weiteres Wort drehte sich der Boss um und verließ das Zimmer. Die Tür schloss er fest hinter sich. Ich nahm den Notizblock von meinem Tisch und warf es ihm hinterher. Es schlug gegen die verschlossene Tür und rutschte dann zu Boden.

Verdammt. Es wurde von Minute zu Minute schlimmer. Es hatte als ein ganz gewöhnlicher verkaterter Montag angefangen und sich dann in diese beschissene Situation verwandelt. Ich war jetzt der anonyme Internetstar eines Sexvideos, das sich schnell verbreitete, und kurz davor, das größte Projekt meiner Firma seit deren Gründung in den Sand zu setzen.

Alles nur, weil ich mich besoffen hatte und dann in diesem Zustand entschieden hatte, dass es eine *großartige* Idee wäre, die heiße Praktikantin in dem Elfenkostüm zu knallen.

Ich würde nie wieder trinken, verdammt. Ich starrte die Tür, die Adam geschlossen hatte, finster an und sprang auf, als es plötzlich klopfte. Was mir sagte, dass es nicht Adam sein konnte, der zurückkam, um mir noch mehr Ultimaten zu stellen.

„Herein", knurrte ich.

Zögerlich öffnete sich die Tür. Dann erschien ein Kopf im Türspalt. Da war sie, die Verursacherin dieser elenden Situation – Miss April Weiss.

Ihr seidenes dunkles Haar fiel über ihre Schultern und sie warf mir einen ängstlichen Blick zu. Heute Morgen hatte ich ihren Hintern angestarrt und mich daran erinnert, wie heiß es gewesen war, in jener Nacht mir ihr zu schlafen, betrunken oder nicht. An ihr tiefes, rauchiges Stöhnen in meinem Ohr zu denken und wie sie sich angefühlt hatte – scheiße. Ich wusste nicht, ob ich erregt oder sauer sein sollte. Gerade fühlte es sich nach beidem an.

Denn sie hatte es *aufgenommen* und die Scheiße ins Internet hochgeladen.

Diese dunkelblauen Augen blickten fragend in meine. „Hey, Jordan. Ich wollte nur nachsehen, ob ich dir das Richtige zum Mittagessen gebracht habe. Charles sagte, dass du Montag immer etwas von Subway isst."

Ihr Blick fiel auf das unberührte Essen und die Tür ging weiter auf. Jetzt war sie *im* Büro, in ihrem Figur betonenden Rock und diesem dünnen, engen Pullover, der an ihren üppigen Brüsten klebte. Meine Hände ballten sich zu Fäusten. Vor zwei Wochen hatte ich ein Model gefickt – acht Mal innerhalb von drei Tagen. Dieses Mädchen war nichts Besonderes, heiße Affäre oder nicht. Ich blickte weg und schluckte.

„Ich hatte keinen Hunger", knurrte ich. Ich war so verdammt sauer, dass ich sie nicht einmal ansehen konnte.

Fast wäre sie über den Notizblock gestolpert, den ich gegen die Tür geworfen hatte. Ihre dunklen Augenbrauen zogen sich zu einem Stirnrunzeln hoch, als sie den Block aufhob und mit leicht hängenden Schultern zum Tisch kam – als ob meine Zurückweisung des gottverdammten Sandwiches ihre Leistung in ihrem neuen Job widerspiegeln würde. Meine Augen wurden wie Magnete wieder zu ihrem Gesicht gezogen. Sie war wunderschön – frische, leuchtende Haut, glänzendes Haar und diese blauen Augen. Perfekte Gesichtszüge. Gott, die Frau in der Personalabteilung, die für die Zuteilung der Praktikanten zuständig war, musste Crack geraucht haben, als sie sie in mein Büro gesteckt hatte. Als würde man blutendes Fleisch in ein Haifischaquarium werfen.

Ich hatte gewusst, dass sie meine Assistentin sein würde und dass es riskant wäre, etwas mit ihr anzufangen, aber in dem Augenblick, als sie „anonym" gesagt hatte, war es zu verführerisch gewesen, um es abzulehnen. Anonym, ja, aber ausgestrahlt an Milliarden. Ich studierte ihren ruhigen Gesichtsausdruck und versuchte Anzeichen für eine kaltherzige Verschwörerin darin zu finden.

Langsam fing April an, das Essen wieder in die Tüte zu schieben. „Ich werde das für später in den Kühlschrank im Pausenraum legen."

Ich blies meinen Atem hinaus, stand auf und stürmte ohne einen weiteren Blick auf sie aus dem Raum. Dann eilte ich direkt zu Adams Büro. Maggie, seine Assistentin, versuchte mich abzuwimmeln, aber ich stürmte einfach an ihr vorbei und trat ein.

Weston, der Publicity-Kerl, war da und zeigte ihm etwas auf seinem Tablet. Adam grübelte darüber nach. Weston blickte auf, sichtlich verärgert, dass ich ihn bei der Unterredung mit dem Boss gestört hatte. Er war nicht mein größter Fan und das beruhte auf Gegenseitigkeit. Scheiße. Ich brauchte ebenfalls Zeit für eine Unterredung. Adam musste das sofort in meinem Gesicht gesehen haben, denn er richtete sich auf und gab das Tablet dem jetzt abgewiesen aussehenden Weston zurück.

„Wir können den Rest später durchgehen. Danke", entließ Adam ihn.

Weston blickte mich im Vorbeigehen finster an, und ich zuckte mit den Schultern. Nachdem die Tür geschlossen war, räusperte ich mich und begann: „Zwei Wochen sind nicht lange genug –"

„Nun –", unterbrach er mich, bevor ich meine Hand hob, um ihn zu stoppen.

„*Aber* ... wenn du darauf bestehst, dann bitte, schick mir eine *echte* Hilfe und setz die Praktikantin anderswo ein. Meine Assistentin ist schwanger und die ganze Zeit krank und ich kann keine Praktikantin babysitten. Wir sind eine Multimillionen-, vielleicht sogar Multimilliarden-Firma. Wir können es uns leisten, einen Profi für mich einzustellen, der mir hierbei hilft –"

„Ich besorge dir, wen auch immer du willst, aber die Praktikantin muss fürs Erste dort bleiben."

Darauf wusste ich nichts zu sagen.

Scheiße. Ich *musste* dieses Mädchen loswerden, aber ich durfte keinen Verdacht erwecken, dass der Grund ein anderer war als die Vergeudung meiner Zeit. „Ich werde zu beschäftigt sein, um ihr etwas beizubringen."

Adam wandte den Blick ab, als wäre er gelangweilt von dieser Unterhaltung, was mich ärgerte. Wäre ich nicht halb in Panik gewesen, hätte ich etwas gesagt.

„Ich schulde ihrem Dad viel, okay? Er hat mich bei Sony Online eingestellt. Sie will auf die Business School, und die Erfahrung, die sie in deinem Büro sammeln kann, wird eine goldene Gelegenheit für sie sein. Ich habe gute Gründe. Vertrau mir hierbei einfach, okay?"

Ich bekämpfte den Drang, die Augen zu verdrehen. *Typisch.* Adam hatte immer seine eigenen mysteriösen Gründe für sein Handeln und teilte diese nur gelegentlich mit niedereren Wesen – selbst seinem verdammten Freund und Geschäftspartner.

Ich knirschte mit den Zähnen. „Ich bin nicht da, um verzogene kleine reiche Mädchen zu unterhalten. Außerdem ... du kennst nicht einmal ihren Namen. Du hast sie Schneewittchen genannt. Und jetzt ist sie plötzlich die Tochter deines alten Bosses?"

Adam zuckte mit den Schultern. „Sie sieht wie Schneewittchen aus ... Hör zu, David Weiss, ihr Vater, mailte mir letztes Jahr und fragte mich, ob seine Tochter hier ein Praktikum machen könnte. Ich sagte sicher und habe sie in der Personalabteilung empfohlen. Ich hatte bis letzten Winter, als ich ihn auf der Kongressanhörung in D.C. gesehen hatte, keine Ahnung, dass Schneewittchen seine Tochter ist. Außerdem ist es lustig, da Schnee ja weiß ist."

„Ja – zum Totlachen – jetzt werd' sie los –"

Er verkrampfte sich. „Ich werde das nicht tun. Ich weiß, dass diese Situation uns alle sehr gestresst hat. Ich stelle ein, wen auch immer du möchtest, okay? Lass sie ... ich weiß nicht ... lass sie dich einfach beobachten, dir Kaffee machen, eine Weile unter dir arbeiten."

Oh, das war köstlich. *Unter mir arbeiten ... genau.* Es gab einige Dinge, die sie *unter mir* machen könnte, aber arbeiten gehörte nicht dazu. Ich studierte ihn einen Augenblick lang und ließ die Art, wie er den Rand seines Schreibtischs umklammert hielt, auf mich wirken. Es war ein schwer zu lesender Adam, aber ich kannte ihn gut genug, um zu wissen, dass er angespannt war. Es war besser, ihn nicht unter Druck zu setzen.

„Gut, aber ich muss nicht nett zu ihr sein."

Adam zuckte mit den Achseln. „Du bist ein Bastard. Jeder weiß das."

Ich zeigte ihm den Mittelfinger und zum ersten Mal, seit er das verdammte Video gesehen hatte, lächelte er. In der Zwischenzeit rauchte mein Gehirn und versuchte herauszufinden, wie ich mich aus diesem Schlamassel herauswinden könnte.

Aber ein anderer Teil meines Gehirns fragte sich, ob das vielleicht doch nicht so gut war. Wenn April in meinem Büro arbeitete, könnte ich sie im Auge behalten und den Grund herausfinden, aus dem sie das Video gemacht hatte. Wenn ich ihr eine Empfehlung für die Business School ausstellen sollte, dann hatte ich ein Druckmittel, um sie davon abzuhalten, mich damit zu erpressen. Zumindest hoffte ich das. Und diese Hoffnung war das kalte, üble Gefühl in meinem Magen.

Ich atmete tief ein und langsam wieder aus. „Gut, was auch immer. Ich verspreche dir, dass ich das regeln werde, aber du musst mir einfach ein wenig Vertrauen schenken."

Sein Kiefer verkrampfte sich und er nickte. „Das tue ich. Werde ich. Rede einfach mit den Bankern. Schätz die Situation ein und finde heraus, ob sie uns von der Brücke stoßen wollen oder nicht."

Meine Arme spannten sich entschlossen an. „Niemand wirft uns von der Brücke. Nur über meine Leiche."

Er zog eine dunkle Augenbraue hoch. „*Das* kling nicht vielversprechend."

„Ja, das war eine beschissene Metapher."

Adam schaute auf die Uhr. „Ich habe jetzt ein Meeting mit den Programmierern. Aber du musst dich später in der Entwicklung mit mir treffen – das neue Prototyp-Equipment ist angekommen. Wir testen es und starten eine kleine Demo."

„Hat niemand anderes Zeit", scherzte ich. „Ich muss hier ein paar Feuer löschen."

„Naja, da du mit den Bankern reden wirst und das das Zeug ist, für dessen Kauf und Entwicklung wir Geldmittel brauchen, wäre es gut, wenn du es in Aktion siehst."

Das war etwas, was tatsächlich meiner Sache dienlich sein könnte. „Das ist eine wirklich gute Idee. Ich sollte ein paar Bilder und vielleicht ein kleines Video machen. Wir könnte das für den Schönheitswettbewerb benutzen."

Adam runzelte die Stirn. „Ich kann dir nicht folgen."

Unsere Partnerschaft beruhte auf Adams brillantem Kopf und seiner Vorstellungsgabe und meinem Know-how in der Geschäftswelt. Aber ich war ebenso fasziniert von unserer neuen Entwicklung wie er. Sie war vielleicht nicht meine einzige Motivation, so wie bei ihm, aber solche Sachen wie diese faszinierten mich trotzdem – wenn ich nicht gerade das Gewicht der Welt auf meinen Schultern trug.

„So nennen wir nur die Phase, in der wir die Firma den Versicherungsträgern vorstellen, um sie zu überzeugen, dass unsere Firma eine gute Investition ist. Jetzt wäre ein guter Zeitpunkt, um sie von den Socken zu hauen und sie von ... ähm ... anderen Dingen abzulenken."

„Okay, ich sehe dich dort um vier. Bring Schneewittchen mit."

Oh, um Gotteswillen. Hatte ich das Mädchen wirklich am Hals?

Er folgte mir aus dem Büro und ich ging zu meinem zurück, während er sich auf den Weg zu seinem Meeting machte.

In der Sekunde, als ich um den Türstock bog, stoppte ich sofort. Schneewittchen – ähm, meine neue Praktikantin – zog, nach vorne gebeugt und mit ihrem runden, köstlichen Hintern in der Luft, eine schwere Schachtel mit Akten über den Boden.

Nachdem ich einen Sekundenbruchteil die Aussicht bewundert hatte – inklusive eines gelben Tangas, der über den Bund ihres Rocks herausragte – bemerkte ich, dass ihr kurzer Pullover nach oben gewandert war und ihr Tattoo entblößte. Ich hatte dieses Tattoo mit meiner Zunge nachgezeichnet. Es hatte köstlich geschmeckt. Ein sehr unvergessliches – *belastendes* – Tattoo.

Ich schlug die Tür so laut zu, dass die ganze Wand wackelte. Das Mädchen sprang fast aus ihrer Haut. Sie stolperte in ihren hochhackigen Stiefeln und starrte mich mit ihren wunderschönen, vor Schock geweiteten blauen Augen an.

„Ähm. Oh, es tut mir leid, Jordan. Ich habe gerade diese Schachtel mit Akten bemerkt und sie sah sehr durcheinander aus, also dachte ich, ich – ähm, aber jetzt erinnere ich mich, dass Charles sagte, ich sollte deine Sachen nicht anfassen.“

Meine Augen zogen sich zusammen. Was für eine Art Spiel spielte sie? Zeigte sie mir ihr Tattoo absichtlich – wollte sie mich damit und mit dem ganzen Dreck, den sie gegen mich in der Hand hatte, herausfordern? Ein kleiner Anfall von Wut braute sich in meiner Brust zusammen.

Ich sprach mit zusammengebissenen Zähnen. „Hast du eine Ahnung, was in diesen Büros heute vor sich geht? Warum die Führungskräfte in Aufruhr sind? Hast du irgendetwas darüber gehört?“

Sie runzelte die Stirn und spielte nervös mit ihren Händen. „Ähm ... die Leute sagen, dass irgendetwas Seltsames vor sich geht, aber niemand weiß, was es ist."

„Gott sei Dank. Aber weißt du was? Ich werde *dir* sagen, was es ist und du verlierst kein Wort darüber bei deinen Praktikantenfreunden, verstanden? Denn im Internet hat sich ein Video verbreitet, das Leute zeigt, die wie Charaktere aus Dragon Epoch verkleidet sind, und mindestens einer der *Beteiligten* ist ein Mitarbeiter dieser Firma."

Sie erstarrte und wurde kreidebleich. Jetzt machte sie ihrem Spitznamen wirklich alle Ehre. Zu sagen, dass es sich nicht gut anfühlte, sie so verängstigt zu sehen, wäre eine Lüge gewesen. So sauer, wie ich gerade war, wollte ich sie zu Tode erschrecken. Das waren keine Schülerstreiche mehr. Ich konnte mit harten Bandagen kämpfen und würde mich nicht von einem hübschen Gesicht erweichen lassen.

„Du weißt doch nichts darüber, oder?"

Sie blickte mich an und dann wieder weg, wobei sie zu zittern anfing und aussah, als würde sie ohnmächtig werden.

Ich ging langsam auf sie zu, aber sie sah mich nicht an. Ihre Augen wanderten zum Boden und ihr Kopf beugte sich vor, sodass ihre langen Haare wie ein Vorhang vor ihr Gesicht fielen. Ich umkreiste sie wie ein Raubtier. Sie schluckte sichtlich und war wie versteinert.

Gut.

„Ich –", fing sie zitternd an.

„Schh. Sag nichts. Du wirst alles machen, was ich sage, und du wirst es *gestern* erledigen. Das Erste, an das du denken solltest, ist, dass in diesem Büro ein legerer Business Dresscode herrscht und es wäre in deinem Interesse, sicherzustellen, dass dein Tattoo verdeckt bleibt. Verstanden?"

Sie zuckte und ihr Kopf schoss hoch. „J-ja. Ja."

„Und der andere Beteiligte in dem Video ...?", sagte ich leise. Ich stand jetzt hinter ihr und redete über ihre Schulter. Es musste überaus einschüchternd sein, da war ich mir sicher. Aber ich tat es hauptsächlich aus dem Grund, dass sie mein Gesicht nicht sah. Ich musste *sicher* sein, dass sie nicht wusste, dass ich es war.

April schwieg einen Augenblick lang – einen *angespannten* Augenblick – während ich hinter ihr wartete, wobei ich die Wärme ihres Körper so nahe an meinem spürte und den Duft roch, der von ihren Haaren und ihrem blassen Nacken ausging. Sie roch süß, wie Honig. Der Geruch wehte in meine Nase und ich erinnerte mich – wieder – daran, wie ich mein Gesicht in diesem weichen Haar, diesem Nacken vergraben hatte. Selbst als ich jetzt darauf hinabblickte, faszinierte mich ihre weiße Haut, das zarte Geflecht blauer Adern darunter, das winzige dunkle Muttermal unter ihrem Haaransatz. Mein ganzer Körper reagierte auf sie. *Oh Allmächtiger.*

„Ich – ich habe keine Ahnung. Er war ... irgendein Kerl von der Comic-Con." Ihre Stimme war zittrig, nervös.

Die Erleichterung, die in diesem Augenblick über mich schwappte, brachte mich auf den Boden zurück. Gott sei Dank. Zumindest das. Ich musste immer noch das Schlamassel beseitigen, aber zumindest war *mein* Hintern nicht mehr in der Schusslinie.

„Ich sollte dich auf der Stelle feuern", knurrte ich.

Sie blickte mich an. „*Bitte.* Ich weiß nicht, wie es passiert ist. Ich habe nur –"

„Schh –" Ich hielt einen Finger vor ihren Mund. Ihre Lippen waren dunkelrosa, voll, weich. Wie wahnsinnig sie sich um meinen –"

Verdammt. Ich trat einen Schritt zurück. „Ich will diese Akten geordnet, katalogisiert und aus meinem Büro und eine ausführliche Beschreibung *jedes* Blattes Papier daran, bevor du heute gehst. Verstanden?

Sie blinzelte. „Ähm, ja. Ja. Sicher."

„Dann los. *Sofort.*"

Mit einem Sprung drehte sie sich zu der Schachtel und wollte sich gerade vorbeugen.

„Hol dir einen verdammten Rollwagen, um sie rauszubringen. Gott."

Sie ging mit zitternden Beinen, ohne mich noch einmal anzusehen, aus dem Büro.

Ich rieb meinen Nacken, entschlossen weg zu sein, wenn sie zurückkehrte. Sie war zu schnell. Eine Minute später war sie zurück und schob den Wagen vorsichtig durchs Büro zu der Schachtel.

Ich knurrte wieder. „Du musst mich um vier in der Entwicklungsabteilung treffen. Abgesehen davon arbeitest du nur daran und gehst erst nach Hause, wenn es erledigt ist."

Ohne eine Pause nickte sie. „Ja. Ja, Sir. Ich –"

„Spar dir das. Erledige es einfach." Ich drehte mich um und stürmte hinaus in Richtung Cafeteria, um mir irgendetwas Beschissenes zu Essen zu suchen, während sie mein Büro aufräumte.

Kapitel Drei
April

O H SCHEIßE. *SCHEIßE.* VERDAMMT. FUCK. ICH WAR AM Arsch, ich war so am Arsch. Scheiße. Verdammt. *Fuck.* Der Sex war der beste gewesen, den ich je hatte, aber das war er *nicht* wert gewesen.

Der beste Sex der Welt war es nicht wert, wenn er letztendlich dein Leben ruinierte. Jetzt wusste Jordan, dass ich die Frau in diesem Video war und er könnte es jederzeit aufdecken. Und wer konnte es schon sagen? Er könnte es tun, wenn ich etwas richtig vergeigte oder wenn er entschied, dass es zu seinem Besten wäre.

Wie war dieser Arbeitstag nur so schnell so grauenhaft geworden? Heute Morgen war ich so begierig darauf gewesen, dieses verrückte Video hinter mir zu lassen und meinen neuen Job zu beginnen. Ich war aufgeregt gewesen und erpicht darauf, meinem neuen Boss zu gefallen – meinem sehr heißen, jungen neuen Boss.

Ich hatte mich mehrmals daran erinnern müssen, ihn nicht anzustarren, als ich ihm seinen Kaffee gebracht hatte. Es wäre nicht gut, mich zu verknallen. Eigentlich wäre es sogar ein gewaltiger Nachteil.

Er hatte zu mir aufgeblickt, mit einem glasigen Blick von einem eindeutigen Kater. Aber er war so gut aussehend, selbst mit diesen glasigen Augen und der etwas grünlichen Gesichtsfarbe. Mit seinen hellbraunen Haaren und den haselnussbraunen Augen, die manchmal grün, manchmal braun und manchmal grau aussahen. Ich fragte mich, ob sie passend zu seiner Stimmung oder der Kleidung, die er trug, die Farbe wechselten. Ich verbrachte mindestens eine Stunde damit, über seine Augen nachzudenken, nachdem ich ihn verlassen hatte.

Das war, bevor die Hölle sich aufgetan hatte. Danach hatte er mit mir gesprochen, als wollte er, ich wäre bereits *gestern* wieder verschwunden.

Stunden später, als ich knöcheltief in den Akten steckte, entschied ich mich, dass ich den Job aufgeben sollte, solange ich noch eine Würde besaß. Danach gab es nichts, was sie mir noch antun konnten ... richtig? Wenn ich den Job aufgab, würde ich in Sicherheit sein.

Aber wenn ich mein Praktikum so früh beendete, würde mein Beratungslehrer an der Universität mir keine neue Stelle suchen können, da ich bereits meinen Abschluss gemacht hatte. Ich wurde vor meinem Studienende hier angestellt und blieb, um eine Chance auf die begehrte Empfehlung zu bekommen.

Also konnte ich nicht kündigen und Lebewohl sagen.

Meine Hände zitterten und ich hatte schon fast aufgegeben, bevor ich meinen alten Sinnspruch vor mich hinmurmelte. WWST? Was würde Scarlett O'Hara tun? Sie würde niemals aufgeben. Sie würde bis zu ihrem letzten Atemzug kämpfen. Das hatte sie getan. Wieder und wieder.

Aber ich war nicht wie Scarlett. Ich hatte keinen Mut. Ich gab immer wieder auf. Denn das war einfacher. Ich blinzelte meine Frusttränen weg und arbeitete weiter, bis Charles mir von seinem Schreibtisch aus zurief. „Hey, April. Du wirst in der Entwicklung verlangt."

Oh, Scheiße. Ich warf einen Blick auf die Uhr. Viertel nach vier. Verdammt! Jordan hatte gesagt, dass ich um vier Uhr dort sein sollte und jetzt war ich zu spät. Er würde mich jetzt sicher feuern. Er hasste mich bereits. Warum war ich überhaupt noch hier?

Auf der Route von meinem Schreibtisch zur Entwicklungsabteilung, die am anderen Ende des Komplexes lag, dachte ich über diese Frage nach. Irgendwann auf dem Weg gesellten sich Cari und Ingrid, eine weitere Praktikantin, zu mir.

„Hey, Superstar", sagte Cari mit einem anstößigen Zwinkern. „Wie läuft der erste Tag in der Oberliga?"

Ich zuckte mit den Schultern. „Okay." Ich wurde schneller und blickte auf meine Uhr. Verdammt. Ich war viel zu spät dran.

„Wohin so schnell?", fragte Cari, mit mir schritthaltend.

„Ich sollte eigentlich schon in der Entwicklung sein. Jordan trifft sich mit den anderen Führungskräften wegen irgendeines neuen Equipments, das gerade eingetroffen ist –"

„Anderen Führungskräften?" Cari wurde munter. „Meinst du Adam? Wird Adam dort sein?"

Ich unterdrückte ein Seufzen. Obwohl ich ihr zustimmte, dass der Chef der Firma wahnsinnig gut aussehend war, wurde mir ihre andauernde Fixierung auf ihn langsam zu viel. Anfangs war es nur Spaß. Wir hatten darüber geredet, welche Kleidung er trug oder wie großartig sein Hintern in Jeans aussah, aber es fing an, sich falsch anzufühlen, als ich herausfand, dass er eine Freundin hatte – und dass diese Freundin jemand war, mit der wir monatelang zusammengearbeitet hatten, Mia Strong.

Cari hatte sich geweigert, das zu akzeptieren, weil sie der bizarren Meinung war, dass sie einen Anspruch auf ihn hatte. Anfangs dachte ich, es wäre einfach Verknalltheit, aber nachdem seine Beziehung mit Mia bekannt wurde, war sie wütend geworden, weil Mia ihn ihr „einfach vor der Nase wegschnappt" hatte.

Ich bezweifle, dass es wirklich so passiert war, aber Cari war im letzten Jahr, seit ich sie kennengelernt hatte, zunehmend instabiler geworden. Ich nahm an, es lag daran, dass sie nur wenige Monate vor diesem Praktikum ihren Bruder verloren hatte, aber das war schwer zu sagen, da ich sie nicht so gut kannte. So oder so wurde ihre Fixierung auf Adam zu einem entschlossenen Hass auf Mia.

Während wir mit ihr gearbeitet hatten, blieb Mia immer für sich, aber ich hatte nie eine Abneigung gegen sie. Dann war sie krank geworden – *wirklich* krank – und ich hatte auf einer Party meine große Klappe aufgerissen und etwas Dummes gesagt. Cari hatte über Mias Aussehen gelästert und ich hatte ihr zugestimmt. Mia hatte gehört, was ich gesagt hatte, und ich hatte mich gedemütigt gefühlt, aber sie hatte es mit Anmut und Stärke hingenommen. Damals hatte ich den Wunsch, dass sich der Boden öffnen und mich sofort verschlucken würde. Nicht anders als heute, um ehrlich zu sein.

Als Antwort auf Caris Frage zuckte ich mit den Schultern. „Ich weiß nicht. Ich weiß nicht einmal, ob Adam heute da ist."

Ihr Kopf schnellte sichtlich geschockt zu mir. „Du meinst, du arbeitest direkt vor seinem Büro und hast ihn nicht gesehen? Ich würde seinen Hintern andauernd stalken, wenn ich da oben arbeiten würde."

Dieses Zugeständnis überraschte mich nicht.

„Nein. Ich hatte zu viel zu tun. Ich bin dort, um zu arbeiten, und nicht, um Männer aufzureißen." Außerdem fand ich persönlich Jordan heißer als Adam. Er hatte etwas. Es war das Feuer in seinen strahlenden haselnussbraunen Augen. Der Mann strahlte Sexappeal aus. Als er heute nahe bei mir gestanden hatte, war ich mir seiner sehr gewahr gewesen, obwohl ich natürlich wegen der Information, die er mir mitgeteilt hatte, verängstigt war. Der Duft seines dezenten Aftershaves. Das Gefühl seines heißen Atems an meinem Hals. Seine beeindruckende Größe und sein kräftiger Körperbau überragten mich. Ich wäre fast auf die Knie gefallen, um um Gnade zu flehen, aus anderen Gründen als meinem Job. Ich schluckte und fragte mich, was mit mir los war. Meine Libido war auf Hochtouren und das hatte ich dem heißen mysteriösen Kerl von der Comic-Con zu verdanken.

Ach, ich hoffte wirklich, dass das nicht der beste Sex meines Lebens war, oder ich würde all meine sexy Unterwäsche einpacken. Vielleicht würde ich nächstes Jahr mit Falcos Helm durch die Convention laufen müssen und ihn von jedem anprobieren lassen, so wie der Prinz es mit Aschenputtels Schuh gemacht hatte.

„Ich komme mit dir", quietschte Cari.

„Ich auch!", schallte Ingrid und schlug ihre Hände zusammen.

„Ich bin nicht sicher, dass ihr zwei dort reindürft."

Cari warf mir einen unleserlichen Blick zu und zuckte dann mit den Schultern. „Sie können mich ja rauswerfen. Es ist besser, um Verzeihung zu bitten als um Erlaubnis!"

Wir betraten die Entwicklungsabteilung, die wie eine riesige Lagerhalle mit verschiedenen Terminals und Stationen bestückt war. Dieser Bereich wurde benutzt, um neue Soft- und

Hardware zu testen. Da von Prototyp-Equipment gesprochen worden war, vermutete ich, dass es sich in diesem Fall um Hardware handelte.

Eine Gruppe von Menschen stand am anderen Ende der Lagerhalle zusammen und ich entdeckte Jordans große Statur unter ihnen. Ich eilte hinüber, wobei ich gleichzeitig versuchte, meine Füße so aufzusetzen, dass meine hochhackigen Stiefel nicht laut vom Boden widerhallten. Als ich die Gruppe fast erreicht hatte, drehte er sich um, warf mir einen stechenden Blick zu und blickte finster schauend auf seine Uhr, bevor er seine Aufmerksamkeit wieder der Demonstration vor uns zuwandte.

Adam Drake stand vor einem riesigen Bildschirm in einem Bereich, der Kommandozentrale genannt wurde – ein gewaltiger Monitor, der mehreren Leuten erlaubte, das Geschehen zu verfolgen. Das Videospiel, das gezeigt wurde, war natürlich Dragon Epoch.

Neben Adam standen zwei Spieletesterinnen auf runden Plattformen. Sie waren mit irgendeiner seltsamen Ausrüstung verbunden, mit Geschirren um ihre Taillen. Jede Frau trug eine Brille und dazu passende Sportschuhe mit, wie Adam ausführte, speziellen Sensoren daran, die ihre Bewegungen in der virtuellen Welt aufzeichneten. Ich erkannte eine der Testerinnen als Adams Verlobte, Mia. Die andere war kleiner, mit einem roten Zopf, der über ihren Rücken baumelte.

Hinter ihnen waren ihre Charaktere auf dem Bildschirm zu sehen. Als die Frauen sich auf den Plattformen bewegten, rannten oder gestikulierten, machten ihre Charaktere sie in Echtzeit nach. Als Mia ihren Arm in einem hohen Bogen nach rechts schwang, machte ihr Charakter Eloisa – so der Name über ihrem Kopf – dasselbe ohne sichtbare Verzögerung auf dem Bildschirm vor uns.

Adam erklärte der kleinen Gruppe: „Diese Sensoren erlauben dem Spiel, die Körpersprache der Spieler zu interpretieren und in Kommandos für ihre Charaktere im Spiel umzuwandeln, sodass sie diese, anstatt mit einer Tastatur oder einem Controller, mit diesem Equipment und ihre eigenen Gesten steuern können. Was die Spieler auf ihren Brillen sehen, ist eine dreidimensionale Darstellung der Spielwelt. In diesem speziellen Szenario spielt Mia eine Zauberin und Katya eine Heilerin, also sind ihre Zauber unterschiedlich." Er drehte sich zu Mia. „Wirk einen Feuersturm", sagte er.

Sie machte eine weite kreisförmige Geste mit ihrem rechten Arm und schnipste dann mit ihrem Handgelenk. Auf dem großen Bildschirm vor ihnen, macht der Charakter dasselbe und ein gigantischer Feuerball tauchte zwischen ihren Händen auf. Sie warf ihn wie einen Ball von sich weg.

„Katya benutzt als Heilerin dieselben Gesten für einen anderen Effekt." Katya war das Mädchen mit dem Zopf, die mich an eine rothaarige Version von Katniss aus *Die Tribute von Panem* erinnerte. Sie machte dieselbe Geste wie Mia und die Hände ihres Charakters begannen mit reiner grüner Energie zu glühen, was meiner Meinung nach einen Heilzauber bedeutete. Mias Charakter wurde in Energie gebadet. Ein Satz tauchte in einer Textbox im unteren Teil des Bildschirms auf: *Eloisa wurde vollständig geheilt!*

Die Gruppe murmelte sichtlich beeindruckt. Selbst *ich* war beeindruckt und ich war keine Gamerin. Sich vorzustellen, dass Leute in der Lage waren, ihre Absichten durch Bewegungen einem Spiel mitzuteilen, war erstaunlich. Das waren tolle Aussichten für die Zukunft von Videospielen.

Adam hielt eine Brille hoch, eine wie die, die die Frauen trugen. „Während wir die Handlung auf einer zweidimensionalen Oberfläche betrachten, werden die Spieler, sobald das Prototyp-Equipment überall verbreitet ist, die Ingame-Welt um sich herum als dreidimensional sehen. Spieler von Nahkampfklassen – wie Krieger oder Söldner – werden Modelle ihrer Waffen tragen und sie im Kampf schwingen. Wie beim Zaubern werden gewisse Bewegungen und Gesten spezielle Angriffe für diese Charaktere auslösen."

Wir schauten weiterhin Eloisa und Persephone – Katyas Charakter – zu, die einander weiter duellierten. Adam erklärte, dass die beiden zwei Jahre lang zusammen gespielt hatten, seit sie sich in der Beta des Spiels kennengelernt hatten. Ich hatte nicht gewusst, dass Mia eine Gamerin war.

Ich betrachtete sie bis zum Ende der Demo. Sie schien gesund und glücklich und schwang ihre Hände, während sie – virtuell – ihre Freundin gewaltig vermöbelte. Letztendlich gewann sie das Duell.

Die Gruppe klatschte. Mia und Katya setzten ihre Brillen ab und sahen aus, als hätten sie etwas trainiert. Die Menge fing an, sich aufzulösen oder sich zu unterhalten, aber mein Interesse lag auf dem, was vor dem Bildschirm geschah. Mia grinste Adam an und er lächelte zurück und betrachtete sie mit einem Blick, den ich nur als absolute Bewunderung beschreiben konnte. Da war dieses Leuchten in seinen dunklen Augen und er nahm sie keinen Augenblick von ihr. Sie sagte etwas, zog eine Augenbraue hoch und neigte ihren Kopf. Er lachte, legte einen Arm um ihre Taille und flüsterte ihr etwas ins Ohr. Was auch immer seine

Antwort gewesen war, sie brachte sie sowohl zum Lachen als auch zum Erröten.

Das war wie beim letzten Mal, als ich sie zusammen gesehen hatte – auf derselben Party, wo ich diese schrecklichen Bemerkungen gemacht hatte. Sie blickten sich an, als ob niemand anderes außer ihnen auf der Welt existierte. Als könnte die Welt untergehen und es wäre trotzdem alles in Ordnung, solange sie nur einander hatten. Sie waren glücklich.

Mein Herz zwickte in meiner Brust. Ich wollte, dass eines Tages auch mich ein Mann so ansah. Und wenn ich dann ihn anblickte, würde ich dieselben Gefühle in meinem Herzen spüren. Meine Kehle zog sich zusammen.

Cari lehnte sich verschwörerisch zu mir und murmelte: „Ihh, sie macht mich krank.“

Ich richtete mich auf und lehnte mich weg von ihr. Ich wusste genau, über wen sie sprach. Regelmäßig lästerte sie über Mias Kleidung und ihr Aussehen, obwohl es offensichtlich war, dass Mia eine schöne Frau war, selbst wenn sie krank gewesen war.

Caris Spott war größer geworden, seit die beiden sich verlobt hatten. Sie hatte Stunden damit verbracht, sich über die Größe von Mias Verlobungsring aufzuregen. *„Er hat mindestens drei Karat; mindestens. Scheiße, warum haben immer die braunhaarigen unscheinbaren Mädchen Glück? Ich will einen Millionär. Ich will diesen Millionär“*, schimpfte sie.

„Sie sieht glücklich aus. Gesund“, antwortete ich neutral und erinnerte sie, dass Mia bis vor ein paar Monaten noch an einer lebensbedrohlichen Krankheit gelitten hatte. Aber sie hatte es durchgestanden und Adam war die ganze Zeit an ihrer Seite gewesen. Er schien ein wirklich guter Kerl zu sein und es schien so, als verdiente sie ihn. Offensichtlich sahen andere das nicht so.

Ingrid stimmte jedem Wort zu, das aus Caris Mund kam, genauso wie der Rest der Herde. Genauso, wie ich es oft vorgetäuscht hatte. Ich fragte mich, wie viele von ihnen ihr *wirklich* zustimmten und wie viele von ihnen so wie ich zu feige waren, um etwas dagegen zu sagen, damit sie nicht ihre Wut an einen von uns ausließ.

„Was ist so besonders an ihr? Warum hat er *sie* gewählt?", jammerte Cari.

Ich verdrehte die Augen und Ingrid lehnte sich vor. „Sie ist nicht so toll. Sie ist groß und dünn und hübsch, denke ich, aber sie ist so flachbrüstig."

Meine Kinnlade fiel herunter und mir wurde übel. Die arme Frau hatte Brustkrebs überlebt. Wer wusste, welche Operationen sie über sich hatte ergehen lassen müssen, und sie machten sich über ihre Figur lustig? Frauen waren manchmal so grausam zueinander und diese zwei waren ekelhaft. Und ich war ekelhaft, weil ich so lange mitgemacht hatte.

„Entschuldige mich, ich melde mich besser bei meinem Boss und finde heraus, ob ich etwas für ihn tun muss", log ich.

Um ehrlich zu sein, stand mich Jordan zu nähern gerade nicht sehr hoch auf meiner Liste, wenn man unsere vorherige Konfrontation und seine Offenbarung bedachte, dass er wusste, dass ich die Frau in diesem verdammten Video war. Aber ich brauchte eine Entschuldigung, um dieser Unterhaltung zu entkommen, die mich krank machte.

Cari kniff die Augen zusammen und ich nahm an, dass sie herausgefunden hatte, dass mich das beschäftigte. Ich warf ihr mein typisches Alles-Verstecken-Grinsen zu und hoffte, dass es mich schützen würde. Dann kroch ich an Jordans Seite.

Er bemerkte mich nicht, da er sich gerade mit jemandem unterhielt. Cari beobachtete mich, also dachte ich, dass ich besser so *aussehen* sollte, als würde ich mit Jordan reden. Ich räusperte mich. „Entschuldigung."

Jordan blickte mich über die Schulter an und drehte sich dann wieder um, um seine Konversation weiterzuführen. Ich zog meine Augenbrauen hoch und knirschte mit den Zähnen. Ich würde hier stehenbleiben, bis er mich zur Kenntnis nehmen würde, verdammt.

Er drehte sich plötzlich um und sagte: „Weiss, mach ein paar Bilder von Mia und Kat mit dem Equipment. Ich habe ein Video von Adams Demo, aber wir brauchen noch Bilder. Geh dort rüber und bitte sie, die Sachen wieder anzuziehen und für dich Modell zu stehen."

„Ähm. Okay ..."

„Du hast dein Smartphone dabei, nehme ich an? Du scheinst ein großer Fan deines Smartphones zu sein ...", sagte er mit einem vielsagenden Unterton. Mein Gesicht und mein Hals wurden heiß und ich mied seine Augen.

Dann hob er seine Hand und schnippte mit den Fingern vor meinem Gesicht. „Schnell, hoch da, bevor sie abhauen! Und schick mir eine E-Mail mit den Fotos. Und dann zurück an deinen Akten-Job."

Hat er gerade mit den Fingern geschnippt? Ich fühlte mich so gekränkt – und um ehrlich zu sein, verängstigt –, dass ich nicht sprechen konnte, selbst als ich meinen Mund öffnete. Er hatte sich bereits wieder zu seiner Gesprächspartnerin umgedreht, welche eine sehr schöne Frau war – Designer-Kostüm, Jimmy Choos und teure Highlights und Schattierungen in ihren blonden Haaren. Sie war völlig aufgedonnert. Wer war sie? Ich hatte sie noch nie zuvor gesehen. Vielleicht seine Freundin des Tages?

Ich brodelte, zog mein Handy heraus – das, mit dem ich den mysteriösen Mann und mich beim Sex gefilmt hatte – und ging auf den großen Bildschirm und das Trio zu, das immer noch davor stand und scherzte.

Sie unterbrachen ihre Unterhaltung, drehten sich um und sahen mich an, als ich auftauchte. „Ähm, hi."

„Hey, April", sagte Adam.

Mia blickte mich an und dann weg, da sie sich offensichtlich an meine gemeinen Worte über sie auf der Party vor ein paar Monaten erinnerte. „Hey", murmelte sie.

Adam zeigte auf das rothaarige Mädchen. „April, das ist Kat. Sie arbeitet als Spieletesterin. April ist jetzt Jordans Assistentin."

Mia drehte sich zu mir zurück und zog ihre schmalen Augenbrauen hoch. „Oh wirklich? Du arbeitest für Jordan? Möge Gott dir gnädig sein", sagte sie und machte ein Kreuzzeichen, als wäre sie ein Priester, der mich segnete.

Kat kam ein Lachen aus. „Ja, was hast du vergeigt, um diese Position zu bekommen?" Ich biss mir auf die Lippe. Offensichtlich hatte ich das Memo nicht bekommen, dass Jordan im Büro ein Arsch war. Kat und Mia schienen viel zu wissen, was ich nicht wusste.

Adam blickte sie beide warnend an. „Ich habe einige Zeit mit Aprils Dad bei Sony zusammengearbeitet. Sie war schon so lange im Marketing, dass ich dachte, sie könnte einen Tapetenwechsel brauchen."

Mein Mund öffnete sich schockiert. Ich hatte keine Ahnung. Und jetzt realisierte ich, warum ich im Büro des Finanzchefs arbeitete. Nicht durch meinen eigenen Verdienst. Ich hatte mir vorgemacht, dass es meine harte Arbeit gewesen war, die mich hierher gebracht hatte.

Ich fragte mich, ob mein Dad etwas damit zu tun hatte – vielleicht hatte er Adam gebeten, mich zu befördern. Ich wusste, dass er sich zur Zeit schuldig fühlte. Vielleicht dachte er, dass sein monatliches Taschengeld nicht großzügig genug war, um ihn davon loszusprechen.

Dad und ich hatten lange Zeit keine tiefgehende Beziehung mehr. Er war in seiner Arbeit vergraben und die wenige Zeit, die er hatte, verbrachte er mit seiner neuen Familie. Es fühlte sich immer so an, als wäre ich ein Anhängsel. Also überhäufte er mich statt mit seiner Aufmerksamkeit mit Geld. Und jetzt, so vermutete ich, damit, dass er einige Fäden zog.

Ich blickte schnell über meine Schulter und hoffte, dass Cari Adams Kommentar nicht gehört hatte. Aber nein, sie betrachtete das Geschehnis aufmerksam und schien alles gehört zu haben. Ich fühlte mich unbehaglich, weil sie nun noch einen meiner Schwachpunkte kannte. Sie wusste bereits genug, um mich untergehen zu lassen.

„Ähm, Jordan wollte einige Fotos von euch beiden in der Ausrüstung, wenn das okay ist?" Ich hielt mein Handy hoch. „Ich verspreche, ich fotografiere nur eure Schokoladenseiten."

Adam drehte sich zu ihnen und erklärte ihnen etwas, was ich nicht hören konnte. Beide nickten und setzten ihre Brillen auf, bevor sie sich wieder auf die Plattformen begaben. Kat posierte wie eine Comic-Superheldin, indem sie wie der Hulk ihre Armmuskeln anspannte. Mia lachte und forderte sie heraus, indem sie wie ein Boxer vor ihr tanzte, während ich Fotos schoss.

„Okay, hochsehen, bitte, und lächeln."

Sie posierten mit den Armen um die Schultern des anderen. Mia hob ihre Faust und sagte: „Girl Power!"

„Dito", stimmte Kat zu.

Jordan und die Blondine näherten sich unserer Gruppe. Adam drehte sich zu Jordans süßer Begleitung und lächelte. „Hey, Lindsay, schön, dass du kommen konntest."

„Das ist ziemlich beeindruckendes Zeug, was du hier gerade vorgeführt hast, Drake. Ich habe mein Scheckbuch bei mir. Wo unterschreibe ich, um zu investieren?", lachte sie. „Und du siehst heute wunderschön aus, Mia. Wie geht es dir?"

Adam, Mia und Lindsay redeten noch kurz weiter. Sie schienen sich alle so gut zu kennen, dass ich mich wirklich fragte, ob diese Lindsay Jordans Freundin war. Sie sah etwa fünf bis sieben Jahre älter als er aus. Vielleicht wurde der Bad Boy langsam ruhiger. Sie schienen ein attraktives Paar abzugeben, aber dieser Gedanke störte mich und deswegen verwarf ich ihn schnell.

Nach ein paar Minuten sagte Adam etwas zu Mia, küsste sie auf die Wange und dann gingen er, Jordan und Lindsay weg, um sich mit ein paar Leuten von der Entwicklung zu unterhalten.

Ich drehte mich zu Mia. Sie war eine sehr schöne Frau, groß und schlank, mit kurzen dunklen Haaren und braunen Augen. Diese Augen fixierten sich plötzlich auf mich, als sie zu realisieren schien, dass ich immer noch hier war und wartete.

„Hey, Mia", fing ich nervös an und steckte mein Handy in die Tasche. „Könnte ich – ähm ..."

„Hallo Mia ...", sagte Cari und stieß mich an. Sie warf einen Arm um meine Schulter und ich verkrampfte. „April und ich haben gerade von dir gesprochen."

Mias Lippen wurden schmal. „Komisch, ich habe gar nicht bemerkt, dass meine Ohren gebrannt haben."

„Ich denke –", fing ich an.

„Ja, wir sagten gerade, dass du gut aussiehst, wenn man bedenkt ... Ich meine, du siehst viel besser aus als zuvor."

Mein Gesicht brannte und Mia und Kat wechselten einen langen Blick.

„Und ich wollte auch einen Blick auf deinen *wunderschönen* Ring werfen. Du hast so ein *Glück*. Darf ich?" Sie streckte ihre Hand aus.

Mia hielt inne und hielt dann Cari zögernd ihre Hand hin, damit sie ihn ansehen konnte. „Wow, Mia. Einfach *wow*. Du lebst einfach den Traum."

Ich starrte Cari mit offenem Mund an und zog mich dann von ihr weg. Mia hatte sich bereits zu Katya gedreht und sie fingen an, mit zusammengesteckten Köpfen wegzugehen und zu reden. Ich machte einen Schritt nach vorne und Cari legte eine Hand auf meinen Arm. „Hey, April. Wir sollten abhängen. Vielleicht heute Abend ...."

„Ich muss noch dieses teuflische Projekt erledigen – für diesen teuflischen Boss." Ich blickte in Jordans Richtung. Er und die Blondine verließen die Lagerhalle und Adam ging mit den Entwicklern in eine andere Richtung.

Ich nutzte das, um Cari loszuwerden. „Oh, schau, Adam geht ...."

Cari drehte sich um und winkte Ingrid zu ihr. „Muss los! Wir sehen uns." Sie und Ingrid folgten Adam und seiner Gruppe, so wie ich es vermutet hatte.

Ich sah zu, wie sie ging, und ich bekam ein schlechtes Gefühl. Ich hatte mir von Cari die Gelegenheit verderben lassen, mich bei Mia zu entschuldigen. Und ich hatte mir schon all die Dinge ausgedacht, die ich sagen wollte. Darüber, dass ich nicht hätte sagen sollen, was ich gesagt hatte, und wie leid es mir tat, dass ich ihre Gefühle verletzt hatte. Ich biss die Zähne aus Frust zusammen und drehte mich um. Dann machte ich mich niedergeschlagen auf den Weg aus der Lagerhalle.

Verantwortung für mein schlechtes Benehmen ihr gegenüber zu übernehmen, hätte sich gut angefühlt, selbst wenn es etwas furchterregend war. Ich hatte keine Ahnung, ob Mia meine Entschuldigung ablehnen würde oder lachen würde oder so etwas. Aber ich war wütend, dass ich zugelassen hatte, dass Cari mir diesen Versuch so leicht zunichte gemacht hatte. Ich wusste auch, dass ich tief drinnen zu feige war, für mich selbst einzutreten. Ich schlug keine Wellen. Ich war schon immer so gewesen.

Jede Woche von einem widerwilligen Elternteil zum anderen zu wandern, während ich aufwuchs, hatte mich gelehrt, dass ich ihnen, wenn ich mich einfügen wollte, stets mit einem Lächeln das sagen musste, was sie hören wollten.

Was noch schlimmer war, war, dass dies vielleicht meine einzige Gelegenheit gewesen war, mich bei Mia zu entschuldigen, da meine Zukunft in diesem Job extrem unsicher war. Mir fiel auf, dass ich auch Jordan eine Entschuldigung schuldete. Vielleicht könnte ich dafür den Mut finden.

Während des ganzen Weges zurück in sein Büro studierte ich ein, was ich zu ihm sagen würde. Bis ich dort angekommen war, hatte ich eine schöne Rede in meinem Kopf geplant. Sie klang poetisch und perfekt, wie von einer anderen meiner Buchheldinnen, Anne Shirley aus *Anne auf Green Gables.*

Als sie ihre liebevollen Entschuldigungen geübt hatte, hatte sie die alte Tratschtante Rachel Lynde um den Finger gewickelt, die Vorurteile gegen das neue Waisenmädchen in der Stadt gehabt hatte. Ich konnte das auch. Meine Worte, wie die von Anne, würden aufrichtig sein müssen. Ich konnte das *definitiv* auch.

Mit nur leicht zitternder Hand klopfte ich an Jordans geschlossene Bürotür. Er knurrte, ich solle reinkommen.

Anne kniete sich gerne hin, um ihre Entschuldigung vorzutragen. So weit würde ich nicht gehen, aber ich stellte mich direkt vor seinen Schreibtisch. Glücklicherweise saß er dieses Mal – so war er viel weniger einschüchternd. Ich legte meine Hände vor mir übereinander.

„Und? Hast du die Fotos?"

„Ja, sie sind bereits in deinem Postfach. Ich –"

„Und die Akten? Was ist mit denen?"

„Etwa halb fertig. Ich werde länger bleiben und das fertig machen, aber –"

„Warum stehst du dann noch hier rum? Zurück an die Arbeit. Es ist schon fünf, um Gottes willen."

„Ähm, ich wollte vorher noch etwas sagen, bitte. Wenn ich darf."

Er stand auf, kniff die Augen zusammen und knirschte mit den Zähnen. Langsam kam er um den Schreibtisch, setzte sich darauf und verschränkte seine kräftigen Arme vor seiner breiten Brust. So viel dazu, dass ich mich nicht eingeschüchtert fühlte. Ich schluckte.

Er zog eine Augenbraue hoch und hielt mir dann sein Handgelenk hin, damit ich auf seine Uhr blickte. „Du hast drei Minuten. Ab jetzt."

Ich blinzelte. Hatte Rachel Lynde Anne während ihrer Rede auch ein Zeitlimit gegeben? Panisch rauschten die Worte ohne besondere Reihenfolge aus meinem Mund. „Ich wollte nur sagen, dass ich weiß, dass du mich gar nicht kennst, aber ich habe immer versucht, das Richtige zu tun. Ich habe ... ähm ... ich habe in letzter Zeit einige Fehlentscheidungen getroffen und einige ernste Fehler gemacht, die ich zutiefst bedauere, aber ich will das Richtige tun und das schließt die Situation mit dem Video mit ein."

Ich schweifte aus, das wusste ich, aber ich konnte mich nicht davon abhalten. Ich atmete tief ein, um fortzufahren. „Ich mache so etwas normal nie. Ich habe so etwas zuvor noch nie gemacht. Ich meine, es war genialer Sex – ich wusste nicht, dass es so gut sein könnte – aber bei all dem Ärger, den das verursacht hat ..." Meine Stimme verebbte bei dem verschmitzten Grinsen, das auf seinen Lippen lag, einen Augenblick lang. Oh Gott, ich konnte nicht glauben, dass ich das gerade gesagt hatte. Ich klang so erbärmlich.

„Ich – ich hatte nie vor, irgendjemandem zu schaden, schon gar nicht der Firma. Aber mir ging es auf der Convention wirklich schlecht. Da war diese Sache – ich will nicht damit anfangen, aber meine Familie ist ziemlich kaputt und ich habe mich davon beeinflussen lassen und eine wirklich dumme Sache gemacht. Und ich fühle mich schrecklich, dass die Firma da hineingezogen wurde, also –"

„Auszeit", sagte er und schnitt mich ab. Er hatte seine Augen die ganze Zeit, in der ich geredet hatte, nicht von seiner Uhr genommen. Ich schluckte.

„Weiss, du hast mir gerade rein gar nichts gesagt. Ich habe nur *blah, blah, blah* gehört." Er hielt seine Hand hoch und öffnete und schloss sie wie eine quakende Ente. „Zurück an die Arbeit."

Ich atmete schmerzhaft ein. Es hatte mich viel Überwindung gekostet, das alles zu sagen. Ich hatte zwanzig Minuten gebraucht, um den Mut zu fassen, das loszuwerden.

Meine Wangen wurden heiß. „Ich kündige", sagte ich.

Seine schönen Gesichtszüge änderten sich nicht im Geringsten. „Was?"

„Ich sagte, dass ich kündige."

„Nein, tust du nicht."

„Doch. Ich kündige und ich bitte nur darum, dass du meine Identität so lange wie möglich geheim hältst. Ich werde mir anderswo eine neue Praktikumsstelle suchen."

Er stand auf und ragte über mir auf. Ich war etwas unterdurchschnittlich groß – etwa einssechzig. Er war mindestens einsachtzig, wahrscheinlich größer.

„Du wirst nirgendwo anders ein Praktikum machen, weil du *nicht* kündigst."

„Das habe ich gerade."

„Nein, du sagtest *blah, blah, blah.*" Er öffnete seine Hand wieder. Ich wollte diese verdammte Hand wegschlagen. „Jetzt raus hier und mach meine verdammten Akten fertig."

„Aber –"

„Und du darfst mit niemandem über das Video sprechen. Ignoriere, dass es existiert."

Ich öffnete und schloss meinen Mund mehrere Male und war mir sicher, dass ich wie ein Karpfen aussah. Er trat vor mich und stand nun weniger als einen halben Meter vor mir. Dann beugte er sich zu mir herab. Er hätte alles zu mir sagen können, doch allein sein guter Geruch ließ mich schwanken. Sein Duft war warm, wie Zimt, und trocken wie weißer Salbei, der in den Küstenregionen von Südkalifornien wuchs. Meine Nase juckte.

Er kniff die Augen zusammen. „Lass das Fischgesicht sein und mach dich an die Akten."

Ich schloss den Mund, drehte mich um und verließ sein Büro. Was war das?

Er ging eine Stunde nach unserem Gespräch, verabschiedete sich nicht einmal, sondern nickte nur im Vorbeigehen in meine Richtung. Ich saß noch einige Stunden wie in einem Nebel da, während ich meine beschissene Aufgabe erledigte.

Also, das war interessant. Meine Anne-Shirley-Entschuldigung funktioniert bei ihm nicht ... oder doch? Vielleicht hätte er mich ansonsten gefeuert? Ich war mir nicht ganz sicher. Ich wusste nur, dass ich viel zu viele Details ausgeplaudert hatte – Details, die er besser nicht hätte hören sollen.

Vielleicht war meine Entschuldigung so armselig gewesen, dass er mich bemitleidet hatte und entschieden hatte, dass er mich aus genau diesem Grund nicht feuerte. Naja, was auch immer es war, ich hatte meinen Job noch, obwohl ich lieber nicht herausfinden wollte, warum.

Kapitel Vier
Jordan

GOTTVERDAMMT, DIESE FRAU BRACHTE MEINEN Blutdruck zum Explodieren. Ich wollte sie bei ihrer Rede fast erwürgen – okay, außer als sie darüber sprach, wie gut der Sex war. Dieses kleine, nicht so arme Mädchen hatte ihr Niveau gesenkt und etwas Unanständiges gemacht. Ich kannte ihren Typ. Eine Frau, die sich besaufen und ihre wilde Seite zeigen musste und danach weinte und die Hände wrang, weil sie realisierte, dass die Konsequenzen ihrer Taten andere Menschen verletzt hatten. Ich kannte diesen Typ Frau nur zu gut. Wütend klammerte ich mich auf der Fahrt nach Hause an das Steuer meines Wagens. Es half nichts, dass sie so verdammt schön war – dieser heiße Körper, dieses engelsgleiche Gesicht, diese blauen Augen. Ich sagte meinem Kopf, er solle aufhören, darauf zu achten, aber mein Körper hatte das Memo noch nicht bekommen. Jedes Mal, wenn sie den Raum betrat, traf mich die plötzliche Reaktion auf sie direkt zwischen den Augen – dieser süße Hintern, diese heißen Titten, dieses glänzende Haar. Und ich erinnerte mich daran, wie ein kleines Techtelmechtel mir einen Vorgeschmack auf das gegeben hatte, was ich nicht mehr haben konnte. Anstatt sie zu vergessen, was der ursprüngliche Plan gewesen war, wollte ich sie nun noch mehr als zuvor.

Ich rieb meine Stirn und versuchte, sie aus meinen Gedanken zu drängen.

Und verdammt, wenn ich heute Abend nicht so viel Arbeit zu erledigen hätte. Ich hätte gern etwas Dampf abgelassen, aber ich musste meine Zeit und Energie anderweitig nutzen.

Etwas musste sich ändern. Dieser Lifestyle musste sich ändern. Die leeren Affären. Die betrunkenen Partys. Das wilde Rockstar-Leben. War es das wert? Brachte mir das überhaupt noch etwas? Es fühlte sich alles so leer an. Es war nicht erfüllend. Oder vielleicht wurde ich nur alt.

Es war bereits dunkel, als ich nach Hause kam, aber ich schnappte mir eine Flasche Bier und ging in den Garten meines Hauses, der sich zu einem der schönsten Strandabschnitte von Newport Beach hin öffnete.

Ich mochte es, meinen Tag mit dem Meeresrauschen zu beenden. Und obwohl ich noch Stunden voller Arbeit vor mir hatte, gönnte ich mir das jetzt. An diesem Abend spazierten viele Leute auf dem geteerten Fuß- und Radweg vorbei, der parallel zur Küste verlief. Für sie war ich verborgen, gut versteckt in meinem Garten. Ihre Unterhaltungen wurden lauter und verebbten dann wieder, doch der stetige Rhythmus des Ozeans war das, was mich beruhigte.

Mein Telefon klingelte und ich blickte darauf.

Hey Liebster. Hab schon lange nichts mehr von dir gehört.

Es war Lyla, das Model, mit dem ich vor einiger Zeit ausgegangen war. Ihre Nachricht wurde von einem schönen Foto ihres tollen Vorbaus begleitet. Ich lächelte, leckte meine Lippen und dachte für einige Minuten tatsächlich darüber nach.

Ein schönes Schäferstündchen mit ihr wäre vielleicht eine willkommene Ablenkung von den Gedanken an diese unerreichbare und unglaublich frustrierende Praktikantin.

Lyla war der Typ Frau, der nichts gegen etwas Spaß hatte, aber mich dann wieder an die Arbeit gehen lassen würde. Ich musste zugeben, dass ich sehr verlockt war. Aber bevor ich mir noch mehr dieser Gedanken erlaubte, tippte ich meine Antwort.

Sorry, Hübsche. Ich habe jede Menge Arbeit. Vielleicht ein andermal?

Ihre Antwort kam weniger als eine Minute später.

Aber ich bin heute geil :(

Verdammt. Ich auch. Aber meine leichtsinnigen Handlungen am letzten Wochenende hatte mich zum Nachdenken gebracht. Ich hatte Scheiße gebaut. Und diese Scheiße verbreitete sich nun im Internet.

Deswegen musste ich meinen besten Freund anlügen – den besten Freund, der im letzten Jahr einige gewaltige Krisen durchgemacht hatte. Und jetzt hatte mein dummes Handeln ihm noch mehr aufgebürdet. Mit einem tiefen Atemzug unterdrückte ich die Schuld, die mich dazu gebracht hatte, über mich und mein hartnäckiges Ziel, die Firma auf den Markt zu bringen, nachdenken zu müssen.

Ich vermisse meine Lieblingsbauchmuskeln.

Ich hielt sie bei Laune, indem ich mein Shirt hochzog und ein Bild mit der Nachricht abschickte:

Dass muss fürs Erste reichen. Sorry, Babe.

Ich hab gerade den Bildschirm abgeleckt. Verurteile mich nicht.

Bevor ich es kontrollieren konnte, tauchte das Bild der Praktikantin in meinem Kopf auf – sie leckte mich und ihr dunkler Schopf glitt über meine Brust. Es war heißer Sex gewesen, aber ich hatte meine Kleidung die ganze Zeit anbehalten. Aber ich hätte es so geliebt, wenn sie meine Brust geleckt hätte. Und meinen –

Was zum Teufel ging in meinem Kopf vor? Hatte ich aus den letzten vierundzwanzig Stunden nichts gelernt?

Ich fing an, an mir selbst zu zweifeln – bis zu dem Ausmaß, dass ich an das Undenkbare dachte. Um mich für meine Dummheit zu bestrafen, würde ich diesen zufälligen Affären entsagen – und auch dem extremen Alkoholkonsum. Verdammt, wenn ich das mit dem Finanzchef vergeigen würde, würde ich vielleicht einem Kloster oder so beitreten.

Seufzend ging ich hinein und zog meinen Laptop heraus, um mich in den Papierkram zu vertiefen, den ich mit nach Haus genommen hatte. Ich musste die Dokumente durchgehen, die unsere Investment Banker aufgesetzt hatten, um herauszufinden, welche Schlupflöcher sie vielleicht ausnutzen könnten. Ich musste auch den Kerl von der Internet-Sicherheitsfirma anrufen, um herauszufinden, was er wegen des Videos unternehmen könnte, falls es überhaupt irgendetwas gab.

Denn sobald sich etwas so weit verbreitet hatte, war es, als würde man gegen den Wind pinkeln, um es aufhalten zu wollen. Es gab Dinge, die man in die Wege leiten konnte, wie zum Beispiel Unterlassungserklärungen. Aber das Risiko auf Enthüllung machte dieses Mittel bedenklich.

Durch die Tatsache, dass April die Identität ihres Sexualpartners nicht kannte, war ich aus dem Schneider, aber ich musste mich erneut fragen, ob sie es wirklich nicht wusste und ob es eine Möglichkeit gab, dass sie es herausfinden könnte. Und wenn sie es herausfand, was würde sie tun? Warum hatte sie es überhaupt hochgeladen? Aber wenn ich sie direkt fragen würde, würde sie realisieren, dass ich wusste, dass sie es gewesen war und nicht der andere. Sie war nicht dumm – so viel hatte ich mir zusammengereimt – und könnte es wahrscheinlich herausfinden. Das konnte ich nicht riskieren. Ich musste dem Ganzen auf einem umständlicheren Weg auf den Grund gehen.

Nach etwa einer Stunde Arbeit machte ich mir etwas zu essen und rief eine Nummer auf meiner Voicemail zurück. Es gab noch andere Frauen in meinem Leben, die ich nicht hinhalten konnte.

„Es wurde auch Zeit, dass du mich zurückrufst", war das Erste, das Hannah sagte, als sie abhob.

„Ich habe ein Leben, weißt du. Ich bin nicht deine persönliche Hausaufgaben-Helpline."

„Ich weiß, wo deine Leichen vergraben sind, Jordan. Leg dich nicht mit mir an."

„Du weißt wohl eher, wo meine Joints versteckt waren, und so hast du mich immer erpresst, du kleine Nervensäge."

„Wie auch immer. Ich brauche hierbei deine Hilfe. Ich habe dir das Problem gemailt. Gib mir einfach einen kleinen Hinweis."

„Wie läuft es eigentlich auf dem College? Du bist schon zwei Wochen dort und ich habe immer noch nichts von dir gehört."

Sie hielt einen Augenblick inne, bevor sie mit einer zu lauten, zu freudigen Stimme antwortete. „Es läuft super!"

Hmm. Das beunruhigte mich, aber ich war nicht so dumm, sie direkt darauf anzusprechen. Hannah tat immer gerne so, als wäre alles perfekt – selbst, wenn es das nicht war. Leider war sie nicht die beste Schauspielerin.

„Lernst du viele neue Leute kennen? Irgendwelche Kerle, die ich vermöbeln muss?"

„Ha, ha. Ich konzentriere mich aufs Studium, vielen Dank. Aber diese Wirtschaftsvorlesung macht mir das Leben zur Hölle. Jetzt schon."

Ich öffnete meinen Laptop und suchte ihre E-Mail. „Also diese Frage ist ziemlich einfach, Banna." Ich benutzte ihren alten Spitznamen, nur um sie zu ärgern. Das Privileg eines großen Bruders.

Sie blies am anderen Ende der Leitung ihren Atem hinaus. „Diese Vorlesung vermittelt zwar nur Grundlagen, aber wir haben nicht alle schon mit fünfzehn Aktienportfolios gemanagt, die wir mit unserem Nebenjobverdienst aus dem Surf-Shop gekauft haben."

„Zu blöd, dass du nicht so ein Genie wie ich bist. Konkurrenzkampf unter Geschwistern ist so etwas Hässliches. Lass dich davon nicht auffressen."

„Wie auch immer. Apropos Surf-Shop ... Mom hat mir etwas erzählt, was sie von Ms. Nolan erfahren hat."

„Ah, wie geht es Ms. Nolan?"

„Mom fährt sie immer zu ihren Behandlungen. Es scheint ihr besser zu gehen. Aber beim letzten Mal erzählte sie Mom, dass Cyndi sich scheiden lässt."

Ich hielt inne. Der Name ließ mich zuerst aufhorchen. Die Nachricht als Zweites. Ich hatte keine Ahnung, was ich mit dieser Information anfangen sollte. Ich wusste ehrlich gesagt gar nicht, wie ich mich wegen dieser Information fühlte. Tief drinnen hätte ich eine Art Genugtuung verspüren sollen, von ihrem Unglück zu erfahren, aber das tat ich nicht. Bedeutetet das, dass ich das alles – sie – hinter mir gelassen hatte?

„Bist du noch da?"

„Ja. Ich weiß nur nicht, warum du mir das erzählst."

„Keine Ahnung. Dachte, du wolltest es wissen. Du warst vor einer Trillion Jahren mit ihr zusammen."

„Vor einer Trillion Jahren. Seit damals hatte ich viele Freundinnen."

„Oh, so nennst du die also? Es tut mir leid, aber wenn du ein paar Wochen mit jemandem schläfst, ist sie noch nicht deine Freundin. Du musst vielleicht mal darüber nachdenken, sesshaft zu werden."

„Warum zum Teufel sollte ich das tun? Ich bin fünfundzwanzig und ich lebe wie ein Rockstar."

„Ah, ja, deine Jugend und deine unrechtmäßig erworbenen Millionen versaufen."

„Hat Dad schon wieder mit diesem *Das Kapital*-Scheiß angefangen?"

Sie seufzte. „Okay, ich ziehe dich nur auf, aber ... das wird lächerlich. Wann werdet ihr euch endlich mal zusammensetzen und reden?"

Ich knirschte mit den Zähnen und verspannte mich. Sie müsste es besser wissen, als mit diesem Thema bei mir anzufangen. Aber andererseits hatte ich mit dem alten Herrn angefangen. „Wir haben nichts zu bereden. Also, wegen deines Hausaufgabenproblems ..."

„Alter, apropos Probleme ... das habe ich fast vergessen. Ich habe dieses Video im Internet gesehen. Zwei Leute, die wie Charaktere von Dragon Epoch gekleidet waren –"

Nein, einfach nein. Bei dem Gedanken, dass meine Schwester gesehen hatte, wie ich Sex hatte, wurde mir plötzlich schlecht. „Darüber rede ich nicht und du auch nicht, wenn du Hilfe bei deiner Hausaufgabe möchtest, Fräulein."

„Gut. Aber weißt du, wer es war?"

„Also, laut deiner E-Mail musst du etwas über Markt-Elastizität wissen, richtig?"

„Selbst in zweihundert Meilen Entfernung bist du noch ein Arsch."

„Beiß den Arsch nicht, der dir bei deinen Hausaufgaben hilft."

„Ja, ja."

Wir sprachen noch zwanzig Minuten, bevor ich auflegte und dann lange auf mein Handy starrte und versuchte die Unterhaltung zu verarbeiten ... die Nachricht von Cyndis geplatzter Ehe, die Geschehnisse des Tages im Allgemeinen. Mein Kopf tat weh, aber ich hatte noch Stunden voller Arbeit vor mir.

Ich rief den Kerl von der Internet Security Firma an und danach noch einen Kerl, der mir Informationen beschaffen konnte. Ich musste herausfinden, was April Weiss plante – wie tickte sie und was veranlasste sie, sich beim Sex zu filmen und es dann ins Internet hochzuladen. Und wenn sie etwas gegen mich in der Hand hatte, war sie die Art Mensch, die es benutzen würde?

Also bat ich ihn, Informationen über sie zu beschaffen. Ich musste sichergehen, dass ich auch etwas gegen sie in der Hand hatte. Denn ich war die Art Mensch, die das benutzen würde, um zu bekommen, was ich wollte. Und was ich wirklich wollte, war ihr verlockender, köstlicher Körper aus meinem Einzugsbereich. Aber da das nicht möglich war – noch nicht –, brauchte ich ein Druckmittel. Nur für den Fall.

Keine Affäre – nicht einmal eine verdammt heiße – war diese Scheiße wert. Das sagte ich mir jedenfalls immer wieder.

Zumindest war meine letzte sexuelle Begegnung vor dieser frisch beschlossenen Enthaltsamkeitsperiode verdammt heiß gewesen. Nachdem ich sie losgeworden war, würde ich die Zeit nutzen, die Erinnerungen zu genießen. Bis dahin musste ich das aus meinem Kopf verdrängen und nicht weiter darüber nachdenken.

Und in der Zwischenzeit könnte ich mein Leben versüßen, indem ich ihres zur Hölle machte.

Kapitel Fünf
April

ICH WACHTE AM NÄCHSTEN TAG INMITTEN EINES HAUFENS aus Einkaufstüten von meinem spätabendlichen Kaufrausch auf. Sid, die – wie üblich – ins Bett gegangen war, bevor ich nach Hause gekommen war, und – auch nicht ganz ungewöhnlich – schon lange vor mir aufgestanden war, wusste nichts von den Komplikationen der Video-Situation.

Als ich schließlich aufwachte, war sie begierig darauf, auf den neuesten Stand gebracht zu werden.

„Echt ... er *wusste*, dass du es warst?

Ich seufzte. „Er sah mein Tattoo und erkannte es aus dem Video."

Sid schüttelte den Kopf. „Das ist ein Fehler, der dich heimgesucht hat, um dir in den Hintern zu beißen – buchstäblich – und wer weiß, wann das wieder passieren wird?"

„Ja, ja, ich mache dieses Laser-Ding, wenn ich Zeit habe. Ich muss mich erst dazu pushen."

Sid deutete mit einer Hand auf die Einkaufstüten. „Und was ist das alles? Shoppingtherapie?"

„Hah, nein. Das sind neue Klamotten – alles sehr lange Shirts und Pullis, die nicht hochrutschen, und einige Bodys. Ich gehe kein Risiko mehr ein. Es ist schon schlimm genug, dass Jordan weiß, dass ich es bin und mir aus irgendeinem Grund immer noch erlaubt, dort zu arbeiten. Ich bin sicher, dass das dicke Ende noch kommt, wenn noch jemand es herausfindet."

„Aber die gemeinen Mädchen wissen, dass du es bist, richtig? Denkst du, dass eine von ihnen etwas sagen wird?"

Ich schüttelte den Kopf. „Cari sagte mir, dass sie mir den Rücken freihält."

Sid runzelte die Stirn. „Denkst du ... hatte irgendjemand anderes an dem Wochenende noch dein Handy außer dir?"

„Nie im Leben. Ich bin vielleicht eine Idiotin, aber selbst ich weiß, dass ich niemandem Zugriff auf mein Handy gebe. Ich gebe ja nicht einmal *dir* mein Handy.

„Nun, das ist gut zu wissen. Sie sind nicht nett. Besonders Cari – sie ist wie Regina George."

„Wer?"

Sid verdrehte die Augen. „Du musst mehr Filme ansehen, Apes. Du liest zu viel."

„So etwas wie zu viel lesen gibt es nicht!"

„*Egal* ... Regina George ist die Anführerin der gemeinen Mädchen in dem Film *Girls Club*. Cari erinnert mich an sie."

Ich stand auf und fing an, die Etiketten von meinen neuen Klamotten zu reißen und holte mir den Mülleimer, um sie hineinzuwerfen.

Sid rieb nachdenklich ihre Augenbrauen. „Nach der Vorlesung habe ich einen großen Teil des Nachmittags dazu verwendet, das Video noch einmal anzusehen.

Ich zog meine Augenbrauen zusammen. „Warum? Brauchst du so dringend Sexualkundeunterricht?"

Sie starrte mich finster an. „Ich suchte nach Hinweisen ... wie die Führungskräfte zum Beispiel herausgefunden haben, dass es einer ihrer Mitarbeiter in dem Video war."

„Wie?"

Sie ging zu ihrem Computer und startete das schreckliche Ding erneut. Aber anstatt mich zu zwingen, es noch einmal anzusehen, pausierte sie es kurz nach dem Start. „Schau her. Du hast das Handy anscheinend auf Aufnahme gestellt, nachdem du deine Unterwäsche ausgezogen hast ... und das Handy ist direkt neben diesem Ausweis hier."

Ich lehnte mich vor und meine Augen folgten ihrem Finger.

Heilige. Scheiße. Sie hatte recht. Das war ganz offensichtlich ein Mitarbeiterausweis von Draco. Die Art, die wir benutzten, um ins Gebäude zu kommen und uns überall auf dem Campus zu bewegen. Sie war mit dem Sicherheitssystem der Firma verbunden. Wir mussten sie zusammen mit unseren Eintrittskarten auf der Con tragen. Ich lehnte mich weiter vor, um besser sehen zu können. Wenn mein Name auf dem Ding war ...

„Der Name ist nicht lesbar – ironischerweise dank deiner Unterwäsche. Aber deshalb wissen sie es. Sie haben deinen Ausweis gesehen."

Ich richtete mich auf. „Ah ...", sagte ich, um mein Verständnis auszudrücken, aber ich war immer noch verwirrt. Denn das war *nicht* mein Ausweis. Mein Ausweis sah so ähnlich aus, aber das Firmenlogo und der Name und alles andere auf meinem waren in Blau gedruckt, um meinen Status als Praktikantin aufzuzeigen. Normale Mitarbeiterausweise waren mit schwarzer Schrift bedruckt – wie auf diesem Ausweis.

Der Kerl, der als Falco der Kopfgeldjäger verkleidet war. Der Kerl mit den heißen Händen und dem riesigen Schwanz. Dieser Kerl war ein Mitarbeiter von Draco.

Ich atmete tief ein. Heilige Scheiße. Ich war am Arsch. Das Ganze wurde immer schlimmer, je mehr Zeit verstrich.

Denn diese Person war wahrscheinlich verdammt wütend darüber, dass ein Video von ihm beim Sex im Internet verbreitet wurde. Früher oder später würde dieser Kerl herausfinden, wer *ich* war und wissen wollen, warum zum Teufel ich seinen Job ohne guten Grund aufs Spiel gesetzt hatte. Ich musste ihn finden, bevor es so weit kommen würde. Aber ich hatte keine Ahnung, wie.

„Apropos Zugriff auf dein Handy, es war völlig leer, also habe ich es heute Morgen angesteckt, als ich aufgewacht bin. Der Notification Screen sagte, dass du fünf verpasste Anrufe und zwei Nachrichten von deiner Mom auf deiner Voicemail hast."

„Ja, ich weiß."

Sid hielt inne. „Du hörst nicht einmal deine Voicemail ab?"

„Nein. Ich lösche sie gleich. Was auch immer sie will, ich bin sicher, dass ihr neuer Ehemann sich für sie darum kümmern kann. Gunnar hat einen Treuhandfond, also kann er ihr alles kaufen, was ihr Herz begehrt. Sie ruft mich nur an, wenn sie etwas will. Und ich bin nicht in der Stimmung, mit ihr zu streiten."

„Du streitest *nie* mit ihr, April. Du nimmst es einfach hin."

„Siehst du? Das ist eine gute Möglichkeit, das ganze Chaos zu umgehen. Wenn sie mich nicht erreicht, dann muss ich mich nicht angewidert fühlen, weil ich ihr nicht die Stirn geboten habe – mal wieder."

Sid nickte. „Gutes Argument. Hey, meine Mom will wissen, wann du wieder einmal zum Essen vorbeikommst."

Sid hatte oft Mitleid mit mir, wenn wir über meine Mom sprachen. Sie bot mir gerne ihre Mutter, die eine wahnsinnig süße Dame war, als Ersatz an.

„Oh, das klingt toll. Ich hätte gerne mal wieder persisches Essen, aber ich weiß nicht, wann ich mich wieder einmal von diesem höllischen Job wegreißen kann, um mehr zu tun, als nur zu essen und dann wieder zu verschwinden. Und das wäre wirklich unhöflich ihr gegenüber."

Sid zuckte mit den Schultern. „Ich denke, dass sie unseren Kühlschrank sowieso bald wieder auffüllen wird."

„Lecker. Ich hoffe, sie macht dieses Wahnsinnszeug mit Granatapfel und Walnuss wieder."

„*Fesenjān*. Ich schreibe es auf die Wunschliste."

Ich stand auf und öffnete meinen Laptop, um meine E-Mails zu checken. Apropos Mütter ... da war noch eine von Rebekah. Ich hatte ihre letzte immer noch nicht beantwortet.

Diese hatte den Betreff: *Israelisches Geburtsrecht Info*. Meine Stiefmutter war über meinen Mangel an Bildung, was meine Herkunft betraf, besorgt und hatte es seit Kurzem zu ihrer Mission gemacht, mich bei der Planung an Bord zu holen. Meine Halbschwester, Sarah, würde in ein paar Jahren ihre Bat Mitzwa haben und ich war mir sicher, dass Rebekah die Vision hatte, dass die ganze Familie in der Synagoge vereint sein würde, um zu feiern.

Oder vielleicht dachte sie, dass ich ein schlechtes Vorbild für ihre Tochter wäre. Sarah vergötterte mich. Und trotz der Tatsache, dass sie erst zehn war, fühlte sich das gut an. Zumindest dachte ein Mensch auf diesem Planeten, dass ich ziemlich toll war. Trotzdem seufzte ich, als ich darüber nachdachte, wie ich auf Rebekahs Frage antworten sollte, ob ich mit ihnen in den Tempel gehen würde oder nicht. Es schien so, als wäre die Religion eine weitere Barriere zwischen ihnen und mir. Sie unterschied mich von denen, die ich als meine engste Familie hätte bezeichnen sollen.

Mit einem Seufzer lehnte ich mich zurück, öffnete ein weiteres Browserfenster und googelte das besagte Programm. Vielleicht könnte ich eine Reise nach Israel machen und nach meiner Rückkehr wäre dieses verdammte Video für immer vom Antlitz des Internets verschwunden.

Wenn es im Sommer schneit, wie meine Großmutter immer sagte. Oder *wenn Schweine fliegen,* wie ich immer sagte.

Nach einem kurzen Frühstück zog ich mich für die Arbeit an, wobei ich sicherstellte, dass ich Kleidung trug, die mich angemessen bedeckt halten würde. Angesichts der zweiten Chance, die mir mein mürrischer, jedoch überaus verständnisvoller Boss gegeben hatte, würde ich mir extra große Mühe geben, um die beste Assistentin der Welt zu sein.

Aber der Boss wurde mit jedem verstreichenden Tag verdrießlicher. Und er nörgelte an allem, was ich tat, herum. Ich strengte mich an, mein sanftes Bild nach außen zu behalten – nie meine Emotionen oder Selbstzweifel zu zeigen. Leute wie Jordan Fawkes konnten Angst riechen und ich wusste, dass ich deshalb alles geben musste, um sie zu verbergen.

In der Zwischenzeit, wenn ich mich nicht wegen Arbeitsangelegenheiten stresste, zermarterte ich mir über die Falco-Frage den Kopf. Wichtige Fragen wie „wer war er" und „wusste er, wer ich war" und – noch wichtiger – „war er sauer auch mich" plagten mich.

Und trotz all des Ärgers, den ich verursacht hatte, konnte ich die Gedanken an jene Nacht anscheinend nicht abschütteln. Ich war mir nicht sicher, ob es an irgendwelchen besonderen Fähigkeiten oder ähm besonderer Ausstattung seinerseits oder der verbotenen Affäre selbst gelegen hatte, aber es war *so verdammt gut* gewesen. Wer hätte gedacht, dass ein Comic-Con-Cosplay-Nerd – und Draco-Angestellter, offensichtlich – so unglaublich gut im Bett sein konnte? Oder vielleicht waren die Handvoll Kerle, mit denen ich zuvor zusammen gewesen war, einfach *so* schlecht gewesen.

Jeden Tag, den ich bei Draco verbrachte, ertappte ich mich dabei, wie ich untätig über die männlichen Kollegen nachdachte, die im Flur an mir vorbeigingen oder denen ich Sachen brachte – war er es gewesen? *Oder er?* Das einzige, was ich über den Kerl wusste, war, dass er groß war und das Kopfgeldjägerkostüm sehr, *sehr* gut ausgefüllt hatte. Und er hatte so sexy geklungen, als er mir in dieser flachen, stumpfen Stimme zugeflüstert hatte.

Oh, und dass sein Gemächt riesig gewesen war. Das hatte ich auch nicht vergessen. Wie könnte ich auch?

Mein teuflischer Boss und die ständige Sorge wegen Falco machten mich verrückt. Deshalb hätte es keine Überraschung sein sollen, dass ich an einem besonders schrecklichen Tag, eine Woche später, fast neben meinem Schreibtisch zusammengebrochen wäre. Susan musste mehrmals meinen Namen rufen, um meine Aufmerksamkeit zu erlangen.

Schließlich blinzelte ich und setzte mich aufrecht hin.

„Hey ... was ist los? Bist du in Ordnung?", fragte sie.

Ich drehte mich zu ihr. Susan war eine unscheinbare, aber süße und lustige Lady Mitte dreißig. Sie hatte kurzes blondes Haar und grüne Augen. Und sie trug fast jeden Tag des Jahres skurrile Ohrringe. Ich hatte noch nicht erlebt, dass sie ein Paar zweimal getragen hätte. Sie hatte mir erklärt, dass sie sie immer so wählte, dass sie ihre Stimmung an jenem Tag widerspiegelten. Gegenwärtig waren es zwei Mini-Schnuller – einer pink und einer blau. Gestern hatten sie und ihr Ehemann zum ersten Mal den Herzschlag ihres Babys gehört und sie zeigte jedem begeistert die noch nicht sehr aussagekräftigen Bilder ihres Ultraschalls.

„Ich weiß nicht, wie viel hiervon ich noch aushalte ...", sagte ich mit zittriger Stimme.

Sie seufzte. „Nun, er schont die Praktikanten im Allgemeinen nicht, wenn du dich dadurch besser fühlst."

Das tat ich nicht.

„Letztes Wochenende verging keine Stunde, in der er mir nicht wegen irgendetwas geschrieben hat. Ihm Sachen weiterzuleiten oder etwas recherchieren, was er ganz leicht mit Google und ein paar Schlagwörtern hätte selbst machen können."

„Hmm. Vielleicht will er nur sicherstellen, dass du alles lernst, was du brauchst."

Ich schluckte meinen Frust hinunter. Jede Stunde, praktisch jede Stunde? „Lässt er dich für gewöhnlich seinen Wagen zum Waschen bringen und seine Kleidung von der Reinigung holen. Und schreit er dich an, wenn sein Kaffee nicht heiß genug ist?"

Susan runzelte die Stirn. „Er hat mich noch nie um irgendetwas davon gebeten, aber er fühlt sich wahrscheinlich dafür verantwortlich, dass du immer viel zu tun hast."

Ich schluckte. An einem Morgen hatte er tatsächlich ein Küchenthermometer herausgezogen und die Temperatur des Kaffes gemessen, den ich ihm gebracht hatte. *Sechzig Grad, Weiss? Was ist das, ein kühles, erfrischendes Sommergetränk? Ich sagte, extra heiß. Keine Pausen, um mit deinen besten Freundinnen zu plaudern, wenn du mir meinen Kaffee bringst. Gott, warum wirfst du keine Eiswürfel hinein, wenn du schon dabei bist?"*

Ich hatte ihm meine Zähne in diesem jetzt schon alltäglichen, leidgeplagten *Ich will dich umbringen*-Lächeln gezeigt, den Kaffee genommen und aus dem Zimmer gebracht, wo ich ihn in den nächsten Mülleimer warf. Tränen zurückhaltend war ich zur Tür hinaus Richtung Starbucks geeilt. Ich hatte in meinen hochhackigen Schuhen laufen müssen, um ihm den Kaffee schnell genug zurückzubringen und selbst das hatte nicht funktioniert.

Dann, bei meinem zweiten Rennen dorthin, brach mein Stöckel und der Kaffee – und ich – flogen durch die Luft. Beim dritten Mal hatte ich Glück, aber danach musste ich mich in der Toilette einsperren und eine gute halbe Stunde heulen.

Von dem Tag an packte ich ein Paar Turnschuhe für die Kaffeebesorgungen in meinen Schreibtisch und entwickelte ein besonderes Joggen, damit die dampfende Flüssigkeit nicht aus dem Becher schwappte und meine Hände verbrannte. *Memo an mich selbst: ein Paar Handschuhe in den Schreibtisch zu den Turnschuhen packen.*

„Du siehst erschöpft aus, du armes Ding", fuhr Susan fort.

„Ich war die ganze Nacht wach und habe die Akten über die Investment Banker vorbereitet.

Sie runzelte die Stirn und spielte mit ihrem Anti-Übelkeits-Armband. „Welche Akten?"

„Naja, Jordan wollte, dass ich über alle Investment Banker Akten mit ihren Kontaktdaten und den rechtlichen Bedingungen ihrer Verträge zusammenstelle –"

Susan sah mich an, als wäre mir ein zweiter Kopf gewachsen. „Das hat er bereits alles." Mein Gesicht verdunkelte sich und sie schien ihn schnell in Schutz nehmen zu wollen. „Aber ... vielleicht hat er Angst, dass seine Informationen unvollständig sind und du sollst noch einmal alles für ihn überprüfen. Es gehen Gerüchte um, dass der Börsengang wegen des Sextape-Skandals nicht gut vorangeht."

Meine Augen wurden weit und mir wurde flau im Magen. „Ähm. Wirklich?"

Susan nickte und die kleinen Schnuller tanzten an ihren Ohrläppchen. Sie senkte die Stimme. „Ja. Man sagt, dass Adam einen Anfall bekommen hat, als der Skandal ausgebrochen ist, und dem Börsengang den Stecker ziehen wollte. Jordan arbeitet schon seit *Jahren* daran. Adam hat ihm noch zwei Wochen gegeben, um zu versuchen, das hinzubiegen. Deshalb ist Jordan ziemlich aufgebracht. Ich denke, du bist einfach das Opfer seines Frusts geworden."

Ich blickte schuldig weg. Es machte Sinn, dass ich das Ziel war – und nicht aus dem Grund, den sie vermutete –, aber das konnte Susan unmöglich wissen. Ich schluckte den Frosch in meinem Hals hinunter und blinzelte die neu aufsteigenden Tränen weg. Das war nicht gut. Überhaupt nicht.

Ich wusste aus meinem Wirtschaftsstudium, dass es eine gewaltige Menge Geld und mindestens zwei Jahre harter Arbeit brauchte, um eine Firma bereit für den Börsengang zu machen. Und es war schwierig, Banker auf seine Seite zu bekommen, besonders für einen jungen und relativ unerfahrenen Finanzchef wie Jordan.

„Ja, und die Banker sind nicht wirklich erfreut, dass ein Mitarbeiter der Firma in dieses Chaos involviert ist. Da sie in den ersten Tagen des Börsengangs für die ersten Aktienanteile bürgen müssen, sind ihre finanziellen Risiken sehr groß."

Ich nickte. Wenn bei einem Börsengang nicht alles perfekt lief, konnte eine Firma gewaltigen Schaden erleiden. Das war vor Kurzem erst mit einigen großen und erfolgreichen Firmen geschehen. Sie waren für einen bestimmten Preis dotiert und dann waren ihre Aktien sofort gefallen, wodurch sie Millionen – manchmal sogar Milliarden – verloren hatten.

Und das konnte auch Draco zustoßen, und nur wegen dieses dummen Sexvideos. *Scheiße.*

Kein Wunder, dass Jordan mich ansah, als würde er mich buchstäblich bei lebendigem Leib fressen wollen.

Ich lehnte mich vor. „Deshalb ist er also auf so vielen Meetings und nimmt so viele Konferenzanrufe entgegen? Ich war –"

„Ich unterbreche diese Plauderei nur ungern, aber hättet ihr beide etwas dagegen, wieder an die Arbeit zu gehen?"

Wir sprangen beide auf und fanden uns von Angesicht zu Angesicht mit dem Objekt unserer Diskussion wieder. Meine Augen glitten über Jordans kräftige Statur. Er trug Anzug und Krawatte – wie fast jeden Tag seit der Rückkehr von der Comic-Con. Und er sah genauso erschöpft aus, wie ich mich fühlte. Nicht dass ihn das auch nur im Geringsten weniger heiß machte. Er sollte verdammt sein.

Er lud einen Haufen Briefe auf dem Schreibtisch vor uns ab, drehte sich um und ging in sein Büro.

Mit zitternden Händen griff ich danach und ging die Umschläge durch. „Die brauchen Adressen ..." Ich nahm einen lavendelfarbenen Umschlag auf, der unbeschriftet war. Ein Liebesbrief?

Darauf war ein Post-It geklebt, auf das er *Mom* gekritzelt hatte.

„Oh ja, ich habe vergessen, dass seine Mom diese Woche Geburtstag hat! Ich musste ihn nicht einmal erinnern", sagte Susan und suchte die Adresse auf ihrem Laptop.

Ich schnappte mir einen Kugelschreiber, bereit den Brief zu adressieren. „Lässt er dich seine Karten und Geschenke kaufen?"

„Manchmal für seine Dates. Er geht mit so vielen verschiedenen Frauen aus, dass er wahrscheinlich nicht hinterherkommt. Aber für seine Familie muss ich das nie machen. Das macht er ganz alleine." *Manchmal für seine Dates.* Ha, typisch.

Ich dachte an die blonde Frau, mit der er in der Entwicklungsabteilung gesprochen hatte. „Er hat bei der Demo letzte Woche mit einer Blondine gesprochen. Lindsay. Ist das seine Freundin?"

Susan lachte. „Nein, nein. Nicht im Geringsten. Sie ist eine Freundin von Adam. Jordan bleibt nicht lange genug in einer Beziehung, als dass man die Frauen als seine *Freundinnen* bezeichnen könnte. Er ist vielleicht etwas oberflächlich und fehlgeleitet, aber eigentlich ist er im Herzen ein süßer Surferjunge."

Meine Lippen wurden dünner. Sie las die Adresse vor und ich schrieb sie auf den Umschlag. Seine Mutter wohnte in San Luis Obispo, etwa zweihundert Meilen nördlich von Orange County.

„Er steht seiner Familie sehr nahe. Abgesehen von seinem Dad. Etwas ist seltsam mit seinem Vater." Sie schüttelte den Kopf. „Egal, gib ihm einfach etwas Zeit. Ich bin sicher, dass er sich bald beruhigt."

Ich adressierte eilig den Rest der Briefe, während ich nervös ein Auge auf seine Tür warf. Hoffentlich wollte er nicht noch einen Kaffee.

Irgendwie schaffte ich es endlich einmal pünktlich hinaus. Das gab mir Hoffnung, dass er mich vielleicht für dieses Wochenende in Ruhe ließ.

Diese Hoffnung wurde aber zerstört, als Susan mich am späten Samstagnachmittag anrief.

„*Bitte*, April, ich übergebe mich schon den ganzen Tag. Mir ist so schwindelig, dass ich kaum aufrecht stehen kann, geschweige denn fahren.“

Ich atmete tief ein. „Susan, ich habe Pläne. Ich gehe heute Abend mit Freundinnen aus.“

„Liebes, ich verspreche dir, dass du nicht mehr als eine halbe Stunde brauchen wirst. Du müsstest nur schnell ins Büro fahren, die Papiere von meinem Schreibtisch holen und sie zu ihm bringen. Er wohnt ganz in der Nähe. Er ist in Newport Beach – am Wedge.“

Ich kannte die Gegend. Das war die Spitze der Balboa Halbinsel. Ich atmete tief ein und wollte eigentlich ablehnen. Aber zufälligerweise würde mich meine Abendplanung nach Newport Beach führen. Es wäre eine einfache Angelegenheit, die Akte zu holen und dann dort abzuliefern. Mich mit dem teuflischen Boss an einem Samstagabend auseinanderzusetzen war das eigentliche Problem.

Ich wollte nein sagen, aber mein Mund sagte – wie immer – das Gegenteil. „Gut. Ich werde aber eine Weile brauchen. Ich muss mich noch anziehen.“

„Es ist nicht sehr eilig. Vielen, vielen Dank. Ich schulde dir etwas, April!“

Ich hängte auf und fing dann an, mich fertig zu machen. Sid kam nach Hause, kurz bevor ich ging, und warf ihre Schultasche aufs Bett. Sie drehte sich um und pfiff mir nach.

„Warum bist du so rausgeputzt?"

Ich hatte ein süßes schwarzes Kleid und meine glänzenden Leder-*Christian Louboutins* an.

„Ich treffe mich mit den *Phi Kappa*-Mädchen in einem Club. Aber wünsch mir Glück. Ich muss dem Teufel vorher einige Akten bringen."

Ihre Augenbrauen hoben sich. „Er lässt dich am Samstagabend arbeiten?"

„Es ist ein Gefallen für Susan", seufzte ich.

Sie warf mir einen wissenden Blick zu, aber sagte glücklicherweise nichts über meine Unfähigkeit, nein zu sagen.

„Wir treffen uns am Pier in Newport. Warum kommst du nicht mit?"

„Ich tanze wie eine Ente. Das ist zu peinlich." Sie war ziemlich behütet aufgewachsen. Ihr Dad war aus dem Mittleren Osten und sehr traditionell, weshalb Sid auf der High School keine Dates haben durfte, was zu einem peinlichen Sozialleben auf dem College führte – noch peinlicher als meines.

„Ich gehe ein oder zwei Stunden aus, um mit den Mädchen abzuhängen und etwas zu tanzen."

„Kein Alkohol?"

„Definitiv nicht", sagte ich. „Ich habe es dir gesagt. Alkohol wird meine Lippen nie wieder berühren. Alkohol ist offensichtlich mein Kryptonit, aber anstatt mich schwach zu machen, machte es mich so dumm wie einen Zaunpfahl."

Ich schnappte mir meine Tasche, nahm meine Geldbörse heraus und steckte sowohl sie als auch mein Handy in meine *Louis Vuitton*-Clutch.

Sid wackelte mit den Augenbrauen. „Du siehst heiß aus. Vielleicht lernst du einen netten Jungen kennen, wenn du nüchtern bleibst, anstatt irgendein Arschgesicht."

„Mir wird wohl eher nach fünfzehn Minuten Tanzen langweilig und ich setze mich auf die Toilette und lese ein E-Book auf meinem Handy."

Sid lachte.

„Lach nur, aber das habe ich wirklich schon gemacht und mich dann zu einer akzeptablen Zeit verabschiedet."

„Warum sagst du nicht einfach, dass du nicht weggehen willst?"

„Oh" – ich winkte mit der Hand und sah mich ein letztes Mal im Spiegel an – „du kennst mich. Ich schwimme mit dem Strom und lasse es so aussehen, als würde ich der Masse folgen, aber mache dann mein eigenes Ding."

„Vielleicht brauchst du eine neue Philosophie."

Ich seufzte. „Du hast wahrscheinlich recht." Dann ging ich durch die Tür hinaus, um erneut der Masse zu folgen.

Ich brauchte die vollen dreißig Minuten, um zu Draco zu fahren, die Sicherheitsleute dazu zu bekommen, mich hinein zu lassen, die Akten zu finden, die Susan beschrieben hatte, und zu seinem Haus zu fahren. Ich war dem Navi auf meinem Handy gefolgt, das mich durch die engen Straßen am Ende der Halbinsel gelotst hatte, wo die Häuser dicht aneinander standen und einen schönen Blick auf den belebten und beliebten Strand boten.

Ich klopfte um viertel vor sieben an seiner Tür und er antwortete eine Minute später. Ich musste meine Kinnlade davon abhalten, herunterzufallen, da Jordan nur seine Badehose – eine lange, bunte Boarder-Short, die tief an seinen Hüften hing – und nichts sonst trug. Kein Shirt. Keine Schuhe.

Ich konnte nicht atmen.

Er. War. Umwerfend. Muskulöse, gut entwickelte Brust. Ich konnte jede Erhebung und Vertiefung ausmachen. Er war nicht massig, sondern jeder Muskel war fest und klar definiert, selbst dieses köstliche Tal, das seinen Sixpack von seinen Hüften trennte und im Bund seiner Hose verschwand. Ein leichter Hauch von Haaren lag auf seinen straffen Brustmuskeln und führte seinen flachen Bauch hinab. Er hatte den Körper eines Surfers, inklusive eines leicht gebräunten Teints, etwas Sand an seinen Schienbeinen und nassen Haaren.

Mein Mund wurde trocken. Ich war kurz davor, jeden Augenblick wie ein Welpe zu hecheln. Ich wollte ihn auch wie ein Welpe ablecken.

Ich hasste ihn, aber ich wollte ihn ablecken.

Auch er starrte mich mit einem völlig verwirrten Blick an. „Was zum Teufel machst du hier?"

Mir wurde heiß, als ich realisierte, dass ich eine halbe Minute dagestanden und seine Schönheit mit offenem Mund aufgesaugt hatte. Er war Adonis in einem Surfer-Outfit. Und obendrein hatte er sich heute nicht rasiert, weshalb er einen leichten Bartwuchs am Kinn hatte, was ihn noch *leckerer* machte.

Sprachlos schob ich ihm den Umschlag zu, weil ich Angst hatte, dass alles, was aus meinem Mund kam, nur wie „Ähm, äh, ah, errr" klingen würde.

Jordan nahm ihn mir ab, ohne überhaupt hinzusehen. „Wo ist Susan?", biss er heraus.

„Sie ist krank. Sie bat mich, das abzuliefern. Ähm – Bis dann!"
Ich trat zurück.

Er trat vor und ließ seine Augen über mein kleines schwarzes Kleid und meine Beine hinabwandern. Ich konnte fast spüren, wo seine Augen mich berührten, als würden seine Hände über meinen Körper gleiten. Sein Blick wanderte sehr langsam wieder zu meinem, wobei er kurz auf meinem Ausschnitt verweilte. Mir war überall heiß, wo seine Augen mich berührten. „Wo gehst du so rausgeputzt hin?"

Ich räusperte mich und versuchte eilig, etwas Feuchtigkeit in meinen Mund zu bekommen. „Ein paar Freundinnen sind in einem Club in der Nähe. Ich treffe mich jetzt mit ihnen."

Ich musste mich zwingen, meine Augen von dem Tattoo aus stilisierten Meereswellen zu ziehen, das seinen Bizeps umspannte und aussah, als würden Ebbe und Flut sich abwechseln. Gott, war er schön. Kein Wunder, dass alle Models ihn wollten.

Er verlagerte sein Gewicht und schüttelte den Kopf. „Nein."

Ich brauchte eine Minute, um mein mentales Sabbern zu beenden. Ich riss meine Augen zu seinen und runzelte die Stirn. „Moment, was?"

Er wedelte mit seiner Hand vor meinem Gesicht herum. „Erde an Weiss, bitte kommen, Weiss. Du bleibst hier und hilfst mir hierbei."

„Aber du hast nicht –"

„Das muss ich nicht. Ich bin der Boss. Was ich sage, wird gemacht. Verstanden?"

Mein Kinn fiel herunter. Was für ein verdammter Penner.

Oh mein Gott. Ich hasste ihn gerade so sehr. „Aber meine Freundinnen warten auf mich."

Er trat zurück und machte Platz in der Tür, aber gab nicht nach. „Deine Freundinnen schreiben dir keine Empfehlung für die Business School." Mir wurde flau im Magen und ich ließ meine Schultern sacken. Er hatte gewonnen – bevor die Schlacht überhaupt angefangen hatte.

Ich betrat sein Strandhaus und folgte ihm ins Wohnzimmer. Ich konnte das schimmernde Wasser des Pazifiks durch die Glasschiebetür sehen, die direkt zu einem der berühmtesten Strände Südkaliforniens hinausführte. Die Wellen schlugen unaufhörlich gegen die Küste und auf dem Meer waren einige Surfer, die die letzten Strahlen Tageslicht nutzten. Jordans Board war an die Wand seiner kleinen Veranda gelehnt. Das erklärte die Badehose.

Das Haus war nicht groß – die meisten im Wedge waren das nicht – aber es trug ein Preisschild von einigen Millionen. Jordan gab mir ein Zeichen, hier zu bleiben, während er auf seine überdachte Veranda hinausging, sein Surfbrett nahm und es an einer Aufhängung unter dem Dach direkt neben einem Paddel und einem Kajak verstaute. Ich sah zu, wie die Muskeln an seinem Rücken sich dabei unter der Haut bewegten.

Mein Hals schnürte sich zu und wurde trocken. Ich befahl meiner Begierde, sich zu beruhigen. Je schöner sie waren, umso gefährlicher konnten sie sein. Ich zwang mich, an Gunnar zu denken. Er war genauso gewesen. Nicht so gut aussehend wie Jordan, aber immer noch ein Fang und jemand, um den mich die meisten Mädchen auf dem Campus beneidet hatten. Bis er mich auf mehr Weisen gedemütigt hatte, als ich zählen konnte.

Ich würde diesen warmen, aufregenden Gefühlen in meiner Intimzone, wenn ich einen heißen Mann erblickte –besonders einen halb nackten – nicht mehr trauen. Ich hatte genug von gut aussehenden Kerlen. *Nie wieder.*

Die Chancen waren hoch, dass mein Falco, wenn auch von der heißen Sorte und mit stahlharten Bauchmuskeln, ein süßer, sanftmütiger und nerdiger Draco-Mitarbeiter war. Vielleicht war er Spieletester oder Programmierer. Aber definitiv kein Playboy mit einem schnellen Lebensstil wie Jordan.

Jordan befestigte das Surfbrett und verstaute das Paddel für sein Kayak. Offensichtlich mochte der Mann Wassersportarten und übte sie, wenn man nach seinem Körper urteilte, auch regelmäßig aus. Ich blickte verärgert über mich selbst weg und zog mein Handy heraus, um meinen Freundinnen zu schreiben, dass ich nicht kommen würde. Etwa zwei Sekunden, bevor er wieder hereinkam und mich unverschämt anstarrte, schickte ich die Nachricht ab.

„Hast du deinem Freund geschrieben und ihm gesagt, dass du nicht kommst?", fragte er mit eintöniger Stimme.

Ich steckte mein Handy mit zitternden Händen weg und versuchte die hilflose Wut in Zaum zu halten, die ich gerade verspürte. Ich musste einen einigermaßen lustigen Abend mit den Mädchen sausen lassen, um den ganzen Abend die Wünsche dieses Arschs zu erfüllen. Er hätte zumindest etwas netter sein können. „Ich habe keinen Freund. Aber ich habe meinen Freundinnen geschrieben."

„Ah. Also hat er nach dem Sexvideo mit dir schlussgemacht?"

Ich wurde rot. „Ich dachte, du hättest gesagt, ich sollte nicht mehr darüber reden – auf was auch immer du dich gerade beziehst."

Er zog seine Augenbrauen hoch. „Sehr gut. Du hörst *doch* zu."

„Kommt das in meine Empfehlung für die Business School?"

„Vielleicht.“

Ich schüttelte den Kopf und blickte zu ihm hoch. „Du dachtest wirklich, ich hätte einen Freund? Und dass ich ihn mit Falco dem Kopfgeldjäger betrogen hätte?“

Seine Gesichtszüge waren unlesbar. „Du bist ein nettes Mädchen, Weiss. Genau die Art, der man nicht vertrauen sollte.“ Dann verspannte sich sein kantiges Kinn und er starrte mich mit neuer Wut oder Geringschätzung an. „Mach es dir bequem. Du wirst eine Weile hier sein. Und ich ziehe mich inzwischen an.“

„Oh, Gott sei Dank“, murmelte ich leise vor mich hin.

„Was war das?“ Er drehte sich um, bevor er die Treppe erreichte.

„Oh, nichts … nichts. Ich führe nur Selbstgespräche.“

Er runzelte die Stirn, schüttelte den Kopf und verschwand.

Mit einem langen Seufzen lehnte ich mich gegen die große weiße Couch zurück. Ich blickte hinauf zur hohen Decke mit ihren großen Dachfenstern. Der Raum war schön und professionell eingerichtet – weiß auf weiß, Glas und Chrom und kleine Farbtupfer hier und da, ein tiefblauer ovaler Teppich und dezente Bilder und Dekor in Strandoptik. So schön es war, es gab nur wenig Persönliches, was ich sehen konnte. Es hätte genauso gut auch nur ein gemietetes Sommerhaus sein können.

Ich blickte in den makellosen blauen Himmel, der von Minute zu Minute dunkler wurde. Wie sollte ich das nur monatelang durchstehen? Gehörte ich ganz ihm, bis er mir die Empfehlung schrieb – *falls* er mir die Empfehlung überhaupt schrieb?

War es den ganzen Schmerz und das ganze Leid überhaupt wert, mir diesen großspurigen Arsch anzutun. Jane Eyre hatte es gemacht. Ihr Boss, Mr. Rochester, war ebenfalls ein gewaltiger Arsch gewesen. Aber dummerweise hatte sie sich in ihn *verliebt*.

Nun, in meinem Fall war das unmöglich. Es war wahrscheinlicher, dass ich ihn umbringen würde, wenn ich eine Möglichkeit finden würde, seine Leiche zu verstecken. Eine gut gebaute, perfekt trainierte Leiche mit einer leichten Sonnenbräune. Er musste viel Sonnencreme benutzen, denn er war nicht so gebräunt, wie ich es von jemandem erwartet hätte, der so oft draußen war wie er –

„Und welche Tagträume hast du jetzt schon wieder?"

Ich wurde in die Realität zurückgerissen und sah, dass er direkt vor mir stand. Er trug eine Jeans und ein T-Shirt, das sich über seine breite Brust und seine starken Schultern streckte. Ich konnte den Rand seines Tattoos unter seinem engen linken Ärmel hervorspitzen sehen, stilisierte Wellen in drei verschiedenen Blautönen.

„Erde an Weiss. Worüber denkst du nach?"

Nervös riss ich meine Augen von seinem Arm weg, unfähig, ihn jetzt überhaupt anzusehen. „Sonnencreme", platzte ich heraus.

„Sonnencreme?"

„Ich – nun, ich fragte mich, warum du nicht gebräunter bist?"

Er zog die Augenbrauen hoch. „Weil ich nur noch selten die Gelegenheit bekomme zu surfen. Heute war eine Ausnahme – zumindest die fünfundvierzig Minuten, die es dauerte."

„Ah", sagte ich.

Er beugte sich vor und nahm den Umschlag, den ich ihm gebracht hatte. „Ich muss Berichte fertigmachen und ich brauchte das hier, weil das Meeting auf Montagmorgen verschoben wurde." Er warf mir einen ernsten Blick zu. „Wenn ich schon dein Chaos beseitigen muss, dann kannst du mir zumindest dabei helfen."

Das war ein Argument. Ich war schließlich für all diesen Notfallscheiß verantwortlich, mit dem er sich rumschlagen musste. Ich lehnte mich vor, um einen leeren Block und einen Stift aufzuheben, die auf dem Couchtisch lagen, bereit, mir Notizen zu machen, während er die Seiten durchblätterte.

„Warum hast du mich nicht gefeuert?", fragte ich schließlich, nachdem ich lange versucht hatte, den Mut für diese Frage aufzubringen, die mir die letzten zwei Wochen so zu schaffen gemacht hatte.

Er blickte nach einer langen Pause von seinen Akten hoch. „Vielleicht, weil ich daran glaube, dass ein Mensch kompetent sein kann, auch wenn er Scheiße gebaut hat." Er fixierte mich mit seinen erbitterten haselnussbraunen Augen, die fast wie Bernstein glühten. Die Hand, die auf seinem muskulösen Oberschenkel ruhte, schloss sich zu einer Faust. „Apropos, vielleicht hättest du dein Praktikum kündigen sollen, *bevor* du dein kleines Abenteuer eingegangen bist und dich entschieden hast, es auf Video aufzunehmen."

Ich öffnete den Mund und schloss ihn dann wieder. Ich fragte mich, woher er wusste, dass ich es aufgenommen hatte. Dann erinnerte ich mich an den kurzen Teil am Ende des Videos, der mich zeigte, wie ich das Handy nahm und es ausschaltete. Vermutlich war das der entscheidende Hinweis gewesen.

„Schlechtes Urteilsvermögen."

„Du brauchst aber ein gutes Urteilsvermögen, wenn du in der Geschäftswelt erfolgreich sein willst, Weiss. Du darfst nicht im Affekt handeln. Selbst wenn es *der beste Sex war, den du je hattest*", sagte er mit einem seltsamen Blick. Er sah aus, als würde er mein Unbehagen genießen.

Meine Wangen glühten und ich nickte. Ich fühlte mich, als wäre ich vor der Klasse gerügt worden und würde gleich von meinem Lehrer mit einem Lineal auf die Finger geschlagen werden. Rochester hatte Jane Eyre so oft angeschrien, doch sie hatte den Mut gehabt, ihm Paroli zu bieten, und sie waren Freunde geworden.

Ich hatte diesen Mut nicht und ich bezweifelte, dass Jordan Fawkes und ich uns je anfreunden würden. Aber ich war entschlossen, alles widergutzumachen – falls ich das konnte.

„Es gibt da etwas, das du vielleicht nicht weißt – bezüglich der Sache, über die ich nicht sprechen soll."

Sein Gesichtsausdruck war völlig neutral, aber seine Augen wirkten skeptisch. „Oh? Und das wäre?"

„Der Kerl – ich bin mir ziemlich sicher, dass er auch ein Angestellter ist."

Kam es mir nur so vor, oder verließ jegliche Farbe sein Gesicht? „Aber wenn du nicht weißt, wer es ist, wie kannst du dir dann darüber sicher sein?"

„Wegen des Ausweises in dem Video. Das ist nicht meiner. Er hat die falsche Farbe."

„Also denkst du, dass es seiner ist?"

„Es muss sein Ausweis sein. Ich bin sicher, dass er auch nicht wusste, wer ich war. Und er hat überhaupt keine Motivation, sich zu melden, also denke ich, dass das Geheimnis sicher ist. Ich – ich dachte nur, du solltest das wissen."

„Hast du das Video deshalb hochgeladen? Du dachtest, es wäre sicher, weil niemand wissen würde, wer ihr beide wart?"

Seine Frage ließ mich erstarren. „Eigentlich ... war das ein Unfall." *Ah, April ... so zeigte man seinem Boss, dass man noch unfähiger war, als er bereits dachte.*

„Wie zum Teufel lädt man zufällig ein Video hoch?"

Ich kaute so fest auf meiner Lippe, dass sie anfing wehzutun. „Ich, ähm, ich habe keine Ahnung. Ich hatte an jenem Wochenende viel getrunken. Ich denke, dass ich es vielleicht aus Versehen geteilt habe. Ich bin so wenig technisch begabt, dass es ein Wunder ist, dass ich noch keine Atomrakete gestartet habe, indem ich in einer App auf den falschen Button drücke."

Er sah mich weiter an und dieser unerschütterliche Blick beunruhigte mich. Ich versuchte, nicht zu zucken. Schließlich faltete ich meine Hände auf meinem Schoß und starrte sie an, anstatt mir zu erlauben, mich von Jordans Unterwäschemodel-Look ablenken zu lassen.

„Wow, Weiss. Das, ähm ... ich habe keine Ahnung, was zum Teufel ich mit dieser Information anfangen soll." Er blickte auf die Dokumente in seinen Händen und sagte dann: „Scheiße ... ich habe meinen Laptop oben vergessen. Hol ihn schnell für mich."

Ich öffnete meinen Mund und schloss ihn dann, weil ich wieder verwirrt und wütend war. Dieser Mann provozierte mich ständig. Er starrte mich an, als würde er auf eine Antwort warten. Ich stand auf und machte mich auf den Weg nach oben. „Welches Zimmer?", fragte ich.

Er runzelte die Stirn und studierte meine Stöckelschuhe. „Und zieh die Schuhe aus. Du wirst eine Weile hier sein."

„Das ist in Ordnung. Ich ziehe vor, sie anzulassen", sagte ich zähneknirschend.

„Erstes Zimmer links von der Treppe."

Ich erklomm die Treppe und schlich in sein Zimmer, wo ich das Licht anschaltete. Dieser Raum war ganz anders als der Rest des Hauses. Sein Schlafzimmer sagte viel über ihn aus. Es gab Bilder von ihm an der Wand, auf denen er als Teenager mit seinem Surfbrett und vielen Medaillen und Trophäen posierte. Er hatte eine Reihe Bücher auf einem Regal über seinem Schreibtisch, die meisten über Aktienmärkte, aber auch einige Bücher über Wirtschaftswissenschaften. Ich merkte mir die, die ich noch nicht gelesen hatte.

Sein Bett war feinsäuberlich gemacht und sah überraschend zahm aus. Nicht, was ich von einem Millionär und Playboy erwartet hätte. Keine Spiegel an der Decke und keine funkelnde Discokugel. Kein versautes Bondage-Equipment. Vielleicht hatte er dafür ein extra Zimmer. Ich schnaubte fast bei dem Gedanken.

Ich wanderte zu seinem Schreibtisch, wo sein Laptop zwischen sauber angeordneten und präzise beschrifteten Ordnern stand, die mindestens fünf Jahre zurückreichten. Als ich ihn aufnahm, hielt ich inne, weil ich das Familienfoto an der Ecke des Schreibtischs sah. Inklusive Jordan waren fünf Personen auf dem Bild, das aussah, als wäre es auf der Abschlussfeier der Caltech aufgenommen worden. Seine Mom und sein Dad standen an beiden Seiten neben ihm, sein Dad mit ernstem Gesicht und seine Mutter mit einem so breiten Lächeln, dass man kaum ihre Augen sehen konnte. Die anderen beiden Personen auf dem Foto waren ein junger Teenager und ein kleines Mädchen mit fast goldenen blonden Locken. Ich beugte mich vor, um genauer hinzusehen.

„Hast du ihn schon gefunden?"

Ich richtete mich ruckartig auf und blickte schuldig zur Tür. Wie lang war er schon hier oben? Und noch wichtiger, wie lange stand er schon da und beobachtete, wie ich in seinem Zimmer herumschnüffelte?

Er studierte mich verstohlen und mein Gesicht brannte. Wir blickten einander lange an, bevor er den Blickkontakt abbrach und sich im Zimmer umsah, als würde er sich versichern, dass ich nichts gestohlen hatte.

„Sorry. Ich wurde abgelenkt", murmelte ich.

Mit leerem Gesichtsausdruck streckte er seine Hand nach dem Laptop aus und ich brachte ihn zu ihm. Er nahm ihn mir ab, aber bewegte sich nicht aus der Tür. Dann gab er mir ein Zeichen vorauszugehen. Vielleicht traute er mir keine weitere Minute in seinem Zimmer.

Ich streifte ihn beim Vorbeigehen und war mir der Hitze seines Körpers und des Geruches von Meer auf seiner Haut bewusst. Meine Brust berührte kurz die seine und ich hielt inne und blickte zu ihm auf. Er schluckte sichtlich. Ich konnte kaum atmen, so angespannt war die Situation. Wir waren nur Zentimeter voneinander entfernt.

Mein Herz schlug mir bis zum Hals, aber ich wusste nicht, ob es von seiner Nähe oder meiner Angst vor seiner Reaktion auf mein Herumschnüffeln war.

Langsam leckte ich meine trockenen Lippen. „Es – es tut mir leid. Da –"

Er verkrampfte. „Geh einfach, Weiss. Nach unten, *jetzt*", sagte er mit stählerner Stimme. Ich unterdrückte einen Aufschrei, als ich mich umdrehte und wie ein verschrecktes Fohlen die Treppe hinunterstolperte.

Kapitel Sechs
Jordan

ICH LEHNTE MICH GEGEN DEN TÜRRAHMEN UND SAH ZU, WIE sie davonging, dann wischte ich mit der Hand über mein Gesicht, um nicht mehr auf ihren Hintern zu starren. Anscheinend war ich von dem verdammten Ding überaus fasziniert. Und von dieser schmalen Taille ... der Art, wie die grazile Wölbung an ihrem Kreuz in diesem engen, Figur betonenden Kleid in ihren runden Hintern überging. Gott, sie war der Hammer. Zum x-ten Mal hinterfragte ich meinen Geisteszustand, weil ich sie heute Abend hierbehielt.

Ich rief ihr nach, dass ich einen kurzen Abstecher machen und ihr dann nach unten folgen würde. Dann stellte ich den Laptop ab und schritt entschlossen in das nebenan liegende Badezimmer. Es dauerte immer ewig zu pinkeln, wenn ich eine Erektion hatte. Und verdammt, dieser kurze Augenblick, als sie mich streifte und dieses sinnliche Lecken ihrer üppigen rosa Lippen war alles, was es dafür gebraucht hatte.

Sie hier in der Nähe meines Bettes zu haben, war eine schlechte Idee. Als ich zur Tür gekommen war, war das Erste, was ich tun wollte, sie aufs Bett werfen und sie unter mir festhalten.

Ich kniff meine Augen zusammen, erledigte mein Geschäft und wusch mir die Hände, nicht ohne mir auch etwas kaltes

Wasser ins Gesicht zu spritzen. Das musste reichen, um eine kalte Dusche zu ersetzen. Es war zwei Wochen her, seit ich mich entschlossen hatte, dem Sex zu entsagen, und das erwies sich als nicht einfach. Besonders nicht, wenn eine kleine sexy Praktikantin heute Abend meine Gefangene war.

Es war eine dämliche Entscheidung gewesen, sie zu zwingen, hier zu bleiben, aber wie zum Teufel hätte ich sie gehen lassen können, wenn sie so aussah? Sie würde die Idioten mit einem Stock auf Abstand halten müssen und solange ich die Kontrolle darüber hatte, würde das nicht passieren. Und solange ich ihr Boss war, *hatte* ich die Kontrolle darüber.

Wenn ich sie nicht haben konnte, dann sollte niemand sie haben. Zumindest so lange, wie sie für mich arbeitete. Wenn ich leiden musste, weil ich nicht zum Schuss kam, dann würde sie das auch. Schließlich war das ihre Schuld. Unfall oder nicht.

Und mal ehrlich, wer zum Teufel lädt ein Video hoch, ohne es mitzubekommen? Sie hätte im betrunkenen Zustand einen Button drücken können, um es zu teilen, aber dann hätte sie es auf ihrem Profil wiedergefunden – außer es war eine Plattform, die kein unangebrachtes Material erlaubte. Dann wäre es vom Provider gelöscht worden.

Aber solcher Content verbreitete sich schneller als eine Geschlechtskrankheit auf einer Studentenverbindungsparty.

Ich runzelte die Stirn und trocknete mir die Hände ab. Ob sie das Video hatte hochladen wollen oder nicht, musste sich noch herausstellen, aber sie verdiente diese Bestrafung für all den Ärger, den sie verursacht hatte. Und ich war genau der Richtige, um die Strafe zu verhängen. Ich schaute mich im Spiegel an. Adam hatte recht – ich war ein Bastard.

Minuten später, als ich einen gewissen Körperteil wieder unter Kontrolle hatte – für den Augenblick zumindest –, ließ ich mich wieder auf der Couch im Wohnzimmer nieder.

Sie stand an der Glasschiebetür und beobachtete den Sonnenuntergang. Ich hielt meine Augen von ihrer verlockenden Rückseite fern, indem ich mir Formulare schnappte und sie an einem Klemmbrett befestigte. Ich sah hoch, als sie sich umdrehte und auf mich zuging, immer noch auf diesen verdammten Stöckelschuhen, die ihre Beine so spektakulär aussehen ließen. *Augen abwenden, Fawkes – verdammt!*

„Diese Schuhe können nicht bequem sein. Zieh sie aus.“

Sie glitt in den Sessel neben der Couch. „Ich will sie nicht ausziehen.“ Sie warf mir einen Blick zu, als ob sie meine Reaktion testen wollte. Dann, um ihren Standpunkt zu unterstreichen, legte sie die Beine übereinander und wackelte mit dem oben liegenden Fuß. Oh, also sollte es *so* weitergehen?

„Ich bestehe darauf.“

Ihre Augenbrauen hoben sich. „Ich muss dich leider enttäuschen. Diese Schuhe bleiben an. Die ganze Nacht.“

Die ganze Nacht. Sie sandte mir eine deutliche Nachricht. Sie vertraute mir nicht … als ob sie vor meinen degenerierten Neigungen sicher wäre, wenn sie die Schuhe anbehielt. Aber ich wusste genau, dass Schneewittchen nicht so rein war, wie ihr Spitzname glauben ließ. Unter dieser kühlen Reserviertheit, die sie allen zeigte, lag eine Teufelin, die darauf wartete, wieder losgelassen zu werden – von meinen Lippen, meinen Händen, meiner Zunge.

Wenn ich das nur wieder geschehen lassen könnte. Ich seufzte und verkrampfte mich frustriert über mich selbst. „Du musst ein paar Sachen auf Google für mich nachsehen."

Ihre dunklen Augenbrauen zuckten und sie nahm den Laptop auf und öffnete ihn. Er erwachte sofort mit der Login-Musik von Dragon Epoch. Ich hatte das Programm wieder geöffnet gelassen.

Als sie realisierte, was es war, lachte sie. „Du nimmst deine Arbeit buchstäblich mit nach Hause ... ich wusste nicht, dass du Dragon Epoch spielst."

Ich lehnte mich zurück, unfähig, meine Augen von diesem wackelnden Fuß zu nehmen. „Natürlich tue ich das. Die erste Regel der Geschäftswelt, Weiss. Kenne dein Produkt. Wisse, was es tun kann. Kenne die Leute, die dein Produkt nutzen."

Ihr Mund zuckte. „Comic-Con-Nerds und pickelige Streber."

Ich schüttelte lachend den Kopf. „Vielleicht war das in den Achtzigern der Fall, aber bei unserem Spiel ist fast die Hälfte der Spieler weiblich. Und sie kommen aus allen Altersklassen. Wir haben Spieler um die Zwanzig, Teenager, bis hinauf ins Rentenalter. Es gibt junge Paare, die es sich nicht leisten können auszugehen, also spielen die das Spiel zur Unterhaltung und um Zeit miteinander zu verbringen. Collegestudenten mit zu viel Freizeit, selbst ganze Familien, die mit ihren Kindern spielen, oder Familienmitglieder, die weit entfernt voneinander wohnen."

„Wow. Und ... und alle Führungskräfte spielen das?"

„Ja. Warum nicht? Es ist ein gutes Spiel. Du solltest es ausprobieren, bevor du es verteufelst, Weiss. Wie ich sagte, kenne dein Produkt. Hast du dich nie mit dem Trial-Account eingeloggt, den wir den Praktikanten geben?"

Langsam kroch Farbe auf ihre Wangen. „Ähm. Ich habe vielleicht ... den Login-Code verlegt. Ich muss gestehen ...“ Ihre Stimme wurde leiser und dann hob sie die Schultern.

Meine Augen schnellten von ihrem Ausschnitt hinab auf ihre wohlgeformten Beine, zurück zu diesem verdammten wackelnden Fuß. „Du musst vieles gestehen. Was ist es dieses Mal?“

Sie warf mir einen fast ängstlichen Blick zu, als ob die Information, die sie mit mir teilen musste, ihr Verderben sein würde – also ob alles, was ich bereits gegen sie hatte, noch nicht genug wäre und dieses Geständnis das Henkersbeil schließlich herabsausen lassen würde.

„Ich, ähm, bin nicht wirklich eine Zockerin.“

„Nun, als dein Boss, sage ich dir, dass du anfangen sollst. Außerdem will ich, dass du dir drei Optionen für ein Projekt einfallen lässt, an dem du arbeiten wirst. Ich werde dann aus den drei auswählen, was es sein wird.“

Ihr Mund arbeitete und sie rutschte unbehaglich umher, während ihre Augen auf den Block auf ihrem Schoß fielen. Sie nickte lediglich und fing an, Notizen zu machen, dann riss sie das oberste Blatt ab und faltete es.

Ich bewegte mich und zog meine Augen von diesen köstlichen Knöcheln weg, wobei ich mich fragte, wie viel sie wirklich wusste. Sie hatte zugegeben, dass sie wusste, dass ihr Sexualpartner aus dem Video ein Angestellter war und sie wirkte ehrlich bezüglich der Tatsache, dass dies alles war, was sie wusste. Entweder das oder sie war eine verdammt gute Schauspielerin.

Aber wer konnte einer Frau trauen, die sich selbst beim Sex filmte, ohne den Mann wissen zu lassen, dass sie ihn aufnahm?

Die jetzt gewohnten Gefühle von Ärger und Schuld kochten hoch. Dieses Sextape hatte fast alles ruiniert – könnte immer noch alles ruinieren. All meine Hoffnungen und Ziele standen nun auf Messers Schneide.

Und doch ... ich wollte trotzdem erneut mit ihr schlafen. Gott, wie ich mit ihr schlafen wollte. Während meine Augen die Formulare und Dokumente überflogen und ich ihr weiter Befehle zubellte, stellte sich ein niedererer Teil von mir vor, wie sie über die Lehne meiner Couch gebeugt oder auf meinem Küchentresen ausgebreitet war ... oder etwas anderes Derartiges. Nackt. Sich windend. Meinen Namen stöhnend,

Ich hatte noch nicht einmal die Gelegenheit gehabt, sie ganz nackt zu sehen. Ich hatte sie bis zur Besinnungslosigkeit gefickt und hatte doch noch nicht diese vollen, weichen Brüste berührt. Sie noch nicht gekostet.

Verdammt. Meine Augen schlossen sich und ich rieb sie. Sie gähnte laut und ich hörte, wie sie aufstand. Meine Augen flogen auf. Obwohl ich sie nicht wirklich hier brauchte, würde ich sie unmöglich jetzt gehen lassen, innerlich unterdrückte sexuelle Folter oder nicht. Aber ob ich sie hier brauchte, war egal.

Sie quälen? Das war etwas ganz anderes. Denn jetzt war es ein Spiel für mich geworden. Ich wollte sie herumschubsen – sehen, wie weit ich sie verbiegen konnte, bis sie brach. Bis diese kalte Art, diese freundliche Fassade zerbrach und das wilde Tier darunter sich wieder zeigte.

Es war sogar zu meiner neuesten Mission geworden.

„Hast du etwas zu trinken? Ich werde müde."

„Im Kühlschrank steht Mineralwasser. Und einige Energydrinks. Und, äh – bring mir ein Bier mit, wenn du schon dabei bist." Ein Bier würde nicht schaden ...

Sie verzog den Mund und warf mir einen bösen Blick zu. Ich kicherte fast. *Gut.* Sie drehte sich um, stolperte und fiel.

Bevor ich überhaupt denken konnte, schoss ich von meinem Platz hoch und fing sie auf, bevor sie mit dem Kopf auf meinem Glastisch aufschlagen konnte. Meine Arme schlossen sich um ihren Oberkörper und zogen sie von der Gefahr weg, während sie fluchte. „Mein Stöckel hat sich in dem verdammten Teppich verfangen!"

Als sie sich wieder fing, festigte sich mein Griff um sie, anstatt sie loszulassen. „Ich *sagte* dir, dass du die Scheißdinger ausziehen sollst."

Sie neigte den Kopf und blickte mich mit zusammengekniffenen Augen an. Mit ihren sieben Zentimeter Absätzen war sie nur etwa zehn Zentimeter kleiner als ich und sie reichte mir bis zu Nase. „Nein. Ich will nicht."

Mein Mund wurde schmaler und Trotz formte sich in ihren Augen. So frustrierend, wie sie auch war, es war gut zu sehen, dass sie Paroli bot. Sie tat das bei Weitem nicht so oft, wie sie sollte.

Jetzt starrten wir einander an und es wurde unbehaglich. Sie wand sich gegen mich und mein verdammter Schwanz entschied sich, dass das ein großartiger Zeitpunkt wäre, sich wieder aufzustellen. Ich konnte sehen, dass sie es bemerkte, da sich ihr Gesichtsausdruck veränderte. Ihre Augen wurden dunkler, als sich ihre Pupillen weiteten und ihre Atmung plötzlich schneller wurde.

„Du kannst mich jetzt loslassen", sagte sie mit rauerer Stimme als gewöhnlich.

Meine Arme spannten sich spontan an, als wollten sie bei dem Gedanken, sie loszulassen, rebellieren und ihren Preis nicht aufgeben. Das Gefühl ihres Körpers an meinem war gerade einfach zu gut. Es war das, was ich den ganzen Abend schon gewollt hatte.

„Ich kann das nicht tun."

„Warum nicht?"

„Weil ich nicht weiß, ob du sicher bist ... nicht mit diesen Stelzen an deinen Füßen."

Sie schluckte und ich war plötzlich sehr neugierig, wie sie damit umgehen würde. Würde sie sich erheben, um mich herauszufordern, oder würde sie nachgeben? Konnte ich sie so schnell brechen?

Langsam bewegte sie sich und rieb sich bewusst an meiner Erektion. Ein Blitzschlag durchfuhr mich und als ich sah, wie sich ihre Lippen zu einem wissenden Lächeln hochzogen, war mir klar, dass sie genau wusste, was sie tat.

Sie übernahm die Situation und machte sie sich zu eigen. Verdammt sollte sie sein. *Gut gespielt, Miss Weiss.*

Ich festigte meinen Griff und zog sie an mich. Meine Hand wanderte an ihren Hinterkopf, als sich mein Kopf zu ihrem senkte. Jetzt hatte ich die Kontrolle – oder das war zumindest die Lüge, die ich mir erzählte, als ich meine Zunge in ihren Mund schob.

Kapitel Sieben
April

ER KÜSSTE MICH. MEIN BOSS. DER MANN, NACH DEM ICH mich verzehrte. Dieser heiße Kerl in der Badehose mit dem Surferkörper. *Er* küsste mich.

Meine Lippen schwollen durch den Druck an, den er auf sie ausübte, als er mich zwang, den Mund zu öffnen und seine Zunge hineingleiten ließ. Ich schloss die Augen und versuchte, diesem alles vereinnahmenden kitzelnden Gefühl zu widerstehen, das sich in meiner Kehle formte, meine Wirbelsäule hinabwanderte und wie eine verräterische Schlange mit meinem Zentrum kollidierte. Ich war vielleicht wütend auf ihn, aber dieser Kuss und sein Griff um mich erregten mich innerhalb weniger Sekunden.

Jordans Arm blieb um meinen Brustkorb geschlossen und drückte mich gegen ihn. Die andere Hand wanderte über meinen Rücken und glitt über das seidige Material meines Kleides hinab, um mit meinem Hintern zu spielen. Ein leises Knurren löste sich aus seiner Kehle und plötzlich war es schwer für mich, aufrecht stehenzubleiben.

In meinem Kopf versuchte ich die Erinnerungen an die vielen Male heraufzubeschwören, die er mich zum Coffee Shop geschickt hatte. Angesichts der Tatsache, dass das fast jeden Tag geschah, würde man nicht glauben, dass dies schwierig sein könnte. Aber sein Geruch – dieser Hauch von Salbei und salzigem Tang – erfüllte meine Nase und verwandelte mein Inneres zu warmem Brei.

Sein Atem wurde schneller und dieser Mund – diese Lippen, diese Zunge – machten verrückte Dinge mit mir. Alles begann sich zu verzehren, von meinen Brüsten, bis zu dem dumpfen Pochen zwischen meinen Beinen. Sich vor Verlangen zu verzehren.

In meinem Bauch loderte ein Feuer, das nur er löschen konnte. Das Gefühl seiner festen Bauchmuskeln an meinem Brustkorb, seiner heißen Erregung an meinem Bauch. Sein Mund neckte meinen und hörte nicht auf. Alles in meinem Körper zitterte und alles in meinem Kopf trat zurück und machte diesem neuen Gefühl von reinem, brodelndem Verlangen Platz.

Meine Hände packten sein T-Shirt und zerrten daran, bevor sie diese perfekten Brustmuskeln hinaufglitten und sich um seinen Hals legten. Seine beiden Hände waren auf meinem Hintern und kniffen ihn und er zog uns zur Couch. Ich trat meine Schuhe weg und ging mit ihm, befahl mir dabei, nicht an die Ironie zu denken, dass ich ihm, indem ich meine Schuhe auszog, gab, was er wollte. In diesem Moment war ich bereit, ihm noch viel mehr als das zu geben.

Ohne seinen Mund von meinem zu nehmen, drückte er mich unter sich auf die Couch. Sein Gewicht auf mir fühlte sich so verdammt gut an. Ich wollte, dass er mich erdrückte, mich umschloss, mich unter sich drückte und mich nahm.

Er ließ seine Hand meinen Oberschenkel hinaufgleiten und schob den Saum meines Kleids hinauf. Meine Beine schlangen sich um seine schmalen, harten Hüften. Er rieb sie gegen mich und wir beide rangen im Einklang nach Luft.

Ich versuchte, die Warnsirene zu ignorieren, die in meinem Hinterkopf heulte und immer lauter wurde. Dieses Mal konnte ich die Ausrede, dass Alkohol mein Urteilsvermögen vernebelte, nicht benutzen. Er war mein Boss. Das war ein gewaltiger Fehler. Wenn ich mit ihm ins Bett ging – was mein Körper gerade von mir *verlangte* –, würde ich es bedauern. Es wäre ein ebenso großes Desaster wie der Sex mit dem mysteriösen Mann auf der Comic-Con.

Aber auf der anderen Seite meines Gehirns standen die Ampeln auf grün und meine Hormone bliesen zum Angriff. Ich würde innerhalb von zwei Wochen beim zweiten heißen Kerl landen ...

Meine Hände wurden ruhig und mein Kopf ratterte, als seine Hand die Innenseite meines Oberschenkels streichelte. Er sagte nichts, aber sein Mund nahm meinen in Besitz. Der ganze Raum drehte sich. Jeder meiner Sinne schien sich nur auf ihn zu fixieren. Seinen Geruch. Seine Hitze. Seine Hände. Seine Zunge. Mein Körper pochte im Einklang mit den Bewegungen seiner Hand über mein fiebriges Fleisch.

Ich wollte das nicht nur. Ich *verzehrte* mich danach.

Eine Hand streichelte meine Brust durch den Satin meines Kleides. Meine Nippel wurden schmerzhaft hart, überaus empfindlich für seine Berührung. Sein Daumen strich darüber und der Druck zwischen meinen Beinen wurde immer stärker, bis es fast wehtat.

Er kniff meinen Nippel und glühend heißes Vergnügen schoss durch meinen Körper und direkt in mein Zentrum. Ich stieß einen leisen Schrei aus, aber er ließ nicht nach.

„Ich will diese Brüste in meinem Mund, Weiss", knurrte er.

Diese Worte brachten mich fast dazu, mir die Kleidung vom Körper zu schälen. Ich wollte seinen Mund auf meinen Brüsten. Saugend, kneifend, leckend.

Ich rieb meine Hüften gegen seine und fickte ihn durch seine Kleidung. Seine Hände glitten unter mich, um den Reißverschluss auf der Rückseite meines Kleides zu erreichen. Ich wölbte den Rücken, um ihm Zugang zu gewähren und unsere Münder lösten sich voneinander. Seine Augen öffneten sich und er starrte in meine. Wir schnauften beide, als wären wir nach zehn Minuten unter Wasser endlich an die Oberfläche gekommen. Sein warmer Atem umhüllte mein Gesicht und seine Augen waren fast schwarz vor Verlangen.

„Ich habe dich aus diesen Schuhen rausbekommen", sagte er schließlich, als er den Reißverschluss nach unten zog. „Aber das ist mir egal. Denn noch mehr will ich dich aus diesem Kleid heraushaben."

Meine Augen schlossen sich, als er den Träger von meinem Arm zog und sein Atem durch seine Zähne pfiff, als er meinen durchsichtigen Spitzen-BH betrachtete. Sein Kopf senkte sich, um meinen Nippel mit seinen Lippen einzufangen, als es plötzlich an der Tür klopfte.

Er riss den Kopf hoch und seine Augen trafen meine. Er blinzelte, als würde er aus einem benommenen Schlaf gerissen. Dann drehte er sich, um auf die chromfarbige Digitaluhr an der Wand zu blicken. Es war kurz nach neun Uhr.

Das Klopfen ertönte erneut und Jordan wich zurück, als wären mir plötzlich Dornen gewachsen. „Scheiße", murmelte er.

„Was? Wer ist es, deine Frau?", scherzte ich.

Er rieb sich mit der Hand über Mund und Kinn, als würde er versuchen, meinen Lippenstift zu entfernen. Glücklicherweise hatte sich mein Lippenstift schon vor Stunden verflüchtigt und deshalb war der verräterische Beweis, den er fürchtete, nicht da. „Setz dich auf. Ich mache dir den Reißverschluss zu. Zieh deine Schuhe an. Das ist Adam."

Ich setzte mich aufrecht auf die Couch und tat, um was er gebeten hatte.

Er knurrte die Tür an. „Nur eine Minute!"

„Woher weißt du, dass er es ist?"

Er stand auf und fuhr mit einer Hand über sein Haar, dann richtete er seine Hose zurecht, als könnte er so die beträchtliche Erektion verbergen, die gegen den Hosenschlitz seiner Jeans drückte. Ich konnte meine Augen kaum abwenden, obwohl mein Herz mir vor Angst bis in die Kehle schlug.

„Zwei Gründe. Die Art, wie er klopft, und die Tatsache, dass es neun ist und er jeden Abend eine Runde läuft. Er wohnt etwa zwei Kilometer die Straße hinauf."

„Sieht er nach dir?"

Jordan beugte sich vor, packte den Laptop, klappte ihn zu und ließ ihn vor seinen Schritt hängen. „Nimm den Block und tu so, als würdest du dir Notizen machen. Und Gott, lass ihn nicht deinen Mund sehen."

Ich zog die Lippen nach innen und leckte sie ab. Sie fühlten sich von seinen Küssen rot und geschwollen an. Ein weiterer Anfall von Verlangen erfüllte meine Brust. Jordan drehte sich um und schritt zur Tür.

„Was zum Teufel dauert da so lange?", kam Adams Stimme von der Tür.

„Ich *arbeite* gerade und meine *Assistentin* ist hier." Jordan trat beiseite, um ihn hereinzulassen.

Adam trug eine kurze Hose, Laufschuhe und ein verschwitztes T-Shirt. Ich leckte nochmal über meine Lippen und fühlte mich, als wäre ich von meinen Eltern mit einem schmutzigen Buch erwischt worden.

Seine Augen weiteten sich, als er mich sah. „Oh, hey April. Tut mir leid", sagte er.

Ich nahm an, dass er sich für seine Ausdrucksweise entschuldigte. Er ließ mein Kleid und meine Schuhe auf sich wirken und runzelte die Stirn, dann warf er Jordan einen Blick zu. „Ich habe die E-Mail über das verschobene Meeting mit dem Banker gesehen ... dachte, ich sehe nach, ob du dabei Hilfe brauchst, aber ich sehe, du hast die Kavallerie gerufen."

„April hat mir die Akten von Susans Schreibtisch gebracht und hat sich freundlicherweise bereit erklärt zu bleiben und zu helfen, anstatt mit ihren Freundinnen tanzen zu gehen."

Mein Gesicht wurde plötzlich heiß. Wow ... Jordans beiläufige Lüge seinem besten Freund gegenüber war so überzeugend, dass ich sie fast selbst glaubte. Und das war ziemlich beunruhigend. Wer wusste, welche anderen Lügen dieser Mann für gewöhnlich von sich gab? Was sagte er zu Frauen, um ihnen an die Wäsche gehen zu dürfen?

Obwohl, so wie er aussah, musste er überhaupt etwas *sagen*?

„Ähm, ja ... wir haben an den Berichten gearbeitet und versucht die Daten zusammenzusammeln ..." Meine Stimme verblasste, als ich flüchtig Jordans Gesichtsausdruck sah. Sein finsterer Blick sagte mir, dass ihm mein nicht so gewandter Versuch, seinem Beispiel zu folgen und zu lügen, nicht gefiel.

Nun, ich war eine beschissene Lügnerin, also machte ich ihm keine Vorwürfe, weil er mich zum Schweigen bringen wollte.

„Woher wusstest du überhaupt, dass ich zuhause bin?", fragte Jordan Adam und nahm den Laptop in die andere Hand, wobei er es immer noch schaffte, seinen Schritt zu verbergen.

„Ich rannte den Strand entlang. Habe die Lichter gesehen. Ich dachte, dass es noch zu früh wäre, als dass du schon mit einem deiner Dates zurück wärest ..." Dann blickte Adam mich wieder an, wahrscheinlich bedacht, in meiner Anwesenheit nicht mehr zu sagen. Aber Jordan schien sogar noch angespannter als zuvor.

„Ich wollte April gerade nach Hause schicken. Wenn du dir ansehen willst, woran wir gearbeitet haben ..."

Adam zog sein Handy heraus, nahm seine Kopfhörer aus den Ohren und wickelte sie auf, um sie wegzulegen. „Sicher."

Jordan versuchte mit einer hochgezogenen Augenbraue, zähneknirschend und mit sehr direkten Blicken zur Tür eine Art geheimes Signal zu senden.

Ich musste zugeben, ich wollte ihm wirklich eine reinwürgen. Also tat ich so, als würde ich ihn nicht verstehen und blickte weg. Ich biss mir in die Wange, um ein Lachen zu unterdrücken. Jetzt, da die Panik abgeklungen war, hielt ich das für die lustigste Situation der Welt.

„Also, April wollte gerade gehen ...", wiederholte Jordan.

Ich blickte auf. „Oh? Ja? Bist du sicher, dass du meine Hilfe nicht mehr brauchst? Soll ich noch einige Suchen durchführen?"

Wenn Blicke töten könnten ...

Ich lächelte ihn an und er kochte. Nach peinlichem Schweigen stand ich auf. „Okay, naja, die Nacht ist noch jung. Ich könnte meine Freundinnen immer noch im Club treffen."

Jordan blickte finster in meine Richtung, aber ich ignorierte ihn.

„Gute Nacht, Jordan. Nacht, Adam."

Ich schnappte mir meine Notizen über Jordans neues Projekt und steckte sie in meine Handtasche, dann nickte ich beiden zu. Adam ging zur Tür und hielt sie mir auf. Zumindest war *er* ein Gentleman.

Aber ich wollte nicht *wirklich* einen Gentleman, denn das wilde Tier, das gerade seine Hände und seinen Mund überall auf mir gehabt hatte, war viel aufregender gewesen. Mein Körper loderte wieder auf und die Erinnerungen an ihn brachten mich zum Schwitzen. Mit weichen Knien wackelte ich zurück zur Auffahrt und zu meinem Auto.

Seine Küsse waren unglaublich gewesen und mein Körper schmerzte immer noch wegen der unbefriedigten Erregung. Verdammt, sein Mund war nur Zentimeter von meinem Nippel entfernt gewesen. Ich atmete tief ein und blies meinen Atem dann hinaus. Jetzt würde ich nie wissen, wie sich das anfühlte. Wie *er* gewesen wäre.

Manchmal in der Arbeit beobachtete ich seine Hände. Es waren große, starke Hände. Maskulin. Ich hatte mich gefragt, ob er gut im Bett war. Er wechselte die Frauen wie seine Unterwäsche, also war er es offensichtlich – und selbst Adam hatte darauf angespielt. Jordans Dates waren allesamt große, makellos schöne Frauen mit strahlender Haut und einem umwerfenden Körperbau. Er war gut aussehend und Millionär, also hatte er viel anzubieten, aber musste auch gut im Bett sein. Die Wütenden waren das oft ... das hatte ich zumindest gehört.

Ich atmete ruckartig ein. Jordan machte dem Sexgott Falco von der Comic-Con Konkurrenz, wenn es um heiße sexuelle

Begegnungen ging ... und er hatte noch nicht einmal meine Brüste berührt.

Ich schaltete den Alarm meines Wagens aus, während ich zitternd über die Konsequenzen nachdachte, was hätte passieren können, wenn wir nicht unterbrochen worden wären. Ich würde wahrscheinlich gerade nackt unter ihm liegen, wäre Adam nicht aufgetaucht, und das hätte ein Desaster sein können. Sex mit meinem Boss. So baute man wirklich Scheiße, April. Zumindest war Falco der Sexgott immer noch eine sichere anonyme Begegnung, die, so Gott wollte, auch trotz des Videos so bleiben würde.

Ich versuchte, die Erinnerung an Jordans Küsse und seine Hände aus meinem Kopf zu verbannen. Ich durfte nicht zulassen, dass das noch weiter ging. Und angesichts des Blicks auf seinem Gesicht dachte er vermutlich dasselbe. Wir hatten uns hinreißen lassen – das war es. Keine Zeit mehr alleine mit ihm. Nicht mehr zu seinem Haus fahren.

Als ich zuhause ankam, war es fast zehn. Sid trug ihren flauschigen Pyjama und gelbe Minion-Slipper und kauerte mit einem lächerlich großen Headset, das sie wie eine Hubschrauberpilotin aussehen ließ, über ihrer Tastatur.

Sie benutzte einen Befehlston, den sie bei persönlichen Begegnungen normalerweise nie nutzte und sagte Sachen wie „Trash-Spawn! Haut eure AOEs raus" und „Nein, Nein. Nur kleine Heals! Ihr zieht zu viel Aggro."

Es war, als würde sie eine völlig andere Sprache sprechen.

Ich folgte ihrem Vorbild und zog mir mein bequemstes Nachthemd an. Aber anstatt meinen E-Reader herauszuholen und mich unter meiner Decke zu verstecken, ging ich zu meinem Schreibtisch neben ihrem und machte einige Google-Suchen.

Während ich Webseiten überflog, auf denen über Dragon Epoch diskutiert wurde, versuchte ich auszublenden, wie Sid mit ihren Freunden lachte und scherzte. Ich verstand nur die Hälfte davon, aber ich konnte sehen, dass sie viel Spaß hatte. Sie redeten über das Spiel, aber auch über persönliche Dinge und es schien, als würde sie aus einer ganz anderen Kultur stammen und sich auf ganz andere Weise mit der Welt befassen wie ich. Ich war fast neidisch.

Ich blickte sie ein paarmal an und sie runzelte die Stirn und legte eine Hand über ihr Mikro. „Was machst du so früh zuhause? Du bist aber schnell abgehauen."

Ich seufzte. „Das ist eine *wirklich* lange Geschichte. Ich wurde vom Boss aufgehalten und musste ihm bei der Arbeit helfen. Ich habe es gar nicht bis in den Club geschafft."

Sids Augenbrauen schossen hoch und ein besorgter Blick tauchte in ihren Augen auf.

Ich wandte mich wieder meiner Suche zu Es gab ungefähr 35754632 Treffer auf eine Suche nach Dragon Epoch. Ich atmete hörbar aus. Scheiße ... ich musste jede Menge Hausaufgaben erledigen, wenn ich mein Produkt kennen wollte.

Kurze Zeit später bemerkte ich Stille von Sids Seite des Arbeitsbereichs. Ich blickte hoch und sie betrachtete mich, da sie anscheinend mit ihrem Spiel fertig war.

„Was?"

„Also, was ist *wirklich* passiert?"

„Das ist, was wirklich passiert ist."

„Er hat dich an einem Samstagabend zum Bleiben und Arbeiten gezwungen?"

„Ja." Ihre Lippen zogen sich zusammen und ich zuckte mit den Schultern. „Was?"

„Er hat doch nichts versucht, oder?"

Ich schluckte.

„April ...", sagte sie, als ich nicht antwortete. „Du hast schon oft erwähnt, wie jung und heiß er ist. Ich weiß, dass du in ihn verknallt bist ..."

„Ich bin nicht in ihn verknallt. Pfff." Aber ich wurde rot. Der Gedanke, in meinen Boss verknallt zu sein ... okay, ich fand ihn heiß. Und nachdem ich ihn heute in seiner Bade-Short gesehen hatte. Dieser Körper .... und die Art, wie er mich geküsst hatte ...

Scheiße. Ich bin in meinen Boss verknallt!

„Apes, du musst vorsichtig sein. Du befindest dich gerade in einem sehr verwundbaren Zustand."

Ich wandte mich beschämt ab und tat, als wäre ich in meine Suche vertieft. „Ich muss dieses Projekt für die Arbeit machen", murmelte ich, gewillt, das Thema zu wechseln.

Sid neigte den Kopf, um auf meinen Monitor zu blicken und zog die Augenbrauen hoch. „Was versuchst du eigentlich zu finden?"

„Ich versuche, ein besseres Verständnis über das Spiel zu bekommen, damit ich mein Produkt kenne. Ich habe keine Ahnung, was für ein Thema ich für das Projekt nehmen könnte. Und er will drei."

„Nun, du könntest mich um Hilfe bitten, weißt du, da ich das Spiel etwa zweiundsechzig Stunden pro Woche spiele."

Ich schüttelte den Kopf. „Mädel, wir müssen dich unbedingt öfter rausbringen."

Sie zuckte mit den Schultern. „Ich liebe meine Freunde in der Gilde. Wir hängen virtuell ab. Das macht wirklich Spaß."

„Also, all die Leute aus der ganzen Welt, die sich in das Spiel einloggen ... wie findet man Leute, mit denen man spielen kann und wie schließt man Freundschaften?"

„Manchmal fragt man einfach nach Hilfe bei einem speziellen Quest. Wenn man dann eine Gruppe mit coolen Leuten bildet, macht man es wieder und wieder. Oder man wird in einen Raid eingeladen oder gebeten, einer Gilde zu joinen."

Ich schüttelte den Kopf. „Du hättest gerade auch Marsianisch mit mir reden können."

„Anstatt hier zu sitzen und es zu googeln, warum rollst du dir nicht einen Charakter und fängst an zu spielen?"

„Hmm. Gibt es irgendwelche guten Blogs oder Online-Magazine, die ich mir ansehen könnte?"

„Was zum Teufel hast du all diese Monate im Marketing gemacht?"

Ich zuckte mit den Schultern. „Hauptsächlich Kaffee geholt und Grafikdesign für interne Memos und Newsletter und so gemacht."

Sid verdrehte die Augen. „Okay, also ... Blogs. Es gibt ein paar wirklich gute. Leider schreibt meine Lieblingsbloggerin, *Girl Geek*, ihren nicht mehr. Ihr Zeug wurde archiviert, aber drüben auf GameGlomerate. Sie ist genial ... bissig. Sie bloggt über feministische Themen und Gaming. Wie ... warum Frauen immer spärlich bekleidet in Kettenbikinis herumlaufen oder warum männliche Zocker Probleme damit haben, wenn Frauen genauso nerdig sind wie sie."

Ich zog ein Blatt Papier heraus und schrieb *Girl Geek* darauf. „Warum bloggt sie nicht mehr?"

Sid zuckte mit den Schultern. „Sie hat angegeben, dass kürzlich Probleme in ihrem Leben aufgetreten sind, aber ich denke, dass es daran liegt, dass GameGlomerate ihren Blog aufgekauft hat. Ihr Blog war bei Weitem der beste, aber es gibt noch einige andere."

„Hmm. Ich werde ihren Blog finden und ihre alten Posts lesen. Aber fürs Erste muss ich mir wohl einen Charakter erstellen."

„Einen Charakter *rollen*. Das kommt von *roll the dice*. Man sagt das, weil in alten Spielen die Charakterwerte völlig zufällig durch das Werfen von Würfeln festgelegt wurden."

Ich runzelte die Stirn. „Ähm, okay. Jordan hat mir einen Key gegeben, den ich benutzen kann, um mich einzuloggen."

Fünfundvierzig Minuten später, nachdem ich mir die Software installiert, einen Account erstellt und einige Patches heruntergeladen hatte, war ich bereit, meinen eigenen Charakter zu erstellen.

„Bist du sicher, dass du einen Mann spielen willst?"

„Ja. Warum nicht?"

Sid zuckte mit den Achseln. „Naja, egal. Die meisten Frauen, die im Spiel herumlaufen, werden von Jungs gespielt."

„Kann ich gut verstehen. Sie sehen alle wie *Victoria's Secret*-Models aus."

„Okay, also du willst ein männlicher Mensch sein. Du kannst Merkmale wie Haarfarbe und Augenfarbe wählen –"

„Mittelbraunes Haar. Haselnussbraune Augen. Groß. Schöner Muskulöser Körper ..."

„Du hast ein ziemlich gutes Bild davon, wie er aussehen soll."

Ich zuckte mit den Schultern. *Ich darf ihn sterben sehen. Wieder und wieder. Ich kann genauso gut etwas Vergnügen dabei herausschlagen.*

„Jetzt musst du dir nur noch einen Namen für ihn einfallen lassen.“

Hmm. Jordan. Jordyn. Joldan? Ich schüttelte den Kopf. „Ich will ihn *Teufel* nennen.“

Sie blickte mich fragend an und sagte, ich solle den Namen eingeben.

Ich bewunderte ihn einen Augenblick lang. Er trug eine schlichte braune Hose und kein Hemd. Er sah nicht genauso aus wie sein Vorbild, aber er würde genügen.

„Okay, also, jetzt wo ich mein eigenes Monster kreiert habe, was soll ich jetzt machen, außer meine Hände zu reiben und *Es lebt!* zu rufen?“

Sid seufzte lange. „Du brauchst mich wirklich, um dich hier durchzuführen, oder?“

„Mädchen, ich lade Sexvideos ins Internet, ohne es zu merken. Ich bin sicher, dass Draco Multimedia Entertainment explodieren wird, wenn ich im Spiel einen falschen Button drücke. Also, ja, rede mit mir, als wäre ich eine Erstklässlerin.“

„Also würde ich das nicht bereits machen.“

Ich schlug ihr gegen den Arm. „Ich weiß, wo du wohnst.“

Sie lachte und nickte. „Okay, okay. Klick auf den Button, auf dem *Yondareth betreten* steht. Das wird deinen Teufel lebendig werden lassen und du kannst rumrennen und Quests machen.“

Ich tat, was sie sagte. Nach kurzer Wartezeit stand ich vor einem Stadttor. Auf einer Seite von mir war der Eingang zur Stadt, auf der anderen eine Wiese. Es war genauso, wie ich es zuvor auf den Werbebildern, in Videos und erst neulich bei der Demo mit Mia und Katya in der Lagerhalle gesehen hatte. Die Grafik war umwerfend. Es sah wirklich so aus, als würde ich in einer anderen Welt stehen. Grashalme bewegten sich im Wind.

Verschiedenfarbige Steine waren in der Stadtmauer erkennbar. In der Nähe standen andere Spielfiguren, einige Elfen, einige Zwerge und einige andere Menschen. Alle hatten unterschiedliche Hautfarben, Frisuren und Gesichtszüge. Und jeder davon hatte einen Namen über seinem oder ihrem Kopf.

„Und jetzt?"

„Jetzt gehst du zu den NPCs – das sind vom Spiel generierte Leute – und redest mit ihnen. Die anderen Avatare repräsentieren echte Menschen. NPCs mit Quests haben ein Schildsymbol über dem Kopf. Du kannst Quests abschließen, um Erfahrung und Items zu bekommen, was dir hilft, um Level für deinen Charakter zu bekommen."

Kurz darauf verließ Sid mich, um sich fürs Bett herzurichten. Sie wanderte während des Zähneputzens, Haarekämmens und ihrer anderen allabendlichen Routinen immer wieder ins Zimmer, um mir Hinweise zu geben oder anerkennend zu nicken, wenn ich etwas geschafft hatte.

„Dieser alte Elf in dem Kilt will, dass ich ein paar Blumen für ihn pflücke. Das klingt nach einem dummen Quest", sagte ich, als sie die Decke ihres Betts aufschüttelte.

„Du musst das Quest machen. Dahinter steckt eine riesige Geschichte. Die ist so romantisch. Und das Ganze führt zu höher-leveligen Quests. *Alle* machen dieses Quest. Das ist wie eine Tradition in Dragon Epoch."

„Ah, okay", sagte ich und zuckte mit den Schultern.

Sie ließ mich wissen, dass sie jetzt das Licht ausschalten und zu Bett gehen würde. Ich knurrte ihr zu und steckte meine Kopfhörer an, damit der Spielsound sie nicht stören würde. Ich wollte noch eine halbe Stunde oder so spielen, bevor ich das Handtuch werfen und ins Bett gehen würde.

Das nächste Mal, als ich auf die Uhr blickte, war es vier Uhr morgens.

Vier. Uhr. Verdammt. Und ich musste mich in zwei Stunden für die Arbeit fertigmachen.

Das Spiel hatte mir auf überaus unterhaltende Weise Stunden meines Lebens gestohlen und ich hatte es nicht einmal realisiert. Überhaupt nicht. Mann, dieses Zeug war besser als Crack. Kein Wunder, dass so viele Leute es liebten.

Aber auch als ich mich hinlegte, war es schwer für mich einzuschlafen. Ich dachte darüber nach, was zwischen mir und Jordan in seinem Haus passiert war. Obwohl es sich so gut angefühlt hatte und mein Körper bei dem Gedanken daran wieder zu schmerzen begann, wusste ich, dass ich diesen Gefühlen niemals nachgeben durfte. Ich musste gegen sie ankämpfen.

Aber ... ich hatte vielleicht ein wenig von ihm fantasiert, bevor ich einschlief. Es war doch nichts falsch an einer schönen Fantasie, oder?

Dieser Job würde auf die eine oder andere Weise meinen Tod bedeuten.

Kapitel Acht
Jordan

Auf die eine oder andere Weise würde diese Frau mein Tod sein.

Adam hatte, nachdem sie gegangen war, ein paar Stunden meine Couch belagert und mir dabei geholfen, die Akten durchzugehen. Zuerst hatte er mir ein paar fragende Blicke zugeworfen, und das aus gutem Grund. Es sah nicht gut aus ... die Zeit, die ich gebraucht hatte, um die Tür zu öffnen. Die Art, wie sie angezogen war. Adam dachte wahrscheinlich, dass wir ein Date hatten. Aber bis zu dem Augenblick, als ich sie geküsst hatte, war alles ganz unschuldig gewesen ... nun, unschuldig in der Hinsicht, dass ich nicht wollte, dass sie ausgeht und sich einen anderen Kerl anlacht.

Ich vergrub mich den Rest des Wochenendes in meine Arbeit – und Fitnesstraining – da ich dachte, das wäre der sicherste Weg, die Frau aus meinem Kopf zu bekommen. Ich verbrachte zu viel Zeit damit, mich daran zu erinnern, wie gut sie sich unter mir angefühlt hatte, als ich sie geküsst und ihren Körper berührt hatte. Und es war schwierig, meinen Körper davon abzuhalten, darauf zu reagieren.

Mein Meeting mit dem Investment Banker am frühen Montagmorgen war glanzlos. Er war sehr angespannt wegen unserer gegenwärtigen Situation bezüglich des Sexvideos. Aber die gute Nachricht war, dass er der Meinung war, dass es Schritte gab, die das Desaster abwenden könnten.

Doch Adam würden seine Vorschläge nicht gefallen. Nichtsdestotrotz würde ich alles – *alles* – tun, um mein Projekt am Leben zu erhalten. Und ich kam dem Ende der zweiwöchigen Frist, die er mir gegeben hatte, immer näher. Ich würde meinen Charme ganz aufdrehen ... und meinen besten Freund damit einwickeln müssen.

„Schulungen zum Thema sexuelle Belästigung?" Adam drehte sich von seinem Bürofenster weg und seine schwarzen Augen starrten mich an. „Du willst mich verarschen, oder?"

Ich streckte meine Hände mit den Handflächen nach oben in einer *Ich gebe auf*-Geste. „Er hatte noch ein paar andere Bedingungen. Es gibt in der Gaming Community aktuell diese Kontroverse über sexuelle Angriffe auf Frauen –"

Adam nickte. „Ja. Ja. Ich folge dem Ganzen und behalte es genau im Auge. Wir haben in unseren *Nutzungsbedingungen* Regeln gegen Belästigung und es gibt Schutzmaßnahmen –"

„Im Spiel ja, das ist großartig. Aber bei den Angestellten –"

Er seufzte. „Bei den Angestellten auch. Wir halten uns an die rechtlichen Maßstäbe."

„Er denkt, wir müssen uns extra ins Zeug hängen. Wir müssen einen Consultant anheuern und ein reglementiertes Trainingsprogramm absolvieren. Jeder einzelne Angestellte, bis hin zu den Putzkräften."

Adam starrte mich an, als wäre mir ein drittes Auge mitten auf der Stirn gewachsen. „Wie lange dauert so etwas?"

„Das Bundesrecht verlangt zwei Stunden alle zwei Jahre. Aber wenn wir einen guten Eindruck machen wollen und unsere Ärsche da rausziehen wollen –"

Er schüttelte den Kopf. „Gott, nein. Zwei Stunden sind genug, Jordan."

„Du solltest das verdoppeln. Und alle müssen teilnehmen. Selbst du. Selbst ich."

Er rieb sein Kinn und ließ die Hand über seinen Mund gleiten. „Dafür gibt es Online-Programme."

„Wir sollten das alle gemeinsam machen, als Firma, persönlich. Und die Angestellten sollten *uns* auch dabeisitzen sehen –"

„Sie *kontrollieren*?" Er blickte finster drein. „Ich will nicht, dass danach mit dem Finger auf jemanden gezeigt wird, verstanden? Wir haben Angestellte, die miteinander verheiratet sind oder zusammenleben oder einfach nur in einer Beziehung sind. Daran ist nichts Falsches."

Ich zuckte mit den Schultern. „Da stimme ich zu."

„Aber andererseits hätte vermutlich jeder von ihnen einer der Stars des berüchtigten Videos sein können."

Der Kragen meines Anzugs fühlte sich plötzlich eng an. „Ja. Es, ähm – es hätte jeder sein können."

Seine schwarzen Augen schnellten zu mir. „Hast du es bereits herausgefunden?"

Ich hielt meine Hände hoch. „Wow, wer zum Teufel bin ich? Das CSI Team von Irvine? Ich lasse meine Leute daran arbeiten, wie ich es gesagt habe. Aber der Scheiß ist im ganzen Internet verbreitet und auf dem Video waren keine Metadaten. Die Person, die es aufgenommen hat, hatte die Ortungsdienstfunktionen ausgeschaltet." *Glücklicherweise.* „Aber das hätte uns auch nicht viel geholfen und ohne einen Gerichtsbeschluss bekommen wir die IP-Adresse der Person nicht, die das Original hochgeladen hat, selbst wenn wir die

Kopien zum Original zurückverfolgen können ... was laut meinem Spezialisten fast unmöglich ist. Es ist, als würde man nach einer bestimmten Nadel in tausend Haufen aus Nadeln suchen."

Sein Mund wurde schmaler. „Da das Video keine Identifikationsinfo hat, stimme ich dir zu. Scheiße." Er strich sich durchs Haar und starrte weiter aus dem Fenster.

„Hör zu ... ich lösche hier jede Menge Feuer bei den Anwälten, bei den Versicherungsträgern und bei den Bankern. Lass uns keine Zeit, Energie und Ressourcen mit einer Hexenjagd vergeuden. Der Zug ist abgefahren."

„Wenn wir herausfinden, wer es war, könnten wir den Schuldigen entlassen und zeigen, dass wir uns um die Situation kümmern."

„Firmenschulungen und einige dieser anderen Dinge würden dasselbe bewirken, um ehrlich zu sein. In den Augen der Wall Street zumindest."

„Also schlägt der Banker wirklich Schulungen über sexuelle Belästigung vor ..."

„Du denkst, ich würde mir diesen Scheiß ausdenken? Und wegen dieser anderen Dinge ..." Oh, er würde sie nicht mögen. Ich wappnete mich.

Seine Augen wurden schmaler. „Raus damit. Was?"

„Wir geben eine Stellungnahme heraus über diese ganze sexuelle Belästigungssache bei Gamern, die momentan vor sich geht."

„Aber damit haben wir nichts zu tun", schnaubte er. „Keiner dieser Menschen hat eine Verbindung zu Draco Multimedia oder Dragon Epoch. Das sind ein Haufen sexuell frustrierter, gesellschaftsfeindlicher Fünfzehnjähriger, die Frauen im Internet schikanieren.“

„Andere Vereinigungen und Firmen haben Farbe bekannt. Das sollten wir auch. Sieh es einfach als erneute Bekanntgabe unserer *Nutzungsbedingungen* gegen sexuelle Belästigung und Cyber Bullying.“

Er winkte abweisend mit der Hand. „Wie auch immer. Was machen wir sonst noch?“

„Oh, einige Geldspenden, Sozialstunden –“

„Sozialstunden? Was genau? Müll am Straßenrand aufsammeln?“

„Ich werde etwas organisieren – uns gute Presse verschaffen. Wir werden uns ein paar Orden verdienen, das ist alles. Wir müssen nur sauber bleiben. Nächsten Monat habe ich eine Rede auf der *Technology, Entertainment and Design*. Und wir haben all diese Auszeichnungen, für die das Spiel nominiert ist, – insbesondere *Game oft he Year*. *Entrepreneur Weekly* zeigt uns auf ihrem Cover. Das sind gute Sachen. Wir können das herumdrehen. Wir sind eine große Firma und überall gibt es gelegentlich Skandale. Diese kleine Sache wird uns nicht untergehen lassen.“

„*Noch nicht*“, antwortete Adam und schob seine Hände in die Taschen.

„Gott, Adam. Du bist immer so pessimistisch.“

„Ich bin Realist und es ist mein Job vorauszuschauen, um die Firma auf das vorzubereiten, was auf uns zukommt. Und angesichts unseres letzten Skandals ...“

Adam war immer noch erschöpft wegen des Rechtsstreits mit den Familien der Mord-Selbstmord-Opfer. Unsere Firma war mit unserer Versicherungsgesellschaft aneinandergeraten, die sich geweigert hatte, Adam den Kampf vor Gericht austragen zu lassen, und stattdessen auf eine außergerichtliche Einigung bestanden hatte. Das war ein Rückschlag für uns gewesen, mein kleiner Rückschlag in der frühen Phase meines Plans für unseren Börsengang.

„Also dann ist das sein Ernst, denkt er denn wirklich, dass das funktionieren wird?"

Ich nickte. „Ja, tut er. Er sagt, dass der New York Stock Exchange begierig darauf ist, dass Technologiefirmen bei ihnen eröffnen, anstatt bei NASDAQ, wo die Großen wie Facebook für ihren Börsengang hingegangen sind. Sie *wollen* uns, Adam. Aber wir müssen spuren und uns von diesem Online-Krieg-der-Geschlechter distanzieren, der in anderen Gaming Communities herrscht." Ich blickte ihn an und dann zum Fenster hinaus, da ich ihm nicht in die Augen sehen konnte bei dem, was ich noch zu sagen hatte. „Außerdem besteht Zweifel darüber, ob das Video wirklich Draco-Mitarbeiter zeigt, oder ob der Mitarbeiterausweis dort platziert wurde."

Adam lachte tatsächlich darüber. „Wow, ich weiß nicht, ob ich mich bedroht oder geehrt fühlen soll, dass jemand so einen Aufwand betreibt, um unseren Ruf zu schädigen."

Ich zuckte mit den Schultern. „Das werden wir nie erfahren ..." Es fühlte sich schleimig an, ihm diese Idee einzuimpfen, aber so konnte ich den Druck von mir nehmen und er würde sich wieder auf andere Dinge konzentrieren.

Er warf mir einen kurzen Blick zu und sah wieder weg. „Ich denke, es ist das Beste, wenn wir Ockhams Rasiermesser anwenden. Die einfachste Erklärung ist die wahrscheinlichste. Was bedeutet, dass zumindest einer der beiden ein Angestellter war, der auf der Comic-Con die Sau rausgelassen hat", sagte Adam mit hochgezogener Augenbraue.

Ich hielt inne und wartete einen langen Augenblick, um den Mut zu sammeln, ihm die große Frage zu stellen. „Also, wie lautet das Urteil, oh erhabener Führer? Gehen wir an die Börse oder ziehen wir unser Angebot zurück?"

Adam drehte sich um und blickte wieder zum Fenster hinaus. Er atmete tief ein und wirkte gedankenverloren. Es schien sogar, als würde er immer noch darüber nachdenken, die ganze Sache zurückzuziehen. Ich dachte, es wäre ein guter Zeitpunkt, ihn daran zu erinnern, warum wir das Ganze überhaupt geplant hatten.

„Dieser Prototyp ist wirklich umwerfend. Stell dir vor, was wir machen könnten, wenn wir das Kapital hätten, das neue Interface ins Spiel zu implementieren."

„Oh, das habe ich mir bereits vorgestellt", sagte er. „Aber ich werde unseren Nettoprofit nicht für mein Hirngespinst aufs Spiel setzen."

„Das ist kein Hirngespinst, Adam. Du hast die Vision und Fähigkeit, das zu schaffen. Da draußen gibt es kein anderes MMO, das so ein Interface benutzt – nicht einmal das mächtige *World of Warcraft*. Denk einfach daran, was unser Spiel erreichen könnte, wenn wir die Mittel hätten, die Firma zu erwerben, die dieses Equipment herstellt. Und du kannst das ganze Wissen in deinem genialen Kopf benutzen, um eine dreidimensionale Erfahrung für die Spieler zu entwickeln."

Er warf mir aus den Augenwinkeln einen Blick zu. „Trägst du nicht ein bisschen dick auf?"

„Komm schon, Mann. Die Spieler werden uns das Zeug aus den Fingern reißen. Ich habe gesehen, wie viel Spaß Mia bei der

Demo hatte. Wenn schon für niemand anderen, dann tu es wenigstens für die Frau, die du liebst."

Adam bellte ein Lachen heraus. „Mann, du laberst so viel Scheiße, dass deine Augen braun sind! *Tu es für die Frau, die du liebst.* Ich kann es kaum erwarten, ihr das heute Abend zu sagen. Sie wird sich vor Lachen bepissen, wenn sie hört, dass das aus deinem Mund gekommen ist."

Ich zuckte mit den Schultern. „Hey, ich muss es doch versuchen, oder?"

„Du schaffst es immer wieder, mich zu verblüffen. Gut. Ich habe vollstes Vertrauen in dich. Schnapp sie dir, Tiger."

Ich fühlte eine Woge des Sieges. „Du verscheißerst mich nicht, oder? Du machst mir nicht was vor, um meine Hoffnungen dann wie ein Insekt zu zerquetschen?"

Er verdrehte die Augen. „Nein, mache ich nicht. Wir ziehen das durch. Aber ich vertraue darauf" – er nahm seine Hand hoch und zeigte auf mich – „dass du mich über alles auf dem Laufenden hältst, was los ist. Und wenn du bei *irgendetwas* auch nur den geringsten Zweifel hegst, will ich, dass du damit zu mir kommst, okay? Ich weiß, wie sehr du das willst, aber ich vertraue auch darauf, dass das nicht auf Kosten unserer Firma sein wird."

Ich schüttelte den Kopf. „Nie. Ich bin vielleicht nicht der König der Nerds, so wie du mein Freund, aber ich liebe diese Firma genauso wie du."

Adams Augen wurden verschlagen. „Du liebst die Gans, die goldene Eier legt."

Ich zuckte mit den Schultern. „Das auch. Man kann nicht abstreiten, dass mir diese Firma ein dickes Bankkonto verschafft, was ich gebührend genieße."

Er lachte. „Ja, das tust du. Welche *Vorteile* genießt du diese Woche? Ist es diese blonde viertklassige Schauspielerin oder das brünette *Vogue*-Model?"

Ich grinste verschmitzt. „Jetzt sei nicht eifersüchtig, nur weil du selbst dich zur Monogamie verdammt hast. Eine Frau ... für den Rest deines Lebens ... keine Abwechslung ... keine Veränderung ..." Ich spielte ein Gähnen.

„Du tust mir leid. Aber genieß es, solange du kannst, Mann. Ich nehme an, wenn du an der Reihe bist, wirst du dich wahnsinnig verlieben."

Ich schüttelte den Kopf. „Nie. Man braucht ein Herz, um sich zu verlieben, und das wurde mir vor langer, langer Zeit entfernt."

Jetzt grinste Adam verschmitzt. „Ja ... richtig. Das werden wir noch sehen."

„Was ist nur mit den Kerlen los, wenn sie sesshaft werden? Sie wollen alle ihre Freunde mit sich ziehen. Elend braucht vermutlich Gesellschaft. Außerdem – du heiratest deine Cousine. Mein Klingelton für dich ist jetzt Banjo-Music."

„Fick dich", sagte er und ging zu seinem Schreibtisch, weil sein Handy geklingelt hatte. Er nahm es auf und las die Textnachricht.

„Ist das deine kleine Frau? Oder sollte ich sagen, deine kleine *Cousine?*"

Adam sah beim Lesen nicht von seinem Handy hoch, sondern streckte mir seine freie Hand mit ausgestrecktem Mittelfinger entgegen. Ihm gefiel die Tatsache nicht wirklich, dass er und Mia wegen der Heirat seines Onkels mit Mias Mutter vor ein paar Monaten nun verwandt waren.

„Ich sage ihr einfach, dass du sie *kleine Frau* genannt hast und sie kann sich dann um dich kümmern, wenn sie dich das nächste Mal sieht. Es war schön, dich gekannt zu haben." Adam tippte eine schnelle Antwort auf die Nachricht.

„Normalerweise hätte ich wirklich Angst, aber du brauchst mich zu dringend für den Börsengang."

Er grinste. „Das tue ich." Dann runzelte er die Stirn, als wäre ihm irgendetwas eingefallen, und er warf mir einen spekulativen Blick zu. „Also, ähm, wie läuft es mit deiner Praktikantin? Zeigst du ihr viele interessante Dinge?"

Ich verlagerte mein Gewicht, steckte meine Hände in meine Taschen und zuckte mit einer Schulter. Ich versuchte lässig zu wirken, ohne dass es aussah, als würde ich es versuchen.

„Sie ist in Ordnung." Ich hoffte, dass meine Fassade hielt, denn ich fühlte mich bei Weitem nicht so locker, wie ich hoffentlich wirkte. Ich fing bereits an, unter meinem Kragen zu schwitzen, wenn ich daran dachte, was am Sonntagabend zwischen uns geschehen war.

Das Gefühl ihres kurvigen, femininen Körpers unter mir auf der Couch. Ihr Geschmack. Die wunderschönen Brüste, die einen Mann zu Fall bringen konnten. Ich biss die Zähne zusammen.

Adam runzelte die Stirn. „Bist du in Ordnung? Hat sie dich sauer gemacht oder so?"

Ich wehrte mich dagegen, ihn anzusehen, aber vermutete, dass dies keine spontane Frage war. Wahrscheinlich war Adam die ganze Sache suspekt, seit er uns in jener Nacht unterbrochen hatte. Und wenn er uns nicht unterbrochen hätte? Ich weiß, dass ich nicht aufgehört hätte und ich hatte den Grund zu glauben, dass auch sie das nicht getan hätte.

Ich schluckte. Sie hatte immer noch keine Ahnung, dass wir bereits einmal Sex hatten. Jetzt hatte die Schuld wegen dieser Situation eine weitere Schicht bekommen – als ob sie noch eine weitere benötigte. Die Schuld, Adam anzulügen, die Firma aufs Spiel zu setzen und beinahe all unsere Hoffnungen und Träume zu ruinieren, war noch nicht genug. Dazu kam die Schuld, die ich wegen der Tatsache verspürte, dass ich mich am Samstagabend über sie hergemacht hatte und dass sie, wenn wir miteinander ins Bett gestiegen wären, keine Ahnung gehabt hätte, dass wir schon zuvor zusammen gewesen waren.

Ich atmete tief ein, ich wusste, ich musste auf cool machen. Adam fragte nicht, um Smalltalk zu führen. So tickte er nicht. Hinter allem, was er tat und sagte, steckte ein Zweck.

Und wenn ich nicht vorsichtig war – denn der Kerl war so aufmerksam wie ein Falke –, könnten mir meine eigenen Lügen zum Verhängnis werden. „Sie ist okay. Ich quäle sie, sie hasst mich. Es ist eine völlig gesunde Boss-Angestellte-Beziehung."

Ah, ja, wenn ich noch nicht auf dem Weg in die Hölle war, dann würde ich definitiv dafür dorthin gehen. Wenn ich nur die Tatsache ignorieren könnte, dass es anscheinend der beste Sex ihres Lebens war – und naja, sie war auch unter meinen Top Drei.

Vielleicht Top Zwei, musste ich zugeben – wenn auch widerwillig.

Ein paar Minuten später schlich ich mich aus diesem Meeting und wischte mir mental über die Augenbrauen, erleichtert, dass Adam mich wegen der Praktikantin nicht ins Kreuzverhör genommen hatte. Ich blickte durchs Atrium und sah April an ihrem Schreibtisch.

Ich hatte mir bereits geschworen, ihr von nun an, wann immer es möglich war, aus dem Weg zu gehen. Aber das würde schwierig werden.

Hauptsächlich aufgrund der Tatsache, dass ich nicht *wollte*.

Ich sah sie an. Sie war schön, natürlich, aber es ging nicht nur darum, ein hübsches Gesicht anzusehen, mit perfektem, glänzendem Haar und einem tollen Hintern. Da war noch diese unerklärliche Tiefe in ihren wunderschönen blauen Augen, die es offensichtlich machte, dass hinter ihnen noch viel mehr vor sich ging. Aber sie zeigte der Welt ein heiteres, gefasstes Gesicht, selbst bei der Demütigung und Kritik, die ich ihr in letzter Zeit hatte zuteilwerden lassen. Ganz zu schweigen, dass ich fast besessen von der Vorstellung war, sie auf die Knie zu zwingen.

Während der nächsten paar Tage fing ich an zu bemerken, dass April mich genauso mied wie ich sie. Sie fing an, früher als ich zur Arbeit zu kommen, und mein Kaffee stand bereits immer in einem besonderen isolierten Becher auf meinem Tisch, wenn ich eintraf. Wenn ich ins Atrium ging, um mit Susan zu sprechen, stand April immer auf und verließ ihren Schreibtisch. Wenn ich den Pausenraum betrat und sie anwesend war, verließ sie ihn entweder sofort oder setzte sich auf die andere Seite des Zimmers.

Bald war es ein Spiel geworden. Ich erfand Ausreden, um ein paarmal am Tag aus meinem Büro zu kommen. Jedes Mal ging sie. Für diese Scheiße hatte ich keine Zeit – aber mein Gehirn dachte natürlich, dass es großartig wäre, sich auf sie zu fixieren.

Mir entging auch nicht, dass Adams schmieriger kleiner Assistent, Charles, ebenfalls ein Faible für sie entwickelt hatte. Er war oft an ihrem Schreibtisch und an einem Tag sah ich sogar, dass er sie zum Mittagessen begleitete. Ich fing an, mich zu fragen, ob sie täglich zusammen zu Mittag aßen. Okay, also ich hatte sie an einem Abend davon abgehalten, auszugehen und jemanden in einem Club kennenzulernen, aber das bedeutete einen feuchten Dreck, oder?

Nur ein paar Tage später gab ich meinen Entschluss, sie zu meiden, auf, weil das bedeutete, dass ich sie nicht im Auge behalten konnte. Und außerdem begründete ich es damit, dass es an der Zeit war, mit ihr über ihr Projekt zu sprechen.

Nach dem Mittagessen betrat ich das Atrium, wo sie gerade an ihrem Tisch ein Gespräch entgegennahm. Ich machte einen Umweg, damit sie mich nicht kommen sah und stellte mich neben sie. Ich wartete darauf, dass sie fertig wurde, doch sie bemerkte mich nicht sofort.

„Es tut mir leid, ich wusste nicht, dass der Teufel mir heute so viel Arbeit geben würde. Es sieht so aus, als würde ich es nicht schaffen." Sie hielt inne und rutschte auf ihrem Stuhl, um etwas auf das Blatt Papier vor sich zu kritzeln. Darauf stand *Le Chat Noir* – der Name einer Martini Lounge nicht weit von hier.

Ich fragte mich, worüber sie sprach. Ich hatte ihr tagelang keine zusätzliche Arbeit gegeben ... dann dämmerte es mir, sie benutzte die Arbeit als Ausrede, nicht zu gehen.

„Okay ... ich versuche es. Gib mir einfach die Adresse. Ja, ja. Ich finde sie schon mit dem Navi. Du sagtest, dass es in der Nähe ist?"

Sie notierte fix die Adresse. In diesem Augenblick bemerkte sie meine Gegenwart und sprang fast auf, als sie zu mir aufblickte. Ich warf ihr meinen überzeugendsten finsteren Blick zu.

„Ich muss los", schnaubte sie in den Hörer und legte energisch auf.

„Wer war das? Dein kleiner Bewunderer?"

Sie warf mir einen misstrauischen Blick zu. „Ich habe keine Bewunderer." Ich zog ungläubig meine Augenbraue hoch. Offensichtlich log sie mich an. Enttäuschend, aber ... hatte ich etwas anderes erwartet?

Ihre Augen schnellten nervös zur Seite. „Es waren nur meine Freundinnen aus dem Marketing. Sie wollten heute Abend ausgehen."

„Noch mehr Party? Vielleicht brauchst du mehr Arbeit."

Sie zog die Augen zusammen. „Vielleicht tue ich das."

„Du hast mir immer noch keine Ideen für dein Projekt präsentiert."

Sie drehte ihren Stuhl, um mich anzusehen, und verschränkte die Arme vor der Brust. „Eigentlich schon. Ich habe sie dir heute Morgen gemailt."

Ich fuhr mit dem Daumen mein Kinn entlang. „Hmm. Okay, ich werde es mir ansehen. Übrigens, wer ist *der Teufel*?"

Ihre Haut errötete wie bei einem frischen Sonnenbrand. Sie zog nervös eine lange, seidige Haarsträhne hinter ihr Ohr. Ich schluckte, als meine Augen die elegante Kontur ihres Halses entlangwanderten.

Gott. Ich schüttelte den Kopf. „Egal. Ich kann es mir denken. Weitermachen, Weiss. Du willst deine kleinen Freundinnen nicht warten lassen. Ich wette, ihr seid alle scharf darauf, euch heute Abend zu besaufen und flachlegen zu lassen."

Sie biss sich auf ihre vollen, sexy Lippen und ich schluckte wieder, bevor ich meine Augen von ihr wegriss. Ich drückte mich von ihrem Schreibtisch ab und ging wieder in mein Büro, sauer darüber, wie ich mich bei dem Gedanken fühlte, dass sie mit diesen kichernden Praktikantinnen ausging, um Männer kennenzulernen. Es war ihr Recht, natürlich. Es war ja nicht so, als hätte ich das Recht, ihr zu sagen, was sie zu tun hatte und was nicht. Aber verdammt, es nervte mich trotzdem zu Tode.

Ich war schließlich ihr Boss. Wenn sie sich betrank und mit irgendeinem fremden Kerl nach Hause ging, würde das ihre Fähigkeit, an meinen Projekten zu arbeiten, behindern, und sie würde nichts erledigen. Und verdammt, sie war für diese ganze Scheiße verantwortlich. Also gab ich nur auf meine eigenen beruflichen Interessen acht, als ich Adams Cousin, William, der im Grafikdesign arbeitete, anrief und ihn bat, heute Abend mit mir ins Le Chat Noir zu gehen.

William war eher keine Hilfe, um Frauen aufzureißen. Ich kannte ihn seit den Anfangstagen der Firma, als Adam ihn an Bord geholt hatte, um die ersten Konzeptzeichnungen für Dragon Epoch zu erstellen. Wir hatten ein ganzes Portfolio entwickelt, das wir Risikokapitalgebern präsentierten, die schließlich in uns investierten und uns halfen, die Firma aus dem Boden zu stampfen. Nachdem wir den Ball ins Rollen gebracht hatten, hatte William einen Job in unserer Designabteilung angenommen.

Er war überaus begabt, aber schüchtern, skurril und mehr als nur ein wenig unbeholfen.

Kurz vor der Comic-Con war er unangekündigt in mein Büro gekommen. Er hatte sich mit den Händen in der Hosentasche, den Blick auf den Boden gerichtet, in einen Stuhl fallen lassen und mich gefragt, was mein Geheimnis war, dass ich alle Frauen bekam.

Wenn ich ihn nicht besser gekannt hätte, hätte ich gedacht, dass Adam mir einen Streich spielen wollte. Ich hatte versucht, nicht zu lachen. William war ein toller Kerl, aber ich hatte ihm leider sagen müssen: *Wenn man es hat, hat man es einfach* – das Konzept von *Mojo*. William war Autist und kam daher mit so abstrakten Konzepten wie diesem nicht gut zurecht.

Also hatte ich ihm eine Demonstration versprochen, wenn ich mehr Zeit hätte. Und heute Abend würde dieser Abend sein. Er hatte nicht sehr begeistert gewirkt, dass er in eine Bar musste, aber es war eher eine Lounge als eine Bar, hatte ich erklärt. Es dauerte etwas, ihn dazu zu überreden, indem ich sagte, dass ich so Frauen kennenlernte – was nicht exakt der Wahrheit entsprach. Die Frauen, mit denen ich ausging, traf ich in stilvolleren Orten als diesem.

Le Chat Noir war bei Weitem keine Absteige. Es versuchte wirklich, sehr über den üblichen Aufreißlokalen zu stehen, die Läden wie dieser normal waren – besonders in einer College-Stadt wie Irvine. Die Einrichtung war in mattem Violett und Schwarz gehalten. Es lief Jazzmusik aus der Musikanlage, aber es schien so, als gäbe es hier auch regelmäßig Livemusik.

William und ich setzten uns an einen kleinen Tisch und genossen unsere Drinks. William hatte sich ein Bier bestellt und ich hatte eine Rum-Cola ohne den Rum. Ich warf meinem introvertierten Begleiter einen Blick zu; ich hatte nicht bedacht, dass seine Zurückhaltung diese Situation so unangenehm machen würde. Naja, wir waren eigentlich auch nicht seinetwegen hier.

Nachdem ich ihm ein paar Fragen gestellt hatte, fand ich schließlich heraus, dass er ein Auge auf eine spezielle Frau geworfen hatte – eine von Mias Freundinnen. Ich hatte sie einmal getroffen – die Blondine – hübsches Mädchen. Er kannte sie schon über ein Jahr und hatte sie noch nie um ein Date gebeten. Gott. Dieser arme Kerl musste chronische dicke Eier haben.

Zwanzig Minuten, nachdem wir angekommen waren, betrat eine Gruppe junger Frauen von Draco – darunter April – den Raum. Keine Zeichen von diesem Widerling Charles. Gut. Aber ich bemerkte, dass sich eine Menge männlicher Köpfe umdrehten, als sie vorbeigingen. Ich wusste, woran sie dachten. Die kategorisierten jede Frau basierend auf Körperbau, Größe und Aussehen. Einige Frauen hatte schöne Körper, aber ein sogenanntes *Butter Face* – was bedeutete, dass sie heiß war, bis auf ihr Gesicht – *but her face.*

April gehörte definitiv *nicht* zu dieser Kategorie. Sie war kleiner und zierlicher als ihre Freundinnen – die Kleinste in der Gruppe. Sie ließ die anderen drei hinter sich, hauptsächlich wegen ihrer langen dunklen Haare, die sie offen trug. Ich verbrachte mehr Zeit damit, als ich sollte, ihr Haar anzusehen und mich zu fragen, ob es schwarz oder dunkelbraun war. Ich studierte, wie es das Licht reflektierte und wollte daran riechen. Es war seidig, glänzend und ich wollte mit meinen Fingern hindurchfahren. Wollte es um meine Hände wickeln, während ich mit ihr schlief.

Ich riss meinen Blick von ihr und nahm einen weiteren Schluck von meinem alkoholfreien Drink. William schmollte und beobachtete mich mit seinen dunklen Augen. Wie immer trug er Kleidung, die nicht zusammenpasste. Er hatte kein Händchen für Mode – noch hatte er eine stylische Frisur. Trotzdem begutachtete ihn die Hälfte der Frauen auf unserer Seite der Bar, wovon er aber nichts mitbekam. War klar. Obwohl Adam einen besseren Modegeschmack hatte, war die Familienähnlichkeit unverwechselbar und mein bester Freund hatte eine ähnliche Wirkung auf Frauen. Was *hatte* diese Familie nur, was sie zu Frauenmagneten machte?

Die Gruppe der Draco-Praktikantinnen nahm sich einen Tisch in der Nähe der Bar auf der anderen Seite, aber in Sichtlinie. Irgendwann nach der Arbeit hatte April sich ein kurzes violettes Kleid angezogen, das ihren blassen Teint und ihre Kurven perfekt akzentuierte. Augen folgten ihr, wo auch immer sie vorbeiging, und ich wollte sie jedem ausstechen, weil sie sie ansahen und dieselben Gedanken hatten, die mir gerade im Kopf herumschwirrten.

„Ich verstehe immer noch nicht, warum wir hier sind", sagte William in seiner üblichen monotonen Stimme.

„Nun, als du mich gefragt hast, wie ich mit Frauen rede, sagte ich dir, dass das schwer zu erklären ist – dass ich es dir zeigen muss. Und da ich heute Zeit hatte, dachte ich, ich könnte es dir zeigen."

Er runzelte die Stirn. „Mir gefällt das gar nicht."

Hinter ihm hatte eine etwa dreißigjährige Blondine nicht aufgehört, ihn anzustarren. Es war offensichtlich, dass sie darauf wartete, dass er hochsah, damit sie in ansehen und ihm ein verführerisches Lächeln zuwerfen konnte. *Viel Glück damit, Lady.*

„Sieh es als Übung an. Ich habe dein erstes Ziel ausgemacht. Da ist eine Blondine auf der anderen Seite, die ... interessiert wirkt."

William blickte finster drein. „Das ist nicht, was ich meinte, als ich sagte, ich wollte lernen, wie man mit Frauen spricht. Ich kenne die Frau bereits, mit der ich reden will. Ich habe es dir auch schon gesagt. Ich will Jenna."

„*Frauen*, William. Plural. Du weißt, was man sagt, es gibt viele Fische im Meer."

Er schüttelte den Kopf. „Ich mag Angeln nicht."

Ich kratzte mich am Kinn und warf einen weiteren Blick in Richtung der Praktikantinnen von Draco. Ein paar Kerle hatten sich zu ihnen gesellt und redeten, die Bierflaschen in der Hand, mit ihnen. April schien sich nicht an dem Gespräch zu beteiligen, sondern blickte angestrengt auf ihr Handy.

Gegenüber von mir räusperte sich William. „Du bist auch nicht hier, um mit *Frauen Plural* zu reden. Du starrst diese Draco-Praktikantinnen an, seit sie hereingekommen sind. Insbesondere April Weiss."

Ich riss meinen Kopf zu William. „Hör zu, willst du lernen, was ich tue oder nicht?"

Er sagte nichts und warf mir einen weiteren finsteren Blick zu, bevor seine Augen sich fast sofort wieder senkten.

„Hast du versucht, du weißt schon, sie einfach um ein Date zu bitten?"

William behielt seine Augen auf dem Tisch. „Ich weiß nicht, welche Worte ich verwenden soll. Deshalb frage ich dich ja. Und wenn ich sie frage und sie ja sagt, weiß ich nicht, wie ich mit ihr reden soll."

„Rede mit ihr, als wäre sie deine Freundin, oder ein Familienmitglied. Es ist vielleicht weniger einschüchternd, wenn du sie fragst, ob sie in einer Gruppe ausgehen möchte – finde zum Beispiel etwas, was du mit Freunden machen möchtest, und frag sie, ob sie mitkommen will."

Er schien sich auf jedes Wort zu konzentrieren, während er die Tischplatte anstarrte.

„Aber solange wir hier sind, können wir mit diesen Ladys üben ..." Ich nahm einen weiteren Schluck von meinem Drink und stand auf. „Sieh zu und lerne, Junge."

„Wir sind fast gleich alt. Ich bin sogar drei Wochen älter als du. Ich bin kein Junge. Und im Vergleich zu dir bin ich nicht einmal annähernd ein Junge."

Ich winkte ab. „Entspann dich, William, Gott. Diese Blondine, die dich die ganze Zeit anstarrt? Ich werde dir ihre Nummer besorgen."

Bevor er protestieren konnte, ging ich zu ihrem Tisch, an dem sie mit ihrer Freundin saß. Sobald sie mich näherkommen sah, sagte sie etwas zu ihrer Freundin und die beiden drehten sich lächelnd zu mir.

„Hallo, Ladys, wie geht es euch heute Abend?"

„Hallo." Die Blondine und ihre Freundin sahen mich beide lächelnd von oben bis unten an. Aus einiger Entfernung waren sie hübscher gewesen als aus der Nähe, aber sie wirkten ganz nett.

Die Brünette neben ihr wurde munter und schenkte mir ein breites Lächeln. Dann lehnte sie sich vor und gab mir einen schönen Ausblick auf ihr üppiges Dekolleté. „Hi! Ich bin Skyler. Das ist Avery."

„Ich bin Jordan und mein Freund da drüben, der schüchterne, ist William. Möchtet ihr euch gerne auf einen Drink zu uns setzen?"

Die Ladys wechselten Blicke und die Blondine nickte enthusiastisch, wobei ihre Augen immer noch William fixierten, der einen Taschenblock herausgezogen hatte und etwas schrieb oder malte. In einer Bar. Darüber würden wir uns unterhalten müssen.

Die Frauen gesellten sich zu uns und ich bestellte uns eine Runde Drinks. Dann verbrachte ich die nächste halbe Stunde mit der gekünsteltsten und peinlichsten Unterhaltung aller Zeiten, während ich versuchte, William dazu zu bekommen, sich zu öffnen – aber das tat er nicht.

Er behielt seinen Kopf unten, antwortete einsilbig auf Fragen und malte nebenbei. Das würde eine lange Nacht werden. Ich bemerkte, wie ich ständig zur anderen Seite der Bar blickte, wo die Männer sich auf den Tisch der sexy jungen Praktikantinnen stürzten wie ein dickes Kind auf einen Schokokuchen.

Mein Blutdruck schoss jedes Mal in die Höhe, wenn einer von ihnen mit ihr sprach. *Penner.* Wenn Blicke töten könnten, wären sie bereits alle tot.

Sie bemerkte mich, nicht lange, nachdem die Frauen sich für die Drinks zu uns gesellt hatten. Es war ziemlich amüsant zuzusehen, wie sie sich vergewisserte, dass sie sich nicht verschaut hatte, als sie in unsere Richtung blickte und mich erkannte.

Kurz darauf fing sie an, mir ebenfalls Todesblicke zuzuwerfen. Sie schien *nicht* glücklich, mich hier zu sehen. So ein Scheiß. Was sollte sie machen, mir befehlen zu gehen?

Während die Minuten vergingen, wurde ich mir weniger und weniger bewusst über die Leute an meinem Tisch und fixierte mich mehr und mehr auf die Geschehnisse bei den Praktikantinnen. Die zwei Frauen tranken schließlich aus und gingen weg, doch Williams böse Blicke entgingen mir nicht. Er malte immer noch und ich bestellte mir noch eine Cola, während ich mir schwor, dass ich nicht nach Hause gehen würde, bis sie die Bar alleine verlassen hätte. Wenn das dauern würde, bis die Bar schloss, dann sollte es so sein.

Kapitel Neun
April

MEINE AUGEN SCHOSSEN WIEDER ZUM TEUFEL, DER sein Bestes gab, mich von der anderen Seite des Raums bedrohlich anzusehen. Was wollte er überhaupt damit beweisen, dass er hier war? Ich warf weitere unsichtbare Dolche auf ihn. Er saß mit zwei Frauen und einem gut aussehenden, dunkelhaarigen Kerl, der mir irgendwie bekannt vorkam, an einem Tisch. Nachdem ich einen Moment gegrübelt hatte, erinnerte ich mich, dass ich ihn bei Draco gesehen hatte. Ein anderer Angestellter.

„Also, was hältst du von meinem Plan?", murmelte Cari mir an diesem Ende des Tisches zu, während sie die zwei Kerle, die mit Ingrid und Sheila redeten, ignorierte.

„Welcher Plan nochmal?"

„Du weißt schon ... über einen gewissen gut aussehenden Firmenchef, den wir beide kennen."

Ich stocherte mit meinem Strohhalm in meinem Drink herum und verwirbelte die Eiswürfel. Als sie mir diesen absurden *Plan* vor einer halben Stunde das erste Mal vorgeschlagen hatte, hatte ich endgültig entschieden, dass sie verrückt war. Natürlich war ich zu feige, ihr das zu sagen. Ich zuckte mit den Schultern.

Sie blickte finster drein. „Komm schon, April. Wir waren alle letztes Jahr zusammen im Marketing. Warum hat er *sie* gewählt … fragst du dich das nie? Anstatt dich oder mich? Was hat *sie*? Es ist so … als wäre er für alle von uns unerreichbar und dann hat er auf einmal an dem Abend auf der Angestelltenparty in Vegas angefangen zu trinken und mit Mia zu tanzen. Und das Nächste, was man erfährt, ist, dass sie ein Paar sind. Hat sie ihm Drogen in den Drink gemischt oder so?"

Ich verkniff mir, die Augen zu verdrehen. „Wir wissen nicht, was passiert ist. Vielleicht hatten sie davor schon Dates gehabt, Cari." Ich leckte über meine Lippen. „Aber was geschehen ist, ist geschehen. Er hat ihr einen Ring an den Finger gesteckt. Er ist verlobt."

Ihre Augen brannten mit einer seltsamen Art von Eindringlichkeit. „Er hat ihr noch keinen Ring an den Finger gesteckt. Zumindest nicht den Ring, der zählt. Und selbst wenn … naja … das wäre nicht die erste Ehe, die ich beendet hätte." Sie klapperte mit ihren Augenlidern und schüttelte ihr wallendes blondes Haar. „Mein Lehrer im Englisch-Seminar, um genau zu sein. Seine Frau hat ihn wegen mir verlassen."

Ich zog eine Augenbraue hoch. Sein Job hatte ihn wahrscheinlich ebenfalls wegen ihr verlassen.

„Also hast du Superkräfte?"

Sie neigte stolz ihren Kopf nach oben. „Aber natürlich, wenn ich das doch sage. Und jetzt habe ich meine Augen auf Adam geworfen."

„Aber du scheinst noch nicht weit gekommen zu sein."

Sie zog ihre Augenbrauen hoch, als würde sie ein entsetzliches Geheimnis teilen. „Manchmal erwische ich ihn, wie er ein Auge auf mich wirft."

Ich seufzte. Das bezweifelte ich sehr.

„Warum nicht? Ich habe größere Brüste und mehr Hintern als sie, bevor sie krank wurde."

Ich hob mein Glas Eiswürfel vor mein Gesicht, um den Schock und den Ekel zu verbergen, den ich bei ihren Worten verspürte. Sie war ein Miststück und ich fragte mich, was Besitz von mir ergriffen hatte, dass ich sie und ihre Freundinnen heute Abend begleitet hatte.

Oh ja, es lag daran, dass sie mich ganze zwei Tage lang damit genervt und dann auch noch mit ihrer gespielten Sorge um mich untermalt hatte: *„Ich hoffe, dass niemand herausfindet, dass du das in dem Video warst. Ich bin so nervös deswegen. Du musst gestresst sein. Kann ich dir einen Drink ausgeben?"*

Darin hatte eine deutliche Nachricht gesteckt. Sei nett zu ihr, oder sie könnte Ärger machen. Ich fragte mich, wie ich da rauskommen könnte, bevor sie anfing, den Druck mit weiteren Drohungen zu verstärken. Wie immer hielt ich den Mund und machte gute Miene zum bösen Spiel, während ich versuchte, einen Weg zu finden, mich aus dieser Situation zu befreien.

Aber es gab vielleicht keinen einfachen Weg. Außer ihr aus dem Weg zu gehen. Das könnte ich tun ... darin war ich Expertin. Mein Dad hatte jetzt schon seit Monaten versucht, mich zu erreichen und meine Mutter würde bald einen Privatdetektiv brauchen, um etwas von mir zu erfahren.

Wenn es Noten fürs Meiden gäbe, hätte ich einen Doktortitel und alle würden mich Dr. Weiss nennen.

„Ich hole mir noch einen Drink."

„Wird wenigstens in dem Alkohol sein?", fragte sie.

Ich glitt von meinem Stuhl und zuckte mit den Schultern. Ich hielt mich immer noch an meinem Schwur, nie wieder Alkohol zu trinken. Sie rief mir nach, als ich zur Bar ging. „Wenn du zurückkommst, diskutieren wir über den Plan."

Ich widerstand dem Drang, den Kopf zu schütteln, da ich Angst hatte, sie würde es sehen. Ich drängte mich an die Bar und bemerkte, dass der näheste Barkeeper gerade mit zwei großen und sehr schönen Frauen sprach. Ich zog vorne an meinem Kleid, um meinen Ausschnitt zu betonen und lehnte mich vor. Ein weiterer Barkeeper tauchte innerhalb einer Minute vor mir auf. Ich lächelte und wedelte mit meinem leeren Glas.

„Kann ich noch einen Shirley Temple haben?"

Er runzelte die Stirn und schien sicher zu sein, dass er sich verhört hatte.

„Ja, du hast richtig gehört."

Seine Augenbraue zuckte und er lächelte. „Kommt sofort, Schönheit."

Ich lächelte. Auch wenn er nur versuchte, ein größeres Trinkgeld zu bekommen, war es mir egal. Besonders heute Abend war es gut, das zu hören.

Der Barkeeper drehte sich wieder zu mir und stellte mir meinen Drink auf die Bar. Ich gab ihm das Geld und er steckte es weg. Aber zu meiner Überraschung entfernte er sich nicht. „Ich bin Chris. Wie geht's dir heute?"

„April. Freut mich, dich kennenzulernen. Gerade versuche ich, meine Psychofreundin zu meiden."

Er warf einen Blick über meine Schulter. „Die Blondine da drüben? Sie hat wirklich irgendwie verrückte Augen."

Ich lächelte verschmitzt und drückte den Drink an meine Lippen. „Das ist nicht das einzige Verrückte an ihr."

Er lachte und musterte mich. Okay, ich hatte ihn bereits bezahlt und ihm ein Trinkgeld gegeben, also entschied ich, dass er nicht versuchte, noch ein größeres Trinkgeld zu bekommen. Ich warf ihm mein bestes Flirtlächeln zu.

„Das ist nicht einmal das einzig Verrückte an diesem Abend. Mein noch verrückterer Boss ist da drüben und versucht Frauen aufzureißen, die doppelt so alt sind wie er.“

Er warf seinen Kopf zurück und lachte. „Wer sagte, hier gäbe es keine Unterhaltung?“

Ich leckte über meine Lippen und er folgte der Bewegung, wobei sein Blick auf meinem Mund verweilte. „Also, ich mache in einer Stunde Schluss. Willst du noch etwas hierbleiben?“

„Vielleicht.“ Ich warf ihm ein weiteres Lächeln zu. Er war süß. Nicht überwältigend gut aussehend, aber mein Erfolg bei *solchen* Typen war sowieso nicht gut. Ich schluckte, als ich mich daran erinnerte, dass ich vor nicht allzu vielen Tagen einen überaus gut aussehenden Mann auf mir hatte.

Ich warf einen weiteren Blick durch den Raum. Er redete mit den Frauen an seinem Tisch, aber seine Augen waren auf mich gerichtet. Als unsere Blicke sich trafen, zog er die Augen zusammen. Wer dachte er, dass er war, mein Babysitter?

Ich presste meinen Drink wieder an meine Lippen. Dieses Mal nahm ich das Glas so, dass er meinen Mittelfinger sehen konnte, der offensichtlich aus einem bestimmten Grund in seine Richtung zeigte. Als er es sah, zogen sich seine Augenbrauen nach oben. Mit einem breiten Grinsen stellte ich den Drink ab und warf dem Barkeeper einen weiteren flirtenden Blick zu.

„Bin gleich zurück ... wo ist die Damentoilette?“

Er deutete durch den Raum. „Verlauf dich auf dem Weg zurück zu mir nicht, hübsche April.“

Würg. Das war kitschig. Aber mein Grinsen blieb auf mein Gesicht gepflastert, als ich mich vom Tresen entfernte und mich durch die vollen Tische zur anderen Seite des Raums schlängelte und in einem dunklen Gang verschwand.

Ich drehte den Türknauf an der verkratzten Toilettentür und fand sie verschlossen vor. Verdammt. Ich war nicht wirklich oft in diesem Laden, aber wenn er so war wie all die anderen Bars, dann vögelte wahrscheinlich gerade jemand da drin. Ich musste nicht wirklich dringend auf die Toilette. Es war eine Ausrede gewesen, um zu verschwinden und vielleicht fünfzehn Minuten damit zu verbringen, auf dem Klo auf meinem Handy zu lesen. Diese ganze Nacht erwies sich als überaus nervig, angefangen mit Caris *Komplott*, sich an Adam ranzumachen – und mich darin zu verwickeln – und Jordans unerwartetem Auftauchen und seinem anschließenden Flirtgehabe. Ich hätte ihm einen Ort wie diesen eigentlich nicht zugetraut. Ich hätte eher vermutet, dass er seine Frauen auf Privatpartys für die Reichen und Berühmten, heiße Models und aufstrebende Schauspielerinnen aufgabeln würde.

Mit einem frustrierten Seufzen trat ich von der Toilettentür zurück und presste meinen Rücken gegen die vertäfelte Wand in dem engen Gang. Nun, die gute Nachricht war, dass ich, egal wo ich war – auch wenn ich dort nicht sein wollte –, ein E-Book lesen konnte, solange ich mein Handy bei mir hatte. Und ich steckte gerade mitten in der heißesten, schrecklichsten Liebesgeschichte, die ich je gelesen hatte, inklusive eines verdorbenen Bikers, der sich an die jungfräuliche Pfarrerstochter ranmachte.

Ich glitt die Wand entlang, als ich jemanden auf mich zukommen hörte, und machte mich dünn, damit die Person vorbeigehen konnte. Aber die Person stoppte direkt neben mir und ich hatte das Gefühl, dass er oder sie mir über die Schulter in mein Handy starrte. Ich blickte hoch in Jordans Gesicht.

„Was zum Teufel liest du da?", fragte er.

Ich schaltete mein Handy aus und schob es wieder in meine Tasche. „Geht dich nichts an. Was machst du hier?" Ich drehte mich um und sah ihn an. Jetzt, da ich ihn von Nahem sah, kam ich nicht umhin zu bemerken, wie überaus attraktiv er heute Abend aussah. Er trug schwarze Jeans, die seinen schlanken Hüften schmeichelten, und ein dunkelgrünes Hemd, dessen oberster Knopf offen war und seinen kräftigen Hals zeigte. Ich schluckte und blickte weg.

„Ich war durstig", sagte er mit einem spöttischen Funkeln in den Augen. Er blickte sich in dem engen Gang um und seine Augen fixierten sich auf die Hintertür. „Was machst du hier?"

„Ich warte auf die Toilette. Sie ist abgesperrt."

„Da drinnen fickt wahrscheinlich jemand."

Ich drehte mich, drückte meinen Schultern gegen die Wand und verschränkte meine Arme. „Und, wie geht es mit den alten Damen voran? Schon eine von ihnen überzeugt, ihr Gebiss für dich rauszunehmen?"

Er blickte mich gefährlich an. „Die Älteren wissen, was sie tun. Manchmal besser als die Jungen."

Sein Kommentar raubte mir den Atem. Derselbe Schmerz wie bei Gunnar und meiner Mom. Mein Mund klaffte auf und ich schloss ihn schnell wieder, wobei ich mich umdrehte, weil er mir den Weg zurück zur Bar blockierte. Und ich wollte sowieso nicht dorthin zurück, weil mir jetzt Tränen in die Augen schossen. Also drehte ich mich um und griff nach dem Knauf an der Hintertür, drehte ihn und fand mich in der Gasse hinter der

Bar wieder. Ich schlug die Tür hinter mir zu, aber Sekunden später drückte sich Jordan hindurch.

Es war dunkel und ruhig hier draußen. Das einzige Licht kam von einer entfernten Straßenlaterne. Kleine Pfützen aus abgestandenem Wasser hatten sich in den Kuhlen im Asphalt gesammelt. Und ein ekelhafter Gestank kam aus Richtung des grünen Müllcontainers.

Jordan blickte sich um und sah mich dann mit großen Augen an. „Was zum Teufel war das?"

Ich drehte meinen Kopf von ihm weg und wischte mir schnell die Tränen mit dem Handrücken aus den Augen. „Ich wollte so schnell wie möglich weg von dir. Zu blöd, dass du den Hinweis nicht kapiert hast."

Er kniff die Augen zusammen, als er mich ansah, dann strich sein Daumen über meine Wange, als wollte er belegen, was er sah. „Weinst du?"

Ich schniefte ihn an und riss meinen Kopf weg. „Nein. Geh weg."

Er ignorierte mich natürlich. „Was ist los, Weiss? Hat der Barkeeper etwas zu dir gesagt? Ich mach ihn fertig."

„Nein. Es geht mir gut. *Er* war nett. Netter als jeder andere Kerl, mit dem ich seit Monaten gesprochen habe."

Er sagte nichts darauf, sondern blickte nur finster drein. Fall das überhaupt möglich war, sah er sogar noch heißer aus, wenn er finster blickte – es war ein eindringlicher Blick, mit zusammengekniffenen Augen, die aussahen, als könnten sie ein Loch durch mich stechen. Dann räusperte er sich und blickte weg. Er zog eine Serviette aus seiner Tasche und gab sie mir.

Ich nahm sie wortlos, tupfte Tränen von meiner Wange und putzte mir die Nase. „Wie viel hast du getrunken?", fragte er leise.

„Keinen Alkohol. Ich mache dumme Sachen, wenn ich trinke."

Er runzelte die Stirn. „Warum weinst du dann?"

Ich zuckte mit den Schultern. „Du bist mein Boss, nicht mein Psychiater."

„Gehst du mit dem Barkeeper heim?"

„Geht dich das etwas an?"

Er kam näher, stellte sich direkt vor mich und stemmte eine Hand über meinem Kopf gegen die Wand. Mein Herz hämmerte in meiner Brust. Er fuhr mit einem Finger mein Kinn entlang und warf mir wieder diesen eindringlichen Blick zu. Sein Adamsapfel hüpfte, als er sichtlich schluckte.

„Ich will aber, dass es mich etwas angeht." Dann fuhr sein Finger meinen Hals hinab, über mein Schlüsselbein und bis zu meinem Ausschnitt. Wo seine Finger meine Haut entlangwanderten, brannte seine Berührung. Ich fühlte sie bis hinein zu meinen Knochen. Meine Brust schnürte sich zu. Ich konnte nicht atmen. Er machte mich so wütend und heiß wie kein anderer Mann. Ich erstarrte, als sein Kopf sich neigte, sodass seine Lippen nur Millimeter von meinen entfernt waren. Ich konnte seinen Atem auf meinem Gesicht spüren. Und ich roch keinen Alkohol, so wie ich es erwartet hatte.

„Du bist ein liebes Mädchen, April Weiss. Und das sind die schlimmsten."

Ich runzelte völlig verwirrt die Stirn. Und dann war seine Hand auf meinem Oberschenkel und glitt langsam mein Kleid hinauf. Seine Augen überbrachten mir eine Herausforderung. Er schien mich herauszufordern, ihn zu stoppen. Das tat ich nicht. Stattdessen legte ich meine Hand in seinen Schritt und rieb ihn durch seine Jeans. Bei meiner Berührung atmete er ruckartig ein und wurde sofort hart.

„Sag mir, dass ich aufhören soll, April", flüsterte er.

Das tat ich nicht. Ich rieb ihn weiter, bis seine Erektion gegen den Reißverschluss seiner Hose drückte. Seine Hand war jetzt auf meinem Höschen und streichelte mich sanft durch das seidige Material. Ich wimmerte leise und die Welt drehte sich. Seine Finger schoben meinen Slip zur Seite und dann rieb er den Rand meines Geschlechts entlang.

Als ich nach Luft rang, war sein Mund bereits auf meinem und brachte mich zum Schweigen. Ich presste mich gegen seine Brust, während seine Zunge in meinen Mund eindrang. Sein ganzer Körper war hart – fast so hart wie die Wand hinter mir. Ich fühlte mich eingeschlossen, eingeklemmt, desorientiert. Ich war völlig von ihm eingenommen, als würde er mit seinen Händen und seiner Zunge einen Zauber um mich legen.

„Hat er dir gesagt, wie schön du bist?", flüsterte er, während sein Mund sich zu meiner Schläfe hinaufküsste. Meine Augenlider flatterten. Wie gelähmt konnte ich mich nur darauf konzentrieren, was seine Hände machten. Eine rieb nun unaufhörlich an meiner Klitoris, während sich die andere in das Haar an meinem Nacken grub. Eine meiner Hände rieb ihn immer noch durch seine Jeans, während die andere sein Hemd herauszog und über seine flachen Bauchmuskeln wanderte. Er fühlte sich unglaublich an. Und er roch sogar noch besser.

„Hat er?"

„Ja", stöhnte ich.

„Hat er dir gesagt, wie gerne er dich schmecken möchte?"

Ich antwortete nicht. Ich lag unter seinem Zauber. Dieses nagende, tiefe Verlangen schnitt in mein Zentrum. Mein Körper erwachte unter der Berührung dieser magischen Hände.

„Er will dich kosten. Er will seinen Mund auf deinen hübschen Brüsten."

Seine Berührung an meiner Klitoris wurde intensiver und ich spürte diesen bekannten Aufstieg zum Höhepunkt. Er würde mich hier in dieser Gasse zum Kommen bringen. Und es war mir egal. Ich wollte, dass er das tat.

Jordans Hand ließ mein Haar los und wanderte den Ausschnitt meines Kleides entlang und fuhr mit einem Finger hinein, unter meinen BH. Mit einem leichten Ziehen befreite er meine Brust und ich fühlte eine Millisekunde lang die kühle Nachtluft, bevor sein Mund, wie er es gesagt hatte, auf mir war. Er saugte meinen Nippel in seinen Mund, als würde er verhungern, und labte sich an mir. Er stieß ein Knurren aus der Tiefe seiner Kehle heraus und lodernde Blitze rasten durch mich. Ich wölbte meinen Rücken durch und presste mich gegen ihn, während er mich gegen die Wand drückte und mir den Atem raubte. Er saugte fester und das unglaubliche Vergnügen durch seine Hand, die sich über mein Zentrum bewegte, fing an, sich über meine Beine und meinen Bauch auszubreiten und mich mit wunderbarer Hitze zu überfluten. Mit einem Schrei, der in der Gasse widerhallte, kam ich in scharfen, atemraubenden Zuckungen reiner Ekstase.

Fuck, es fühlte sich so gut an, dass ich nicht wollte, dass es endete. Seine Hand wurde regungslos, aber er saugte weiter an meinem Nippel, während ich unter ihm bebte. Sein Schwanz zuckte unter meiner Berührung und dehnte seine Jeans aus. Er presste seinen Schritt gegen meine Hand und zog seinen Mund von mir.

„Er will dich kommen spüren, wenn er in dir ist, April."

„Ja", hauchte ich gegen seinen Hals.

„Und er will dich wirklich, *wirklich* ficken."

„Jordan", stöhnte ich.

Er wich zurück und kalte Luft strömte zwischen uns hindurch. Er atmete schwer und ich war immer noch gefangen in dem Nachglühen eines unglaublich intensiven Höhepunkts. Meine Gliedmaßen fühlten sich träge und schlapp an. Langsam nahm er mein Handgelenk und zog meine Hand von seinem geschwollenen Schritt, wobei sich seine Augen in meine brannten.

Ich zog den BH wieder über meine Brust. Er beobachtete mich und seine Zunge leckte über seine Unterlippe. Wären wir nicht in irgendeiner dunklen Gasse gewesen, hätte ich ihn nicht zurückweichen lassen und hätte nicht geduldet, dass er aufhörte, solange er nicht in mir gewesen war. Ich brauchte ihn in mir. Es war mehr als nur ein Verlangen. Mehr als nur ein Hungern. Es war so, als hätte ich ein fehlendes Teil von mir gefunden und brauchte es, um die leere Stelle in mir zu füllen.

Ich schüttelte den Kopf und verwarf diesen Gedanken. Das war zu tief, zu emotional. Und so verhielt ich mich nicht mehr. Ich würde mich nicht mehr von einem hübschen Gesicht mitreißen lassen – fantastische, wunderbare Hände oder nicht. Er würde mich nur noch mehr zerstören, wie Gunnar es bereits getan hatte.

Das war nur körperlich. Und es fühlte sich gut an. Also würde ich mir erlauben, es zu genießen. Doch Gefühle waren nicht erlaubt.

Ich räusperte mich und versuchte zu ignorieren, dass er mich immer noch mit diesem eindringlichen Blick ansah.

„Du gehst *nicht* mit ihm nach Hause", sagte er. Eine Aussage, keine Frage. Und natürlich hatte er recht. Ich hatte das auch zuvor nicht in Erwägung gezogen und jetzt, wo Jordan seine Hände und seinen Mund auf mir gehabt hatte, würde ich niemals durch eine zufällige Affäre befriedigt werden. Doch ich wollte nicht, dass er das wusste.

Ich zuckte mit den Schultern. „Ich kann tun, was ich will", sagte ich.

Sein schönes Gesicht wurde von einem finsteren Blick verdunkelt. Er öffnete den Mund, doch bevor er etwas sagen konnte, öffnete sich die Tür zur Bar wieder und der dunkelhaarige Mann, mit dem Jordan zuvor zusammengesessen hatte, stand nun mit uns in der Gasse. Jordan wich noch weiter von mir zurück und wandte sich immer noch sichtlich erregt etwas von ihm ab. Ich drückte mich von der Wand weg und glättete mit einer Hand mein Kleid, als wäre überhaupt nichts passiert.

Jordans Freund sah angepisst aus. „Was machst du hier draußen?"

Jordan fuhr mit einer Hand durch sein Haar. „April war aufgebracht. Ich wollte nur sichergehen, dass sie okay ist."

„Sie sieht in Ordnung aus."

„Ähm. Ja. Ja, ich bin in Ordnung", sagte ich mich räuspernd. „Ich fühle mich sogar ... sehr, *sehr* gut."

Jordan warf mir einen dreckigen Blick zu. „April, kennst du William Drake?"

William wirkte plötzlich unsicher und schaute mir nicht in die Augen. Er war groß, dunkelhaarig und gut aussehend, wenn auch etwas seltsam gekleidet – blaue Khakis und ein braun und grün gemusterter Strickpullover. Er hatte dunkle Augen und einen Stoppelbart – wahrscheinlich einer, der fünf Minuten, nachdem er sich morgens rasierte, wieder auftauchte.

„Wir haben uns noch nicht getroffen, nein. Bist du mit Adam verwandt?"

„Er ist mein Cousin ersten Grades", sagte William.

„Oh. Oh, okay." Ich fragte mich, ob ich ihn Cari vorstellen sollte. Vielleicht würde sie das von ihrer Fixierung auf Adam abbringen. Aber ich nahm an, dass sie wie ein Bluthund war, den nach der ersten Witterung des Fuchses nichts mehr von seinem Ziel abbringen könnte, nicht einmal der gut aussehende und *ledige* Cousin.

„Ich, ähm ... gehe dann besser", sagte ich und versuchte, mich an Jordan vorbei zur Tür zu bewegen.

Jordans Hand schloss sich um meinen Oberarm. „William und ich können dich nach Hause bringen", sagte er.

Ich wand mich aus seinem Griff. „Ich bin selbst gefahren. Ich bin okay."

„Du fährst *jetzt* nach Hause?", sagte er, aber es klang eher wie eine Aussage als wie eine Frage. Ich wollte mit ihm streiten, aber ich hatte wirklich kein Verlangen zu bleiben. Ich wollte nichts mehr als in meinen Fleecepyjama steigen, mich in meine Decke zu kuscheln und meine abgenutzte Kopie von *Stolz und Vorurteil* herausziehen und mich in Mr. Darcy verlieren. Ein *weiterer* unglaublich heißer Mann, der sich sehr wichtig nahm.

Ich zuckte nur mit den Schultern. Ich würde Jordan nicht die Genugtuung geben, ihm zuzustimmen.

Seine Augen wurden eindringlicher. „Nun, denk nur daran, dass morgen jede Menge Arbeit auf deinem Schreibtisch liegt.

Ich habe viele Notizen bezüglich deines Projekts und ich will einen ersten Entwurf, bevor du gehst. Du musst um sieben da sein."

Meine Augen weiteten sich und mein Mund klaffte auf. Ich wollte gerade protestieren, aber er drehte sich zu seinem Freund und sagte: „Komm schon, William, lass uns zu Ende bringen, was wir da drinnen angefangen haben."

Dann drehte er den Türknauf, öffnete die Tür und war verschwunden. Ich fiel wieder gegen die Wand und seufzte, bevor ich bemerkte, dass William immer noch dastand und mich ansah.

Er beugte sich vor, öffnete die Tür und hielt sie mir auf, wobei er mir andeutete, dass ich vor ihm hineingehen sollte. Ich richtete mich auf. „Danke, William. Es war schön, dich kennenzulernen."

„Wir haben uns bereits kennengelernt. Du erinnerst dich nur nicht."

„Oh ... oh wirklich? Es tut mir leid."

„Es tut dir leid, dass du dich nicht erinnerst?"

Ich runzelte die Stirn, rieb meine Schläfe und ging vor ihm durch die Tür. Er schloss sie hinter uns und wir standen wieder in dem schmalen Gang. Zumindest schien die Toilette jetzt leer zu sein. Und Jordan war nirgends zu sehen.

Ich stoppte und drehte mich zu William um. Er hatte mich stirnrunzelnd betrachtet und riss seine Augen weg, als ich ihn ansah.

„Ich will da nicht rausgehen und beenden, was er angefangen hat", sagte William und schaute dabei den Gang hinunter.

„Was hat er angefangen?"

„Nun, er will, dass ich glaube, dass wir hier waren, damit er mir etwas zeigen könnte, aber ich denke, dass er hier war, um dich im Auge zu behalten. Also, wenn du gehst, denke ich, wird er auch gehen."

„Er war hier, um mich im Auge zu behalten? Wieso?"

William Augen wanderten von meiner linken Schulter zu meiner rechten, als ob er nicht fähig wäre, mir in die Augen zu sehen. „Ich habe keine Ahnung. Aber hoffentlich gehst du, damit er mich nicht zwingt, bei ihm zu bleiben."

Ich lachte und blickte wieder den Gang hinab. Wenn ich nicht beim Morgengrauen in der Arbeit sein müsste, wäre ich vielleicht bis zum Schluss hier geblieben, um Jordan zu ärgern. Meine Faust schloss sich. Verdammt. Mr. Darcy und mein flauschiger Pyjama riefen.

„Keine Sorge, William. Ich werde nach Hause gehen, sobald ich auf der Toilette war."

William sah sichtlich erleichtert aus.

Ich entschied mich gegen die Toilette und folgte ihm stattdessen zurück in die Bar. An meinem Tisch saßen fünf Männer und redeten mit den drei Frauen. Ich entschuldigte mich mit einer plötzlichen Migräne und machte mich dann aus dem Staub, bevor Cari etwas sagen konnte.

Ich warf nicht einmal einen Blick zur anderen Seite der Bar, um nachzusehen, ob Jordan gegangen war. Aber als ich auf dem Parkplatz war und zu meinem Auto ging, kam ich an dem protzigen Range Rover vorbei, den ich einmal in die Waschanlage gefahren hatte, und bemerkte, dass zwei Männer darin saßen.

Eine Minute später fuhr ich aus meinem Parkplatz und der Range Rover tat dasselbe. Zumindest stalkte er mich nicht auf dem Heimweg. Er fuhr geradeaus weiter, als ich nach rechts abbog.

Ich blinzelte, immer noch völlig verwirrt von den heutigen Geschehnissen – und obendrein denen der ganzen Woche. Seit jenem heißen Abend, als Jordan mich auf seiner Couch geküsst hatte, hatte ich ihn nicht aus dem Kopf bekommen. Und ich hatte gewaltig darin versagt, ihn zu meiden.

Offensichtlich war ich Expertin darin, alle anderen zu meiden, aber wenn es um Jordan Fawkes ging, versagte ich kläglich.

Wahrscheinlich weil ich es ... tief drinnen gar nicht wollte.

Kapitel Zehn
Jordan

HEUTE WAR DIE SCHULUNG ÜBER SEXUELLE Belästigung. War das nicht toll? Gestern Abend hatte ich meine Hand unter dem Rock meiner Praktikantin gehabt und sie zum Stöhnen gebracht, während mein Mund überall auf ihr gewesen war, und jetzt saß ich hier. *Fuck*. Ich rieb mir meinen schmerzenden Nacken, während ich zusah, wie sich eine weitere Gruppe Mitarbeiter für die dritte Veranstaltung an diesem Tag eintrug. Adam und ich mussten bei allen anwesend sein und – Gott sei Dank – war dies die letzte. Ich hatte ein taubes Schmerzgefühl in meinem Kopf und Druck auf den Schläfen. Ich legte den Kopf in meine Hände und bedeckte meine Augen. Dann fühlte ich einen Stoß gegen meinen Ellbogen.

„Was ist los? Hältst du die Folter nicht aus, die du verursacht hast?"

Ich warf Adam einen bösen Blick zu. „Es war nicht mein verdammter Vorschlag, sondern der des Bankers. Gib nicht dem Überbringer der Nachricht die Schuld."

„Darf ich ihm dafür in die Eier treten?"

„Hör auf zu jammern."

Zum dritten Mal heute stand Essie - von der Firma, die wir angeheuert hatten, um diese Folter für uns zu veranstalten - auf und hielt ihre vorgefertigte Rede darüber, wie wichtig ein

Machtgleichgewicht am Arbeitsplatz war und warum man eine sichere, belästigungsfreie Arbeitsumgebung aufrechterhalten musste. Ich widerstand dem Drang, auf mein Handy zu schauen, als das dumme Video anfing, und starrte stattdessen – erneut – wie ein Zombie darauf. Ich ignorierte das Flüstern und Rascheln hinter mir. Offensichtlich hassten die Angestellten das genauso wie ich.

Und wie zuvor kamen wir danach zu den verdammten Fragen. Aber dieses Mal, als Essie damit anfing, hätte man eine Stecknadel fallen hören können. Zuvor hatte es zumindest einige gesunde Diskussionen gegeben – genügend, um fast die ganze Zeit auszufüllen. Offensichtlich bestand diese Gruppe aus Rebellen, die protestierten.

„Also, niemand hat irgendwelche Fragen?", sagte Essie und zog dabei ihre schwarzen Augenbrauen hoch? „Vielleicht sollten wir als Einstieg über das Video, das sich im Internet verbreitet hat, sprechen."

Ich lehnte mich zurück und versuchte nicht zusammenzuzucken. Das war in den anderen Veranstaltungen nur kurz angesprochen worden, aber jetzt wurden die Samthandschuhe ausgezogen. „Nun, wir wissen, dass zumindest eine der beteiligten Personen ein Angestellter war. Aber nehmen wir an, dass beide hier arbeiten ..."

„Das hoffe ich verdammt nochmal nicht", murmelte Adam leise, sodass nur ich es hören konnte. „Würde *das* nicht alles um so vieles besser machen?"

Ich tat so, als wäre ich von Essies Rede gefesselt und hätte ihn nicht gehört.

„Ist das Belästigung per se? Wenn zwei Angestellte derselben Firma sexuellen Kontakt hatten?"

„Das hängt davon ab", sagte jemand. „Vielleicht waren sie ja zusammen."

„Okay." Essie nickte. „Gutes Argument. Frühere Beziehungen sollten berücksichtigt werden. Aber was, wenn ein Paar, das zusammen arbeitet, schlussmacht oder sich die Beziehung ändert ... oder was, wenn die zwei Personen einen unterschiedlichen Rang in der Firma haben?"

„Sie meinen, wenn einer der *Boss* des anderen ist?", meldete sich eine Stimme. Eine Stimme, die ich erkannte. *Meine* Praktikantin. Ich biss die Zähne zusammen und ballte meine Hand zur Faust, doch ich widerstand dem Drang, sie über die Schulter anzublicken.

„Ja, das ändert die ganze Machtdynamik, oder nicht? Wenn eine Person für die andere arbeitet, selbst wenn sie in einer einvernehmlichen Beziehung sind, ist die Machtlage von vornherein asymmetrisch."

Angesichts dessen, was gestern zwischen uns vorgefallen war, kochte ich wegen ihres spitzen Kommentars. Vielleicht war das ihre Art zu sagen, dass sie das nicht gewollt hatte? Ich runzelte bei diesem Gedanken die Stirn und wusste plötzlich nicht weiter. Vielleicht hatte sie Angst gehabt, es mir zu sagen? Aber sie hatte nach mir gegriffen und mich berührt. Und ich hatte ihr die Chance gegeben, mir zu sagen, dass ich aufhören sollte ...

Natürlich waren da auch die Freiheiten, die *sie* sich mit ihrem verdammten Smartphone herausgenommen hatte. Ich hob die Hand. „Was ist mit dem Video an sich? Zum Beispiel, wenn eine Person die andere ohne deren Wissen gefilmt hat? Ist das sexuelle Belästigung?"

Da. Nimm *das*, Miss Weiss.

Essie nickte. „Sehr gute Frage. Natürlich ist das Filmen ohne die Zustimmung des anderen ein schwerer Vertrauensmissbrauch, aber obendrein ist es auch illegal und eine Verletzung der Bürgerrechte. Es ist sowohl zivil- als auch strafrechtlich strafbar."

Ich lehnte mich erschrocken zurück. Ich hatte April nur etwas zurechtstutzen wollen, nicht sie zu Tode erschrecken. Sie hatte immer noch keine Ahnung, dass ich es war. Und sie fragte sich wahrscheinlich, wie ich wissen konnte, dass der Kerl in dem Video von nichts wusste ... oder vermutete hoffentlich, dass ich nur gut geraten hatte.

Essie begann, über gesetzliche Vorschriften zu reden, aber ich hörte kaum zu. Sicher, ich war sauer wegen des Videos. Mir wäre lieber, es wäre nie gemacht worden. Egal ob es eine heiße Nacht gewesen war oder nicht, ich brauchte diese Art Erinnerung nicht, die meine Pläne für die Firma in die Luft jagen könnte. Trotzdem ... ich wollte auch nicht, dass April ins Gefängnis kam.

Adam stand während Essies Hetzrede auf und unterbrach sie. „Ich denke, wir schweifen etwas von der Diskussion ab, denken Sie nicht? Es ist nur eine Vermutung, dass eine Partei die andere ohne deren Wissen gefilmt hat. Und jetzt, da wir wissen, dass es illegal ist, können wir weitermachen?" Er warf mir einen verärgerten Blick zu und ich blickte über meine Schulter zu April, die so blass wie die Wand hinter ihr geworden war.

Sie hatte ihre Hände auf dem Schoß gefaltet und fixierte sie mit ihrem Blick. Ich hatte es ihr gezeigt, oder? Aber es fühlte sich nicht gut an. Sie wirkte wie versteinert.

„Sollen wir dann ein Rollenspiel machen? Irgendwelche Freiwilligen?"

Rollenspiel? So weit waren wir in den vorherigen Veranstaltungen nicht gekommen. Nach der Diskussion war dafür keine Zeit mehr gewesen. Offensichtlich suchte Essie nach Material, um diese Schulung zu füllen. Ich bezweifelte, dass sich irgendein Mitarbeiter hier freiwillig melden würde, wenn schon keiner auch nur eine Frage herausbrachte. Ich stupste Adam mit dem Ellbogen an und nickte nach vorne. „Das ist deine Pflicht als Boss", murmelte ich.

Er belohnte meinen Sarkasmus mit seinem bekannten Todesblick. Leider hatten meine Bewegungen, da ich in der vordersten Reihe saß, Essies Aufmerksamkeit geweckt und sie strahlte, als sie mich ansah. „Ausgezeichnet, holen wir einen der Bosse für unser Rollenspiel nach vorne!"

Der Raum brach in Applaus aus und Adam fing zu lachen an. Unter dem Schutz des Tisches vor uns zeigte ich ihm den Mittelfinger und stand auf. *Scheiße.* Wie lange noch, bis ich dieser Farce entfliehen konnte?

Als ich mich neben Essie stellte und in den Raum drehte, wurde der Applaus nur noch lauter. April blickte immer noch blass auf, aber ein schwaches amüsiertes Lächeln berührte ihre schönen Lippen. Ich hob meine Hand, um den Raum zum Schweigen zu bringen.

„Kein Applaus notwendig"; sagte ich. „Ich weiß bereits, wie toll ich bin."

„Ich fühle mich von dieser Aussage bedroht", sagte einer der Klugscheißer aus der Buchhaltung und seine Kumpel lachten.

Ein Pfiff kam aus den hinteren Reihen und ich zeigte in die Richtung. „Hey! Schikaniert mich nicht." Mehr Lachen.

Aber Essie war nicht amüsiert. „Nun gut, alle zusammen, wir müssen das ernst nehmen. Ich weiß, dass diese Kommentare lustig sind, aber wir sind hier, um zu lernen, wie man eine sichere, angenehme und effiziente Arbeitsumgebung schafft. Und ich weiß, dass ihr Finanzchef *sehr* auf Effizienz bedacht ist."

Ich räusperte mich und ernüchterte. Der Raum beruhigte sich. Essie warf einen langen Blick in die Runde, bevor sie sich zu mir drehte. „Okay, wir werden eine Situation zwischen mir, dem Boss, und meinem Angestellten, Mr. Fawkes, spielen."

Ein Spieletester kicherte, bevor ich ihm einen scharfen Blick zuwarf, worauf er verstummte. „Also, die Situation ist folgende: Sie sind gerade in der Arbeit angekommen."

Essie trat vor und legte ihre Hand auf meinen Oberarm. „Hey Mr. Fawkes, wie geht es Ihnen heute? Sie sehen in dieser Hose und diesem Hemd wirklich gut aus." Sie ließ ihre Augen über meinen Körper wandern, als würde sie mich in einer Singlebar abchecken. Sicherlich war das nicht die Reaktion, die sie von mir wollte, aber ich grinste und rückte meine Krawatte zurecht. Die Gruppe lachte wieder.

Essies Lächeln verblasste. „Nun, offensichtlich ist das kein Problem für Mr. Fawkes, aber was ist, wenn Mr. Fawkes der Chef ist und dasselbe zu einem Angestellten sagt? Und sie oder ihn genauso berührt?"

Sie blickte sich um und niemand sagte etwas, obwohl die Leute miteinander tuschelten. Ein paar sahen extrem gelangweilt aus. Essie zeigte mit dem Finger auf April. „Miss, hatten Sie zuvor nicht bezüglich der Boss-Angestellten-Machtdynamik gefragt? Könnten Sie bitte nach vorne kommen und uns helfen?"

Aprils Gesicht wurde feuerrot und sie bewegte sich nicht. „Ähm ..."

Ich sagte leise zu Essie: „Sie ist ziemlich schüchtern."

Aber die andere Praktikantin mit den vielen blonden Haaren – wie zum Teufel hieß sie gleich wieder? – fing an, April aus ihrem Stuhl zu schieben. Um nicht hinzufallen, stand April auf, wobei sie ihrer Freundin einen wohlverdienten finsteren Blick zuwarf. Essie ermutigte April weiter, nach vorne zu kommen, und sie durchquerte den Raum und stellte sich neben mich.

Ich verlagerte mein Gewicht von einem Bein aufs andere und versuchte, mich von ihr zu entfernen, ohne dass es so aussah, als würde ich von ihr weg wollen. Es gab nur ein Wort für diese Situation.

Peinlich.

April starrte auf den Boden vor sich und schob verlegen eine Haarsträhne hinter ihr Ohr. Ich erinnerte mich daran, dieses köstliche Ohrläppchen gestern Abend in meinem Mund gehabt zu haben, als ich mich ihr gegenüber in der Gasse hinter der Martini Lounge sehr *unprofessionell* benommen hatte. Die Art, wie sie meinen Namen gestöhnt hatte ...

Ich riss meinen Blick von ihr und schaute finster in den Raum. Das war nicht mehr lustig.

„Mr. Fawkes, warum sagen sie nicht etwas Ähnliches zu dieser jungen Dame wie ich vorhin zu ihnen?"

Ich räusperte mich und versuchte, nicht die Augen zu verdrehen. „Guten Morgen, Miss Weiss", sagte ich eintönig. „Sie sehen sehr hübsch aus in Ihrem – ähm –"

Und dann sah ich sie an, um zu sehen, was sie trug. Einen engen Rock und eine Seidenbluse, die ihren Kurven schmeichelte. *Gott.* Mochte der da oben mich so wenig, weil er mir so eine schöne Praktikantin gab – eine, die auch im Bett so verdammt heiß war –, die ich nicht anfassen durfte? Ich musste weiter mit mir kämpfen, um die Finger von ihr zu lassen, und wenn man nach gestern Abend gehen konnte, war ich dabei, diesen Kampf zu verlieren.

Nein, das Karma biss mir genau in dieser Minute in den Hintern. Das war für alle Frauen, mit denen ich in der Vergangenheit zusammen gewesen war und die mir gesagt hatten, dass sich das Universum eines Tages rächen würde, weil ich so ein herzloses Arschloch war.

Ich brauchte eine Sekunde, um zu realisieren, dass ich dastand, sie mit offenem Mund anstarrte und meinen Satz nicht fortgeführt hatte.

„Legen Sie Ihre Hand auf Ihren Arm", wies Essie mich an.

Stattdessen legte ich ihn leicht auf Ihre Schulter. Ich konnte den zarten Träger ihres BHs durch das Seidentop spüren. Es erinnerte mich daran, dass ich gestern Abend endlich eine Kostprobe dessen bekommen hatte, was unter diesem BH lag. Die Erinnerung an ihren saftigen Nippel, der sich in meinem Mund verhärtet hatte, ließ mich fast eine Erektion bekommen. Ich riss meine Hand weg, als hätte ich sie mir verbrannt, und trat einen Schritt zurück.

April war wieder feuerrot und starrte auf den Boden.

„Also, ähm, wie fühlen Sie sich bei dieser Behandlung, Miss Weiss? Wäre es Ihnen unangenehm, ihm zusagen, dass dies unangemessen ist?"

Verlegen warf sie ihr dunkles Haar über ihre Schulter. „Mr. Fawkes, Sie benehmen sich unangebracht", murmelte sie.

Essie nickte zustimmend. Ich schob meine Hände in die Taschen. „Ähm, es tut mir unglaublich leid, Miss Weiss. Es, ähm, wird nicht mehr passieren."

„Begrabsch sie!", rief jemand aus den hinteren Reihen.

Schockiert klaffte mein Mund auf, aber bevor ich etwas sagen konnte, war Adam mit feuerrotem Gesicht aufgesprungen. „Okay, genug von der Scheiße", sagte er und blickte die Gruppe eindringlich an. „Ich habe heute schon drei Schulungen mitgemacht und diese ist bei Weitem die schlimmste. Erkennt ihr nicht, dass euer *unangebrachtes* Benehmen als Angestellte der Grund dafür ist, dass wir das hier überhaupt machen? Denkt ihr, ich vergeude gerne meine und eure Zeit damit, das durchzugehen, was ihr schon in der Schule hättet lernen sollen? Behaltet eure Hände bei euch – das ist eine ganz einfache Regel für das menschliche Benehmen. Aber wir sind hier, weil jemand anscheinend nicht die geringste Ahnung hat, wie man das macht."

Mein Mund blieb weiter geöffnet, als ich zusah, wie mein Freund seine Gelassenheit verlor. Essie war unbehaglich zumute und April – nun, sie hatte den Kopf gesenkt und von dichtem, dunklem Haar verschleiert.

„Jemand, der hier arbeitet, hat einen intimen Moment gefilmt und dann ins Internet hochgeladen, sodass die ganze Welt es sehen konnte. Damit haben sie unsere Firma da mit hineingezogen. Und ich weiß nicht, was ihr über eure Jobs hier denkt, aber ihr solltet betroffen sein, dass jemand so etwas getan hat. Das jemand *eure* Firma so repräsentiert. Dass jemand so wenig Respekt für diese Einrichtung zeigt, der ihr so viel eurer Zeit, eurer Energie und eures Intellekts gewidmet habt. Ich sage es euch jetzt, das kotzt mich an. Denn ich verbringe einen großen Teil meines Lebens damit, dies zu einer großartigen Firma zu machen. Und wenn ich *jemals* herausfinde, wer das getan hat ... nun, diejenigen werden sich schneller nach einem neuen Job umsehen, als sie blinzeln können."

Im Raum herrschte Totenstille und alle hatten die Häupter gesenkt. Niemand blickte Adam an und alle wirkten beschämt. Aber keiner von *ihnen* war verantwortlich für dieses Video.

Ich sollte derjenige sein, der sich schämte – und das tat ich auch. Ich warf einen schulderfüllten Blick in Adams Richtung und verfluchte erneut meine achtlosen Taten. Wir beide hatten so hart für all das gearbeitet, hatten diese Firma in fast fünf Jahren aus dem Nichts aufgebaut. Und mit einer betrunkenen Nacht voller heißem Sex – und einer offensichtlich schlechten Wahl einer heißen Partnerin – hatte ich all unsere harte Arbeit in Gefahr gebracht.

Gott sei Dank durften wir alle wieder an unsere Schreibtische zurückkehren, nachdem uns eine etwas verärgerte und erschöpfte Essie früher als geplant entlassen hatte.

Kapitel Elf
April

IN DER MINUTE, ALS DIE SCHULUNG ZU ENDE WAR, KÄMPFTE ich mich zur Tür hinaus, bereit zu meinem Schreibtisch zurückzustürmen und mich zu einem kleinen Ball zusammenzukauern. Wahrscheinlich hätte ich mich bis zum Feierabend so zusammenreißen können. Doch das sollte nicht sein. Cari trat neben mich und hakte eine Hand um meinen Arm.

„Hey, April", sagte sie mit dieser sehr falschen, melodischen Stimme, die sie immer benutzte. Mein Magen verknotete sich vor Grauen. Ich hatte gerade *kein* Verlangen, mit ihr zu reden.

„Hey, Cari ... sorry, ich muss mich beeilen. Ich muss jede Menge Zeug erledigen, bevor –"

Aber als wir den Gang entlanggingen, bog sie abrupt in einen Seitengang und riss mich mit sich. „Was zum –"

Cari drehte sich zu mir und ihre verrückten Augen loderten hell. „Hast du gesehen, wie heiß er gerade war? Ich bin so erregt davon, dass er gerade alle so angeschrien hat. Ich wette, er ist so autoritär und dominant im Bett."

Oh verdammt. Ich musste mich um echte Probleme kümmern – wie zum Beispiel, dass ich einen waschechten Skandal verursacht hatte. Und sie nährte immer noch ihr unerwidertes Verlangen nach dem Boss? Ich riss meinen Arm aus ihrem Griff. „Ich muss gerade echt jede Menge Arbeit erledigen –“

„Komm schon, April. Du kannst mir helfen. Du arbeitest an der Quelle. Ich werde das nicht aufgeben. Das ist das Einzige, was mich die letzten Monate hat weitermachen lassen – es hat mich von der ganzen Scheiße abgelenkt, die in meinem Leben passiert.“

Ich schluckte und sie tat mir ehrlich leid. Sie blinzelte Tränen aus ihren Augen und seufzte zitternd. Ich konnte nicht anders. Cari war einer psychopatischen Obsession nahe, aber sie tat mir trotzdem leid. Ich fragte mich, wie es sein musste, einen Bruder zu verlieren, dauernd diesen Schmerz zu spüren. Ich hatte Geschwister, aber sie waren viel jünger und praktisch Fremde. Meine eigene Schuld als Königin des Meidens.

„Cari, du bist so schön. Da draußen gibt es jede Menge großartiger Kerle für dich. Aber –“

Sie zuckte zurück. „Ich will den besten. Ich will *ihn*. Bitte sag mir, dass du mir hilfst.“

Ich öffnete den Mund, um zu protestieren, aber was sollte ich sagen? Adam hatte bereits jemanden gefunden. Jemanden, der ihn glücklich machte. Cari hatte kein Recht dazu, sich einzumischen.

„Es wäre wirklich eine Schande ...“, fing sie mit zusammengezogenen Augen an.

Ich runzelte die Stirn, aber sagte nichts, da ich plötzlich eine dunkle Vorahnung hatte. „Nachdem ich ihn so reden gehört habe ... bin ich mir sicher, dass unser verärgerter Geschäftsführer *sehr* interessiert wäre, zu wissen, wer für dieses Video verantwortlich ist.“

Ich wurde kreidebleich.

Sie sah meine Reaktion und ein zufriedenes Lächeln lag auf ihren Lippen. „Dein Geheimnis ist bei mir sicher, April. Aber du wirst mir doch helfen, oder?"

Meine Hände ballten sich zu Fäusten. Sie bemerkte meinen stillen Protest und zog eine Augenbraue hoch. „Denn wenn du mir nicht hilfst –"

Sie stoppte, als Schritte sich von hinten näherten. Ich schluckte einen Knoten aus Furcht hinunter, aber wagte es nicht, über meine Schulter zu blicken. Cari sah die Person an – denjenigen, der unsere Unterhaltung gehört hatte. Ihre Augen weiteten sich.

„Oh ... hey, Jordan. Wie geht es dir?"

Ich atmete tief ein und aus, unfähig mich umzudrehen und ihn anzusehen.

„Mir ging es gut, bis ich gehört habe, wie jemand *meine* Assistentin mit etwas bedrohte, was wie Erpressung klang." Seine Stimme war gleichmäßig, abgehakt und leise, wahrscheinlich um andere davon abzuhalten, uns zu belauschen. Aber ich konnte sagen, dass er wirklich sauer war. Und zum ersten Mal war nicht ich das Ziel seiner Wut.

Caris Augen wurden unglaublich groß und sie war sichtlich schockiert über die Transformation des normalerweise scherzenden und sorglosen Finanzchefs. Sie blickte schnell von ihm zu mir und wieder zurück. „Oh ... nun, vielleicht hast du das missverstanden. Ich habe sie nicht –"

„Doch, hast du. Ich weiß genau, was ich gehört habe."

Ihr Mund klaffte auf. Sie blickte mich an, als würde sie erwarten, dass ich einschritt. „Ich habe dich nicht bedroht, April, oder?"

Ich öffnete meinen Mund, um zu antworten, aber zögerte, weil ich wusste, dass ich das vorsichtig angehen musste, damit Cari nicht aus der Haut fahren würde.

„Antworte nicht darauf, Weiss", unterbrach Jordan. „Nun, Miss ..." Als Cari den Mund öffnete, um ihren Nachnamen zu sagen, winkte er ab. „Unwichtig. Was wichtig ist, ist, dass ich solch ein Benehmen in diesem Büro nicht dulde. Besonders nicht von einer *Praktikantin*."

Caris Gesichtszüge wurden feuerrot und sie warf mir einen Blick purer Wut zu. „Was, wenn ich wüsste, wer die Person ist, die für dieses Video verantwortlich ist? Ich bin sicher, dass Adam diese Information wirklich gerne hätte, oder etwa nicht?"

„Trotz allem, was er gerade gesagt hat, weiß er es bereits. Und ich ebenfalls. Also hast du keine guten Argumente. Das Einzige, was du damit bezweckst, wenn du eine Kollegin denunzierst, ist, dass du dich – und die Firma – schlecht aussehen lässt. Also außer du willst, dass ich mein Handy nehme und Dr. Tretham anrufe – das ist doch dein Betreuer an der Universität, oder? Ich habe seine Nummer hier. Wir reden regelmäßig über die Praktika der Studenten in unserer Firma." Ich bemerkte eine Bewegung hinter mir, wahrscheinlich Jordan, der sein Handy herausholte und es hochhielt.

Caris Kinn fiel herunter. „Bitte, tu das nicht ..."

„Warum sollte ich das nicht tun? Hast du nicht gerade meine Assistentin mit irgendeiner beschissenen Anschuldigung bedroht?"

Cari warf mir einen flehenden Blick zu, aber ich sagte nichts und verschränkte die Arme vor meiner Brust. Ich zitterte so sehr, dass ich mir sicher war, sie konnte es sehen. Er konnte das wahrscheinlich auch.

„Nun, wenn ich noch einmal höre, dass du mit irgendjemandem – *irgendjemandem* – über diese Angelegenheit redest, werde ich dich so schnell von den Wachleuten hinausgeleiten lassen, dass dir schwindelig wird. Haben wir uns verstanden?"

Cari schüttelte ihre gewaltige Mähne. „Aber –"

„Haben. Wir. Uns. Verstanden?", wiederholte er zähneknirschend.

Sie schluckte sichtlich. „J-ja."

„Ich kann dir versichern, dass du dir wünschen würdest, dass du nie einen Fuß in dieses Gebäude gesetzt hättest, wenn du darüber mit irgendjemandem sprichst oder zu einer der anderen Führungskräfte gehst. Du hast eine Verschwiegenheitserklärung unterzeichnet, als du hierhergekommen bist, und wenn du dagegen verstößt, wird mit allen rechtlichen Mitteln gegen dich vorgegangen werden. Ist das klar?"

Caris Lippen verschwanden in ihrem Mund und sie sah aus, als würde sie gleich zu weinen anfangen.

„Weiss", sagte Jordan.

Ich riss meinen Kopf zu ihm, aber konnte ihm nicht in die Augen blicken. „Du hältst dich von dieser jungen Frau fern, verstanden? Und sie darf auch nicht in deine Nähe kommen. Wenn du sie im Atrium siehst, ruf den Wachdienst und lass sie aus dem Gebäude eskortieren. Und jetzt zurück an deinen Schreibtisch."

„Ja, Sir", krächzte ich und ohne Cari anzusehen, drehte ich mich um und floh.

***

Ich hatte keine Ahnung, was er sonst noch zu Cari sagte, nachdem ich gegangen war, aber Jordan tauchte erst zehn Minuten später im Atrium auf. Zehn Minuten, in denen ich verzweifelt versuchte, mich zusammenzureißen und nicht zu weinen. Ich schniefte. Ich blinzelte. Susan tat, als würde sie es nicht bemerken. Ich behielt den Kopf unten und versuchte – vergeblich – mit meiner Arbeit fortzufahren.

Ich las gerade ein Dokument, das jemand in Jordans Team für ihn vorbereitet hatte, auf Fehler durch und besserte es durch meine verschwommene Sicht hindurch aus, als ein Schatten über meinen Schreibtisch wanderte. Ich zuckte zusammen, obwohl ich wusste, wer es war. Ich sah nicht hoch und war mir bewusst, dass ich buckelig und elend aussah.

„Weiss", fing er mit leiser Stimme an. „ich muss mit dir in meinem Büro sprechen. Jetzt, bitte." Woher war das *bitte* gekommen?

Ich schluckte und ohne ein Wort stand ich auf und ging vor ihm in sein Büro. Susan warf mir einen besorgten Blick zu, aber ich erwiderte ihn nicht länger als eine Sekunde. In dem Augenblick, als ich durch die Tür schritt, sprangen mir die Tränen in die Augen. Anstatt ihn anzusehen, ging ich direkt in sein privates Badezimmer. Er folgte mir, obwohl er ganz sicher wusste, dass ich aufgelöst war. Ich drehte mich zur Wand, weg von meinem Spiegelbild. Es war das zweite Mal in zwei Tagen, dass er mich dabei erwischte, wie ich eine Krise bekam. Einfach großartig.

Als ich wieder die Kontrolle über mich erlangt hatte, zog ich die Schultern hoch und drehte mich dann zu ihm. Es war an der Zeit, ihn zu informieren, dass ich bereit war, das jetzt zu beenden.

Es war an der Zeit, meine verdiente Strafe entgegenzunehmen. Ich fühlte mich deshalb fast erleichtert.

Kapitel Zwölf
Jordan

ICH GAB IHR EINEN AUGENBLICK, SICH ZU SAMMELN, ABER das tat ich eher für mich als für sie. Weinende Frauen weckten immer ein unbehagliches Gefühl in mir. Sie brachten oft diesen alten unangebrachten Sinn für Ritterlichkeit in mir zum Vorschein – als wäre ich für das Weinen verantwortlich und müsste es stoppen.

Ich hatte schon einige Frauen in meinem Leben zum Weinen gebracht. Manchmal fühlte ich mich deswegen schuldig, meistens jedoch nicht. Nur diese hier erschütterte mich mehr, als ich erwartet hatte. Ich rieb mein Kinn und sah zu, wie sie sich zusammenriss, aufrichtete und zu mir umdrehte.

Ihre blauen Augen waren von Ungewissheit und Selbstzweifel vernebelt. Ich hatte ihre coole Fassade knacken wollen, aber *das* hier hatte ich nicht im Sinn gehabt. April war im Inneren zart und verwundbar. Die Dicke der Wände, die sie um sich errichtet hatte, änderte nichts daran.

Ich atmete tief ein und dann langsam aus. „Bist du in Ordnung?"

Sie presste die Hände gegen ihre Wangen und schüttelte den Kopf.

Ich seufzte und blickte weg. „Sie wird nichts sagen, jetzt wo ich sie in Angst und Schrecken versetzt habe."

Sie schüttelte wieder den Kopf, da sie die Emotionen offensichtlich immer noch zu sehr überwältigten, um reden zu können.

Ich biss die Zähne zusammen, verärgert darüber, wie sehr es mich quälte, sie so zu sehen. „Weiss. Du musst tief durchatmen und dich beruhigen. Du musst dich vor nichts fürchten."

„Ich – ich fürchte mich nicht. Ich fühle mich schuldig. Ich bin eine schreckliche Person. Ich –"

„Du bist keine schreckliche Person. Hör auf."

„Alle mussten das wegen mir tun. Wegen dem, was *ich* getan habe. Ich weiß nicht einmal, warum du mich deckst. Du –"

„Weil du Teil meines Teams bist und ich meine Leute beschütze. Ich bin der Einzige, der das Recht hat, dich zu quälen und dir das Leben zur Hölle zu machen, verstanden? Sie "

„Aber *warum*?" Ihre dunklen Augenbrauen verzogen sich und sie suchte mein Gesicht ab, als würde sie ein Rätsel lösen wollen. „Warum lässt du mich in deinem Team bleiben? Du hättest mich am ersten Tag entlassen können. Ich weiß, dass du sie gerade darüber angelogen hast, dass Adam weiß, dass ich es war. Er weiß nicht, dass ich es war. Aber das sollte er."

Das beunruhigte mich. Ich schüttelte den Kopf. „Beruhige dich. Du weißt nicht, was du sagst."

Sie richtete sich auf und hob ihr Kinn. „Ich werde das beenden."

Das gefiel mir nicht. *Gar nicht.* „Was meinst du?"

„Ich werde mit Adam reden und ihm sagen, dass ich für das Video verantwortlich bin und ihm erklären, dass es ein Versehen war, und dann werde ich mich entschuldigen und meine Kündigung einreichen."

Mein ganzer Körper verkrampfte sich und mein Magen zog sich zusammen. „Und was wird das lösen?"

Sie drehte sich um, nahm sich ein Taschentuch und trocknete sich das Gesicht ab. „Das wird mir Cari vom Leib schaffen und ich werde mich besser fühlen."

„Cari bist du bereits los. Und wie wirst du dich dadurch besser fühlen, wenn du unehrenhaft entlassen wirst, ohne dass du die Chance hast, eine Empfehlung für die Business School zu bekommen?"

Sie blickte weg und ihre Unterlippe zitterte. „Also, du weißt, dass ... dass ich diejenige war, die das Video gemacht hat? Und du weißt noch die Frage, die du Essie gestellt hast ... darüber, dass eine Person nicht wusste, dass sie aufgenommen wurde?"

Ich blinzelte und schluckte und fühlte mich plötzlich mehr als nur ein wenig schuldig. Ich sagte aber nichts und sie nahm das als Aufforderung weiterzureden – obwohl es mir lieber gewesen wäre, wenn sie es fallengelassen hätte.

„Nun, du hattest recht. Er wusste es nicht ... der Kerl meine ich. Ich war so dumm. Ich war betrunken und fühlte mich wegen dieser ganzen Erfahrung so high. Ich hatte so etwas noch nie gemacht und ... naja, es war eine kleine Fantasie, das muss ich zugeben. Also habe ich aus einem Impuls heraus mein Handy herausgeholt und alles aufgenommen. Ich wollte es gleich wieder löschen. Aber ..." Sie atmete tief ein und langsam wieder aus. „Ich hatte keine Ahnung, dass ich ein Verbrechen beging. Ich fühle mich miserabel. Und der arme Kerl hatte keine Ahnung. Ich muss ihn finden. Ich muss mich entschuldigen."

„Langsam. Beruhige dich, okay? Für ihn ist alles in Ordnung, er ist in Sicherheit. Niemand weiß, wer er ist. Er hat keinen Grund, dich ins Gefängnis werfen zu lassen. Dieses Sexuelle-

Belästigungs-Zeug, nun, alle Firmen müssen solche Schulungen von Rechts wegen sowieso durchführen. Also ja, es sind wegen dem, was du gemacht hast, einige zusätzliche Unannehmlichkeiten auf uns zugekommen, aber ich habe das im Griff, okay? Du musst dich nicht selbstaufopfernd in ein Schwert stürzen. Niemand braucht so ein Drama."

Sie schnaubte. „Es sollte kein *Drama* werden. Ich ... ich versuche nur, das Richtige zu tun."

„Manchmal ist es das Beste, das nicht zu tun. Das ist noch etwas, dass du über die Wirtschaft lernen musst. Moral ist eine Grauzone." Und Gott, ich wusste das. Das wäre ein angemessener Zeitpunkt gewesen, ihr mitzuteilen, dass ich alles über ihren Partner in dem Video wusste, da *ich* es war.

Ich dachte daran – wirklich. Aber je weniger sie wusste, umso besser. Zumindest war das die Lüge, die ich mir selbst erzählte, damit ich nicht hasste, was ich tat. Es wäre zu ihrem Besten.

Und ja, es half, dass es auch zu *meinem* Besten war.

Sie schniefte und sah mich dann an – sah mich *wirklich* an. Mit einem Blick, der aussah, als würde er meine Fassade durchdringen. Ich wich fast erschrocken zurück.

„Warum machst du das, Jordan? Warum sorgst du dich so um mich?"

Ich blinzelte. Ihre Frage überraschte mich. *Warum sorgst du dich so um mich?* Gute Frage. Ich hatte keine Ahnung. Ich sollte mich nicht um sie sorgen. Ich hatte mir schon vor langer Zeit gesagt, dass ich mich nie wieder um irgendjemanden sorgen würde. Das hatte dieses eine Mal zu sehr wehgetan.

Aber diese Frau machte etwas ... etwas, von dem sie nicht einmal wusste, dass sie es machte.

Und ich ließ es geschehen.

Ich rieb mir mit der Hand über den Mund und zuckte mit den Schultern. „Ich sorge mich um diese Firma. Ich sorge mich um den Erfolg des Börsengangs. Ich sorge mich darum, dass du dich da raushältst und nicht noch mehr Ärger verursachst, als du bereits getan hast. *Darum* sorge ich mich."

Ihre Augenbrauen zogen sich zusammen und ich trat zurück. Ich wollte sie nicht mehr so nahe bei mir spüren, wollte sie nicht mehr riechen. Ich wollte mich nicht mehr sorgen. Also würde ich das auch nicht. Das war's. Ich würde es einfach abschalten. Darin war ich gut. Ich konnte das tun.

Ich musste.

Trotzdem gab es noch ein oder zwei Sachen, die ich wissen wollte. „Wieso bist du vor Cari nicht selbst für dich eingetreten? Warum hast du sie so auf dir herumtrampeln lassen?"

Sie zuckte mit den Achseln.

„Das ist keine Antwort und du bist nicht mehr vier", knurrte ich. „Irgendwann hast du gelernt, dass du es nicht wert bist, für dich einzutreten. Dass die Gefühle und Meinungen anderer Leute mehr wert sind als deine eigenen. Du versteckst deine Gefühle tief in dir und zeigst der Welt ein mutiges Gesicht."

Sie sah mich an, als hätte ich sie geschlagen. „Und daran ist etwas falsch?"

Ich nickte. „Wenn du nur die Gefühle von allen anderen schützen möchtest, gibst du deinen eigenen keinen Wert. Denn du bist zu *nett*. So wirst du nichts erreichen. Ich habe vor langer Zeit gelernt, dass die netten Kerle immer als Letzte ins Ziel kommen. Willst du als Letzte ins Ziel kommen?"

„Ist das eine Art Rennen?"

Ich starrte sie an. „Das ist das Leben. Und es zieht an dir vorbei, weil all diese Arschlöcher, die auf dir rumtrampeln, das nur tun, um an dir vorbeizukommen. Und du lässt sie."

Sie blinzelte. „Das erklärt also, warum du ein Arschloch bist."

Ich warf ihr ein boshaftes Grinsen zu. „Und darauf bin ich verdammt stolz."

Sie erwiderte mein Lächeln nicht. Stattdessen sah sie mich mit diesen scharfsinnigen blauen Augen an. Selbst im Halbdunkel meines Badezimmers konnte ich sehen, wie sie an meinem Gesicht klebten und jeden Zentimeter inspizierten – vielleicht sogar Dinge sahen, von denen ich nicht wollte, dass sie sie sahen.

Ich trat aus dem Badezimmer und beendete diesen Moment. „Ich, ähm, lass dir etwas Ruhe, damit du dich sammeln kannst."

Während sie sich herrichtete, packte ich meine Sachen zusammen, bereit, diesen gottverdammten Tag zu beenden. Sie kam heraus, lehnte sich schweigend gegen den Türrahmen und neigte ihren Kopf, um mich wieder anzusehen. Dieses Mal war ihr Gesicht einfacher zu lesen, als ihre Augen über meinen Körper hinabglitten und Teile von mir erwärmten, von denen ich wünschte, dass sie sie stattdessen mit ihren Händen berührt hätte. Sie leckte sich die Lippen, als sie mir wieder in die Augen blickte.

Fuck. Sie verursachte nur Ärger. Großen Ärger. Ich wusste das und doch erlaubte ich mir, mich immer wieder in diese gefährlichen Gewässer ziehen zu lassen, entweder nichtsahnend oder bewusst die Wirkung, die sie auf mich hatte, ignorierend. Und jeder gute Surfer wusste, dass man eine heftige Strömung wenn möglich meiden sollte. Denn sie bedeutete nur Gefahr –

man brauchte jede Menge Kraft, um dort lebendig wieder herauszukommen.

„Feierabend", sagte ich, denn ich hatte ehrlich gesagt nichts mehr zu sagen. Und ich versuchte, mich nicht daran zu erinnern, wie sie gestern Abend geschmeckt hatte. Versuchte mich von dieser gefährlichen Strömung zu entfernen, die ihre Anziehungskraft verursachte.

„Also darf ich wirklich einmal pünktlich nach Hause?" Ihre dunklen Augenbrauen hoben sich hoffnungsvoll.

„Werd nicht frech. Nur weil du morgen vor Morgengrauen schon wieder hier sein musst."

Sie wich zurück. „Was? Vor Morgengrauen ist unmöglich."

„Nun", sagte ich und warf mir den Tragegurt meiner Laptoptasche über die Schulter. „Ist es wohl. Du musst um sechs Uhr hier sein."

„So früh?", sagte sie aufgebracht. „Wofür?"

„Ich habe morgen früh ein Meeting mit einem Banker in Santa Barbara. Du kommst mit. Zieh dir einen Hosenanzug an. Diese Arschlöcher sind verdammt konservativ."

Sie öffnete ihren Mund und schloss ihn dann.

Ich drehte mich um, um hinauszugehen und rief dabei über meine Schulter. „Schluss mit dem ungläubigen Blick."

So sehr mir der Gedanke, stundenlang alleine mit ihr in einem Auto zu sitzen, auch widerstrebte, musste ich sicherstellen, dass sie nicht hier im Komplex, sondern unter meinem wachsamen Auge war, damit sie nicht bei der ersten Gelegenheit mit ihrem Geständnis zu Adam rennen würde.

Ich musste auf Nummer sicher gehen. Und außerdem war ich im Auto sicher mit ihr, solange ich das Steuer in der Hand hatte. Was sollte dabei schiefgehen können?

Kapitel Dreizehn
April

AUF DEM HEIMWEG DACHTE ICH ÜBER DIE DINGE, DIE ER mir gesagt hatte, nach. Ich dachte über sie nach, als ich mich in Dragon Epoch einloggte, und ich dachte die ganze Zeit über sie nach, während ich spielte. Ich dachte über sie nach, als ich um zwei Uhr nachts schlaflos im Bett lag, obwohl ich um halb fünf schon wieder aufstehen musste.

Ich konnte nicht aufhören, über sie nachzudenken. *Irgendwann hast du gelernt, dass du es nicht wert bist, für dich einzutreten.* Ich wehrte mich gegen diese Worte, widersetzte mich ihnen. Sagte mir, was zum Teufel wusste er schon? Er kannte mich kaum. Aber je mehr ich darüber nachdachte, umso sicherer wurde ich mir, dass diese Dinge wahr waren.

Die Dinge über mich. Darüber, wie ich mit meinen Freunden, meinen Eltern umging. *Besonders* meinen Eltern. Wenn ich sauer auf sie war, mied ich sie, bis es nicht mehr möglich war, das zu tun. Aber ich sagte ihnen nie, was ich dachte. *Die Gefühle und Meinungen von anderen Leuten sind mehr wert als deine eigenen.* Weil ich niemanden verletzen oder der Grund sein wollte, dass sie sich schlecht fühlten, erlaubte ich mir, mich stattdessen schlecht zu fühlen.

Aber wie ... wie hatte er das gemacht? Wie um Himmels willen hatte er gesehen, was ich selbst nicht sehen konnte? *Du versteckst deine Gefühle tief in dir und zeigst der Welt ein mutiges Gesicht.*

Von seinen Worten geplagt wälzte ich mich die ganze Nacht herum. Und wegen meiner verdammten Angewohnheit, früher als erwartet in der Arbeit sein zu müssen, wanderte ich bereits *vor sechs Uhr morgens* nach weniger als zwei Stunden Schlaf durch die Gänge von Draco Multimedia.

Das Licht, das von draußen hereinschimmerte, war trüb und düster – so düster, wie ich mich fühlte. Ich ging in die Cafeteria, um mir einen dringend nötigen Kaffee zu holen, was in etwa das Einzige war, was es um diese Uhrzeit gab. Ich war überrascht, noch andere Frühaufsteher zu sehen, die an einigen der etwa ein Dutzend Tische im Pausenraum saßen.

Als ich mir meinen Kaffee holte und mit Milch und Zucker vervollständigte, bemerkte ich, dass ein paar Leute, die in der Nähe saßen, lachten und redeten. Sie klangen viel zu munter für diese frühe Uhrzeit. Auf den zweiten Blick bemerkte ich, dass es Mia und Adams Cousin William, den ich in der Nacht zuvor in der Gasse hinter dem Le Chat Noir kennengelernt hatte, waren. Seine Augen wanderten in meine Richtung und Mia folgte seinem Blick. Als sie mich sah, verschwand das Lächeln aus ihrem Gesicht, sie wandte ihren Blick ab und rührte in ihrem Kaffee herum. Ich winkte William zu und lächelte. Er erwiderte mein Lächeln kurz.

Mia zu sehen erinnerte mich an meine verpatzte Chance, mich bei ihr zu entschuldigen. Ich hatte diese Sache seither in meinem Kopf perfektioniert und immer wieder abgewandelt. Ich hatte nur auf eine weitere Chance gewartet, aber zu große Angst gehabt, diese zu erzwingen.

Aber Jordans Worte von gestern ... ich hatte nicht aufgehört, über sie nachzudenken. Und je mehr ich sie verinnerlichte, umso mehr durchzogen sie meine Gedanken.

Ich hatte Cari erlaubt, mir diese eine Chance zu verbauen, mit Mia zu reden und mich für mein schlechtes Benehmen zu entschuldigen. Das konnte ich jetzt wieder gutmachen – wenn ich nicht aus Feigheit floh. Ich könnte wenigstens das wiedergutmachen, selbst wenn ich die Sache mit Falco nie wiedergutmachen könnte.

Also sammelte ich mit einem tiefen Atemzug all meinen Mut zusammen und ging zu ihrem Tisch hinüber.

„Morgen, Mia, William ...“

Beide blickten überrascht zu mir auf. „Guten Morgen“, sagte William.

„Warum ist jemand, der bei klarem Verstand ist, so früh schon hier?“, fragte ich.

„Das ist unser Morgen, um zusammen zu frühstücken“, erklärte William. Er sah weder mich noch Mia an.

Mia räusperte sich und meldete sich zu Wort. „Es war eine kleine Tradition, zusammen zu Mittag zu essen, als ich hier arbeitete. Aber ich fange bald mit der Uni an, also werde ich das nicht mehr oft machen können, außer wir treffen uns vor den Vorlesungen. Wir probieren das jetzt aus und versuchen, uns daran zu gewöhnen.“

„Gut zu wissen, dass wenigsten jemand freiwillig hier ist. Ich muss mit dem Teufel zu einem Meeting fahren.“

Mia spuckte fast ihren Kaffee aus und William blickte mich aus den Augenwinkeln an und lächelte. Ich setzte mich auf den Stuhl ihm gegenüber. „Habt ihr etwas dagegen, wenn ich mich eine Minute setze, bis er kommt?“

„Nur zu. William hat mir gerade von dem Vorfall in der Bar erzählt."

Mein Gesicht wurde heiß. „Ähm, welcher Vorfall?"

„Dass Jordan dachte, es wäre eine gute Idee, William zu *lehren*, wie man Frauen in einer Bar kennenlernt."

Ein Lächeln wanderte auf meine Lippen. „Oh, hat er das versucht?" Ich drehte mich zu William. „Hat er dir ein paar gute Tipps gegeben?"

William blickte finster drein. „Ich hätte es besser wissen sollen, als Jordan zu bitten, das ernst zu nehmen."

Mia lachte. „Ja, was hast du dir dabei gedacht, ihn überhaupt zu fragen? Besonders wenn es um Frauen geht. Er hatte noch *nie* eine ernste Beziehung. Er will nur Affären mit heißen Models."

Ich blinzelte und dachte an das, was in seinem Haus und in jener Nacht in der Bar passiert war. War es mit mir genau das Gleiche gewesen? War er nur gelangweilt oder geil gewesen, oder beides? Ich versuchte, nicht daran zu denken. Außerdem war ich sowieso nicht wegen Jordan hier.

„Ich möchte eure gemeinsame Zeit nicht stören", sagte ich leise. „Aber ich habe mich gefragt, ob ... ich habe mich gefragt, ob ..."

Sie beide sahen mich an, als hätte ich eine Art Anfall. Es fühlte sich auch fast so an.

Ich räusperte mich. „Mia, könnte ich eine Minute mir dir reden?"

In Mia Gesicht spiegelte sich eine leichte Überraschung wider und sie blickte William an. Er runzelte die Stirn und blickte auf seine Uhr. „Wir haben noch fünf Minuten für unser Frühstück ...", fing er an.

„Oh, ich will euch nicht die Zeit rauben." Ich versuchte, meine Enttäuschung zu verbergen.

Mia schob Adams Cousin eine geöffnete Schachtel zu. Darin war Obst, ein Joghurt und Gebäck. „William, könntest du mir einen Gefallen tun und die letzten fünf Minuten nutzen, um das auf Adams Schreibtisch zu stellen? Er wird bald kommen. Ich bin vor ihm aufgebrochen und er ist mit dem verdammten Motorrad unterwegs."

William schüttelte den Kopf. „Ich verstehe immer noch nicht, warum er es gekauft hat."

„Ich auch nicht." Sie seufzte. „Wenn er bereits in einem Stück eingetroffen ist, sag ihm, dass ich bald komme."

William stand auf, sammelte seinen Abfall zusammen und entsorgte ihn. Dann nahm er die Schachtel mit Essen und verabschiedete sich von Mia.

Mia warf mir einen neugierigen Blick zu, als ich William nachschaute, und setzte sich dann aufrecht hin. Ich biss mir auf die Lippe und drehte mich zu ihr. Mein Herz pochte so schnell, dass es sich anfühlte, als würde es meinen Brustkorb durchstoßen und davonfliegen.

Ich ließ kurz diesen Moment vor drei Monaten erneut an mir vorbeiziehen. Wir waren auf einer Wohltätigkeitsveranstaltung in Adams Haus gewesen und Cari und ich hatten auf der Veranda gestanden und Adam beobachtet – ihre Lieblingsaktivität – und dabei darüber geredet, dass er sich mit einem Bademoden-Model unterhielt, während seine Freundin nicht in der Nähe war.

Es hatte sich herausgestellt, dass Mia im Haus gewesen war und wahrscheinlich den Mut gesammelt hatte, sich in der Öffentlichkeit zu zeigen. Zu diesem Zeitpunkt hatte niemand viel von ihr gesehen, da sie aufgrund ihrer Krankheit sehr unsicher wegen ihres Aussehens war. Unsere gedankenlosen Bemerkungen hatten die Situation wahrscheinlich noch schlimmer gemacht."

„Ähm ..."

„Ich weiß, was du sagen willst", sagte Mia.

„Du – du weißt es?"

Sie nickte. „Du musst nichts sagen."

„*Doch*, ich muss. Ich habe mich seit der Party beschissen gefühlt ..."

Sie verschränkte die Arme vor der Brust. „Weil ich gehört habe, was ihr gesagt habt?"

Ich blinzelte. „Ja. Das ist ein Teil. Aber auch, weil ich mich beschissen gefühlt habe, solche Dinge überhaupt zu sagen."

Ihr Mund zuckte. „Macht Sinn. Ich nehme an, dass Leute, die so reden, das wegen ihrer eigenen Probleme machen." Sie hob ihre Hand. „Ich bin auch nicht perfekt. Ich habe auch schon oft über Leute hergezogen."

„Mia, es tut mir wirklich leid. Du warst so krank und – es war einfach nicht fair von uns, so zu reden."

Sie zog den Mund zusammen. „Entschuldigung akzeptiert. Du musst dich nicht mehr schlecht fühlen."

Ich atmete tief ein und langsam wieder aus. Ich war etwas erleichtert, aber nicht völlig.

„Ich will, dass du weißt ... naja, manchmal ist es wirklich schwer, sich gegen die Masse zu stellen, weißt du?"

Sie nickte verständnisvoll. „Cari ist eine Art Naturgewalt."

„Sie macht mir wirklich Angst."

Mia lachte. „Ich denke, dass sie allen Angst macht."

Ich lächelte und ernüchterte dann. „Es ist mir schon immer schwergefallen, jemandem die Stirn zu bieten. Als ich jünger war, war *ich* diejenige, auf der rumgehackt wurde. Ich weiß, wie sich das anfühlt. Es – es tut mir leid. Es tut mir leid, dass es sich einfacher für mich angefühlt hat, mit ihnen mitzumachen, anstatt das zu tun, was mir mein Bauchgefühl sagte."

Mia neigte den Kopf und sah mich an, als würde sie etwas Neues und Anderes sehen. „Hm, und ich hatte immer gedacht, du wärst genau wie sie."

Mein Gesicht wurde heiß und ich zuckte mit einer Schulter und blickte weg. „Du hattest das gute Recht dazu. So habe ich mich ja auch benommen."

Mia runzelte die Stirn. „Sei nicht so hart zu dir. Sieh es als eine Lektion fürs Leben an. Ja, es war scheiße, das zu sagen, und ja, es war nervig, dass ihr Mädchen Adam vierundzwanzig Stunden am Tag, sieben Tage die Woche angegafft habt, aber ich weiß, dass ihr nicht anders könnt. Er ist verdammt heiß." Sie beendete den Satz mit einem verschmitzten Grinsen.

Ich lachte. „Er ist heiß. Aber er gehört dir. Also werde ich nicht mehr gaffen. Ich kann aber nicht für die anderen sprechen."

„Ja, das solltest du auch nicht." Sie grinste. „Und du solltest sie auch nicht mehr für *dich* sprechen lassen."

Ich erinnerte mich an Jordans Worte und fühlte neuen Mut. Dieses warme Gefühl brannte in meiner Brust. Ich fühlte mich stark. „Ich weiß."

„Wir Frauen sind stärker, wenn wir zusammenhalten, anstatt uns andauernd gegenseitig vernichten zu wollen."

Ich atmete tief ein. Ja, das wusste ich nur zu gut. Mia kannte meine Mutter nicht. Wenn doch, würde sie mich wahrscheinlich besser verstehen.

Jedes Mal, wenn ich mit ihr beim Einkaufen war, war ich entweder zu klein oder zu fett oder meine Haarfarbe passte nicht, denn ich war nicht die große, gertenschlanke Blondine, die sie war. *Das Aussehen deines Vaters und meinen Verstand. Das nenne ich mal den falschen Teil des Genpools abbekommen.*

„Ich hoffe, dass zwischen uns jetzt alles in Ordnung ist ...“, sagte ich und zog fragend meine Augenbrauen hoch.

Mia nickte. „Ja, alles in Ordnung. Aber sei mit Cari vorsichtig, okay?“

Ich war überrascht, wie passend diese Warnung war, obwohl sie etwas zu spät für mich kam. „Danke. Ich versuche, mich von ihr fernzuhalten.“

„Das ist wahrscheinlich das Klügste.“

Ich verlagerte mein Gewicht und lächelte wieder. „Darf ich dich um einen Gefallen bitten?“

Sie zog ihre Augenbrauen hoch und nickte.

„Jordan hat mich mit einem Projekt beauftragt und ich hoffe, dass er meiner Idee zustimmt. Ich will dokumentieren, wie es für einen Nicht-Gamer ist, ein Spiel wie Dragon Epoch anzufangen – wie zum Beispiel, was anfangs ihr Interesse weckt und wodurch sie weiterspielen. Ich bin das Testsubjekt, natürlich ... Und ich weiß, dass du eine Gamerin bist, also würde ich gerne deine Sichtweise hören.“

Sie lächelte. „Sicher.“ Sie holte ein Blatt Papier aus ihrer Tasche und schrieb darauf. „Schick mir einfach eine E-Mail und frag, was du wissen möchtest.“

Ich nahm den Zettel. „Danke. Danke für alles.“

Sie machte sich auf, ihre Sachen zusammenzusammeln. „Ich denke, du musst los.“ Sie nickte in Richtung des Eingangs der Cafeteria, wo Jordan wie eine Gewitterwolke wartete – groß und sündhaft gut aussehend. Er trug einen dunkelgrauen Anzug mit einer bernsteinfarbenen Krawatte als einzigem Farbklecks.

Dreiteilig, mit einer Weste, die seiner trainierten, starken Figur schmeichelte.

Ich ertappte mich wirklich dabei, wie ich nach Luft rang, als mein Herz kurz aussetzte. Er zog seine Augenbrauen erwartungsvoll hoch. Ich stand auf, schüttete den Rest meines Kaffees weg – das Zeug aus der Cafeteria war wirklich scheiße – und dankte Mia. Wir gingen zusammen zum Ausgang.

„Da bist du ja", sagte er, als ich ihn erreichte.

Mia lächelte ihm zu und er winkte ihr, als sie auf dem Weg aus der Cafeteria an ihm vorbeiging.

„Worum ging es da?", fragte er, während wir zusammen zum Parkplatz gingen.

Ich zuckte mit den Schultern. „Nur etwas, was ich noch erledigen musste."

Er sagte nichts und ich studierte sein schönes Profil aus den Augenwinkeln, wobei mich wieder dieses warme Gefühl überkam. Ich war stolz auf mich, aber auch dankbar für seine Worte, die mir den Mut gegeben hatten, mich zu entschuldigen. Ich fühlte mich erleichtert und leicht wie eine Feder. Und wenn ich nicht der Meinung gewesen wäre, dass ich eine abfällige Reaktion erhalten würde, hätte ich ihm vielleicht gedankt.

Aber ich schluckte diesen Einfall hinunter. Noch nicht. Wir hatten noch eine lange Fahrt vor uns und es wäre nicht gut, sie mit dieser Peinlichkeit zu beginnen. Es waren zweieinhalb Stunden von hier nach Santa Barbara, bei guten Verkehrsverhältnissen.

Wir gingen zu seinem Stellplatz am vorderen Ende des Parkplatzes, wo – tatsächlich – ein klassisches Motorrad auf dem Platz des Firmenchefs stand. Jordans Auto war ein neuer Range

Rover mit jedem Extra, das es nur gab. Es war ein Wunder, dass es nicht von selbst fuhr.

Wir stoppten an einem Drive-In-Starbucks in der Nähe der Auffahrt zum Highway, um Koffein zu tanken. Ich nippte an meinem doppelten extra starken Latte ohne Zucker. Der starke, bittere Geschmack zusammen mit der riesigen Dosis Koffein half mir dabei, mich wach zu halten.

Wir diskutierten einige Minuten lang mein Projekt und er stimmte zu, dass ich meine Reise vom *Noob* zum ausgefleischten Nerd dokumentieren durfte, wobei er vorschlug, dass ich es aus Marketingsicht anging, indem ich Informationen hinzufügte, wie man neue Spieler für Dragon Epoch anlocken könnte. Ich machte mir ein paar Notizen und dann verfielen wir in Schweigen, also zog ich mein Handy heraus.

Ich las den Rest von *Stolz und Vorurteil*, während wir im Schneckentempo durch den Stau von L.A. krochen. Es herrschte Stille zwischen uns, während er den Wirtschaftsnachrichten im Radio lauschte.

Aber irgendwo in der Nähe von Thousand Oaks, als der Verkehr wieder zu fließen begann, summte Jordans Handy mit einer SMS.

„Kannst du kurz nachsehen? Ich will sichergehen, dass das nicht das Arschloch von Banker ist, der unser Meeting absagt."

Vorsichtig nahm ich sein Handy und sah den Text, der im Notification-Screen auftauchte. Meine Augenbrauen schossen in die Höhe, als ich ihn las.

„Es ist nicht der Banker", sagte ich.

„Oh? Wer ist es?"

„Ähm ... nun, du hast sie als *Sexy Sondra* in deinen Kontakten."

Er schnaubte, aber schien den Inhalt der Nachricht nicht wissen zu wollen. Ich las sie trotzdem vor. Denn sie war zu interessant, um sie ihm nicht mitzuteilen.

„Sie will wissen, ob sie ihre rosa Plüschhandschellen bei dir vergessen hat, als sie das letzte Mal dort war."

Ich genoss es zu sehen, wie langsam Farbe seinen Hals hinaufwanderte. Ohne mich anzusehen, streckte er seine Hand nach dem Handy aus. Ich legte es in seine Handfläche.

„Du solltest nicht lesen, während du fährst."

„Werde ich nicht." Er legte es in ein kleines Fach, das speziell dafür designt wurde.

„Sicher, dass ich nicht antworten soll? Du kannst es mit deinem Fingerabdruck entsperren und ich lasse sie wissen, ob du ihre Handschellen noch hast oder nicht. Und ich kann ihr sagen, wo sie ihren Vibrator vergessen hat, wenn ich schon dabei bin." Meine Wangen fingen an von dem Grinsen wehzutun, das auf meinen Lippen lag.

„Das ist schon okay", sagte er zähneknirschend.

„Es hat auch angezeigt, dass du noch fünf andere ungelesene Nachrichten hast, aber die konnte man nicht mehr sehen –"

„Gut, Weiss. Verstanden. Du amüsierst dich. Können wir das jetzt lassen?"

„Nun, du solltest deine Freundinnen nicht warten lassen. Ich mache mir Sorgen, dass sie sich vielleicht vernachlässigt fühlen."

In Wirklichkeit reizte mich die Vorstellung, dass er mit einer anderen Frau zusammen war, mehr als nur ein wenig. Ich biss bei dem Gedanken die Zähne zusammen. War ich ... war ich eifersüchtig? Ich sagte mir schnell, dass das Unsinn war und zwang mich, das zu ignorieren.

„Und wieso machst du dir Sorgen?"

Ich zuckte mit den Schultern und versuchte das Stechen nicht zu fühlen, das diese Worte verursachten. „Es ist nur zu meinem eigenen Interesse. Wenn du zu wenig ... *Gesellschaft* hast, wirst du vielleicht noch mürrischer, als du schon bist."

Sein Kiefer arbeitete, aber er ließ die Augen auf die Straße gerichtet. „Es hat mir besser gefallen, als du noch dein Buch gelesen hast."

Ich zuckte mit den Schultern. „Okay. Dann lese ich weiter."

„Du liest viel." Das war eine Aussage, keine Frage. Er blickte mich kurz an, bevor er seine Augen wieder auf die Straße richtete.

„War das eine Feststellung oder eine Beleidigung?"

„Was liest du alles? Romane?"

„Manchmal Romane. Manchmal Sachliteratur. In letzter Zeit stehe ich auf Wirtschaftstheoriezeug."

„*Freakonomics* von Levitt?"

„Das liebe ich."

„War klar."

„Was soll *das* bedeuten?"

„Wirtschaftstheorieleser stehen auf Manipulationsspielchen."

Ich zuckte mit den Schultern, weil ich keine echte Antwort darauf hatte. Verdammt, ich wusste nicht einmal, was er damit meinte. Meinte er, dass ich andere manipulierte? Oder vielleicht machte ich mir selbst etwas vor?

Wir fuhren einige Meilen schweigend weiter und kamen an Ventura vorbei. Der Highway machte eine Biegung und verlief nun parallel zum Ozean zu unserer Linken. Ich ertappte mich, wie ich auf seiner Seite durch die Windschutzscheibe auf die Reflektion des Sonnenlichts auf dem Wasser blickte. Der frühmorgendliche Küstennebel hatte angefangen, sich zu verziehen und es würde ein weiterer schöner und sonniger Tag in Südkalifornien werden.

Und nun steckte ich mit dem mürrischsten Boss der Welt in einem Auto fest. Dem heißen, mürrischen Boss mit Händen, die magischer waren als alles, was JK Rowling in ihren *Harry Potter*-Büchern erträumen hätte können. *Orgasmo Patronum.* Er hatte nicht einmal einen Zauberspruch benötigt … nur diese Hände. Der Gedanke daran brachte mir dieses flatternde Gefühl wieder in den Magen zurück.

Meine Augen wanderten vom Ozean zu seinen Händen am Steuer. Sie waren groß, leicht behaart, mit hervorstehenden Adern. Ich erinnerte mich daran, wie sich diese Hände angefühlt hatten, als sie sich in mein Haar gewunden und meinen Kopf festgehalten hatten, als er mich küsste.

Mir wurde heiß, und fast als könnte er meine Gedanken lesen, drehte er den Kopf zu mir. „Ist dir warm? Soll ich die Klimaanlage einschalten?"

Er streckte die Hand aus und schaltete die Lüftung an.

Ich schüttelte den Kopf, warf ihm einen Blick zu und drehte mich dann weg von ihm zum Fenster, um die grünen Küstenhügel an der rechten Seite des Wagens zu betrachten.

„Also, ähm, sollen wir über das, was in jener Nacht in der Gasse passiert ist, reden?", hörte ich mich schließlich fragen. Es war eine Frage, die an mir genagt hatte, seit das geschehen war. Aber ich hatte nicht geplant, sie laut zu äußern.

Er schwieg eine Zeit lang, während der Range Rover in sanfter Fahrt auf dem Highway die Meilen hinter sich ließ. Ich wagte es nicht, ihn anzusehen, noch bewegte ich mich. Ich hatte zu viel Angst, dass er mir den Kopf abreißen würde.

Schließlich stieß er ein Seufzen aus. „Das hätte nicht passieren sollen und es wird nicht mehr passieren. Ich entschuldige mich dafür."

Ich runzelte die Stirn. Das war nicht, was ich von ihm hören wollte. Eher etwas wie: *„Du bist so heiß und sexy, dass ich meine Hände nicht von dir lassen konnte."* Oder: *„Ich hasse dich, weil du so schön bist."* Oder: *„Vergeblich habe ich mich gewehrt, doch es klappt nicht. Meine Gefühle können nicht mehr unterdrückt werden ... Du musst mir erlauben, dir zu sagen, wie sehr ich dich ficken möchte."* Mein Mund schmunzelte über meine moderne Version von Mr. Darcys klassischen Worten. Ja, das wäre schön.

Stattdessen hatte ich eine flüchtige Entschuldigung bekommen. Als hätte er in meiner Gegenwart gerülpst, anstatt mir einen atemberaubenden Orgasmus zu verschaffen. Dieser Gedanke ließ mich lachen. Und als das Lachen hochbrodelte, konnte es nicht mehr unterdrückt werden – genauso wie Mr. Darcys Gefühle. Das Lachen gurgelte hoch und sprudelte aus mir heraus, wie Lava aus einem Vulkan.

Bald lachte ich so sehr, dass ich weinte, und je größer meine Heiterkeit wurde, umso mürrischer wurde er. Es fing mit einem verdrießlichen Blick an, dann umkrallte er das Steuer und rutschte auf seinem Sitz umher. In der Zwischenzeit wischte ich mir mit dem Handrücken Tränen aus den Augen. Bis ich es endlich geschafft hatte, mich zu beruhigen, hatte er einen ausgereiften finsteren Blick aufgesetzt.

„Also, das bekomme ich für meine Entschuldigung?"

„Oh, das war eine Entschuldigung? *Sorry für den Orgasmus, Ma'am. Das wird nicht mehr passieren.* Ist das dein üblicher Modus Operandi? Hat die Sexy Sondra auch eine Entschuldigung bekommen, nachdem du sie ans Bett gefesselt hast und sie dazu gebracht hast, deinen Namen zu schreien?“

Jetzt kochte er vor Wut und warf mir aus den Augenwinkeln einen bösen Blick zu. „So habe ich das nicht gemeint. Ich meinte, dass es angesichts unserer beruflichen Beziehung unangemessen war.“

„Ja, Mr. Fawkes, Sie sind sehr unangemessen. Und dank Essies Training weiß ich nun auch, wie ich dir das sage.“

„Wir sind da. Gott sei Dank.“

Ich blickte hoch und sah das Schild der Ausfahrt nach Santa Barbara. Dann biss ich mir auf die Lippen, bevor ich wieder zu lachen begann.

„Was ist jetzt?“, sagte er, als er den Blinker betätigte.

„Du musst immer noch den ganzen Nachhauseweg mit mir im Auto sitzen. Vielleicht bekommst du noch einige Nachrichten, die ich dir vorlesen kann.“

Ich starrte wieder aus dem Fenster und versuchte, mein Lachen zu kontrollieren. Santa Barbara war eine malerische kleine Stadt, die sich um eine strahlendblaue Bucht schmiegte. Häuser säumten die Hügel, die man hier *Morrows* nannte. Die Stadt war gepflegt, anspruchsvoll und ein toller Ort für die Großstädter, um über das Wochenende wegzukommen. Aber wir waren nicht wegen eines romantischen Ausflugs hier, so sehr mir die Vorstellung eines solchen mit dem Besitzer des Wagens auch gefiel und mich erregte.

Nein, wir waren hier wegen eines spießigen Business Meetings.

Wenige Minuten später waren wir auf dem Parkplatz des Büros des Investment Bankers. Jordan stieg aus und nahm sein Sakko von dem Kleiderhaken auf dem Rücksitz, wo er es aufgehängt hatte, damit es nicht verknitterte. Er zog es über seine breiten Schultern und knöpfte es zu, dann schob er seine Krawatte zurecht.

„Soll ich im Auto warten, oder ...?"

Er verzog das Gesicht, als hätte ich vorgeschlagen, auf dem Gehsteig zu tanzen, wie diese Typen mit den Werbeschildern. „Nein. Du kommst als meine Assistentin mit. Willst du diesen Scheiß lernen oder bist du nur eine Treuhandfond-Göre, die so tut als ob, bis Daddy ihr eine fette Summe Bargeld gibt, von der sie leben kann?"

Ich blickte ihn mit zusammengekniffenen Augen an und meine Wangen brannten. Das ging unter die Gürtellinie. Seine Lippen zogen sich zu einem Lächeln hoch, als wäre er zufrieden mit sich, weil er mich geködert hatte. Ich hatte meine Gefühle dieses Mal gezeigt. Normalerweise war ich besser darin, die zu verbergen, aber er schien das Schlechteste in mir zum Vorschein zu bringen – und was noch schlimmer war, er schaffte das fast ohne Anstrengungen.

Ich schluckte meinen Zorn hinunter und blickte ihn so finster an, als würde ich Wärmesuchraketen aus meinen Augen auf seinen Rücken schießen, als er vor mir durch die Glastür ging – denn Dolche würden nicht reichen.

Kurz darauf stellte mich Jordan dem Banker Wallace Holden vor. Er war einer derjenigen, die Dracos Börsengang finanzieren würden. Ich setzte mich und sah zu, wie Jordan das Gleiche tat und dabei in einer flüssigen Bewegung sein Sakko aufknöpfte. Ich zog meinen Notizblock heraus und ließ meinen Kugelschreiber über einer leeren Seite schweben, bereit, mir Notizen zu machen oder eine Liste zu erstellen oder etwas zu tun, was mich mehr wie eine offizielle Assistentin aussehen ließ.

Trotz seiner formellen Kleidung nahm Jordan eine lockere Haltung ein und lehnte sich zurück, wobei er einen Knöchel über sein anderes Knie legte. Mit einem Grinsen fing er an, mit Wallace zu plaudern – den er Wally nannte.

„Also, ich habe gesehen, dass die Baseballmannschaft deines Sohnes die Staatsmeisterschaft gewonnen hat. Du musst aus dem Häuschen sein. Kommen die Talentscouts schon mit Stipendien an? Ich habe gehört, er hat einen Wahnsinns-Arm."

Jordan wusste Dinge über Wallys Kinder, seine Frau – selbst sein letztes Golfspiel. Ich beobachtete ihn verstohlen. Er war ein gewandter Redner. Sie verbrachten zwanzig Minuten damit, über Wally und sein Leben zu reden und Jordan wirkte dabei die ganze Zeit interessiert. Letztendlich sprachen sie nur zehn Minuten übers Geschäft.

„Also, wie ist der Status des Börsengangs?", fragte Wally schließlich.

„Wir sind bereit", sagte Jordan strahlend. „Unser Firmenchef könnte nicht aufgeregter sein."

Wallys Augenbrauen zuckten überrascht. „Ich habe gehört, dass euer Firmenchef … die Zügel kurz hält. Wird er uns mehr als nur einen kleinen Teil der Aktien für den Börsengang geben?"

Jordan winkte mit der Hand. „Adam ist begeistert von dem Börsengang und kann ihn kaum erwarten. Er hat große Pläne. *Gewaltige* Pläne. Der Junge ist ein Genie und nicht nur, weil er mich die geschäftlichen Dinge regeln lässt", sagte er zwinkernd. „Er ist ein Visionär und ich sage dir, er ist uns allen Lichtjahre voraus."

Als ich sah, wie er den Banker besänftigte, kam ich nicht umhin, mich zu fragen, ob sein Ruf bei den Frauen nicht auf denselben Prinzipien basierte, mit denen er seine Geschäfte führte. Leuten zu sagen, was sie hören wollten, konnte ebenso eine Kunst sein wie alles andere.

Am Ende schienen Wallys Ängste wie weggeblasen zu sein und wir gingen hinaus, nachdem wir uns verabschiedet hatten. Auf dem Parkplatz zog Jordan sein Sakko aus und hängte es wieder auf. Danach nahm er die Krawatte ab und knöpfte seinen Kragen auf.

Ich beobachtete ihn stirnrunzelnd. Er stoppte und zog eine Augenbraue hoch. „Was?"

„Woher wusstest du das alles über ihn? Seine Kinder – Familie?"

Er zuckte mit den Schultern. „Soziale Medien. Und ich habe gewisse Leute ..." Er blickte weg. „Heutzutage Informationen zu sammeln ist ein Kinderspiel. Aber ich bin kein Cyberstalker."

„Du hast gewisse Leute?" Er klang wie mein Dad und dieser Vergleich beunruhigte mich etwas. Je weniger ich zur Zeit an meinen Dad dachte, umso besser.

Er warf mir ein verschmitztes Grinsen zu, öffnete die Tür und setzte sich auf den Fahrersitz. Ich stieg auf der anderen Seite ein, drehte mich und verschränkte die Arme vor der Brust. „Hast du auch Informationen über mich gesammelt?"

Sein Lächeln erstarrte und seine Augen sahen einen Sekundenbruchteil etwas panisch aus, bevor er sich wieder zum Steuer drehte und darüber lachte.

„Das hast du, oder?"

„Du hast ein PR-Problem für meine Firma verursacht, Weiss. Überrascht dich das da?"

Ich biss mir auf die Unterlippe und zuckte mit den Achseln. „Ich bin sicher, du hast nicht viel herausgefunden, da ich relativ langweilig bin. Ich bin mir hundertprozentig sicher, dass ich die Mühe nicht wert war."

Ein kurzes Stirnrunzeln zog über sein Gesicht, bevor er auf die Uhr blickte und seufzte. „Nun, das war eine nervtötende Fahrt, um dreißig Minuten mit einem launischen Banker zu quatschen. Manchmal hasse ich meinen Job."

„Du hättest den Zug nehmen und dich von einem Fahrer abholen lassen können. Dann hättest du etwas Arbeit erledigen können."

Er blickte mich finster an. „Das letzte Mal, als ich nachgesehen habe, war das hier noch Kalifornien. Wir fahren selbst. Selbst wenn wir reich sind und Fahrer haben. Das ist Teil unserer Kultur. Außerdem musste ich aus dem Büro raus. Und du musstest auch aus dem Büro raus."

„Ich? Warum –?" Ich unterbrach mich selbst, als ich verstand. „Oh ... du hattest Angst, dass ich Adam etwas gestehen würde, während du weg bist."

Er tippte sich an die Nase und zwinkerte mir zu.

„Wir müssen noch einen Stopp einlegen, bevor wir wieder nach Süden fahren. Ich hatte das geplant, bevor ich wusste, dass ich dich mitnehmen würde. Also musst du mich bei Laune halten, denn wenn ich abspringe, dann ist der Teufel los."

Ich zog meine Augenbraue hoch. Wollte er eine seiner Liebschaften besuchen? Denn falls ja, wollte ich nicht dabei sein.

Mein Magen knurrte. Er lachte. „Und Mittagessen ist inklusive."

Wir fuhren durch die Stadt und in eine Mittelklasse-Wohngegend am Stadtrand. Bald hielten wir in der Einfahrt eines bescheidenen einstöckigen Hauses. Ich rätselte, während ich ausstieg und ihm zur Vordertür folgte.

Er klopfte laut und drehte dann den Türknauf, wobei er ins Haus rief: „Pop? Ich bin's, Jordan."

Aus dem hinteren Teil des Hauses kam ein Rufen und Jordan hielt mir die Tür auf, damit ich ihm folgte. Das Haus war unaufdringlich eingerichtet. Der Stil war etwas aus der Mode und hatte einen femininen, gemütlichen Touch. Ich blickte mich um und betrachtete die großen pastellfarbenen Lampenschirme, einen Spiegel im *Art Deco*-Stil, ein paar antike Stücke und eine sehr große Wildledercouch.

Ein großer Mann tauchte auf. Er sah aus wie eine sechzig- oder siebzigjährige Version von Jordan und trug einen Pullover und eine Cordhose. Sofort nahm er Jordan in seine Arme.

„Es wurde aber auch Zeit, dass du hochkommst und mich besuchst", sagte er. Der ältere Mann erblickte mich über Jordans Schulter und seine Augen wurden groß. „Du hast mir nicht gesagt, dass du eine so liebreizende Dame mitbringen würdest."

Jordan trat einen Schritt zurück und drehte sich zu mir, scheinbar beschämt. „Sie ist meine Assistentin, Pop. April, das ist mein Großvater, Reverend Gerald Fawkes."

Reverend? Jordans Großvater war Priester? Wie ... seltsam und ironisch das war. Ich fragte mich, ob er wusste, was für ein Frauenheld sein Enkel war. Ich trat vor und schenkte ihm mein breitestes Lächeln, als ich seine Hand schüttelte. „Freut mich, Sie kennenzulernen, Sir. Ich bin April Weiss."

„Sind Sie hungrig, Miss April? Denn ich habe gerade Mittageessen gemacht und es ist viel, selbst für Jordan."

„Ich bin keine sechzehn mehr. So viel esse ich schon lange nicht mehr."

„Nicht einmal meinen selbstgemachten *Shepherd's Pie*?"

Jordan grinste. „Okay, mit dem kannst du mich locken. Mir läuft das Wasser schon im Mund zusammen."

„Gib mir ein paar Minuten. Setzt euch an den Tisch. Und sei bitte ein Gentleman und hilf Miss April Platz zu nehmen."

Jordan verdrehte die Augen und sein Großvater grinste spöttisch. Der ältere Mann war bezaubernd und kicherte, als Jordan mit einem langgezogenen Seufzen tat, um was sein Großvater ihn gebeten hatte. „Dein Großvater lebt also hier? Susan sagte, dass du in San Luis Obispo aufgewachsen bist."

„Bin ich. Meine Eltern sind immer noch in SLO. Mein Großvater hatte seine Pfarrei hier, bis er sich zur Ruhe gesetzt hat." Er sprach SLO wie *slow* aus – wie es viele aus der Gegend bezeichneten.

„Was für ein schöner Ort, um zu leben und zu arbeiten. Für welche Konfession war er Priester?"

„Methodisten. Und ich schwöre, wenn du Witze darüber machst, Weiss –" Er hatte ein verspieltes Lächeln auf seinen sexy Lippen.

Ich blieb so ernst, wie ich konnte. „Bedeutet das, dass ich ihn nicht nach seiner Glaubenseinstellung bezüglich Unzucht mit rosa Plüschhandschellen fragen darf? Es geht hier um meine spirituelle Erziehung."

Er blickte mich mit zusammengekniffenen Augen an, aber ich konnte sehen, dass er versuchte, sich das Lachen zu verkneifen.

„Schon gut. Du kannst lachen. Du wirst deinen Ruf als mürrischster Boss der Welt nicht aufs Spiel setzen. Aber glaub nicht, dass ich nicht versuchen werde, deinem Großvater einige deiner Jugendsünden zu entlocken."

Er schüttelte den Kopf. „Du wirst keinen Erfolg haben."

„Ach, aber ich bin zur Hälfte Jüdin. Wir haben unsere Methoden, an den unwahrscheinlichsten Orten die Wahrheit zu finden." Nicht dass ich im Einklang mit meiner jüdischen Hälfte war. Sie war so ziemlich das Einzige, was ich mit diesem Teil meiner Familie gemeinsam hatte.

Ich konnte das leichte Stechen nicht abstreiten, das ich spürte, als ich sah, wie er seinen Großvater umarmte. Oder wenn ich andere Leute sah, die ihre Familienmitglieder wiedersahen. Ich hatte keine wirkliche Ahnung, wie sich das anfühlte. Also scherzte ich über jüdische Klischees und lachte darüber, denn die andere Person zu beruhigen, war wichtiger als meine eigenen Gefühle.

Verstohlen blickte ich ihn an. Jetzt, da seine Worte in meinem Kopf waren, schienen sie meine Wahrnehmung all meiner Handlungen zu beeinflussen. Ich atmete tief ein und blickte ihm in die Augen. *Raus aus meinem Kopf, bitte.*

Jordan sprang auf, um seinem Großvater zu helfen, die Teller und das Essen hereinzubringen. Bald tauchte er mit einer wohlduftenden Kasserolle auf und stellte sie auf den bereitgelegten Untersetzer.

Die Shepherd's Pie – ein Auflauf aus Fleisch, Kartoffeln und Käse – war köstlich und die Gesellschaft war angenehm, da die Gegenwart seines Großvaters eine besänftigende Wirkung auf Jordan hatte. Reverend Fawkes sagte, dass es ein altes Familienrezept sei, das bis nach England zurückreichte. Die Legende besagte, dass sie Nachfahren des berüchtigten Guy Fawkes der Pulververschwörung waren. Des Mannes, der versucht hatte, vor einigen hundert Jahren das Parlament in die Luft zu jagen.

Jordan verdrehte die Augen, als sein Großvater das aufbrachte.

Der Reverend drehte sich zu mir. „Achte nicht auf ihn. Er wird nicht gerne erinnert, dass er nach ihm benannt ist."

„Was?"

Jordan verzog das Gesicht. „Mein zweiter Vorname ist Guy. Ein kranker Scherz meines Vaters."

„Verbrennen sie in Großbritannien nicht *Guy Fawkes*-Puppen?", fragte ich, dankbar, dass ich in der Vorlesung für europäische Geschichte aufgepasst hatte.

„An jedem fünften November", sagte Reverend Fawkes. Dann lehnte er sich verschwörerisch zu mir. „Das ist zufällig sein Geburtstag."

Ich lehnte mich lachend zurück und Jordans Gesicht verdunkelte sich. „Okay, du musst zugeben, dass du Fawkes heißt und am fünften November geboren bist … ich kann wirklich verstehen, dass dein Dad dachte, das wäre ein Zeichen."

Jordan blickte finster drein und ich erinnerte mich an das, was Susans mir einmal gesagt hatte. *Bis auf den Vater. Irgendetwas ist mit seinem Vater.*

Die Witzelei hatte ihm irgendetwas in Erinnerung gerufen. Ich wollte nach ihm greifen und seinen Arm berühren, aber ich hielt mich zurück, und meine Hand zuckte auf dem Tisch.

Der Reverend schien die plötzliche Veränderung der Stimmung zu spüren. „Lasst mich den Pitcher mit Eistee zum Nachfüllen holen." Er stand auf und ging in die Küche.

Ich lächelte und versuchte, ihn aufzuheitern. „Du hättest es dir besser überlegen sollen, mich zu deinem Großvater mitzunehmen. Bald habe ich ihm all deine Geheimnisse entlockt."

Er öffnete den Mund, um zu antworten, als es an der Tür klingelte. Jordans Großvater rief Jordan zu, aufzumachen. Er stand auf, aber bevor er sie erreichte, öffnete sich die Tür. „Pop, wir sind da!", rief eine junge Dame.

Jordan erstarrte und sie blickten einander an. Sie war etwa achtzehn, groß und schlank und hatte hellbraunes Haar und ein hübsches Gesicht. Als sie Jordan sah, kreischte sie und sprang ihn an. „Was machst du hier? Ich habe mich schon gefragt, wem dieses tolle neue Auto gehört!"

Jordan verkrampfte sich und blickte zur Tür, die sie offengelassen hatte. Er legte seine Arme um sie, während sie ihn auf die Wange küsste. „Wer ist *wir*? Mit wem bist du da?", biss er heraus.

Sie atmete tief ein und trat stirnrunzelnd zurück. „Ähm, dir auch hallo, großer Bruder. Ich bin mit Mom und Dad da, aber niemand sagte, dass du auch hier sein würdest." Sie warf einen neugierigen Blick in meine Richtung, bevor Jordan kehrtmachte und Richtung Küche davonstürmte.

Wir starrten uns einen langen, peinlichen Moment an, bevor ich aufstand und um den Tisch ging. „Hi, ich bin April Weiss. Ich bin Jordans Assistentin."

Sie und ich drehten uns um und blickten zu der verschlossenen Küchentür, durch die Jordans laute Stimme zu hören war. Armer Großvater.

„Ich bin Hannah Fawkes. Die kleine Schwester dieses launischen Kerls. Und ich wette, dass mein Großvater nicht wusste, dass du kommen würdest, ansonsten hätte er nie versucht, das durchzuziehen."

Ich öffnete den Mund, um die Frage zu stellen, als zwei weitere Personen durch die offene Vordertür kamen. Ich erkannte sie von dem Familienfoto auf Jordans Schreibtisch – seine Eltern. Seine Mom war schlank, mittelgroß und hatte kurzes rotes Haar. Jordans Dad sah aus wie er– oder umgekehrt. Er hatte ebenfalls dieses gewisse Etwas und ich war erstaunt, wie ähnlich sich die drei Generationen der Fawkes-Männer sahen. Es war, als würde man Jordan in fünfundzwanzig Jahren sehen und noch darüber hinaus.

Hannah winkte ihnen zu. „Das sind meine Eltern", sagte sie. Dann drehte sie sich zu ihrem Dad. „Jordan ist hier."

Der Mann blickte finster drein. „Das erklärt die benzinschluckende CO2-Schleuder in der Einfahrt", murmelte er.

Jordan war bei diesem Satz wieder in den Raum gekommen und warf seinem Dad einen flüchtigen Blick zu, bevor er sich seine Schlüssel schnappte. „Auch schön, dich zu sehen." Dann drehte er sich zu mir. „Wir gehen."

Ich stand wie festgewurzelt da und fühlte mich unbehaglich, weil ich mitten in diesem Familiendrama gefangen war. Jordan ging zur Tür, ohne seinen Vater weiter zur Kenntnis zu nehmen. Seine Mutter drehte sich um, ging ihm nach und packte ihn auf Höhe der immer noch offenen Tür am Arm. Reverend Fawkes kam mit einem riesigen Schokoladenkuchen aus der Küche zurück und stellte ihn in die Mitte des Tisches.

„Willst du mir diesen kleinen Stunt erklären?", fragte Jordans Vater seinen Großvater.

„Beruhig dich und setz dich hin", antwortete der Reverend freundlich. „Setzt euch alle. Vielleicht kann Carol Jordan wieder an den Tisch bewegen."

Meine Augen flogen zu Jordan und seiner Mutter, die sich in der Nähe der Tür mit angespannten Stimmen unterhielten.

Jordans Körpersprache war steif und er hatte die Hände in den Taschen. Seine Mutter hatte immer noch eine Hand auf seinem Arm und gestikulierte mit der anderen, um ihren Standpunkt zu unterstreichen. Ich fragte mich, ob sie und sein Großvater zusammengearbeitet hatten, um Vater und Sohn in denselben Raum zu bekommen. Vielleicht war das wie eine Intervention oder so etwas.

Und ich stand inmitten dieses gestörten Familientreffens. Als hätte ich nicht selbst schon genügend Familienprobleme.

Ich nahm hastig das benutzte Geschirr und Besteck vom Tisch und trug es in die Küche. Dort hielt ich einen Moment inne und entdeckte dann einen Stapel Dessertteller und Gabeln. Ich schnappte sie mir und trug sie zum Tisch.

Je eher der Kuchen geschnitten und serviert war, umso eher würden wir uns, falls nötig, entschuldigen können. Oder vielleicht würden Jordan und sein Dad miteinander sprechen. Vielleicht.

Als schon fast alle saßen, kam auch Jordan mit finsterem Blick langsam und widerwillig zurück an den Tisch. Der Reverend schnitt den Kuchen an, als wäre nichts Ungewöhnliches passiert. Wahrscheinlich tat er so, als wäre nichts, um den Anschein von Normalität zu erwecken. Ein solcher Familienzwist war nicht nur schmerzhaft für die zwei involvierten Personen. Er riss die ganze Familie auseinander. Angesichts der finsteren Blicke, die Jordan nun seinem Großvater zuwarf, hatte der Mann viel riskiert – und wahrscheinlich verloren.

Wir aßen unseren Kuchen in gezwungenem Schweigen. Dann, als keiner die Anspannung mehr aushalten konnte, fingen sie an, über ein scheinbar sicheres Thema zu reden – *mich*.

„Also, April, wie lange arbeitest du schon bei Draco?", fing der Reverend an.

„Oh, nun, ich habe sechs Monate im Marketing verbracht und jetzt arbeite ich seit einem Monat als Jordans Assistentin."

Hanna runzelte die Stirn. „Das ist ein langes Praktikum. Versuchst du Arbeitserfahrung zu sammeln, oder möchtest du eine Stelle in der Firma bekommen?"

Ich lächelte. „Ich gehe bald auf die Business School, hoffentlich. Und abgesehen davon interessiere ich mich sehr für Wirtschaftstheorie."

Jordans Vater – der mir als Grant Fawkes vorgestellt worden war – schnaubte. „Die Welt braucht nicht noch mehr Drohnen in der Geschäftswelt. Sie sind wahrscheinlich besser dran, wenn Sie die Theorie studieren und Abhandlungen schreiben, die niemand lesen wird."

Jordan blickte lange genug von seinem Kuchen hoch, um seinen Vater finster anzusehen. Wow, diese beiden konnten sich wirklich nicht ausstehen. Was war die Geschichte dahinter?

„Was machen Sie, Mr. Fawkes?", fragte ich, um von dem Kollisionskurs abzuweichen, auf dem diese beiden sich befanden.

„Es heißt Dr. Fawkes. Ich bin Professor für Umweltingenieurswesen an der Cal Poly und nebenbei leite ich eine Consulting-Firma."

Das erklärte seinen *CO2-Schleuder* Kommentar. Ich atmete tief ein und langsam wieder aus.

„Wo sind Sie auf die Uni gegangen, April?", fragte Jordans Mutter.

„Ich habe im Juni meinen Abschluss an der UCI gemacht. Ich wollte für das Aufbaustudium an die UCLA gehen." Wir verfielen wieder in Schweigen und ich stocherte in meinem Kuchen herum. Er war köstlich, aber sehr reichhaltig und ich war nach ein paar Bissen voll gewesen. „Also, ähm ... Sie müssen alle sehr stolz auf Jordan sein, dass er auf der *Technology, Entertainment and Design* einen Vortrag halten wird.“

Alle Köpfe schossen hoch und drehten sich zu dem besagten Mann. Seine Gabel erstarrte in der Luft, als er gerade einen weiteren Bissen Kuchen zu seinem Mund führte.

„Du sprichst auf der *Technology, Entertainment and Design?*“, fragte seine Mutter als Erste. „Wann?“

Er nahm einen tiefen Atemzug und warf mir einen Blick zu, der hätte töten können.

„In ein paar Wochen“, sagte ich, als Jordan keine Antwort gab. Ich war schockiert, dass sie das nicht wussten.

Hannah räusperte sich. „Das ist super, großer Bruder. Du wirst berühmt werden. Worüber hältst du deinen Vortrag?“

„Darüber, wie man ein oberflächlicher, materialistischer Mega-Konsument wird, vermute ich“, sagte sein Dad.

„Eigentlich darüber, wie man sein Leben mit dem einzigen Ziel führt, seinen Vater zu ärgern“, konterte Jordan ohne Pause.

Peinlich.

„Werden wir die Rede sehen können?“, fragte seine Mutter, als hätte keiner von beiden etwas gesagt.

Als Jordan nicht antwortete, machte ich es. „Es gibt einen Live-Stream über das Internet mit minimaler Verzögerung, denke ich. Sie werden es noch an dem Tag sehen können, wenn er sie hält. Ich bin sicher, dass der Terminplan auf der Webseite zu finden ist.“

„Und ich dachte, du wärst ganz davon eingenommen, auf der Wall Street Geld zu scheffeln", sagte sein Dad mit einem sarkastischen Lächeln.

„Grant", fing der Reverend an. „Genug."

Jordans Vater lief rot an, als er sich zum Reverend drehte. „Was hast du dir von deinem kleinen Manöver erhofft, Dad? Glückliche Einhörner, die in den Wäldern tanzen und Regenbogen und Schmetterlinge furzen?"

„Ja", schnaubte Jordan. „Mit Fanatikern kann man nicht vernünftig reden."

Grants Kopf schnellte herum und er warf seinem Sohn einen bösen Blick zu. „Jemanden als Fanatiker zu bezeichnen, ist nur die Art eines Unentschlossenen, seine eigene Feigheit zu rechtfertigen."

„Ich bin nicht unentschlossen. Wir beide werden nie auf einen grünen Zweig kommen", knurrte Jordan.

Oh Gott. Ich versuchte, mir eine Ausrede einfallen zu lassen, die mich so schnell wie möglich aus diesem Zimmer bringen würde. Diese direkte Konfrontation ließ meine Nerven zucken, da sie mich an das Geschrei meiner eigenen Eltern erinnerte.

Mit zittrigem Atem stand ich auf, nahm meinen Teller und ging erneut Richtung Küche. Ich würde mich dort verstecken, bis das alles vorbei war. Eine Minute später stand Jordans Mutter mit ihrem Teller neben mir an der Spüle.

„Das tut mir leid. Keiner von uns dachte, dass Jordan jemanden mitbringen würde." Ah, also steckte sie auch mit drin. „Es war nicht fair, dass Sie ins Kreuzfeuer geraten sind."

Ich räusperte mich. „Das muss bei Familientreffen an Feiertagen wirklich langsam alt werden."

Sie nickte. „Sie sind sich zu ähnlich und zu stur. Sie sind schon immer aneinandergeraten, aber es ist besonders schlimm, seit – naja, Sie interessieren sich wahrscheinlich nicht für die ganzen Familienprobleme."

„Ich habe selbst viele Probleme, mit denen ich mich beschäftigen muss."

„Sie sind nur hier, um ihren Job zu machen und werden völlig unvorbereitet in dieses Familiendrama gezogen." Sie legte eine Hand auf meine Schulter. „Es tut mir wirklich leid. Ich hoffe, dass er Ihnen ein guter Boss ist?"

„Ähm. Ja. Er bringt mir viel bei. Es gibt –"

Ich wurde unterbrochen, als die Küchentür aufging. Mit demselben finsteren Blick wie zuvor betrat Jordan die Küche und kam direkt auf mich zu. „Wir gehen jetzt."

„Jordan", fing seine Mom an.

„Nicht jetzt, okay? Wir können später reden."

„Du bist verärgert."

Jordan rieb sich am Kinn. „Ich bin ziemlich angepisst, ja."

„Ich, ähm, gebe euch zwei eine Minute. Ich warte im Wagen", sagte ich.

Ich verließ den Raum und verabschiedete mich dann von Jordans anderen Familienmitgliedern. Der Reverend brachte mich zur Tür und ich floh schnell in die Sicherheit von Jordans neuem SUV und mir war egal, dass es eine benzinschluckende CO2-Schleuder war.

Kapitel Vierzehn
Jordan

RECHTZEITIG FÜR DEN RUSH-HOUR-VERKEHR WAREN wir wieder auf der Straße. Wir gerieten in Santa Barbara und dann wieder in Ventura hinein, bis wir schließlich im *San Fernando Valley* völlig zum Stillstand kamen. Ich hatte während der ganzen Zeit die Musik an. Ich war nicht in der Stimmung, über das Chaos dieser Familienzusammenkunft zu reden, bei der nur mein Bruder Seth gefehlt hatte, um sie vollständig zu machen. Da er drei Staaten weiter aufs College ging, war das wohl unpassend gewesen. Aber was anscheinend passend war, war, mich vor meiner Assistentin bis aufs Blut zu blamieren.

April schaute die meiste Zeit in ihr Handy, wahrscheinlich las sie ein Buch. Aber irgendwann lehnte sie sich in ihren Sitz zurück und schloss die Augen. Die Sonne fing an unterzugehen und der Verkehr zog sich langsam dahin. Ich blickte sie immer wieder verstohlen an, wenn ich nicht gerade kochte oder mich bemitleidete – oder mich schämte.

Bald war ihr Kopf zu meiner Schulter gewandert, um sich dagegen zu lehnen, während sie weiter döste. Zuerst war ich versucht, sie wegzuschieben, aber ihr Geruch – dieser berauschende Duft von Honig, der seltsame Dinge mit meiner Selbstbeherrschung machte – ließ mich immer wieder einen tiefen Atemzug nehmen. Jedes Mal versetzte mir das einen Rausch.

Die Kombination ihres Dufts und diese süßen kleinen Geräusche, die sie im Schlaf von sich gab, machten es mir schwer, mich auf die Straße zu konzentrieren – oder auf etwas anderes als sie. Es erinnerte mich an die Laute, die sie von sich gab, wenn sie kam, und dieser Gedanke sandte mir ein warmes Gefühl in genau die richtigen Stellen. Es war nur zu verlockend, sie zu mir zu bringen und mit ins Bett zu nehmen.

Ich blinzelte diesen Gedanken weg und ernüchterte. Ich wollte sie wirklich mit ins Bett nehmen. Und der Grund war nicht, dass ich Entzugserscheinungen von meinem selbstauferlegten Zölibat hatte. Ich war zur Zeit so geil, dass ich wahrscheinlich fast mit jeder Frau schlafen würde. Okay, nicht jeder. Aber bei dieser speziellen jungen Dame musste ich stündlich gegen den Drang ankämpfen, sie zu berühren.

Nein, je weniger Kontakt wir hatten, umso besser. Ihr Praktikum würde noch etwas länger als einen Monat dauern. Nur noch etwas über einen Monat Fegefeuer und dann ... dann ...

Ich dachte manchmal darüber nach, was passieren würde, wenn ich ihr erzählen würde, dass ich Falco von der Comic-Con war. Wie würde sie reagieren? Wäre sie überrascht, wütend oder erregt? Würde das die Situation zwischen uns ändern? Hatte sie schöne Erinnerungen an diese Begegnung, die von diesem Video befleckt worden war? Sie hatte in einer nervösen Phase zugegeben, dass es der beste Sex ihres Lebens gewesen war. Ich hatte mir mental ein High Five gegeben, als ihr das rausgerutscht war. Jordan Fawkes schlug nie eine Gelegenheit aus, sein Ego aufzupolieren.

Ich entschied, dass es eine gute Sache war, wenn sie nicht wusste, dass ich es war – und dass sie auch nie herausfinden sollte, dass ich es war. Und unter diesen Umständen konnte ich sie nicht mit in mein Bett nehmen. Also wurde sie – und ich – von der bloßen Tatsache, dass sie es nicht wusste, davor beschützt, etwas zu tun, was wir wahrscheinlich bereuen würden. Ich hätte nicht einmal darüber nachdenken sollen, sie mit in mein Bett zu nehmen. Diese Gedanken sollten mir nicht im Kopf herumgeistern – aber ich hatte meine Grenzen. Solange es nur Gedanken und Wünsche blieben, war alles gut. Sie war sicher.

Obwohl es helfen würde, wenn sie ihren Kopf gerade nicht auf meiner Schulter hätte, wenn ihre Augen mit diesen langen Wimpern gerade nicht geschlossen wären, wenn ihr duftendes Haar nicht über meinen Arm fallen würde. Ich drehte mich, um wieder an ihr zu riechen und stoppte, als mein Blick in ihre offenen Augen fiel.

Sie runzelte die Stirn und ich drehte meine Augen schnell wieder zur Straße. Ich fühle, wie das Gewicht ihres Kopfes von meiner Schulter rutschte und verspürte dabei einen Gefühl des Verlusts. Ich hätte nichts dagegen gehabt, wenn sie noch eine Stunde dort geschlafen hätte.

Sie streckte sich neben mir und dehnte sich nach hinten, sodass diese lieblichen Brüste gegen ihre Bluse gepresst wurden. Ich sah hin – länger als ich hätte sollen, verdammt. Bruder Jordan, der Möchtegern-Mönch, kam mit seinem Zölibat nicht zurecht.

„Bin ich an dir eingeschlafen? Tut mir leid." Sie nahm ihre Hand an ihren Mund. „Ich hoffe, ich habe nicht gesabbert."

„Nein, kein Sabber." Nur dieser berauschende Duft ...

Sie streckte den Hals, als ob sie nachsehen wollte, wo wir waren – fast durch L.A. hindurch und weniger als eine Stunde von Zuhause entfernt auf dem Santa Ana Freeway.

„Ich sollte mich bei dir entschuldigen", sagte ich, da ich wusste, dass es gesagt werden musste. Und besser früh als spät.

Sie drehte sich stirnrunzelnd zu mir. „Wofür?"

„Für meine beschissene Familie. Ich vermute, dass meine Mom und mein Großvater diesen kleinen Überfall geplant hatten."

„Deine Mutter sorgt sich wenigstens um dich. Sei dankbar dafür."

„Es ist schwierig, dankbar zu sein, wenn ich mich gerade einfach nur schäme."

Sie warf mir einen Blick von der Seite zu und verschränkte die Arme vor der Brust. „Wegen mir? Musst du nicht. Meine Familie ist noch schlimmer als deine, das garantiere ich dir."

„Ich habe gehört, dass dein Dad ein netter Kerl ist. Adam mag ihn auf jeden Fall."

„Alle, die mit meinem Dad arbeiten, mögen ihn. Er ist ein sturer Hund, aber er sorgt sich um seine Leute. Seine Angestellten und Kollegen sind mehr seine Familie als ..." Ihre Stimme verstummte und dann zuckte sie mit den Schultern und schaute aus dem Beifahrerfenster.

„Als seine eigene Familie?"

„So eine hat er auch. Eine ganz neue Familie."

Ich blinzelte. „Und wie passt du in das Ganze?"

„Gar nicht."

Ich blickte sie an und sah, dass ihre Gesicht völlig leer wirkte. Nach dem, was ich von April wusste – und was mein Informant für mich herausgefunden hatte –, war Daddy ziemlich reich und mehr als großzügig. Sie fuhr einen sportlichen Lexus, trug Designerkleidung und lebte in einer Eigentumswohnung, die von ihm bezahlt und eingerichtet wurde. Aber sie wirkte nicht wie ein verzogenes Gör – zumindest nicht nach dem, was ich von ihr wusste.

„Er ist kein schlechter Mensch, überhaupt nicht. Er ist nur … ich … wir verstehen einander einfach nicht, vermute ich.“

„Das klingt vertraut.“

Sie drehte ihren Kopf zu mir. „Dein Dad ist also verärgert, da du seine Ideologien nicht teilst?“

Ich blies meinen Atem hinaus. „Sagen wir einfach, dass ich eine große Enttäuschung bin. Er hat alles in seiner Macht Stehende versucht, um eine junge Version von sich großzuziehen und hat stattdessen mich bekommen.“

„Also ist er deshalb so sauer auf dich? Weil du ein eigenständiger Mensch geworden bist?“ Sie schüttelte den Kopf.

Ich fühlte mich schuldig, weil sie zu diesem Schluss gekommen war – mit meiner Hilfe – obwohl das nicht genau der Grund war.

„Einiges davon ist gerechtfertigt und einiges ist Scheiße. Ich habe ihn angelogen und das hat ihn wütend gemacht.“

„Ich nehme an, dass es eine ziemlich große Lüge war?“

Ich biss die Zähne zusammen. Dasselbe Schuldgefühl … die Schimpftirade meines Dads auf meiner Abschlussfeier und die Tränen meiner Mutter. Er wäre nicht gekommen, hätte sie ihn nicht darum angefleht. Meine Brust schnürte sich zu. „Ja.“

April sah mich an und als ich von der Straße wegblickte, sah ich, dass sie diese tiefgehende Sache mit ihren Augen machte – als würde sie mich studieren.

„Es gehören immer zwei dazu, wenn sich so eine erbitterte Familienfehde hält ... ich hoffe, das wirkt sich nicht auf deine Mom und deinen Großvater aus."

„Was meinst du damit?"

„Ich meine, dass man es ihnen nicht verdenken kann, dass sie das versucht haben, wo es doch so schwierig ist, euch beide an denselben Tisch zu bekommen."

Mein Kiefer verkrampfte sich und ich sagte nichts. Sie hatte leicht reden. Sie musste nicht die ganze Scheiße meines Dad ertragen.

„Sorry, ich wollte dich nicht verletzten."

„Das Ganze müsste mir etwas bedeuten, damit ich verletzt sein könnte."

Stille. Sie wusste, dass ich log.

Sie drehte sich um und blickte durch die Windschutzscheibe auf die Straße.

„Eine Fehde zwischen zwei Personen in einer Familie betrifft mehr als nur diese zwei Leute, weißt du. Es ist so wie bei geschiedenen Eltern, die sich nicht ausstehen können und sich nicht einmal zum Wohl der Kinder vertragen können. Ich weiß nur zu gut, wie sich das anfühlt."

Ich blinzelte und hielt meine Augen auf das Meer aus roten Bremslichtern vor mir gerichtet. Ich hatte keine Antwort darauf, denn sie hatte recht. Ich war mehr als nur ein wenig erstaunt darüber, dass ich das so noch nicht betrachtet hatte. Alles, was ich sehen und hören konnte, wenn ich an meine Auseinandersetzung mit Dad dachte, war seine ständige Kritik, seine andauernde Missbilligung und seine Aussage auf meiner Collegeabschlussfeier: *„Du bist eine Enttäuschung."*

Hitze loderte meinen Kragen hinauf, als ich mich an diese Beleidigung erinnerte, aber ich konnte nicht sagen, ob ich wütender auf ihn für seine harten Worte war oder auf mich, weil ich ihn enttäuscht hatte. Ich schluckte.

Sie beobachtete mich wieder. Unter ihrem prüfenden Blick fühlte ich mich unbehaglich. Als würde sie mir unter die Haut gehen. Und dieses Gefühl mochte ich gar nicht.

„Vielleicht solltest du mehr auf dein eigenes Leben und deine Fehler schauen, anstatt so schnell mit dem Finger auf andere zu deuten", ließ ich mit angespannter Stimme heraus.

Mit einem schnellen Atemzug lehnte sie sich zurück. Ich schnaufte durch, sah sie jedoch nicht an. Ich fühlte mich beschissen, weil ich das gesagt hatte. Aber so war es sicherer. Ich konnte mir nicht leisten, dass sie mir unter die Haut ging. Oder irgendwo anders hin.

Sie verschränkte ihre Arme eng vor der Brust und wandte ihren Blick zum Beifahrerfenster hinaus. Sie kochte, war verletzt. So viel war offensichtlich. Und das Erschreckendste war, dass ich genau wusste, was ich ansprechen musste, um diese Reaktion von ihr zu bekommen. Das war eines meiner Talente.

Und sie würde sich nicht verteidigen. Das wusste ich auch. Also saß sie einfach nur in der Dunkelheit da, kochte und fühlte sich beschissen, genau wie ich vermutet hatte.

Manchmal machte ich mich selbst krank.

Ich setzte sie kurz nach sieben bei ihrem Wagen auf dem Parkplatz von Draco ab. Sie schnappte sich ihre Tasche und ihre Jacke und murmelte ein halbherziges *Danke*.

Ich antwortete nicht und fuhr nach Hause.

Also ... Kein Sex. Kein Alkohol. Meine zwei Lieblingsmethoden, um mit etwas fertig zu werden, waren tabu.

Ich hatte schon lange nicht mehr gekifft, aber ich war versucht, mir einen Joint anzuzünden. Aber stattdessen zog ich mich um, ging ins Fitnessstudio und trainierte ein paar Stunden, bis ich kein Gefühl mehr in den Gliedmaßen hatte und bereit war, vor Erschöpfung umzufallen.

Kapitel Fünfzehn
April

ICH BETRAT DAS APARTMENT UND FÜHLTE MICH LEER. ES war ein langer Tag gewesen und so lustig er auch angefangen hatte ... er endete mit einem bitteren Nachgeschmack. Jordan hatte fast nichts mehr gesagt, nachdem er diese Kommentare abgelassen hatte. Ich war ihm zu nahe gekommen – das sah ich jetzt. Seine Verteidigung war schnell und undurchdringlich und als er erkannt hatte, dass ich seine Schwäche herausgefunden hatte, schob er mich weg.

Gerade als ich dachte, wir würden ein Art Fortschritt zu ... was auch immer das war machen. Boss/Angestellte? Einvernehmliche Lüsterne? Freunde, die sich küssen und einem gelegentlich einen Orgasmus verschaffen? Oder vielleicht nur ein unerwidertes Verknalltsein in den mürrischen Mann.

Ich wusste, ich sollte mein Bestes versuchen, dies rein auf professioneller Ebene zu belassen. Ich mahnte mich erneut, mich fernzuhalten.

Und ich durfte auf keinen Fall daran denken, wie es sich angefühlt hatte, mit dem Kopf an seiner Schulter aufzuwachen. Seiner harten, starken, gut riechenden Schulter.

Ich schluckte. Ich befand mich in einem Schwimmbecken voller Scheiße und wanderte langsam in Richtung des tiefen Endes.

Ich ging ins Schlafzimmer und fand Sid auf ihrem Bett, wie sie mit ihrem iPad auf den Knien mit einem ihrer vielen Verwandten, die an der Ostküste lebten, über Facetime telefonierte.

Ich zog meine Kleidung aus und richtete mich fürs Bett her.

Nachdem sie ihre Unterhaltung beendet hatte, legte sie ihr iPad beiseite. „Hey ... du siehst aus, als hättest du einen langen Tag gehabt. Bist du hungrig?"

Ich seufzte. „Nein, nicht wirklich. Ich wollte noch etwas DE spielen. Habe ich dir schon gesagt, dass ich schon fast Level Fünf bin?"

Sie lachte. „Erst etwa fünf Mal." Sie warf ihr Kissen auf mich. „Noob!"

Ich steckte ihr die Zunge heraus.

„Wie war Santa Barbara?"

„Hm. Viel zu weit weg." Ich versuchte das Stechen zu ignorieren, das ich immer noch wegen Jordans Kommentar verspürte. Ich wusste, dass ich es nicht persönlich nehmen sollte. Seine Familie hatte ihn überfallen und er war verärgert und beschämt gewesen. Aber er war manchmal einfach so empfindlich und launisch. Das machte mir zu schaffen.

„Also, ich muss es dir sagen. Ich versuche immer noch das Mysterium zu entschlüsseln, wie dein Video ins Internet hochgeladen wurde."

Ich ließ mich auf mein Bett fallen und starrte sie an. „Das wird vielleicht nie gelöst. Ich denke, wir können es auf meine offenkundige Dummheit schieben."

„Kannst du mir morgen dein Handy leihen? Ich will mir alle Ein- und Ausgänge ansehen, vielleicht kann ich reproduzieren, was passiert ist."

„Gott, nein! Wieso möchtest du reproduzieren, was passiert ist?"

„Nicht mit deinem entsetzlichen Pornovideo. Mit einem leeren Dummy-Video. Ich will die Umstände nachbilden, unter denen es passiert ist. Ich habe ein leeres Video gemacht, das etwa die gleiche Länge hat."

Meine Augenbrauen kräuselten sich. „Das ist ein sehr wissenschaftliches Herangehen."

„Nun, ich bin Wissenschaftlerin – zumindest hoffe ich, dass ich das bald bin, falls ich diese Semester überstehe. Aber ich habe einfach dieses Bauchgefühl, dass das kein Versehen war."

Ich runzelte die Stirn. „Denkst du, dass mich jemand gehackt hat?"

Sie zuckte mit den Schultern. „Ich weiß nicht. Vielleicht finde ich etwas heraus."

„Okay ... ich lasse es am Ladegerät. Geh nur nicht ran, wenn jemand anruft."

Ihre Augenbrauen zuckten. „Meidest du deine liebste Mutter immer noch?"

„Darauf kannst du wetten."

Sie unterdrückte ein Gähnen und räumte ihre Bücher und ihr Tablet von ihrem Bett. „Ich hau mich hin."

„Hast du was dagegen, wenn ich noch etwas spiele? Ich bin noch nicht müde."

Sie kicherte. „Du bist sowas von süchtig."

„Bin ich nicht. Das ist nur zu Forschungszwecken."

„Bist du wohl. Wie viel fehlt dir noch bis zum nächsten Level?"

Ich seufzte und hielt meinen Daumen und Zeigefinger zusammen. „*So* ein Stück."

„Du bist süchtig. Ab jetzt wird es nur noch schlimmer."

Ihr Licht ging aus und ich steckte meine Kopfhörer an und betrat die Welt von Yondareth erneut. Mein Teufel erreichte schnell Level Fünf und ich sagte mir, nur noch ein paar Minuten ... noch ein paar Minuten.

Um drei Uhr morgens gingen mir schließlich die Minuten aus.

Das wurde lächerlich.

Zumindest lag ich dieses Mal nicht stundenlang wach im Bett und dachte an *ihn*, nachdem ich mich hingelegt hatte. Weil ich so erschöpft war, schlief ich schnell ein.

Am nächsten Morgen hatte ich rote Augen und jede Menge Kaffee in mir. Mein Haar sah schrecklich aus, also flocht ich mir schnell einen Zopf, um sie mir aus dem Gesicht zu halten. Ich trug ein dunkelblaues Kleid zur Arbeit, da ich das letzte Wochenende keine Zeit gehabt hatte, meine Wäsche zu waschen.

Nachdem ich schnell an meinem Schreibtisch zu Mittag gegessen hatte, machten mir ein vernebeltes Gehirn und jede Menge Arbeit zu schaffen. Seufzend und mich leise beschwerend war ich mit jeder Menge Berichten in den Armen auf dem Weg zum Kopierer, als ich in meiner Eile fast mit zwei Männern zusammenstieß, die mir entgegenkamen. Wie mir das Glück so spielte, waren es mein Boss und dessen Boss. Die Hälfte der Akten rutschte mir aus der Hand und ich versuchte sie aufzufangen, bevor sie auf den Boden fielen.

„Brauchst du Hilfe?", fragte Adam und griff nach dem oberen Ende des Stapels, um ihn zu fixieren. Jordan machte keine Anstalten, mir zu helfen. Unsere Blicke trafen sich kurz, bevor ich den Kopf wegriss. Ich fühlte einen Schlag gegen meine Brust, als hätte man mich mit der Faust getroffen.

„Sorry. Ich war etwas in Eile, ich scheine heute etwas überlastet zu sein.“

Jordan zog eine Augenbraue hoch, sagte jedoch nichts.

Adam warf ihm einen Blick zu. „Spielst du wieder Sklaventreiber?“

„Ähm, nein, ich bin selber schuld“, warf ich ein, bevor Jordan antworten konnte. „Ich bin heute etwas langsam. Ich habe letzte Nacht kaum geschlafen.“ *Wegen deines verdammt süchtigmachenden Spiels*, hätte ich fast hinzugefügt.

Ich hatte ein *Level Fünf*-Charakter in Dragon Epoch, der nun *so* knapp vor Level sechs war. So nahe, dass ich es riechen konnte. Noch ein oder zwei Quests und er würde das nächste Level erreichen. Seltsamerweise wurde ich immer aufgeregter, wieder weiterzuspielen, je mehr ich daran dachte. Kein Wunder, dass die Spieler das Game oft als *Dragon Droge* bezeichneten.

„Tut mir leid, dass du so müde bist“, sagte Adam mit einem leichten Lächeln. „Vielleicht kannst du ja deine Waldkreaturen herbeirufen, damit sie dir helfen?“

Ich runzelte die Stirn, als ich meine Akten wieder besser im Griff hatte und mir entging nicht, wie Jordan und Adam einen Blick wechselten, bevor ich mich umdrehte und ging. Sie schienen eine Art Insiderwitz auf meine Kosten zu machen. Meine Wangen brannten und ich schluckte meinen Zorn hinunter, als ich mich an ihnen vorbei zum Kopierraum drängte. Jordan hatte mich weder direkt angesprochen noch angesehen.

Er hatte den ganzen Tag kaum mit mir gesprochen und nur knapp gesagt, dass ich mir eine Liste mit Aufgaben bei Susan holen sollte. Er war offensichtlich schwer beschäftigt.

Als ich wieder zu meinem Schreibtisch zurückkam, legte Susan gerade ihr Telefon auf und zog ihren Stuhl zu mir, um sich neben mich zu setzen.

„Du siehst heute so schlimm aus, wie ich mich fühle", sagte sie. Heute wackelten übergroße Herbstblätter in ihren Ohrlöchern, immer wenn sie den Kopf bewegte.

„Da du schwanger bist und ich nicht, sagt das viel. Ich bin aber nur müde."

„Mir gefällt dein Haar heute ... in dem Zopf. Und dieses Kleid ... du siehst wie eine unschuldige Waldelfe aus."

Ich runzelte die Stirn. „Was soll ich für dich machen?"

Ein schwaches Lächeln berührte ihre Lippen. „Ich bin wohl leicht zu durchschauen. Ich muss dich um einen riesigen Gefallen bitten."

Ich wappnete mich und erwartete irgendeine monströse Aufgabe, die ich nicht tun wollte. Etwas, das mich davon abhalten würde, an meinem Projekt zu arbeiten.

„Ähm, naja. Warst du schon einmal in Vancouver?"

„In Kanada?" Mir wurde flau im Magen und meine Augen flogen zu der verschlossenen Tür von Jordans Büro. Er musste in zwei Wochen auf der *Technology, Entertainment and Design* sprechen. Das war eine renommierte Konferenz, auf der sich große Köpfe versammelten. Dass Jordan als so junger Finanzchef eingeladen worden war, auf der Konferenz zu sprechen, war etwas, womit er sich sehr rühmen könnte und womit die Firma angeben könnte.

Die Hauptkonferenz fand in Vancouver in British Columbia statt. Plötzlich dämmerte es mir. Mit Jordan nach Vancouver reisen, so wie die Lage zwischen uns gerade war? Ähm, nein.

Niemals. Ich sollte mich von ihm fernhalten. Ich schüttelte den Kopf.

„*Bitte*, April. Du bist meine einzige Hoffnung."

„Warum?"

Susan rieb sich den Bauch, obwohl man noch fast nichts erkennen konnte. „Ich hatte letztes Jahr eine Fehlgeburt. Wir haben es jetzt zehn Monate versucht und obwohl der Arzt sagt, dass kein Risiko besteht ... gefällt mir der Gedanke einfach nicht, in ein Flugzeug zu steigen und so lange zu reisen und dann noch der Jetlag –"

„Sie sind in derselben Zeitzone wie wir."

Susan flehte mich mit den Augen an.

Ich seufzte. „Was würde ich tun müssen?"

„Du bist als seine Assistentin dort. Plane seine Termine. Unterstütze ihn in den Meetings, sei die Vermittlerin zwischen ihm und den Koordinatoren der Konferenz. Hilf ihm bei all seinen Bedürfnissen.

Ich blickte weg und errötete, da ich gar nicht daran denken wollte. Aber offensichtlich hatte ich das bereits, da mir bei dem Gedanken ganz heiß wurde, ihm bei *all* seinen Bedürfnissen zu helfen – und umgekehrt.

„Was sagst du?"

Ich schüttelte den Kopf. „Ich bezweifle wirklich, dass er da mitmacht, Susan. Ich bin nur eine Praktikantin und er hält mich für eine Versagerin."

Sie blickte mich an, als hätte ich ihr gesagt, dass die Wolken aus Zuckerwatte und der Mond aus Käse bestehen würden. „In welchem Universum hat er das gesagt? Ich höre über dich nur Gutes von ihm. Er ist gewöhnlich knausrig mit Lob, also verstehe ich, warum du denkst, dass er dich nicht bemerkt. Aber das hat er."

Ich schluckte einen Kloß hinunter. „Ich denke nicht, dass er will, dass ich mit ihm nach Vancouver fliege."

„Ich habe ihn gefragt und er hat gesagt, dass ich vom Haken wäre, wenn ich dich dazu überreden könnte zuzustimmen. *Bitte*, April. Für das Baby?" Sie rieb sich wieder den Bauch. Sie hatte noch nicht einmal ein Babybäuchlein und benutzte das Kind bereits für ihren eigenen Vorteil.

Ich stieß ein langes Seufzen aus und blickte weg. „Wie lange dauert es?"

„Vier Tage. Und du bekommst ein Zimmer im Penthouse des Fairmont Pacific Rim. Das ist ein atemberaubendes Hotel. Ich habe die Webseite –"

Ich hob meine Hand und winkte ab, etwas besorgt und gleichzeitig aufgeregt wegen der Vorstellung, vier Tage lang eine Suite – egal wie groß – mit Jordan zu teilen.

Ich wollte nein sagen. Oder eher, ich wollte nein sagen *wollen*. Aber ich *wollte* nicht wirklich nein sagen. Denn selbst wenn er mich so angeschnauzt hatte und völlig launisch war, dachte ich dennoch die ganze Zeit an ihn. Und das machte mich verrückt. Ich durfte nicht in meinen Boss verknallt sein. Ich durfte keine dieser Frauen sein, die mit ihrem Boss schliefen!

Ich würde das *niemals*.

***

Tage vergingen. Alles war ruhig. Sid führte ihre Nachforschungen weiter, da sie bei der Untersuchung meines Handys nichts Beweiskräftiges herausgefunden hatte. Jordan und ich mieden uns gezielt und diskutierten die Pläne, nach Vancouver zu fliegen, nur minimal. Jedes Mal, wenn ich eine Frage hatte, verwies er mich schnell an Susan, ohne mir überhaupt in die Augen zu sehen.

Es schmerzte, aber es war auch eine Erleichterung. Alles wäre vermutlich so weitergegangen, wäre da nicht jener schicksalsträchtige Morgen gewesen – weniger als einen Tag vor unserer Abreise nach Vancouver.

An ihm änderte sich alles.

Da es ein Montag war, kam der Morgen mit seinem üblichen widerlichen Beigeschmack. Erneut war ich zu lange aufgeblieben und hatte das Spiel gespielt. Ich fluchte gewaltig, bis ich genug Kaffee in mir hatte, damit mein Gehirn funktionierte, als ich mich bereit für die Arbeit machte.

Ich richtete wie üblich meine Haare und mein Make-up. Ich steckte meine Haare zu einem lockeren Dutt hoch und ließ einige dunkle Strähnen um mein Gesicht hängen. Ich wählte einen Eyeliner, der zu meinen blauen Augen passte und versuchte, mich nicht zu fragen, warum ich für die Arbeit solche große Aufmerksamkeit auf mein Aussehen legte.

In meinem Kopf hatte ich ihn vielleicht meiden wollen, aber tief drinnen – und an anderen Stellen – wollte ich verzweifelt, dass er mich wieder bemerkte.

Ich war dumm, da er wahrscheinlich in der Zwischenzeit etwas mit irgendeinem heißen Model gehabt hatte, mit dem ich mich wahrscheinlich nicht vergleichen konnte. Ich schluckte den Kloß hinunter, der sich bei diesem Gedanken in meinem Hals bildete, und beendete meine Vorbereitungen.

Mit Jordans extra heißer Lava in dem Handschuh an meiner Hand kam ich einige Minuten zu spät im Büro an. Ich achtete darauf, meine Turnschuhe schnell gegen angemessenes Schuhwerk zu wechseln, bevor ich in sein Büro huschte. Er hatte die Tür angelehnt gelassen, ein Signal, dass man einfach reinkommen sollte. Wenn sie geschlossen war, war es das Beste, zu klopfen oder auf Zehenspitzen zu verschwinden. Ich entschied mich gewöhnlich für Letzteres, wenn ich damit durchkam.

Er blickte nicht einmal von seinem Monitor auf, als ich den Kaffee abstellte. „Du bist zu spät", knurrte er.

„Im Starbucks war eine lange Schlange. Es tut –" Die Entschuldigung hing halb ausgesprochen an meinem Lippen, als er hochsah und mich mit diesen wunderschönen grünbraunen Augen aufspießte.

„Ich brauche die Finanzberichte von heute.

Ich erstarrte. „Ähm. Sicher. Nur ein paar Minuten."

„Du hast keine *paar* Minuten. Du hast diese *paar* Minuten in der Schlange im Coffee Shop vertrödelt."

Ich öffnete den Mund und spürte, wie mein Gesicht heiß wurde, bevor ich ihn schnell wieder schloss. Wer zum Teufel hatte ihm denn heute in seine Frühstücksflocken gespuckt?

Es war so, als wären die letzten paar Wochen nie geschehen. Seine Augen waren auf meinem Gesicht und in ihnen loderte eine Herausforderung. Er schien mir eine Reaktion entlocken zu wollen und grinste erwartungsvoll.

Ich schluckte. „Ja, Sir."

Während ich zu meinem Schreibtisch zurückging, murmelte ich leise all das, was ich ihm gerne gesagt hätte. *Mir ist egal, ob du wunderschöne Bauchmuskeln hast, Mr. Fawkes, oder ein atemberaubendes Paar Schultern oder ein hübsches Gesicht oder dass du küsst wie ein griechischer Gott. Oder dass ich dich gerne Mr. Fox anstatt Mr. Fawkes nennen möchte. Mir ist das alles egal.*

Du bist immer noch ein kolossales Arschloch.

Jemand räusperte sich laut - und unhöflich – und ich blickte auf und sah Charles an meinem Schreibtisch stehen. Ich hatte keine Ahnung, wie lange er bereits dastand.

Alles, was ich wusste, war, dass ich keine Zeit für diesen herablassenden Arsch hatte. „Sorry. Ich war bereits im Starbucks und jetzt ist der Boss auf dem Kriegspfad."

Charles grinste verschmitzt und ließ seine Augen wieder über mich wandern. Ich tat so, als würde ich es nicht bemerken. Sein Gaffen war etwas zu offensichtlich geworden und seine seltsame Art zu flirten war widerlich. War er nicht wie der Rest von uns in dieser dummen Schulung über sexuelle Belästigung gesessen? Was machte ihn so besonders?

„Also, wie sieht es heute mit Mittagessen aus?"

Ich zog den Stapel Papier aus dem Drucker und stand auf. Anstatt ihm die Wahrheit zu sagen – dass ich kein Interesse hatte – ließ ich mir eine erbärmliche Ausrede einfallen. „Ähm, ich habe schon Pläne fürs Essen ... mit den anderen Praktikanten im Marketing."

„Oh ... okay. Naja, wenn du etwas brauchst, lass es mich wissen."

Sicher, spottete ich in Gedanken. *Dein eingebildeter Arsch wird der erste sein, an den ich denke, wen ich in der Klemme sitze!*

Ich grinste breit. „Danke. Das ist sehr nett." Wie immer sagte die feige April nie, was sie dachte. Sie grinste nur und ertrug es.

Ich hielt den Atem an, als ich wieder in die Hölle des Teufels ging. Er blickte erneut zu mir hoch, wobei er mich dieses Mal länger ansah, als hätte er meine Bemühungen bemerkt, mich hübsch zu machen – *nicht* für ihn, natürlich. Ich legte die Berichte auf seinen Schreibtisch. „Hier, bitte. Alles geordnet, der *New York Stock Exchange* ist ganz oben.“

„Wie es sein sollte.“

Ich drehte mich um, als er gerade seinen Kaffee hochhob, um Platz für die Berichte zu machen, die er für gewöhnlich auf seinem Schreibtisch ausbreitete, damit er sie schnell vergleichen konnte. Wie in Zeitlupe sah ich, wie der Deckel des Bechers sich löste, als er ihn packte. Der Kaffee ergoss sich über seinen ganzen Schreibtisch – und ihn.

Ich erstarrte und nahm die Hand vor den Mund. Mit vor Schrecken geweiteten Augen sah ich zu, wie Kaffeeflecken auf seinem Hemd und seiner Hose aufblühten.

„Verflucht!“, schrie er und schoss aus seinem Stuhl.

„Oh scheiße!“, sagte ich zur selben Zeit. „Lass mich ein paar Handtücher holen.“ Ich eilte um seinen Schreibtisch in sein privates Badezimmer, um einen Stapel frischer Handtücher aus dem Schrank zu holen. Zurück in sein Büro eilend sah ich, dass er sich bereits seines Hemdes entledigt hatte und gerade sein Unterhemd auszog.

Würde ich einen weiteren Blick auf seine prachtvolle Brust bekommen? Jemand da oben wollte mir etwas heimzahlen.

Ich gab ihm ein Handtuch, mit dem er seine feuchte, glänzende Haut abtupfte. „Hast du dich verbrannt? So glühend heiß, wie du deinen Kaffee willst, bin ich verwundert, dass du keine Brandblasen bekommst.“

Er war an einigen Stellen rot, aber es schien so, als hätte er sein Hemd noch rechtzeitig ausgezogen.

Er schüttelte den Kopf. „Wie zum Teufel ist das passiert? War der Deckel fest verschlossen?“

Ich machte eine Pause davon, den verschütteten Kaffee von seinem Schreibtisch zu wischen. Wollte er mir die Schuld geben?

„Der Deckel war zu, als ich ihn dir gegeben habe", sagte ich mit gleichmäßiger, unerschütterlicher Stimme. Ich nahm jedes Blatt Papier und wischte die Kaffeetropfen weg, bevor ich es wieder ablegte.

„Nun, offensichtlich war er nicht richtig fest, denn wie sonst hätte er so aufgehen können? Ich habe ihn nicht geöffnet und wieder verschlossen. Warum sollte ich das?"

„Ich weiß nicht. Vielleicht hast du nachgesehen, ob ich deine Bestellung vermasselt habe, damit du mich deswegen anschreien kannst? Oder vielleicht hattest du dein Thermometer benutzt, um zu sehen, ob die Gradzahl kurz vor einer Kernfusion war!"

Er zog seine Augenbrauen hoch, sichtlich überrascht, dass ich zurückbiss. Bis zu diesem Augenblick hatte ich all die Scheiße hingenommen, die er mir an den Kopf geworfen hatte. Aber nicht mehr. Ich hatte genug!

Ich verschränkte die Arme vor der Brust, bereit für seine Attacke ... aber sie kam nicht. Ich versuchte mich zu zwingen, nicht auf seine Brust zu starren, auf seine angespannten Muskeln, dieses sexy Tattoo. Gott, er war einfach zu lecker, um echt zu sein. War es eine Voraussetzung, das Aussehen eines Models zu haben, um diese verdammte Firma zu leiten? Und dazu noch extrem reich und überaus intelligent zu sein?

Oh, und so perfekt, dass er absolut arrogant und aufgeblasen war. Ich erinnerte mich daran, *das* nicht zu vergessen.

Jordan redete und ich passte nur halbherzig auf, während ich zusah, wie er seine Brust mit dem weichen, weißen Handtuch abtupfte. „– musst mir ein frisches Hemd und Unterhemd und einen neuen Anzug bringen. Ich habe um zwölf ein Meeting zum Mittagessen."

Ich schüttelte den Kopf. „Ähm ... was?"

Er schnippte fünf Zentimeter vor meinem Gesicht mit den Fingern und ich blinzelte. „Erde an Weiss ... hier unten ist kein intelligentes Leben ... bereit zum Hochbeamen!"

Ich biss die Zähne zusammen und blickte ihn finster an. *Fick dich*, wollte mein Gehirn schreien.

„Du musst bei meinem Haus vorbeifahren und mir frische Kleidung holen."

„Ähm. Bist du sicher, dass du nicht nach Hause fahren und dich umziehen willst?"

„Ich bin mir absolut sicher, da ich in einer halben Stunde ein Telefonat mit einem Versicherungsträger habe und danach mit dem Prokuristen für den Börsengang. Und ich habe dieses wichtige Meeting zum Mittagessen, bei dem ich nicht mit Kaffeeflecken auftauchen kann. Also musst du meine Schlüssel nehmen und mir ein neues Hemd, eine neue Krawatte und einen neuen Anzug aus meinem Schrank holen. Du weißt noch, wo mein Zimmer ist?"

„Ähm, sicher." Ich schluckte und erinnerte mich an das letzte Mal, als ich in seinem Zimmer war – und beim Herumschnüffeln ertappt worden war. In meiner Verärgerung schob ich diesen Gedanken beiseite.

Er kritzelte schnell einige Ziffern auf ein Blatt Papier und gab mir Anweisungen, wie ich den Alarm ausschaltete. Ich nahm seine Schlüssel und marschierte zur Tür, wobei ich mir die Schimpfworte fast nicht verkneifen konnte.

„Oh, und Weiss –", rief er und hielt mich auf, bevor ich gehen konnte. Ich drehte um und wartete auf die nächste

Hiobsbotschaft. „Und wenn du zurückkommst, bring mir einen neuen Kaffee mit."

Ich traute mir nicht zu, zu antworten, also ballte ich meine Hände zu Fäusten und drehte mich wütend um, weil er mir hierfür die Schuld gab.

Ich nahm einen tiefen Atemzug, um die Fantasien von gewalttätigem Mord aus meinem Kopf zu verdrängen und eilte aus dem Gebäude und über den Parkplatz zu meinem Wagen.

Ich raste zu seinem Haus, wobei ich Verkehrsverstöße riskierte, um so schnell wie möglich dorthin zu gelangen. Es fühlte sich seltsam an, sein Haus alleine zu betreten. Aber dort zu sein rief mir jene Nacht vor ein paar Wochen wieder in den Sinn, in der ich gefangen gehalten worden war. Jene Nacht, in der er mich auf seiner Couch geküsst hatte – und mehr ...

Das frische Vergnügen ignorierend, das mich wie Blitzschläge traf, als ich an jene Berührungen dachte, schluckte ich und machte mich an die Arbeit. Ich eilte die Treppe hinauf und betrat völlig außer Atem sein Zimmer. Panisch ging ich zu seinem Schrank, öffnete die Tür und wählte schnell ein weißes Hemd – dieser Teil war einfach. Dann suchte ich die Kleiderbügel, an denen seine Krawatten hingen, zog sie heraus und legte sie vorsichtig aufs Bett. Ich musste gut darüber nachdenken und nicht nur irgendeine wählen, sonst würde er mir den Arsch aufreißen. Sollte ich eine hellbraune oder eine grüne nehmen, damit sie zu seinen Augen passte? *Waren* sie wirklich grün oder braun? Oder vielleicht braun mit grün und goldenen Flecken. Oder Grün mit braunen Flecken.

Manchmal, wenn ich sie ansah, sahen sie aus wie zwei Miniaturweltkugeln, die man aus dem All betrachtete – blau und grün und braun ... Sie waren so schön wie der Rest von ihm.

Ich schüttelte den Kopf – *Erde an Weiss,* in der Tat – und entschied mich stattdessen, die Krawatte passend zum Anzug zu wählen. Ich drehte mich wieder zum Schrank und sah mir die Auswahl an: einige in Dunkelbraun, einige heller, einige in fast allen Grautönen. Es gab sogar einige schwarze, die meiner Meinung nach nicht zu seiner Haarfarbe passten. Sie hatte einen zu hellen Braunton, um mit einem schwarzen Anzug gut auszusehen.

Ich grübelte viel zu lange darüber nach und stellte mir vor, wie er die Telefonkonferenz in seiner Unterwäsche führte, immer wieder auf die Uhr blickte und kochte.

Ich ging seinen ganzen Kleiderschrank durch, selbst die Sachen, die er offensichtlich schon länger nicht mehr getragen hatte. Ich wollte gerade einen schönen kaffeebraunen Anzug wählen, der gut zu einer dunkelroten Krawatte passen würde, als meine Hand auf etwas aus glänzendem Elastan landete.

Ich zuckte überrascht zurück. Hatte er einen Superman-Anzug oder so etwas? Oder vielleicht irgendein verrücktes Outfit für Rollenspiele, wenn er seine Models zu Orgien einlud. Ich musste zugeben, dass meine Neugier mich übermannte, also riss ich das Ding heraus, um es mir anzusehen.

Und ließ es prompt vor Schock auf den Boden fallen. Ich hatte dieses Kostüm schon einmal gesehen. An den breiten Schultern von Falco dem Kopfgeldjäger.

Was. Zum. Teufel?

Ich schob wild die Kleidung beiseite, um nachzusehen, was auf den Regalen lag und da war er – in eine Ecke geschoben. Falcos Helm. Der berüchtigte Helm.

Stolpernd fiel ich gegen das Bett zurück, wobei mir egal war, dass ich gerade seine Kleidung zerknitterte. Dieses Kostüm war kein Merchandise-Artikel. Es war nichts, was man in einem Laden für Halloween kaufen oder bei Amazon bestellen konnte. Es war ein Einzelstück, speziell für Cosplay angefertigt. Und ich hatte nur einen Falco auf der Comic-Con gesehen. *Meinen* Falco.

Jordan war auch auf der Comic-Con gewesen. Ich habe ihn oft an der Bar des Hotels gesehen, in dem wir übernachtet hatten, umringt von einer Schar Frauen, wie ein echter Playboy. Aber am Tag der Kostümparty hatte ich keine Ahnung, was er getragen hatte.

Offensichtlich war es ein Falco-Kostüm gewesen.

Aber nein. Das musste ein altes Kostüm sein, wahrscheinlich vom Vorjahr von der Draco Convention im November? Er hatte es sicher einem Freund geliehen. Dem Freund, mit dem ich ...

Aber wenn das der Fall war, wenn Jordan je in dem Falco Kostüm gesehen worden war, dann würden die Leute wissen, wem das berüchtigte Kostüm in dem unbeabsichtigten Nerd-Porno gehörte.

Mein Kopf schmerzte und pochte wegen all dieser Möglichkeiten.

Denn die einzige, die Sinn machte, war, dass Jordan das Kostüm auf der Comic-Con zum ersten und einzigen Mal getragen hatte, ohne dass es irgendein anderer Mitarbeiter mitbekommen hatte. Das war nichts Ungewöhnliches – selbst berühmte Schauspieler oder andere Nerd-Berühmtheiten kamen damit durch, unter einer Maske – oder einem Helm – unerkannt durch die Comic-Con zu wandern.

Die einzige Erklärung, die Sinn machte, war, dass Jordan und Falco dieselbe Person waren. Und die ganze Zeit ... hatte er mich glauben lassen ...

Jetzt ergab alles einen Sinn. Der wahre Grund, aus dem er mich nicht gefeuert hatte, war nicht Herzensgüte; er wollte mich im Auge behalten, um sicherzustellen, dass ich nicht eins und eins zusammenzählte und ihn entlarvte. Und, oh Gott – dieser Kommentar darüber, dass dies der beste Sex meines Lebens gewesen war – er schien ihn wirklich genossen zu haben. Ich hatte sein enormes Ego gestreichelt, jedes Mal, wenn das Thema aufkam.

Oh. Heilige. Scheiße. Dieser schreckliche Schwanz!

Mir stockte der Atem. Eigentlich ... kein schrecklicher Schwanz.

Ein ziemlich toller Schwanz sogar, wenn ich mich richtig erinnerte. Meine Augen schlossen sich und ich hielt mich für eine komplette Idiotin, weil ich es mir nicht früher zusammengereimt hatte. Die Art, wie er mich berührt hatte, sowohl auf seiner Couch, als auch in der Nacht in der Bar. Wie unglaublich es sich angefühlt hatte. Und es war nicht das erste Mal gewesen!

Und er wusste es. Er hatte es die ganze Zeit gewusst ...

Aber was sollte ich jetzt machen? Mein erster Gedanke war, nach Hause zu rennen und mich unter meinen Kissen zu verstecken und zu heulen. Vergessen, dass ich je in einer Firma namens Draco gearbeitet oder einen Schwanz wie Jordan Fawkes kennengelernt hatte.

Ich war sehr versucht, ihn in seiner Unterwäsche dastehen zu lassen, Däumchen drehend und sich fragend, wohin ich verschwunden war.

Ich schnappte mir das Hemd, den Anzug und die erste Krawatte, die ich fand – eine hässliche rosafarbene mit bunten Punkten darauf. Das Preisschild klebte immer noch daran und ich nahm an, dass er sie als Scherz geschenkt bekommen hatte. Nun, das geschah ihm recht. Sollte er doch mit dem Investment Banker plaudern, während er eine *Smarties*-Krawatte trug.

Mein Kopf raste, als ich die Tür wieder absperrte.

Sollte ich ihn konfrontieren?

Ich wollte es. Ich wollte es *wirklich*. Aber meine Feigheit stieg wieder in mir hoch. Ich würde darüber nachdenken müssen ... eine Möglichkeit finden, es ihm heimzuzahlen.

Ich schob die Kleidung ins Fließheck meines Autos und misshandelte sie gründlich. Ich krallte mich auf dem ganzen Weg zurück ins Lenkrad und kochte, während ich mich fragte, wie lang es dauern würde, bis ich den Mut aufbrachte, es zu tun.

Oder würde ich wieder einen Rückzieher machen?

Nein. Ich würde das heute nach dem Meeting machen. Im Starbucks kippte ich eine Ladung Eis in seinen verdammten Kaffee. Und wenn er es wagte, etwas deswegen zu sagen ... oder wenn er mir mit diesem Empfehlungsschreiben vor der Nase herumfuchtelte ... würde ich – würde ich ... nun, ich war mir nicht sicher, was ich tun würde, aber ich würde dafür sorgen, dass es gut war.

Ich kam mit seiner Kleidung in einem Kleidersack über meiner Schulter und seinem Kaffee in der anderen Hand im Büro an. Ich drückte die Tür auf, ohne mir die Mühe zu geben anzuklopfen.

Jordan saß in seinem befleckten Unterhemd an seinem Tisch. Er stand auf, als ich hereinkam.

Ich war so wütend, dass ich ihn nicht einmal ansehen konnte. Stattdessen legte ich den Kleiderbeutel über seinen Tisch und stellte den Kaffee ab.

Bevor ich verschwinden konnte, öffnete er den Beutel und sagte: „Du hast ganz schön gebraucht. Zumindest hast du dieses Mal etwas richtig gemacht. Das ist mein Lieblingsanzug."

„Oh, wirklich? *Das* ist dein Lieblingsanzug?" Da drehte ich durch. Die Wut war zu groß. Ich konnte nicht länger. Ich fühlte mich wie ein Vulkan, der kurz vor der Eruption stand. Der Vesuv war nichts gegen mich.

Ich schnappte mir den verdammten Kaffeebecher, riss den Deckel herunter und weichte den gottverdammten Anzug damit ein. Anscheinend wartete ich doch nicht bis später.

Er sprang schockiert zurück. Ich warf den Kaffeebecher auf den Boden und stürmte zu Tür.

Aber er war zu schnell für mich. Ich hatte sie gerade mal einen Zentimeter geöffnet, bevor er sie wieder zudrückte und über meinem Kopf geschlossen hielt. Ich riss am Türknauf, aber sie gab nicht nach.

„Was denkst du, was du machst?", knurrte er zähneknirschend.

„Nach Hause gehen. Ich kündige."

„Atme tief durch und beruhige dich, Weiss. Du gehst nicht nach Hause."

„Wenn du deine riesigen Pfoten von der Tür nehmen würdest, wäre ich bereits weg."

„Pfoten?"

Er lehnte sich gegen die Tür und blockierte mich. Ich wich zurück und vermied es, ihm ins Gesicht zu sehen. Er verschränkte die Arme vor der Brust. Ich musste mich zwingen, die Art und Weise zu ignorieren, wie sich sein beflecktes Unterhemd über seine muskulöse Statur spannte.

Er atmete tief ein und langsam wieder aus. „Das ist es also? Du stolzierst hier einfach raus, ohne für dich einzutreten?"

Ich verschränkte die Arme und machte ihn nach, dann zog ich die Schultern hoch und sagte zähneknirschend: „Mach die verdammte Tür auf, Jordan."

„Nein."

Ich zischte. „Ich will gehen."

„Du gehst nicht. Renn nicht einfach davon. Sag etwas. Lass mich nicht im Dunkeln."

Meine Arme fielen nach unten und ich ballte meine Hände zu Fäusten. Ich hatte noch nie so einen großen Wunsch gehabt, jemanden umzubringen, wie in diesem Moment.

„*Ich* bin diejenige, die im Dunkeln gelassen wurde." Ich riss mein Kinn hoch. „Du hast genau gewusst, was los war."

Er blinzelte. Unsere Blicke trafen sich und ich konnte den Moment genau bestimmen, in dem er erkannte, auf was ich mich bezog, da ein Funken Angst in seinen Augen auftauchte, den ich noch nie gesehen hatte.

Trotzdem neigte er seinen Kopf großspurig zur Seite und zuckte leicht mit den Schultern: „Nun, dann spuck es aus."

„Fick dich, Jordan!", knurrte ich. „Oder sollte ich dich *Falco* nennen?"

Er bewegte sich nicht. Sagte kein Wort. Ich biss mir auf die Lippe und erlebte einen Moment von Selbstzweifel. Vielleicht hatte ich unrecht? Vielleicht war er nicht wirklich Falco. Dieser Gedanke brachte mir einen gleichzeitigen Anfall von Erleichterung und Bedauern, den ich nicht hinterfragen wollte.

„Was hast du zu deiner Verteidigung zu sagen?", sagte ich dumm.

„Ich habe nichts zu sagen."

Mein Gesicht wurde wieder heiß und ich packte den Türknauf und riss daran, obwohl er wie eine riesige Eiche fest dagegen gelehnt war.

„Lass. Mich. Raus!"

Er wollte nicht nachgeben, also wurde ich gewalttätig und schlug mit einer Faust gegen seine riesige Brust. Er zuckte kaum. Blinzelte nicht einmal. Das machte mich noch wütender, also führte ich einen zweiten Schlag aus.

Er war, als würde ich gegen eine Mauer schlagen.

Bald behandelte ich ihn wie einen Sandsack und er schien es nicht einmal zu spüren. Verdammt! Frustriert stöhnte ich und schlug weiter mit den Fäusten auf ihn ein. Er zog leicht amüsiert eine Augenbraue hoch. „Ehrlich, das ist, als würde ich von einer Mücke angegriffen werden."

Schlag. „Du stinkst!" Schlag „Ich hasse dich." Schlag. „Du bis ekelhaft." Schlag.

Dann lachte er. „Das hast du in der Nacht auf der Comic-Con aber nicht gesagt."

„*Du* ..." Mein Knie zielte auf seinen Schritt. Aber ich traf ihn nur am Oberschenkel. Ich hasste es, so klein zu sein.

Seine Augen weiteten sich erschrocken. *Das* hatte seine Aufmerksamkeit erregt.

„Wow, Moment. Beruhige dich."

Ohhh, ich wollte ihn zusammenschlagen! Ich war kein gewalttätiger Mensch, aber das ... Mein Knie flog wieder nach oben und dieses Mal kam es seinem Ziel schon viel näher.

Er drückte sich von der Tür weg und echte Wut zeichnete sich auf seinen Gesichtszügen ab. Ich trat zurück, da ich plötzlich eingeschüchtert war und realisierte, dass er viel größer als ich war.

„Schluss damit, Weiss.“

„Ich würde lieber mit deinem Leben Schluss machen. Wenn ich nur wüsste, wie ich deine Leiche verstecken könnte, würde ich sofort deinen Tod planen.“

Er zog seine Augenbrauen hoch. Da er abgelenkt und nun weg von der Tür war, machte ich einen Satz darauf zu. Bevor ich aber in die Nähe kam, schnellte sein Arm schon nach vorne und packte mich an der Taille. Er zog mich an sich und ich stieß ihm meinen Ellbogen in den Magen.

Was nichts bewirkte, da mein Ellbogen lediglich die zuvor erwähnte Mauer traf. Plötzlich schob er mich gegen die deckenhohen Fenster, die sich zu einem privaten kleinen Hof öffneten. Jordan presste mich gegen das Fenster, mit meinem Rücken an seiner Vorderseite. Ich konnte mich kaum bewegen.

Sein heißer Atem versengte meinen Nacken.

„Ich werde schreien“, sagte ich und wusste genau, dass es wenig anderes gab, was ich tun konnte.

„Wirklich? Und wenn die Leute angerannt kommen, wirst du ihnen dann erklären, worüber du so sauer bist?“

Ich hatte keine Ahnung, was ich sagen sollte, also schwieg ich.

Nach ein paar Minuten lockerte er seinen Griff. „Beruhige dich bitte, damit wir darüber reden können.“

„Ich habe mit dir nichts zu bereden. Bastard.“

„Rattiger Bastard, wenn schon.“

„Sehe ich so aus, als wäre ich zum Scherzen aufgelegt? Das bin ich nicht. Also nimm deinen riesigen Gorillakörper von mir.“

„Das –“

„Wenn du sagst, dass ich das auf der Comic-Con nicht gesagt habe, dann verabschiedest du dich besser von deinen Eiern."

Sein Körper zitterte an meinem. Er lachte.

„Das ist verdammt nochmal nicht lustig, Jordan."

Er lachte weiter. „Wenn du das sagst."

Ich ballte die Fäuste, spannte meinen Kiefer an und wartete. Langsam ließ er los, aber er wich nicht zurück. Ich drehte mich um und sah ihn an –

Und wünschte mir, ich hätte das nicht getan. Sein Gesicht war nur Zentimeter von mir entfernt und mein Herz reagierte dementsprechend. Sein Geruch, seine schönen Augen, das Gefühl seines Körpers ... Offensichtlich war mein Körper ziemlich froh, erneut *so nahe* vor dem besten Sex meines Lebens zu stehen.

Aber mein Gehirn war immer noch gewaltig sauer auf ihn.

„Bist du jetzt bereit, darüber zu reden?", fragte er.

„Ich bin mir nicht sicher, ob ich je *bereit* sein werde. Und du hast dein verdammtes Meeting in dreißig Minuten. Ich denke, ich werde dein Büro abfackeln, während du weg bist."

„Mmm. Das wird es wahrscheinlich schwierig machen, dass du deine Empfehlung bekommst."

Ich verkrampfte. „Wenn du mir das noch *einmal* vorhältst, werde ich –"

„Was wirst du machen, April? Mich beim Sex mit dir filmen und es ins Internet hochladen?"

Mein Mund zuckte frustriert. Okay, das war ein Argument. Ich war immer noch diejenige, die dafür verantwortlich war, dass sich der Cosplay-Porno im Internet verbreitet hatte. Aber ein *anständiger* Mensch hätte mich schon vor Wochen wissen lassen, dass er die andere Person war.

Ich lernte, dass Jordan Fawkes kein anständiger Mensch war.

Er war aber immer noch nur Zentimeter von meinem Gesicht entfernt. Mit jedem Atemzug, den ich ausatmete und er einatmete, wurde die Luft zwischen uns glühend heiß. Und die Anspannung zwischen uns größer.

Ich war in Schwierigkeiten. Gewaltigen Schwierigkeiten. Denn ich hatte mir geschworen, dass ich nie das Mädchen sein würde, das mit ihrem Boss schlief.

Und ich hatte die Absicht, mich an diesen Schwur zu halten. Bis zu dem Moment, als ich herausfand, dass ich bereits mit ihm geschlafen hatte – in einer aufregenden Nacht voller nicht-so-anonymem Sex. Jetzt fehlte mir der Boden unter den Füßen und es bestand die Gefahr, dass ich diesen sehr wichtigen Schwur vergessen würde.

Kapitel Sechzehn
Jordan

ICH BEOBACHTETE, WIE DIE FARBE AUS IHREM GESICHT verschwand und ihre Augen sich bewegten. Mein Blick fiel auf ihre Hände. Sie verknoteten und entknoteten sich, bevor dieses Muster sich wiederholte. Sie war ein Beispiel an Angst und Furcht.

Wenn ich ein besserer Mensch wäre, hätte ich etwas getan, um ihr zu helfen. Aber ich war kein besserer Mensch. Und auch wenn wir heißen Sex gehabt hatten, auch wenn sie süß roch, auch wenn sie weiche Haut und unwiderstehliche Kurven hatte, so hatte sie mir doch ein schreckliches Unrecht angetan.

„Es war ein Versehen. Das habe ich dir gesagt."

Mein Kiefer verkrampfte sich. „Welcher Teil davon war ein Versehen? Es ins Internet hochzuladen, damit alle es sehen konnten, oder den Aufnahmeknopf zu drücken und die Kamera auf uns zu richten, als ich keine Ahnung hatte?"

Sie schluckte und ihre Augen weiteten sich. „Es – es tut mir leid."

Ich richtete mich auf und zog mich von ihrem berauschenden Duft weg. Ich hatte genug davon, sie zu riechen und zu wissen, wie weich ihre Haut war, ohne sie anfassen zu dürfen. Die letzten paar Tage hatte ich beherzt versucht, ihre Gegenwart in der Arbeit zu meiden und sie aus meinen Gedanken herauszuhalten.

Aber gerade stimmte mein Körper diesem Plan nicht gänzlich zu.

„Aber du hättest mich den letzten Monat auch nicht foltern und mir das die ganze Zeit vorhalten dürfen."

„Wirklich? Damit fängst du an? Sollte ich mich lieber freuen, dass dein kleines *Versehen* etwas bedroht hat, auf das ich jahrelang hingearbeitet habe?"

Sie wurde blass und ihre Augen schlossen sich. Anstatt zu antworten, schüttelte sie den Kopf.

Ich verkrampfte und wartete darauf, dass sie redete. Als sie es schließlich tat, wünschte ich, sie hätte es nicht getan. „Das ist es nicht wert, Jordan. Du solltest mich einfach entlassen."

Das sollte ich. Das sollte ich wirklich.

Aber ich wollte nicht.

Ich rieb mir den Nacken. „Was um Himmels willen hat dich besessen, dass du das getan hast?"

„Es aufzunehmen oder es hochzuladen?"

„Beides."

Sie blickte weg und drückte sich gegen das Fenster. Im Hof standen einige Leute herum, doch sie konnten uns wegen der verspiegelten Fenster nicht sehen. Ihre Augen wanderten wieder zu mir.

„Ich habe mich von dem Moment hinreißen lassen und mein Urteilsvermögen war getrübt", sagte sie mit zitternder Stimme und flehenden Augen.

Dieselbe beschissene Antwort, die sie mir schon zuvor gegeben hatte. Ich fragte mich, ob sie ihrem *getrübten* Urteilsvermögen auch die Schuld gab, mit mir geschlafen zu haben.

Aber mir war egal, ob sie es bereute. Es war ein verdammt heißer Fick für uns beide gewesen – ein verdammt heißer Fick, der hätte geheim bleiben können, hätte sie ihr Handy in ihrer Tasche gelassen, wo es hingehörte.

Als hätte sie meine Wut gespürt, streckte sie eine Hand nach mir aus, bevor sie sie fallen ließ. „Ich werde nicht die ganze Geschichte ausgraben, warum ich so unsicher bin, aber wenn du es wissen musst, ich dachte, ich könnte mir damit etwas beweisen." Sie blickte wieder weg und blinzelte und ich fühlte es in meiner Brust, als ich sah, wie traurig sie war. „Das geschah aber nicht. Und das Hochladen war ein Unfall."

Meine Stimme wurde sanfter. „Wie verbreitet sich ein Video, ohne dass du es bemerkst?"

„Ich muss irgendwie Scheiße gebaut haben. Ich bin kein Technikgenie wie alle anderen hier. Aber bitte glaub mir, wenn ich sage, dass niemand je erfahren wird, dass du das bist. Ich werde heute hier verschwinden und niemand wird erfahren, warum ich gekündigt habe. Das kann alles sauber verschleiert werden."

Ich schnaubte. „Gerade ist nichts davon *sauber*. Und weißt du was? Ich werde dich nicht hier rausgehen und den einfachen Weg wählen lassen. Du wirst hierbleiben und jedem einzelnen gottverdammten Tag entgegentreten, genauso wie ich es muss."

Ihr Atem schoss aus ihr, als hätte ich sie in den Bauch geschlagen. „Das wollte ich nicht. Ich fühle mich schlecht –"

„Dann fühl dich schlecht. Das solltest du auch. Aber mach es hier, während du deinen Job erledigst."

Wir sahen einander an und die Spannung wurde größer. Ich trat schließlich einen Schritt zurück und erzwang etwas Abstand zwischen uns.

„Wer außer der Blondine weiß sonst noch, dass du das in dem Video bist?", fragte ich.

Sie senkte den Blick. „Meine Mitbewohnerin weiß es, weil es ihr Elfenkostüm war. Aber niemand weiß, wer du bist. Niemand weiß, dass du das in dem Falco-Kostüm bist. Ich wusste es auch nicht, bis gerade eben …"

Ein verdammter Fehler meinerseits. Ich schluckte und fragte mich, ob ich sie unbewusst gesandt hatte, mir frische Kleidung zu holen, damit sie das Kostüm finden würde. Irgendwo tief drinnen vermutete ich, dass ich immer noch ein Gewissen hatte, obwohl ich die meiste Zeit schaffte, es gefesselt und geknebelt zu halten.

Ich drehte mein Handgelenk, um auf meine Uhr zu blicken. Ich musste in zehn Minuten zur Tür raus sein, oder ich würde zu meiner Verabredung zum Essen zu spät kommen. Meine Augen wanderten zum Schreibtisch, auf dem mein Anzug in einer Lache aus Kaffee lag.

„Wir müssen das später fortsetzen. Ich muss los."

Jeder Muskel in ihrem Körper entspannte sich sichtlich. Ich konnte die Erleichterung spüren, die in Wellen aus ihr drang. „Ich werde nachsehen, ob mein Ticket auf Charles umgebucht werden kann. Ich bin sicher, er wird sich darum reißen."

„Was?", biss ich heraus, als ich mir die Krawatte schnappte, die ich heute Morgen getragen hatte – glücklicherweise war sie dunkelbraun, also würde ich diese rosa Grässlichkeit nicht tragen müssen.

„Wir haben noch vierundzwanzig Stunden, bis der Flug geht. Ich denke, das ist genügend Zeit, um alles zu ändern." Sie klang noch unsicherer als zuvor.

„Ich habe dir bereits gesagt, dass du nicht kündigst."

Sie trat vor und sah sich mit einer Grimasse den Schaden, den ihr Kaffee-Angriff verursacht hatte, an. „Ich werde nicht kündigen. Ich rede nur von dem Trip nach Vancouver. Ich denke, ich kann mich bei Charles einschmeicheln, damit er an meiner statt fliegt."

Erstens ließ es mein Blut kochen, wenn ich daran dachte, dass sie sich bei diesem kleinen Penner *einschmeicheln* würde und zweitens, was ließ sie glauben, dass ich sie für Vancouver vom Haken lassen würde? Ich wollte sie dort, damit ich ein Auge auf sie haben konnte. Das war von Anfang an der Plan gewesen und in dieser Hinsicht hatte sich nichts geändert. Ich war mir bewusst, dass ihr Gewissen immer noch die Oberhand gewinnen könnte, sodass sie jederzeit ins Büro des Chefs stürmen und alle ihre Sünden beichten und um Vergebung bitten könnte.

Meine Augen wanderten ihr hinterher, als sie im Badezimmer verschwand, während ich mein beflecktes Hemd nahm. Es war immer noch feucht, aber ich hatte es geschafft, das meiste abzuwaschen. Aber was sollte ich wegen des Anzugs machen .... Fuck! Ich hatte noch ein sportliches Jackett im Schrank hängen. Das war kein übliches Banker-Outfit, aber besser als nichts. Wenn ich nur früher daran gedacht hätte, hätten wir dieses Schlammassel jetzt nicht. April wäre immer noch unwissend, was besser für uns beide gewesen wäre.

Sie kam aus dem Badezimmer zurück und fing an, den Kaffee mit einem weißen Handtuch aufzusaugen.

„Du fliegst immer noch nach Vancouver", verkündete ich, als ich mir die Krawatte um den Kragen legte.

Ihre Augen schossen zu meinen und tanzten dann nervös weg. „Ähm. Unter diesen Umständen –"

„Nein. Es gibt keine Umstände. Das Einzige, was sich geändert hat, ist, dass du jetzt Informationen hast, die du vorher nicht hattest. Nichts anderes hat sich geändert. Du fliegst immer noch.“

Sie erstarrte und sah zu, wie ich mir schnell die Krawatte band, ohne in den Spiegel zu blicken. Etwas an der Handlung schien sie zu faszinieren – hatte sie noch nie gesehen, wie ein Mann eine Krawatte anlegte? Dann wanderten ihre Augen in offensichtlicher Bewunderung nach unten. Ich wandte meine ab und versuchte, an etwas anderes zu denken. Ich wusste, was ihr durch den Kopf ging. Sie dachte an jene Nacht auf der Comic-Con zurück.

Nun, dann waren wie zwei, denn auch ich fand es ziemlich schwierig, jene Nacht zu vergessen. Ich schnappte mir meine Geldbörse und meine Sonnenbrille. „Ich bin den Rest des Tages nicht da, Weiss. Nach dem Meeting werde ich mich verstecken, weil ich mich so in der Öffentlichkeit zeigen musste. Steh morgen mit gepacktem Koffer bereit.“

Sie verdrehte die Augen und ich drehte mich um, um zu gehen.

„Warte. Du hast da einen losen Faden“, sagte sie und trat hinter mich. Ich hielt an, ohne mich zu ihr umzudrehen und fühlte dann, wie sie meinen oberen Rücken berührte. Ihre Hand ruhte kurz auf meinen Schultern und trotz des Jacketts machte mich der Druck ihrer Berührung an.

Ich drehte mich mit hochgezogenen Augenbrauen zu ihr um.

„Ich fliege nach Vancouver“, sagte sie schließlich, nachdem sie sich geräuspert hatte. „Aber das bedeutet nicht, dass ich nett zu dir sein muss.“

„Dann sei eben nicht nett zu mir, wenn du unbedingt meinst. Jetzt an die Arbeit", murmelte ich, bevor ich die Tür öffnete und ging.

****

Am nächsten Tag bestiegen wir am frühen Nachmittag unseren Flug von Orange County nach Vancouver. April hatte sich geweigert, im Büro und während der kurzen Fahrt zum Flughafen mit mir zu sprechen. Auf Fragen hatte sie lediglich einsilbig geantwortet und es vermieden, mich anzusehen. Sie war offensichtlich immer noch sauer.

Nun gut. Ich zuckte mit den Schultern. Damit müsste sie klarkommen. Wie ich die ersten Tage damit hatte klarkommen müssen, dass mein heißer Cosplay-Sex von allen im Internet gesehen werden konnte.

Seit damals – wenn man die beschissenen Probleme in der Arbeit beiseiteließ – hatte ich das Ganze in einem philosophischeren Licht betrachtet. Zumindest konnten die armen einsamen Nerds, die keinen Sex hatten, so eine Art Unterricht bekommen, wie das funktionierte. Ob einer von ihnen ein so heißes Mädchen wie April abbekommen konnte, war eine ganz andere Frage.

Ich saß in der ersten Klasse und genoss einen Drink, bevor wir abhoben – Mineralwasser. Ich saß immer noch in meiner eigenen privaten Prohibitionshölle oder geißelte mich selbst, je nach Tag. Während der Rest der Passagiere das Flugzeug betrat, führte eine hübsche Flugbegleiterin Smalltalk mit mir. Sie hatte ein schönes Lächeln und lachte über alles, was ich sagte, egal ob es komisch war oder nicht. Ich beäugte sie einen Augenblick lang und dachte daran, wann ich das letzte Mal jemanden in meinen eigenen persönlichen Mile-High-Club eingeführt hatte, doch meine Gedanken wanderten schnell zu Fantasien von mir und April in einer engen Flugzeugtoilette.

Die Flugbegleiterin blickte mich mit ihren großen babyblauen Augen an, doch ich war abgelenkt von ernsten, dunkleren blauen Augen, die alle möglichen dunklen Gedanken und Geheimisse verbargen. Schließlich kam April auf ihrem Weg zu ihrem Sitzplatz in der Economy Class an mir vorbei. Sie begutachtete die Angestellte der Fluggesellschaft unverhohlen, bevor sie mir einen eisigen Blick zuwarf.

Ich zwinkerte ihr zu. Ich konnte mich nicht zurückhalten. Ihr Blick prallte von meinem ab, wie ein Stein von einem spiegelnden See. Sie rückte den Träger ihres Handgepäcks zurecht, wobei sie mir den Mittelfinger zeigte, wie sie es schon damals in der Martini Lounge gemacht hatte.

Ich lachte, bevor ich tief einatmete und wegblickte. Ich versuchte das Schuldgefühl zu unterdrücken, das sich zu dem Brei aus Emotionen gesellt hatte, die ich im Bezug auf diese Frau verspürte. Sie war also wütend? Das war ich auch. Doch gleichzeitig wollte ich sie, doch ich musste mich daran erinnern, dass ich ihr Boss war und sie deshalb nicht haben konnte.

Verdammt, es würde einfacher werden, sobald ihr Praktikum zu Ende war und sie die Firma verließ. Nur noch ein paar Wochen ...

Aber ich musste es ihr lassen, sie hatte alles, was ich ihr aufgetischt hatte, mit Würde hingenommen und war nur einmal ausgerastet – gestern. Oh, und wie herrlich dieser kleine Zusammenbruch gewesen war. Ich hatte gewusst, dass Feuer in ihr steckte, und ein Teil von mir, der rücksichtslose, wollte das wieder sehen. Und wieder.

Und ein noch törichterer Teil von mir wollte dieses Feuer nehmen und es nutzen und in Händen halten. Nur der abstrakte Gedanke daran – an *sie* – machte mich wieder hart.

Scheiße. Ich steckte in Schwierigkeiten. Ich musste entweder *schnell* etwas Selbstbeherrschung finden oder mich verdammt nochmal von ihr fernhalten, bevor ich den letzten Rest, der übrig war, auch noch zerstörte.

***

Weniger als drei kurze Stunden später setzten wir auf dem Vancouver International Airport auf. Wir gingen durch den Zoll und saßen zusammen auf dem Rücksitz einer Limousine, die uns zu unserem Hotel brachte, das sich im Hafengebiet in der Nähe des Convention Centers befand. Nach unserer Ankunft wurden wir vom Concierge eingecheckt.

Die *Owner's Suite* nahm den ganzen obersten Stock eines der Türme des Hotels ein. Die Suite selbst war zweistöckig und vollverglast, wodurch man eine atemberaubende 360-Grad-Aussicht auf die Stadt hatte. Der Concierge wies uns auf die Sehenswürdigkeiten hin – den Coal Harbor, die English Bay, die North Shore Mountains, den Stanley Park und die moderne, hell erleuchtete Innenstadt von Vancouver.

April hörte seinen Ausführungen aufmerksam zu, aber sagte nichts, während sie ihm folgte. Er brachte sie zu einem kleinen Raum im Gang des unteren Stockwerks der Suite. Er war speziell für einen Assistenten des Bewohners der *Owner's Suite* gedacht.

Es grenzte an das Penthouse an, doch war kein Teil davon und schien ein ganz normales Hotelzimmer zu sein.

Bevor ich ein Wort sagen konnte, verschwand sie in dem offensichtlich unterdurchschnittlichen Raum – wann man ihn mit meinem verglich zumindest. Ich verbrachte fünf Minuten damit, mit mir zu ringen, ob ich zu ihr gehen und ihr sagen sollte, dass es noch einen weiteren Raum in der Suite gab. Doch vielleicht war es so das Beste ... je mehr Wände und Schlösser uns während dieses Aufenthalts trennten, umso besser.

Denn ich hatte wirklich, *wirklich* keine Ahnung, wie ich meine Hände von ihr lassen sollte. Und wenn sie weiter sauer auf mich blieb, noch besser. Diese weitere Barriere zwischen uns würde eine gute Abschreckung sein. Doch es fühlte sich falsch an, zuzulassen, dass sie sich dort verkroch, wenn ich diese riesige Suite für mich alleine hatte.

Ich seufzte. Gegen meinen gesunden Menschenverstand klopfte ich leise an ihrer Tür und nach einer langen Pause rief sie leise, dass ich hereinkommen sollte. Ich öffnete die Tür, aber blieb im Türstock stehen – sie und ich alleine in einem Schlafzimmer würde zu nichts Gutem führen.

Nun ... etwas Gutem, aber etwas Falschem.

Ich blickte mich in ihrem Zimmer um und meine Augen fielen auf einen Koffer auf ihrem Nachttisch. Ich konnte Unterwäsche aus Seide und Spitze herausblitzen sehen, als würden sie mir zuzwinkern, mich foltern. Ich blickte sie an.

„Ja", biss sie heraus. „Kann ich dir helfen?"

Ich seufzte. „Du musst nicht hier bleiben, weißt du. Im oberen Stock ist noch ein weiteres Zimmer." Das neben meinem. Warum nicht? Ich war ein Nimmersatt, wenn es um Bestrafung ging.

„Das ist okay. Die Hilfe schläft hier und ich weiß genau, wo mein Platz ist."

Sie drehte sich um, um einen Pullover in den Schub neben dem Bett zu legen. Als sie sich vorbeugte und mir ihren hübschen Hintern entgegenstreckte, war der erste Gedanke in meinem Kopf: *Ja, dein Platz ist nackt und schwitzend unter mir.*

Mit einem frustrierten Schnauben riss ich meine Augen weg, bevor sie sich wieder zu mir umdrehen konnte.

„Können wir bitte einen Waffenstillstand ausrufen? Wir beide sind in einem fremden Land. Wir kennen niemanden ..."

Sie spottete: „Kanada ist kaum ein fremdes Land."

„Aber fast. Sie reden hier komisch. Ich fühle mich jetzt schon einsam. Bitte sei meine Freundin und Landsmännin."

Ihr Kiefer verkrampfte sich und sie verschränkte die Arme vor der Brust. Ich zwang mich, nicht daran zu denken, wie diese Brüste geschmeckt hatten. Verdammt. Was zum Teufel stimmte nicht mit mir? Ich war geiler als ein Fünfzehnjähriger, der nicht wichsen durfte.

Ich wich von der Tür zurück. „Komm schon ... sehen wir uns die Aussicht an. Und bist du nicht hungrig? Komm schon, Weiss. Werd locker und gönn mir eine Pause."

Sie kniff die Augen zusammen, aber ihr Mund wölbte sich zu einem Lächeln. „Ich mach erst Pause, wenn ich dich aufgeschlitzt habe."

„Sehr komisch. Ich werde heute Nacht mit einem offenen Auge schlafen. Jetzt komm schon." Ich drehte mich um und hoffte, dass sie mir folgen würde. Aber tief drinnen wusste ich, dass es für uns beide das Beste wäre, wenn sie das nicht würde.

Kapitel Siebzehn
April

ICH FOLGTE DIESEM SÜNDHAFT HEIßEN – ÄHM – BÖSEN MANN den Gang entlang, durch die Suite und zu der Terrasse, die sich auf einem der Türme befand.

Er drehte sich zu mir und sein Gesicht zeigte ein herzergreifendes Lächeln. Seine Wangen waren rau, da er sich nicht rasiert hatte. Ich fragte mich, ob er sich für die Rede eine Art Hipster-Look zulegen wollte. Meine Wangen brannten und ich blickte weg. Wenn es möglich war, dass er noch hübscher aussah, dann hatte der Dreitagebart definitiv dazu beigetragen. Dreitagebart war meine Schwäche. Er ließ meine Knie weich werden. Oh Gott. Ich musste meine Gedanken rein halten und mich darauf konzentrieren, wie sehr ich ihn hasste, doch der Dreitagebart half dabei nicht.

Er machte meinen verhassten, aber heißen Boss, der der atemberaubendste Liebhaber war, den ich je hatte, noch heißer. Ich blinzelte. Es war sechsunddreißig Stunden her, seit ich die Identität von Falco dem Sexgott von der Comic-Con herausgefunden hatte, und seitdem dachte ich ununterbrochen an jene Nacht zurück. Aber wenn ich daran dachte, wie ich mit gespreizten Beinen diesen harten Schenkeln gegenüber saß und seine Hände meine Hüften drückten, sah ich jetzt Jordans hübsches Gesicht anstatt Falcos Helm.

Und wenn ich daran dachte, wie er mich aufs Bett gelegt und sich dann mit seinem harten Körper auf mich gedrückt hatte, erinnerte ich mich an seinen Geruch als Jordans Geruch. Und wenn ich daran dachte, wie Falcos beträchtlicher Schwanz sich in mir bewegte –

„Bestellen wir uns etwas zum Abendessen." Jordan stoppte beim Telefon, wo die Speisekarte des Zimmerservices ausgestellt war.

Oh ja, Abendessen. Das wäre toll.

Er gab mir die Speisekarte und ich suchte mir aus, was ich wollte – einen chinesischen Salat mit Hühnchen. Jordan bestellte ein Steak und Kartoffeln. So vorhersehbar, dass ich fast gähnte.

Während wir auf unser Essen warteten, öffnete ich die Glasschiebetür und ging auf die glänzende Marmorterrasse hinaus, wo es einen privaten Pool und einen Jacuzzi sowie eine Sauna und eine Feuerstelle gab. Ich blickte in den Himmel, der von grauen Wolken verdunkelt war. Die Wettervorhersage hatte Regen angekündigt. Der pazifische Nordwesten war nicht grundlos für seine üppige Vegetation bekannt. Glücklicherweise war es September, sodass das Wetter noch nicht zu kalt war. Im Jacuzzi aufzuweichen wäre schön, sofern ich mir beim Weg zurück in die Suite nicht den Hintern abfrieren würde.

Nach ein paar Minuten folgte mir Jordan und blieb, die Hände in seinen Taschen vergraben, ein kleines Stück von mir entfernt stehen. Ich versuchte nicht zu bemerken, wie sich dadurch seine Jeans an seinen Po schmiegte. Ahh. Ich musste aufhören, ihn anzusehen, und ich musste *definitiv* aufhören, ihn zu begehren.

Ich war wahrscheinlich nur ein blinkender Punkt auf seinem Radar. Der Mann stieg überall mit Frauen ins Bett –

Schauspielerinnen, Models. Mir hingegen war gesagt worden, dass ich langweilig im Bett war. Und Jordan schien von meiner Gegenwart kaum angesprochen zu werden.

Sicher, er hatte mich in seinem Haus geküsst und einige andere unanständige Dinge mit mir hinter der Martini Bar gemacht. Aber ich dachte mir, dass er das vermutlich aus Langeweile gemacht hatte, da er seitdem nichts mehr versucht hatte.

Ich atmete tief ein und sprach, um das peinliche Schweigen zu brechen. Ich war immer noch angepisst, aber ich dachte mir, dass es nicht schaden würde, wenn ich mich dem Bastard gegenüber zivilisiert benehmen würde. „Und, hast du deine Rede schon eingeübt? Bist du bereit für deine achtzehn Minuten Ruhm?"

Er zuckte mit einer großen Schulter. „Ich bin schon *ewig* bereit. Ich habe mir das verdammte Ding die letzten drei Wochen immer wieder im Schlaf vorgesagt."

„Also musst du nicht nochmal proben?" Ich sah mir die Aussicht an. Vancouver war wirklich eine schöne Stadt, die an einer großen Bucht lag – die Lichter und der Ozean und die dunkelgrünen Flecken dichter Wälder.

„Ich muss mir vor der Probe morgen die Präsentation noch einmal ansehen. Aber nicht heute. Ich bin zu müde."

Unser Essen kam kurz darauf und wir setzten uns an den Tisch im Esszimmer. Wir aßen eine Weile lang schweigend, saßen uns am Tisch gegenüber. Das einzige Geräusch war das Klappern des Bestecks, als er sein Steak schnitt, und das Knirschen meines Salats.

Jordan beäugte misstrauisch meinen Salat. „Du bist nicht besonders hungrig?"

„Alles in Ordnung. Ich fliege nur nicht so gerne. Davon wird mir immer etwas mulmig."

„Hmm. Viellicht bestellst du dir später einfach noch etwas, wenn du dann hungriger bist."

„Der Salat ist gut. Es ist nicht der Sheperd's Pie deines Großvaters, aber er ist gut."

Jordan lächelte über die Anspielung. „Das ist mein Lieblingsessen. Meine Großmutter machte es immer und er fing an, es zu kochen, nachdem sie gestorben war."

Mein Mund wurde schmal und ich blickte nach unten. „Er ist so ein netter Mann. Hoffentlich hältst du ihm das, was in seinem Haus passiert ist, nicht zu lange vor."

Er versteifte sich auf seinem Platz und wirkte unruhig, weil ich es aufgebracht hatte. Er öffnete den Mund, um zu antworten, doch sein Handy klingelte und er hob es hoch. Er blickte mich an und bemerkte, dass ich ihn beobachtete.

„Was?"

Ich zuckte mit den Achseln. „Nichts, ich habe mich nur gefragt, ob dir schon wieder ein Supermodel schreibt. Oder schickt sie dir dieses Mal ein Foto? Wenn du heute Nacht einsam bist, hast du dann ja etwas, worauf du dir einen runterholen kannst."

Er warf mir einen bösen Blick zu. „Es ist meine kleine Schwester und sie wünscht mir viel Glück für die Rede. Sie wird es sich im Internet ansehen, sobald sie online ist."

Ich verzog das Gesicht. „Oh." Ich räusperte mich und kaute noch ein paar Bissen Salat und in Ingwerdressing marinierte Mandarinenstücke. „Sie ist wirklich lieb. Du hast großes Glück."

„Hast du keine Schwester?"

Ich atmete tief ein. „Doch. Eine Halbschwester zumindest. Die Tochter meines Dads mit seiner zweiten Frau. Sie haben auch noch einen Sohn. Wie ich sagte, die perfekte Familie. Sogar die Zwei Komma Fünf Kinder. Ich bin das *Komma Fünf*-Kind.“

„Sind sie viel jünger als du?“

„Mein Bruder, Daniel, ist sechs und meine Schwester, Sarah, ist neun.“

Er runzelte die Stirn und schnitt gedankenverloren wirkend in sein Steak.

„Was?“, fragte ich.

„Ich habe mich nur gefragt ... also dein Dad hat neu geheiratet, nachdem deine Eltern geschieden waren. Was ist mit deiner Mom?“

Ich versuchte das Gesicht nicht zu verziehen, als ich an *ihre* Existenz erinnert wurde. Ich hatte versucht, sie die letzten Monate aus meinem Gedächtnis zu streichen. Fast täglich hatte sie mir geschrieben, mich angerufen und E-Mails und Nachrichten über soziale Netzwerke geschickt. Ich hatte mich geweigert, irgendeine davon zu würdigen. Ich hatte ihr und ihrem neuen *Gatten* nichts zu sagen.

Ich runzelte die Stirn und stocherte in meinem Salat herum, während ich meine Worte vorsichtig wählte. Die Stille breitete sich aus und wurde immer unangenehmer.

„Sorry, ich wollte nicht neugierig sein“, sagte er.

Ich atmete tief ein. „Meine Eltern haben aus einer Laune heraus geheiratet und sie passten einfach gar nicht zueinander. Er war bereits erfolgreich und sie war jung und hübsch. Die Ehe war vom ersten Tag an ein Desaster. Sie betrog ihn, während er die ganze Zeit arbeitete. Ich war so jung, als sie sich scheiden ließen, dass ich mich nicht einmal daran erinnere, dass sie überhaupt zusammen gewesen sind."

„Ah, deine Mom steht also nicht auf Heiraten."

Ich lachte. „Oh, sie steht auf Heiraten. Sie ist nur niemand, der gerne verheiratet bleibt. Momentan ist sie bei Ehemann Nummer Vier."

„Beim wem bist du denn aufgewachsen?"

Ich verzog das Gesicht. „Was ist das, *Fragestunde mit April?* Wenn du Antworten von mir möchtest, solltest du selbst mit einigen rausrücken."

Er hörte kurz auf zu kauen und beobachtete mich mit diesen forschenden Augen. Sie wirkten gerade eher braun statt grün.

„Hmm. Okay. Dann frag mich etwas."

Ich stocherte weiter in meinen Salatblättern herum. Ich wusste genau, was ich ihn fragen wollte, aber ich konnte nicht einfach damit herausplatzen, wie ich es die ganzen Wochen nach unserem Trip nach Santa Barbara gewollt hatte. Ich musste es wenigsten so aussehen lassen, als würde ich nach einer Frage für ihn suchen.

„Der Kommentar, den du bezüglich deines Dads gemacht hast … dass er wütend auf dich ist, weil du ihn angelogen hast. Worüber hast du gelogen?"

Er verdrehte die Augen. „Das ist eine verdammt lange Geschichte."

„Nun, wenn du weitere Antworten von mir willst, wirst du mit deiner verdammt langen Geschichte bezahlen müssen."

Er kniff die Augen zusammen. Ich konnte sehen, dass er darüber nachdachte, was und wie er es sagen sollte. Er atmete tief ein und dann langsam aus. „Grant Fawkes ist besessen von seinem Vermächtnis und davon, gewaltige Mengen an Weisheit und Wissen an zukünftige Generationen weiterzugeben. Und er gab sich große Mühe, seine Nachkommen zu formen ..."

Ich nippte an meinem Wasser und beobachtete ihn über den Rand meines Glases an. Das wurde interessant. Jordan und seine Vaterprobleme. Seit diesem abgefahrenen Familientreffen wollte ich etwas darüber erfahren.

Er fuhr fort: „Wir wurden zuhause unterrichtet. Ich habe die High School mit sechzehn abgeschlossen und fing mit dem College an, bevor ich siebzehn wurde –"

„Wow. Ich wusste, dass du eine Intelligenzbestie bist, aber das ist zu viel."

Er schob seinen Teller beiseite und zuckte mit den Schultern. „Nicht jeder erfüllt die Erwartungen. Ich war zu jung, um mit dem College anzufangen. Und er hätte das wissen sollen."

Ich nickte, da ich völlig verstand, wie es sich anfühlte, schlauer als seine eigenen Eltern zu sein. Ich wusste, wie es sich anfühlte, ihnen ausgeliefert zu sein, wenn sie doch auf einen aufpassen sollten. Eine kurze Erinnerung an den zweiten Ehemann meiner Mom, Cliff, huschte durch meinen Kopf. Er hatte mich geohrfeigt, als ich aus Versehen seine wertvolle Golftrophäe zerbrochen hatte. Ich war acht Jahre alt und lebte einige Jahre danach Vollzeit bei meinem Dad. Meine Mutter hatte kein Wort gesagt – hatte ihre angenehme Lebenssituation oder die Aussicht auf zukünftige Alimente nicht stören wollen.

Ja, ich verstand, wie es war, wenn ein Elternteil nur auf sein Bestes anstatt das seines Kindes bedacht war.

„Er wusste es wahrscheinlich", sagte ich. „Aber seine eigenen Ziele waren ihm wichtiger."

Er neigte den Kopf zur Seite und sah mich an, als würde er versuchen, mich aus einem anderen Winkel einzuschätzen.

„Ja ... er hatte mich auserkoren, Umweltingenieur zu werden, so wie er. Für ihn sollte das mein ganzer Sinn im Leben sein."

„Das ist viel Druck, wenn man noch so jung ist."

Sein Kiefer verkrampfte sich, doch er entspannte sich schnell wieder. „Deshalb bin ich zum Studieren aufs Caltech gegangen. Er zahlte die Studiengebühren und sie waren nicht billig. Er musste viel opfern, selbst mit meinem Teilstipendium. Ich war zu jung und zu verängstigt, um ihm zu sagen, dass ich seine Vision für meine Zukunft nicht teilte. Also habe ich irgendwann mein Hauptfach geändert, ohne es ihm zu sagen."

Ich fuhr mit einem Finger den Rand meines Glases entlang, weil ich Angst hatte, dass der Zauber brechen würde, wenn ich aufblickte, und er zu reden aufhören würde.

Er spielte mit seinem Teller, als wäre das das Interessanteste auf der Welt. „Wie du dir vorstellen kannst, war er sauer auf mich, als ich eine Woche vor meinem Abschluss ankündigte, dass ich die Bühne mit einem Abschluss in Wirtschafts- und Ökonomie-Management anstatt einem in Ingenieurswesen verlassen würde."

Ich atmete lange aus. „Das muss eine gewaltige Explosion gewesen sein."

„Mein Dad geht Konfrontationen aus dem Weg und ist eher passiv-aggressiv. Er hegt einen Groll und lässt es langsam an einem aus."

„Also hegt er diesen Groll seit deinem Abschluss gegen dich? Du bist jetzt fünfundzwanzig ... wie viele Jahre ist das her?"

„Fünf."

Ah ja, Jordan und Adam, die Wunderkinder von Draco, die in ihren jungen Jahren schon so viel erreicht hatten. Ihre Biografien und überaus gut aussehenden Gesichter würden die

Cover jedes Wirtschaftsmagazins zieren, jetzt wo der Börsengang fast Realität geworden war. Sie waren jung, heiß, brillant und bald noch reicher, als sie es bereits waren. Die Welt lag ihnen zu Füßen."

„Das ist aber eine lange Zeit, um einen Groll zu hegen ..."

„Ja. Aber da gibt es noch andere Dinge." Er schien mehr sagen zu wollen, aber zuckte dann mit den Schultern. „Wir waren schon lange nicht mehr einer Meinung."

Klang wie etwas, was direkt aus einem Steinbeck-Roman hätte kommen können ...

Er griff nach seinem Glas und ließ die Flüssigkeit darin herumwirbeln. „Gott, dieses Wasser bringt es einfach nicht ..."

„Immer noch abstinent?"

„Ja, du?"

„Definitiv. Ich verliere all meine funktionierenden Gehirnzellen, wenn ich betrunken bin."

Etwas daran schien ihn zu beunruhigen. Aber er blickte weg und dann wieder zurück auf mich. „Und jetzt zu dir ..."

Ich zog eine Augenbraue hoch. „Was willst du wissen?"

„Deine Eltern. Wenn sie sich getrennt haben, als du ein Baby warst, wo bist du aufgewachsen?"

„Meine Eltern hatten geteiltes Sorgerecht, also lebte ich abwechselnd bei beiden. Dann fand meine Mutter einen neuen Macker und wollte mich nicht mehr um sich haben. Danach lebte ich bei meinem Dad und einer Nanny und manchmal bei meiner Großmutter."

„Aber du sagtest, dass du und dein Dad euch nicht nahestehen ... und doch bist du die meiste Zeit bei ihm aufgewachsen?"

„Nun ... da war meine Stiefmutter." Ich trank etwas mehr Wasser.

Verständnis tauchte in seinen Gesichtszügen auf – wahrscheinlich falsches Verständnis. Ich war keine Märchenprinzessin mit der obligatorischen bösen Stiefmutter. Nein, kein Aschenputtel.

„Es ist nicht, wie du denkst. Meine Stiefmutter ist eine sehr nette Frau, aber ich war noch nicht einmal ein Teenager, als sie meinen Dad geheiratet hatte, und sie ist nur vierzehn Jahre älter als ich. Es war nicht einfach, mit ihr auszukommen. Aber zu der Zeit kam auch meine Mutter wieder zurück auf die Bildfläche, da sie jemanden brauchte, mit dem sie shoppen und zur Maniküre gehen konnte. Da war ich plötzlich viel interessanter für sie, besonders da sie gerade keinen Mann hatte.

Rebekah, meine Stiefmutter war bereit, eine eigene Familie mit meinem Dad zu gründen und wusste nicht, was sie mit mir anfangen sollte. Außerdem war sie sehr religiös und ich hatte kein Interesse an so etwas. Sie versuchte es, aber ich war zu heidnisch oder so. Und dann bin ich aufs College gegangen."

„Verdammt, und ich dachte, dass du wirklich Schneewittchen bist, mit böser Stiefmutter und so."

Ich blickte ihn mit zusammengekniffenen Augen an. „Was?"

Er grinste breit. „Du musst mir versprechen, es ihm nicht zu sagen, aber als Adam nicht wusste, wie du heißt, nannte er dich Schneewittchen."

Meine Brauen kräuselten sich. „Und was veranlasste ihn dazu?"

Jordan sah mich an wie ein Idiot. „Ähm, weil du wie sie aussiehst?"

„Tue ich nicht."

„Tust du wohl."

Dann erinnerte ich mich an diesen Kommentar, den Adam darüber gemacht hatte, dass ich die Kreaturen des Waldes um Hilfe bitten sollte, und alles wurde mir klar. „Gott, nennen alle mich so?"

Er lachte. „Nein, nur er."

Ich zog die Augenbrauen hoch. „Du nicht?"

Das verschmitzte Grinsen fiel sofort von seinen Lippen und er konzentrierte sich plötzlich sehr stark auf seinen fast leeren Teller. Ich beobachtete ihn, während ich wieder an meinem Wasser nippte.

Er lehnte sich seufzend zurück und rieb sich das Kinn. Sein Bart komplettierte wirklich seinen bereits gewaltigen Sexappeal und gab seinem starken Kiefer eine goldene Tönung. Meine Augenlider senkten sich einen Augenblick, als ich mir vorstellte, wie es sich anfühlen würde, wenn dieser Dreitagebart meine Wangen und meinen Hals streicheln würde, während er mich küsste. Wenn sein Mund tiefer wandern würde, sodass ich dieses raue Schleifpapier auf meiner Brust, meinem Bauch, meiner –

Ich schluckte. Mein Höschen fing an, sich feucht anzufühlen. Ich musste aufhören, von ihm zu fantasieren. Ich sollte immer noch sauer auf ihn sein! Warum machte er es mir so schwer, wütend auf ihn zu sein?

Er hörte auf, sich auf seinem Stuhl zu bewegen und beobachtete mich jetzt. Eigentlich blickte er auf meinen Ausschnitt und seine Augen wanderten meinen Hals hinauf und verengten sich, als meine Kehle beim Schlucken zuckte. Entweder war die Temperatur oder die sexuelle Anspannung in die Höhe geschossen, da mir unbehaglich wurde.

Ich stand auf. „Ich, ähm … ich muss deine Termine für morgen noch fertig planen und noch etwas andere Arbeit erledigen. Du hast ein Meeting mit dem Sprachtrainer, dann dem Director und dann noch die Generalprobe."

Er stand nicht auf.

„Es ist neun Uhr abends. Sag mir nicht, dass du so früh ins Bett gehst."

Ich räusperte mich. Die Gefahr, unter demselben Dach wie er zu schlafen, war mir bis jetzt nicht in den Sinn gekommen und ich errötete, als ich es realisierte.

Ich warf mein Haar lässig zurück, um das zu verbergen. „Ich werde nicht bis Mitternacht aufbleiben. Ich bin schließlich Schneewittchen und nicht Aschenputtel."

Er stand auf und warf seine Serviette beiseite. „Komm schon, Weiss, leb ein wenig. Wir haben einen Jacuzzi."

Oh, nein … nein. Er und ich zusammen in einem Jacuzzi mit nichts weiter am Körper als Badekleidung? Und mit seinen Bauchmuskeln? Nein, einfach nein. Ich konnte mir nicht trauen. Ich würde Alkohol trinken und ihn innerhalb von zehn Sekunden als meinen Nachtisch vernaschen.

„Oder diese schöne, gemütliche Feuerstelle." Er ging zur Wand und legte einen Schalter um. Die ganze hintere Wand erhellte sich, als Gasfeuer über bemalten Steinen auftauchte. Es sah spektakulär aus.

Ich rang nach Luft. „Das ist der Wahnsinn."

Er strahlte mich an. „Setz dich … mach es dir bequem. Bleib noch ein wenig."

Ich verzog den Mund. „Ich habe mein eigenes Zimmer. Die Kammer des Butlers."

Er ließ sich auf die Couch fallen und sah mich erwartungsvoll an. Seufzend setzte ich mich in einen Sessel neben der Couch. Ich lehnte mich zurück und drehte mich um, um die Flammen anzustarren. Das war besser, als den Flammen zuzusehen, wie sie in seinen wunderschönen Augen tanzten. Wenn ich zu lange in ihnen verweilte, kamen mir nur unanständige Gedanken in den Sinn.

„Und jetzt will ich, dass du den wahren Grund gestehst, aus dem du unbedingt wieder in dein eigenes Zimmer willst", sagte er mit leiser Stimme.

Wider meinen gesunden Menschenverstand drehte ich mich zu ihm um. „Oh, und der wäre?" Ich konnte es nicht erwarten, sein aufgeblasenes Ego in Aktion zu hören – darüber, wie unwiderstehlich ich ihn fand, dass der bloße Gedanke, seinen Mund zu küssen, mir den Boden unter den Füßen nahm. Meine Kehle trocken werden ließ. Mich wegen des komischen Gefühls zwischen meinen Beinen unruhig umherrutschen ließ.

„Du bist nach dem Spiel süchtig, stimmt's?"

„Was?"

„Ich habe mich eingeloggt, um zu sehen, ob du den Code benutzt hast, den ich dir gegeben habe. Dein Charakter ist bereits Level Neunzehn."

Ich atmete tief ein und Erleichterung überflutete mich. „Ja, du hast mich erwischt. Das verdammte Spiel macht so süchtig. Jetzt weiß ich, warum ihr beide so sündhaft reich seid."

Er grinste. „Und es scheint, dass wir nicht die einzigen sündhaften Charaktere sind, die das Spiel erschaffen hat."

Hitze durchdrang mich und ich blickte weg. Mist. Er hatte herausgefunden, dass ich meinen *Teufel* nach seinem Vorbild kreiert hatte. Und ich wusste genau, dass er mindestens einmal gehört hatte, wie ich ihn als Teufel bezeichnet hatte.

„Nun, du bist oft ziemlich teuflisch."

Er lehnte sich zurück und breitete seine muskulösen Arme auf der Rückenlehne des Sofas aus, während er mit einem Grinsen ins Feuer blickte. „Ich wurde schon Schlimmeres genannt."

„Verdienterweise?"

Er grinste verschmitzt und starrte ins Feuer. „Ja, meistens." Seine Augen wanderten zurück zu mir. Im Schein des Feuers hatten sie die Farbe von geschmolzenem Bernstein. „Wie ich schon gesagt habe, als netter Kerl hat man das Nachsehen. Ich nun geläuterter netter Kerl habe das auf die harte Tour gelernt."

Ich betrachtete ihn, als er mit einer Hand über seinen Arm rieb. „Hmm. Also versteckt sich unter diesem teuflischen Äußeren wirklich kein gutes Herz?"

Seine Augen blickten wieder ins Feuer. „Dieses Organ wurde mir vor vielen Jahren entfernt."

Das sollte eine tolle Geschichte sein. Zumindest hatte es den Anschein. Oder vielleicht hoffte ich, dass er einfach mehr war als nur ein brillanter Junge, der viel Geld gemacht und seinen Reichtum und sein gutes Aussehen dazu benutzt hatte, um das Leben eines Rockstars zu führen und jede Woche eine andere Frau in seinem Bett zu haben. Und es kam mir in den Sinn, dass schon etwa ein Monat seit unserem anonymen Stelldichein auf der Comic-Con vergangen war ... hatte er in der Zwischenzeit eine Schar Models und Schauspielerinnen gedatet? Und mit ihnen geschlafen?

Ich wusste bereits, dass sie ihm zu jeder Tageszeit erotische Nachrichten schrieben. Der Gedanke an sie – wer auch immer sie waren – ließ mein Blut kochen, selbst als ich mich daran erinnerte, dass ich keinen Anspruch auf ihn hatte. Wir hatten nur einmal etwas miteinander gehabt und es war unglaublich atemberaubend gewesen, aber wahrscheinlich bereute er es.

Nun, damit waren wir zu zweit. Ich bereute es ebenfalls. Manchmal.

„Bist du deshalb nie lange mit Frauen zusammen?"

Diese Augen wanderten zu mir. „Was ist das, willst du noch mehr Geständnisse?"

„Ich denke, dass du mir einige Antworten schuldest für all die, die ich dir gegeben habe."

„Ich rede nicht über mein Sozialleben."

„Oh? Warum nicht?"

„Weil ich nicht will."

Ich zog meine Augenbrauen hoch. Das machte mich nur noch entschlossener, dieses Thema zu verfolgen.

„Okay, dann habe ich eine andere brennende Frage", sagte ich.

„Schieß los."

„Wusstest du in jener Nacht auf der Comic-Con, wer ich war?"

Er sah mich nicht an. Die Stille klingelte in der Luft zwischen uns und die Anspannung wuchs. Nach ein paar Minuten wurde es klar, dass er mir nicht antworten würde, geschweige denn zugestehen würde, dass ich diese Frage je gestellt hatte.

Und das machte mich ehrlich gesagt sauer. Ich sprang aus meinem Sessel und seine erbitterten Augen fanden meine. Mit einem Achselzucken ging ich an ihm vorbei zu meinen Dienstbotengemächern. „Nun, wenn du nicht den Mumm hast, mir zu antworten ... dann gehe ich."

Ich drehte mich um und ging den Gang hinunter, wobei ich mir bewusst war, dass er von der Couch aufgestanden war und mir folgte. Bevor ich den Türknauf ergriff, drehte ich mich zu ihm um. Sein Gesicht war nur Zentimeter von meinem entfernt und seine Augen loderten.

Ich konnte nicht atmen. Er trat einen weiteren Schritt vor, bis ich mit dem Rücken an meiner Tür stand und sein heißer Atem meine Wangen verbrannte. Diese Augen loderten mit glühend heißen Emotionen – Wut, Leidenschaft, sogar Hunger. Ich konnte mich nicht dazu zwingen, meinen Blick abzuwenden. Ich war wie ein in die Enge getriebenes Tier und blickte auf das Raubtier vor mir, während das Adrenalin durch mich schoss.

Jordan stemmte seine Hände zu beiden Seiten meines Kopfes gegen die Wand. Dieser Geruch ... Wildleder und Salbei. Er lehnte sich näher zu mir und meine Brust schnürte sich zu. Mein Herz pochte schwach in meiner Kehle.

„Ja", sagte er schließlich.

Ich zog meine Augenbrauen hoch, doch ich war nicht überrascht über die Antwort – ich hatte es in dem Augenblick vermutet, als er sich weigerte, mir zu antworten. Aber ich war wütend über diesen erneuten Verrat.

„Ich wusste, dass du es warst", fuhr er fort. „Und ich wusste, dass du meine Assistentin werden würdest."

Wut versteifte meine Muskeln. „Nun. Das ist ja wundervoll. Das wird immer besser."

Ich wusste nicht, in welche Richtung meine Emotionen ausschlugen, da nur wenig Unterschied zwischen Wut und Verlangen war. Beides waren starke Emotionen, die mich in Besitz nahmen und meine Gedanken und Handlungen zu beherrschen drohten – und nicht unbedingt zu meinem Besten.

„Es war schlechtes Urteilsvermögen. Ich hätte es nicht tun sollen. Es tut mir leid.“

„Es tut dir leid, dass du Sex mit mir hattest?“

Er schüttelte den Kopf und seine Augen wanderten zu meinen Lippen.

„Der Sex tut mir nicht leid. Mit tut leid, dass ich dir nicht früher gesagt habe, dass ich das war.“

Ich schluckte und versuchte mich zu entscheiden, wie ich diese Information aufnehmen sollte, da ich nicht wusste, was ich sagen oder wie ich mich deswegen fühlen sollte.

„Ich bereue es aber immer noch nicht. Ich habe es mir zur Angewohnheit gemacht, heißen Sex nicht zu bereuen.“

„Du findest, er war heiß?“ Und da war ich wieder, verzweifelt nach Bestätigung suchend. Hatte meine Vergangenheit mich zu so einem Wrack gemacht?

Die Frage schien ihn zu schockieren. „Natürlich.“

Mein Blick fiel auf seinen Mund und ich leckte über meine Lippen. Etwas blitzte in seinen Augen auf. Die Sekunden wurden länger und er bewegte sich nicht. Ich neigte den Kopf und brachte meinen Mund näher an seinen. Gott, ich wollte spüren, wie sein Dreitagebart über meine Haut rieb. „Nun, du weißt bereits, wie ich darüber denke ...“

Seine Lider senkten sich. Ich griff nach oben und ließ meine Finger durch sein Haar gleiten, wie ich es schon die ganzen letzten Tage begehrt hatte. Mit meinem Daumen fuhr ich den Umriss seines Ohrs entlang. Seine Augen fielen zu und sein Atem bebte.

„Ich sollte ... lieber gehen ...“, flüsterte er.

Die folgenden Sekunden waren etwas verschwommen. Ich könnte, selbst wenn es um mein Leben gehen würde, nicht sagen, wer sich zuerst vorgelehnt hatte, aber das Nächste, was ich wusste, war, dass meine Arme sich um seinen Hals gelegt hatten und seine Lippen auf meinen lagen und mich verschlangen. Seine Finger wanden sich durch mein Haar, das er benutzte, um mich eng an sich zu ziehen. Seine Zunge schnellte wild in und aus meinem Mund und meine Hände bewegten sich zu seiner harten Brust und packten sein Hemd.

Unter dem Hemd fühlte sich sein Körper wie Granit an. Gott, er fühlte sich so gut an, roch so atemberaubend, schmeckte so köstlich. Ich wollte anfangen, mich meiner Kleidung für ihn zu entledigen. Seine scharfen Barthaare kratzten über meine Haut, als er mich küsste – in meinem Gesicht, an meinen Ohrläppchen, an meinem Hals. Sein Mund wanderte tiefer und ließ sich in meinem Ausschnitt nieder.

„Du bist so verdammt schön", murmelte er und irgendetwas stieg in mir hoch, was ich nicht erklären konnte – Macht? *Freude?* Ich konnte nicht durchatmen. Meine Finger wanden sich in sein Haar, sodass es sich auf eine zerzauste attraktive Art aufstellte. Gab es irgendetwas an diesem Mann, das nicht absolut heiß war? Ich würde wetten, dass er am Morgen bereits ekelhaft sexy aufwachte. Eine Welle aus Hitze schoss zwischen meine Beine, als ich daran dachte, nur von den Laken bedeckt neben ihm aufzuwachen und daran zurückzudenken, wie seine Barthaare über meine Haut gewandert waren.

„Jordan", flüsterte ich.

Seine Hand wanderte an meinen Nacken und packte dort meine Haare. Ich fühlte, wie sich seine Finger zu einer Faust ballten und an meinem Haar zogen. Der leichte Schmerz ließ mich nach Luft ringen, während mein Verlangen in die Höhe schoss. Mit einem Ruck kippte mein Kopf zurück und entblößte meinen Hals für seine köstlichen kratzenden Küsse. Das Gefühl seiner rauen Wangen auf meiner Haut machte mich verrückt.

„Ich bekomme diese Nacht nicht aus meinem Kopf", knurrte er, während er meinen Hals hinab zu meiner Brust wanderte. „Ich denke die ganze Zeit darüber nach." Seine Faust packte meine Haare fester, als würde er von neuer Frustration getrieben werden. „Wie heiß es war, mit dir zu schlafen. Ich kann nur noch daran denken, wie gerne ich das wieder tun möchte."

Meine Lippen fanden sein Ohrläppchen und saugten es in meinen Mund, wo ich mit meinen Zähnen darüber kratzte. Er blies seinen angestauten Atem hinaus. Seine Hand tauchte unter mein Shirt und streichelte über meinen Bauch. Sie hinterließ einen Pfad aus Feuer auf ihrem Weg. Sein Mund senkte sich auf meine Brust und legte sich durch mein Shirt über meinen Nippel. Meine Rückenmuskulatur verspannte sich und ich wölbte mich zurück und drückte mich gegen ihn. Heißes Verlangen sauste durch mich und brannte heißer als das Feuer im Wohnzimmer.

Jedes Nervenende auf jedem Quadratzentimeter meiner Haut erwachte zum Leben und sehnte sich nach seiner Berührung. Ich durfte nicht – wir durften nicht.

Sein Mund war jetzt an meinem Halsansatz und biss und saugte. Seine Hände waren unter meinem Shirt und drückten mich an ihn. Meine waren gegen seine harte Brust gepresst und bei dem Gefühl seiner straffen Muskeln drehten sich meine Augen zurück in meinen Kopf. Ich war wie im Fieberwahn vor Verlangen nach ihm. Und doch –

„Jordan ..."

Er wanderte weiter mit seinem fesselnden Mund, weiter über mein Schlüsselbein. Durch meinen BH hindurch rieb sein

Daumen über meine Nippel und machte sie zu harten, schmerzenden Punkten.

„Was?", antwortete er schließlich.

„Wir müssen aufhören."

Er presste seine große Erektion gegen die lodernde Hitze zwischen meinen Beinen. „Dein Körper stimmt dieser Aussage aber nicht zu."

Ich stöhnte, als der Druck seiner Berührung an meinen Nippeln sich verstärkte. „Nein, tut er nicht", sagte ich leise. „Er will definitiv, dass du wieder mit mir schläfst." Er knurrte als Antwort auf dieses Geständnis. „Aber ich bin immer noch sauer auf dich."

Er verkrampfte sich und zog dann seine Hand unter meinem Shirt heraus. Wir blieben aneinandergepresst stehen und atmeten schwer, doch wir konnten einander nicht anblicken. Meine Augen schlossen sich. Ich wollte ihn so sehr, dass es buchstäblich *schmerzte*.

Er wich zurück und ließ mich los. Der Ausdruck auf seinem Gesicht hätte am einfachsten als Verwirrung beschrieben werden können. Aber mit jeder Sekunde sah ich eine neue Emotion dazukommen – Verlangen, Widerwillen, Zwiespalt.

„Du hast recht. Wir können das nicht tun." Er klang eher so, als würde er versuchen, sich zu überzeugen, nicht mich. Er fing an, sein Kinn zu reiben, und wirkte gedankenverloren.

Ich nahm einen tiefen Atemzug, stolz darüber, dass ich meine Meinung geäußert hatte, obwohl ich so erregt war. Aber zugleich kamen all diese Unsicherheiten zurück in meine Gedanken und ich konnte praktisch jede Reaktion darauf hören, wenn ich in der Vergangenheit meine Meinung geäußert hatte. *Um ehrlich zu sein, ist das nicht schlimm für mich. Der Sex war nie besonders aufregend*, hatte Gunnar einige Monate, bevor er mit meiner Mutter ins Bett sprang, gesagt.

Mir stockte der Atem. *April, du solltest dafür sorgen, dass du dir einen Mann schnappst, solange du noch jung bist und auf Kosten deines Dads lebst. Ich hatte immer mein Aussehen, um durchzukommen, aber du hast Glück – darüber musst du dir keine Sorgen machen.*

Meine Mom und ihr schmieriger, herablassender Ratschlag, wie man sich einen Mann schnappte und ihn festhielt. Wie immer schien sich mich noch dafür zu hassen, dass ich im Gegensatz zu ihr immer noch Zugriff auf das Geld meines Dads hatte.

Und all diese anderen Kobolde in meinem Kopf – selbst Cari auf der Comic-Con. *Du bist einfach zu brav, April. Du nutzt nie deine Chancen auf ein Abenteuer.*

Plötzlich wurde mir flau im Magen.

Und Jordan sah alles. Er runzelte die Stirn und legte eine Hand an meine Wange, um sie zu streicheln. Ich wandte mein Gesicht von seiner Berührung ab und schloss die Augen, da ich sein Mitleid nicht sehen wollte.

„Hey. Was machst du dir schon wieder für Gedanken?"

Ich schüttelte den Kopf und lachte über mich, während ich blinzelte, um die Tränen der Demütigung zu verdrängen. „Nur die üblichen." Ich drehte mich um, um in mein Zimmer zu gehen. Er stoppte mich, indem er meinen Arm packte.

„Es tut mir leid, dass ich damit angefangen habe. Und es tut mir leid, dass du immer noch sauer auf mich bist. Aber du hast das Richtige getan. Ich habe mich mitreißen lassen. Ich will dich nicht ausnutzen – nicht mehr, als ich es bereits getan habe."

Unwillkürlich zog ein Lächeln an meinen Mundwinkeln „Ich bin ein großes Mädchen. Ich kann einschätzen, ob man mich ausnutzt."

Er rieb sich den Nacken und blickte weg. „Gute Nacht, April."

Wir mieden den Blick des anderen und versuchten, die starke Anspannung in der Luft zwischen uns zu ignorieren, die uns beide, wäre sie eine Decke gewesen, erstickt hätte.

Ich räusperte mich und sprach wieder. „Also, ähm, denk daran, du hast am Morgen eine Führung, ein Meeting mit dem Sprachtrainer und dann die Generalprobe. Bei der werde ich bei dir sein." Ich war stolz auf die Art, wie ich meine Stimme im Griff hatte und sachlich und ohne Zittern über das Berufliche sprach. Ich hatte oft gehört, wie mein Dad diese Stimmlage benutzt hatte, sodass ich sie leicht imitieren konnte.

Nachdem ich in mein Zimmer zurückgekehrt war, schloss ich schnell die Tür und richtete mich fürs Bett her. Ich versuchte die Tatsache zu ignorieren, dass mein Körper immer noch von seinen Küssen, von der festen und sicheren Berührung seiner Hände und von dem Kratzen seiner Barthaare auf meiner Haut brannte.

Mit seiner Magie hatte er mich ohne große Mühe in seinen Bann gezogen und ich war ihm hoffnungslos ausgeliefert.

Ich musste mich schnell zusammenreißen oder ich würde wie Rapunzel in einem Turm gefangen sein, aus dem ich nicht mehr entkommen könnte.

Kapitel Achtzehn
Jordan

ICH MUSSTE ZUGEBEN, DASS ES MIR IN DIESER NACHT schwer fiel zu schlafen. Besessen von jemandem zu sein, machte so etwas mit einem. Ihr Duft – so saftig und berauschend, wie ich ihn mir von einer Prinzessin wie Schneewittchen vorgestellt hatte – war immer noch in meiner Nase. Sie hatte so süß und sanft geschmeckt. Ich wollte mehr von ihr. Und diese Gedanken rasten mir bis in die frühen Morgenstunden durch den Kopf.

Und meine gewaltige Latte machte es nicht besser.

Doch ich hatte noch zu viel Würde, um mich in einer Ecke zu verkriechen und zu wichsen. Also litt ich und Schlaflosigkeit war die Folge. Ich hatte schon eine Weile keinen Sex mehr gehabt und die Entzugserscheinungen machten mich fertig.

Ich war zu kurz – viel zu kurz – davor gewesen, meine gutgemeinte Entschlossenheit in die Tonne zu treten. Bis sie die Bremse betätigt und mich wieder zu Verstand gebracht hatte.

Zumindest war sie für sich eingetreten. Es war ihr schwergefallen, das wusste ich. Selbst als sie am Tag zuvor wütend auf mich gewesen war, weil sie herausgefunden hatte, dass ich ihre anonyme Affäre war, hatte sie mit sich gerungen, ob sie gehen oder mich konfrontieren sollte. Denn sie hatte immer Angst, ihre Meinung zu sagen. Und warum? Das wüsste ich gerne.

Ich würden denjenigen, der ihr das angetan hatte, so gerne vermöbeln. Er hatte ihr das Gefühl gegeben, dass sie es nicht wert war, für sich selbst einzutreten. Denn wer auch immer das war, war ein Bastard, ein Hurensohn oder ein Arschloch. Wahrscheinlich sogar alles davon. Ich blieb lange auf und dachte darüber nach – dachte über *sie* nach – bis ich schließlich mein Tablet herausholte, um einen Film anzusehen. Irgendwann um etwa drei Uhr schlief ich dann schließlich ein.

Der Weckruf am nächsten Morgen kam zu früh und ich wusch mir den Schlaf aus den Augen und machte mich fertig. Das nächste Mal, dass ich sie sah, war in einem Raum hinter der Bühne, als die anderen Sprecher ihre Reden durchgingen. Sie trug eine weiße Bluse, die sich an ihre Kurven schmiegte, und eine Figur betonende schwarze Hose, die sie sehr verführerisch aussehen ließ. Ich zwang mich zur Konzentration und öffnete meinen Laptop, um ihn einem Techniker zu geben, der meine Datei auf den Präsentationscomputer kopieren würde, damit ich meine Folien zeigen konnte.

Aber als ich die Präsentation öffnete, wurde mir flau im Magen. „Scheiße", murmelte ich.

Sie war sofort an meiner Seite und der Duft von Honig wehte um mich. „Was? Was ist los?"

Ich schlug den Laptop zu, damit sie es nicht sehen würde. „Ich habe die falsche Präsentation kopiert."

Sie runzelte die Stirn und ihre Augen lagen immer noch auf meinem Laptop. „Falsche Präsentation? Was meinst du?"

„Meine Platzhalter – fürs Brainstorming und so. Es ist eine frühere Kopie derselben Präsentation."

Sie zuckte mit den Achseln und blickte mich an. „Das ist nur die Generalprobe. Wir können die richtige Präsentation runterladen, wenn wir uns später im Hotelzimmer ins VPN von Draco einloggen."

„Ich kann diese Folien nicht benutzen."

„Du weißt doch bereits, was du sagen wirst, oder? Benutz einfach den Entwurf."

Ich blies meinen Atem hinaus und fuhr mit einer Hand durch mein Haar. Dann, um es ihr zu erklären, öffnete ich meinen Laptop und zeigte auf den Bildschirm.

Er erwachte wieder zum Leben und die erste Folie war zu sehen.

Ihre Augen wurden rund. Sie richtete sich auf und warf einen Blick durch den Raum. „Warum hast du Bilder von nackten Frauen als Platzhalter auf deinen Folien?"

Ich knirschte mit den Zähnen. „Das war fürs Brainstorming. Es hilft mir beim Denken."

Es gab einen kurzen Augenblick, in dem sie mich ansah, als würde sie in schallendes Gelächter ausbrechen, doch sie riss sich zusammen. „Ich bin sicher, dass alle Jungs hier deine Folien *lieben werden*. Sind das deine Liebschaften?"

Ich blickte sie finster an. „Nein."

„Also, wo auf dem Draco Netzwerk liegt die richtige Präsentation?"

„In meinem Arbeitsordner."

„Du meinst, derselbe, in dem ich die ganzen beschissenen Arbeiten gespeichert habe, die du mir gegeben hast?"

„Genau der. Aber ich habe den Dongle mit dem Code, um mich in unser VPN einzuloggen, im Hotel gelassen."

Sie kniff die Augen zusammen. „Weißt du, was du brauchen könntest?"

„Außer eine Flasche Jack?"

Sie lächelte und griff in ihre Tasche. „Nein. Eine *wirklich* schlaue Assistentin, die vor deiner Reise vorsichtshalber deinen Arbeitsordner über das Firmennetzwerk kopiert hat, für den Fall, dass du etwas Dummes anstellst, wie etwa eine Pornopräsentation zu deiner Probe mitzubringen." Sie schwang triumphierend einen USB-Stick in ihrer Hand und präsentierte ihn mir.

Die Beklemmung in meiner Brust löste sich vor Erleichterung. „Ich könnte dich küssen."

Etwas funkelte in diesen schönen blauen Augen, aber ihr Mund wurde schmaler. „Mr. Fawkes, Sie benehmen sich unangemessen." Sie grinste mich verschmitzt an und ich wurde an dieses grauenhafte Seminar über sexuelle Belästigung erinnert. Wohl unser kleiner Insiderwitz.

„Wie wäre es mit einer Gehaltserhöhung?"

„Ich bin eine unbezahlte Praktikantin", sagte sie todernst.

„Genau." Ich grinste. „Es wird mich nichts kosten." Sie schnitt eine Grimasse und täuschte einen Schlag in meinen Magen an. „Ein Ellbogenschlag in die Nieren, Weiss. Viel effektiver."

Ich steckte den USB-Stick an, um die Dateien zu öffnen. Sie beugte sich neben mir über den Computer – sie war mir viel zu nahe, als dass ich mich noch wohlfühlen konnte. Ich fing mit Bruder Jordans zweitem Monat des Zölibats an, was bedeutete, dass ich verdammt geil war und mich auf alle atemberaubenden körperlichen Attribute von Frauen konzentrierte, mit denen ich in Kontakt kam, und besonders von *dieser* Frau.

Ich bemerkte, dass sie neben mir leise lachte.

„Wenn du weiter über mein Pech lachst, Weiss, werde ich dich später dafür bezahlen lassen."

Ihre dunkelblauen Augen schossen zu meinen und irgendetwas war in ihnen ... Hitze, vielleicht? „Leere Versprechen", sagte sie mit leiser Stimme. Ja, definitiv Hitze.

Ich zwang meine Augen zurück auf den Monitor und kopierte die richtige Datei von ihrem USB-Stick auf meinen Computer. Sie reizte mich. Einfach zu erkennen, einfach abzutun. *Normalerweise.*

Als würde ich es noch nicht so sehr wollen, dass ich schreien könnte. Und unter der Gürtellinie schrie mein Körper bereits: *„Herausforderung angenommen!"* Ich atmete tief ein – durch den Mund, damit ich ihren Duft nicht weiter wahrnahm – und öffnete die Datei, bevor ich sie dem Techniker gab, der sie auf seinen Rechner kopierte.

Minuten später wurde ich auf die Bühne gerufen, um meine Rede zu halten. Genauso, wie es morgen bei der richtigen Rede sein würde, begann ein Timer, von 18 Minuten rückwärts zu zählen. Solange hatte ich Zeit – und *nur* solange –, um meine *Ideen für die Zukunft* zu verbreiten.

Ich schloss meine Rede mit weniger als dreißig Sekunden Restzeit ab. Angesichts des fast tragischen Fehlers mit der Präsentation lief meine Probe überraschend glatt. Als ich den Raum verließ, folgte April mir hinaus in den Gang.

„Das war wirklich gut", sagte sie flüsternd.

Ich rückte meine Laptoptasche auf meiner Schulter zurecht und steckte meine Hände in die Taschen. „Aber ...?"

„Kein *Aber*. Es war eine faszinierende Rede." Ich blickte sie an, als würde ich überprüfen wollen, ob sie mich verspottete. Das tat sie nicht. Ihre Augenbrauen waren zusammengezogen, was zeigte, dass sie wirklich interessiert war. „Dragon Epoch hat also eine Wirtschaft, die sich wie die Wirtschaft in der realen Welt verhält?"

„Die meisten dieser Spiele haben das. Und die besten nutzen Wirtschaftsexperten, die sie beraten, wie es im Spiel ablaufen soll."

Sie schüttelte den Kopf. „Das ist beeindruckend. Und außerdem bin ich überrascht, dass Wirtschaftswissenschaftler in einem Spiel studieren können, wie die Wirtschaft funktioniert und so Dinge über Wirtschaftstheorien lernen können."

Mehrere Leute kamen uns in dem engen Gang entgegen und waren auf Kollisionskurs, da sie so in ihre eigenen Unterhaltungen vertieft waren, dass sie nicht aufpassten. Ich legte meine Hand um Aprils Arm und zog sie aus dem Weg, wodurch sie fast mit mir zusammenstieß. Sie legte ihre Hand an meine Taille, um ihre Balance wiederzufinden, und nur diese leichte Berührung ließ meinen Körper erwachen und sich nach mehr sehnen. Verdammt, eine steife Brise konnte ihn zur Zeit erwachen lassen. Meine Augen wanderten über den schönen Knochenbau ihres Gesichts, die perfekte, porzellanartige Haut, die der einer gewissen Disneyprinzessin glich, und der schlanken Figur, die immer noch an den richtigen Stellen Kurven vorzuweisen hatte. April war viel interessanter als eine steife Brise.

„Danke", murmelte sie, als sie sich schwerfällig von mir entfernte. Ich schluckte und blickte auf die Uhr. „Was müssen wir heute sonst noch machen?"

„Fürs Abendessen bist du auf dich gestellt, aber heute Abend gibt es einen Cocktailempfang mit der Presse. Meine Anwesenheit ist nicht von Nöten, aber ich werde trotzdem kommen, für den Fall, dass ich irgendwelche Termine planen muss. Ich habe das Gefühl, dass du nach deiner Probe heute ein ziemlich beliebter Interviewkandidat sein wirst."

Ich zog die Augenbrauen hoch. Ich dachte auch, dass es eine ziemlich gut vorgetragene Rede war, aber sie schien viel beeindruckter zu sein, als ich hatte hoffen können.

„Und dann musst du natürlich einen geruhsamen Schlaf bekommen. Sie schlagen vor, dass du deine Rede noch einmal übst, bevor du ins Bett gehst, dann nach dem Aufstehen und noch einmal im Aufenthaltsraum, bevor du an der Reihe bist."

„Nun, je weniger wir darüber reden, umso weniger nervös werde ich sein. Lass uns etwas zu Abend essen."

„Du – ähm – willst, dass ich mit dir komme?"

„Warum nicht? Du kannst mich noch mehr über meine Rede fragen, wenn du willst, und ich kann dich fragen, warum du auf die Business School willst, wo du doch offensichtlich mehr auf Wirtschaftstheorie stehst."

Sie warf mir einen flüchtigen Blick zu. Dann senkte sie den Kopf und ging schweigend weiter. Ich organisierte einen Fahrer, der uns in eines der schönsten Restaurants in Vancouver brachte und hoffte, dass sie auf *Hong Kong-Fusion* Küche stand. Es war originell, köstlich und sie genoss es offensichtlich, auch wenn sie den Wein ablehnte, der speziell für jeden Gang vorgeschlagen wurde.

Wir aßen und redeten nebenbei. Wir hatten Spaß und sie wirkte fasziniert, da sie mich weiter mit Fragen über meine Rede löcherte.

„Was hat dich dazu gebracht, dich für die Business School zu entscheiden, wo du doch Wirtschaftstheorie so magst?"

Sie zuckte mit den Achseln. „Es ist praxisnäher."

„Die Vorstellung, in die virtuelle Wirtschaft von Dragon Epoch einzutauchen, macht dich nicht völlig heiß? Wenn du Wirtschaftstheorie studieren würdest, könntest du deine Abschlussarbeit über die Wirtschaft von DE schreiben."

Sie nahm einen Löffel ihres Desserts – Vanillemousse. Sie blickte mich einen Augenblick an, bevor sie antwortete. „Es gibt viel, was mich heiß macht." Ihre dunkelrosa Zunge schoss aus ihrem Mund, um ihren Löffel abzulecken.

Ich trug keine Krawatte, aber hätte ich das getan, hätte ich sie lockern müssen. Dieses bekannte Verlangen schnürte mir den Hals zu und ließ alles unter meiner Gürtellinie schwer werden und schmerzen.

Ich räusperte mich und blickte auf meine Uhr. „Nun, bringen wir diesen Cocktailempfang hinter uns."

„Wir haben noch genügend Zeit, um ins Hotel zurückzufahren und uns umzuziehen. Der Empfang ist im Hotel."

Ich lächelte. „Noch besser. Wenn es langweilig wird, kann ich mich einfach verabschieden."

„Oder du kannst dir den Zimmerschlüssel eines heißen Mädchens schnappen." Ihre blauen Augen glitzerten. „Ich werde nicht wachbleiben und auf dich warten."

Ich habe den Zimmerschlüssel des heißen Mädchens bereits ... und es ist derselbe wie meiner. Ich versuchte, es nicht zu sagen, doch ich dachte es. April wusste nichts von Bruder Jordans Zölibat, also gab sie gelegentlich eine sexuelle Anspielung von sich.

Aber dieses Spiel konnte man zu zweit spielen. „Nun, du weißt ja, ich habe immer Kondome in der Tasche ... nur für den Fall."

Ich hatte keine Kondome dabei. Es war zu gefährlich, sie bei mir zu haben. Wenn sie griffbereit waren, bestand immer die Chance, dass ich sie auch nutzte. Ohne sie würde ich leichter auf dem Pfad der Tugend bleiben können.

„Natürlich hast du das." Prüde wischte sie sich ihren Mund mit einer Serviette ab und stand auf.

Fünfundvierzig Minuten später goss ich mir ein Mineralwasser an der Minibar in meinem Hotelzimmer ein, als April angezogen aus ihrer Kammer kam. Sie hielt an, als sie mich sah, und musterte mich von oben bis unten. Ich versuchte zu ignorieren, wie sehr es mich anmachte, wenn sie mich so ansah. Und natürlich sah sie in ihrem Partygewand elegant und königlich aus.

Sie trug ein hellblaues Cocktailkleid, das kurz über ihren Knien endete. Es hatte einen Träger an einer Schulter und fiel in Wellen über ihre Brüste und Hüften, ähnlich einer römischen Toga, nur raffiniert geschneidert, um ihre weiblichen Kurven zu zeigen. Sie trug silberfarbene hochhackige Sandalen und passenden Schmuck. Ihr langes Haar war ausgebürstet und fiel schimmernd über ihre Schultern und ihren Rücken hinab. Sie sah wie eine Million Dollar aus und ich würde gerne jeden einzelnen Cent davon verprassen.

Ich atmete tief ein und riss meine Aufmerksamkeit von ihr, indem ich einen langen Schluck aus meinem Glas nahm, bevor ich noch anfing zu sabbern.

„Du siehst sehr fesch aus", sagte sie.

„Danke", knurrte ich. Sie wartete wahrscheinlich darauf, dass ich ihr Kompliment erwiderte, aber ich wollte nichts riskieren. Ich wollte ihr bereits diese Toga von der Schulter schieben und jeden Zentimeter kosten, den sie bedeckte. *Scheiße.* Selbst der

Gedanke daran machte mich hart. Ich musste sie nicht einmal ansehen. Verdammt. Bruder Jordan war in Schwierigkeiten.

„Nun, bringen wir diesen Scheiß hinter uns", sagte ich und April nickte, während sie ihr Handy in ihre glitzernde Clutch steckte. „Du musst vor Mitternacht zurück sein, oder deine Kutsche verwandelt sich in einen Kürbis."

Sie warf mir einen Blick aus den Augenwinkeln zu, bevor sie vor mir durch die Tür huschte. „Falsche Prinzessin. Ich soll einen Apfel essen und in ein Koma fallen, bis mein Prinz kommt und mich mit einem Kuss aufweckt."

„Es ist immer ein Kuss, der sie aufweckt ... ist dir das schon aufgefallen? Schneewittchen. Dornröschen. Warum ein Kuss?"

„Weil der richtige Kuss von der richtigen Person jeden aufwecken kann." Sie drückte den Knopf, um den Aufzug zu rufen, der uns zu dem Stockwerk mit dem Ballsaal bringen sollte, in dem der Empfang stattfand. „Die Berührung von Lippen ist etwas Simples ... aber *wann Seel' und Sinn und Herz ein voller Bronnen, die Pulse Feuer, Lavastrom das Blut, Herzbeben jeder Kuss.*"

Ich beobachtete *ihre* Lippen, diese vollen, reifen Lippen, wie sie jedes Wort rezitierten. „Ist das aus einem deiner Bücher?"

„*Don Juan.* Ein Gedicht", sagte sie einfach, als ob jeder das wissen sollte.

Als wir den Empfang betraten, ermutigte mich April, mich unters Volk zu mischen, doch ich wollte mich nur widerwillig von ihr entfernen. Ich wusste, dass es von mir erwartet wurde, mich mit den Konferenzteilnehmern, Mitarbeitern der *Technology, Entertainment and Design* und den Journalisten zu unterhalten, doch heute Abend hatte ich dazu keine Lust. Außerdem war das nicht meine Szene. Zu gediegen.

Doch es mangelte nicht an schönen Frauen – das bemerkte ich. Ein paar näherten sich mir ziemlich schnell und verwickelten mich in Unterhaltungen, doch sobald April sich von meiner Schulter entfernte und sich an den Rand des Raums stellte, suchte ich sie immer wieder auf, egal mit wem ich sprach, egal was gesagt wurde.

Ich lehnte die Weingläser und Cocktails ab, die auf Tabletts herumgereicht wurden, und tat meine Pflicht, während ich mich dem Drang widersetzte, auf meine Uhr zu blicken. Doch wem ich mich nicht widersetzen konnte, war der Drang, April zu beobachten, die sich zu einer Gruppe Menschen gestellt hatte, von denen einer scheinbar dasselbe Problem wie ich hatte.

Und ich konnte nicht einmal sauer auf den Kerl sein, der mit ihr plauderte und sie mit seinem Blick streichelte. Denn wer könnte es ihm verübeln? Dieses eisblaue Kleid, ihr glänzendes dunkles Haar, diese vollen, rosa Lippen – sie war der Hammer.

Und das Äußere war wahrlich schmeichelnd für das Auge, doch was mich hoffnungslos zu ihr hinzog, war dieser Sog unter der Oberfläche. Genauso, als würde man vor dem Brechen einer Welle im Meer stehen, wo die tieferliegende Strömung bedrohlicher war als die schäumende Gischt, die über einen hereinbrach. Dieser Sog konnte einen in die Tiefe ziehen und nicht mehr freigeben, bis es zu spät war.

April war genauso – was unter der Oberfläche lag, war viel verlockender. Und ich musste mich wieder und wieder daran erinnern, denn andernfalls war ich wie bei einem mächtigen Sog in Gefahr, hinabgezogen zu werden und darin zu ertrinken – in *ihr* zu ertrinken.

Kapitel Neunzehn
April

VOM RAND DES RAUMES AUS BEOBACHTETE ICH Jordan, wie er sich mit Leuten unterhielt, besonders mit Frauen, und sich nie lange an einem Ort aufhielt. Ich bemerkte auch einen regen Austausch an Visitenkarten, die er in die Tasche seines dunkelgrauen Jacketts steckte. Ich nahm mir noch ein paar Minuten, ihn erneut zu bewundern. Als ich aus meinem Kämmerchen gekommen war und gesehen hatte, wie er sich Wasser eingeschenkt hatte, hatte er in seinem perfekt maßgeschneiderten Anzug so gut ausgesehen, dass es mir den Atem geraubt hatte.

Und dieser Dreitagebart ... dieser köstliche Dreitagebart machte mich verrückt. Er sah damit zum Anbeißen aus. Ich war aber nicht die Einzige, die ihn vernaschen wollte. Wirklich jede andere Frau in diesem Raum war ihm mit hungrigem Blick gefolgt und ich hätte am liebsten jede von ihnen deswegen geohrfeigt.

Ich war so damit beschäftigt, ihn zu beobachten, dass ich vergaß, mich selbst unters Volk zu mischen. Aber wer sollte schon mit mir reden wollen? Ich unterhielt mich gerade mit einer anderen Assistentin, als eine Frau vortrat und meine Aufmerksamkeit erregen wollte.

„Entschuldigung", sagte sie. Ich drehte mich zu ihr. Sie war hübsch, aber sah etwas älter aus, als sie wirklich war, auch wenn ich nicht wusste, wie alt das war. Ich vermutete, ein paar Jahre älter als ich. Sie hatte hellblondes Haar und einen ziemlich dunklen Teint, der offensichtlich nicht natürlich war, besonders für jemanden, der in British Columbia lebte – laut ihrem Ausweis war Vancouver ihre Heimatstadt.

„Hallo. Ich bin April Weiss, Jordan Fawkes Assistentin. Kann ich Ihnen helfen?"

„Cynthia Nolan, Assistant Media Coordinator der *Technology, Entertainment and Design*. Ich habe hier ein paar Journalisten, die gerne einen Termin für ein Interview mit Mr. Fawkes hätten."

„Sicher doch. Ich kümmere mich darum. Soll ich Sie gleich vorstellen? Dann können wir eine Zeit vereinbaren."

Ihre Augen weiteten sich und sie warf einen Blick in Jordans Richtung. „Ähm ..."

Die Frau neben ihr, laut Ausweis eine Journalistin der *USA Home Weekly*, meldete sich zu Wort. „Das wäre wundervoll, danke."

Mit einer Handbewegung geleitete ich die kleine Gruppe zu Jordan, der gerade mit einem anderen Mann in formellem Anzug sprach, welcher einen Ausweis der *Technology, Entertainment and Design* umhängen hatte. Er war Assistent des Directors der Konferenz.

„Mr. Fawkes, ich habe hier einige Leute, die sich morgen gerne kurz mit Ihnen treffen möchten. Ich dachte, ich stelle Sie kurz vor und setze dann einen Termin für ein Interview nach Ihrer Rede fest?"

Jordan nickte und ich begann, indem ich Jordans Aufmerksamkeit auf die Assistant Media Koordinatorin zog. „Das ist Cynthia –"

„*Cyndi?*", sagte Jordan und seine Augen weiteten sich. In diesem Augenblick bemerkte ich, dass Cynthia ein kurzärmliges Kleid trug. Unter einem der Ärmel blitzte ein Tattoo an ihrem Oberarm hervor, das mir *sehr* bekannt vorkam – das Muster einer stilisierten Welle in drei Blauschattierungen. Ich hatte eine identische Version um Jordans linken Arm gesehen. Dieses war an Cynthias rechtem.

So wie sich die beiden ansahen, war es offensichtlich, dass sie einander kannten. Cynthia wurde blass unter ihrem Teint, aber sie lächelte und ihre Lippen wölbten sich ungemein.

„Hey, Jordan. So schön, dich zu sehen."

Jordan schluckte sichtlich. Es dauerte eine Minute, bis er sich von der Überraschung wieder erholt hatte, die nach seinem Blick keine positive gewesen war. Also schritt ich ein. „Das sind die Journalisten der *USA Home Weekly*, die Sie morgen gerne treffen würden. Geht das in Ordnung?"

Jordan starrte die Blondine immer noch an. „Äh, ja. Das klingt großartig." Seine Augen wanderten schließlich zu meinen und es lag Verzweiflung in ihnen. Ein Kellner mit einem Tablett voller Drinks passierte uns in der Nähe und Jordan winkte ihn herbei und schnappte sich schnell ein Glas Wein, das er mit einem Schluck hinunterkippte.

„Ähm – wie geht es deiner Mom?", fragte Jordan sie.

Cynthia, der offenbar ebenso unbehaglich zumute war wie ihm, nickte und sagte: „Es geht ihr den Umständen entsprechend ganz gut. Und deinen Eltern? Ich habe sie letztes Jahr gesehen … das letzte Mal, als ich unten war."

Ich drehte mich zu den Journalisten und führte sie wieder in Richtung des Platzes, wo wir zuvor gestanden hatten, während ich mein Handy aus meiner Tasche holte. „Um wie viel Uhr würden Sie gerne mit Mr. Fawkes reden? Er ist ab drei Uhr frei."

Meine Augen schossen wieder zu Jordan, der jetzt seinen Kopf zu der Blondine geneigt hatte und sie mit zusammengekniffenen Augen anblickte, als würde er sich stark konzentrieren. Er schnappte sich einen weiteren Drink von dem Tablett und tauschte sein leeres Glas aus. Ich beobachtete sie weiter, während ich einen Termin mit den Journalisten vereinbarte und wartete dann geduldig, dass die peinlich wirkende Unterhaltung zu Ende ging. Als Jordan eine Hand auf den Arm der Frau legte – unter dem Tattoo, das wie seines aussah – zeigte sie mit ihrer freien Hand auf ihn und nickte. Er lächelte und wich zurück.

Ihre Unterhaltung schien angenehm gewesen zu sein, wenn auch etwas unbehaglich. Er entfernte sich. Sein steifes Lächeln verflüchtigte sich, sobald er ihr den Rücken zugewandt hatte, und er ging direkt auf mich zu.

„Wir sind hier fertig", murmelte er, als er an mir vorbeiging. Cynthia sah zu, wie Jordan verschwand und blickte ihm mit tiefem Bedauern in den Augen hinterher. *Was zum Teufel war das?*

Ich drehte mich um und folgte Jordan aus dem Ballsaal, wobei es mir schwer fiel, mit ihm Schritt zu halten, da er zügig Richtung Aufzug ging.

„Warte", rief ich.

Ohne mich anzusehen, streckte er den Arm aus, um die Aufzugtüren für mich offen zu halten. Er folgte mir und drückte den Knopf für das Penthouse. Sobald die Türen sich geschlossen hatten, blies er seinen Atem hinaus und ließ sich gegen die hintere Wand fallen. Er fuhr mit einer Hand durch sein Haar und sah zu, wie die Ziffern hochzählten, während wir nach oben fuhren. Ich beobachtete ihn.

„Bist du okay? Du siehst etwas aufgewühlt aus."

Seine Wange schwoll an, wo sich sein Kiefer verspannte. Er steckte seine Hände in die Taschen, aber antwortete mir nicht, so als hätte ich ihn gar nichts gefragt.

Stirnrunzelnd drehte ich mich zur Tür. Offensichtlich wollte er nicht darüber reden. Gut. Er konnte so sein. Er war schließlich der Teufel. Und egal ob sexy, gut aussehend und charmant oder nicht, man wusste nie, wann der Teufel sich gegen einen wendete. Ich schwor mir, dass ich nicht zum Kollateralschaden gehören würde, wenn er aus welchem Grund auch immer explodierte.

Der Aufzug klingelte und öffnete sich dann. Ich ging vor ihm durch die Tür und kramte in meiner Clutch nach meiner Schlüsselkarte. Er trat neben mich und zog stattdessen seine durch.

Ich ging an ihm vorbei, aber er zögerte an der Tür. Vielleicht sollte ich bei ihm bleiben, um sicherzustellen, dass er in Ordnung war, und mich danach in meinem Zimmer verbarrikadieren. Ich hatte ihn noch nie in so schlechter Stimmung erlebt, außer vielleicht am ersten Tag, als ich für ihn zu arbeiten begonnen hatte – an dem Tag, als die Kacke wegen des Sexvideos am Dampfen gewesen war.

Jordan ging zielgerichtet an mir vorbei in Richtung Minibar. Er zögerte nicht einmal, bevor er eine Flasche Jack Daniels öffnete und sich ein Glas einschenkte. Whiskey pur. Oh Scheiße.

„Jordan ...“, sagte ich, als er das Glas mit der bernsteinfarbenen Flüssigkeit an seine Lippen hob. Seine Augen schossen zu meinen und er hielt mit dem Glas an den Lippen inne. „Willst du darüber reden?“

Er zögerte nur eine Minute, bevor er das unberührte Glas auf den nächsten Tisch knallte und ins Wohnzimmer ging, wo er, die Hände in seinen Taschen vergraben, auf und ab wanderte.

„Nein, nicht wirklich.“

„Okay. Willst du deine Rede proben?“

„Nein, nicht wirklich“, er wiederholte denselben monotonen Satz. Er stand da und starrte auf das Glas, als hätte es Antworten auf alle Probleme der Welt.

„Das zu trinken, wird wahrscheinlich nicht helfen. Nicht wirklich.“

Seine Augenbrauen schossen hoch. „Doch, das wird es. Und danach werde ich ein weiteres Glas hinterher schütten.

Langsam ging ich auf ihn zu, während er mich mit grübelnden Augen ansah. „Aber du hast dem Alkohol abgeschworen. Und ich ebenfalls. Und ich würde jetzt auch gerne etwas trinken.“

„Gott, wir klingen, als wären wir in einem Meeting der Anonymen Alkoholiker. Ich habe auch geschworen, dass ich keine männliche Hure mehr sein würde, aber diese Schwüre führen nur dazu, dass ich viel zu nüchtern und sexuell frustriert bin.“

Ich fühlte etwas in meiner Brust – einen Ansturm von Freude vielleicht –, weil ich von Jordans Schwur erfuhr. Ich hatte mich die ganze Zeit gefragt, ob er irgendeiner dieser Sexnachrichten, die er bekommen hatte, gefolgt war. Oder den Snapchat-Angeboten oder irgendetwas von anderer Art, auf die sich die

Frauen an ihn rangeschmissen hatten. Es musste viel Willenskraft und Entschlossenheit seinerseits bedurft haben, um ihnen einen Korb zu geben.

Ich runzelte die Stirn.

„Was?", sagte er.

„Ich bin nur neugierig, was deinen Abstinenzschwur und dein Zölibat betrifft. Willst du einem Mönchsorden beitreten oder so?

Er biss die Zähne zusammen. „Fühlt sich manchmal so an."

Er ging zum Tisch und schnappte sich das Glas Whiskey, dann schaltete er die Feuerstelle an und sank in die Couch. Stille hing in der Luft, aber ich wollte ihn nicht mit einer weiteren Frage belästigen. Ich wollte ihn aber auch nicht vom Haken lassen.

Er hielt das Glas Whiskey zwischen seinen offenen Knien und ließ es kreisen, wobei er beobachtete, wie das Licht mit der Flüssigkeit spielte. Langsam näherte ich mich und setzte mich neben ihn.

Er blickte nicht hoch, aber nahm einen tiefen Atemzug und fing an zu reden. „Nach der Scheiße mit dem Video hatte ich vermutlich eine Erleuchtung. Das und – naja, es ist eigentlich wirklich seltsam, und wenn du ihm je ein Wort davon verrätst, werde ich es abstreiten. Aber zuzusehen, was Adam zusammen mit Mia durchgemacht hatte, war eine lehrreiche Erfahrung für mich. Es hat ihn verändert. Und ich denke, dass es eine gute Veränderung war." Er atmete erneut tief ein und neigte dann achselzuckend seinen Kopf. „Ich mochte sie zuerst nicht. Sie erinnerte mich an ... jemanden."

„Cynthia?", fragte ich.

Er warf mir einen Blick aus den Augenwinkeln zu und hob zitternd sein Glas an seine Lippen. Er schien lange daran zu riechen, trank jedoch nicht und ließ den Arm wieder sinken. Seine Augen starrten in das Feuer und wirkten karamellfarben.

„Nette Mädchen bleiben keine netten Mädchen. Sie machen beschissene Dinge ...", murmelte er. Ich hatte schon einmal einen ähnlichen Kommentar aus seinem Mund gehört, aber hatte nicht gewusst, was ich damit anfangen sollte. Ich trat meine Schuhe davon und lehnte mich zurück in die Couch, wobei ich meine Füße unter mir einklemmte.

„Das zwischen euch beiden muss ziemlich ernst gewesen sein. Ihr habt das gleiche Tattoo."

Angespannte Stille. Whiskeyschwenken. Ich konnte nichts hören außer dem Zischen des Gasfeuers und dem ständigen Summen der Klimaanlage des Penthouses. Es war ruhig und dunkel bis auf unsere kleine bernsteinfarbene Blase aus Licht.

Jordan war die Verkörperung von Anspannung. Seine Schultern waren völlig steif davon. Er spielte weiter mit seinem Glas. „Ich kenne sie schon mein ganzes Leben. Wir sind zusammen aufgewachsen", begann er mit gedämpfter Stimme. „Unsere Eltern waren befreundet – und sind es immer noch. Wir haben alles zusammen gemacht. Schule. Surfen. Am Strand abhängen. Hausaufgaben. *Alles.*" Er schüttelte den Kopf. „Wir hatten viele erste Male zusammen – erster Kuss, erste Freundin, erster ..." Seine Stimme verstummte und dann zuckte er mit den Schultern. „Ich habe sie jahrelang nicht gesehen. Hatte nur eine vage Information, dass sie irgendwo nach Norden gezogen war."

Ich räusperte mich. „Was ist passiert?"

Er rollte die Schultern, als wollte er sie lockern. „Bevor ich aufs College ging, habe ich sie gefragt, ob sie mich heiraten möchte. Wir sind gleich alt, aber ich hatte aufgrund des Heimunterrichts anderthalb Jahre früher die High School beendet. Mein alter Herr hatte mich zu diesem Ingenieursprogramm gedrängt, in dem er mich so gerne sehen wollte. Gott, ich war verdammte sechzehn. Was wusste ich schon? Sie sagte natürlich ja und ich habe sie zurückgelassen. Ich bin bei jeder Gelegenheit, die sich mir bot, nach SLO zurückgefahren ... praktisch jedes Wochenende. Und als sie an der UCLA anfing, war ich begeistert. Wir waren nur dreißig Minuten voneinander entfernt."

„Dann hast du jemand anderen kennengelernt?"

Seine Gesichtszüge entspannten sich und langsam und bedächtig stellte er das Glas auf den Couchtisch vor sich. Seine freie Hand ballte sich zu einer Faust. „Du nimmst an, dass ich sie betrogen habe, hmm?"

Ich schluckte und errötete. „Oh, sorry. Ich habe angenommen, dass du aufgrund deiner Neigungen und deines SMS-Harems ..."

„Einfach klasse, Weiss. Also musste ich, weil ich der Mann bin, natürlich derjenige sein, der fremdging."

„Ich nehme an, dass das eine sexistische Unterstellung meinerseits war."

„Ja."

„Nun, um fair zu sein, es lag nicht nur daran, dass du ein Mann bist. Dein heutiges Benehmen ihr gegenüber war ein wenig ... ich weiß nicht ... als würdest du dich irgendwie schuldig fühlen."

Diese Augen fanden die meinen wieder und der Blick in ihnen war so intensiv, dass ich den Atem anhielt. „Ich – ich. Ich muss mich wegen vielem schuldig fühlen, wenn es um Cyndi geht. Aber ich habe sie nicht betrogen. Nein, ich habe sie an einem Freitagnachmittag in ihrem Studentenwohnheim überrascht, um mit ihr auszugehen. Ich öffnete ihre Tür und fand einen tätowierten Biker auf ihrem Bett."

„Oh Gott", sagte ich und fiel in die Couch zurück. „Fuck, es tut mir leid."

Er zuckte und blickte weg. Er rutschte vor zum Rand der Couch, zog sein Jackett aus und löste seine Krawatte. „Das war vor sechs Jahren. Das ist bereits Geschichte." Er knöpfte seine Manschetten auf und krempelte die Ärmel hoch. Ich konnte meine Augen kaum von seinen kräftigen Unterarmen nehmen, deren starke Adern sich unter der Haut abzeichneten.

„Aber Geschichte bleibt nun mal an uns hängen ... und kommt zurück, um uns heimzusuchen."

„Ja?", biss er heraus. Seine Stimme hatte einen verbitterten Unterton. „Was weißt *du* schon? Hat dein Freund mit deiner besten Freundin rumgemacht?"

„Nein, hat er nicht. Er hat meine Mutter geheiratet."

Er blies seinen Atem langsam hinaus und dieser verwandelte sich in zitterndes Lachen. Aber als seine Augen auf meinem Gesicht landeten, wusste er, dass ich nicht scherzte. Er ernüchterte sofort. „Wirklich?"

„Es ist okay. Du kannst lachen. Ich weiß, dass es krank und gestört ist. Meine Mom liebt nur einen Menschen auf dieser Welt – sich selbst. Also bin ich mir sicher, dass Gunnar nur Ehemann vier in einer langen Reihe aus acht oder neun ist, vielleicht sogar aus einem ganzen Dutzend."

Er runzelte die Stirn. „Ist das erst vor kurzem passiert?"

Meine Augen schnellten weg und fixierten das Feuer. „Direkt vor der Comic-Con."

„Also hat dir deine Mutter einfach deinen Freund gestohlen?"

„Wir hatten schlussgemacht. Soweit ich weiß, hat er nicht mit ihr geschlafen, bis ich ihn abserviert hatte. Sie flirtete mit all meinen Freunden, also wer weiß das schon? Anscheinend hatte ich ihn im Bett gelangweilt."

Jordan blinzelte. „*Was?*"

„Das hat er gesagt, als ich mit ihm schlussgemacht habe."

„Er ist ein verdammter Lügner, Weiss. Ich hoffe, du glaubst diese Scheiße nicht."

Ich zuckte mit den Schultern und starrte ins Feuer. Ich musste zugeben, dass ich es geglaubt *hatte*. Aber Jordans Reaktion war irgendwie ermutigend.

Er wandte sich zu mir und streckte eine Hand aus. Seine Fingerrücken strichen meinen Kiefer entlang. Die Berührung brannte sich in mich – wie *jedes* Mal, wenn dieser Mann mich berührte. Ich schluckte. Er nahm mein Kinn und drehte mein Gesicht zu seinem. „Wenn er das wirklich denkt, ist er der dümmste Mann auf diesem Planeten. Wirklich. Oder *er* hat *dich* gelangweilt."

Meine Augen hielten sich an seinen fest, die nun dunkler erschienen, da fast sein ganzes Gesicht jetzt im Schatten lag. Ich leckte über meine Lippen. Seine Augen folgten der Bewegung und ich sah, wie sein Adamsapfel zuckte. Aber anstatt seine Hand wegzunehmen, fuhr er mit ihr meine Wange entlang und schob mir eine Haarsträhne hinters Ohr. Ich konnte das Zittern nicht kontrollieren, das meine Wirbelsäule hinablief.

„Also ... also dachtest du nicht, dass ich langweilig war?" Meine Stimme war kaum mehr als ein Flüstern.

Langsam schüttelte er den Kopf, wobei seine Augen ohne Pause auf meine gerichtet waren. Ich war gefesselt von jeder

Bewegung, jeder Geste. Seine Finger glitten wieder meinen Kiefer entlang und sein Daumen streichelte meine Wange. Jeder Atemzug in meiner Brust wurde von einem Band aus Anspannung um mich begrenzt und das Einatmen fiel mir von Mal zu Mal schwerer.

Sein Daumen fuhr meine Unterlippe entlang. Die Berührung war sanft, langsam und bedacht. Quälend erotisch. Ich fühlte, wie jede Rille seines Fingerabdrucks über meine Haut wanderte und mich auf ewig markierte.

„Du warst das exakte Gegenteil von langweilig", sagte er mit so leiser Stimme, dass ich mich anstrengen musste, es zu hören. Sein Daumen bewegte sich wieder und ich presste meine Lippen dagegen und küsste ihn.

Seine Augen wurden dunkler und sein Daumen fuhr zwischen meine Lippen. Ich fing ihn sanft mit den Zähnen ein. „Es war so aufregend, dass es mir schwer fällt, es zu vergessen." Die Spitze meiner Zunge schlängelte sich vor und fuhr seinen eindringenden Daumen nach. Sein Kopf bewegte sich und sein Gesicht war so nahe vor mir, dass ich es nicht klar erkennen konnte. „Du kämpfst nicht fair, Weiss."

Meine Lippen schlossen sich um ihn und ich saugte daran. Ein neues Gefühl war in meinem Körper – Feuer auf meiner Haut und eine kalte, kalte Sehnsucht in mir. Ich war eine leere Schale und ich brauchte ihn, um mich zu füllen.

Ich wich zurück, damit ich sprechen konnte. „Weil ich nicht mehr kämpfen will", sagte ich.

Seine Lippen waren sofort auf meinen.

Er schmeckte ein wenig nach dem Wein, den er auf dem Empfang hinuntergekippt hatte, aber davon abgesehen schmeckte er genauso wie in der Nacht zuvor. Seine warmen

Lippen bedeckten meine und verschmolzen mit ihnen und unsere Zungen vereinten sich. Seine Hand legte sich um meinen Nacken und zog meinen Kopf an seinen. Das hätte er nicht tun müssen. Ich würde nirgendwo hingehen.

Ich wollte das so sehr.

Nach Minuten, in denen unsere Münder aufeinander gepresst waren, hatte ich das Gefühl, dass ich mich daran erinnern musste zu atmen. Meine Augen schlossen sich und ich konnte kaum an etwas anderes als die Berührung seiner Lippen denken, die über meinen Kiefer wanderten, und an seinen Dreitagebart, der an meiner Wange und meinem Hals kratzte. Jetzt war meine Antwort zu schnell und ich konnte die Kontrolle darüber nicht wiedererlangen.

Meine Lippen fanden den Puls an seinem sandpapierartigem Hals und ich saugte und leckte ihn dort. „Du machst es mir ziemlich schwer, Weiss", sagte er.

„Du mir auch."

Sein Mund wanderte meinen Hals hinab. Ich zitterte. Seine Hand an meinen Oberarm packte fester zu. „Ich will dich wirklich aus diesem Kleid schälen."

Meine Hände fuhren durch sein weiches Haar, als er sich küssend zu meinem Ausschnitt vorarbeitete, wobei jede Berührung seines Mundes mich wie ein Pfeil im Inneren traf. Gott, die Sehnsucht war jetzt so groß, dass ich fast zu wimmern begann.

„Ich hätte nichts dagegen, wenn du das tust."

„Aber ich kann nicht – ich sollte nicht. Du bist die verbotene Frucht." Seine Zunge tauchte zwischen meine Brüste und leckte mich dort. Ich rang nach Luft. „Aber du schmeckst einfach so verdammt gut. Ich will dich einfach nur ausziehen und dich unter mir ausbreiten."

„Auch etwas, gegen das ich nichts hätte." Meine Stimme zitterte. Die Anspannung in mir baute einen gewaltigen Druck auf. Sein Mund und seine Hände wirkten verrückte und sinnliche Zauber, die mich in seinen Bann zogen. Er war viel zu gut in dem, was er tat.

Und ich hatte jeglichen gesunden Menschenverstand verloren, mit dem ich geboren worden war. Er war mein Boss. Meine Empfehlung für die Business School hing von ihm ab. Wenn jemand von dem hier erfahren würde, könnte es ihn seinen Job kosten.

„Wir sollten das nicht tun", sagte er, als würde er meine Gedanken lesen. Aber gleichzeitig schoben sich seine Finger unter den Saum meines Kleides.

Trotz der Warnung in meinem Kopf, dass wir aufhören sollten, schlängelte sich meine Hand hoch, um sein Hemd aufzuknöpfen. Wir schienen beide das Problem zu haben, dass unsere Hände und Körper unabhängig von unseren Gehirnen funktionierten. Meine Hand glitt unter sein Hemd und streichelte diese harte, gemeißelte Brust. Er fühlte sich so gut an, dass ich –

Plötzlich schloss sich seine Hand um mein Handgelenk und zog es aus seinem Hemd heraus. Die andere Hand fand mein anderes Handgelenk. In der nächsten Sekunde drückte er mich abrupt auf die Couch zurück, sodass ich flach auf dem Rücken lag und er mich mit meinen Händen über dem Kopf festhielt.

„Wenn das noch weiter geht, werde ich nicht mehr aufhören können. Wir machen hier nicht mehr nur rum", zischte er zwischen zusammengepressten Zähnen heraus, wobei seine

Augen sowohl Verärgerung als auch Verlangen widerspiegelten. „Ich will dich so sehr ficken, dass ich es schmecken kann – dass ich *dich* schmecken kann. Und verdammt, ich kann nichts mehr schmecken *außer* dich.“

Ich schluckte. Er wollte, dass ich ihm einen Ausweg eröffnete. Er wollte, dass ich ihn wieder zur Vernunft brachte. Und er hatte nicht ganz unrecht. Er fühlte sich gerade verletzlich und ihn zu verführen würde bedeuten, ihn auszunutzen. Der Gedanke schien verrückt, denn ich bezweifelte, dass Jordan je gegen seinen Willen verführt worden war.

Aber ... vielleicht hatte ich ein wenig Macht, sein Urteilsvermögen zu beeinflussen. Vielleicht hatte ich die Verantwortung, den Kopf nicht zu verlieren.

„Wir sollten das nicht tun, weil ... wir zusammen arbeiten. Das könnte deinen Job gefährden.“ Meine Stimme klang nicht wirklich überzeugt, aber ich fuhr zittrig fort. „Ähm. Vielleicht ... vielleicht hast du das letzte Mal bereut.“

Sein Griff um meine Handgelenke festigte sich. „Hör auf“, knurrte er, während sich sein Kopf senkte, sodass seine Stirn auf meiner ruhte. „Das Einzige, was ich bereue, ist dieses verdammte Video.“

Ich schluckte. „Vielleicht willst du das gar nicht wirklich.“

Er bewegte sich und presste die große, harte Beule in seiner Hose gegen meinen Oberschenkel. „Fühlt sich das an, als würde ich es nicht wirklich wollen?“

Meine Atmung wurde wieder schneller. Ich wollte ihn so sehr in mir spüren, dass meine Gedanken und meine Sinne sich nun in meinem Kopf überschlugen und überkochten wie in einem Hexenkessel. Verlangen brannte in jeder Synapse, jeder

Ader, jeder Sehne. Meine Hüften bewegten sich und ich rieb mich an ihm.

„Jordan", sagte ich leise. „Ich will dich."

Sein Mund war wieder auf meinem und seine Zunge verknotete sich mit meiner. Er packte mich so wild an den Handgelenken, dass ich anfing, das Gefühl in meinen Händen zu verlieren. Plötzlich wich er zurück, ließ mich los und setzte sich auf.

Scheiße.

Ich hätte schreien können wegen dieses plötzlichen Anfalls von Selbstbeherrschung. Der Blick, den er mir zuwarf, war jedoch alles andere als kontrolliert. Er wirkte wie ein wildes Tier, als seine Brust sich hob und senkte.

Er wurde ernst. „Steh auf, April."

Ich war mir hundertprozentig sicher, dass mir nicht gefallen würde, was er gleich sagen würde. Ich setzte mich langsam auf und blickte ihn an.

„Steh auf", widerholte er und streckte die Hand aus, um mir zu helfen. Er erhob sich zusammen mit mir. „Es gibt einige unanständige Dinge, die ich gerade gerne mit dir tun würde – und auf viele verschiedene Arten – aber obwohl ich es zuvor gesagt habe, habe ich keine Kondome dabei."

Ich runzelte die Stirn. „Das ist bedauernswert."

„Ziemlich."

„Dann ist es wahrscheinlich eine zu große Versuchung, wenn ich dir sage, dass sich im Geschenkkorb der Suite Kondome befinden." Ich zeigte auf den Tresen, wo der Korb unberührt stand, seit ich ihn am Tag zuvor durchgesehen hatte.

Er blickte zum Korb und der Atem strömte aus seiner Brust. Er schlug sich die Hände vors Gesicht. „Fuck, Weiss. Das hättest du mir nicht sagen dürfen."

Wir starrten einander eine lange, angespannte Minute an. Ich versuchte, meine Atmung unter Kontrolle zu halten. Seine Augen fielen auf meine Brust und bemerkten wahrscheinlich mein zuvor erwähntes Problem, Luft in meine Lungen zu pumpen.

Abrupt drehte er sich um und schritt zur Bar, wo er eine Flasche Wasser herausholte, sie öffnete und einen großen Schluck nahm. Mit einem tiefen Atemzug drehte ich ihm den Rücken zu und wandte mich zum Feuer. Ich war nicht bereit dafür, dass dies jetzt zu Ende war. Aber zum Walzertanzen brauchte man zwei und mein Tanzpartner verließ gerade den Ball. Ich blinzelte frustriert.

Aber konnte ich es ihm verübeln? Es gab so viele Gründe – von denen ich einige nicht einmal erwähnt hatte –, aus denen er nicht auf mich stehen sollte. Nummer eins: Das verdammte Video. Nummer zwei: Ich war seine Praktikantin und er liebte seinen Job. Nummer drei: Er sollte sich auf seine morgige Rede vorbereiten und sich ausschlafen. Nummer vier ... ich runzelte die Stirn und rieb meine Stirn zwischen den Augenbrauen. Mir fiel keine Nummer vier ein. Aber ich war mir sicher, dass es eine Nummer vier geben musste.

Dann hörte ich ihn hinter mir und erstarrte. Sein Körper war so nah, so warm, wärmer als die Hitze des Feuers vor mir, denn er war nur Zentimeter – vielleicht auch nur Millimeter – von mir entfernt. Und da war noch etwas anderes ... wie ein Kompass, der in Richtung der Quelle des Magnetismus zeigte, fühlte ich eine mystische Anziehung zwischen meinen

Schulterblättern. Er zog mich wieder in seinen Bann, indem er einfach nur so nahe bei mir stand.

Als ich seinen warmen Atem in meinem Nacken spürte, lief mir ein Schauer die Wirbelsäule hinab. Seine kräftigen Finger strichen mein Haar zur Seite und langsam – so langsam – berührten mich seine Lippen an dem Punkt, wo mein Hals in meinen Rücken überging. Mit seinem Dreitagebart und diesen weichen, weichen Lippen strich er meine Schultern entlang. Ich rang nach Luft und konnte mich nicht mehr kontrollieren.

Eine seiner Hände presste gegen meinen Bauch und zog mich zurück an seine Brust, während er mich küsste. Das machte mich wild vor Vorfreude. Noch ein weiterer Zauber in seinem magischen Arsenal.

Mein Atem stockte und ich war mir meines Herzschlags nur allzu bewusst – er war überall, besonders an der Stelle an meinem Hals, wo seine Lippen sich mit meiner sensiblen Haut vereinten.

„Aber, aber, liebes Schneewittchen. Sieht so aus, als wäre der große böse Wolf hier, um dich aufzufressen", murmelte er gegen mein Fleisch.

„Falsches Märchen", antwortete ich zittrig.

„Nun, ich bin ganz sicher nicht ihr Märchenprinz, da ich bezweifle, dass er je mit ihr gemacht hat, was ich gleich mit dir machen werde", knurrte er.

Seine Finger glitten durch mein Haar und krallten sich darin fest. Dann riss er mit einem schnellen Zug meinen Kopf zur Seite und entblößte mehr meines Halses für ihn. Seine Hand packte fester zu und seine Atmung wurde schneller. Meine Kopfhaut prickelte von dem Schmerz, der nur dazu beitrug, mich noch heißer zu machen. Das einzige Geräusch kam vom

Reißverschluss meines Kleides, den er mit einem schnellen Ruck hinunter zog.

„Ja?", fragte ich. „Und was wirst du mit mir machen?"

„Nichts, was du nicht gründlich genießen wirst."

Diese Sehnsucht wurde schlimmer und mit jeder Minute, in der er seinen Zauber auf mich wirkte, größer. Mit einer schnellen Handbewegung ließ ich mein Kleid an mir hinunterfallen, sodass es an meinen Füßen einen eisblauen Teich bildete. Ich fühlte mich wie die Göttin, die sich in Botticellis berühmtem Gemälde *Die Geburt der Venus* aus dem Wasser erhob. Und Jordan, dessen Lippen einen Pfad aus Feuer auf meiner Haut hinterließen, betete mich an meinem Altar an.

„Ich wollte dich schon seit Monaten nackt sehen."

Ich kannte das Gefühl nur zu gut. Ich sah ihn an und seine Hand löste sich aus meinem Haar. Ich stieg aus meinem Kleid und er bückte sich, um es aufzuheben, und legte es über die Lehne eines Stuhls. Ich wartete, bis er sich wieder zu mir drehte, bevor ich meinen trägerlosen BH öffnete. Ich zog ihn aus und warf ihn beiseite, sodass er auf demselben Stuhl landete. Dann, bevor ich die Nerven verlieren konnte, streifte ich mein Höschen ab und trat es in dieselbe Richtung. Jetzt war ich nur noch mit der Reflektion der Flammen und seinem heißen Blick, der über mich wanderte, bekleidet.

Jordan hingegen war immer noch völlig angezogen. Sein halb aufgeknöpftes Hemd, seine Anzughose – komplett mit der straffen Beule an der Vorderseite. Selbst die Schuhe hatte er noch an. Als könnte er meine Gedanken lesen, zog er sie aus. Dann knöpfte er sein Hemd fertig auf und ließ es auf mein Kleid fallen. Sein Bizeps schwoll dabei an und seine Brustmuskeln leuchteten im bernsteinfarbenen Licht des Feuers. Ich stellte mir vor, diese harte, nackte Brust an meiner zu spüren. Haut auf Haut. Meine Nippel wurden zu harten Knospen und obwohl seine Hand zu seinem Gürtel hinabfiel, kam er zu mir herüber und zog mich fest an sich.

„Du bist so verdammt schön", sagte er. Meine Hand wanderte zu seiner Brust und spürte jeden harten Muskel und jede Wölbung unter seiner Haut. Mein Kopf tauchte hinab zu der Stelle, nach der ich mich gesehnt hatte, seit er mir nur mit Badeshorts bekleidet die Tür seines Strandhauses geöffnet hatte. Ich leckte ihn und fuhr mit meinem Mund sein Schlüsselbein entlang. Sein Atem zischte aus ihm heraus. Ich fühlte, wie er sich gegen meinen Bauch presste und ließ meine Hand an seinen Gürtel fallen.

„Ich will nicht, dass du das bereust ...", flüsterte er.

Ich lachte ihn fast aus. *Als ob.* Das Einzige, was ich heute bereuen würde, wäre keinen Orgasmus zu haben. Und ich war mir ziemlich sicher, dass er das nicht zulassen würde.

„Verdammt nein", sagte ich. Gerade war ich so begierig auf ihn, dass ich ausrasten würde, wenn er das nicht durchzog.

„Aber April ... das darf nur eine einmalige Sache sein ... wir können nach heute Nacht nicht damit weitermachen."

Ich schluckte den plötzlich in meiner Kehle auftauchenden Knoten hinunter. Ich war nicht begeistert davon, aber ich verstand, warum es so sein musste. Jordan gab sich selbst einen Ausweg, indem er mich wissen ließ, dass es hier nur um Sex ging.

„Ich verstehe." Ich öffnete seinen Gürtel und fuhr seinen Hosenschlitz entlang. Ich streichelte ihn durch das glatte Material seiner Hose. Sein Schwanz zuckte unter meiner

Berührung und ich packte ihn. „Ich will dich wieder in mir, Jordan.“

Im nächsten Moment hatte er uns an der Wand und seine Hose und Boxershorts nach unten geschoben. Er war nackt, aber stand zu nahe an mir, als dass ich ihn angemessen hätte bewundern können. Er hatte das notwendige Verpackungsmaterial in seiner Hand, eine Aufmerksamkeit des Hotels. Ich würde dem Zimmerservice eine Dankeskarte schreiben müssen, dafür dass er so aufmerksam war.

Fast ohne Mühe hob er mich hoch und drückte mich gegen die kalte Wand, sodass unsere Köpfe auf gleicher Höhe waren. Meine Beine schlossen sich um seine Taille und seine Zunge drang mit solcher Wildheit in meinen Mund ein, dass ich kaum atmen konnte. Ich rieb mich an ihm und wich zurück und holte Luft, bevor er seinen Kopf senkte und meinen Nippel in seinen Mund saugte. Verdammt, das fühlte sich so gut an. Meine Fingernägel gruben sich in seine Schultern und meine Augen drehten sich in meinen Kopf zurück.

Seine Zunge und seine Zähne kneteten den sensiblen Punkt meines Nippels und trieben mich direkt in ekstatische Besinnungslosigkeit. Ich rieb meine Hüften an ihm und er knurrte als Antwort und wandte sich dem anderen Nippel zu.

„Oh mein Gott, du machst mich verrückt“, sagte ich atemlos.

„Schön, den Gefallen endlich zu erwidern. Du hast mich über einen Monat lang verrückt gemacht.“

„Du hast nur dafür gesorgt, dass ich dich hasse“, sagte ich, als ich mit meinen Nägeln über seine Schultern und seine Brust kratzte.

„Hmm – so gemein von mir. Ich sollte das wiedergutmachen.“ Langsam ließ er mich an der Wand hinabgleiten, bis ich wieder auf den Füßen stand. Doch er wanderte weiter hinab, bis er auf den Knien war und sich auf den Teppich setzte. Ich wollte mit ihm hinabgehen, aber er hielt meine Hüften an Ort und Stelle fest. Dann fing er an, diese magischen, himmlischen, kratzenden Küsse auf die sensible Haut an der Innenseite meiner Schenkel anzuwenden. Ich lehnte mich gegen die Wand und öffnete die Beine auf sein Drängen, während ich die Augen schloss, um das Gefühl zu genießen. Sein heißer Mund wanderte einen Schenkel hinauf und wandte sich dann dem anderen zu und wiederholte seinen Pfad. Er zog sanft an mir, damit ich mein Gewicht auf das andere Bein verlagerte, damit ich eines über seine Schulter legen konnte und mich ihm öffnete.

„Ich kann nicht warten herauszufinden, wie du schmeckst, Weiss."

Ich schluckte. Keiner meiner Freunde hatte je Oralsex an mir praktiziert. Sie hatten es entweder nie angeboten oder ich hatte ihre peinlichen Versuche unterbrochen, bevor sie überhaupt begonnen hatten. Ich wollte auch fast Jordan stoppen. Ich hatte diese Erfahrung noch nie gemacht und war mir nicht sicher, ob dies das erste Mal sein sollte. Aber ich hatte keine Zeit, nachzudenken oder zu reagieren, bevor sein Mund auf dem Scheitelpunkt meiner Schenkel war und seine Finger mich ihm öffneten.

Seine Zunge kam heraus, um sich mit meiner Klitoris zu verbinden und ich musste mir in die Wange beißen, um nicht aufzuschreien. Sobald ich wieder atmen konnte, stieß ich ein Stöhnen aus, während seine Schulter sich unter meinem Bein anspannte. Er lehnte sich vor und wandte mehr Druck an. Ich war ihm und den berauschenden Bewegungen seiner Zunge an meinem Fleisch ausgeliefert. Jedes Schlecken fühlte sich an, als würde es jede Zelle meines Körpers enger zusammenziehen. Bald saugte er mich in seinen Mund und verzehrte mich, so wie er es angedroht hatte. Und mit seinem Dreitagebart und den Muskeln konnte ich mir ihn leicht als den großen bösen Wolf vorstellen, der mich verschlang.

Jedes Nervenende in meinem Körper wurde lebendig und verlangte nach mehr Aufmerksamkeit von ihm und seinem bezaubernden Mund. Er musste erkannt haben, dass ich kurz davor war, denn sein Mund drückte sich fester gegen mich und seine Bewegungen wurden schneller. Dann glitt ein Finger tief in mich und wanderte nach oben, wo er gegen den sensibelsten Punkt meinen Körpers drückte, als wäre es ein Einschalter. Das war alles, worauf ich gewartet hatte.

Innerhalb weniger Augenblicke kam ich in atemberaubenden Wellen reiner Ekstase. Ich konnte mich nicht mehr zurückhalten. Mein Bein zuckte und Jordan hielt mich hoch, während er weiter saugte – er wrang jeden letzten Tropfen aus mir, bis ich so empfindlich war, dass es anfing zu schmerzen.

„Bitte", keuchte ich und drückte ihn weg. „Oh Gott ..."

Langsam ließ er nach und ich versuchte, mich zu erholen. Er hob mein Bein von seiner Schulter und ließ meine Hüften los. Meine Augen waren geschlossen und meine Haut war überall von Schweiß bedeckt. Mein ganzer Körper kribbelte. Anstatt mich zu befriedigen, hatte dieser Orgasmus meinen Hunger geweckt. Ich wollte spüren, wie er sich in mir bewegte, mich ausfüllte. Ich wollte ihn vor Verlangen stöhnen hören und spüren, wie er sich sein Vergnügen aus meinem Körper holte.

Als ich die Augen öffnete, lag er flach auf dem Rücken und blickte mit raubtierartigen Augen zu mir herauf. Ich sank vorsichtig neben ihn auf den Teppich hinab und übersäte seine Brust mit Küssen.

„Du bist so unglaublich heiß", murmelte er.

„Ich wollte gerade dasselbe über dich sagen."

Unsere Münder verbanden sich und als er zurückwich, murmelte er: „Wenn ich nicht in zwei Minuten in dir bin, raste ich aus."

Er schnappte sich das Kondom vom Boden neben ihm und riss die Folie auf, dann zog er es sich über. Das war meine erste Gelegenheit, ihn nackt zu sehen. Er war so schön – wohlgeformte, schlanke, muskulöse Beine von jahrelangem Balancieren auf dem Surfbrett, fester Bauch, Einbuchtungen über den Hüften. Ich bekam auch meinen ersten Blick auf seinen Schwanz und er war so prachtvoll wie der Rest von ihm. Und groß, genauso wie ich ihn in Erinnerung hatte – wenn ich das letzte Mal gewusst hätte, auf was ich mich einließ, wäre ich wahrscheinlich schreiend davongelaufen.

„Du solltest wirklich deine Rede üben", neckte ich ihn, als er damit fertig war, das Kondom überzuziehen.

„Dafür habe ich Zeit, nachdem ich die Kondome aufgebraucht habe." Er rollte sich auf die Seite und griff nach mir. Ich kam bereitwillig.

„Ich habe nicht nachgezählt. Wie viele waren in dem Korb?"

Er grinste wie der Wolf, mit dem er sich verglichen hatte. „Das wirst du herausfinden."

Mit einem sanften Schubs rollte er mich auf den Rücken und fixierte mich mit seiner breiten Brust. Eine Hand wanderte nach unten, um meine Knie auseinanderzudrücken und ich öffnete mich ihm.

Er glitt zwischen meine Beine und in einer zügigen Bewegung drang er in mich ein. Ich war feucht, nass, bereit für ihn, und obwohl er groß war, war sein Eindringen einfach. Ich hielt den Atem an und genoss es, ihn dort zu spüren. Er beugte sich vor, presste seinen Mund auf meinen Hals und fing an, sich zu bewegen.

Er fand seinen Rhythmus schnell. Auf seinen Ellbogen ruhend und meinen Kopf mit seinen Händen haltend labte er sich weiter an meinem Hals. Ich legte meine Beine um seine schwankenden Hüften und zog ihn fest in mich. Ich würde ihn nicht loslassen.

„Gott, Weiss, du bringst mich um", murmelte er mit heiserer Stimme.

„Fick mich hart, Jordan."

Mit einem Knurren drückte er sich auf einen Arm hoch und machte genau das, mit schnellen, tiefen Stößen in mich eindringen. Die Wucht davon raubte mir den Atem und tat fast weh, doch sie fühlte sich auch so unglaublich gut an. Abrupt veränderte er sein Tempo und den Winkel, in dem er in mich eindrang. Ich rang nach Luft und mein Körper wölbte sich unter ihm. Er beobachtete mich genau, als würde er bemessen, wie kurz davor ich war. Ich konnte kaum atmen. Es musste ziemlich offensichtlich sein, wie nahe ich meinem Orgasmus war.

„Komm schon, April", knurrt er. „Komm noch einmal."

Ich schloss die Augen und konzentrierte mich auf nichts anderes als das Gefühl, wie er sich in mir und gegen mich bewegte, auf die Reibung seiner festen Brust an meinen Nippeln, an das Gefühl seiner Hände, die sich in meine Hüften gruben, an seinen heißen Atem auf meinem Gesicht und meinem Hals. Plötzlich war ich über der Schwelle und kam mit Atem raubendem Keuchen, völlig schockiert, dass ich so schnell wieder fähig dazu war.

Aber dann erinnerte ich mich – an jene Nacht, die Nacht des Videos. Ich war auch damals mehr als einmal gekommen. Es war das erste Mal gewesen, dass dies passiert war, und alles nur, weil ich in den Händen eines sehr erfahrenen Liebhabers gewesen war. In Jordans Händen.

Er bewegte sich immer noch auf mir und seine Atmung wurde immer abgehakter, bis ich spürte, wie er sich in einem letzten Stoß tief in mich versteifte.

Hinter meinen geschlossenen Augen sah ich immer noch Sterne. Das war fantastisch gewesen. Genauso heiß wie in der Nacht der Comic-Con – nein, noch besser. Dieses Mal konnte ich in sein schönes Gesicht blicken und sein Verlangen nach mir sehen. Ich konnte seinen heißen Mund auf meinem Hals und meinem Gesicht spüren.

Heilige Scheiße.

Als ich wieder zur Erde zurückschwebte, fing ich an, seine Worte von vorhin zu fürchten. *April ... das darf nur eine einmalige Sache sein ... wir können nach heute Nacht nicht damit weitermachen.*

Ein Gefühl kalter Leere überkam mich und ich unterdrückte ein Zittern, einen Schmerz von Verlust.

Denn ich war ihm bereits verfallen.

Kapitel Zwanzig
Jordan

Statt für meinen Rede zu üben und mir Mönch Jordans neues Zölibat ins Gedächtnis zu rufen, verbrachte ich die halbe Nacht damit, meine heiße Praktikantin zu vögeln. Und obwohl es all diese neuentdeckten Wertvorstellungen zunichtemachte, bereute ich es keineswegs.

Nach dem ersten Mal auf dem Boden vor dem Ofen trug ich sie in mein Zimmer hinauf. Ich hatte noch ein weiteres Kondom und ich hatte vor, es zu benutzen. Wenn das eine Nur-für-eine-Nacht-Sache war – was es wirklich sein *musste* –, dann würde ich das Beste daraus machen.

Nach zwei Orgasmen schien sie erschöpft. Ein Schimmer von Schweiß ließ ihre porzellanartige Haut auf wunderschöne Art glänzen. Es gab einen weiteren Kamin in meinem Schlafzimmer, also legte ich den Schalter dafür um, anstatt das Licht einzuschalten. Dann ließ ich sie sanft auf dem Bett nieder und sie lächelte mit gesättigten Augen, denen ich nicht widerstehen konnte, zu mir hoch. Ich beugte mich vor, um wieder Besitz zu ergreifen von diesem Mund, küsste diese prallen, rosa Lippen, die mich an eine Märchenprinzessin erinnerten. An eine sehr ungezogene Märchenprinzessin.

„Hast du Durst? Hunger?"

Lächelnd schüttelte sie den Kopf, dann rutschte sie auf dem Bett hinüber und klopfte auf den Platz neben sich.

Ich verschwand kurz im Badezimmer, bevor ich mich zu ihr gesellte. Sie hatte sich auf den Bauch gerollt, ein Kissen unter ihr Kinn geklemmt und beobachtete das Feuer aufmerksam vom Fuß des Bettes aus. Ich lag auf dem Rücken und bewunderte die Kurven ihres hinreißenden Hinterns und ihrer Schenkel.

Ihr Körper war anders als der der Frauen, die ich normalerweise datete. Die meisten waren Models, also waren sie groß und schlank. Alle hatten feste, straffe Muskeln und wenig Kurven. Sie waren zweifellos wunderschöne Frauen, aber diese hier hatte etwas an sich ...

„Dein Körper ist wunderschön", sagte ich, während ich mit einer Hand über ihre weiche Haut fuhr und ihren Hintern umschloss.

Sie drehte ihren Kopf, um mich anzusehen, und ein Stirnrunzeln zerknitterte ihre dunklen Augenbrauen. Es war klar, dass sie mir nicht glaubte. „Bist du letztes Jahr nicht mit einem *Victoria's Secret*-Model ausgegangen? Und die Schauspielerinnen ... ich kann mich wohl kaum mit einer von ihnen messen."

Meine Hand stoppte nur für einen Moment lang mit dem Erforschen ihrer Haut, ihres Hinterns, ihrer Beine. Ich wurde bereits hart, nur indem ich sie berührte. Und ich wollte wieder in ihr sein – schnell. Hoffentlich würde das zweite Mal genug für heute Nacht sein, denn die Anzahl der Kondome wäre danach Null. Ich könnte allerdings den Zimmerservice um weitere bitten, sollte ich verzweifelt genug werden.

„Du solltest dich nicht mit irgendeiner von ihnen vergleichen. Du bist anders. Du fühlst dich wie eine Frau an.

Eine echte Frau. Es ist ihr Job so auszusehen, damit die Klamotten an ihnen gut aussehen." Ich zuckte mit den Schultern. „Aber ich würde keine von ihnen aus dem Bett schmeißen, weil sie Kekse isst …"

Sie blickte finster drein.

„Ich werde aber vielleicht *dich* aus dem Bett schmeißen. Natürlich nur, um dich dann auf dem Boden noch einmal zu nehmen."

„Wow, die Dinge, die du einer Frau erzählst, nur um in ihr Höschen zu kommen …"

Meine Hand stoppte auf ihrem Arm und schloss sich darum – etwas zu fest, wie ich bemerkte, als sie erschreckt einatmete. Ich lockerte meinen Griff und sie drehte sich um und wir blickten einander in die Augen. „Ich lüge Frauen nicht an. Nie. Weder dich. Noch eine von ihnen."

„Ich könnte dich dazu bewegen, mich anzulügen."

Ich kniff meine Augen zusammen, aber es hatte nicht den gewünschten Effekt. Sie lächelte listig.

„Wie viele Liebhaberinnen hattest du?"

Ich zögerte, wich zurück. „Das werde ich dir nicht sagen."

Sie hob ihren Kopf vom Kissen und sah mich an. „Was, wenn ich dir sagen würde, wie viele ich hatte?"

„Dann sag es mir."

„Mal sehen … Ich war siebzehn bei meinem ersten Mal – Abschlussball der Junior High School. Das war mein High School Freund –"

Aus irgendeinem Grund ärgerte mich der Gedanke daran, dass sie mit anderen Männern zusammen gewesen war, auch wenn das Geschichte war. „Nur eine Zahl, Weiss, kein vollständiges Protokoll."

Sie zuckte mit den Schultern. „Du bist Nummer sechs."

Ich legte mich auf mein Kissen zurück und beobachtete sie, wobei ich meine Hand wieder ihr Bein hinunterfahren ließ.

„Nun?", sagte sie nach einer Minute. „Komm schon … verrat mir deine Zahl."

„Die Wahrheit?" Ich seufzte. „Ich hab keine Ahnung."

Ihre Augenbrauen schossen hoch. „Was?"

Ich zuckte mit den Schultern. „Es ist nicht so, als würde ich mitzählen."

„Okay, aber … *könntest* du es nachzählen, wenn du dich hinsetzen und darüber nachdenken würdest?"

Ich starrte an die Decke, um ihrem Blick auszuweichen – und der Frage. Sie war wahrscheinlich angewidert.

„Reden wir von Dutzenden oder *Hunderten?* Schätze."

Ein listiges Lächeln breitete sich auf meinen Lippen aus. „Definitiv weniger, als in ein Baseballstadion passen."

Sie schlug mir auf die Rückseite meines Armes und lachte. „Trottel."

Ich lachte auch und zuckte mit den Schultern. „Aber es ist ohnehin nur eine Zahl. Ich glaube tatsächlich, dass Sex heißer wird, je länger man mit jemandem zusammen ist. Man lernt denjenigen besser kennen, seinen Körper, was ihm gefällt …"

Meine Hand glitt wieder über sie. Hatte ich schon jemals zuvor so weiche Haut berührt? Und sogar jetzt, verschwitzt von unserer glühend heißen Begegnung, roch sie immer noch fantastisch.

Ihre Augen weiteten sich. „Wow, das hätte ich nicht aus dem Mund eines Playboys wie dir erwartet."

Ja, wenn ich so weiter redete, würde ich wahrscheinlich meinem Ruf schaden. Aber ich war all dem sowieso schon überdrüssig geworden.

Und Cyndi heute Abend zu sehen, hatte mich an diese Leere erinnert. Daran, dass ich wahrscheinlich nie zufrieden sein würde, wenn ich mich weiterhin in diese oberflächlichen, nicht erfüllenden Beziehungen stürzen würde. Sicher, wenn man dabei war, machte es Spaß, guten Sex zu haben. Aber letzten Endes ging ich alleine nach Hause. Das Mädchen war vielleicht nicht einmal jemand, mit dem ich rumsitzen und Filme ansehen oder etwas essen oder eine lange Unterhaltung führen wollte.

So etwas hatte ich schon lange nicht mehr gehabt, bis … Meine Hand ruhte auf Aprils merkwürdigem Tattoo in ihrem Kreuz, direkt an der Wölbung über ihrem Hintern, der mich verrückt machte. Ich lehnte mich auf einen Ellbogen, um einen besseren Blick darauf zu bekommen, und ließ meine Hand erneut darübergleiten.

„Hier ist es also, das belastende Tattoo.“

Sie spannte sich unter meiner Hand an. „Du meinst mein Schandmal? Meinen scharlachroten Buchstaben?“

„Dein was?“

Sie drehte ihren Kopf und sah mich an. „Ach, bitte sag mir nicht, dass du den Roman nie gelesen hast. *Der scharlachrote Buchstabe*? Nathaniel Hawthorne?“

„Ich wurde zu Hause unterrichtet. Meine Mutter mochte keine klassische Literatur. Ich habe aber den Film gesehen. Irgendein puritanisches Mädchen wird schwanger, ohne verheiratet zu sein, und sie zwingen sie dazu, ein rotes *A* auf all ihre Kleider zu nähen.“

Über ihr Gesicht zog dieser träumerische Ausdruck, den sie immer bekam, wenn sie über Bücher sprach. „Hester Prynne. Sie war eine unglaubliche Frau. Die anderen versuchten, sie zu beschämen, aber sie war über deren Hohn und Spott erhaben. Sie ertrug die volle Wucht ihrer entsetzlichen Behandlung und stellte sich der Demütigung. Der scharlachrote Buchstabe war als ihr Schandmal gedacht. Schlussendlich wurde es ihr Ehrenabzeichen.“

Ich zeichnete den Totenkopf und die Schlange in ihrem Kreuz nach. „Und das ist dein Schandmal?“

Sie zuckte mit den Schultern. „Manchmal fühlt es sich so an.“

„Was um Himmels willen war in dich gefahren, dass du dir das hast stechen lassen, Weiss?“

„Was in mich gefahren war, all die dummen Sachen in meinem kurzen Leben zu machen? Eine Kombination aus meinen Eltern, einem steilen Sturzflug meines Selbstbewusstseins und einer Menge Alkohol.“

„Deine Mutter hatte also etwas getan, was dich sauer machte?“

Sie schüttelte ihren Kopf. „Nein, dieses Mal war es mein Dad gewesen. Ich war sechzehn. Wir hatten einen großen Streit. Ich wollte das Internat verlassen, das ich besuchte, weil ich es dort hasste und Schwierigkeiten hatte. Er verweigerte es mir. Ich bin mit ein paar fragwürdigen Freunden ausgegangen, habe mich mithilfe eines falschen Ausweises betrunken und wachte am nächsten Morgen mit dem Tattoo auf. Das war für ihn im Grunde ein symbolischer Schlag ins Gesicht. Und er *war* verletzt, als er herausfand, dass ich mir ein Tattoo hatte stechen lassen – obwohl er es nie gesehen hat. Ich will es irgendwann entfernen lassen.“

„Bis dahin ist es ein erdrückender Beweis für deinen Cosplay-Ruhm", sagte ich lachend.

Sie drehte sich mit einer Intensität in den Augen zu mir und ich wusste, mir würde nicht gefallen, was sie zu sagen hatte. „Apropos erdrückende Beweise, ich glaube, du hast ein Tattoo, das beweist, dass du eines Tages wahnsinnig verliebt warst."

Ich schluckte und wandte den Blick ab. Der auftauchende Schmerz fühlte sich immer noch frisch an und stach in meiner Brust. Es war merkwürdig, nach all den Jahren sollte man denken, dass man über etwas – jemanden – hinweg war. Aber heute Abend … wieder in ihr Gesicht zu sehen, sie jetzt so viel älter zu sehen. Und so anders als das lächelnde, sorglose Surfergirl, mit dem ich aufgewachsen war … Die Frau, die im Prinzip mein Vertrauen in alle Frauen für immer zerstört hatte. Denn wenn ich ihr nicht hatte vertrauen können, wem zum Teufel konnte ich dann vertrauen?

Ich rieb mir den Nasenrücken. Ich wollte nicht über Cyndi sprechen. Nicht jetzt … und auch sonst nie. Aber ich bezweifelte, dass April mich vom Haken lassen würde, und sie fing an, unangenehmes Terrain zu betreten. Also lehnte ich mich vor und küsste ihre Schulter, während ich mit meiner Hand ihren Rücken hinunterfuhr. Obwohl das eine klassische Ablenkungstaktik war, war ich wirklich bereit für eine nächste Runde. Ich knabberte an ihrem Ohr und sie wich zurück, um meinen Blick mit diesen wunderschönen dunkelblauen Augen zu erfassen. Ich atmete ein und seufzend wieder aus.

Ihr ernster Gesichtsausdruck verwandelte sich in ein Lächeln und dann zu einem Lachen. „Hmm. Weißt du, du solltest *wirklich* diese Rede üben und schlafen."

„Meine Damen und Herren, ich danke Ihnen für die Gelegenheit, an diesem Nachmittag vor Ihnen zu sprechen", begann ich ohne Zögern, während ich ihre langen Haare von ihrem Hals wegschob. Diese Haare ... dieser Hals. Ich senkte meinen Kopf für eine Kostprobe, öffnete meinen Mund und saugte ihre weiche, duftende Haut ein. Sie rang nach Luft und presste sich an mich.

Ich drehte mich, sodass ich auf ihr lag und ihr kurviger Hintern in meine Leiste drückte und griff unter sie, um diese vollen, festen Brüste zu berühren, während ich mir meinen Weg ihren Rücken hinunterküsste.

„Und ...?", forderte sie mich mit gehauchter Stimme auf.

„Seit Jahrzehnten hat die Vernetzung von Videospielen und Bildung die Art, wie wir lehren und lernen, revolutioniert ..." Mit meinem Bein drückte ich ihre Schenkel auf. Meine Hand löste sich von ihrer Brust und rutschte zwischen ihrem Körper und der Matratze nach unten, um sie bereits feucht und bereit für mich vorzufinden. *Oh verdammt, ja.* Ich drückte meinen Schwanz gegen ihre Öffnung und sie rang nach Luft.

„Ich werde mir dir schlafen, Weiss. Dieses Mal wird es lange dauern und es wird sich so gut anfühlen."

„Letztes Mal hat es sich verdammt gut angefühlt."

„Mal sehen, wie oft ich dich in einer Nacht zum Orgasmus bringen kann." Ich riss die Verpackung mit meinen Zähnen auf und streifte das Kondom über. Verdammt ja, ich würde das Beste aus dieser letzten Gelegenheit machen.

„Ich habe nichts gegen dieses Vorhaben."

„Bist du bereit, dich gehen zu lassen?"

Mit meiner Hand unter ihr zog ich sie an mich und drang mit einem schnellen, geschmeidigen Stoß in sie ein. Eine meiner

Lieblingsbewegungen. Ich hatte gewollt, dass sie aufschrie, vielleicht sogar kreischte – wenigstens laut nach Luft rang oder stöhnte. Stattdessen hielt sie den Atem an. Ich schwor mir, dass sie wimmern würde, bevor ich mit meinem Liebesspiel fertig war. Dieses Mädchen musste loslassen und ich würde das verwirklichen.

Aber für den Augenblick genoss ich das Gefühl, wie sie sich um mich schloss, mich fest packte – so fest, dass ich kaum atmen konnte. Ich grub meine Nase in ihr duftendes Haar, wobei ich ihren Körper mit meinem bedeckte und anfing, mich zu bewegen. Ich setzte mich auf meine Knie, wobei ich sie mit mir hochzog, und stieß hart mit einem schnellen Schwung in sie. Sie stützte sich an der Fußleiste des Bettes ab und mit einer Hand sammelte ich ihre Haare zusammen und zog damit vorsichtig ihren Kopf zurück. Sie belohnte mich mit einem Knurren.

Meine andere Hand rutschte unter sie, um ihre Klitoris zu reiben. Sie fühlte sich so verdammt gut an, aber sie war dieses Mal zu leise. Nach ein paar Minuten beugte ich mich über sie, um meinen Mund an ihr Ohr zu legen. „Gefällt dir das, April?"

Zumindest atmete sie schwer. „Ja."

„Ich will hören, wie gut es sich anfühlt." Ich zog noch einmal an ihren Haaren und stieß in sie.

Dieses Mal wurde das Knurren von einem Stöhnen begleitet.

Sie verlagerte ihre Hände auf der Fußleiste und drückte sich an mich zurück, als ich mich erhob und über sie fiel. Meine Lust wurde größer. „Gut so." Ich beschleunigte mein Tempo.

„Oh Gott", stöhnte sie. Das hörte ich oft. Mit einem Knurren beugte ich mich vor und als ich ihren Halsansatz mit meinem Mund fand, grub ich meine Zähne hinein. Sie zuckte als Antwort.

„Das gefällt dir.“

„Ja“, ächzte sie wild.

„Willst du mehr?“ Sie antwortete nicht. Ich wurde langsamer, machte nur kurze, oberflächliche Stöße. „Sag es mir, April.“ Sie stieß wie aus Protest wieder gegen mich und ich packte ihre Hüften und hielt sie ruhig. „Ich will hören, wie du die Beherrschung verlierst.“

„Beweg dich schneller“, flehte sie.

„Ich habe dir gesagt, dass ich mir Zeit nehmen werde.“ Ich hielt still und fuhr damit fort, ihre süße Knospe zu reiben. Sie versuchte, gegen mich zu stoßen und ich stoppte sie, wartete, bis sie wieder kurz davor war. Ich benutzte meine freie Hand, um ihre Brust zu berühren und rieb immer wieder über ihren Nippel, bis sie keuchte und schließlich kam, wobei sie mich mit ihrem Höhepunkt packte. Ich kostete das heiße und enge Gefühl von ihr um mich aus.

Ich stieß noch ein paar Mal in sie, während ich darauf wartete, dass sie sich beruhigte. Dann zog ich mich aus ihr und drehte sie um.

„Das macht dann drei.“

Sie sah mit zufriedenen Augen zu mir hoch. „Du zählst Orgasmen, aber keine Partner?“

Ich senkte meinen Mund auf ihren, bereit, wieder auf sie zu steigen, als sie gegen meine Brust drückte und mich wegschob.

„Was?“

Sie grinste schelmisch, als sie mich erneut wegschob, und ich rutschte von ihr herunter. „Ich bin an der Reihe, obenauf zu sein“, sagte sie, als sie mich auf den Rücken drehte und sich mit gespreizten Beinen auf mich setzte.

Oh. Gott, ja. Meine Hände glitten von ihren Hüften über ihre Taille hinauf, um ihre Brüste zu nehmen, als sie ihr Becken verlagerte und ich erneut in sie eindrang. Mit einem Stoß glitt ich nach Hause, tief hinein. Dieses Mal stöhnte sie, anstatt nur zurückhaltend einzuatmen, und ihre Augen weiteten sich erstaunt.

„Langsam, April", warnte ich, als sie anfing, sich zu bewegen, doch in ihren Augen lag eine Herausforderung. Sie leckte über ihre Lippen und bewegte sich schnell auf mir. Ich zwickte ihre Nippel. Sie warf ihren Kopf zurück und schrie auf, wobei sich ihre Nägel in meine Haut gruben.

Ich hob meine Arme und nahm ihr Gesicht zwischen meine Hände. Sie bewegte sich weiter und ich stieß in sie. Ich zog ihr Gesicht zu meinem herunter, sowohl um sie zu küssen als auch, um ihr Tempo zu verringern. Ihre Brüste rieben an meiner Brust und es fühlte sich unglaublich an. Sie fühlte sich so unglaublich an, wie sie mich umschloss, mich fest packte.

„Öffne deine Augen", befahl ich. Sie fügte sich, während sie sich weiterhin auf mir bewegte. Es fühlte sich himmlisch an, wie sich ihr langes seidenes Haar über meinen Körper ausbreitete. Aber als ihr Blick abdriftete, zog ich ihren Kopf näher heran. „Sieh mich an. Sieh nicht weg."

Als wir einander in die Augen sahen, stiegen wir langsam wieder auf. Bei jeder Bewegung äußerte sie ein süßes, hohes Stöhnen. Und jedes Stöhnen machte tief drinnen etwas mit mir. Aber es waren ihre Augen, die mit meinen Blickkontakt hielten, die eine Schicht durchdrangen, von deren Existenz ich nicht einmal gewusst hatte. Es war viel intimer, als ich es mir vorgestellt hatte. Irgendwann war ich derjenige, der wegsehen wollte, da ich Angst hatte, sie würde zu viel von mir sehen.

Nach kurzer Zeit keuchte sie mit gewölbtem Rücken in einem weiteren Orgasmus. Ich setzte mich auf und zog ihren Nippel in meinen Mund, als sie sich wand und an meinen Körper bebte. Ihr feuchter Körper klebte an meinem und ich drehte uns herum, stieß immer wieder in sie, bis ich kam und mein Körper vor heißer Erlösung pochte. Ihr Mund war an meinem Hals, ihre Nägel in meinem Rücken und ihre Beine waren um meine Hüften geklammert und zogen mich flach an sie.

Heilige. Scheiße. Es dauerte Minuten, bis ich wieder denken konnte, geschweige denn sprechen, oder mich überhaupt daran erinnerte, wie man atmete. Das letzte Mal war unglaublich gewesen. Dieses Mal hatte das vorherige – und auch jeden anderen guten Sex, den ich je hatte – bei weitem übertroffen.

Ich wich zurück und sah in ihr glühendes, errötetes Gesicht. Was zum Teufel machte diese Frau mit mir?

Da ich mich unwohl und mehr als nur etwas entblößt fühlte, rollte ich von ihr und ging ins Bad, um mich sauber zu machen. Als ich zurück ins Zimmer kam, lag sie noch immer auf ihrem Rücken und starrte an die Decke. Ich ließ mich aufs Bett fallen und zog sie an mich. Ihr Körper war kalt vom Schweiß, also schmiegte ich mich von hinten an ihren Rücken. Sie drehte sich und küsste meinen Arm.

„Ich glaube, wir waren bei vier", sagte ich.

„Sechs, wenn du deine mitzählst …"

„Wir zählen nur deine. Ich würde gerne noch ein halbes Dutzend daraus machen."

Sie lachte. „Ich werde schon lange davor in Ohnmacht gefallen sein. Mmm, das war gut. Und ich bin jetzt eine Verfechterin des Dreitagebarts."

„Dir gefällt der Bart?"

Ihre Hand hob sich an meine Wangen und rieb über meine Barthaare. *„Gefallen* ist eine Untertreibung. Vor allem, wenn du mich küsst und ihn über meinen ganzen Körper reibst."

Ich verwöhnte sie, indem ich ihre Schulter küsste und mit meinem Kinn über sie rieb, was sie zum Lachen brachte. Dann zog ich sie zurück und sie ließ sich an meiner Brust nieder. Es fühlte sich gut an. Ein Teil von mir wünschte sich, ich hätte noch ein Kondom. Der andere Teil sagte mir, ich solle mich verdammt nochmal beruhigen und etwas schlafen. Ich fühlte mich gut, befriedigt. Fürs Erste jedenfalls.

„Nun, ähm …", begann sie schüchtern.

Ich zeichnete mit meiner Hand ihre runde Hüfte nach. „Ja?"

„Ich frage nur nach, um sicher zu gehen, dass es dir … besser geht. Du warst nicht wirklich gut drauf, als wir vom Empfang hierher zurückgekommen sind."

Meine Hand ruhte auf ihrer weichen Haut und ich legte meine Nase in ihr Haar und atmete tief ein. Sie neigte ihren Kopf in meine Richtung, sodass sie mein Gesicht sehen konnte, dann strich ihre Hand über den Bart an meinem Kiefer.

„Du hast es definitiv geschafft, dass ich mich besser fühle. Viel besser, als der Whiskey es vermocht hätte." Ich grinste verschmitzt.

Sie lachte, dann drehte sie sich zu mir um. „Ich meine nur … nun, es hat dich ziemlich bewegt, sie wiederzusehen. Aber ich verstehe etwas, das du gesagt hast, nicht. Dass du dich ihr gegenüber schuldig fühlst. Wieso ist das der Fall, wenn sie diejenige ist, die dich betrogen hat?"

Ich verkrampfte und versuchte, diese alten beunruhigenden Gefühle zu ignorieren, die jedes Mal aufstiegen, wenn ich an Cyndi dachte. „Ich habe dir erzählt, dass nette Kerle zuletzt durchs Ziel gehen. Ich war ein netter Kerl und wurde ausgenutzt- wortwörtlich. Also war das mein letzter Tag als netter Kerl. Ich beschloss, dass jeder, der mich hintergeht, es bereuen würde."

Sie schluckte, während sie das Tattoo an meinem Arm berührte. „Also hast du dich irgendwie an ihr gerächt?"

Ich biss die Zähne zusammen, dann ließ ich locker. Ich lehnte mich zurück und starrte an die Decke und wieder ergriff mich die altbekannte Schuld. Gott.

„Ich bin jetzt nicht stolz darauf, aber es hat sich damals verdammt gut angefühlt. Ich kenne Leute. Sie erledigen Sachen für mich … das ist nichts Neues. Das war schon im College so. Ich fand heraus, wer der Kerl war, mit dem sie vögelte, und schickte ihm eine heiße Rothaarige. Es dauerte nicht lange, bis er mit ihr schlief. Und … naja, Cyndi bekam letztendlich einen Geschmack ihrer eigenen Medizin. Danach habe ich auch ihn noch ruiniert."

Stille. Ich hielt die Luft an und blies sie langsam heraus. Dann wagte ich einen Blick auf sie. Sie starrte ins Leere, schien tief in Gedanken versunken. Sie war eine Denkerin, das hatte ich bereits bemerkt. Sie lebte viel in ihrem Kopf.

Endlich sprach sie. „Ich habe dich mit diesem Video auch hintergangen, auch wenn es ein Versehen war. Bedeutet das, dass du dich auch an mir rächen wirst?"

Ich drehte mich zu ihr und stützte mich auf einen Arm. „Ich denke, nach heute Nacht kannst du dich als gründlich gefickt betrachten." Ich lächelte anzüglich. „Aber auf eine viel angenehmere Weise."

Als sie mich ansah, war nicht nur Lust in ihren Augen, dort war auch etwas Angst. Und verdammt, es machte mich ein wenig an, sie dort zu sehen. Vielleicht musste ich den Zimmerservice am Ende doch noch wegen eines weiteren Kondoms rufen.

Ich zog an ihrer Schulter, um sie auf den Rücken zu rollen und nahm dann ihren Mund mit meinem, nahm ihn wild in Besitz. Ich beanspruchte sie mit meinen Lippen, meinen Zähnen und meiner Zunge, bis sie nach Luft rang.

„Man könnte denken, dass ich nach zwei Mal genug hätte", murmelte ich gegen ihren Hals. „Aber ich will dich jetzt nur noch mehr."

„Oh Gott, du findest immer die richtigen Worte."

„Das ist kein Scherz, April."

Ihre weichen Hände glitten meinen Rücken hinunter und neues Verlangen wuchs.

Sie wich zurück und sah mich an und diese tiefblauen Augen schienen meine Seele zu reinigen. „Du solltest mit ihr sprechen."

Ich wich zurück. „Was? Mit wem?"

„Cynthia."

Ich nahm einen tiefen Atemzug und blickte weg. Wow, sie wusste wirklich, wie man die Stimmung zerstörte.

„Ich meine … wenn die Schuld dich fertig macht."

Ich verkrampfte. „Ich habe keine Ahnung, was ich ihr sagen sollte."

„Sag ihr, dass es dir leidtut. Du wirst dich danach besser fühlen."

„Ich werde mich besser fühlen, wenn wir vergessen, dass wir uns gesehen haben und unsere Leben weiterleben."

Sie sah weg und zuckte mit einer Schulter. „Es ist nur ein Vorschlag, Jordan. Du musst nicht auf die kleine einfache Praktikantin hören, wenn du nicht willst."

Ich antwortete nicht. Ich hatte nichts zu sagen – nicht einmal, um sie wegen der *einfache Praktikantin*-Bemerkung zu verbessern. Also ließ ich es zwischen uns stehen.

April drückte ihren Mund auf meine Brust, wobei sie murmelte: „Gott, du bist wunderschön." Sie machte es sich an mir zwischen meinem Arm und meiner Brust gemütlich, und die Erschöpfung fiel wie eine Decke über mich.

Meine Augen schlossen sich und ich bewegte meine Finger durch ihr weiches Haar. Die Unruhe, die mich wegen der Diskussion über Cyndi gepackt hatte, verschwand wieder. Das fühlte sich … tröstlich an. „Du hast Glück, dass ich letzte Nacht nicht gut geschlafen habe, sonst wäre ich schon wieder über dir", nuschelte ich.

„Leere Versprechen", sagte sie, während sie mit einem müden Finger meinen Bauch entlangfuhr.

Wir lagen eine lange Zeit so da. Ich driftete in dieses Niemandsland zwischen Schlaf und Wachheit ab, wo ich mir ihrer Haut an meiner, ihres Geruchs, ihres weichen Haares bewusst wurde. An diesem wunderschönen Ort fühlte ich, wie sie sich bewegte, aufsetzte und eine Decke über mich zog.

Ich riss ein Auge auf, als ich bemerkte, dass sie aufstand, um zu gehen.

„Wohin gehst du?"

Sie beugte sich vor, um meine Stirn zu küssen. Meine Augen konzentrierten sich auf die Art, wie ihre Brüste mit der Bewegung ihres Körpers schwangen.

„Ich gehe zurück in mein Zimmer", flüsterte sie.

Ich schlängelte eine Hand hoch, packte sie an der Taille und zog sie zu mir herunter. „Nein, tust du nicht. Du schläfst hier."

Mit einem müden Lachen kämpfte sie nur halbherzig, sich aus meinem festen Griff zu befreien. „Der Teufel hat seinen Willen verkündet."

„Ja, habe ich. Der Teufel verlangt, dass sein Schneewittchen sich genau hier hinlegt und neben ihm schläft."

„Ich bin also dein Schneewittchen?"

„Immer", murmelte ich und kuschelte mich an sie. Dann fiel ich mit Visionen von Märchenprinzessinnen in meinem Kopf in den Schlaf, und alle von ihnen hatten das Gesicht des Mädchens, das in meinen Armen lag.

Kapitel Einundzwanzig
April

ICH WACHTE AM NÄCHSTEN MORGEN VOR JORDAN AUF UND flitzte aus dem Bett, bevor wir uns mit der unvermeidlichen Peinlichkeit befassen mussten, ob wir noch einmal würden oder nicht. Anscheinend gab es sowieso keine Kondome mehr im Zimmer. Und obwohl ich mehr von dem gewollt hätte, was wir letzte Nacht getan hatten, hatte er sich klar ausgedrückt – das war nur eine Sache für eine Nacht.

Und so musste es sein, aber ich war nicht glücklich darüber.

Ich studierte ihn in dem grauen Morgenlicht. Er war nackt, in die Laken gewickelt, sein harter, wunderschöner männlicher Körper ganz ebenwinklig. So gequält sein Schlaf auch gewesen war – ich hatte ihm in der Nacht viel Platz lassen müssen –, sein Gesicht war friedlich. Ich wünschte, ich wüsste, wovon er geträumt hatte.

Ich ging nach unten, duschte, zog mich an und bestellte Frühstück beim Zimmerservice, dann erst hörte ich, wie er oben umherwanderte. Er musste an diesem Morgen am Eröffnungsseminar teilnehmen und gleich nach dem Mittagessen folgte seine Rede.

Er tauchte in Jeans und einem T-Shirt, das sich über seiner breiten Brust spannte, unten auf. Seine Augen streiften über die Speisen – Rührei, Bacon, ein Teller Gebäck und frischer, heißer

Kaffee. Wortlos schenkte er sich eine Tasse ein, heiß und schwarz. Ich sah zu, wie er ihn an seine Lippen hob, über die Oberfläche pustete und dann vorsichtig nippte.

Seine Augen drifteten zu meinen herüber. „Morgen", sagte er endlich mit schroffer Stimme. „Gut geschlafen?"

Wenn neben einem menschlichen Hurrikan bedeutete, gut zu schlafen ... „Sicher", sagte ich wenig überzeugend.

„War ich so schlimm?"

„Ähm, das Schlafen oder der andere Teil?"

Er lachte. „Schlafen."

„Nun, sagen wir einfach, ich konnte erkennen, dass du wegen heute nervös warst. Du hast, ähm, Teile deiner Rede im Schlaf gemurmelt."

„Du lügst."

Ich grinste. „Nein. Ich schwöre bei Gott. Ich durfte alles über Videospiele-Mikroökonomie hören, auch wenn es gemurmelt und etwas undeutlich war."

Er lächelte, ging zum Fenster hinüber und sah auf den trüben Tag hinaus, während er wieder an seinem Kaffee nippte. Ich erhaschte Blicke auf seinen prächtigen Hintern in diesen Jeans. *In der Tat ein sehr netter Ausblick.*

„Du hast auch von ihr geträumt", sagte ich leise.

Er versteifte sich, neigte seinen Kopf zurück und leerte seinen Kaffee. Als er sich umdrehte, ließ er seine Augen über mich wandern, kalt und hart. „Nun, wieso sitzt du hier so rum? Hast du nicht irgendetwas zu erledigen? Meinen Zeitplan ordnen oder so?"

Meine Augenbrauen schossen hoch bis zu meinem Haaransatz. Business as usual. Nun ... Ich war gewarnt worden, nicht?

„Sicher, was immer du sagst, *Boss*." Ich räusperte mich und stand vom Tisch auf, dann wischte ich mir die Brösel von meinen Fingern, mied seinen Blick, obwohl er mich dabei beobachtete, wie ich saubermachte und mich dann zum Gehen wandte.

Eine Stunde später waren wir bereit aufzubrechen. Er trug einen taubengrauen Blazer zu Jeans und ein schwarzes Poloshirt. Mit diesem Bart und etwas Gel in seinen Haaren, sodass sie kunstvoll schief standen, sah er zum Anbeißen aus.

Ich schluckte und zog mein Handy heraus, ignorierte dabei, wie seine Augen über mich in meinem dunkelgrünen Oberteil mit dazu passender Weste schweiften. „Ähm, wir müssen in zwanzig Minuten am Kongresszentrum sein."

Er deutete in Richtung Eingang. „Geh voran."

Der Morgen setzte sich in etwa so fort, wie er begonnen hatte. Jordan redete nicht viel mit mir. Ich war mir nicht sicher, ob er noch immer sauer war über den Kommentar, den ich beim Frühstück gemacht hatte, oder ob er versuchte sich zu distanzieren, um zu bekräftigen, dass unser One-Night-Stand genau das bleiben würde.

Eine Nacht. Unter den *unzähligen* Frauen, mit denen er zusammen war, waren vermutlich eine Menge One-Night-Stands gewesen. Er gab vermutlich nichts darauf … außer der peinlichen Tatsache, dass wir immer noch für einen weiteren Monat miteinander arbeiten mussten. Vielleicht fand er nicht, dass der Sex zwischen uns zu zwei unterschiedlichen Gelegenheiten überwältigend gewesen war, aber für mich war es schwierig, diese Tatsache zu ignorieren.

In der Minute, in der wir fertig waren, fing ich an, mich wieder mit einem ständig wachsenden Bedürfnis danach zu sehnen. Sogar im Auditorium neben ihm zu sitzen, die Hitze seines Armes neben meinem zu spüren ... verdammt, sogar sein Geruch war Folter. Ich wollte zum Kuscheln auf seinen starken, harten Schoß klettern – vielleicht auch für ein paar andere Dinge.

Was zum Teufel stimmte nicht mit mir? Wieso ließ ich mich so von ihm beeinflussen – jede Berührung, jeder Gedanke an seine Gegenwart führte zu einer sofortigen Rückblende auf die Elektrizität zwischen unseren verschwitzten, nackten Körpern, die sich aneinander rieben.

Jordan aß nicht viel zu Mittag und zog sich gleich nach ein paar Bissen und einer weiteren Tasse Kaffee in den Aufenthaltsraum zurück. Ich sagte mir, dass sein kühles Verhalten an seiner Nervosität lag. Ich versuchte, mich nicht verletzt zu fühlen. Ich versuchte, mir nicht so viele Gedanken darüber zu machen.

Aber verflucht, vorgewarnt oder nicht, es tat weh. Und ich fing bereits an, mir zu viele Gedanken zu machen – über die Dämonen, die ihn so sehr verfolgten, dass er nicht durchschlafen konnte, darüber, wer er unter der köstlichen, perfekten Hülle war.

Ja, an der Oberfläche war er ein großspuriger Trottel. Ein unausstehlicher, großspuriger Trottel. Aber darunter? Unter dieser arroganten Hülle war etwas schwer zu Fassendes, Goldenes, Seltenes. Etwas, dass er versteckt hielt, außer in Momenten, in denen er es nicht konnte, zum Beispiel beim Sex, als ich geradewegs in seine Seele gestarrt hatte.

Oh Scheiße. Die Situation wurde härter, je mehr Zeit wir miteinander verbrachten.

Ich stand hinter der Bühne in einem separaten Zimmer und verfolgte seine Rede, die er vor einem abgedunkelten Auditorium voller Leute hielt, auf dem Bildschirm. Obwohl ich wusste, dass er nervös war, zeigte sich davon nur sehr wenig in seiner Präsentation. Er sah ausreichend gelehrt, dennoch auch schick aus und der Dreitagebart und Blazer verliehen seiner Jugend etwas Glaubwürdigkeit. Und er war sowohl artikuliert als auch intelligent. Für mich machte das seine körperliche Schönheit nur noch sexyer.

Nicht lange, nachdem er seine Einleitung begonnen hatte, wurde ich mir jemandes Anwesenheit neben meiner Schulter bewusst. Ich warf einen Blick zur Seite und sah Cynthia, deren Augen auf den Bildschirm fixiert waren. Sie trug heute eine langärmlige Bluse, wodurch das belastende Tattoo, dass sie mit Jordan verband, verdeckt blieb.

Sie blickte mich mit einem Lächeln an und nickte zum Bildschirm. „Er ist brillant. Ich wusste, dass er ein guter Kandidat für einen Vortrag wäre. Das habe ich dem Komitee gesagt, als ich ihn als Redner vorschlug.“

Ich sah sie an und fragte mich, ob Jordan wusste, dass sie diejenige war, die für seine Einladung als Redner verantwortlich war. „Hättest du …“, fing ich an.

Sie sah sich um und trat dann ein wenig näher an mich heran, was mir zeigte, dass ich meine Stimme senken sollte. „Hättest du gern die Chance, mit ihm zu sprechen? Alleine?“

Sie zog sich ein wenig zurück und ein Stirnrunzeln knitterte ihre Augenbraue. Sie steckte eine Strähne blonden Haares hinter ihr Ohr und wich aus: „Ich glaube nicht wirklich, dass er das wollen würde.“

„Aber wenn er es täte … würdest *du* es wollen?“

Sie presste ihre Lippen aufeinander und schüttelte dann den Kopf. „Er würde das nicht wollen", wiederholte sie. „Jordan glaubt an seine eigene Form von Karma."

Ich bin mir sicher, dass sie das kryptisch meinte, aber ich verstand es trotzdem. Sie wusste über Jordans Rache wegen ihres Fremdgehens Bescheid. Ich fragte mich, ob Jordan das wusste.

Wir starrten für den Rest seiner zugeteilten achtzehn Minuten auf den Monitor. Er brachte sein Thema mit einem charismatischem, selbstvergessenen Lächeln und einem Schimmer in seinen Augen, der Höschen zum Schmelzen bringen konnte, unter Dach und Fach. Mein Höschen fühlte sich definitiv wärmer an als sonst.

Cynthia drehte sich um, um zu gehen, gerade, als ich sah, dass Jordan die Bühne unter umfassendem Applaus verließ. Ich hielt sie auf, indem ich sie nach dem Treffen mit den Journalisten fragte, die in ein paar Stunden mit ihm sprechen wollten. Während sie mir antwortete, betrat Jordan selbstsicher und grinsend das Zimmer. Er öffnete den Mund, um etwas zu mir zu sagen, bevor er Cynthia erblickte, die neben mir erstarrt war. Das Lächeln verschwand aus seinem Gesicht.

Ich ging zu ihm. „Hey", sagte ich. „Du hast in einer Stunde einen Termin mit dem Journalisten der *USA Home Weekly*. Bis dahin bist du, äh … auf dich alleine gestellt", sagte ich mit einem angedeuteten Blick auf Cynthia.

Seine Augen verengten sich und er schluckte, aber sagte nichts, als ich das Zimmer verließ. Er würde vermutlich sauer auf mich sein, aber wann würde er sonst die Chance haben, mit ihr reinen Tisch zu machen, wenn nicht jetzt?

Ich konnte sagen, dass es ihm seit letzter Nacht, als er sie gesehen hatte, zu schaffen machte. Wahrscheinlich hatte es ihm schon viel länger zu schaffen gemacht. Ich brachte das Bild nicht aus meinem Kopf, wie er nachdenklich in sein Whiskyglas gestarrt hatte. Ich war überzeugt, dass ich eine gute Tat vollbracht hatte und dass er es verstehen und mir wahrscheinlich dafür danken würde. Hoffentlich. Irgendwann.

Aber als ich ein paar Stunden später von ihm hörte ... war das nicht so sehr der Fall.

Er war sauer. Sein Gesicht sah aus wie eine Gewitterwolke, als er zurück ins Penthouse kam. Wortlos ging er die Treppe hinauf und das sagte mir genug, sodass ich sofort in meine kleine Kammer flitzte. Ich würde meinen Pyjama anziehen und mich mit einem meiner Lieblingsbücher unter meine Decke kuscheln. Vielleicht würde er wieder herumstreifen. Da Vermeidung meine typische Bewältigungsmethode war, war ich gut darin.

Ich hatte bereits mein Top und meinen BH ausgezogen und war gerade dabei, mir mein Nachthemd zu schnappen, als es an der Tür klopfte. Bevor ich rufen konnte, dass ich nicht angezogen war, hatte er die Tür aufgedrückt. Ich bedeckte mich mit dem, was ich zur Verfügung hatte – meinen Händen.

Jordan hatte sich ein Sweatshirt und eine Jacke und lederne Holzfällerstiefel angezogen. Er trug noch immer diese Jeans, die über seine muskulösen Oberschenkel spannten.

„Ähm, Entschuldigung!", schnaubte ich, wobei ich meine Brüste mit den Händen umfasste.

Seine Augen fielen auf meine Brust, verweilten dort für einen Moment und suchten dann wieder meinen Blick. „Weiss, ich hatte letzte Nacht meine Hände und meinen Mund überall auf ihnen. Wo liegt das Problem?"

Meine Haut errötete und kribbelte von der erregenden Erinnerung und wie gut es sich angefühlt hatte.

Ich schüttelte den Kopf. „Du hattest letzte Nacht nicht den mörderischen Schimmer in deinen Augen, den du jetzt gerade hast."

Er presste seine Kiefer aufeinander. „Zieh dir etwas Warmes an und triff mich in fünf Minuten am Aufzug."

Ich hätte spöttisch den Hut vor ihm gezogen, aber er hatte mir bereits den Rücken zugewandt und zog die Tür zu. Außerdem benutzte ich noch immer meine Hände, um mich zu bedecken.

Ich zog eine Jeans an, meine Doc Martens, einen Pulli, Schal und eine leichte Jacke, was das Einzige war, das ich außer Geschäftskleidung mitgenommen hatte. Ich hatte nicht gedacht, dass ich viel ausgehen würde und meine Vorstellung von British Columbia im Herbst war offenbar weit von der Realität entfernt gewesen. Nachdem ich schon mein ganzes Leben in Südkalifornien lebte, war ich nicht auf winterliches Wetter im September vorbereitet. Aber anscheinend war September in Vancouver etwa so wie Winter zuhause.

Jordan war still, ernst und weigerte sich, mir zu antworten, als ich ihn fragte, wo wir hingehen würden. Unten beim Parkservice nahm er die Schlüssel zu einem SUV, der von einer lokalen Autovermietung dort abgestellt worden war. Es war ein Land Rover, wenn auch nicht so schön wie der, den er zuhause fuhr.

Es lagen Decken und eine Schachtel auf dem Rücksitz. Innerhalb von Minuten war er auf der Autobahn Richtung Norden – dem sogenannten *Sea-to-Sky* Highway.

„Bringst du uns aus der Stadt, damit du meine Leiche leichter verstecken kannst?"

Er lächelte grimmig, antwortete aber nicht, sondern fingerte stattdessen am GPS herum. Er hatte einen Ort namens Porteau Cove Provincial Park als Ziel eingestellt, was anscheinend auf dem Weg nach Whistler lag, ungefähr eine Stunde nördlich der Stadt. Wir fuhren entlang der schmalen Bucht aus West Vancouver hinaus und dann an der Horseshoe Bay und ihren riesigen Fährhafen und den dunklen, drohenden Formen von großen Inseln vor der Küste entlang. Die Spannung zwischen uns war groß und dass Jordan sich nicht bemühte, eine Unterhaltung anzufangen, machte es nicht leichter. Ich starrte aus dem Fenster und trommelte mit den Fingern, fragte mich, wieso zum Teufel er uns in die pechschwarze Nacht hinausfuhr.

Nach einer Stunde Fahrt folgte er den GPS-Wegbeschreibungen, um von der Straße in den gottverlassenen Park abzubiegen. Wir überquerten Eisenbahngleise und fuhren in einen größtenteils leeren, aber großen Parkplatz, der Blick über die Meerenge bot. Es gab kein einziges Licht entlang der Küstenlinie und da der Mond nur ein dünnes Faserband war, leuchteten nur die Sterne uns den Weg.

So viele Sterne. Ich hatte noch nie zuvor so viele auf einmal gesehen. Ich lehnte mich mit offenem Mund nach vorne, um aus der Windschutzscheibe zu spähen. Aus dem Augenwinkel sah ich, dass sich sein Kopf drehte und er mich beobachtete. Mir war unbehaglich. Es war niemand hier draußen außer uns. Ein langer Steg erstreckte sich in die ruhige, dunkle Bucht. Die Schilder besagten, dass hier anscheinend manchmal eine Fähre anlegte, die aber derzeit fehlte. Er hätte mich leicht erwürgen können und dann über die Seite des Piers ins Meer werfen.

Ich drehte mich zu ihm.

Seine Augen glitzerten im schwachen Licht. „Komm."

Ich verschränkte meine Arme vor der Brust und schnaubte ihn an. „Woher weiß ich, dass du mich nicht wie einen ungewollten Hund hier aussetzen wirst?"

Mit einem schroffen Lachen stieg Jordan aus und schlug seine Tür zu. So widerwillig ich dem Befehl folgen wollte, der sehr nach etwas klang, was er zu eben erwähntem Hund sagen würde, folgte ich ihm. Er ging zum Steg und ich beeilte mich, ihn einzuholen. Es war kühl hier draußen. Sogar durch meine gesteppte Jacke und den modischen Schlauchschal aus Wolle zwickte mich die kühle Abendluft in die Wangen.

„Bist du sauer auf mich?"

„Was glaubst du?", fragte er mit flacher, gleichmäßiger Stimme.

„Wieso hast du mich hierher gebracht, wenn du so wütend bist?"

„Weil ich das geplant hatte, bevor du deine beschissene kleine Aktion abgezogen hast."

Ich war einen Moment still, bemühte mich, mit ihm Schritt zu halten, nachdem er keine Anstrengungen machte, sein Tempo für mich bezwingbar zu machen. Er nahm einen Schritt für drei von meinen. Plötzlich kam er zum Stehen und drehte sich zum Geländer an der Seite des Stegs, wo ich ihn einholte. Wir hatten ungefähr die Hälfte des Stegs zurückgelegt und waren kurz vor der Neigung der Laderampe.

Seine Hände waren in den Jackentaschen, seine Augen auf dem Boden vor ihm. Eine kühle Brise zog an meinen Haaren und trieb mir Tränen in die Augen. Er zog eine Strickmütze und Handschuhe hervor und gab sie mir. Ich dankte ihm und zog sie an.

In diesem Moment fielen meine Augen auf etwas am Horizont. Ein Band aus grünlichem Nebel war aufgetaucht. Es war wunderschön. Aber … grüner Nebel?

„Was zum Teufel ist das? Die Zombieapokalypse?"

„Aurora Borealis", murmelte Jordan.

„Nordlichter? Man kann sie so weit im Süden sehen?"

„Manchmal. Ich hab die Prognose für heute Abend gelesen, also habe ich den Portier nach einem guten Platz gefragt, um sie anzusehen. Einen Platz, der dunkel genug und weit genug von der Stadt entfernt ist. Er hat mir auch den Leihwagen besorgt."

Ich beobachtete, wie das grüne Licht langsam am Horizont aufstieg, wie Finger, die nach funkelnden himmlischen Juwelen griffen. Die Lichtstreifen wuchsen zu smaragdgrünen Ranken, die sich über die Sternenkuppel wölbten und alles in eine riesige Kathedrale aus Licht verwandelten, die in die Unendlichkeit reichte. Sie bewegten sich wie entfernte Gespenster, die auf dem ruhigen Wasser der Meerenge reflektiert wurden.

„So schön."

Jordan beugte sich nach vorne und legte seine Ellbogen auf das Geländer, ohne seine Augen von dem wunderschönen Anblick vor sich zu nehmen. „Es ist, als … würde Magie tatsächlich existieren", sagte er ehrfürchtig.

Sein Verhalten tröstete mich, ich war erleichtert, dass er nicht so wütend zu sein schien, wie er behauptete. Ich holte tief Luft und entschied mich, es zu riskieren. Ich streckte meine Hand aus und legte sie auf seine. „Das hätte ich wirklich nicht tun sollen."

„Es gibt eine Menge Dinge, die du nicht hättest tun sollen", sagte er zähneknirschend, wobei er seine Hand wegriss. Diese

Tat schmerzte, doch ich schluckte das Gefühl hinunter, da ich wusste, dass ich es vermutlich verdiente.

„Würde es helfen, wenn ich mich entschuldige?"

„Vielleicht. Aber nur, wenn es dir wirklich leidtun würde, was nicht so ist."

„War es so schlimm?"

Er versteifte sich, aber antwortete mir nicht. In der Stille der Nacht hörte man nur das sanfte Schwappen des Wassers gegen das Ufer.

„Ähm … liebst du sie noch?"

Er schnaubte lachend, wobei eine schwache Dunstwolke seinen Lippen entkam. „Sei bitte nicht idiotisch."

„Dann –"

„Sie verdiente, was ich getan habe. Verstanden? Sie hat mich zerstört. Du hast keine Ahnung. Es gab keine andere Person auf diesem Planeten, der ich mehr vertraut habe als ihr."

Ich beobachtete ihn vorsichtig. „Also nehme ich an, ihr hattet euch nichts zu sagen?"

Er rieb sich die Stirn. „Nein, so war es nicht."

„Ich habe es nicht getan, um dich zu verletzen … Ich hoffe, du weißt das. Ich habe versucht zu helfen –"

„Du hast verdammt nochmal keine Ahnung, was hilft und was nicht. Halt dich von jetzt an da raus."

Seine Worte taten weh. Natürlich taten sie das. Aber ich konnte meine Augen nicht davon lösen, wie er mit den Knöcheln auf das Geländer des Stegs drückte, bis sie weiß waren. Irgendwas an der Konfrontation mit ihr hatte ihn zutiefst geplagt. Entweder wegen dem, was er gesagt hatte oder wegen dem, was er nicht gesagt hatte.

„Ich verstehe. Also darf sich niemand um dich sorgen. Nicht dein Großvater. Nicht deine Mom. Nicht ich."

„Ich habe dich nie darum gebeten, dich um mich zu sorgen."

Ich streckte meinen Hals, um ihn ansehen zu können. „Du musstest mich nicht bitten."

Er bückte sich, um meinem Gesicht nahe zu kommen. „Tu es nicht, Weiss. Es war Sex. Es war gut. Mach dir nicht vor, dass es mehr war als das. Du bist nicht meine Freundin. Du bist nicht mal eine Freundin. Verstanden?"

Tränen stiegen in meine Augen und ich zuckte zurück. Ein Schlag ins Gesicht hätte sich besser angefühlt. Das war mehr als hart. Aber es interessierte ihn nicht. Ich schnaubte ihn an. „Ich verstehe dich laut und deutlich. Niemand darf sich Sorgen um dich machen."

„*Du* darfst dir keine Sorgen um mich machen. Du bist nur eine weitere Person, die mich verraten hat."

Ich blinzelte. Nun bezog er sich auf das Video. Meine Gedanken rasten zu Dingen, die er vorher gesagt hatte … darüber, dass er kein netter Kerl war. Er hatte mir gesagt, dass er es den Menschen heimzahlte, die ihn veraschten.

„Ich verstehe. Darum ging es also letzte Nacht? Rache?"

„Letzte Nacht ging es um Sex. Das habe ich dir bereits gesagt."

„Wie oft soll ich dir noch sagen, dass das Hochladen des Videos ein Unfall war?"

Seine Augen brannten sich in meine. „Wieso sollte ich das glauben? Du hast mich in der Hand, nicht wahr? Wenn ich nicht diese glühende Empfehlung schreibe, kannst du zu meinem Chef gehen und –"

Ich schnappte nach Luft und hielt meine Hände hoch, um ihn zu stoppen. „Beende den Satz einfach nicht. Ich habe dir nie gedroht und das werde ich nie tun."

„Musstest du nicht. Du hattest mich schon an den Eiern, bevor du überhaupt meine Assistentin wurdest."

Seine Denkweise machte keinen Sinn. Bis vor zwei Tagen hatte ich nicht einmal gewusst, dass er Falco war! Aber er war gerade so erzürnt, dass er offensichtlich nicht klar denken konnte.

„Kein Wunder, dass du Angst hast, dir würde jemand zu nahe kommen. Glaub es oder nicht, Jordan, wir denken und benehmen uns nicht alle wie du. Manche von uns weigern sich, uns von dieser Dunkelheit vergiften zu lassen."

„Jetzt bist du also der Dalai Lama? Hör auf so zu tun, als wüsstest du irgendetwas über mich, weil du *überhaupt nichts* weißt. Weder über mich noch darüber, wie die echte Welt dort draußen funktioniert."

Seine Worte prasselten wie Felsen auf meine Brust ein. Mein erster Instinkt war es, ihm selbst welche entgegenzuwerfen. Aber das tat ich nicht. „Diese Welt ist ein gewaltig dunkler, verstörender Ort, so wie du sie siehst. Wenn jeder darauf aus ist, dich zu linken, dann bist du auf dich alleine gestellt, denn die einzige Person, der du vertrauen wirst, bist du selbst. Du wirst sehr einsam enden."

Er sagte nichts, schüttelte nur seinen Kopf und stieß ein höhnisches Lachen aus. Tränen fingen jetzt an über meine Wangen zu laufen und ich strich sie wütend weg, als er nicht hersah.

Er hatte nicht ganz unrecht. Es war meine eigene Schuld, dass ich mich um ihn sorgte. Aber es war nicht so, als wäre ich eine Maschine. Ich konnte das nicht abstellen.

„Du tust mir leid."

Er drehte sich um, sein Gesicht war verzerrt, wütend. „Hab mit mir so viel Mitleid wie du willst. Leute verpfeifen mich, ich räche mich – doppelt so schlimm. Ich bin *stolz* darauf. Willst du den wahren Grund hören, wieso mein Vater mich nicht ansehen will? Weil ich das Arschloch angegriffen habe, das *ihn* beschissen hat. Sein Partner, ein Freund der Familie, hat meinen Vater um Millionen betrogen. *Ich* habe ihn drangekriegt, weil Grant Fawkes zu feige war, für sich selbst einzutreten. Als ich dieses Arschloch also angeschwärzt habe und ihn dazu gebracht habe, das Geld auszuspucken, wollte es der alte Mann nicht anrühren. Sagte, es sei schmutzig." Er schnaubte ein bitteres Lachen hervor. „Ich nahm sein verdammtes dreckiges Geld und investierte es in meine Firma. *Sein* Verlust, mein Gewinn. Karma ist für Weicheier. Ich mache mein eigenes."

Ich rang bei seinen Worten, die beinahe Cynthias wiedergaben, nach Luft. Sie hatte recht. Ich nahm Abstand von ihm, schlang die Arme um mich, um der kühlen Luft zu trotzen, doch fühlte ich mich innerlich noch kälter. Ich wollte nicht, dass er meine emotionale Reaktion sah. Wieso erlaubte ich, dass er mir so naheging? Ich machte auf dem Absatz kehrt und ging zum Auto zurück.

Ein paar Sekunden später hörte ich das Geräusch seiner schnellen Schritte, die auf mich zusteuerten. Ich beschleunigte, obwohl ich wusste, dass ich ihm niemals davonlaufen konnte, aber ich hoffte, dass ich ihn darüber ins Bild setzen konnte, dass ich kein Interesse daran hatte, diese Unterhaltung fortzuführen. Ich würde nicht sein Sandsack sein.

Ich ging um den SUV, um einzusteigen, als sein Arm sich um meine Taille hakte und mich aufhielt. Er zog mich an seinen harten Körper zurück. Wieder einmal wurde die Luft aus meiner Brust gesaugt und ich konnte kaum schlucken, da mein Herz hinauf bis in meine Kehle schlug.

Er presste sein Gesicht an meine Haare und murmelte dann rau: „Wer zum Teufel glaubst du zu sein, mein Gewissen?"

„Ich bin nur eine Person, die sich um dich sorgt …", flüsterte ich.

„Tu das nicht. Du darfst dich nicht um mich sorgen." Seine Stimme war hart wie Steine, die aneinander rieben.

„Ich kann nicht anders."

„Doch, kannst du."

„Nicht jeder in dieser Welt will dich drankriegen."

„Was willst du, Weiss? Willst du mich reparieren? Viel Glück dabei. Reparier dich erst einmal selbst." Er wand seine Finger durch mein Haar, hielt somit meinen Kopf ruhig.

Ich schluckte. „Du bist ein Mistkerl."

„Aber ich bin der Mistkerl, den du willst." Er presste seine Lippen auf meinen Nacken und ich hätte mich bei dem Kontakt zurückgerissen, hätte er mich nicht bewegungsunfähig gehalten.

„Solange es *nur Sex* ist", stieß ich sarkastisch aus.

„Dein Puls lässt nur zwei Schlüsse zu." Er ignorierte, was ich sagte – wie gewöhnlich. „Entweder willst du mich oder du hast Schiss vor mir. Was ist es?"

Es fiel mir schwer einzuatmen. „Beides."

Sein Atem wärmte meine Haare, mein Ohr, meinen Nacken und sandte Schauer der Erwartung meine Wirbelsäule hinunter. „Gut."

Selbst wenn er sonst nichts anderes getan hätte, waren seine Worte genug, um zu bewirken, dass mein ganzer Atem aus meiner Lunge wich. Sein Mund drückte gegen mein Ohr, während seine Hand unter meine Jacke, unter mein Sweatshirt glitt und über meinen Bauch strich. Er richtete uns zur vorderen Stoßstange des Autos aus, legte seinen Mund auf meinen Hals und brachte die Welt um mich herum ins Schleudern. Seine Hände an mir waren hart, kneteten meine Brüste. Sein an mich gepresster Mund biss und saugte. Heißes Verlangen überflutete jeden meiner Sinne und ich war mir seiner voll und ganz bewusst. Die Art, wie seine harte Erektion durch meine Jeans gegen meinen Hintern drückte, die Art, wie seine Hände mich hielten und rieben, die Art, wie sie unter meinen BH glitten, ihn hoch und von meinen Brüsten schoben, um sie zu seinem Vergnügen zu befreien.

Er hatte uns bald über die Motorhaube gebeugt und eine Hand fummelte wild an dem Knopf meiner Jeans. Würde ich mich von ihm für Sex benutzen lassen? Verdammt, wieso dachte ich überhaupt so darüber? *Er* war derjenige, der beharrlich behauptet hatte, dass es nur Sex war – phantastischer, unglaublicher Sex. Ich konnte ihn ebenfalls für Sex ausnutzen. Sex war ein ebenso gutes Ventil für Wut wie für Verlangen.

„Jordan –"

„Was?", fragte er, als er meinen Reißverschluss herunterriss und keine Zeit verschwendete, indem er eine Hand in mein Höschen grub. Seine Finger schlängelten sich nach oben und fanden mich sogar in den engen Grenzen meiner Jeans. Ich rang nach Luft, als seine Finger mich bearbeiteten. „Du bist so verdammt feucht. Willst du mir sagen, dass du es nicht willst? Weil ich weiß, dass es eine Lüge wäre."

„Ich bin sauer auf dich", keuchte ich wütend auf mich selbst, weil ich so intensiv auf ihn reagierte. „Ich mag dich gerade nicht wirklich."

„Du musst mich nicht mögen. Solange dir gefällt, was ich mit dir mache."

Ich schloss meine Augen und presste sie fest zusammen, als seine Finger anfingen, sich zu bewegen und über meine Klitoris zu gleiten. „Das kommt darauf an, wie gut du bist."

„Oh, ich glaube, du weißt bereits, wie gut ich bin. Aber wenn du es nicht willst, dann sag es mir. Ansonsten werde ich dich hart und schnell ficken, genau wie du es willst. So willst du es doch, oder, April?"

Ich rang erneut nach Luft. Das Vergnügen seine Finger an dem Nervenbündel in meinem Zentrum malte mir ein warmes Verlangen auf meinen Bauch und meine Oberschenkel. Mit jedem Strich erlangte er mehr Herrschaft über meinen Körper. Er wandte wieder seinen Zauber an, wickelte mich ein, damit ich mich seinem Willen fügte. Und es fühlte sich. So. Verdammt. Gut. An.

„Mr. Fawkes", hauchte ich. „Sie benehmen sich unangebracht."

Eine seiner Hände legte sich auf meine Brust, die andere fuhr fort, mich näher zum Orgasmus zu bringen. Er presste seinen Mund an mein Ohr. „Du liebst es, wenn ich mich unangebracht benehme."

Ich war kurz davor – so kurz davor. Alles in mir zog sich zusammen, als er aufhörte und seine Hand aus meiner Hose zog.

Mit einem schnellen Ruck waren meine Jeans und mein Höschen hinuntergezogen. Ich zitterte. Jordan zog seine Jacke aus und legte sie vor mir auf das Auto. Sie hatte seine Körperwärme gespeichert und ich sank hinein. Ich hörte, wie er den Reißverschluss seiner Jeans öffnete und die Verpackung eines weiteren Kondoms aufriss – mit freundlichem Gruß vom Portier, wie ich annahm.

Es war mir egal, solange er eins hatte und solange er es so wie letzte Nacht benutzte.

„Nun, das war nicht beeindruckend", sagte ich, nachdem er mit einem heftigen Stoß in mich drang. „Du hättest mich wenigstens kommen lassen können."

„Pech für dich", sagte er und hakte einen starken Arm um meine Hüfte, während er sich mit der anderen auf der Motorhaube des Autos abstützte. „Du wirst deinen Orgasmus noch bekommen. Wenn ich glaube, dass du ihn verdienst."

„Arschloch."

„Das stimmt. Ich bin das Arschloch, dessen Schwanz dich besitzt. Jetzt gerade."

Er fuhr wieder in mich, dann stieß er mehrmals mit einer Wildheit in mich, die er in der Nacht zuvor nicht gezeigt hatte. Das Auto schaukelte synchron zu unseren Bewegungen.

Er fühlte sich so gut in mir an. Er war groß, weitete mich mit jedem Stoß, als er tiefer in mich sank und bald stöhnte ich und keuchte nach mehr. Mein Stöhnen hallte in der dunklen Nacht wieder und es schien ihn noch mehr anzutreiben.

Eine Hand war wieder zwischen meinen Beinen, die andere hatte meine Haare gepackt. In einer lusterfüllten Stimme sagte er: „ Mach dich auf etwas gefasst. Gott, du fühlst dich so gut an."

Ich tat, was er sagte, und bald beschleunigte er den Rhythmus, mit dem er in mich hämmerte. Seine Hand zog fester an meinen Haaren, zog meinen Kopf zurück, sodass er seinen Mund an meine Schläfe drücken und schmutzige Dinge in mein Ohr flüstern konnte, darüber, wie gut es sich anfühlte, in mir zu sein und dass er mich bewusstlos vögeln wollte.

Er war nahe dran, seinen Wunsch erfüllt zu bekommen. Die Welt schien sich um uns zu drehen, aber ich konnte nichts mehr verstehen, außer der Art, wie sich mein Körper in diesem Moment wegen ihm anfühlte.

Bis ich ein grelles Licht unter meinen geschlossenen Augenlidern aufblitzen sah. Genau in dem Moment erstarrte Jordan. Ich öffnete meine Augen und sah ein Fahrzeug, das den großen Parkplatz umkreiste. Da wir vor dem Auto standen, waren wir außer Sichtweite, aber so, wie er die Scheinwerfer kreisen ließ, schien es ein Parkranger zu sein, der etwas kontrollierte. Als er eine weitere Runde drehte, konnte ich Blaulicht auf dem Dach seines Trucks sehen.

„Scheiße“, flüsterte ich.

„Beweg dich nicht. Sag nichts. Er wird in einer Minute wieder weg sein.“

Jordan hatte vielleicht aufgehört sich zu bewegen, aber seine Hände nicht. Er streichelte noch immer meine Klitoris und die Berührung war unerträglich. Ich klammerte meine Hand um sein Handgelenk.

„Hör auf“, sagte ich. „Ich kann mich nicht konzentrieren.“

„Shhh“, sagte er, als der Truck langsamer wurde. Verdammt. Er würde aussteigen und ich würde mit heruntergelassener Hose erwischt werden.

Ich hielt mir den Mund zu, als Jordan mich weiterhin stimulierte. Ich drückte meine Augen zu. Er presste seinen Mund an mein Ohr. „Shh", sagte er erneut. Als ob er mich erinnern müsste.

Jordans Hand bewegte sich schneller an mir und ich erstickte ein Wimmern, indem ich mir fest auf die Lippe biss. Er beobachtete den Truck, der langsam seine Runde fortfuhr und sich endlich von uns weg bewegte. Mein Herzschlag trommelte in meiner Brust, als wäre ich gerade um mein Leben gerannt, um einem Serienmörder im Wald zu entkommen. Der Nervenkitzel war berauschend und als ich beobachtete, wie der Truck sich entfernte, war ich wieder kurz davor zu kommen. Zum Glück begann Jordan sich wieder zu bewegen, statt wie letztes Mal ein Arsch zu sein und aufzuhören.

Und ich wusste nicht, ob es die Gefahr war, erwischt zu werden, die Wildheit, mit der er mich nahm, oder einfach nur die Tatsache, dass wir den Körper des anderen besser kennenlernten, aber der Orgasmus, der folgte, war mehr als unglaublich. Mein Kopf fiel zurück und ich stieß einen Schrei aus, der um uns herum hallte, als sich jeder Muskel meines Körpers anspannte. Ich kam in atemraubenden Wellen, war nicht einmal fähig nach meinem nächsten Atemzug zu schnappen. Die Sterne hatten begonnen, über mir herumzuwirbeln ... sich mit den Nordlichtern zu vermischen und wie ein riesiges Kaleidoskop im Nachthimmel zu drehen.

Ich fiel gegen die Motorhaube des Trucks und versuchte Luft zu holen, während das Vergnügen gewaltsam aus meinem Körper wich. Ich kam noch immer, sogar als er sich nur sanft in mir bewegte, als ob er das Gefühl auch auskosten wollte.

„Oh Gott, das war ... verdammt ja", keuchte ich.

„Verdammt, ja stimmt", sagte er knapp und dann fing er an, wieder in mich zu stoßen. Ich stemmte meine Ellbogen gegen das Auto, während er hinter mir stöhnte. „Verdammt, ja", sagte er leise, bevor er bewegungslos wurde und sich gegen mich versteifte. Er atmete lange aus, als ich das Zucken seines Orgasmus tief in mir spürte. Eine errötete Wange an die kalte Motorhaube des Autos drückend, stieß ich ein leises Stöhnen aus, da ich das Gefühl von ihm in mir liebte.

Eine lange Zeit bewegte er sich nicht, stand einfach nur da und hielt mich, während sich seine heisere Atmung normalisierte. Langsam, vorsichtig entließ er mich aus seinem festen Griff und zog sich aus mir. Ich vermisste das Gefühl von ihm bereits.

Ich hörte, wie er das Kondom entfernte und es in etwas schob, das sich wie eine Plastiktüte anhörte.

Nachdem er alles wieder zugeknöpft hatte, bückte er sich und zog meine Unterhose und Hose über meine Beine, wobei er einen Kuss auf meine Hüfte setzte. Ich machte schnell den Reißverschluss und Knopf meiner Jeans zu und drehte mich dann zu ihm um. Er nahm meine Schultern in die Hände.

„Das hat viel mehr Spaß gemacht als streiten", murmelte er.

„Das wäre beinahe ein internationaler Zwischenfall geworden. Ich habe nicht einmal meinen Reisepass dabei."

„Ach, beruhig dich … Bären machen es im Wald. Wieso sollten wir das nicht auch können?"

Ich schlug gegen seine Brust. „Ich scherze nicht. Was, wenn Mr. Kanadischer Mountie aus dem Truck gestiegen wäre?"

„Was wäre denn, wenn er es getan hätte?" Er zuckte mit den Schultern. „Ich kann mir keinen besseren Grund vorstellen, um ins Gefängnis zu wandern. Und es ist Kanada. Wie schlimm kann deren Gefängnis schon sein? *Tut mir leid, dass ich sie festnehmen musste, Sir. Das war ziemlich unhöflich von mir, eh?"*, spottete er in einem falschen kanadischen Akzent. Ich konnte nicht anders, als zu kichern.

Er ging weg und öffnete mir die Beifahrertür. Ich schlüpfte hinein und sah zu, wie er um die Vorderseite herumging und auf seinen Sitz kletterte. Ich zitterte auf dem kalten Ledersitz.

„Hier, nimm die Decke." Er nahm sie aus der Box auf dem Rücksitz und überreichte sie mir. Ich steckte sie um mich herum. „Der Concierge hat etwas zu essen eingepackt. Hast du Hunger?"

„Ich weiß nicht. Hast du es vergiftet?"

„Nur die Äpfel." Er zwinkerte und lächelte dieses teuflisch gutaussehende Lächeln.

Ich griff nach hinten und zog eine Packung Käse und Kräcker hervor, reichte sie ihm und nahm mir dann selbst etwas.

„So viel zu der *Eine-Nacht*-Sache, hmm?" Ich sah ihn an und zog eine Augenbraue hoch.

„Technisch gesehen sind alle drei Mal innerhalb von vierundzwanzig Stunden passiert."

„Ah", sagte ich und verdrehte die Augen. „Ich denke, dann sind wir sicher."

Sein Blick kreuzte meinen. „Du bist nicht sicher, Weiss. Das kannst du mir glauben."

Ich wollte gerade in eine Käsescheibe beißen und zögerte. „Der Käse ist auch vergiftet?"

„Der Käse ist okay. Aber der Große Böse Wolf ist hungrig nach mehr als nur Nahrung." Seine Augen streiften über mein Gesicht.

„Was, wenn ich dich noch immer nicht mag?"

„Du musst mich nicht mögen. Dir muss nur gefallen, was ich mit dir anstellen möchte."

Ich schluckte, erneut erregt von seinen Worten. „Nun … Wir sind außer Landes. Vielleicht zählt es nicht, wenn wir hinter internationalen Grenzen sind."

„Mir gefällt, wie du denkst. Ich denke, wir sollten das Beste aus unserer Kanadischen Blankovollmacht machen."

Ich knabberte an meinem Käse und den Kräckern und blickte durch die Windschutzscheibe hinaus, wo die Nordlichter weiterhin über den tiefschwarzen Himmel tanzten.

Unsere Differenzen waren nicht aus der Welt – noch lange nicht –, aber wir einigten uns still, das zurückzustellen.

Und wir stellten es zurück, ganz wörtlich. Wir hatten Sex im Stehen, als wir ins Penthouse zurückkamen. Gefolgt vom Esszimmertisch. Gefolgt vom Bett.

Anscheinend war das alles, was ich je bekommen würde. Wenn ich also o-beinig wie ein Cowboy nach Hause fahren sollte, dann sollte es so sein. Wenigstens hatten wir uns amüsiert.

Das einzige Problem war … ich war nicht bereit, das zu beenden. Aber ich wäre die letzte Person auf der Welt, die ihm das sagen würde. Denn, ob es mir gefiel oder nicht, er *war* bereit dazu.

Kapitel Zweiundzwanzig
Jordan

EIN FAHRER BRACHTE UNS VOM FLUGHAFEN NACH Hause. Es war später Nachmittag und wir beide mussten am nächsten Morgen früh in der Arbeit sein. Ich wollte meiner Sache treu bleiben, was bedeutete, kein sexueller Kontakt mehr mit April, sobald wir wieder im Land waren. Was in Kanada passiert war, blieb in Kanada – zumindest hoffte ich das.

Ich machte mir mehr als nur ein paar Sorgen, denn ich fing bereits an, mich nach dem Geruch ihres Haares, dem Gefühl ihrer weichen Haut an ihrem Kreuz, dem Geschmack ihres Halses und ihrer Ohrläppchen zu sehnen. Dem Gefühl ihrer Schenkel, die sich um mich schlangen.

Gott. Ich beobachtete sie, wie sie über ihren Laptop gebeugt arbeitete. Das Auto bewegte sich langsam durch den Feierabendverkehr auf dem 405 Freeway. Ich tat so, als würde ich mein Handy checken. Ich hatte jede Menge E-Mails durchzusehen, aber ich konnte mich gerade nicht auf die Arbeit konzentrieren.

„Es ist schade, dass du nicht bleiben konntest, um den Rest der Konferenz zu genießen", sagte sie, ohne von ihrem Bildschirm aufzusehen.

Ich nehme an, dass ich mir einige der Vorträge hätte anhören können, aber viel lieber hätte ich *sie* noch ein paar Tage mehr genossen. Denn ehrlich gesagt war unsere Zeit zusammen einfach erstaunlich gewesen. Ich konnte nicht genug von ihr bekommen. Ich *hatte* auch definitiv nicht genug von ihr bekommen.

„Also, ähm ...", sagte ich mich räuspernd.

Sie blickte von ihrem Laptop hoch und fixierte mich mit ihren dunkelblauen Augen. „Ja?"

„Zwischen uns alles in Ordnung?"

Ihre Augenbrauen schoben sich zusammen. „Du meinst, ob ich weiß, wo ich hingehöre? Oh, Mr. Fawkes, das habe ich nie vergessen."

Meine Lippen wurden schmal. „Das ist nicht, was ich gemeint habe."

„Hast du Angst, dass ich dich verpfeife? Denn –"

Ich blickte finster drein. „*Das* meinte ich auch nicht."

Sie lächelte. „Dann sagst du mir besser, was du meinst."

„Ich hoffe, dass du dich nicht benutzt oder so fühlst ... dass du verstehst, warum ..."

Sie seufzte, drehte den Kopf und blickte aus dem Fenster, während sie ihren Laptop zuklappte. „Ich verstehe. Du musst das nicht mehr ansprechen."

„Also, morgen im Büro ..."

„Alles wie gehabt. Verstanden."

Ich schluckte. Mir gefiel die Idee auch nicht wirklich. Und wenn die Umstände anders wären ... Vielleicht nach ihrem Praktikum, wenn sie nicht mehr für mich arbeitete, vielleicht würde ich sie dann um ein Date bitten. Oder war dafür bereits zu viel vorgefallen?

Wir fuhren in angespanntem Schweigen weiter, bevor sie sich bewegte und sich verschwörerisch zu mir herüberlehnte. „Denkst du nicht, dass es vielleicht besser ist, wenn ...“

„Was?“

„Nun, ich denke an das Video. Es besteht immer die Gefahr, dass unsere Identitäten aufgedeckt werden, oder?“

Ich sagte nichts, aber ich war mir ziemlich sicher, dass die Richtung, die sie einschlug, mir nicht gefallen würde.

„Was, wenn wir Adam vorwarnen würden? Nur, falls das Ganze wieder aufflammt? Ihr zwei könntet frühzeitig einen Plan ausarbeiten, wie nach außen hin reagiert werden soll, falls wirklich was rauskommt. Und wenn du direkt zu Adam gehst, dann ist es vielleicht nicht so schlimm, wie wenn er es auf andere Weise herausbekommt.“

Ich schwieg eine lange Zeit. Sie fühlte sich schuldig. Nur natürlich. Und es war ja nicht so, als würde ich mich deswegen nicht auch beschissen fühlen. Vielleicht machte ihr Vorschlag auf gewisse Weise Sinn, aber der Großteil von mir wollte einfach glauben, dass dies ein für alle Mal vorbei war.

„Ich verstehe, worauf du hinaus willst, aber du kennst Adam nicht so wie ich. Er würde ein Aneurysma bekommen, wenn er es herausfinden würde. Das würde nicht gut enden.“

„Hast du keine Angst, dass es doch irgendwie herauskommt?“

„Nicht wirklich.“ Ich zuckte mit den Schultern. Es war eine Lüge. Sie starrte mich mit zusammengekniffenen Augen an und ich versuchte, nicht zu schwitzen.

„Ich habe einfach das Bauchgefühl, dass er, wenn er diese Info hätte –“

„Lass mich das regeln.“

„Heißt das, dass du es ihm sagen wirst?“

„Nein. Es bedeutet, dass ich das regeln werde. Mach dir keine Sorgen deswegen, okay?"

Sie runzelte die Stirn. „Das ist einfacher gesagt als getan. Ich mache mir die ganze Zeit Sorgen."

Ich konnte nicht widerstehen. Ich streichelte ihr weiches Haar. „Tu das nicht. Ich kümmere mich darum."

Aber sie sah immer noch zweifelnd und besorgt aus. Plötzlich war ihr Kopf auf meiner Schulter und es fiel mir schwer zu atmen. Dieses unbekannte Gefühl, sie beschützen zu wollen, überwältigte mich. Ich *wollte* mich darum kümmern – wollte mich um *sie* kümmern. Lächerlicher Gedanke, denn sie war im Stande, das selbst zu tun. Doch ...

Was waren diese Gefühle, die sie mir entlockte? Ich lehnte meinen Kopf vielleicht eine Sekunde gegen ihren, bevor dieses Gefühl in meiner Brust schwerer und unangenehmer wurde. Es fiel mir schwer, an etwas anderes zu denken als an sie, etwas anderes zu fühlen als sie. Langsam zog ich mich weg, auch wenn es wahrscheinlich eine der schwierigsten Sachen war, die ich je hatte tun müssen.

Mit zittrigem Atem zwang ich mich, mich von ihr abzuwenden und an etwas anderes zu denken. Aus den Augenwinkeln sah ich, wie sie sich aufrichtete und mich beobachtete, wie ich mich zurücklehnte und aus dem Fenster starrte und dabei mit den Barthaaren an meinem Kinn spielte. Mein Bart sah endlich so aus, wie ich ihn gewollt hatte, doch morgen musste er wieder einer sauberen Rasur weichen. Diese Banker waren so konservativ. Ich hatte letztes Jahr meinen Ohrring herausgenommen und das Loch zuwachsen lassen, bevor ich ihre Vertragswelt betreten hatte. Ich fragte mich erneut, warum ich so dringend ein Teil dieser Welt sein wollte, einer Welt, in der ich nicht wirklich ich war.

Was versuchte ich zu beweisen und wem?

Wie immer führte es mich zurück auf diese düstere Gestalt – meinen alten Herrn –, der mir über die Schulter blickte. Ich schnaubte und verwarf diesen Gedanken.

Als wir bei Aprils Wohnung hielten, hatte ich bereits entschieden, dass ich nicht aussteigen und sie zur Tür bringen würde. Sowieso hatte ich schon zugelassen, dass dies viel zu weit ging. Aber ich konnte nicht widerstehen, ihr erneut Sicherheit zu geben.

„April …“, sagte ich, bevor sie ausstieg.

Die Hand am Türgriff, drehte sie sich zurück zu mir. Unsere Augen trafen sich.

„Ich kümmere mich um alles, okay? Vertrau mir.“

Ihre Mundwinkel wanderten nach oben und sie schloss die Augen. Ich sah den Ausdruck von Schmerz, da ich wusste, dass sie hin- und hergerissen war, ob sie mir vertrauen sollte. Sie lehnte sich vor und küsste mich, ein zärtlicher, unschuldiger Kuss.

„Ich weiß, dass du dein Bestes geben wirst.“ Sie sah mich nicht noch einmal an, als sie sich umdrehte, um zu gehen.

Ich sah zu, wie der Fahrer ihr mit ihrem Gepäck half und es zur Tür brachte. Ich hasste mich irgendwie dafür, sie so gehen zu lassen, aber ich traute mir nicht genug, um mich in die Nähe ihrer Wohnung zu begeben. Denn wenn ich das tun würde, würde ich nicht mehr gehen wollen.

Seltsamerweise fühlte ich mich, nachdem ich diese Tage mit ihr verbracht hatte, unvollständiger und einsamer als je zuvor. Ich schloss die Augen und rieb sie mit den Ballen meiner Hand.

Ich hatte ihr gesagt, dass sie keine Gefühle entwickeln sollte. Dass sie keine Gefühle entwickeln durfte. Dieses Memo hätte ich besser mir selbst schicken sollen.

Ich war nur vier Tage fort gewesen, aber als ich nach Hause kam, fühlte sich der Ort leer an. Ich musste gegen den Drang ankämpfen, mein Telefon zu nehmen und Weiss irgendeine neckende Nachricht zu schreiben. Um sie endgültig – ja, sicher – aus meinen Gedanken zu bekommen, packte ich mein Board, um ein paar schöne Wellen zu erwischen, bevor die Sonne am Horizont verschwand. Doch mein Herz war nicht bei der Sache.

***

Am nächsten Morgen war ich zu früher Stunde im Büro, bereit meinen Tag zu beginnen und unsere Börsengang-Tournee zu planen. Wir würden eine Serie von Präsentationen im ganzen Land halten, um einen guten Eindruck auf die Fondmanager zu machen. In einem zweiwöchigen Fenster wollten wir unsere Firma möglichst beeindruckend präsentieren, um ihr Interesse zu wecken, unsere Aktien aufzunehmen. Die Tournee musste perfekt sein und dazu musste ich einen professionellen Regisseur und eine Kameracrew anheuern, die Adam, mich und die anderen Führungskräfte interviewen würde.

Heute war auch der Fotoshooting-Termin für das *Entrepreneur Weekly*-Magazin, Teil unseres großen Pressedeals für den Börsengang. Ich traf mit meinem zweitliebsten Anzug und einem Ersatz in einem Kleidersack über der Schulter ein, nur für den Fall, dass meine Assistentin etwas verrückt mit dem Kaffee wurde. Ich lächelte bei diesem Gedanken.

Es war kaum eine Seele anwesend. Die Praktikanten und Assistenten trafen erst langsam ein und ich bemerkte, dass Adams Tür angelehnt war. Ich klopfte und drückte sie auf.

Der Boss hatte eine Frau an seinen Lippen. Als sie mich hereinkommen hörten, lösten sie sich voneinander und starrten mich mit weiten Augen an, als wären sie Teenager, die ertappt worden waren, wie sie im Schlafzimmer der Eltern rummachten. Ich lachte fast. Fast.

„Hey, Mia", sagte ich. „Ist es nicht ein wenig früh für ein Schäferstündchen?"

„Ich bin nur hier ... um moralischen Beistand zu leisten", sagte sie mit erröteten Wangen.

Adam legte einen Arm um die Taille seiner Verlobten. Sie waren so süß zusammen, dass einem fast übel wurde. Und Adams offensichtliche Glückseligkeit machte es auch nicht besser.

„Heute ist Mias erster Tag an der Uni", erklärte er. Er klang, als würde er über ein Kindergartenkind sprechen. Vermutlich stand Adam auf junge Küken ...

„Oh, richtig. Das Medizinstudium. Du darfst jetzt an deinen eigenen Kadavern arbeiten und so ekelhaftes Zeug. Dr. Frankenstein, warum lässt du dir nicht von deinem hübschen Mann die Bücher in die Vorlesung tragen?"

Sie verdrehte die Augen. „Bring ihn nicht auf Ideen. Er wollte mich fahren, aber wir haben einen Kompromiss geschlossen und sind zuerst hierher. Ich nehme dann den Wagen und hole ihn heute Abend nach der Uni wieder ab."

Ich widerstand dem Drang, verschmitzt zu grinsen. Sie hatten eine Fahrgemeinschaft, wahrscheinlich weil sie immer noch wegen Adams neuestem Transportmittel verärgert war –

einer schönen, antiken *Indian*. Sogar ich war neidisch auf ihn wegen dieses Motorrads.

Sie drehte sich zu mir. „Das war übrigens eine großartige Präsentation. Ich war beeindruckt, obwohl ich nicht einmal die Hälfte dessen verstanden habe, was du gesagt hast."

„Sorry, ich konnte keinen Kommentar zu den Kettenbikinis abgeben, die die Charaktere im Spiel tragen. Ich weiß, dass das dein Lieblingsthema ist. Außerdem mag ich sie und ich stimme dafür, dass sie im Spiel bleiben."

„Natürlich tust du das." Grinsend zog sie sich aus Adams Armen und bückte sich, um ihren Pulli und ihre Handtasche aufzuheben. „Ich muss los. Ich will am ersten Tag nicht zu spät kommen."

Adam brachte sie zur Tür, wo sie innehielt, um ihm einen Abschiedskuss zu geben. „Schreib mir später. Lass mich wissen, wie es läuft", sagt er und hakte seinen Arm um sie, um sie noch einmal an sich zu ziehen und sie zu küssen.

„Mmm. Du musst aufhören, oder ich will nicht mehr weg."

„Du hast meinen bösen Plan durchschaut."

Gott, noch mehr davon und ich würde anfangen, hier und jetzt Kotzgeräusche zu machen. Ich hustete in meine Hand: *„Nehmt-euch-ein-Zimmer."*

Adam blickte mich finster an. „Wir *hatten* ein Zimmer, bis irgendein Idiot sich dachte, er könnte einfach hereinplatzen."

Ich zog die Augenbrauen hoch. „Sie wird zu spät kommen, Alter."

Er verzog das Gesicht, aber ließ sie los. Dann küsste er sie noch einmal auf die Wange. „Viel Glück. Ich liebe dich."

„Ich weiß." Sie drehte sich um, winkte mir zum Abschied zu und war verschwunden.

Adam nahm sich noch etwas Zeit, um ihr hinterher zu sehen, so als würde er sie monate- oder jahrelang nicht mehr sehen. Etwas daran ärgerte mich. Und doch, unter dieser Schicht aus Ärger lag Neid, was ich aber nicht zugeben wollte.

Ich blickte weg, genervt von diesen Gedanken. *Liebe. Wer brauchte diese Scheiße?* Ich wandte mich wieder an Adam. „Soll ich gehen? Dir einen Augenblick geben, dich zu fangen?"

„Fick dich", sagte er mit einem gutherzigen Grinsen, als er sich umdrehte und zu mir ans Fenster stellte.

„Sie wird das schaffen. Ihre Ärzte haben ihr doch das Okay für die Uni gegeben, oder?"

„Es geht ihr gut." Er zuckte verlegen mit den Schultern, doch ich konnte sehen, dass er sich immer noch Sorgen machte.

„Sie lässt dich immer noch nicht mit dem Motorrad fahren?"

Er zeigte auf den Anzug, den er trug, ohne Jackett. „Als ob ich hierin mit einem Motorrad fahren würde."

„Du musst für deine Fotos heute hübsch aussehen."

Er verdrehte die Augen. „Apropos hübsch aussehen ... wir haben deine Rede auf der *Technology, Entertainment and Design* ein paarmal angesehen. Sie war wirklich gut. Gut gemacht."

Ich lächelte. „Danke. Es ist gut gelaufen. Ich habe noch ein paar Interviews mit einigen Zeitungen, die mehr wissen wollen."

„Wir brauchen sämtliche gute Presse, die wir bekommen können. Ich habe auch ziemlich gute Neuigkeiten. Ich hole jemanden an Bord, von dem ich denke, dass er für eine Schlüsselposition in unserem Aufsichtsrat geeignet ist." Adam drehte sich zu mir und seine Mundwinkel zogen sich in einem selbstzufriedenen Lächeln hoch.

Oh-oh. Ich kannte dieses Lächeln. Er wollte mich mit etwas überfallen. Er blickte auf seine Uhr. „Er sollte jede Minute hier sein. Er kommt kurz vorbei, damit ich ihn herumführen kann."

„Und diese Person ist jemand, den ich kenne?"

„Du hast ihn noch nie getroffen, aber er unterstützt mich und meine Unternehmungen schon sehr lange. Ich schulde ihm viel."

„Und seine Qualifikationen?", biss ich heraus und versuchte ziemlich vergebens, meinen Ärger zu verbergen. „Du hättest das erst mit mir abklären sollen."

„Ich kläre es jetzt mit dir ab. Und er hat noch keine Ahnung, um was ich ihn bitten werde. Ich dachte, dass ich euch zuerst bekanntmache. Ich weiß, dass er ein gute –"

Die Gegensprechanlage auf Adams Tisch summte und die Stimme seines Praktikanten drang hindurch: „Adam? Ich habe einen Besucher hier, der zu dir möchte ... Mr. David Weiss?"

Anstatt über die Gegensprechanlage zu antworten, ging Adam zur Tür und gab mir ein Zeichen, ihm zu folgen. Nachdem ich den Namen des Mannes gehört hatte, wurde mir sofort flau im Magen. *Nicht gut. Gar nicht gut.*

Ich folgte Adam in etwa einem Meter Abstand und fühlte mich wie ein Hund, der zum Waschen geschleift wurde. Adam stoppte, als er einem Mann Ende Fünfzig gegenüberstand – mittelgroß, körperlich gut in Form, graumeliertes Haar, gebräunte Haut. Er sah gar nicht wie April aus – oder eher, sie sah gar nicht wie er aus.

Adam schüttelte enthusiastisch seine Hand. „Hey, David. So schön, dich zu sehen. Freut mich, dass du kommen konntest."

„Nun, danke für die Einladung – *endlich.*" Er hatte einen Ostküstenakzent – Boston, vermutete ich.

„Ich muss vorsichtig sein, wenn ich die Konkurrenz einlade. Du hast doch diese Verschwiegenheitsklausel unterschrieben, oder?" Adam grinste verschmitzt.

David Weiss lachte. „Du warst schon immer zu Scherzen aufgelegt."

Adam drehte sich zu mir. „Lass mich dir meine rechte Hand vorstellen. Das ist Jordan Fawkes, unser Finanzchef. Er kümmert sich um den Börsengang."

„Ah, Sie sind also der Mann, der mein kleines Mädchen auf Herz und Nieren prüft."

Meine Hand wurde fast taub in seiner und ich konnte spüren, wie sich Schweiß bildete. Oh Gott, das war peinlich. „Freut mich, Sie kennenzulernen, Mr. Weiss. Ich freue mich, ihre Tochter unter mir zu haben – ich meine als Assistentin zu haben. Sie ist sehr gut." *Fuck. Verdammt. Jetzt war kein guter Zeitpunkt für einen freudschen Versprecher.*

Er zog seine Hand mit einem lässigen Achselzucken zurück. „Nun, sie wird nicht den Rest ihres Lebens Assistentin bleiben, also ist es egal, ob sie gut darin ist."

Ich lachte. „Das stimmt. Sie ist definitiv zu Größerem bestimmt."

David sah uns beide von oben bis unten an. „Also, ihr beide seht wirklich überaus formell aus für Technik-Nerds." Ich war für den Themenwechsel dankbar. „Die Jungs bei Facebook tragen T-Shirts zur Arbeit. Und ich glaube, ich habe Adam in den zwei Jahren, die er für mich gearbeitet hat, nie eine Krawatte tragen sehen."

„Wir haben heute Nachmittag ein Fotoshooting", sagte Adam. „Das ganze Pressezeugs wegen des Börsengangs."

Davids Augen leuchteten scharfsinnig. „Das hat doch nichts damit zu tun, warum ich hier bin, oder?"

Adam sah mich eine Minute lang an, bevor er sich wieder an David wandte. „Vielleicht." Er blickte auf seine Uhr. „Ich weiß, dass du heute noch viel zu tun hast, aber hast du etwas Zeit, dass ich dich herumführe?"

„Sicher. Das würde mir sehr gefallen. Ich würde mir auch gerne meine Tochter fürs Mittagessen stibitzen, wenn das möglich ist. Ich habe ihr nicht gesagt, dass ich komme und ich würde sie gerne überraschen."

Während die beiden Männer redeten, versuchte ich, die Auswirkungen seiner Anwesenheit hier einzuschätzen. Ich nahm an, dass Adam ihn zum vorläufigen Vorstandsvorsitzenden machen wollte, um einen Aufsichtsrat zusammenzustellen, welcher notwendig war, sobald wir eine an der Börse gehandelte Firma waren. Ich verfluchte mich, dass ich das erst jetzt sah, in dem Augenblick, als es mir wie eine Ladung Steine in den Schoß fiel. Adam hatte seine eigenen Gründe gehabt, April in mein Büro zu versetzen – Gründe, die er nicht mit mir geteilt hatte.

Aber ich wusste jetzt, dass dies alles Teil seines Plans gewesen war, David dazu zu bringen, uns beim Börsengang zu helfen. Ich warf meinem Freund einen hitzigen finsteren Blick zu und Wut kochte in mir hoch. Ich war sauer, dass er mir diese Information bis jetzt vorenthalten hatte. Es war so typisch für ihn, sich so zu verhalten.

Und doch, hätte ich es von Anfang an gewusst, hätte das etwas geändert? Ich wusste, schon *bevor* ich etwas mit ihr gehabt hatte – etwa ein halbes Dutzend Mal oder so –, dass April tabu war.

Selbst wenn ich unter Vorbehalt geplant hätte, nach ihrem Praktikum eine Beziehung zu April aufzubauen, wäre das jetzt unmöglich. Es könnte zu einem Desaster führen, wenn ich als Führungskraft der Firma mit der Tochter des Aufsichtsratsvorsitzenden zusammen wäre – und anschließend mit ihr schlussmachen würde. Mein Magen zog sich zusammen.

Mein Gehirn befahl meinem Magen, Ruhe zu geben. Den Kerl ins Boot zu holen, war gut fürs Geschäft. Er hatte Erfahrung in der Branche und war leitender Angestellter einer Konkurrenzfirma. Das eröffnete Adam – und möglicherweise auch mir – die Möglichkeit, auch in seiner Firma im Aufsichtsrat zu sitzen, da *quid pro quo* in der Geschäftswelt gängig war. Außerdem vertraute Adam dem Mann und er hatte ihm offensichtlich am Anfang seiner Karriere geholfen. Wie könnte ich da etwas dagegen einwenden?

David Weiss in unseren Aufsichtsrat zu holen, wäre ein cleverer Schachzug. Das konnte ich nicht abstreiten.

Aber ...

Nein, da gab es kein Aber. Diese Sache zwischen April und mir musste zu Ende sein. *Endgültig.*

Adam und David diskutierten, wo sie die Tour beginnen sollten, als eine Bewegung am Rand meines Blickfelds meine Aufmerksamkeit erregte. April stand neben Susan an ihrem Tisch und starrte Adam und ihren Vater mit großen Augen an. Sie sah zu mir und unsere Blicke trafen sich. Ich schluckte und schüttelte den Kopf. Die Farbe schwand aus ihrem bereits blassen Gesicht. Sie war jetzt wirklich so weiß wie Schnee – oder beinahe. Ich blies meinen Atem hinaus und gab ihr ein Zeichen, zu uns zu kommen, aber sie schüttelte steif ihren Kopf.

David musste meine Geste gesehen haben, denn er drehte sich um und folgte meinem Blick.

„Da ist sie ja!", sagte er und schritt auf sie zu. Sie ging um ihren Tisch herum und warf einen unsicheren Blick auf die Leute im Atrium.

„Dad. Was machst du hier?"

„Freut mich auch, dich zu sehen", sagte er und gab ihr einen Kuss auf die Wange, den sie angesichts des Blitzens in ihren Augen kaum aushielt. „Wie war es in Kanada?"

„Gut. Ich war sehr beschäftigt."

Ja, beschäftigt mit mir zwischen ihren sinnlichen, weichen Schenkeln. Ich schluckte wieder und lockerte meine plötzlich zu enge Krawatte.

Adam betrachtete die beiden mit einem Stirnrunzeln. Als er sich zu mir drehte, warf ich ihm einen spitzen Blick zu und hoffte, dass wir mit diesem Schlammassel einfach weitermachen und es so schnell wie möglich hinter uns bringen würden.

„Vielleicht fangen wir drüben in der Entwicklung an?", sagte ich, als die unangenehme Vater-Tochter-Begrüßung scheinbar nicht weniger unangenehm wurde. „April, du kannst mitkommen. Ich bin sicher, dass dein Dad sich freuen würde."

„Würde es, danke." David lächelte.

Aprils Augen, die so hart und blau wie Gletschereis waren, erzählten mir aber eine andere Geschichte.

Adam und ich gingen voraus, während David absichtlich zurückfiel, um neben seiner Tochter herzugehen. „Rebekah hat sich gefragt, warum du ihre letzte Mail noch nicht beantwortet hast."

„Ich habe es doch gesagt. Ich bin sehr mit der Arbeit beschäftigt."

Ich wurde schneller, da ich mir vorkam, als würde ich sie belauschen. Adam folgte meinem Beispiel, aber sie blieben direkt hinter uns. „Sie wollte wissen, ob du zum Jom Kippur vorbeikommst."

„Ich, ähm, sage dir Bescheid. In nächster Zeit kommt viel Arbeit auf mich zu."

Adam drehte den Kopf und sagte über die Schulter: „Du kannst den Tag freihaben, April. Kein Problem."

Firmenrichtlinien. Natürlich würde sie den Tag frei bekommen, wenn sie darum bat. Aber ich nahm an, dass sie nicht darum bitten wollte. Ich blickte mich um und sah, wie April mit verkrampftem Kiefer Adams Rücken anstarrte. „Okay, danke."

„Ich werde ihr dann sagen, dass du kommst, oder?"

„Wir werden sehen. Warum bist du hier?"

„Adam hat mich eingeladen. Ich denke, dass er irgendeinen Plan schmiedet. Er hat immer geheime Pläne. Wie damals, als er mich im Stich gelassen hat, um seine eigene Firma zu gründen ..."

„Hey", sagte Adam lächelnd. „Ich erinnere mich, dass du mir deinen Segen gegeben hast."

Und ich nahm an, dass David sich auch mit einer großen Summe Geld eingekauft haben musste, oder das würde. Seine Firma, Sony Online, breitete sich Gerüchten zufolge darauf vor, ausgegliedert und verkauft zu werden, obwohl sie gerade an ihrer *nächsten großen Sache* arbeitete, die uns Konkurrenz machen könnte, wenn sie je fertiggestellt wurde. Ich war traurig, denn seine Firma war vor zwei Jahrzenten eine der innovativsten Firmen der Branche gewesen und hatte das Genre der *Massive Multiplayer Online Role-Playing Games* mitbegründet.

Aber Zeit und Fortschritt machten nirgends halt. Ich nahm an, dass David eine strahlende Zukunft erkennen konnte, wenn er sie sah, und hatte Adams Werdegang wahrscheinlich aufmerksam verfolgt. Es konnte keinen anderen Grund geben, warum ein Mann jemanden, der so brillant und talentiert war wie Adam, mit seinem Segen eine konkurrierende Firma gründen lassen würde.

Natürlich könnte ich ihn auf die Gerüchte ansprechen und das waren sie auch nur – Gerüchte. Aber ich informierte mich jeden Tag über die Branche. Diese Gemeinschaft war nicht sehr groß und wir tauschten oft Angestellte aus. Im Grunde wusste jeder über das Geschäft des anderen Bescheid.

Als würde er das verdeutlichen wollen, machte er, sobald wir in einem privaten Raum außerhalb der Entwicklungsabteilung waren, die leise Anspielung auf das verbotene Thema. „Also, ähm, vergib mir die Frage, aber ... was hat es mit diesem Sexvideo auf sich, in das die Firma verwickelt sein soll?"

Adams Gesicht gab nichts preis, aber er wurde etwas blasser. Ich schluckte und mied aufmerksam den Blick seiner Tochter. Sie war neben mir erstarrt.

Ich meldete mich zu Wort. „Ein paar Angestellte, die einen Fehler gemacht haben, nichts mehr –" Und in dem Augenblick, als sie meinem Mund entkommen waren, wollte ich diese Worte packen und sie wieder hineinstopfen. Fuck. Fuck. Fuck.

„Wir wissen eigentlich nur, dass *ein* Angestellter involviert war", korrigierte Adam leise und schaffte es, mir keinen seiner verbessernden, finsteren Blicke zuzuwerfen.

„Und diese Person wurde hoffentlich gefeuert?"

Adam und ich blickten uns nervös an. „Ihre Identität ist noch nicht aufgedeckt worden", sagte Adam.

April wetzte an der Seite ihres Vaters herum, aber ließ ihre Augen gesenkt und sagt nichts.

David sah skeptisch aus. „Ihr habt die Situation aber unter Kontrolle, oder? Ich habe das Ganze schon einmal durchgemacht und diese Banker sind ein scheues Volk. Sie rennen vor ihren eigenen Schatten davon."

„Die Banker sind auf unserer Seite. Wir haben Schadensbegrenzung unternommen und die Situation hat sich ziemlich aufgelöst", sagte ich.

David schien das zu akzeptieren und wir beendeten unsere Tour, ohne es noch einmal zu erwähnen, Gott sei Dank. April schien der Einladung ihres Vaters zum Essen aus dem Weg gehen zu wollen, aber da sie keine wirkliche Chance hatte, schnappte sie sich ihre Handtasche und folgte ihm hinaus.

Sobald sie außer Sicht war, ging ich zurück in mein Büro, zog mein Handy heraus und schickte ihr eine Nachricht.

Können wir heute Abend nach der Arbeit reden?

Eine Stunde später, während ich in Adam Büro stand und darauf wartete, dass die Fotografen ihre Kulisse für das Coverfoto aufbauten, summte mein Handy.

Ja.

Ich hörte etwas seltsames Geplapper darüber, dass das Cover mit *Die begehrtesten millionenschweren Junggesellen der Technik-Welt* betitelt werden sollte. Aber Adam stellte die Sache richtig und sagte, dass er das nicht wollte – besonders, da er bald kein Junggeselle mehr sein würde.

Ich konnte mir Mias Gesicht nur vorstellen, wenn sie so einen Artikel sehen würde. Ich hoffte bei Gott, dass er mich nicht vor einen Bus stoßen würde, um vom Haken gelassen zu werden.

Aber das war die geringste meiner Sorgen.

Um fünf Uhr dreißig traf ich mich mit April auf dem Parkplatz an ihrem Auto. Sie sah müde und blass aus, aber nicht unglücklich. Etwas flammte in mir auf, als ich sie wieder sah. Ich stoppte vor ihr.

„Also, ähm, wir sollten reden. Willst du einen Happen essen oder so?"

Sie verdrehte die Augen, aber lächelte. „Das klingt verdächtig nach einem Date, Mr. Fawkes."

„Nein. Wenn du mich weiter Mr. Fawkes nennst, dann ist das ein Geschäftsessen, Ms. Weiss. Und ich denke, dass wir nach heute Morgen jede Menge *Geschäftliches* zu besprechen haben."

Sie nickte. „Hast du etwas dagegen, wenn ich mein Auto zuhause abstelle, bevor wir essen gehen? Es ist okay, wenn ich dann bei dir hinten im Wagen sitze. Das ist immer noch *geschäftlich* und ich kenne meinen Platz."

Ich blies meinen Atem hinaus. „Lass das, Weiss. Ich folge dir nach Hause."

Sie wohnte weniger als vier Meilen vom Komplex entfernt in einer gehobenen Eigentumswohnung in Irvine. Nachdem sie ihr Auto geparkt hatte und ausgestiegen war, ließ ich, als sie andeutete, etwas sagen zu wollen, mein Fenster herunter.

„Ich muss kurz in meine Wohnung hoch. Willst du mitkommen? Rein *geschäftlich* natürlich." Sie grinste verschmitzt.

„Wie auch immer. Aber das dauert besser nicht lange. Ich habe Hunger, weil ich das Mittagessen ausgelassen habe. Meine Praktikantin hat mich versetzt, um mit ihrem Daddy essen zu gehen.“

„Park da drüben auf dem Besucherparkplatz.“ Sie deutete mit ihrem Mittelfinger in die Richtung. Ich lachte und folgte ihren Anweisungen.

Sie wartete mit vor der Brust verschränkten Armen auf dem Bürgersteig auf mich und blickte gedankenverloren zu Boden. Kopfspielchen.

„Was ist los?“

Sie zuckte mit den Schultern und mied meine Augen. „Ich denke nur nach.“

„Ja, das habe ich heute auch viel gemacht.“

Sie warf mir einen besorgten Blick zu. „Ich nehme an, dass diese Unterredung etwas damit zu tun hat, dass mein Dad heute überraschend aufgetaucht ist?“

„Heben wir uns das fürs Abendessen auf.“

Sie verdrehte die Augen. „Immer gut, eine neue Ausrede für eine Magenverstimmung zu haben.“

Sie drehte sich um, um die Treppe in den zweiten Stock hinaufzugehen. Ich folgte ihr. „Ich werde mich nur schnell umziehen und mich dieser Strumpfhose entledigen. Ich verspreche dir, dass es nicht länger als fünf Minuten dauert.“

Ich lehnte mich neben der Tür gegen die Wand, als sie mit ihrem Schlüssel im Schlüsselloch herumstocherte. Bei all der Ablenkung heute hatte ich noch nicht einmal die Chance gehabt, sie genau anzusehen. Sie sah so schön aus wie immer, dieses glänzende Haar, diese blauen Augen, diese elegante kleine Stupsnase, dieser grazile weiße Hals.

Ihre Tochter unter mir zu haben. Ich verzog das Gesicht bei dem Gedanken, dass ich es beinahe mit ihrem Dad vermasselt hätte, während ich diese kleine versaute Aussage in meinem Kopf abänderte. *Ich hatte sie im Wohnzimmer unter mir, auf dem Esstisch, gegen ein Auto gelehnt und mehrere Male in einem Hotelbett.*

Sie öffnete die Tür und betrat ihre Wohnung. Ich folgte ihr und stieß mit ihr zusammen, als sie plötzlich stehenblieb und nach Luft rang.

Kapitel Dreiundzwanzig
April

ICH STAND VOR SCHOCK ERSTARRT DA UND WURDE plötzlich von einem einsachtzig großen, zweihundert Pfund schweren Mann, der hinter mir nicht mehr bremsen konnte, nach vorne gestoßen. Starke Hände fingen mich auf, während eine sanfte Stimme eine Entschuldigung murmelte, die ich kaum wahrnahm. Denn auf der Couch in meinem Wohnzimmer saßen meine Mutter und ihr neuer Ehemann – das Arschloch, zuvor bekannt als mein Ex.

Was zum Teufel war das, Tag der Störung durch nervende Eltern? Nein, das war meinem Dad gegenüber nicht fair. Hinter seiner Vernachlässigung steckte keine böse Absicht. Meine Mutter andererseits? Eine von Grund auf böse Frau direkt aus der Hölle. Mein Gesicht entflammte sofort und ich verkrampfte mich.

„Was ist los?", hörte ich Jordan leise hinter mir fragen.

„Hey, April-Schätzchen!" Meine Mutter schoss mit den Armen in der Luft aus dem Sofa hoch, wobei sie posierte, als wäre sie eine Tänzerin, die ihre Kür durchzog. Selbst mit Mitte vierzig war meine Mutter immer noch eine schöne Frau. Und sie wusste das und nutzte es bei jedem Atemzug zu ihrem Vorteil. Ich schluckte die aufsteigende Galle hinunter und warf meine Handtasche und die Schlüssel auf den Tresen.

„Was machst du hier?", fragte ich ohne Einleitung, wobei mir vage bewusst war, dass ich meinen Dad heute Morgen mit genau denselben Worten begrüßt hatte.

Mom kam auf mich zu, aber ihre Augen fixierten den Mann, der neben mir stand. *Typisch.* Sie warf Jordan ein breites Lächeln zu, dann sprach sie weiter in ihrer falschen, Sing-Sang-Stimme mit mir. „Ich wollte meine Tochter sehen. Reicht das nicht?"

Sie warf ihr Haar kokett über die Schulter. Meine Galle drohte, mir wieder hochzukommen.

„Entschuldigt mich", murmelte ich und drehte mich um, um durch die Küche in den Gang zu gehen. Sid stand in unserem Schlafzimmer, kaute auf ihrem Daumennagel und starrte auf ihr Handy.

„Du hast mir nicht schreiben können, dass sie hier sind?", fragte ich zähneknirschend.

Sie zuckte zusammen und sah mich an. „Ich habe dir vor etwa zehn Minuten geschrieben. Und gerade noch einmal. Sie sind einfach aufgetaucht, ich wusste nicht, was ich tun sollte!"

Ich atmete tief ein und langsam wieder aus. Die Nachricht musste durchgegangen sein, während ich Auto fuhr und ich hatte sie nicht gehört. „Ich vermute, dass du ihr nicht von mir ausrichten willst, dass sie sich verpissen soll?"

Ihre Brauen schossen hoch und ich unterbrach sie, bevor sie mich daran erinnerte, dass sie solche vulgären Worte nicht benutzte.

Ich hörte Stimmen hinter mir. Jordan und meine Mom unterhielten sich. Würg. Ich drehte mich um und ging wieder ins Wohnzimmer. Mom machte Jordan an. Oh, *verdammt* nein.

„Also du und April arbeitet zusammen?"

Jordan war meiner Meinung nach jedoch mehr an dem Arsch auf der Couch interessiert als an den klimpernden Wimpern meiner Mom.

„Mom, lass ihn in Ruhe."

Sie drehte sich wieder zu mir und das Lächeln verschwand von ihrem Gesicht. „Du tust ja so, als würde ich ihn angreifen oder so."

Ich biss mir auf die Lippen. Nun, das war ihre typische Angriffsmethode. Ich zählte im Kopf bis fünf und nahm dann einen tiefen, befreienden Atemzug. Nichts davon funktionierte.

„Ich wollte Jordan nur ein wenig besser kennenlernen", fuhr sie fort, als ich nichts sagte. „Ich wusste nicht, dass du dich mit jemandem triffst. Und da du mir aus dem Weg gehst, weiß ich gar nichts, was in deinem Leben vor sich geht."

Ich blickte Jordan gerade noch rechtzeitig an, um zu sehen, wie er über diese Aussage die Stirn runzelte.

„Du bist auch immer monatelang verschwunden", erinnerte ich sie. „Und wenn ich mich richtig erinnere, habe ich vor deiner *letzten* Hochzeit sechs Monate lang nichts von dir gehört. Warum interessierst du dich plötzlich so für mein Leben?"

Meine Mutter blickte zur Couch und wechselte einen Blick mit Gunnar. Dann zog sie die Schultern hoch und kam zu mir herüber. „Es tut mir leid, dass deine Gefühle immer noch so verletzt sind. Ich kann mir nicht aussuchen, in wen ich mich verliebe."

Großartige Nicht-Entschuldigung. So typisch. Ich blinzelte das stechende Gefühl in meinen Augen weg. Ihre unsensible Art bei dieser ganzen peinlichen Situation machte mir jedes Mal zu schaffen. Und es war ja auch meine Schuld. Ich hoffte immer, erwartete vielleicht sogar, dass sie ein besserer Mensch geworden war.

Aber sie war immer noch dieselbe Frau, die mich, als ich vierzehn war, nicht von der Geburtstagsparty einer Freundin abgeholt hatte und mich stundenlang in einem Restaurant warten ließ, nachdem alle anderen bereits gegangen waren. Ihr dritter Ehemann, der Hollywood-Regisseur, hatte sie gezwungen, ihre Pläne zu ändern und sie hatte sich nicht einmal die Mühe gemacht, mir Bescheid zu geben. Rebekah war erst nach Mitternacht dort eingetroffen, als ich bereits stundenlang in der Dunkelheit gesessen hatte.

Auch damals hatte ich eine dieser Nicht-Entschuldigungen bekommen.

„Wenn du nur vorbeikommst, um hallo zu sagen" – was ich sehr bezweifelte –, „ich muss los. Ich muss mich noch um einige wichtige geschäftliche Dinge kümmern."

Meine Mom runzelte die Stirn und wischte mir etwas aus dem Gesicht, bevor ich ihre Hand wegschlagen konnte. „Bekommst du genügend Schlaf? Du siehst müde aus und dein Make-up ist ganz ausgebleicht. Und diese Mascara – ich habe dir etwas Besseres beigebracht." Sie fügte ein weiteres kitschiges Lachen an das Ende ihrer Aussage und warf Jordan einmal mehr einen beurteilenden Blick zu.

„Ich brauche keine Belehrung über Make-up, vielen Dank."

„Natürlich brauchst du das nicht, Süße." Sie lächelte und Alarmglocken gingen los. Sie wollte etwas. Sie nannte mich *nie* Süße oder irgendeinen anderen Kosenamen. „Ich, ähm, wollte dich eigentlich um etwas bitten." *Ich wusste es.*

Sie trat auf mich zu und legte ihre Hand wieder an mein Gesicht. Ich bemerkte den deutlichen Geruch von Alkohol in ihrem Atem. „Gott, April, diese schmierige Mascara ist ja schlimm."

Dieses Mal stach sie mir mit dem Daumen ins Auge.

Ich zuckte zurück. „Autsch, Scheiße! Mutter, nimm deinen Finger aus meinem Gesicht und sag mir, was zum Teufel du willst."

Sie machte diese dumme, übertriebene Sache, wo sie ihren Mund schockiert auffallen ließ, doch sie benutzte immer noch ihre kitschige, falsche Stimme – wegen Jordan nahm ich an. „Seit wann redest du so mit mir?"

Ich rieb mein verletztes Auge. Mit dem anderen bemerkte ich, dass Jordan allmählich einen angepissten Gesichtsausdruck annahm. Ich drehte mich wieder zu meiner Mom. „Hast du getrunken?"

Aus den Augenwinkeln sah ich, dass Gunnar sich von der Couch erhob. Er war groß und dünn und ich hatte ihn einst für gut aussehend gehalten. Aber jetzt, wo er im selben Raum wie Jordan stand, sah er aus wie ein präpubertärer Teenager.

Ich streckte die Hand aus, um sein Gesicht auszublenden. „Halt dich da raus, Gunnar", sagte ich, bevor er überhaupt den Mund öffnen konnte.

„Entschuldige dich bei deiner Mutter", sagte er, meine Worte ignorierend.

„Fick dich", sagte ich und drehte mich zu ihm. Ohne Vorwarnung fiel meine Mutter mich an.

Fast als wäre es geprobt worden, stürzte sich Jordan vor mich und Gunnar packte sie am Arm. „Jen, stopp", sagte er zu ihr.

Ich packte ihr Handgelenk, um den uncharakteristischen Angriff abzuwehren. Ihre Gesichtszüge waren wutverzerrt und ihr Körper zitterte. Sie schien am Rande der Verzweiflung zu sein. Und unter Alkoholeinfluss. *Was war los?*

Meine Mutter war keine Alkoholikerin – zumindest nicht, dass ich wusste. Sie wehrte sich gegen Gunnars Griff und als er versuchte, sie im Zaum zu halten, schlug sein Ellbogen gegen meinen Mund.

Schmerz explodierte in meiner Lippe. Ich fiel zurück und rang nach Luft, während ich meinen Mund hielt, der sich mit dem Geschmack von Kupfer füllte. Gunnar hatte mir die Lippe aufgeschlagen.

„Scheiße", murmelte Jordan und zog mich in die Küche.

„April! Scheiße! Es tut mir leid", schrie meine Mutter aus dem Wohnzimmer. Gunnar versuchte, sie zu beruhigen, als sie – laut - zu seufzen begann.

Jordan führte mich zur Spüle, wo ich sowohl Blut als auch Speichel ausspuckte. Ich konnte spüren, wie meine Lippe bereits anschwoll und stach, als hätte ich ... nun, als hätte ich einen Ellbogen in den Mund geschlagen bekommen. Jordan reichte mir ein Stück Küchenrolle. „Halte das an deine Lippe und drück dagegen, dann sag mir, wo ich Plastikbeutel finden kann."

Ich zeigte auf die Schublade und sah zu, wie er eine Tüte herausnahm, den Gefrierschrank öffnete und Eiswürfel herausholte. Eine Minute später war er mit einem Beutel und einem Glas Wasser wieder an meiner Seite. Er zog das Papiertuch von meinem Mund.

„Hier, lass mich sehen."

Sein Kopf neigte sich herab, um den Schaden zu begutachten, wobei sein schönes Gesicht nur Zentimeter von meinem entfernt war. Ich wollte, dass er mich küsste, und es wäre mir egal gewesen, wenn es geschmerzt hätte. Ich hatte diesen überwältigenden Wunsch, in den Armen dieses Mannes zu liegen und von ihm getröstet zu werden.

Er blickte finster drein. „Dieses elende kleine Arschloch hat dir die Lippe aufgeschlagen", knurrte er zähneknirschend. „Hier, wasch deinen Mund mit Wasser aus und leg dann das Eis darauf. Deine Lippe ist geschwollen."

Ich tat, was er gesagt hatte. „Danke", murmelte ich hinter meinem Eisbeutel hervor.

Er hob die Hand und schob mein Haar hinter mein Ohr, wobei seine Finger mein Ohrläppchen kitzelten. Ich zitterte unfreiwillig und seine Augen wurden dunkler, als er es bemerkte. Er schluckte sichtlich und strich dann sanft mit seinem Daumen über meine Wange. Ich bekam einen Anfall wilder Zuneigung für ihn. Ich wollte, dass er seine Arme um mich legte und mich an sich zog.

„Taucht sie oft betrunken auf?", fragte er.

„Nie. Sie ist gestresst, denke ich. Irgendetwas stimmt nicht."

Er runzelte die Stirn und öffnete den Mund, als Gunnar in die Küche kam.

„Hey, April. Kann ich, ähm, alleine mit dir sprechen?"

Jordan versteifte sich. Ich hatte das Gefühl, dass er sich, selbst wenn ich gewollt hätte, dass er ging, geweigert hätte, mich mit Gunnar alleine zu lassen. Gott sei Dank dafür.

„Was auch immer du zu sagen hast, du kannst es in seiner Gegenwart tun", entgegnete ich.

Gunnar blickte Jordan ein wenig nervös an. „Das ist eine Familienangelegenheit."

„Komisch. Du bist nicht meine Familie. Was willst du?"

„Wir, ähm ... wir müssten uns etwas Geld leihen."

Ich zog die Augenbrauen hoch. Was zum ...? Das war so ziemlich das Letzte, was ich von ihm erwartet hätte. Von ihr, ja, aber nicht von ihm. Gunnar war der Alleinerbe eines Vermögens. Sein Dad war Vorstand seiner eigenen Firma und seine Mutter kam aus reichem Hause. Er hatte Zugriff auf ein beträchtliches Taschengeld aus seinem Trustfond. Er brauchte mein Geld nicht. Außerdem –

„Was ist aus dem Job geworden, den dein Dad dir nach deinem Abschluss versprochen hat?"

Er verlagerte sein Gewicht von einem Bein aufs andere und warf den Blick zu Boden. „Das ist nicht wie geplant verlaufen."

Ich bewegte den Eisbeutel an meiner Lippe. Aus den Augenwinkeln konnte ich sehen, dass Jordan ihn aufmerksam beobachtete.

„Und du kannst deine eigenen Eltern nicht um Geld bitten, weil ...?"

Er blickte finster drein. „Selber Grund. Sie sind wegen der Hochzeit verärgert."

Fast hätte ich gelacht. Gunnars Dad vergötterte mich und hatte mich praktisch seit dem Abend, an dem ich ihn kennengelernt hatte, wie seine zukünftige Schwiegertochter behandelt. Vermutlich war er von meiner Mutter nicht so begeistert, denn es klang verdächtig so, als hätten sie Gunnar den Geldhahn abgedreht, weil er sie geheiratet hatte.

Aber ich wollte Gunnar und Mom so dringend ohne weiteren Wirbel loswerden, dass ich bereit war, dafür Geld lockerzumachen.

Ich seufzte. „Wie viel braucht ihr?"

„Fünftausend."

Ich wich schockiert zurück. „*Was?* Habt ihr euch mit einem Drogendealer angelegt oder so?"

Er verdrehte die Augen. „Das ist nur die Miete und Einkäufe für den Monat."

Gott. Kein Wunder, dass sie besoffen war. Sie hatte den Alkohol wahrscheinlich gebraucht, um sich Mut zu machen, herzukommen und mich um so viel Geld zu bitten. Das war ein historischer Tiefstand. Es war ihr Muster, zum nächsten reichen Kerl zu gehen, sobald ihre Alimente aus der letzten Scheidung ausliefen. Und ich war mir sicher, dass sie Gunnar, wäre er nur ein mittelloser Schönling gewesen statt ein reicher Erbe, nur gefickt hätte und dann verschwunden wäre, anstatt mit ihm nach Vegas durchzubrennen.

Sie hatte wahrscheinlich nicht damit gerechnet, dass Gunnars Geldquelle austrocknen würde. Und jetzt war klar, dass sie Panik bekamen.

„So viel Geld habe ich nicht da."

Er blickte finster drein. „Dann ruf deinen Dad an."

Mein Mund klaffte auf. „Das kann ich nicht tun. Du, ihr *Ehemann*, willst wirklich von mir, dass ich ihren *Ex*-Ehemann anrufe und um Geld für sie bitte? Hab etwas Stolz und sei kein Idiot."

Seine Hand ballte sich zur Faust und er trat vor. „Wag es nicht, mich so zu nennen."

Jordan schob sich halb zwischen mich und Gunnar und warf ihm einen misstrauischen Blick zu. „Komm schon, April, lass dir ein Rückgrat wachsen und ruf ihn einfach an."

Jordans Hand ballte sich ebenfalls an seiner Seite.

Gunnar blickte ihn finster an. „Beruhige dich. Du bist nur der Typ, den sie diese Woche fickt. Ich kenne sie schon seit Jahren."

Jordan trat einen Schritt auf Gunnar zu. „Das bedeutet nicht, dass du sie beleidigen darfst."

Gunnar warf mir einen harten Blick zu. „Glaub mir, sie ist den Ärger nicht wert."

Jordans Faust kam hoch. Oh scheiße. Ich hätte nie gedacht, dass Jordan der rauflustige Typ war. Und obwohl sie etwa gleich groß waren, wog Jordan gute fünfzig Pfund mehr. Ich war in seinen Armen gelegen und überzeugt davon, dass diese kräftigen Oberarmmuskeln ernsten Schaden anrichten könnten.

„Jordan, nein. Das ist es nicht wert ...", sagte ich mit zitternder Stimme.

Gunnar grinste triumphierend. „Siehst du? Selbst *sie* stimmt zu."

Gunnar wusste nicht einmal, wie ihm geschah. Jordan schlug zu und seine Faust traf Gunnars Kinn. Das kleine Weichei wurde zurückgeworfen. Seine Nase ergoss sich wie ein roter Springbrunnen.

„Das ist dafür, dass du ihr die Lippe aufgeschlagen hast und nicht einmal den Anstand hattest, dich zu entschuldigen, du Penner."

Gunnar legte eine Hand um seine Nase und richtete sich auf. „Gott! Beruhige dich! Das war ein Unfall."

„*Das* hier nicht." Jordan holte erneut aus. Da er Linkshänder war, war Gunnar nicht vorbereitet gewesen, als der linke Haken ihn dieses Mal unter dem Auge erwischte.

Gunnar fiel zurück gegen die Kante des Tresens – was wehgetan haben musste – und rutschte zu Boden. „Ich rufe die Cops!"

„*Wirklich?* Und was wird passieren, wenn ich ihnen ihr Gesicht zeige und ihnen sage, dass du ihr das angetan hast? Ich gehe vielleicht in den Knast, aber du kommst mit mir."

Gunnar schniefte und Blut tropfte aus seiner Nase. Meine Mutter kam angerannt und schrie, als sie ihn sah. Ich packte eine Rolle Küchenpaper und warf sie Gunnar zu. Sie prallte vom Boden ab, bevor Gunnar sie aufhob und sich sofort eine Handvoll ins Gesicht drückte.

Jordan schüttelte seine Hand aus und ich sah, dass seine Fingerknöchel aufgekratzt waren. Er griff in seine Tasche, nahm seine Geldbörse heraus und warf ein Bündel Hundert-Dollar-Scheine vor Gunnar auf den Boden. Sie regneten hinab wie ein grüner Wasserfall. „Ihr nehmt das und verschwindet leise. Und ihr werdet sie nie, niemals mehr belästigen. Verstanden?"

Meiner Mutter fiel das Kinn herunter und mir meines ziemlich sicher auch. „Wer denkst du, dass du bist? Sie ist *meine* Tochter. Niemand kann mir sagen, dass ich meine eigene Tochter nicht mehr sehen darf!"

Jordans Gesichtszüge beruhigten sich und er drehte sich zu mir und nahm meinen Arm. „Doch, *sie.*" Ich ließ mich von ihm Richtung Schlafzimmer schieben, wo Sid sich auf dem Bett an ein Kissen klammerte, als wäre es ein Teddybär. Sie sprang auf, als wir hineinkamen, dann weiteten sich ihre Augen, als sie Jordan sah.

Er nickte Sid zu, bevor er sich zu mir drehte. „Hol dir deine Sachen, April. Ich nehme dich mit zu mir nach Hause."

Ich schnappte mir eine Hose, ein Shirt, mein Make-up und eine Zahnbürste und stopfte sie in eine leere Sporttasche. „Sid, es tut mir so leid", sagte ich.

„Hi ... ich bin Jordan. Wirst du dich sicher fühlen, wenn wir jetzt gehen?“

Sie nickte ihm zu. „Mein Bruder ist auf dem Weg hierher. Ich habe ihn schon angerufen, damit er mich abholt.“ Sie drehte sich zu mir. „Geh einfach, Apes. Hau ruhig ab. Es tut mir leid, dass das passiert ist.“

Jordan nahm meinen Arm wieder und zeigte zur Tür. „Lass uns gehen.“

„Danke“, flüsterte ich.

Er legte einen Arm um meine Schultern und zog mich an sich. „Kein Grund, mir zu danken.“

Als wir ins Wohnzimmer kamen, hatte Gunnar sein Gesicht in den Papiertüchern vergraben. Meine Mutter saß zusammengekauert auf der Couch neben ihm, streichelte sein Haar und weinte.

Sie blickte hoch, als ich durch den Raum ging und meine Handtasche nahm. „Wohin gehst du?“, fragte sie leise.

„Das geht dich nichts an. Bitte sei weg, bevor ich wieder nach Hause komme.“

„April“, fing sie mit einer Stimme an, die halb entschuldigend, halb vorwurfsvoll war.

Ich schüttelte warnend meinen Kopf. „Nicht jetzt. Ich gehe.“

Jordan geleitete mich zur Tür hinaus, bevor sie noch etwas sagen konnte.

Fünfzehn Minuten später waren wir in seinem Haus und er bestellte uns Abendessen von einem italienischen Lieferservice. Mir war nicht sehr nach Essen, aber ich wollte ihn auch nicht um seine Pizza bringen. Er hatte sie sich verdient. Jordan hatte getan, was ich so gerne schon vor Jahren getan hätte – die Scheiße aus diesem Penner Gunnar prügeln.

Während wir darauf warteten, dass das Essen eintraf, tauschten wir unser Büro-Outfit gegen etwas Bequemeres aus. Ich machte zwei neue Eisbeutel – einen für meine geschwollene Lippe und einen für seine Hand, die nun zu den Kratzern auch blaue Flecke aufwies. Er saß auf der Couch und las E-Mails auf seinem Handy, als ich mich neben ihn setzte und ihm einen Eisbeutel reichte. Er dankte mir und presste ihn auf seine Fingerknöchel.

Während des ganzen Abendessens blieb Jordan ruhig und nachdenklich. Es dauerte nicht lange, bis wir den peinlichen Moment erreichten, an dem ich nicht wusste, ob er wollte, dass ich blieb, oder ich ihn bitten sollte, mich nach Hause zu fahren.

In der unangenehmen Stille holte er einen zusätzlichen Laptop heraus und sagte mir, ich solle mich auf meinem Charakter, Teufel, einloggen. In der Zwischenzeit loggte er sich auf einem Charakter auf demselben Server ein. Es war eine anmutige, sexy Elfin mit dunklen Haaren und dem Namen Schneewittchen. Ich sagte nichts, aber sah ihn mit gesenkten Augenlidern an. Ich spürte Hitze in meine Wangen steigen, als ich realisierte, dass er bei der Erstellung dieses Charakters an mich gedacht hatte. Oder vielleicht wollte er ihr genauso wie ich nur wieder und wieder beim Sterben zusehen? Mein Mund zuckte. *Hmm.*

Wir spielten eine Stunde zusammen Dragon Epoch. Er gab mir Tipps und wir besiegten Horden von Goblins, arbeiteten an Quests und lachten, bis ich gähnte. Daraufhin streckte er die Hand herüber und klappte meinen Laptop zu, bevor er das Gleiche mit seinem machte. Ich dachte, dass ich ihm einen möglichen Ausweg geben sollte. „Sid hat mir vorhin geschrieben. Zuhause ist die Luft wieder rein."

Es gab eine lange Pause. „Willst du nach Hause?"

Es fiel mir schwer zu atmen. Ich drehte mich zu ihm, blickte in sein Gesicht und schüttelte den Kopf.

Er hob seine Hand an mein Kinn und neigte meinen Kopf hoch, dann senkte er seinen Mund und drückte ihn auf meinen. Es war ein sanfter, zarter Kuss und es war offensichtlich, dass er auf meine Lippe achtgab, da seine Berührung federleicht war. Aber selbst das reichte, um mein Blut in Wallung zu bringen und meine Nervenenden aufzuwecken. Ich lehnte meinen Kopf gegen die Couch zurück und blickte in seine Augen, die in diesem Licht graugrün wirkten. Ich hob meine Hand an sein Kinn, das nun sanfte Stoppeln aufwies. „Danke ... niemand ist je so für mich eingetreten."

Meine Hand strich seinen Kiefer entlang und seine Augen schlossen sich, als würde er die Berührung genießen. „Das war nur, was du verdient hast, April. Ich wünschte nur, dass du das realisieren würdest."

Meine Augen stachen und ich blinzelte. Die plötzlichen Emotionen, die in mir hochkamen, überraschten mich und schnürten mir den Hals zu. „Vielleicht habe ich nur jemanden gebraucht, der mir das zeigt."

Er schüttelte sanft den Kopf. „Das muss aus deinem Inneren kommen. Du musst tief in deinem Herzen wissen, dass du es wert bist, dass man für dich eintritt. Aber ich befürchte, dass Schneewittchen schon zu lange vergiftet ist." Mir stockte der Atem ... und nicht nur, weil er endlich das richtige Märchen erwischt hatte.

Ich wusste, worauf er sich bezog. Während der ganzen Zeit meines Heranwachsens war mir beigebracht worden, dass die Liebe meiner Mutter – wenn man das überhaupt *Liebe* nennen konnte – an Bedingungen geknüpft war und ihre Gefühle und Bedürfnisse wichtiger als meine und die aller anderen waren.

Deshalb war ich nie für mich eingetreten oder hatte meine Gefühle gezeigt. Hatte sie nie wissen lassen, wie sehr sie mich verletzt hatte. Jordan hatte nur einen flüchtigen Eindruck dessen bekommen, wie es für mich gewesen war, doch anscheinend genug, um zu erkennen, dass unsere gestörte Beziehung die Wurzel meiner Probleme war.

„Wie ist es nur möglich, dass du mich in der kurzen Zeit, seit ich für dich arbeite, schon so gut kennst?"

Er zuckte mit den Schultern und seufzte, wobei sein warmer Atem über mein Gesicht zog. „Sagen wir einfach, ich verstehe dich, weil ... ich das selbst durchgemacht habe."

„Dein Dad?"

Er blickte lange zur Decke, bevor er nickte. „Ja. Ich bedeutete ihm nur etwas, wenn ich genau seinem Vorbild folgte."

Aber ich hatte Möglichkeiten, die er nicht hatte. Da seine Familie noch intakt war, musste er versuchen, das mit seinem Dad wieder zu richten. Ich andererseits ... ich hatte diese Bürde nicht. Die Ähnlichkeiten in unserer familiären Lage waren erschreckend, auch wenn die Persönlichkeiten der Involvierten sehr unterschiedlich waren.

„Findest du es nicht seltsam, dass wir beide Familienangehörige haben, die nichts dagegen haben, uns zu überfallen? Deine Mom und dein Großvater ... meine Mom. Selbst mein Dad heute mit diesem Mittagessen."

Er neigte den Kopf. „Ja, das ist seltsam. Aber du hast mich auch überfallen ..."

Ich seufzte. „Du meinst mit Cynthia ... das tut mir leid. Ich wusste nicht, dass das so schlimm enden würde. Es schien nur so, als würdet ihr beide miteinander reden wollen. Und ihr beide habt mir unabhängig voneinander gesagt, dass der andere sowieso nicht hören möchte, was ihr zu sagen habt. Also dachte ich einfach ..." Ich schüttelte den Kopf. „Egal. Ich hätte mich nicht einmischen sollen."

Er beobachtete mich mit neugierigen Augen und seine Augenbrauen zogen sich zusammen. Dann blinzelte er und blickte weg, als wäre es ihm plötzlich unbehaglich geworden, doch in diesem Sekundenbruchteil sah ich etwas, das wie ... Dankbarkeit aussah.

Er räusperte sich. „Zumindest scheint dein Dad ein cooler Typ zu sein."

Ich seufzte und legte meinen Kopf an seinen Arm, den er auf der Lehne der Couch platziert hatte. „Mein Dad ist ein guter Mensch. Er kennt mich nur fast nicht."

„Nun, ich denke, du solltest vielleicht darüber nachdenken, das Schlechte aus deinem Leben zu verbannen, solange du wenigstens einen anständigen Elternteil hast."

Ich blickte zu ihm hinauf und er schaute mir in die Augen. Ich schüttelte den Kopf. „Ich hatte nie den Mut dazu, das zu tun. Sie so zu verletzen."

„Aber es ist okay, wenn sie auf dir herumtrampelt?"

Ich biss mir in die Wange, aber antwortete nicht. Meine Augen lösten sich von seinen.

„April, du bist mehr wert als das – mehr als das, wie sie heute Abend mit dir umgegangen sind. Sie haben dich wie Scheiße behandelt. Du hast die Macht, das zu beenden."

Ich schluckte. „Ich weiß."

Wir schwiegen lange und er senkte den Arm, um mich an sich zu drücken. Es fühlte sich so gut an, in seinen Armen zu liegen. Dadurch fühlte ich mich sicher ... besonders. Dadurch fühlte ich mich, als wäre ich all das, für das er mich hielt. Als wäre ich zu gut für sie. Für meine Mutter.

Ich setzte mich aufrecht hin und griff nach meinem Telefon auf dem Tisch.

„Was machst du?"

„Das Schlechte aus meinem Leben verbannen."

Er sagte nichts, während ich meiner Mutter schrieb und ihr sagte, dass sie mich nie wieder kontaktieren solle. Dass ich ihr oder Gunnar nicht mehr antworten würde und dass ich, wenn sie je wieder persönlich bei mir auftauchte, aufgrund ihrer Belästigung und Gunnars Angriff eine Unterlassungserklärung für sie beide erwirken würde.

Dann machte ich ein Selfie meines Gesichts, auf dem man deutlich die geschwollene blaue Lippe sehen konnte. Ich ging in meine Kontakte und blockierte ihre und Gunnars Nummer. Dasselbe machte ich auf Facebook und in meinen E-Mail-Einstellungen.

„So. Das ist erledigt." Ich schluckte und fühlte mich wie ein mutiges, erwachsenes Mädchen. Mein Herz schlug eine Million Mal pro Sekunde, aber es war so ein Hochgefühl. Zum ersten Mal seit Langem – vielleicht sogar zum ersten Mal überhaupt – fühlte ich mich stark.

Ich drehte mich zu Jordan und sah, dass er mich mit einer Intensität beobachtete, an die ich mich langsam gewöhnte. Ich schmiegte mich wieder an ihn und legte meinen Kopf auf seine Schulter. Langsam, langsam wanderte meine Hand über seine Brust, bis ich seinen harten Körper in meinen Armen hatte. Ich neigte den Kopf zurück. „Sei besser vorsichtig oder ich könnte anfangen zu glauben, dass du mich magst. Und das ist doch gegen unsere Regeln, oder?"

Er verkrampfte sich nicht oder wich zurück, wie ich es erwartet hatte. Noch stellte er mich infrage oder widersprach mir, nicht einmal mit einem sarkastischen Witz. Stattdessen strich er mit seiner Hand durch mein Haar und roch daran.

„Ich bin unfähig, jemanden gern zu haben, April. Ich habe dir das bereits gesagt."

Dem stimmte ich nicht zu. Nicht einmal eine Sekunde. Jede einzelne seiner heutigen Handlungen, von dem Augenblick, als ich den Campus betreten und meinen Dad gesehen hatte, bis jetzt, sagte mir, dass er mich gern hatte. Jordan konnte versuchen, sich selbst zu täuschen, aber er konnte mich nicht in die Irre führen.

„Was ist passiert, als du mit ihr geredet hast?"

Seine Hand auf meinem Haar bewegte sich nicht mehr und ich blickte hoch. Er starrte gedankenverloren die Wand an.

„Ich habe ihr gesagt, dass ich ihr vergeben habe", sagte er leise ohne vorzugeben, er wüsste nicht, von wem ich sprach. „Und ich sagte ihr, dass es mir leid tut."

„Fühlte sie sich dadurch besser?"

Seine Augen schlossen sich. „Nicht wirklich."

Ich drehte mich zu ihm und presste mein Gesicht gegen seine Schulter. Dieser Geruch – Salbei und Seife und ein Hauch Salz und Knoblauch von der Pizza. Aber darunter lag noch ein weiterer Duft. Der Geruch seiner Haut, der mich an das gewaltige Vergnügen erinnerte, dass wir geteilt hatten. Ohne es überhaupt zu realisieren, waren meine Lippen auf seinem Hals. Ich konnte nicht anders. Ich hätte es wahrscheinlich nicht tun sollen. Aber wie zum Teufel hätte ich widerstehen können?

Ich spürte, wie sein Adamsapfel sich unter meinen Lippen bewegte, als er schwer schluckte. Er verspannte sich in meinen Armen, aber ich machte weiter, warf ein Bein über seinen Schoss und setzte mich auf ihn, während ich mich seinen Hals hinauf zu seinem kräftigen Kiefer küsste.

„April ..." Seine Stimme war nur ein heiseres Flüstern.

Meine Hände flogen die Knöpfe seines Hemds hinab. Mein Mund folgte dem Pfad, seinen Hals hinab, über sein Schlüsselbein, zu seiner Brust. Seine Hände lagen auf meinen Schultern und drückten mich fest, während meine Zunge über seinen Nippel leckte. Er zischte und zog mich hoch und von ihm weg.

„Wir dürfen nicht", sagte er. Aber ich konnte seine angeschwollene Erregung an mir spüren. Ich runzelte die Stirn.

„Bitte, unterbinde das nicht, Jordan." Ich lehnte mich vor und presste meine Stirn gegen seine. Seine Augen schlossen sich.

„Wir haben es unterbunden. Und es muss so bleiben."

Meine Hände streichelten seine rauen Wangen. „Noch ... aber ich habe nur noch sechs Wochen. Danach bist du nicht mehr mein Boss."

Mein Herz schlug mir bis zur Kehle und ich starb ein paarmal, während ich auf seine Antwort wartete. Er atmete ein und seufzte und mir wurde flau im Magen, als ich seine Reaktion erahnte. Er griff nach unten, legte seine Hände an meine Hüften und zog mich wieder auf seinen Schoss. „April ..."

Meine Augen schlossen sich. Jetzt kam es ...

„Du weißt, warum dein Dad heute auf dem Campus war, oder?"

Ich runzelte die Stirn und blickte in seine Augen. „Er investiert in die Firma. Das hat er schon zuvor gemacht. Und da Adam für ihn gearbeitet hat und die Firma an die Börse geht ...“

Sein Kiefer verkrampfte sich. „Es ist mehr als nur das. Adam hat ihn ins Boot geholt, damit er uns dabei hilft, einen Aufsichtsrat zu bilden. Das bedeutet ... das bedeutet, dass er nach dem Börsengang wahrscheinlich der Vorsitzende dieses Aufsichtsrats sein wird.“

Meine Kehle schnürte sich zu und mir wurde übel. In meinen Ohren bildete sich Druck. Das bedeutete, dass es keine Hoffnung für uns geben würde, nicht einmal in sechs Wochen. Wenn mein Dad der Aufsichtsratsvorsitzende von Draco war und der Finanzchef der Firma mit seiner Tochter zusammen war ...

Moment, das war nichts, was gegen irgendein Gesetz oder so verstieß. Außer Jordan glaubte, dass es nicht halten könnte ...

„Es ist nicht unmöglich“, um meine Hypothese zu testen.

„Das könnte zu Problemen zwischen deinem Dad und mir führen.“

„Könnte, falls es nicht gut ausgeht, aber warum nimmst du an, dass das passieren wird?“

Er presste die Lippen zusammen. „Weil es das immer tut.“

Ich blinzelte. Ich wusste, dass seine Vergangenheit ihm zu schaffen machte, aber bedeutete das ernsthaft, dass er überhaupt keine Hoffnung hatte?

Ich spielte abwesend mit dem Kragen seines Hemdes und vermied es, ihm in die Augen zu sehen. „Es ... es gibt ein erstes Mal für alles. Willst du das Risiko nicht eingehen?“

Er biss die Zähne zusammen und sah mich mit zusammengekniffenen Augen an. „Es ist nicht wirklich fair, dass du mich das fragst.“

Das Atmen tat weh. Meine Augen stachen von den plötzlichen Emotionen, die in mir hochstiegen. Ich würde nicht zulassen, dass er mich weinen sah.

Ich rutschte still von seinem Schoss neben ihn auf die Couch.

Er fuhr mit einer Hand durch sein Haar. „Es tut mir leid –"

Als ich dachte, dass meine Stimme gleichmäßig genug klingen würde, sprach ich. „Mir ebenfalls."

In meiner Brust spürte ich den Schmerz von Verlust. Ich hatte meinem dummen Herzen erlaubt, sich auf ihn einzulassen, wo ich doch genau gewusst hatte, dass dies nirgendwo hinführen würde.

„April ... komm her", sagte er, zog mich in seine Arme und presste mich an sich. Ich wehrte mich nicht und ließ ihn in dem Glauben, dass er mich tröstete, obwohl er das nicht tat. Die Tränen, sie würden kommen. Ich wusste nicht, wie lange ich sie noch zurückhalten konnte.

Alles in mir schmerzte. Meine Kehle war zugeschnürt. Mein Magen tat weh. Meine Haut war heiß und rot und mein Puls raste.

Entweder hatte ich mir den Ebola-Virus eingefangen oder ich hatte mich in Jordan Fawkes verliebt.

Kapitel Vierundzwanzig
Jordan

DIE NÄCHSTEN PAAR WOCHEN BRACHTEN VIELE anstrengende Stunden im Büro mit sich, als wir uns für die Tournee zu unserem Börsengang vorbereiteten. Ich war täglich zwölf bis fünfzehn Stunden anwesend, traf um sieben Uhr morgens ein und ging erst wieder um neun oder zehn Uhr abends. Es hatte schon früher so lange Arbeitstage für mich gegeben, aber das war anders. Es wirkte irgendwie leer und bedeutungslos und je härter ich arbeitete, umso mehr realisierte ich, dass ich nicht so wie früher mit vollem Herzen dabei war.

April war ebenfalls die meiste Zeit anwesend, was das Ganze noch schwieriger machte. Sie kam zu ihrer üblichen Zeit an – ich hatte in Kanada schon bemerkt, dass sie ein Morgenmensch war –, aber blieb immer sehr lange und war jeden Tag eine der letzten Personen, die das Gebäude verließen.

Manchmal war ihr lieber Vater auch hier und es war interessant, sie beide zusammen zu sehen. Ich grübelte über die zurückhaltende Art nach, mit der sie mit ihm umging. Ich fragte mich, ob sie ihn zu der Liste von Männern zählte, die sie in ihrem Leben verletzt hatten, die sie im Stich gelassen hatten. Und ich fragte mich auch, ob ich ebenfalls auf dieser Liste stand.

Ihr Verhalten mir gegenüber konnte man am besten als gleichgültige Höflichkeit beschreiben. Kein Scherzen mehr, keine *zufällig* ausgestreckten Mittelfinger mehr, die mir zeigten, dass sie nicht alles mit sich machen ließ. Selbst als ich versuchte, sie zu provozieren, schenkte sie mir nur ein angespanntes, höfliches Lächeln.

Und ich hasste das.

Eines Abends an einem besonders langen Arbeitstag in der Woche vor der Tour, kam Mia mit einem Haufen Essen von einem Mexikaner in der Nähe vorbei. Sie wollte, dass wir uns alle im Pausenraum zusammen setzten und etwas Anständiges aßen. Und dieses *alle* umfasste Adam, Mia, David, seine Tochter, mich und ein paar der anderen Führungskräfte und ihrer Assistenten, sowie Kat, Mias Freundin aus der Spieletestabteilung.

Die beiden redeten darüber, in die Lagerhalle zu gehen und das Prototypequipment rauszuholen und damit zu spielen. Mia wandte sich an April, die neben mir saß, und fragte: „Willst du mitkommen? Wir zeigen dir, wie es funktioniert. Du könntest das für dein Projekt benutzen."

April zögerte während des Kauens und ihre Augen leuchteten auf. „Das wäre –"

„Ich bin sicher, du hast noch Arbeit zu erledigen, oder?", warf ihr Dad ein. Als ob er wollte, dass ich es bestätigte, wanderten seine dunkelblauen Augen – die ihren unheimlich ähnlich sahen – zu mir. *Scheiß drauf.* Als ihr Boss hatte ich das Sagen, ob sie noch Arbeit zu erledigen hatte.

„Sie hat sehr hart gearbeitet. Sie könnte eine Pause brauchen. Geh nur, wenn du willst, Weiss", sagte ich zu ihr.

Aber Aprils Augen lagen auf ihrem Dad und ihr Blick trübte sich. Sie blinzelte und drehte sich dann wieder zu Mia. „Vielleicht, wenn ihr in einer Stunde noch da seid. Ich muss noch etwas für Jordan erledigen."

Mia nickte und stand vom Tisch auf. „Komm einfach, wenn es dir passt, April. Wir werden dort sein, bis ich den hier von seinem Schreibtisch wegzerren kann", sagte sie mit einer Geste in Adams Richtung. „Hoffentlich vor Mitternacht."

„Noch eine Stunde", sagte er, wobei er ihre Hand einfing und diese küsste.

„Das glaube ich erst, wenn ich es sehe." Sie streckte ihm die Zunge heraus.

„Willst du es interessant machen?" Er zog seine Augenbrauen hoch.

„Ich mache es *immer* interessant." Mit einem breiten Grinsen drehte sie sich um und ging.

David sah ihr und Kat lächelnd hinterher. „Du hast da eine tolle Frau", sagte er zu Adam und nickte in Mias Richtung. „Ich mag sie."

Adam lächelte, aber sagte nichts, als er sich den letzten Rest Spanischen Reis in den Mund schob.

„Also, wann ist der glückliche Tag?"

„Wir haben noch kein Datum festgelegt. Sie hat gerade erst mit dem Medizinstudium begonnen."

Ich blickte zu April, die ihren Vater und Adam mit derselben seltsamen Intensität betrachtete. Ich fragte mich, was ihr gerade durch den Kopf ging. Was war die Dynamik dieser Vater-Tochter Beziehung? Sie schienen sich nicht besonders nahezustehen, aber sie suchte dennoch Bestätigung bei ihm. Sie hatte aufstehen und mit den anderen Mädchen spielen wollen, aber der Kommentar ihres Vaters hatte sie gestoppt. Ich fragte mich, was für einen Ballast sie diesbezüglich mit sich herumschleppte.

Noch eine Frau mit Vaterproblemen, so wie Cyndi. Ich schien diese Art Frauen anzuziehen.

Natürlich hatte ich selbst Vaterprobleme. Die hatten wir wahrscheinlich alle.

„Kluge Frau, weiß, was sie will. Erfolgreich. Und schön. Du hast das volle Paket erwischt. Mach das schnell offiziell, bevor sie merkt, dass sie den Kürzeren zieht", scherzte David.

Adam warf seinen Kopf zurück und lachte. „Du hast es schon immer geschafft, mich runterzuziehen, wenn ich mich zu wichtig nahm."

„Ich war der beste Boss, den du hattest. Gib es zu."

Adam stand auf und wischte sich den Mund mit einer Serviette ab, die er dann auf den Tisch warf. „Du warst der einzige Boss, den ich hatte."

David und Adam gingen immer noch lachend zurück in sein Büro, während April ihnen hinterherblickte und abwesend die Pappteller und den Abfall vom Tisch aufsammelte und in den Müll warf. Ich half ihr, die Reste zusammenzusammeln und in den Kühlschrank zu stellen.

„Bist du in Ordnung?"

Sie zuckte mit den Schultern. „Ja."

Sie sah heute besonders umwerfend aus in ihrem kurzen Rock, der ein paar Zentimeter über ihren Knien endete – kaum lange genug, um als Businesskleidung durchzugehen –, einer weißen Bluse, die sich an ihre üppigen Brüste schmiegte, und den glänzenden schwarzen Mary James, deren Absätze ihre hübschen Waden betonten.

Ich versuchte zur Zeit, nicht zu genau hinzusehen. Zu sehen, was ich nicht haben konnte, war reinste Folter. Ich nahm an, ich hätte eine meiner Liebschaften wegen einer heißen Nacht anrufen können, aber was hätte das gebracht?

Ich dachte wieder an Bruder Jordans Zölibat, obwohl ich es schon oft gebrochen hatte – in verschiedenen Positionen und an verschiedenen Orten, mit Aprils extrem weichen und geschmeidigen Schenkeln um mich.

Die heiße Erinnerung daran machte mich wieder geil, als wir uns zurück Richtung Büro aufmachten. Es half auch nichts, dass sie vor mir ging, wodurch ich nicht vermeiden konnte, die Bewegung ihres Rocks und ihrer Beine zu studieren. Es war so verdammt unfair, dass ich sie nicht nochmal haben konnte.

„Du wirkst ... verärgert", sagte ich, hauptsächlich, um mich von meinen eigenwilligen Gedanken abzulenken.

Sie blickte in Richtung von Adams Büro, dessen Tür offenstand. Man konnte sehen, wie ihr Vater sich über einen Computerbildschirm beugte und den Business-Plan diskutierte.

„Nein. Du verwechselst meine sexuelle Frustration nur mit etwas anderem", scherzte sie, als sie in mein Büro ging. Ich verschluckte fast meine Zunge.

Ich zögerte, bevor ich ihr hineinfolgte, und ließ die Tür offen. Nur um sicher zu gehen. Sofort machte ich mich wieder an die Arbeit und sah mir das neueste Video für die Tournee an, wobei ich mir Kommentare für Änderungen notierte.

April war dabei, meine Präsentation für die Banker durchzusehen, aber sie wirkte abgelenkt und rutschte ständig auf ihrem Stuhl umher, wodurch sie immer wieder meine Aufmerksamkeit auf sich zog. Ich konnte mich kaum auf meine Arbeit konzentrieren, weil mich meine verdammte Erektion und die Art, wie ihre Brüste in dieser Bluse aussahen, zu sehr ablenkten.

„Mir ist warm, dir auch?", sagte sie schließlich mit leiser Stimme.

„Hm?" Ich blickte gerade auf, als sie zwei der Knöpfe ihrer Bluse öffnete. Jetzt konnte ich den Rand ihres Spitzen-BHs sehen. *Heilige Scheiße.*

„Vielleicht schließe ich die Tür, damit die Wärme vom Atrium nicht hereinkommt. Ich könnte auch die Klimaanlage kälter einstellen." Sie stand auf, schloss die Tür und schloss ab. *Verdammte Scheiße.*

Dann stolzierte sie – und es gab keine andere Möglichkeit, diesen Tanz zu beschreiben, der ihren Faltenrock um ihre Beine tanzen ließ – zum Thermostat und spielte einen Augenblick damit. Ich schluckte und konzentrierte mich auf meinen Monitor, während ich verzweifelt versuchte, an Finanzstatistiken und Marktanalysen ... verdammt, sogar Baseball zu denken.

Sie tänzelte zurück zu ihrem Platz – Gott sei Dank –, doch anstatt sich zu setzen, platzierte sie einen Fuß auf ihrer Sitzfläche und gab mir so einen heißen Blick auf die ganze Länge ihres Beines. *Oh Gott.*

Dann griff sie unter den Rock und zog an ihren Strapsen. Mit der Spitze an den Rändern sahen sie aus wie köstlicher Zuckerguss auf ihren sexy Schenkeln. Sie hatte ein dunkles Muttermal auf der Innenseite ihres linken Oberschenkels. Ich hatte es ein paarmal gekostet, als wir in Vancouver waren. Und ich wollte es wieder kosten. Ohne mich anzusehen, wechselte sie das Bein und tat dasselbe mit dem anderen.

Und jetzt hatte ich offiziell Schmerzen von der Beule unterhalb meines Gürtels, da mein harter Schwanz gegen meine Hose drückte. Ich vergrub mein Gesicht in den Händen, da ich nicht mehr hinsehen konnte.

„Was ist los?" sagte sie mit gespielter Unschuld in ihrer Stimme. „Hast du Kopfschmerzen?"

Nein, der Schmerz war definitiv an einer anderen Stelle. Außer sie sprach von dem Kopf unterhalb meiner Gürtellinie. Ich sagte nichts und rieb mit der Handfläche über meine Augen, da der Anblick ihrer wohlgeformten Beine in meinen Augen brannte. Warum zum Teufel folterte sie mich so? Oder war das von Anfang an nur ein gut durchdachter Racheplan gewesen.

Gutes Timing. Ihr Vater war nebenan, nur durch eine Bürowand getrennt, um Gottes willen. Wenn sie meinen Untergang besiegeln wollte, hätte sie keine bessere Gelegenheit wählen können.

Als ich wieder hochblickte, sprang ich fast auf, als ich sah, dass sie jetzt direkt neben mir auf der Kante meines Schreibtischs saß und mit einem vielsagenden Lächeln auf mich hinabblickte.

„Ich kenne ein *ausgezeichnetes* Heilmittel gegen Kopfschmerzen und ... das andere Problem, das du anscheinend hast", sagte sie mit einem Blick auf meinen Schritt.

Ich blies meinen Atem verzweifelt hinaus. „Genießt du das?"

Sie lächelte und wippte mit einem Bein vor und zurück. „Das habe ich vor. Und ich denke, du wirst es auch genießen."

Ich atmete tief ein und langsam wieder aus. Verdammte Erektion. „Nein. Das mache ich nicht."

Sie zog eine Augenbraue hoch und schob ihre Unterlippe vor. „Nein? Du klingst nicht sehr überzeugt davon."

„Gott, April, dein Dad –"

„Wir reden nicht über ihn. Er ist da drüben sehr beschäftigt und alle anderen sind das auch. Und die Tür ist abgesperrt." Sie beugte sich vor und fuhr mit ihrem Knie meinen Innenschenkel entlang, wobei sie mir einen zaghaft fragenden Blick zuwarf.

Als sie meinen Schwanz erreichte – der jetzt nicht nur bloß schmerzte –, fing ich ihre zarten Handgelenke ein und riss sie zu mir. Sie rang nach Luft, taumelte vom Schreibtisch und fiel gegen meine Brust. Sie blickte hoch und ihr Mund war bereit, geküsst zu werden.

„Miss Weiss, Sie benehmen sich sehr unangemessen."

„Du liebst es doch, wenn ich mich unangemessen benehme."

„Verdammt ja, das tue ich."

Dann küsste sie mich. „Mmm. Ich dachte, ich würde den Dreitagebart vermissen. Aber ich habe deinen heißen Mund noch mehr vermisst."

„Du kämpfst unfair."

„Niemand sagte, dass das Leben fair ist." Sie küsste mich wieder und ihre feuchte Zunge glitt in meinen Mund. Eine Hand wanderte meinen Bauch hinab, um durch meine Hose hindurch meinen Schwanz zu packen. Ich keuchte gegen ihren Mund, wand meine Finger in ihr glänzendes Haar und riss sie von meinem Schoß, sodass sie vor mir auf Knien war. *Verdammt, wahrhaftig.*

April sah mir lange in die Augen und der Schock in ihnen verdampfte wie Meerwasser auf festgetretenem Sand. Erkenntnis erwachte in ihren ozeanblauen Augen und sie schluckte, wobei sie über diese vollen rosa Lippen leckte. Ich streckte meine Hand aus und fuhr die Unterlippe mit meinem Daumen nach.

„Ich will diese schönen Lippen um meinen Schwanz", knurrte ich zwischen zusammengepressten Zähnen heraus.

Ihre Augen wurden dunkler vor Verlangen und sie nickte und griff nach dem Reißverschluss meiner Hose. Nachdem sie meinen Gürtel und den Knopf geöffnet hatte, lehnte ich mich zurück und sah zu, wie ihre Hand in meine Boxershorts wanderte und meine steife, schmerzende Erektion herausholte. Sie schluckte erneut und fuhr mit ihrem Daumen den Schaft hinauf. Feuer loderte in meinen Adern und mein Herz trommelte in meiner Kehle.

Ich zuckte vor Verlangen. Sie blickte mich an, als ob sie sich versichern wollte, dass ich es genoss. Als ob sie sich *dessen* versichern müsste. Der Gedanke ließ mich fast lachen. „Du bist so schön", murmelte sie. „Jeder Teil von dir."

Ihre Worte hatten einen neuen, mächtigeren Effekt auf mich und streichelten mich an Orten, die ihre Finger nicht erreichen konnten. Ich musste sie haben – *jetzt.* Ich lehnte mich vor, packte sie am Hinterkopf, zog sie näher heran und presste meinen Schwanz an ihre Lippen. Ihr schöner Mund öffnete sich, um ihn aufzunehmen. Meine Brust fühlte sich an, als würde sie explodieren, als ihre Hitze mich umschloss.

Ich griff nach unten, umfasste ihre Brust durch den Stoff ihrer Bluse und rieb ihren Nippel, bis er eine harte, spitze Knospe war. Mein Schwanz schwoll in ihrem Mund an.

Mit einem Zittern schlossen sich meine Augen und ich konzentrierte mich auf ihre subtilen Bewegungen, während sie nach unten rutschte und mehr von mir in sich aufnahm. Ich hatte wochenlang keinen Sex gehabt und hatte mich beraubt und angespannt gefühlt, weil ich in solcher Nähe zu ihr arbeiten musste. Jetzt war ich zu erregt und fürchtete, dass es vorbei sein würde, bevor es überhaupt anfing.

Dieser Augenblick brachte mich wieder zu dem Zeitpunkt zurück, wo ich sie letztes Jahr bei der Vorstellung der Praktikanten zum ersten Mal gesehen hatte. Die Gruppe war herumgeführt worden und hatte einige Minuten in meinem Büro verbracht, wo sie mir eine Frage gestellt hatte und meine Augen auf ihrem Gesicht gelandet waren. Damals hatten mir diese vollen Lippen eine Vision von ihr gegeben, wie sie vor mir kniete und mich beglückte, so wie sie es jetzt tat. Sie hatte mir dieses gleichmäßige, weiße Lächeln gezeigt, das bei einem Zahnarzt Tausende von Dollar gekostet hätte. Damals hatte ich etwas gefühlt, ein Stechen, Begierde, Verlangen. Die Praktikantinnen waren tabu, sicher. Aber das hielt mich nicht davon ab, mir jedes Mal, wenn ich sie sah, vorzustellen, wie es wäre, in ihr zu sein.

Jetzt war sie hier und befriedigte mich, wobei sie meinem Blick standhielt, während ihr Mund hinabglitt und immer mehr von mir aufnahm, bevor sie wieder nach oben wanderte und stärker saugte, bis ich anfing, wegen des intensiven Gefühls zu wimmern.

Gott verdammt. Wo hatte sie das gelernt? Ich wusste nicht, ob ich demjenigen dankbar sein sollte oder ihn jagen und töten sollte, weil er dies vor mir erlebt hatte. Reines, eiskaltes Vergnügen breitete sich von meinem Schritt aus aus, meinen Bauch hinauf und meine Schenkel hinunter. Ich keuchte und meine Atmung war unkontrolliert. Wenn sie so weitermachte, würde ich bald kommen.

Meine Hand schnellte vor und hielt ihren Kopf still. „Langsam ..." murmelte ich und gehorsam hielt sie ihren Kopf an

Ort und Stelle. Aber ihre Zunge – diese sinnliche Zunge – glitt weiter an der Unterseite meines Schwanzes entlang und schenkte ihm ihre heiße, feuchte Aufmerksamkeit.

Die Luft raste aus meiner Brust. Ich hielt ihren Kopf in meinen Händen, schob meine Hüften vorwärts und stieß in ihren Mund. Sie atmete erschreckt durch die Nase ein, bis ihre Atmung durch mich unterbrochen wurde. Ich erstarrte und sah sie an, um zu sehen, ob es zu viel für sie war. Aber diese Augen hielten weiter an meinen fest, bevor sie die Augenlider senkte und ihre Hand in meine Hose griff, um meine Eier zu streicheln. Langsam zog ich zurück und stieß wieder hinein. Ich war kurz davor zu kommen. Ich nahm meine Hand weg und gab ihr die Möglichkeit, zurückzuweichen, falls sie das wollte.

Aber ich hoffte, sie würde nicht wollen.

„Ich komme gleich", stöhnte ich. Eine Sekunde später glitt ihr Mund wieder über mich und nahm mich noch tiefer auf als zuvor. Mein Kopf fiel zurück und ich starrte zur Decke. Meine Augen schlossen sich und am Ansatz meiner Wirbelsäule sammelte sich dieses bekannte Zwicken.

„April – fuck!"

Ihr Mund schloss sich noch fester um mich und sie saugte stärker als zuvor, während ich in heißen Wellen kam. Ich konnte nicht atmen, ich konnte nicht denken. Und alles, was ich fühlen konnte, war das glühend heiße Vergnügen ihres Mundes um mich, der an mir saugte. Immer noch an mir saugte.

Sie blieb dort, bis die Zuckungen abklangen und ich mich langsam aus ihr zog. Ich öffnete meine schweren Augen und fühlte mich völlig ausgesaugt. *Heilige Scheiße.*

„Das war ... unglaublich."

Ohne ein Wort zu sagen, stand sie auf und ging ins Badezimmer. Ich hörte, wie ein Schub aufging und der Wasserhahn angestellt wurde. Aber ich konnte mich immer noch nicht bewegen. Wie ein Idiot saß ich mit meinem in der Luft hängenden Schwanz da. Mein Körper fühlte sich entspannt an, als hätte ich keine Knochen.

Sie kam zurück ins Büro und reichte mir einen Waschlappen, um mich zu säubern. Ich dankte ihr und stand dann endlich auf, um selbst ins Badezimmer zu gehen. Als ich zurückkam, saß sie zugeknöpft und förmlich auf ihrem Platz. Sie arbeitete an ihrem Laptop, als wäre nichts gewesen.

Ich ging zur Tür und sperrte sie auf, doch ließ sie geschlossen. Als ich mich umdrehte, sah sie mich an und ein Lächeln zog über ihre Lippen.

„Was war das?", fragte ich.

Ihr Mund zuckte. „Ich sagte dir doch ... sexuelle Frustration."

„Und, hat es geholfen?"

Ein vielsagendes Lächeln. „Es hat *dir* geholfen, oder nicht?"

Ich seufzte und rieb mit einer Hand über mein Gesicht, dann setzte ich mich wieder an meinen Schreibtisch, bereit, die Konversation fortzuführen. Doch bevor ich wusste, was ich sagen sollte, klopfte es an der Tür und sie öffnete sich. Ihr lieber Vater steckte den Kopf herein.

Guter Gott. Wenn er das vor fünf Minuten versucht hätte, wäre abgesperrt gewesen und die ganze Situation wäre verdächtig erschienen. Hätte er die Tür öffnen können, hätte er seine Tochter vor mir kniend und mit meinem Schwanz in ihrem Mund vorgefunden. Ich wurde blass und April wirkte erschrocken.

„April, ich bin für heute weg. Ich wollte mich nur verabschieden. Wir sehen uns am Wochenende bei uns? Sarah und Daniel freuen sich schon."

Sie atmete tief ein und langsam wieder aus, während sie ihren Dad lange ansah, bevor sie nickte. „Ja. Ähm, sicher."

Kurz darauf war er verschwunden und zwischen uns herrschte Schweigen. Ich versuchte, mich auf meine Arbeit zu konzentrieren, während sie in ihre vertieft wirkte. Plötzlich brach sie in schallendes Gelächter aus.

Und ich konnte nicht anders – ich fing ebenfalls an zu lachen.

Als Adam hereinkam, um zu sagen, dass er für heute Schluss machen und alle nach Hause schicken würde, lachten wir uns immer noch tot und er starrte uns wie zwei Verrückte an.

„Beachte uns nicht. Uns macht die Erschöpfung nur total verrückt."

Adam runzelte die Stirn. „Ohhhkay. Noch ein Grund, nach Hause ins Bett zu gehen."

Ich salutierte ihm scherzhaft und er erwiderte mit einem Salutieren seines Mittelfingers.

„Deine Cousine wird sich freuen, dass du endlich einmal wieder zu angemessener Stunde heimkommst." April warf mir einen seltsamen Blick zu. Sie wusste nichts von dieser Adam-Mia Cousin-Cousine Sache. Und ich erklärte es auch nicht.

„Geh sterben", antwortete er.

Nachdem auch ich schlussgemacht hatte, ging ich mit der Gruppe hinaus, wobei ich ein bekanntes Banjo-Lied summte. Immerhin fand Mia das amüsant. Der Boss eher weniger.

***

Wir hatten noch vier Tage bis zum Beginn der Börsengangtournee. Zwei Wochen lang würden wir alle großen Städte des Landes besuchen, um den Bankern und Investmentfirmen unseren Fall vorzutragen und sie um Unterstützung zu bitten. In nur fünfzehn Tagen würden wir Draco Multimedia Entertainment unter dem New York Stock Exchange Kürzel DME auf den Markt bringen und wir brauchten sie auf unserer Seite, wenn es an der Zeit war, die Glocke zu läuten.

Das bedeutete aber nicht, dass ich die Finger von April ließ. Der Blowjob in meinem Büro hatte die sexuelle Büchse der Pandora erneut geöffnet und selbst wenn ich gewollt hätte, hätte ich sie nun nicht mehr schließen können.

Am nächsten Tag, vor dem Mittagessen, brachte April mir einige Berichte zum Durchsehen. Sie stand ein wenig zu nahe bei mir und roch ein wenig zu gut. Ich blickte auf das Chaos auf meinem Schreibtisch und seufzte über die ganze Arbeit, die ich erledigen musste. Sie wartete darauf, dass ich etwas sagte, und ich murmelte, wie sehr es mich störte, dass Charles alle fünf Minuten an ihrem Schreibtisch stand.

„Hm. Du bist doch nicht ... *eifersüchtig*, oder?"

Ich zog eine Augenbraue hoch. „*Nein*. Ich mag es einfach nicht, dass er dich von der Arbeit abhält."

„Ich erledige meine Arbeit schon. Aber wenn du willst, sage ich ihm, dass du mir gesagt hast, ich solle ihm sagen, dass er wegbleiben soll."

„Ich habe nicht gesagt, dass du ihm das sagen sollst."

Sie lehnte sich mit verschränkten Armen gegen meinen Schreibtisch. „Du siehst etwas frustriert aus, Mr. Fawkes. Kann ich dir irgendwie helfen?"

Ich biss die Zähne zusammen und blickte sie finster an. Sie griff in ihre Tasche, zog etwas heraus und beugte sich vor, um es in meine Hemdtasche zu stecken. „Ich mache um eins Mittag und ich bin auf der Damentoilette in der Lagerhalle, die nie jemand benutzt ...“

Mit diesen Worten richtete sie sich auf, machte kehrt und ging, meine Augen auf ihren Hintern fixiert, hinaus. Als sie sich an ihren Tisch setzte, tippte sie auf ihre Brust, um mir anzudeuten, dass ich in meine Tasche schauen sollte. Ich tat es ... und wünschte mir, ich hätte es nicht gemacht.

Die Verpackung repräsentierte alles, was ich nicht tun sollte, aber wahrscheinlich machen würde.

Ich verbrachte meinen Mittag damit, darüber nachzudenken, in meinem privaten Badezimmer eine eiskalte Dusche zu nehmen. Irgendwann summte mein Handy mit einer Nachricht. Ich wusste, von wem sie war. Ich blickte zu ihrem Tisch und sah, dass sie tatsächlich weg war.

Such mich.

Das war alles, was nötig war. Ich war so hart wie ein Fels – erneut. Verdammt. Ich hatte Arbeit zu erledigen. Viel Arbeit. Aber ich wollte sie so sehr, dass es wehtat.

Ich fand sie an der Tür zu besagter Toilette warten. Ohne ein Wort zu verlieren, gingen wir hinein und ich verbrachte die nächste halbe Stunde damit, sie gegen die Wand zu drücken und zu nehmen.

Die folgenden Tage, bis ich die Stadt verließ, waren genauso. Wir suchten uns private Orte und vergnügten uns, manchmal sogar zweimal am Tag und manchmal auch in meinem Büro, wenn das möglich war. Wir redeten nur selten darüber, aber der Kick, eventuell erwischt zu werden, brachte unsere Motoren auf Touren. Genauso wie unser kleines Freiluftabenteuer in dem Park in Kanada.

In der Nacht vor der Tournee verließ ich die Arbeit früher. Ich würde an die Ostküste fliegen und mich zurück nach Westen vorarbeiten und mich manchmal mit Adam in den Städten treffen, in denen die meisten Banker ihren Sitz hatten. Ich würde bei allen Präsentationen anwesend sein; er nur bei den größten und wichtigsten.

April brachte mir Abendessen und sie war meine Nachspeise. Wir redeten immer noch nicht darüber, was dieser Sex bedeutete – oder was er bedeuten *würde*, sobald die Firma an der Börse war und David zum Aufsichtsratsvorsitzenden gewählt wurde.

Aber ohne Bezug darauf, ob wir diskutierten, was passieren oder nicht passieren würde, fing ich an zu realisieren, dass es ohne sie zwei lange Wochen werden würden.

Und das waren sie. Aber nicht auf die Weise, wie ich es erwartet hatte.

Ich wurde mir sehr schnell bewusst, dass sie meine Reiseroute verfolgte, da jeder Tag mit einer Nachricht begann. Diese Nachrichten wurden bald das Highlight meines Tages.

Sie: Wie behandelt dich Boston?
Ich: Nicht so gut wie du.
Sie: Ich bin sicher, du hast noch einige alte anzügliche Nachrichten von deinen früheren, ähm, „Freundinnen", um den Tag zu überstehen.
Ich: Wie wäre es mit ein paar neuen von dir?

Sie: Hi, wie ist Chicago?

Ich: Scheiße. Ich vermisse mein eigenes Bett.

Sie: Ich vermisse dein Bett auch. Vorzugsweise mit dir darin.

Ich: Weiss, SBSU (Unsere Abkürzung für *Sie benehmen sich unangebracht*)

Sie: Dallas! Woo Hoo. Bereit für etwas Line Dancing?

Ich: Ich wurde bereit geboren – und geil.

Sie: Du wurdest unangebracht geboren.

Sie: San Francisco ... es wird wärmer.

Ich: Ich bin schon ganz heiß.

Sie: Fawkes, SBSU

Ich: Natürlich. Und du liebst es.

Während der ganzen Tournee wurde ich bei einigen Gelegenheiten von einigen heißen Mitarbeiterinnen der Versicherungsträger angemacht, aber ich war nicht interessiert. Sie reizten mich überhaupt nicht. Ich ertappte mich stattdessen dabei, dass ich oft an April dachte und mich fragte, was sie gerade machte. Nichtsdestotrotz kämpfte ich täglich gegen den Drang an, sie anzurufen.

Letztendlich gingen wir als Sieger hervor. Am Freitag Nachmittag, kurz nach Geschäftsschluss in New York, landeten Adam und ich auf dem *John Wayne Airport* in Orange County. Ich bekam einen Anruf von unserem Investment Banker, dass die Firma auf 8,3 Milliarden US Dollar datiert wurde. Wir würden am folgenden Montag mit coolen fünfunddreißig Dollar pro Aktie eröffnen und wir würden persönlich die Glocke im New York Stock Exchange läuten dürfen. Das würde ein

Festmahl werden. Und auch die Erfüllung eines lang erwarteten Traums.

Adam und ich standen am Gepäckförderband und gaben uns ein High-Five, nachdem ich ihm die Nachricht verkündet hatte. Er zog sofort sein Handy heraus und rief Mia an, um es ihr mitzuteilen. Und ich realisierte, dass die erste Person, die ich anrufen wollte, April war ...

Ich zog mein Handy heraus und fing an, die Nachricht zu schreiben.

Marktwert 8,3 Milliarden. $35/Aktie. Aber halt es noch geheim.

Sie antwortete weniger als eine Minute später.

Sie: OMG! Ich freue mich so für dich. Lösche die Nachricht jetzt.
Ich: Unser Fahrer ist auf dem Weg, oder?
Sie: Er sollte bereits da sein.

„Mit wem schreibst du?", fragte Adam, nachdem er aufgelegt hatte.

„Ich gehe nur sicher, dass unser Fahrer da ist. Ich werde ungemütlich, wenn ich warten muss", log ich halb.

„Morgen Nachmittag ist unsere Firmenfeier. Wir halten es bis dahin geheim und verkünden es dort."

„Sicher. Wirst du es David Weiss schon vorher sagen?"

„Natürlich. Er bekommt den nächsten Anruf."

„Wie hat Mia es aufgenommen, dass ihr Cousin-Schrägstrich-Verlobter jetzt Milliardär ist?"

„Sie war nicht besonders überrascht. Aber sie freut sich für mich."

„Natürlich freut sie sich für dich. Sie bekommt bei der Scheidung die Hälfte." Ich grinste, aber machte mir nicht die Mühe, *Scherz* zu sagen – er wusste auch so, dass es nur Spaß war.

Er schüttelte lächelnd den Kopf, als wir von der Gepäckabholung zum Gehsteig gingen. „Ich weiß gar nicht, warum ich dir alles erzähle."

„Ich kenne mich mit den ganzen rechtlichen Dingen aus. Zum Beispiel weiß ich, dass es in Kalifornien legal ist, deine Cousine zu heiraten."

„Gut zu wissen." Adam ging zu unserem üblichen Fahrer, der bereits mit offenem Kofferraum wartete. Er warf Adams Tasche hinein und kam dann zu mir und tat mit meiner dasselbe. „Ah, komm schon, das macht keinen Spaß, wenn du mir nicht sagst, ich soll mich ins Knie ficken."

Alles, was er tat, war, mir einen vielsagenden Blick zuzuwerfen. *Spielverderber.*

Auf dem Weg nach Hause zog ich mein Handy heraus und ertappte mich, wie ich April einen weiteren Text schrieb.

Bleib heute Nacht bei mir.

Sie antwortete lange nicht. Die nächste Nachricht von ihr erhielt ich sogar erst über zwei Stunden später.

Sorry, ich war gerade auf der Fahrt nach La Jolla. Ich bin heute bei meinem Dad wegen des Geburtstags meiner kleinen Schwester. Wir kommen zusammen zur Party. Ich sehe dich dann.

Ich konnte die Enttäuschung nicht fassen, die ich verspürte. Ich wollte sie sehen. Sicher, ich wollte mich an ihrem köstlichen

Körper reiben, aber ich wollte auch mit ihr reden, sie vielleicht ein bisschen necken, an ihrem Haar riechen. Ich hatte einfach angenommen, dass sie verfügbar wäre. Und nach zwei Wochen ohne Sex wollte ich, dass sie mir zur Verfügung stand, verdammt.

***

Um etwas sexuellen Frust abzubauen, ging ich früh morgens an den Strand, um ein paar Stunden zu surfen. Das Wetter war toll und ich erwischte ein paar geniale Wellen, ohne dass ich groß gestört wurde. Da es Oktober war, wurde das Wasser kalt, weshalb ich einen Wetsuit trug. Aber nach einer Stunde oder so wurde mir langweilig und ich ging wieder hinein. Dann sah ich ein paar Mal auf mein Handy, um zu sehen, ob sie mir geschrieben hatte. Nichts.

Und was zum Teufel war mit mir los, dass mir das so viel ausmachte?

An diesem Nachmittag gab es eine Firmen-Poolparty, um unseren nächsten Schritt im Vorhaben, die Marktherrschaft im Spielesektor zu ergattern, zu feiern. Wir hatten einen Teil eines abartig teuren Country Clubs in South County für eine Party mit Cocktails und Appetizern angemietet.

Die Führungskräfte und vorläufigen Aufsichtsratsmitglieder trafen sich zuvor zu einem privaten Mittagessen. David Weiss saß an dem großen runden Tisch zwischen Adam und mir und unwillkürlich suchte ich die Umgebung nach seiner Tochter ab. Ich wusste, dass sie mit ihm hergekommen war, aber ich sollte das eigentlich nicht wissen und wollte deshalb nicht fragen.

Er war sehr interessiert daran, alle Details der Tournee zu erfahren, und wir erzählten ihm alles Wichtige. Schließlich fragte Adam ihn zu meiner Erleichterung nach seiner Tochter.

„Oh, sie ist hier. Sie rennt mit einigen der anderen Assistenten herum und hilft bei den letzten Vorbereitungen für die Party."

Jetzt machte ich es zu meiner Mission, sie zu entdecken, ohne es aussehen zu lassen, als würde ich sie suchen. Es war wirklich dumm. Ich könnte ihr auch einfach schreiben. Aber sie hatte mir nicht geschrieben.

Und was sollte der ganze Scheiß überhaupt? Ich war schon fast ein Jahrzehnt aus der High School. Als nächstes würde ich mich fragen, ob sie mich unter der Tribüne auf dem Abschlussball küssen würde. Verdammt. Ich war nicht gut darin, mich nicht in das verwickeln zu lassen, in das ich da verwickelt war. Kollegen mit gewissen Vorzügen? Sehr, *sehr* guten Vorzügen.

Nach dem Mittagessen gingen wir in die Umkleide und zogen uns für die Party um. Obwohl es Herbst war, war es immer noch warm genug für eine Poolparty. *Es lebe Südkalifornien*, dachte ich mir kopfschüttelnd.

Fünfzehn Minuten nach Beginn der Party erblickte ich sie auf der anderen Seite des Pools, wie sie mit einer Gruppe anderer Praktikantinnen redete. Eine von ihnen war dieses kleine Gör, Cari, die vor einigen Wochen versucht hatte, sie zu bestechen. Sie schienen sich jetzt freundlich gesinnt zu sein.

April trug einen gemäßigten schwarzen Badeanzug mit hellblauen Nähten. Er hatte einen hohen Rücken, wahrscheinlich, um dieses verdammte Tattoo zu verbergen, das jeder hier sofort erkennen würde.

Als sie endlich in meine Richtung blickte, fiel ich ihr ins Auge. Sie warf mir ein zaghaftes Lächeln zu. Etwas in mir fing Feuer und ich lächelte.

Ich warf einen vielsagenden Blick aufs Gebäude, um ihr mitzuteilen, dass ich sie dort treffen wollte. Sie runzelte die Stirn und blickte weg. *Was zum Teufel war los?* Jetzt war ich mir ziemlich sicher, dass sie mir aus dem Weg ging und das passte mir nicht. Ich dachte daran, ihr eine Nachricht zu schicken, aber diese würde sie wahrscheinlich auch ignorieren.

Ich ging um den Pool und direkt auf sie und ihre kleine Herde zu. Sie blickte auf und ihre Augen weiteten sich. „Weiss, kann ich dich bitte einen Augenblick sprechen? Ich habe ein paar Fragen."

„Sicher", murmelte sie und blickte wieder nach unten. Ich trat beiseite, während sie sich entschuldigte und mir dann die Treppe hinauf ins Gebäude folgte, wobei sie langsamer wurde, je näher wir ihm kamen. Ich hielt ihr die Tür auf, aber sie zögerte.

„Worüber musst du mit mir reden?"

Ich blickte zur Tür. „Drinnen."

Sie atmete tief ein und langsam wieder aus. Als wir drinnen waren, fand ich eine leere Umkleidekabine und zog sie mit mir hinein. Gerade, als sie sprechen wollte, drehte ich mich um, nahm ihr Gesicht in meine Hände und küsste sie so, wie ich es jede Nacht hatte tun wollen, in der ich weggewesen war. Sie sprach darauf an, als würde ich neues Leben in sie hauchen und drückte sich an mich, wobei sich ihre Finger in mein T-Shirt gruben, das ich zu meiner Badehose trug. Ihr Mund öffnete sich für mehr, als wäre sie am Verhungern gewesen. Und um ehrlich zu sein, diese Reaktion ließ mich sie noch mehr begehren.

Minuten später, als ich mich löste, war sie errötet und außer Atem. Das einzige Geräusch in der Stille zwischen uns war das unserer schweren Atmung. Ich beugte mich für mehr zu ihr, doch da wich sie zurück. „Hattest du wirklich eine Frage, oder hast du mich nur hier reingezogen, um mich zu küssen?"

„Gibt es da ein Problem?"

Sie atmete tief ein und dann wieder aus und ihre Augen wurden ernst. Offensichtlich *gab* es ein Problem damit.

„Ich werde nur noch zwei Wochen für dich arbeiten. Ich will etwas Echtes zwischen uns – nicht diese Heimlichtuerei."

Ich grinste. „Ich dachte, dass du diese Heimlichtuerei magst." Ich unterstrich diese Aussage mit einem weiteren heißen Kuss, wobei meine Zunge in ihren köstlichen Mund tauchte. Dann griff ich hinter sie und packte ihren Hintern, um sie flach an mich zu ziehen.

Sie legte ihre Hände auf meine Brust. „Jordan", sagte sie gegen meine Lippen.

„Mmm … ich habe dich vermisst."

Sie neigte den Kopf zurück und sah perplex zu mir hoch. „Hast du?"

Ich runzelte die Stirn. „Warum überrascht dich das?"

Sie schüttelte den Kopf. „Weil du mich verwirrst. Ich weiß nicht, was das ist. Geht es nur um Sex oder ist da mehr?"

Ich spannte meinen Kiefer an und blickte weg. „Es darf nicht mehr als das sein. Du weißt, warum. Ich habe es dir bereits gesagt."

„Du bist also nicht bereit, das mit mir zu riskieren – das mit *uns.*"

„Also soll ich deinem Dad sagen, dass wir nicht wirklich zusammen sind, dass wir nur etwas miteinander haben? Denn ich habe keine Beziehungen – keine *richtigen, ernsten* Beziehungen. Also sage ich ihm einfach, dass ich nur seine Tochter ficke. Wie wird das enden?"

Sie schluckte. „Jordan ..."

„Was? Kann es mehr als das sein? Nein, nein kann es nicht."

Ihre Lippen zitterten. „Nun, für mich ist es mehr, weil ... weil ich dich liebe."

Zuerst war ich nicht sicher, ob ich richtig gehört hatte. Dann, als es mir klar wurde, war meine erste Reaktion es abzustreiten, abzustreiten, abzustreiten. Das konnte sie nicht denken. Es konnte nicht sein. Ich konnte nicht atmen. Meine Brust fühlte sich zugeschnürt an und in dieser kleinen Umkleidekabine gab es nicht genügend Luft. Sie beobachte aufmerksam meine Reaktion.

Das letzte Mal, als eine Frau diese Worte zu mir gesagt hatte, hatte ich sie gebeten, mich zu heiraten und dann hatte sie mit einem anderen Kerl gevögelt. Das durfte nicht noch einmal passieren. Das würde nicht noch einmal passieren. Nicht jetzt und vielleicht sogar niemals.

Ich schloss die Augen und rieb mit meiner Hand über mein Gesicht.

Kapitel Fünfundzwanzig
April

ICH SAH, WIE JORDAN BLEICH WURDE, ALS ER AUF MEINE Liebeserklärung reagierte. Er sah wirklich aus, als würde er ohnmächtig werden. Nicht die Reaktion, die ich mir immer vorgestellt hatte, wenn ich einem Kerl sagte, dass ich ihn liebte. Und ich sagte die Worte nicht leichtfertig. Eigentlich hatte ich diese Worte noch nie zu irgendeinem anderen Mann gesagt – nicht einmal zu Gunnar. Aber ich hatte so etwas auch noch nie für einen anderen Mann empfunden. Das alles hätte ich ihm jetzt gestehen können, aber ich wusste, dass er das nicht hören wollte. Seine Gesichtszüge verschlossen sich, wie ein Haus, das man gegen einen Wirbelsturm verbretterte.

„Ich erwarte nichts von dir, außer dass du dem hier eine Chance gibst", sagte ich in die Stille und hasste dabei, wie meine Stimme zitterte.

Er blickte weg. „Was genau bedeutet das?"

Nun, das machte Hoffnung. Zumindest wollte er mich anhören. „Dass ... dass wir wie normale Leute zusammen sind, wenn ich Draco verlasse."

„Ich weiß nicht, wie man wie ein normaler Mensch mit jemandem zusammen ist. Das letzte Mal, als ich das getan habe, hat man mir die Nüsse zertrümmert. Ich bin nicht gewillt, das erneut durchzumachen."

„Nicht jetzt oder ..."

Er zuckte mit den Achseln. „Vielleicht niemals."

Ich blinzelte. „Ging es also nur um die Heimlichtuerei, um den Kick? Wenn ich hier verschwinde, ist es dann endgültig aus?"

Diese Möglichkeit schien ihm auch nicht zu gefallen. Mir war übel und mein Magen verkrampfte sich. Ich hatte das alles gerade rausgelassen. Ich hatte mein Herz aus meiner Brust gerissen und es in seine Hände gelegt. Ob er es zerquetschte und zerstörte oder es wiegte und pflegte, stand nicht in meiner Macht.

„Jordan ..." Ich rutschte zu ihm hoch, legte meine Hände an seine Wangen, breitete meine Finger aus und lenkte sanft seinen Kopf, sodass er mich ansehen musste. Meine Augen trafen auf seine und ich blickte in diese trüben Tiefen – die heute die Farbe von Schlick und Meerwasser hatten. „Lass mir dir etwas sagen. Es ist ein großer Unterschied zwischen der Person, die du siehst, wenn du in den Spiegel blickst, und der, die ich sehe, wenn ich dich anschaue. Der Mensch, den du siehst, wurde von einer Jugendliebe verletzt, von einem Vater verstoßen, der wütend auf ihn war, weil er nicht *dessen* Traum folgte. Aber der Mann, den ich sehe? Er ist stark und sensibel. Beschützend, brillant, liebevoll. Du hast dich für mich eingesetzt – bei dem Video, als Gunnar seine Scheiße abgezogen hat, als Cari mich bedroht hat. Du musstest diese Dinge nicht tun. Und ich werde dir auf ewig dafür dankbar sein. Aber das ist nicht der Grund, warum ich dich liebe. Ich liebe dich für den Mann, der du bist, wenn ich dich ansehe. Nicht für den, den ich gerne hätte."

Etwas in seinen Augen veränderte sich. Sie waren hart. Und ich konnte ihn oder sein Gesicht immer noch nicht lesen, aber seine Hände legten sich um meine Taille, um mich für eine enge Umarmung an sich zu ziehen."

Er sagte nichts, hielt mich nur fest. Ich konnte seinen wilden Herzschlag unter meinem spüren, als unsere Körper aneinandergepresst waren. Ich könnte mich in diesem Gefühl verlieren, in der Sicherheit seiner Arme, obwohl ich mir unsicher war, was diese Gefühle waren. Ich brauchte gerade keinen Namen für das, wenn er zu viel Angst hatte, die Wahrheit zuzugeben. Aber er konnte sie nicht abstreiten. Er hatte mich gern, wie er es wieder und wieder durch seine Taten gezeigt hatte.

Er vergrub sein Gesicht in meinen Haaren und murmelte: „Was machst du nur mit mir?"

Ich küsste ihn, wo ich ihn an seinem Hals erwischen konnte, direkt über dem Kragen seines T-Shirts. Seine Arme schlossen sich um mich und seine Erregung stieß gegen meinen Bauch. Sofort landete sein Mund auf meinem Hals, verschlang mein Ohr, mein Kinn, meine Lippen.

Er drückte uns zurück gegen die Wand der winzigen Umkleidekabine und ich folgte ihm bereitwillig, wobei unsere Münder fest miteinander verbunden waren. Meine Hände wanderten unter sein Shirt, über seine harten, festen Bauchmuskeln. Seine Hand glitt an der Innenseite meiner Schenkel entlang und streichelte sie fest. Dann schob er seine Finger unter den Schritt meines Badeanzugs. Ich winselte ... und das schien ihn wirklich auf Touren zu bringen.

Mit einem schnellen Ruck war eine Seite meines Badeanzugs von meiner Schulter und entblößte meine Brust. Er legte seinen Mund über meinen Nippel, während er seine Finger unter die andere Seite meines Anzugs schob, um diesen Nippel zwischen seinem Daumen und Zeigefinger zu rollen. Meine Lust stieg an und ich wölbte meinen Rücken und schrie auf. Er brachte mich zum Schweigen, indem er seinen Mund wieder auf meinen drückte, als er an der Vorderseite seiner Badehose zog.

Dann zog er ein Kondom aus seiner Hosentasche, öffnete geschickt die Verpackung und zog es über. Dieses Mal gab es keine schmutzigen Worte; mein Geständnis musste ihn sprachlos gemacht haben. Er zog den Schritt meines Badeanzugs wieder beiseite und presste sich an mich.

Unsere Münder fanden einander erneut, als er mich an der Wand nach oben schob und sich abstützte, bevor er ganz einfach in mich fuhr. Ich klammerte mich an seinen starken Hals und seine Schultern, als er sich fast wild in mir bewegte und sich unerbittlich zum Orgasmus trieb. Es würde nicht lange dauern, das konnte ich sagen. Er blickte mich mit lusterfüllten Augen an. Seine Finger glitten zwischen uns und er rieb meine Klitoris. Ich kam – gewaltig – und stöhnte in seinen Mund. Sekunden später kam auch er. Er drückte seine Lippen noch ein paar Mal auf mich, während wir uns beruhigten. Es war schnell gewesen, intensiv und wie immer heiß.

Er hielt mich lange Zeit dort fest, fixiert zwischen seinem harten Körper und der nur wenig härteren Wand hinter mir. Ich wollte, dass er für immer in mir blieb. Ich legte meine Beine enger um seine schlanken Hüften, aber er entspannte sich langsam und wich zurück.

Er nahm sich einen Augenblick, um sich zu säubern und unsere Kleidung zu richten. Jordan entsorgte das Kondom und gratulierte sich für die Voraussicht, *nur für den Fall* eines in der Tasche gehabt zu haben.

Er atmete tief ein und langsam wieder aus. „Ich war schon immer gut darin, vorauszudenken."

Ich lächelte entspannt an der Wand lehnend und betrachtete ihn, wobei ich meinen Kopf kippte. Zufrieden, aber auch sehr traurig. „Für unser allerletztes Mal war das ziemlich umwerfend."

Er blinzelte. „Ähm. Was?"

Ich runzelte die Stirn. „Ich denke, dass es offensichtlich ist, warum das nicht weitergehen kann."

„Für mich ist das nicht offensichtlich."

„Das sollte es. Der Hauptgrund ist das, was du mir gesagt hast. Ich muss mein Herz schützen. Die Heimlichtuerei und der Sex – das macht Spaß, aber ich kann das nicht mehr."

Er blickte finster drein und schüttelte den Kopf. „Du machst mir das nicht einfach."

„Du machst es mir aber auch nicht einfach."

Er schloss die Augen und öffnete sie dann. „Gib mir etwas Zeit zum Nachdenken ... um das Ganze zu ergründen."

Warum hatte ich das Gefühl, dass er das einfach nur so sagte? Dieses Gefühl wanderte in meine Kehle. In meinem Kopf klingelten die Alarmglocken.

„Willst du das?", fragte ich trotzdem.

Er nickte und mit einem Lächeln beugte er sich hinab, um mich erneut zu küssen. „Das tue ich."

Trotz dieser dunklen Vorahnung drohte ein Anfall von Freude mich zu ertränken, sodass ich kaum meinen nächsten Atemzug machen konnte. Ich legte meine Hände auf seine Wangen. „Ich ebenfalls."

Er wich zurück, nahm meine Hand und drückte sie. „Wir gehen besser wieder zurück, nur für den Fall, dass jemand nach mir sucht. Mit etwas Glück ist es Adam mit irgendeinem neuen dummen Einfall."

Ich küsste ihn. „Dann geh du zuerst und ich warte ein paar Minuten, bevor ich gehe."

Er strich mir mein Haar aus dem Gesicht und küsste mich erneut. Dann drehte er sich um und war verschwunden.

Ich wartete ein paar Minuten und nutzte die Zeit, um mein Herz dazu zu bekommen, sich zu beruhigen, doch es wollte nicht hören. Ich hatte einen Adrenalinschub und nicht nur wegen des heißen Umkleidekabinensex. Er wollte es versuchen! Er wollte sehen, ob das mit uns funktionieren könnte.

Ich schluckte und versuchte, diesen Anfall von Hoffnung nicht zu spüren, den diese Vision der Zukunft in meinem Kopf pflanzte – selbst wenn es nur die nähere Zukunft war. Ich fragte mich, wie es wäre, mit Jordan auf ein normales Date zu gehen ... wäre es so ähnlich wie die paar idyllischen Tage in Vancouver?

Fünf Minuten später kam ich aus der Umkleidekabine und schaute durch die deckenhohe Fensterfront auf den Pool. Die Führungskräfte und mein Dad standen in einer Gruppe zusammen und die Leute gaben sich *High Fives* und klopften sich auf die Schultern. Ich nahm an, dass sie gerade allen den Marktwert der Firma und den Eröffnungspreis der Aktien verkündet hatten. Als ich hinaussah, wurde Adam von Jordan und ein paar der anderen großen Jungs, inklusive Adams gut aussehendem Cousin, William, gepackt und unter Protest zum Rand des Pools getragen. Ich lachte, bis eine Bewegung in meinem peripheren Sichtfeld meine Aufmerksamkeit erregte.

Cari schlich sich an mich heran und sah ebenfalls zu, wie Adams Freunde ihn in den Pool warfen.

„Da ist ein ganzer Haufen frischer Millionäre da unten", sagte ich mit einem Nicken zu Cari und hoffte, dass unser vorläufiger Waffenstillstand weiter bestehen würde. Ich hatte sie wochenlang gemieden und seit unserer Konfrontation im Flur, als sie gedroht hatte, mich bloßzustellen, nie alleine mit ihr gesprochen. Seitdem war sie auf kühle Art höflich geblieben.

Sie lachte. „Zu blöd, dass ich noch an dem größten Fisch in diesem Teich hänge. Er wird mit einem nassen Shirt aus dem Pool kommen. Ich sollte da unten sein, um mir das anzusehen. Schade, dass Mia nicht hineingeworfen wurde. Sie trägt dieses lächerliche Sommerkleid, wahrscheinlich, weil sie sich zu sehr schämt, in einem Bikini gesehen zu werden."

Ich widerstand dem Drang, den Kopf zu schütteln. Gerade tat Cari mir nur leid. Ich drehte mich, um in Richtung Pool vorauszugehen, als sie mich am Arm packte und aufhielt. Ihre Augen brannten fiebrig. „Ich weiß, was du in dieser Umkleidekabine gemacht hast."

Ich blickte mit etwas mehr als nur ein wenig Schuld in die Richtung, aus der ich gekommen war. Aber ich würde sie das nicht sehen lassen. „Jordan brauchte ein paar Informationen über –"

„Lüg mich nicht an, April. Du fickst ihn. Ich habe mich schon gefragt, wie du es geschafft hast, dass er über deine Rolle in dem Sexvideo Stillschweigen behält. Jetzt weiß ich es, du Schlampe. Du schläfst dich hoch, hm? Ich frage mich, ob dein Daddy das weiß."

Ich riss meinen Arm los. „Du hast den Verstand verloren", murmelte ich mit erdrosselter Stimme und drehte mich dann um, um zu gehen.

Ich musste ihre giftigen Bemerkungen auf dem Weg zum Pool ertragen und hoffte, dass die Sicherheit der Menge sie zum Schweigen bringen würde. „Du wolltest mir nicht helfen, Mia aus dem Weg zu schaffen, weil du einen größeren Fisch an der Angel hattest. Nun, ich habe Neuigkeiten für dich. Jordan benutzt dich. Er benutzt Frauen und jeder weiß das."

Ich stoppte, drehte mich um und fuhr sie an. „Lass mich verdammt nochmal mit deinen irren Theorien in Ruhe. Es gibt nichts, was du hättest tun können, um Adam und Mia auseinanderzubringen, okay? Sie lieben sich und sie sind verlobt. Mir ist egal, was für eine kranke Obsession du für ihn hast. Es ist aus und du hast verloren."

„Du hast viel mehr zu verlieren als ich, April."

Ich entfernte mich von ihr und mein Herz hämmerte gegen meine Rippen. Sie fuhr fort. „Wenn du mir hilfst, werde ich die Klappe halten und kein Wort sagen. Wir wollten das Top ihres Kleides aufbinden und allen zeigen, wie abstoßend sie ist. Du bist mit ihr befreundet. Du kannst nahe genug herankommen, um es zu machen und es sogar wie einen Unfall aussehen lassen."

Ich rang nach Luft und drehte mich zu ihr um. Wir standen oben an der Treppe und niemand konnte uns wegen des Jubels und Spottens über den jetzt klatschnassen Firmenchef hören. Er watete aus dem Pool und Mia reichte ihm lachend ein paar Handtücher.

„Ich mache so etwas nicht und du ebenfalls nicht."

Caris Gesicht war blutrünstig, als sie meine Hand packte und mich praktisch die Treppe hinabzerrte. Ich verlor die Balance, als ich mich gegen sie wehrte, stolperte und fiel auf die Knie. Ich taumelte ihr nach und riss mich frei, als wir unten ankamen. Die Gruppe der Führungskräfte war nur ein paar Meter entfernt und ich konnte sehen, was auf mich zukam, weshalb ich mich umdrehte, um gleich wieder die Treppe zu erklimmen. Sie griff nach mir und packte den Rücken meines Badeanzugs. Ich konnte spüren, wie er am hinteren Saum riss. Ich war schon wieder halb die Treppe oben, bevor ich realisierte, dass ich entblößt war. Sie schrie bereits: „Adam, alle, seht! Ich habe herausgefunden, wer das in dem Sexvideo war! Schaut euch das Tattoo auf dem Rücken dieser Schlampe an."

Hinter mir herrschte Stille und es gab nur leises Murmeln. Ich hatte es nicht ganz hinauf in die Freiheit geschafft und mein Hintern hing für alle sichtbar heraus. Ich drehte mich, um mich zu verstecken, erschrocken, sie ansehen zu müssen.

Alle waren erstarrt. Alle starrten mich an. Dieser schreckliche Augenblick ließ fast mein Herz stehenbleiben.

Ich war wie Hester Prynne, die mit ihrem unschuldigen Baby und diesem scharlachroten A vor der grölenden Menge auf dem Schafott stand. Mein Blut rauschte mir aus dem Kopf und ich sah Punkte am Rand meines Sichtfeldes, als würde ich wegen der Demütigung ohnmächtig werden.

Anscheinend hatte ich aber nicht so viel Glück.

Langsam trat ich einen Schritt zurück die Treppe hinauf, während meine Hände sich ans Geländer klammerten. Meine Augen suchten Jordan in der Menge. Adam war tropfendnass und starrte mich mit zusammengekniffenen Augen an. Einige der jüngeren Angestellten lachten, inklusive Charles. Ich konnte Jordan nicht finden, aber meine Augen landeten auf meinem Dad. Ein Seufzen entkam meinen Lippen, als ich den Ausdruck auf seinem Gesicht sah – vollkommene Demütigung.

Oh Gott. Oh Gott! Hätte das noch schlimmer sein können? Ich wurde vor der ganzen Firma beschämt, für die ich fast ein

Jahr gearbeitet hatte, und dazu war auch noch mein Dad unter den Leuten – unter den Leuten, mit denen *er* in den nächsten Jahren arbeiten würde. Meine Sicht verschwamm und ich stolperte auf einer der Stufen und landete dieses Mal hart auf meinem Knie. Ich rappelte mich wieder auf.

Jemand legte ein Handtuch um meinen Rücken. Die Person war größer als ich. All meine Hoffnungen sammelten sich in einem Gedanken – *Jordan?* Ich drehte mich um. Nein, nicht so groß. Es war eine Frau. Kurzes, dunkles Haar. Mia.

Sie legte ihren Arm um meine Schultern und drehte sich um, um mich die Treppe hinaufzuführen. Bevor wir oben ankamen, war ich bereits völlig zusammengebrochen. Aber obwohl ich vor Tränen blind war, konnte ich dennoch ein Handgemenge am Fuß der Stufen sehen.

„Blöde Schlampe!“, rief Katya und stürzte sich mit einem üblen rechten Haken auf Cari. Die Gruppe aus Männern löste sich auf, um die beiden Frauen zu trennen. Ein großer Mann beugte sich vor, um Katya von Cari wegzureißen und diese so vor Kats Attacke zu retten. Ich blinzelte ein paarmal, um zu sehen, wer es war – Jordan. Er schrie sie an, um sie zu beruhigen.

Und da war sie, die letzte Demütigung. Jordan kam nicht zu *meiner* Rettung. Trat nicht für mich ein. Stattdessen rettete er Cari vor Katya.

Ich konnte meinen Blick nicht von ihm abwenden, aber er sah nicht einmal in meine Richtung. Alle beobachteten nun die Rauferei zwischen den zwei Frauen. Kat versuchte immer noch, sich aus seinem Griff zu befreien und beschimpfte Cari, die sich hinter einigen der anderen Kerle versteckte.

Er benutzt Frauen. Jeder weiß das.

Mia drückte gegen meine Schultern. „Komm schon, ziehen wir dir etwas an."

Wir gingen ins Clubhaus und ironischerweise führte Mia uns zu genau der Umkleidekabine, wo Jordan und ich eine halbe Stunde zuvor noch Sex gehabt hatten. Ich war mit Hoffnung und Freude aus ihr herausgekommen und jetzt ging ich beschämt und gedemütigt wieder hinein.

Ich sackte immer noch weinend auf die Bank. „Es tut mir so leid."

Sie holte ein Taschentuch heraus und gab es mir. „Wo sind deine Klamotten? Hast du sie in einen Spind getan?"

Ich gab ihr meinen Schüssel, den ich in meinen Badeanzug gesteckt hatte. In dem Spind waren meine Handtasche und die Klamotten, die ich über meinem Badeanzug getragen hatte, als ich angekommen war. Mia nahm den Schlüssel und sagte mir, dass sie gleich mit meinen Sachen zurück sein werde. Aber bevor sie gehen konnte, hörte man meinen Dad und Adam vor der Tür. Ich jammerte.

Mia trat hinaus und schloss die Tür. „Ihr Badeanzug ist zerrissen. Ich werde ihre Sachen holen."

Ich hörte ihre Schritte, als sie wegging, und dann konnte ich die hitzigen Worte auf der anderen Seite der Tür hören. Dad war angepisst. Angepisster, als ich ihn je erlebt hatte. Adam klang, als würde er versuchen, ihn zu beruhigen.

„Ich kann dir gar nicht sagen, wie demütigend das ist", sagte Dad. „Sie sollte sofort gefeuert werden. Ich will keine Sonderbehandlung, nur weil sie meine Tochter ist."

„Ich werde warten, bis sie mit uns reden und uns erklären kann, was passiert ist."

„April geht mit mir nach Hause. Jetzt. Aber ich erwarte, dass du sie feuerst. Es gibt keine Entschuldigung für ihr Verhalten."

„David, ich kann deinen Standpunkt nachvollziehen, aber sie ist eine erwachsene Frau und meine Angestellte, also werde ich mit ihr sprechen. Das –"

„Entschuldigung", murmelte Mia und bat sie, aus dem Weg zu gehen, damit sie wieder in die Umkleidekabine schlüpfen konnte. Als sie hereinkam, war ihr Gesicht voller Mitgefühl. Sie gab mir meine Sachen. Dann beugte sie sich vor und flüsterte. „Ich werde versuchen, Adam abzulenken, damit du dich rausschleichen kannst. Ich weiß aber nicht, ob das auch mit deinem Dad klappt."

Ich schüttelte den Kopf und zog meine Shorts und mein Tank-Top über meinen ruinierten Badeanzug. „Ich bin mit ihm gekommen. Er ist mein Fahrer."

Mia biss sich auf die Lippe und blickte zur Seite, als würde sie nachdenken.

„Ich kann ihm nicht aus dem Weg gehen. Aber danke für alles."

Sie schenkte mir ein schwaches Lächeln und ich packte meine Tasche und öffnete dann die Tür. Die zwei Männer hörten auf zu reden. Ich trat heraus, erleichtert zu sehen, dass sonst niemand hier war, nur die beiden. Ich schluckte und mied die Augen meines Dads, als ich mich zu Adam drehte. Er war immer noch nass von seinem unfreiwilligen Bad im Pool, und von seinen Haaren, seinem Shirt und seinen Badeshorts tropfte das Wasser.

„Es tut mir leid", fing ich an, „ich wollte es dir schon vor Wochen sagen, aber ... ich hatte zu viel Angst. Es tut mir wirklich leid, dass ich dir und der Firma so viel Ärger eingebrockt habe."

Adams dunkle Augenbrauen runzelten sich besorgt. Hinter seiner Schulter sah ich, wie die Glastür sich öffnete. Jordan stand dort, erstarrt. Wir blickten einander einen endlosen Moment in die Augen, aber er war zu weit entfernt, als dass ich sein Gesicht hätte lesen können. Meine Wangen wurden rot vor Demütigung und ich riss meinen Blick von ihm weg. Er näherte sich, als Adam fortfuhr. „April, wer war mit dir auf dem Video? Warum ist es gepostet worden?"

Ich verkrampfte. „Das kann ich dir nicht sagen."

„Kannst du oder willst du nicht?', sagte mein Vater und streckte die Hand aus, um meinen Arm zu packen.

„Es ist ein anderer Angestellter, April. Das weiß ich." Meine Augen fanden die von Adam und seine Gesichtszüge waren jetzt todernst. „Der Ausweis gehörte einem Mitarbeiter, keinem Praktikanten."

Ich hatte, für vielleicht zehn Sekunden zumindest, vergessen, dass Adam ein Genie war und sich wahrscheinlich an alles erinnerte, was er je gesehen oder gelesen hatte. Er erinnerte sich an die Farbe des Mitarbeiterausweises in dem Video und schloss sofort daraus, dass es nicht meiner war.

Jordan stand jetzt hinter Adam. Meine Augen sausten zu ihm und studierten seine eigenartig leeren Gesichtszüge, bevor ich meine Aufmerksamkeit wieder Adam zuwandte. Ich atmete tief ein. „Ich werde dir das nicht sagen. Es tut mir leid, aber das kann ich nicht. Und warum es gepostet wurde ... das war meine Schuld und es war ein Versehen. Ich bedauere es seitdem jede Sekunde ..." Meine Stimme verstummte und ich fühlte, dass sich erneut Tränen in meinen Augen sammelten. Vielleicht würde

Jordan sich dadurch verletzt fühlen, aber gerade war mir das egal. Er hatte *mich* genug verletzt.

Es herrschte langes angespanntes Schweigen. „April –", fing Adam mit verkrampfter Stimme an, doch Jordan hob seine Hand.

„Adam, das ist nicht der richtige Zeitpunkt. Wir sollten uns später darum kümmern."

Adam schüttelte den Kopf und ignorierte Jordan. „April, ich kann dir nicht helfen, wenn du nicht kooperierst. Wenn du Draco unter guten Bedingungen verlassen willst, ist das immer noch möglich."

Adam stellte mir ein Ultimatum. Wenn ich meinen Mitverschwörer verpfiff, könnte ich immer noch meine Empfehlung bekommen. Ich blickte Jordan wieder an, aber seine Augen schienen meinen Blick zu meiden. Er sah überall hin, außer direkt in meine Augen.

„Es tut mir leid, Mr. Drake, Mr. Fawkes. Danke für die Gelegenheit, mit Ihnen bei Draco zu arbeiten, aber ich kann das nicht ..."

„Steig ins Auto", sagte mein Dad zähneknirschend und mit angeekelter Stimme.

Ich fühlte mich wie ein leerer Ballon. Vorsichtig zog ich mich aus seinem Griff und er drückte mir seine Autoschlüssel in die Hand. Ich machte, was er sagte. Hinter mir konnte ich hören, wie er weiter mit Adam diskutierte, wobei ihre Stimmen immer leiser wurden, je näher ich Richtung Ausgang ging. Ich konnte auch Schritte hören. Eilige Schritte, die klangen, als würden sie sich schnell nähern. Ich blickte über meine Schulter, um zu sehen, wem sie gehörten.

Jordan folgte mir, aber ich stoppte nicht. Ich musste weitergehen. Ich fand das Auto, öffnete es und hatte den Türgriff in der Hand, als er rennend auf den Parkplatz kam. „April!", rief er.

Und dumm wie ich war, zögerte ich. Er blieb neben mir stehen, aber hielt Abstand – dafür war ich dankbar. Ich zog die Tür leicht auf und blickte ihn an. „Du bist besser nicht hier draußen, wenn mein Dad sein Gespräch mit Adam beendet hat. Das wird den ganzen Aufwand, dir den Arsch zu retten, zunichtemachen."

Er biss die Zähne zusammen. „Ich bin nicht hier, um meinen Arsch zu retten. Ich will wissen, ob du okay bist."

Ich lachte. Was für eine lächerliche Aussage. Ich lachte zwar, aber gleichzeitig rollten Tränen meine Wangen hinab. Ich wollte alles zurücknehmen, was ich je zu ihm gesagt hatte. Besonders wollte ich diese drei verdammten Worte zurücknehmen, die er nicht verdiente. Ich konnte es aber nicht, weil es eine Lüge gewesen wäre. Aber gerade war ich so wütend und so enttäuscht von ihm. Und egal, wie sehr ich es versuchte, konnte ich nicht ändern, was mein Herz begehrte.

„April ..." Er legte eine Hand auf meinen Arm und ich wand mich frei, wobei ich die Autotür weiter öffnete, sodass sie eine Barriere zwischen uns bildete.

„Nein, Jordan. Tu das nicht. Ich nehme dein Geheimnis mit ins Grab. Mach dir keine Sorgen. Wir hatten nur Sex. Das ist jetzt vorbei."

Sein Gesicht verdunkelte sich. „Das ist wirklich nicht fair –"

„Nicht fair? *Wirklich*? Du willst mir sagen, was nicht fair ist? Du hast mich mit meinem scharlachroten Buchstaben alleine auf dem Schafott stehen lassen, während alle mich verspotteten. Du bist Dimmesdale, der sich im Schatten versteckt und sich in seiner Schande suhlt. Das ist nicht mein Problem, das ist *deins*. Aber sag mir nie, *nie*, dass ich es wert bin, für mich selbst einzutreten. Du hast gerade bewiesen, dass diese Worte leer waren. Denn du bist nicht für mich eingetreten."

Sein Gesicht wurde blass und wurde dann rot vor Wut. „Ich habe nicht darum gebeten, dass unsere kleine Begegnung aufgezeichnet und ins Internet hochgeladen wird. Das geht auf dich, April."

Ich nickte. „Du hast recht. Das war meine Schuld. Aber zweimal – *zweimal* – wollte ich zu Adam gehen und ihm alles sagen. Wer hat mich beide Male aufgehalten? Es hätte nicht so weit kommen müssen – das wäre es wahrscheinlich auch nicht. Und jetzt, weil ich es nicht früher geregelt habe, ist alles noch zehnmal schlimmer." Ich nahm einen tiefen, schmerzhaften Atemzug. Er wollte gerade sprechen, aber ich unterbrach ihn. „Und dieses Mal haben alle zugesehen und wahrscheinlich Fotos mit ihren Handys gemacht. Ich bin sicher, dass mein Hintern bald wieder im Internet zu sehen sein wird. Dieses Mal mit meinem Namen darunter. Aber hey, du hast mir heimgezahlt, was ich getan habe, nicht wahr? Du hast dein Karma bekommen."

Sein Mund fiel auf. „April –"

„Sag nichts. Dreh dich einfach um und geh weg." Ich hätte sowieso nichts mehr sagen können, da mir der Atem von meinem Schluchzen gestohlen wurde. Er wollte wieder auf mich zugehen, aber ich wich zurück und hob meine Hand.

Durch meine Tränen sah ich, wie mein Dad das Gebäude verließ und wie rachsüchtig auf mich zukam. Ich nickte mit dem Kopf in seine Richtung, stieg ein und ließ mich in das exklusive

Leder zurückfallen. Dann schlug ich die Tür hinter mir zu. Drinnen war es heiß und schwül, aber ich wollte das Fenster nicht öffnen. Ich wollte im Boden versinken.

Jordan zögerte noch einen Augenblick an meiner Tür, bevor er sich entfernte. Er lief auf dem Weg zurück meinem Dad über den Weg. Dad zögerte ein paar Sekunden und nickte Jordan mit grimmigem Gesicht zu, wobei seine Augen ständig auf mich fixiert waren.

Dann ging Jordan ins Gebäude, ohne sich noch einmal umzudrehen. Ich senkte meine Augen zum Armaturenbrett und verschränkte die Arme schützend vor meiner Brust. Ich versuchte, das Stechen in mir zu ignorieren, das mit jedem Herzschlag einherging.

Dad öffnete die Tür, setzte sich auf den Fahrersitz und schlug dann die Tür hinter sich zu. Kühl gab ich ihm die Schüssel, lehnte mich von ihm weg und starrte zum Fenster hinaus. Er startete den Wagen und fuhr ohne zu sprechen Richtung Freeway 5, der uns zurück zu seinem Haus und meinem Auto bringen würde.

Aber bevor er es überhaupt auf die Interstate schaffte, fuhr er auf einen Parkplatz einer Mall und stellte den Motor ab. Ich blickte nicht von meinem Telefon hoch, mit dem ich hantierte. Ich hatte die sozialen Medien überprüft und es kursierten bereits Tweets mit dem Hashtags #ComicConSexGeeks und #sexposed. Mein Name tauchte überall auf, zusammen mit Bildern meines Hinterns und meines zerrissenen Badeanzugs.

Es gab keine persönlichen Nachrichten auf meinem Handy. Ich wünschte mir bereits, dass eine auftauchte. Eine mit vier kleinen Worten, die er nicht zu mir gesagt hatte. *Es tut mir leid …*

Dad wartete einen Augenblick und atmete tief ein. Während meiner Kindheit hatte ich ihn nur Leute anschreien gehört, die für ihn arbeiteten. Er hatte mich noch nie zuvor angeschrien, selbst wenn ich wünschte, dass er es hätte, anstatt mich überhaupt nicht zu beachten.

Aber er konnte mich jetzt nicht einfach beiseiteschieben. Ich war die Tochter, die ihn vor allen, die in sein aufregendes neues Geschäftsvorhaben involviert waren, beschämt hatte.

„Leg dein Handy eine Minute lang weg", sagte er mit leiser Stimme.

Ich hielt den Atem an und tat, was er gesagt hatte.

„Ich werde offen sein. Ich bin zu wütend, um jetzt auf den Freeway zu fahren."

„Soll ich fahren?"

„Ich will, dass du mir sagst, was verdammt nochmal in deinem Kopf vorgeht. Warum machst du so etwas und riskierst damit deine ganze Zukunft?"

Ich richtete mich auf und suchte tief in mir die Stärke, um die Worte zu sagen, die mir auf der Zunge brannten. Ich blickte ihm direkt in die Augen, als ich sprach.

„Ich habe eine sehr schlechte Entscheidung getroffen. Wenn du sagen kannst, dass dir das noch nie passiert ist, dann hast du das Recht, über mich zu urteilen. Aber das kannst du nicht, denn ich bin der lebende Beweis für eine der schlechtesten Entscheidungen deines Lebens."

Er blickte finster drein. „Du willst also auf mich und deine Mutter hinaus? Ich habe dieses Lied schon so oft gehört ... aber du bist kein Teenager mehr. Du bist zweiundzwanzig Jahre alt. Du musst erwachsen werden."

„Du hast recht. Das muss ich. Aber ... geht das Erwachsenwerden nicht darum? Fehler zu machen und daraus zu lernen? Ist das nicht die Art, wie *du* gelernt hast?"

Er fuhr mit einer Hand über seine Augen und ich bemerkte, dass er etwas blass war. Es herrschte eine lange, angespannte Stille. Sein Telefon klingelte und er zog es heraus, las die Nachricht – wahrscheinlich von Rebekah – und tippte eine Antwort. Dann legte er das Handy weg.

„Weißt du, was mich hierbei am meisten verletzt? Noch mehr als die Beschämung? Die Tatsache, dass du dich und deine Zukunft sabotierst. Du bist in Gefahr, dein Leben wegzuschmeißen. Du bist eine intelligente, schöne Frau. Du solltest deine schlechten Entscheidungen wirklich nicht auf deine Eltern schieben."

Ich nickte. „Meine Entscheidungen sind ganz allein meine ..." Dann verstummte meine Stimme und Tränen sprangen in meine Augen. Ich atmete tief ein. Selbst meine Kehle stach. „Es ist einfach Dinge wegzuwerfen, wenn man von Anfang an nicht glaubt, dass sie besonders wertvoll sind."

Sein Gesicht verdunkelte sich. Ich blinzelte und versuchte, meine Tränen davon abzuhalten, aus meinen Augen zu quellen."

„Was lässt dich das glauben?"

Ich blickte zu ihm. „Sag du es mir."

Sein Blick wurde intensiver und er rieb mit einer Hand über sein Kinn. Ich wusste, dass er keine Ahnung hatte, was er mir sagen sollte.

„Es ist okay. Du hast deine perfekte Familie, die zuhause auf dich wartet. Du musst dich nicht mehr um mich sorgen."

Sein Atem zischte aus seiner Lunge, als hätte ich ihm gerade in den Magen geschlagen. Ich blickte weg und eine einsame

Träne floss meine Wange hinunter. „Was muss ich tun, um dir zu zeigen, dass ich dich liebe, April? Ich liebe dich genauso wie Sarah und Daniel. Ich verstehe nicht, woher das kommt. Ich bezahle –“

„Ich will nicht dein Bankkonto. Ich will *dich*. Seit ich ein Kind war, warst du nie für mich da. Du hast mich immer bei jemand anderem abgeladen. Oma oder die Nanny oder meine Mom, und schließlich, Rebekah. Aber das war nicht, was ich gebraucht hätte. Ich hätte *dich* gebraucht.“

Er blickte mich erstaunt an. „Ich dachte nicht, dass ich dir geben könnte, was du brauchst. Ich dachte, eine Frau –“

„Du dachtest, dass ich dich nicht wollte, weil Mom dich nicht wollte.“ Meine Fäuste schlossen sich und verkrampften sich mit der Frustration, die ich fühlte.

Er verzog das Gesicht. „Deine Mutter und ich, das war ein Desaster. Ich wollte nie, dass dich das beeinflusst.“

Die Tränen flossen nun frei über meine Wangen hinab. Wie konnte er so schlau und gleichzeitig so dumm sein, wenn es um die Leute ging, die ihn am meisten liebten? „Aber das hat es, Daddy. Denn keiner von euch wollte mich.“

Besorgnis zog über seine Gesichtszüge und er schüttelte den Kopf. „Wie konntest du das denken? Ich habe nie gesagt –“

Meine Lippen zitterten und jetzt war es mir egal, ob er sah, dass ich ausflippte. Ich hatte den Mut gefunden, mich gegen meine Mutter zu behaupten. Jetzt war es an der Zeit, dasselbe bei meinem Dad zu tun. Nur das hier war beängstigender, da ich viel größere Angst hatte, jegliche Beziehung, die ich zu meinem Dad hatte, zu verlieren, als die äußerst geringe, die ich zu meiner Mutter gehabt hatte.

„Ich habe versucht, dich anzurufen …“, begann ich leise.

„Wann?“

„Ich war in San Diego auf der Comic-Con. Sie hat mich aus Las Vegas angerufen, um mir zu sagen, dass sie gerade Gunnar geheiratet hatte.“

Seine Gesichtszüge entspannten sich. Ich hatte ihn letztendlich ein paar Wochen später via E-Mail über Gunnar und meine Mom informieren müssen. Er hatte nicht viel gesagt. Mein Dad redete nicht oft über meine Mutter, wahrscheinlich aus Angst, dass er etwas Negatives über sie zu mir sagen könnte.

„Ich habe nur deine Assistentin erreicht und du hast nie zurückgerufen.“

„Es tut mir leid. Ich habe es dir in der E-Mail gesagt. Ich habe nicht realisiert, wie wichtig diese Nachricht gewesen war. Ich bin nicht perfekt, April.“

„Du bist nicht *da*. Punkt.“ Ich schüttelte den Kopf und fuhr fort. „Ich musste mit jemandem reden, der mich verstehen würde. *Irgendjemandem*. Denn du musst dich nicht mehr mit ihrer Scheiße herumplagen, Dad. Aber ich schon.“

Er hob hilflos eine Hand. „Es gibt nichts, was ich tun kann, um das zu ändern.“

„Doch, gibt es. Du kannst für mich da sein.“

Ich seufzte und fühlte mich geschlagen. Ich wollte nicht mehr darüber reden. Ich wollte nur, dass er den Motor anstellte und losfuhr. Es tat zu weh – und wie immer hatte ich Angst, dass ich jegliche Liebe, die er für mich empfand, verlieren würde, wenn ich ihm sagte, wie ich mich wirklich fühlte.

„Du hast mir das nie erzählt.“

Ich wischte mir die Wangen mit dem Handrücken ab. „Ich hatte Angst, das zu tun.“

Er runzelte die Stirn. „Ich habe dich nicht großgezogen, dass du so denkst –“

„Du hast mich nicht großgezogen“, sagte ich mit leiser Stimme. Mein Dad zuckte zusammen, aber sagte nichts. „Und sie auch nicht. Ich habe ihr endlich meine Meinung gesagt. Und es ist an der Zeit, dass ich das Gleiche mit dir mache.“

„Darauf läuft es also hinaus? Auf irgendein Klischee? Das unzüchtige Mädchen mit den Vaterproblemen –“

Ich hob meine Hand. „Hör auf. Ich bin keine Schlampe und ich schäme mich nicht für mich. Ich habe eine schlechte Entscheidung getroffen – aber das hat nichts damit zu tun, dass ich Sex hatte. Wenn ich dein Sohn wäre, würdest du mir dazu gratulieren.“

Er atmete tief ein und schloss die Augen, dann rieb er mit Daumen und Zeigefinger über seine Lider. „Es tut mir leid“, sagte er mit emotionaler Stimme – emotionaler, als ich ihn je gehört hatte. „Es tut mir wirklich leid. Das wollte ich nicht.“

„Es tut mir auch leid … es tut mir leid, dass du dich für mich schämst. Aber *ich* schäme mich nicht für mich und das ist das Wichtigste. Nicht das, was *du* denkst. Nicht das, was Rebekah denkt. Und definitiv nicht das, was meine Mutter denkt.“

Er öffnete die Augen und senkte den Kopf, dann blickte er mich mit diesem eindringlichen Starren an, das ich ihn bei Geschäftsabschlüssen hatte nutzen sehen, wenn er aufs Ganze ging.

„Ich schäme mich nicht für dich. Aber diese Situation hat mich gedemütigt. Ich werde das nicht abstreiten.“

Ich senkte meine Augen und fuhr mit den Händen über das Polster meines Sitzes und drückte nervös hinein. Ich war für mich eingetreten – endlich. Aber es fühlte sich nicht so befreiend an wie bei Mom.

„Wenn ich das ändern könnte, würde ich es tun. Aber ich habe eine ziemlich schwere Zeit in meinem Leben durchgemacht und ich hatte niemanden, an den ich mich wenden konnte."

Er schüttelte den Kopf. „Es tut mir leid, dass du mich nicht erreicht hattest. Und wegen deiner Mutter –"

„Sie ist letzten Monat in meine Wohnung gekommen. Ist einfach aufgetaucht, saß betrunken mit ihrem jungen Lover auf meiner Couch und hat mich um Geld angehauen." Ich wischte mit meiner zitternden Hand über meine feuchten Wangen.

Er nickte und schluckte, offensichtlich zu aufgewühlt, um zu reden. Wir saßen schweigend da, bevor er sich räusperte. „Hat sie dich seitdem noch einmal belästigt?"

Ich presste meine Lippen zusammen und schüttelte den Kopf, da ich sicher war, dass ihm die Nachricht, die ich ihm gleich erzählen würde, nicht gefallen würde. „Ich habe sie aus meinem Leben geschnitten, Dad. Ich musste es tun. Ich habe ihr gesagt, dass ich ihre Nachrichten und Anrufe blockieren würde. Es ist eine lange Geschichte, aber wenn sie noch einmal auftaucht, lasse ich eine Unterlassungserklärung erwirken."

Er atmete tief ein. „Das macht mich nicht glücklich, April. Aber es ist nicht deine Schuld, dass es dazu gekommen ist. Es war richtig, das zu tun. Ich ... ich hoffe nur, dass du eines Tages vergeben kannst. Ihr ... und mir."

Ich konnte darauf keine Antwort geben. Mein Gesicht senkte sich und die Tränen kamen schneller. Ich hatte keine Ahnung, was ich sagen sollte, selbst wenn ich hätte sprechen können. Alles fühlte sich so roh und schmerzhaft an. Jeder Atemzug stach ein wenig tiefer.

Als ich meiner Mutter die Meinung gesagt hatte, war es einfacher gewesen. Jordan hatte an mich geglaubt – er hatte mir gesagt, dass ich den Mut hatte zu tun, was getan werden musste. Sie aus meinem Leben zu verbannen. Er konnte definitiv gute Reden halten, wenn er nicht in der Schusslinie stand. Ihn verloren zu haben fühlte sich an, als wäre mir ein gewaltiges Loch in die Brust gerissen worden. Ich konnte fast nicht atmen.

Dad saß lange ruhig da und starrte aus dem Fenster.

Ich räusperte mich, um erneut zu sprechen. „Es – es tut mir leid, dass du verletzt bist. Es tut mir leid, dass du gedemütigt wurdest. Aber deine Gefühle sind nicht wichtiger als meine. Und diese Lektion habe ich gelernt. Ich muss für mich selbst eintreten.“

Er reagierte eine Minute lang nicht und sah mich dann mit misstrauischen Augen an. „Wirst du mich auch aus deinem Leben schneiden? Wie du es mit deiner Mutter getan hast?“

„Nein.“

Sein Gesicht entspannte sich erleichtert und diese Reaktion machte etwas mit mir – sie zeigte mir, dass er mich gern hatte. Er blinzelte schnell und schaute dann weg und ich wusste, dass er versuchte, nicht zusammenzubrechen. Zu sehen, dass mein normalerweise stoischer Dad auch nur einen Hauch an Emotionen zeigte, schnitt tief – bis in meine Seele. Aber unter all dem Schmerz war ein Funken Hoffnung, ein Funkeln des Glücks. Mein Dad liebte mich genug, um bei dem Gedanken zusammenzubrechen, dass ich nie wieder mit ihm reden wollte. Und bis jetzt hatte ich das nicht gewusst.

Er brachte seine Emotionen schnell unter Kontrolle, auch wenn er sich ein paarmal räuspern und schniefen musste, bevor er sich wieder zum Lenkrad drehte. „Wir sollten – ähm – Rebekah wird sich fragen, wo wir sind."

Er startete den Wagen und ich lehnte mich ans Fenster und schloss die Augen. Ich versuchte, nicht über diesen Tag nachzudenken, versuchte meinen Kopf anzuschalten, um den Schmerz und die Demütigung auszublenden. Versuchte, mir all diese Gesichter nicht vorzustellen, die mich schockiert und angewidert angestarrt hatten, als ich völlig entblößt auf der Treppe gestanden hatte. Es war die exponentielle Steigerung einer Kombination der schlimmsten Alpträume, die ich je gehabt hatte. Es fiel mir schwer zu atmen und gelegentlich tropfte eine Träne aus meinen geschlossenen Augen auf die Wange.

Nach einer halben Stunde Fahrt nickte ich immer wieder kurz weg, weil ich emotional ausgelaugt war. Ich fühlte, wie sich die Hand meines Dads auf der Konsole zwischen uns um meine schloss. Meine Finger packten seine und hielten sich verzweifelt fest. Sein Griff wurde fester. Es war nur eine kleine Geste, aber in diesem Augenblick kommunizierten wir mehr als all die Jahre zuvor.

Wir kamen nach dem Abendessen bei meinem Dad an und Rebekah brachte gerade die Kinder ins Bett, während ich meine Sachen von meiner Übernachtung zusammensuchte und mich vorbereitete zu gehen. Sie hatte mein Gesicht gesehen – gefleckte Haut und geschwollene Augen –, hatte jedoch keine Fragen gestellt. Aber als ich packte, wanderte sie mit einigen Plastikbehältern ins Gästezimmer.

„Ich habe dir etwas Essen eingepackt. Es reicht für ein paar Tage. Ich weiß, dass du meine Gemüsefrittata magst."

Ich schniefte, nahm ihr Angebot an mich und packte es ebenfalls in meine Tasche. „Danke."

„Bist du in Ordnung?"

Ich nickte, aber sagte nichts. Rebekahs Gesichtszüge wurden ernst, als sie mich studierte. Sie war eine schöne Frau Mitte dreißig mit kurzen dunklen Haaren und braunen Augen und etwa so groß wie ich. Würde ich je mit meiner Mutter und meiner Stiefmutter zusammen in die Öffentlichkeit gehen – Gott verbiete –, würden die Leute eher denken, dass Rebekah meine biologische Mutter wäre. Was irgendwie sogar passte. Rebekah war für mich mehr eine Mutter gewesen, als Jennifer es je könnte.

„Komm bitte bald wieder vorbei. Wir haben dich so gerne bei uns."

Ich nickte wieder und meine Augen stachen mit frischen Tränen. Rebekah trat auf mich zu und legte – ein wenig unbeholfen, da sie normalerweise nicht so viele Leute umarmte – ihre Arme um mich.

„Wir sorgen uns um dich, April. Ich weiß nicht, was mit dir und deinem Dad los ist und ich werde deine Privatsphäre respektieren, aber ... denk immer daran, dass du hier Familie hast, okay? Wir lieben dich."

Ich presste meine Hand auf Rebekahs Rücken und erwiderte ihre Umarmung, dankbar für ihre Liebe und ihre Sorge – und besonders für die Bereitschaft, meine Privatsphäre zu respektieren. „Danke. Danke für alles. Ich weiß, dass ich das nicht oft sage. Aber danke."

Dad brachte mich hinaus und packte meine Tasche für mich in den Wagen. Als ich mich hinabbeugte, um mich in den Fahrersitz zu setzen, stoppte er mich mit einer Hand auf meinem Arm. „April ... ich will nur, dass du weißt, dass ich dich liebe und mich um dich sorge. Es tut mir leid, dass ich dir das bis jetzt nicht wirklich gezeigt habe."

„Du hast dein Bestes gegeben", sagte ich und räusperte mich.

„Genau wie ich mein Bestes gegeben habe. Aber das war nicht gut genug."

„Dann müssen wir besser werden."

Ich nickte. „Ja."

Langsam, als würde er Angst haben, ich könnte zurückweichen, beugte er sich vor und gab mir einen Kuss auf die Wange. „Ich werde nächste Woche wieder in Orange County sein. Ich möchte, dass wir etwas Zeit miteinander verbringen, wenn du das einrichten kannst."

„Ich habe jetzt viel Freizeit", flüsterte ich und erinnerte mich an seine Worte an Adam, dass er darauf bestand, mich zu entlassen. Es war egal. Nach dieser gewaltigen Demütigung würde ich sowieso nicht freiwillig dorthin zurückgehen.

Ich stieg in den Wagen und fuhr die zwei Stunden nach Hause, wobei ich an diese neue Veränderung in der Beziehung zu meinem Dad nachdachte – und auch zu Rebekah. Und obwohl der Tag absolut demütigend gewesen war, konnte ich nicht anders, als an diese radikale Veränderung in mir zu denken. Ich war für mich eingetreten – gegenüber Adam und gegenüber meinem Dad. Und gegenüber Jordan. Und obwohl ich verdammte Scheiße gebaut hatte, war ich auch stolz auf mich. Ich fühlte mich stark.

Aber ich fühlte mich auch leer. Ich hatte vor meiner Abfahrt auf mein Handy geschaut – keine Nachrichten oder Anrufe von Jordan. Was hatte ich erwartet? Ich zwang mich, auf der ganzen Heimfahrt nicht an ihn zu denken.

Meistens versagte ich.

Kurz vor Sids Zubettgehzeit kam ich in unserer Wohnung an. Sie trug ihren Flanellpyjama, saß vor dem Computer und spielte Dragon Epoch. Allein der Blick auf die Grafik des Spiels reichte, dass mir übel wurde. Ich ging in unser Zimmer, warf meine Taschen hin und ließ mich aufs Bett fallen. Ich war versucht, mich einfach zusammenzukauern und so zu schlafen.

Sid drehte sich um und blickte mich an. „Du siehst schrecklich aus."

Ich verdrehte die Augen. „Danke. Es war gelinde gesagt ein beschissener Tag."

Sie runzelte die Stirn. „Ich, ähm, habe es gehört. Oder eher gesehen. Ich habe auf eine Nachricht von dir gewartet. Ich hätte dir ja geschrieben, aber ... ich war mir nicht sicher, in welchem Zustand du warst."

Meine Augenlider schlossen sich über meine müden, schmerzenden Augen. Natürlich hatte sie es gehört – sie und das halbe Universum. Ich hatte nach heute Nachmittag nicht mal mehr nachgesehen, wie weit sich die Geschichte im Internet bereits verbreitet und aufgebauscht hatte. Ich war blutiger Fischköder in den dunklen, haiverseuchten Gewässern der sozialen Medien.

„Also, ähm, ich habe mir aufgrund von Tweets und Updates zusammengereimt, was passiert ist. Bedeutet das, dass du nicht auf die Business School gehst?"

Ich kaute auf meiner Unterlippe und bedeckte mein Gesicht mit den Händen. Ich hatte keine Antwort darauf.

Sie rutschte auf ihrem Stuhl herum, der laut quietschte. „Ich bin mir nicht sicher, ob das der richtige Zeitpunkt ist, das aufzubringen, aber ... ich habe herausgefunden, wie das Video hochgeladen wurde."

Ich drehte mich zu ihr. „Wie?"

„Nun, die ganze Zeit hatte ich versucht, das Internet nach der frühesten Quelle des Videos abzusuchen. Aber das war verrückt, denn wenn sich etwas so schnell verbreitet, ist das fast unmöglich. Es war überall auf Tumblr und Reddit und 4Chan und Facebook und –"

Ich hob die Hand, um ihr schwindelerregendes Geplapper zu stoppen. „Okay. Okay. Ich habe es verstanden."

„Worauf ich hinaus will, ich hatte nicht realisiert, dass ich einfach zur Quelle gehen konnte und es ausgehend von der Waffe selbst verfolgen könnte!"

„Hm?"

„Dein Handy, Apes. Ich habe mich im Cloud Backup deines Handys eingeloggt, da du mir das Passwort gegeben hast. Und dort konnte ich alles sehen, was du mit deinem Handy gemacht hast, von dem Augenblick, als du das Video aufgenommen hast, bis zum nächsten Tag, als du es an diese Adresse gemailt hast." Sie nahm einen Zettel von ihrem Schreibtisch und gab ihn mir. Es war eine kryptische Adresse eines gängigen kostenlosen E-Mail-Providers.

„Ich habe das Video nie jemandem gemailt. Daran würde ich mich erinnern. Und ich weiß nicht einmal, wie ich das durch Zufall hätte machen können."

„Weil du das nicht getan hast. Denk nach … hatte irgendjemand an jenem Wochenende Zugriff auf dein Handy? Du sagtest nein, aber …"

Ich neigte den Kopf und dachte nach. „Nun ich habe Bilder von dem Iron Man Panel herumgezeigt. Ich hatte einen Platz in der ersten Reihe und habe einige Bilder von Robert Downey Jr. geschossen. Die Mädels wollten sie sehen."

„Okay ... hast du das Handy gehalten, während sie sie angesehen haben?"

Ich durchforschte meine Erinnerungen. Wir waren auf dem Rücksitz des Vans, mit dem wir von der Convention nach Hause fuhren. Die Mädchen hatten geschwärmt, wie heiß RDJ war. „Also, ich habe das Handy herumgereicht ..."

Ihre Augen wurden enger. „Und das Video, war es im selben Album?"

„Ich denke schon ... ich habe an dem Wochenende jede Menge Fotos geschossen." Ich runzelte die Stirn und versuchte, mich zu erinnern. „Verdammt, ich hatte das ganze Wochenende einen Kater, ich weiß nicht mal mehr, ob ich mich an meinen Namen erinnern konnte. Aber mein Handy ist mit meinem Daumenabdruck geschützt. Niemand hatte Zugriff darauf."

Sie zog ihre dunklen Augenbrauen hoch. „Du bist deinen *Freundinnen* gegenüber zu vertrauensselig. Denn jemand hat das Video gefunden und es sich von deinem Handy geschickt."

Meine Augen schlossen sich und ich erstarrte vor Panik. „Oh Scheiße. Ich erinnere mich jetzt ... Cari wollte die Fotos nochmal sehen. Sie nahm mir das Handy aus der Hand, aber sie hatte es nur für eine Minute oder zwei."

Sid nickte zu dem Blatt Papier, das sie mir gegeben hatte. „Das ist eine anonyme E-Mail-Adresse, aber sie ist mit einem Twitter- und einem Tumblr-Account verknüpft. Ich habe etwas gegoogelt und einige Querverweise gemacht. Es war nicht einfach, weil sie ihre Spuren so gut wie möglich verschleiert hat, aber ... die Accounts sind mit Cari MacFerson verknüpft. In diesen zwei Minuten, in denen sie dein Handy hatte, hat sie sich das Video von deinem Handy an ihre E-Mail-Adresse geschickt. Als sie zuhause ankam, hat sie es auf ihren Computer geladen und ins Internet gestellt. Danach ist es geteilt worden und sie hat die Originalkopie gelöscht. Aber da war es bereits im Umlauf."

Der Schock machte es mir schwer zu atmen und mir wurde eiskalt. „Verdammte Schlampe."

„Ja ... genau das. Ich werde diesmal nicht mit deinem Schandmaul streiten."

In dieser Nacht konnte ich nicht schlafen. Ich war erschöpft, geistig, körperlich und emotional, und doch konnte ich nicht schlafen. Und es war nicht wegen der turbulenten Enthüllungen zwischen meinem Dad und mir. Es war nicht einmal wegen meiner blinden Wut auf Cari.

Es war wegen *ihm*.

Wegen der Art und Weise, wie Jordan alles, was zwischen uns vorgefallen war, so herzlos beiseitegeschoben hatte. *Ich habe nicht darum gebeten, dass unsere kleine Begegnung aufgezeichnet und ins Internet hochgeladen wird. Das geht auf dich.*

Das ging auf mich. Das stimmte. Aber ich hatte etwas anderes von ihm erwartet. Etwas mehr. Und vielleicht war das auch nicht fair gewesen.

Nur weil ich ihn liebte, bedeutete das nicht, dass diese Gefühle auf Gegenseitigkeit beruhten, egal, wie sehr ich mir das wünschte. Ich hatte ihm gesagt, was ich fühlte. Im Gegenzug hatte er mich an die Wand gedrückt und mich genommen. Und ich hatte ihn gelassen.

Es war nur Sex. Er hatte es mir wieder und wieder gesagt. Warum hatte mein dummes Herz nicht gehört? *Dumme, dumme April. Du hast Scheiße gebaut. Und du kannst nicht einmal dem Alkohol die Schuld dafür geben.*

Aber irgendwo tief drinnen wusste ich, dass auch das vorübergehen würde. Gebrochene Herzen würden heilen.

Sicher, es tat gerade verdammt weh und ich brauchte Zeit und Abstand. Wenn ich darüber nachdachte, klang eine Reise nach Israel doch nicht so schlecht. Ich döste noch etwa eine Stunde oder zwei mit dem Bild von mir vor der Klagemauer, wo ich um Vergebung für meine Sünden bat. Vielleicht hatte Rebekah recht. Vielleicht müsste ich mehr über diesen Teil von mir herausfinden. Vielleicht wäre der Segen im Austausch dafür ein geheiltes Herz.

Und dann könnte ich all dem den Rücken zuwenden und vergessen.

Kapitel Sechsundzwanzig
Jordan

Es war kurz nach Mittag am Sonntag in New York City. Die Führungskräfte und ihre jeweiligen Partner – zumindest derjenigen von uns, die vergeben waren – hatten heute am frühen Morgen einen privaten Flug von LA aus gechartert. Jetzt waren wir auf einer Privatveranstaltung in einem exklusiven Restaurant, von dem aus man den Central Park überblickte. Firmenangestellte mischten sich mit potenziellen Vorstandsmitgliedern und Investmentbankern und feierten das unmittelbar bevorstehende Listing von Draco Multimedia Entertainment. Am Montagmorgen würden wir uns auf einer besonderen Plattform an der New Yorker Börse versammeln und der Geschäftsführer der neuesten öffentlich gehandelten Firma würde die Glocke läuten, um den Handel zu eröffnen.

Es war die Verwirklichung eines Traums, den ich seit dem Tag gehabt hatte, als Adam und ich uns an einem Wochenende zum Kaffee getroffen hatten und er mir gesagt hatte, dass er seine eigene Firma gründen wollte. Er hatte um meine Hilfe gebeten und die bekam er von mir. Während der letzten vier Jahre hatte ich unermüdlich gearbeitet, damit dieser Tag Wirklichkeit werden würde. Alles, was ich getan hatte, jede Beziehung, die ich hergestellt hatte, und jede penibel genaue Aufzeichnung, die ich geführt hatte, geschah im Hinblick auf die Buchprüfung, die der Aufsichtsrat schließlich wollen würde, damit wir die Firma an die Börse bringen und in Folge dessen unglaublich reich werden könnten.

Und hier war ich, nicht einmal einen Monat vor meinem sechsundzwanzigsten Geburtstag, kurz davor mein Vermögen in etwa zu vervierfachen und es in den neunstelligen Bereich zu treiben. Mit Leichtigkeit würde ich Milliardär sein, bevor ich dreißig wurde. Ich sollte ein Hochgefühl empfinden.

Doch in Wahrheit fühlte ich mich scheiße.

Ich hatte letzte Nacht überhaupt nicht geschlafen. Oh, ich hatte es mit dem alten Collegetrick probiert. Ich lag stundenlang im Bett und starrte an die Decke, aber ich konnte nicht aufhören, an *sie* zu denken.

Vor allem dieser Blick in ihren Augen, als sie am Auto vor mir zurückgewichen war, bevor sie zusammen mit ihrem Dad verschwand. *Verrat.* Ich kannte diesen Blick. Ich hatte den gleichen Blick gehabt, als ich verraten worden war. Ich wusste, wie es sich anfühlte. Und ich hatte mir geschworen, nie mehr zuzulassen, dass mir irgendwer das nochmal antun würde. Ich hatte mir auch geschworen, dass ich niemals mehr jemanden so nahe an mich heranlassen würde.

Ich hatte April dennoch in mein Herz gelassen. Ich hatte sie regelrecht hereingezogen und sie nicht wieder hinausgelassen. Selbst als ich merkte, dass sie begann, mich zu sehr zu mögen. Ich hätte es in Kanada beenden können. Und ein klein wenig hatte ich das auch.

Aber ich war unfähig gewesen, sie gehen zu lassen. Also holte ich sie wieder an mich heran und redete mir ein, dass es für uns beide nur Sex war. Selbst in meinem Unterbewusstsein war ich ein verdammter Bastard.

Ein verdammter Bastard, der in sie verliebt war.

Entgegen meinem normalerweise geselligen Verhalten, verdrückte ich mich in eine Ecke, festgepflanzt auf einem Sessel neben dem Fenster, und nippte an meinem dritten Glas Champagner, in der Hoffnung, dass das Scheißgefühl verschwand. Soviel also dazu, dem Alkohol zu entsagen. Es war ein guter Lauf gewesen, aber diesen Tag würde ich ganz sicher nicht nüchtern durchstehen.

Jemand landete mit einem tiefen Seufzer im Sessel neben mir. Ich konnte sagen, dass es eine Frau war, und hoffte, dass es nicht noch eine weitere Angestellte eines Versicherungsträgers war, die versuchte, mir unauffällig ihren Hotelschlüssel zuzustecken. Ich schaute nicht einmal hin und erkannte meine Sitznachbarin erst, als sie anfing zu sprechen.

„Einen Penny für deine Gedanken", sagte Mia.

„Meine Gedanken sind mindestens fünfunddreißig Dollar pro Aktie wert."

Sie lachte. „Bist du okay?" Und bevor ich darauf antworten konnte, fügte sie hinzu: „Hast du zufällig etwas von April gehört?"

Blei schien meine Kehle zu verstopfen und ein Splitter aus Schmerz durchbohrte meine Brust. Ich kippte den Rest meines Champagners hinunter, stellte das Glas beiseite und lehnte mich zurück, um sie zu betrachten.

Adams Verlobte war eine sehr hübsche Frau mit hellbraunen Augen, aus denen Intelligenz sprach. Sie war so treffsicher wie eine Peitsche, und ich stellte fest, dass ich bei ihr genauso sehr achtsam sein musste, wie ich es normalerweise bei ihrer einzigen wahren Liebe war. Er hatte eine Art, schnell Dinge herauszufinden.

„Ich habe nichts von April gehört. Ich nehme nicht an, dass sie gegenwärtig an ihre Zeit bei Draco erinnert werden möchte." *Besonders nicht an mich,* dachte ich mit einem stumpfen Schmerz in meiner Brust.

Ihre Lippen wurden schmal. „Kannst du mir ihre Nummer geben? Ich möchte mich vergewissern, dass sie okay ist. Sie hat diese beschissene Behandlung nicht verdient, und das ist etwas, worüber ich mit Adam noch ein paar Worte wechseln muss, sobald die Sache mit dem Börsengang sich gelegt hat. Dieses Als-Schlampe-abgestempelt-werden, wenn eine Frau sexuell aktiv ist – und besonders dann, wenn sie Sex auch noch zu *genießen* scheint – während ein Mann einen Klaps auf den Hintern bekommt und als *toller Hengst* bezeichnet wird. Das ist einfach nicht fair."

Also gut dann. Ich ließ meine Augen aus dem Fenster hinaus in die Vegetation gleiten. Adams Verlobte war also eine rasende, Zeichen setzende Feministin. Okay, möglicherweise war sie nicht ganz so schlimm. Soweit ich sagen konnte, hatte sie nicht ihren BH verbrannt, aber Dinge wie diese brachten die Susan B. Anthony in ihr hervor.

„Ja, ich sehe zu, was ich tun kann."

Mia starrte mich weiter an. Ich ergriff ihr unberührtes Champagnerglas und fing an, daran zu nippen. Vielleicht brachte das vierte ja den erwünschte Effekt? Ihre Augen verengten sich, während sie mich beobachtete.

„Du machst dir Sorgen um sie."

Ich presste meinen Kiefer zusammen und ließ dann wieder locker. „Hast du jemals *Der Scharlachrote Buchstabe* gelesen?", fragte ich.

Ihre Braue zog sich bei diesem plötzlichen Themawechsel nach oben. „Nicht in letzter Zeit. In der High School musste dieses verdammte Buch jeder lesen."

„Also hast du es tatsächlich gelesen? Nicht die Inhaltsangaben? Ich wurde zu Hause unterrichtet, deshalb habe ich es nie gelesen."

„Ich habe es wirklich gelesen. Ich habe nie geschummelt bei Büchern, die ich lesen musste. Ich bin in der Hinsicht ein ziemlicher Nerd, obwohl ich kein großer Fan der Klassiker bin. Warum?"

„Wer ist Dimmesdale?"

Jetzt runzelte sie die Stirn. Ich konnte sehen, dass sie sich fragte, was zum Henker in meinem Kopf vorging, aber sie ging darauf ein.

„Wenn ich mich recht erinnere, ist er der Kerl, der Hester geschwängert hat. Er war der Reverend der Stadt. Aber er schwieg und niemand außer Hester wusste, dass er der Vater des Babys war. So musste Hester die ganze Schande aushalten und den Buchstaben tragen. Und eben dieselben Leute in der Stadt, die alle auf sie spuckten, gaben ihm die Ehre dafür, das Abbild eines heiligen, reinen Mannes zu sein. Er ist der Inbegriff eines Heuchlers."

Du bist Dimmesdale, hatte April gesagt. Sie hatte recht. Mein Kopf schmerzte. Meine Brust war zugeschnürt. Und ich fühlte mich wie der Geringste der Geringen, weil das Gewicht der Schuld mich hinunterzog.

Ich hatte noch ein paar Gläser – gerade genug für einen angenehmen Schwips –, bevor ich den Mut aufbrachte, Adam zu sagen, dass ich mit ihm allein sprechen musste. Er willigte ein, in meine Suite zu kommen, sobald er sich von all den Glückwünschen und Schleimereien hier losreißen konnte.

Zurück in meinem Zimmer stärkte ich mich gerade mit einem kleinen Single-Malt-Scotch, als er an der Tür klopfte. Ich ließ ihn herein und ging dann geradewegs zur Bar zurück.

„Wie wär's mit einem Johnnie Walker Black Label?", sagte ich.

Er machte ein finsteres Gesicht. Er rührte nichts Hochprozentiges an und ich wusste das nur zu gut.

„Was ist los, Jordan? Du siehst scheiße aus."

„Danke. Ich fühle mich auch scheiße."

„Wirst du krank? Warum hast du mir nichts gesagt? Du solltest für das Läuten der Glocke und für den Handel auf dem Parkett fit sein, denkst du nicht? Sie werden uns interviewen."

„Ich bin nicht physisch krank, nein."

Adam stieß einen Atemzug aus, sichtlich erleichtert. „Gut, das zu hören." Er schälte sich aus seinem Jackett und nahm in einem Sessel in der Nähe Platz, zog dann sofort an seiner Krawatte, um sie auszuziehen und aufzurollen. Ich hatte bereits mein Jackett, meine Krawatte, Manschettenknöpfe und Schuhe abgelegt.

Er saß zurückgelehnt im Sessel, einen Knöchel auf seinem Knie abgelegt, und wartete. Ich nahm ein Schlückchen vom Scotch und machte mich bereit. „Okay, also … ich muss mit dir über April Weiss sprechen."

Nichts in seinem Gesicht verriet seine Gedanken. „Okay. Leg los."

„Du kannst sie nicht dafür feuern, dass sie auf dem Video war, wenn es noch einen anderen Mitarbeiter gibt, der daran beteiligt war und dieser unbeschadet davonkommt."

Adam starrte mich an, als wären mir gerade Hörner gewachsen. Dann blinzelte er. „Nun, du warst dabei. Sie wird nicht sagen, wer es war. Und du hast ihren Dad ge–"

„Vergiss ihn. Wenn es ihm um sie gegangen wäre, hätte er diese Scheiße nicht gesagt. Es war nicht fair. Und außerdem war es sexistisch." *Danke, Mia, dafür, dass du mir diesen Floh in mein Ohr gesetzt hast.* Ich hatte ein verschwommenes Bild davon, bei einer Art rituellen BH-Verbrennungszeremonie neben ihr zu stehen.

„Also, nach der Szene, die sie gestern bei der Party gemacht hat, soll ich sie wieder einstellen?"

„Sie konnte nichts für die Szene. Das war jemand anderes. Es ist nicht ihr Fehler."

Adams Augen verengten sich. „Zwei Fragen. Erstens, wie viel hast du getrunken und zweitens, warum interessierst du dich so sehr dafür?"

Ich stützte mich mit steifen Armen gegen den Rand der Bar ab. „Zwei Antworten. Erstens: Nicht genug. Und zweitens: Weil ..." Ich nahm einen langen, tiefen Atemzug, hielt ihn an und ließ ihn heraus. Ich brauchte mehr flüssigen Mut für diese Scheiße.

„Weil?", forderte Adam.

„Weil, wenn du sie feuerst, wirst du mich auch feuern müssen."

Adam schob sich von seinem Stuhl hoch und wanderte ans Fenster, um hinauszuschauen, und strich mit seinem Finger sein Kinn entlang.

„Wirst du mir diese Aussage erklären oder werde ich Vermutungen anstellen müssen? Weil mir das, was gerade in meinen Kopf herumschwirrt, nicht wirklich gefällt."

„Was auch immer du denkst, ist vermutlich nicht so schlimm wie die Wirklichkeit." Er drehte sich mit einem erwartungsvollen Blick auf dem Gesicht zu mir. Ich räusperte mich. „Ich hatte ein maßgefertigtes Kostüm für die diesjährige Comic-Con. Ich ging als Falco, der Kopfgeldjäger, was niemand wusste."

Adams Augen schlossen sich und sein Gesicht errötete ein wenig, bevor er seinen Kopf schüttelte und mich ansah. „Und ich erfahre das erst jetzt, weil…?"

„Nun, das dürfte offensichtlich sein, nicht wahr? Weil ich ein Feigling bin. Weil ich an dem Tag, an dem die Scheiße publik wurde, wie ein Reh im Scheinwerferlicht erstarrte und keine Ahnung hatte, wie ich damit umgehen sollte. Also sagte ich nichts und hoffte, dass es vorübergehen würde. Und je mehr Zeit verging, umso schwieriger wurde es, es dir zu sagen."

„Also hast du nicht nur eine Praktikantin gevögelt, du hast es auch noch auf Video aufgezeichnet und ins Internet gestellt? *Bist du geisteskrank?*"

Ich presste meine Zähne zusammen. „Wer es aufgezeichnet und hochgeladen hat, ist nicht der Punkt. Der Punkt ist, dass, wenn du sie feuerst, du auch mich feuern musst."

Adam machte ein finsteres Gesicht und begann, auf und ab zu schreiten, seine Hände öffneten und schlossen sich an seinen Seiten. „Dieses Verhältnis, wie lange ist es gegangen?"

„Es war eine einmalige Sache … bis …" Er blieb stehen und starrte mich finster an. „Bis Vancouver. Dann begann es erneut und ging ziemlich genau bis gestern."

„Und auf dem Firmengelände? Hast du sie in deinem Büro gefickt?“

Ich schluckte. „Ja.“

Er schüttelte seinen Kopf, murmelte leise vor sich hin und fing wieder an, auf und ab zu schreiten. „Eine Mitarbeiterin in deinem verdammten Büro ficken. Wer zum Teufel denkst du, dass du bist, Bill Clinton?“

„Das ist nicht –“

„Doch, es ist genau das“, schnitt er mir das Wort ab und hob seine Stimme. „Du bist der verdammte Finanzchef der Firma. Ein Gründer. Eine Führungskraft. Du hast sie ausgenutzt. Sogar bevor du dieses Seminar über sexuelle Belästigung durchgesetzt hast, wusstest du es besser, Jordan.“

Meine Kehle war zu. Ich hatte nichts zu sagen. Er hatte absolut recht. Mit einer zittrigen Hand hob ich den Scotch an meine Lippen und kippte ihn hinunter.

Er stieß einen Atemzug aus und schüttelte den Kopf. „Und um es noch schlimmer zu machen, wird David vermutlich unser Vorstandsvorsitzender werden. Gott, Jordan, wenn du Scheiße baust, baust du große Scheiße.“ Er ließ eine Hand durch sein Haar gleiten und seine Lippen kräuselten sich vor Abscheu. „Du hast mich die gesamte Zeit angelogen. Von Anfang an. Und du hast dich mit noch mehr Lügen immer weiter in die Scheiße gegraben. Das ist nicht nur beunruhigend, es ist eine enorme Enttäuschung.“

Du bist eine Enttäuschung. Ich hatte jene Worte in meinen Ausbildungsjahren häufig aus dem Mund meines alten Herrn gehört und ich war gegen ihre Wirkung abgehärtet. Aber ähnliche Worte, die von meinem besten Freund kamen … als ich Adam sie sagen hörte, waren sie wie ein Schlag gegen meine

Brust. Ich blies einen langen Atemzug hinaus und stellte das Glas ab.

Ja, ich war eine Enttäuschung. Für meinen Vater. Für meinen besten Freund. Für *sie*.

„Deshalb musst du mich feuern", sagte ich in einer Stimme, die zu wackelig klang.

Er schüttelte den Kopf. „Ich feuere dich nicht."

„Du musst. Du hast sie gefeuert. Du musst mich auch feuern. Wenn das heraus–"

„Es wird nicht herauskommen."

„Nicht von ihr, nein. Sie wollte zu dir gehen und dich informieren, damit du vorbereitet wärst, falls es herauskäme. Ich sagte ihr, es nicht zu tun. Es ist nicht fair, sie für etwas bezahlen zu lassen, was wir beide getan haben."

Adam rieb sich an der klopfenden Vene auf seiner Stirn und verdrehte wütend die Augen. „Gut, du hast es geschafft, meine Nüsse in einen Schraubstock zu spannen. Kommt jetzt der Teil, wo du anfängst, ihn enger zu stellen?"

„Es tut mir leid, Adam. Ich habe Scheiße gebaut. Glaub mir, wenn ich gewusst hätte, was alles dabei herauskommen würde … ich – ich wollte anfangs, dass sie weg ist, erinnerst du dich? Ich hatte dich gebeten, sie zu versetzen –"

„Aber du hast mir nicht gesagt, *warum*."

Ich nahm einen Atemzug und blies ihn hinaus. „Nein."

„Verdammte Scheiße", sagte er und wieder rieb er sich die Stirn. „Wir beschäftigen uns damit, wenn wir zurück in Kalifornien sind. Ich kann das jetzt nicht. Wir müssen eine Firma an die Börse bringen. Übermorgen steigen wir in den Flieger und wir bügeln das zu Hause aus."

Meine Fäuste ballten sich zusammen. Er gab mir einen Ausweg. Immer wieder hatte er ihn mir angeboten. Es war mehr, als ich verdiente. „Adam, du musst –

„Ich *muss* nichts. Verstehst du mich?", schrie er. „Das ist *meine* Firma und ich bin der verdammte Firmenchef und ich feuere dich nicht!"

„Dann kündige ich."

Er erstarrte. Wir starrten einander für einige lange Minuten an. An dem Ausdruck auf seinem Gesicht konnte ich sehen, dass er mit seinen bloßen Händen nach mir greifen und mich würgen wollte. Ich hatte seine Nüsse im Schraubstock und ich ließ nicht locker. Ich konnte nicht … ich *würde nicht.*

Er schüttelte seinen Kopf. „Fünf Jahre. *Fünf Jahre* haben wir uns den Arsch aufgerissen. Hunderte, *Tausende* von Stunden Zeit, Energie, geistiger Arbeit. Du wirfst das alles weg. Warum genau? Wegen eines neuen Leitgedanken?"

Ich konnte nicht antworten. Alles, woran ich denken konnte, war April, ihr blasses, schönes, tränenüberströmtes Gesicht, der Ausdruck des Verrats in ihren dunkelblauen Augen. Die Lippen, die mich verurteilten, mich einen Heuchler nannten, obwohl ich nicht wusste, dass es das war, was sie sagte. So sehr Adams Tadel auch schmerzte, sie zu enttäuschen fühlte sich um vieles schlimmer an. Weil sie an mich geglaubt hatte.

Bis ich sie enttäuscht hatte.

„Ich weiß nicht einmal mehr, wer zum Teufel du bist." Adam schnappte sich sein Jackett und die Krawatte, drehte sich um und stürmte zur Tür hinaus.

Als sie sich hinter ihm schloss, ließ ich den Atem frei, den ich angehalten hatte. Mir war ein wenig schwindlig und mehr als nur ein wenig übel wegen dem, was ich gerade getan hatte. Aber als ich mich traute, das Gefühl genau zu untersuchen, fand ich darin auch etwas Erleichterung.

Einige Stunden später schritt ich, meine Tasche über den Arm geschlungen, auf dem Weg zu meinem Gate durch den John F. Kennedy Airport. Ich hatte noch zwei Stunden bis zu meinem Nachtflug, den ich in letzter Minute gebucht hatte. Ich wanderte in eine Buchhandlung und ging direkt zu dem Bereich mit den Klassikern.

Ich brauchte ein wenig mit dem Suchen, da ich den Namen des Autors vergessen hatte, aber ein Angestellter half mir, es zu finden. Ich fand einen leeren Platz in der First-Class-Lounge, schloss mein Telefon an, um es aufzuladen, und öffnete *Der Scharlachrote Buchstabe*. So wie es aussah, würde ich es zu Ende gelesen haben, bis der Flieger aufsetzte.

Ich hätte bleiben können. Ich hätte auf dem Boden der Börse stehen können, um an Adams Seite die Fragen der Presse zu beantworten, aber dieser Sieg war ohne sie hohl.

Ich würde mir stattdessen im Internet ansehen, wie sie die Glocke läuteten.

Kapitel Siebenundzwanzig
Adam

BIS ICH DIE PAAR STOCKWERKE VON JORDANS ZIMMER ZU unserer Suite hinaufgefahren war, war ich noch angepisster, anstatt mich beruhigt zu haben. Mein Kopf raste und ich fragte mich, was ich mit all den Informationen, die er mir gegeben hatte, anfangen sollte. Das war ein Chaos enormen Ausmaßes.

Ich zog meine Karte heraus und öffnete das Zimmer. Emilia sah von ihrem Lehrbuch hoch. Sie hatte einen Textmarker in der Hand, um einige Passagen hervorzuheben. Ihre Augen weiteten sich, als sie mich sah.

„Was?", fragte ich, als ich eintrat.

Ihre Augenbrauen hoben sich. „Was meinst du mit *was*? Deine Haare stehen dir zu Berge, als wärst du ein paar hundert Mal hindurchgefahren und das machst du normal nur, wenn du verärgert bist."

Verlegen glättete ich meine Haare mit der Hand. Dann atmete ich tief ein und warf mein Jackett auf die Couch. Sie steckte die Kappe auf ihren Stift und legte ihn ab. „Bist du okay? Hast du schlechte Neuigkeiten bezüglich der morgigen Eröffnung bekommen?"

Ich lehnte mich gegen die Couch, rieb mir das Kinn und schüttelte den Kopf. Ich fragte mich, wie viel davon vertraulich war, wie viel ich ihr mitteilen sollte. Ich schloss die Augen. Ich wollte ihr alles erzählen, wie immer, aber es gab berufliche Grenzen, die ich nicht überschreiten konnte, oder?

„Oh Scheiße, hast du wieder einen deiner Migräneanfälle?" Sie stand auf und kam zu mir. Ich legte meinen Arm um ihre Taille und zog sie kopfschüttelnd an mich.

„Jordan hat gerade gekündigt."

Sie wich zurück, um mir ins Gesicht zu sehen, wahrscheinlich um herauszufinden, ob ich scherzte oder nicht. „*Was? Warum?*"

„Ich bin mir nicht sicher, wie viel ich dir erzählen darf."

„Firmenangelegenheiten?"

Ich leckte über meine Lippen. „Es betrifft die Firma, aber es ist auch etwas Persönliches für ihn. Ich –" Ich unterbrach mich und starrte stirnrunzelnd zu Boden.

Sie schlang ihre Arme um meine Taille. „Was bedeutet das für morgen? Kommt er, um den Handel zu eröffnen? Ich kann das nicht glauben. Er war besessen von diesem Börsengang."

„Ich weiß nicht. Ich war so sprachlos, ich habe nicht gefragt."

Emilia runzelte die Stirn, ließ sich auf der Couch hinter uns nieder und klopfte auf das Sitzkissen neben sich. Ich stand auf und ging herum, um mich neben sie zu setzen. „Mir ist aufgefallen, dass er sich heute auf dem Empfang seltsam benommen hat, also bin ich zu ihm gegangen, um mit ihm zu sprechen. Ich denke, es hatte etwas mit dem zu tun, was gestern auf der Firmenfeier geschehen ist. April ist schließlich seine Praktikantin und ich denke, dass er wirklich aufgebracht war wegen dem, was ihr passiert ist."

„Ähm, ja, du hast den Nagel so ziemlich auf den Kopf getroffen. Wie machst du das?"

Sie blickte weg und sie schien sich an etwas zurückzuerinnern. „Ich fragte ihn nach April, weil ich besorgt war und er ist ganz seltsam geworden und hat angefangen, Fragen über *Der scharlachrote Buchstabe* zu stellen.“

„Du meinst den Film mit Demi Moore?“

Sie lachte. „Den Roman, auf dem der Film basiert, Dummchen.“

„Ich habe vielleicht den Film angesehen, um das Buch nicht lesen zu müssen.“

„Du und etwa neunzig Prozent aller High-School-Absolventen.“ Sie hielt inne und wirkte nachdenklich. „Ich verstehe nicht, warum er sich so darauf fixiert, oder warum er mich danach fragte, als ich ihn nach April gefragt habe.“

Da dämmerte es ihr meiner Meinung nach. Ich hatte das Gefühl, dass sie nicht mehr lange brauchen würde, um es sich zusammenzureimen. Trotzdem schwieg ich.

„Hat es etwas damit zu tun, dass April wegen des Videos geoutet wurde? Aber man weiß nicht, wer der Kerl –“ Sie stoppte und ihre Augen weiteten sich. Und da war es ... Nicht überraschend, wenn man ihre Brillanz betrachtete. „OMG. Jordan war der Kerl, nicht wahr?“

Sie verblüffte mich immer wieder. Jedes Mal. „Ich weiß nicht, wie du das rausbekommen hast. Ich bin mir auch nicht sicher, ob ich es wissen will.“ Ich zog eine Augenbraue hoch.

Sie warf mir einen listigen Blick zu. „Ich habe Superkräfte, aber ich würde sie nur zu gern aufgeben, wenn ich hätte Mäuschen spielen dürfen, als er es dir gesagt hat.“

Ich verzog das Gesicht. „Nur wenn du nichts dagegen gehabt hättest zu sehen, wie mir Rauch aus den Ohren steigt.“

„Hmm. Diese Wirkung hatte ich auch schon auf dich. Ich denke nicht, dass ich das noch einmal sehen möchte. Habt ihr gestritten?"

Ich streckte die Hand aus, legte sie auf ihre Wange und sie lächelte und schmiegte sich an sie, dann drehte sie den Kopf und küsste meine Handfläche. Langsam beruhigte ich mich von dem Streit mit Jordan. „Ja. Ich war ziemlich sauer auf ihn."

„Du bist immer noch ziemlich sauer auf ihn."

„Ich fühle mich betrogen."

Sie nickte. „Er hatte wahrscheinlich Angst, es dir zu sagen."

„Dann hätte er sich Eier wachsen lassen und es trotzdem tun sollen", knurrte ich zähneknirschend und spürte die Hitze in mir wieder aufsteigen.

„Warum hat er es dir jetzt erzählt?"

Ich zuckte mit den Schultern. „Er sagte, dass es nicht fair ist, wenn ich April feuere, aber ihn nicht."

Ihr Gesicht verdunkelte sich und sie richtete sich auf und sah mich an. „Er hat recht."

Ich atmete tief ein und ließ meine Hand fallen. „Er ist der Finanzchef meiner Firma. Sie ist nur eine Praktikantin –"

Ihr fiel das Kinn herunter. Oh-oh. *„Adam."*

„Was? Du magst die Praktikantinnen doch gar nicht."

„Nicht deine Groupie-Praktikantinnen. Aber April ist keine dieser doofen Kühe. Und zu sagen, dass sie *nur* eine Praktikantin ist, ist sexistisch, besonders da Jordan derjenige in der Machtposition war."

„So meinte ich das nicht. Aber ihr Dad bestand darauf, sie auf der Stelle zu feuern."

Emilias Augen zogen sich zusammen und sie drückte mir einen Finger auf die Brust. „Dann hättest *du* dir ein Paar Eier wachsen lassen und nein sagen sollen. Wer leitet die Firma, du oder er?"

Ich beantwortete die rhetorische Frage nicht und sie fuhr fort. „Ich bin sogar ziemlich beeindruckt von Jordan ... dass er sich so für sie eingesetzt hat. Ihm ging es heute so verdammt schlecht ..." Ihre Stimme verstummte und sie blickte zur Seite, fast so, als hätte sie vergessen, worüber sie mich belehrte.

„Was ist los?"

Sie schüttelte den Kopf und blickte mich dann an. „Ich lehne mich mal aus dem Fenster und sage, dass ... Nein ..."

„Was?"

„Du kennst Jordan schon lange, richtig?"

„Seit ich mit achtzehn aufs College bin."

„In fast zehn Jahren, hat er sich da je für eine Frau eingesetzt?"

„Nicht seit seiner Surferfreundin an der UCLA, nein. Aber das war eine schlimme Trennung und danach hat er sich in einen Womanizer verwandelt. Und jetzt offensichtlich in einen Perversling, der seine Praktikantinnen fickt", sagte ich, unfähig, den verbitterten Ton in meiner Stimme zu verbergen.

„Weil du und ich nie Sex hatten, während ich für dich arbeitete, richtig?"

Ich biss kurz die Zähne zusammen. Sie hatte immer einen Konter auf alles. „Wir hatten davor schon eine Beziehung und wir schliefen auch nicht einfach nur miteinander."

„Aber wenn er nur mit April geschlafen hätte, warum würde er sich dann wegen ihr mit dir anlegen? Er riskiert seine Karriere dafür. Da steckt mehr dahinter, als nur das Richtige tun zu wollen. Sie bedeutet ihm etwas."

„Vielleicht hat sie ihm einen wirklich guten Blowjob gegeben." Emilia blickte finster drein und ich hob eine Hand.

„Nicht schießen. Ich scherze nur. Aber du hast recht. So handelt er normalerweise nicht.“

„Ich hätte nie gedacht, dass er dazu fähig ist, weil er *Jordan* ist, aber vielleicht liebt er sie.“

„Aber er findet das ganze Konzept der Liebe völlig abstoßend.“

„Das tatest du auch einmal.“

„Nun, *du* aber auch.“

Wir blickten einander eine Minute lang an, bevor sie mir scherzhaft gegen den Arm schlug. „Okay, also waren wir auch dumm. Aber du kannst nicht zulassen, dass er einfach so die Firma verlässt.“

Ich warf verzweifelt meine Hände in die Luft. „Offensichtlich habe ich keine Wahl. Emilia, er hat darauf bestanden, dass ich ihn feuere und ich habe mich geweigert. Also hat er gekündigt.“

„Aber er hat gekündigt, weil du April nicht zurücknehmen wolltest.“

„Ihr Dad –“

Sie zog die Augenbrauen hoch. „*Du* bist der Boss.“

„Das sagst du normal nur im Bett. Ich werde schon ganz heiß.“

Sie verzog den Mund. „Ich sage das *nie* im Bett zu dir. Vielleicht in deinen schmutzigen Träumen. Aber ernsthaft ... Ich denke, was dich an dem allen stört, ist, dass du bereits weißt, was du tun musst, um das richtigzustellen.“

Ich seufzte. „Das Timing könnte nicht beschissener sein und ich bin wirklich immer noch verdammt sauer auf ihn. Er hat es mir verheimlicht. Und nicht nur, dass er es geheim hielt, er hat es auch die ganze Zeit vertuscht.“

„Also willst du eine zehnjährige Freundschaft und eine bedeutungsvolle Geschäftsbeziehung zerstören, weil deine Gefühle verletzt wurden?"

Ich seufzte und warf meinen Kopf zurück. „Hör bitte auf, so gute Argumente vorzubringen."

Sie kuschelte sich an mich, legte ihren Kopf auf meine Schulter und neigte ihn dann, um mich auf den Hals zu küssen. Ich schloss die Augen.

Ihr Mund fand mein Ohr. „Du bist der Boss", murmelte sie und verschlang mein Ohrläppchen, wodurch sie mir ein schönes Zucken in mein Zentrum sandte.

„Das stimmt. Sag es nochmal."

„Du. Bist. Der. Boss ..." sagte sie langsam und lachte.

„Mmm. Das höre ich gerne", sagte ich und drückte sie auf die Couch hinab. Ich presste meinen Körper auf ihren und küsste sie. Ich wollte an nichts anderes als das denken.

Ich wollte nicht daran denken, morgen ohne Jordan in die Börse zu gehen oder ihn von heute an nicht mehr als meine rechte Hand zu haben. Und ich wollte mich definitiv nicht auf das schwere Gefühl in meiner Magengrube konzentrieren, das mir sagte, was das Richtige war.

Emilia half mir zu vergessen, zumindest für eine kurze Zeit.

Kapitel Achtundzwanzig
April

ZU NACHTSCHLAFENDER ZEIT KLINGELTE ES AN DER TÜR. Normalerweise war Sid bereits wach und wuselte leise in der Wohnung herum, während ich noch stöhnte und mich mit dem Gesicht zur Wand drehte und hoffte zu vergessen, dass ich noch lebendig war.

Dieser andauernde Schmerz in meiner Brust, dieses Gefühl von Verlust und Zurückweisung, war immer noch da, wie ein gigantisches Loch, das gut Jahrhunderte brauchen könnte, um zu heilen. Und meine Augen schmerzten immer noch vom vielen Weinen am Tag zuvor. Ich hatte ständig meine Nachrichten überprüft. Nichts von ihm. *Nichts.*

Ich hatte gegen Sids Anraten auch meine sozialen Medien überprüft. Jede Menge Leute hatte mich in ihren wenig schmeichelhaften Posts und Tweets verlinkt. *Wie aufmerksam von ihnen.*

Jordans Profil zeigte ein Bild von ihm auf dem Times Square von gestern und verkündete seine Aufregung wegen des bevorstehenden Börsengangs. Aber das war alles. Ich hatte keine weiteren Hinweise darauf, was mit ihm los war und konnte auch Susan nicht um Informationen bitten, da ich bei Draco jetzt unerwünscht war.

Sie würde heute wieder an ihrem Schreibtisch sein. Es war Montagmorgen, ein ganz gewöhnlicher Arbeitstag in der Firma. Es war nicht so, als könnte ich mich ins Büro schleichen und meinen Schreibtisch leerräumen. Vielleicht würde Mia sich meiner erbarmen und es tun, wenn sie morgen wieder aus New York zurückkam. Sobald ich einen Funken Würde fand, würde ich ihr eine E-Mail schreiben und sie fragen.

Mein Kopf raste weiter, obwohl ich ihm befahl, leise zu sein. Ich wünschte, ich könnte wieder einschlafen, da ich meine Augen vor ein Uhr nicht hatte schließen können. Ich war erschöpft genug, um bis Mittag zu schlafen, *falls* ich wieder einschlafen könnte. Stöhnend zog ich mir mein Kissen über den Kopf. Sid sprach mit jemandem an der Tür, aber sie waren leise genug, dass ich das Geräusch mit meinem Kissen abschotten konnte.

Ein paar Minuten später, gerade als ich versuchte, meine Gedanken auszuschalten, damit ich wieder in herrliches Vergessen wegdösen könnte, kam Sid zurück ins Schlafzimmer und setzte sich an den Rand meines Bettes.

„Geh weg", murmelte ich in mein Kissen.

Sie zog an dem Kissen und ich zog es enger an mein Gesicht.

„Sid! Willst du wirklich, dass ich dir den Arsch aufreiße? Bitte lass mich schlafen."

„Aber ich will mit dir reden", kam als Antwort. Das war nicht Sids Stimme. Sondern die eines Mannes. Und nicht die meines Dads.

Ich erstarrte und mein Herz pochte in meiner Kehle. Ich war mir sicher, dass ich akustische Halluzinationen hatte. Konnte man eine Stimme halluzinieren?

Das Gewicht auf dem Bett verlagerte sich, als würde er sich zu mir drehen. Er zog wieder am Kissen und dieses Mal ließ ich zu, dass er es mir vom Gesicht zog. Er legte es bei meinem Bein ab und drehte sich mit ernstem Gesicht zu mir. Seine haselnussbraunen Augen erforschten meine Gesichtszüge. Er sah meine aufgedunsenen Augen und die dunklen Ringe darunter, die fleckige Haut um meine Nase, die ich oft geputzt hatte. Ich hatte mich am Abend zuvor im Spiegel gesehen. Ich wusste, wie schlimm der Schaden war. Und es war heute Morgen mit den zusätzlichen Schwellungen von meinem schlechten Schlaf wahrscheinlich noch schlimmer.

Ich blickte ihn an und meine Augen weiteten sich und flogen dann zur Uhr auf meiner Kommode. Es war fünf Uhr dreißig am Morgen und Jordan trug zerknitterte Kleidung – als hätte er in seinen Klamotten geschlafen. Ich setzte mich auf, um ihn anzusehen.

„Was machst du hier? Die Börse macht um sechs auf."

„Ich bin hergekommen, um mir die Eröffnung mit dir anzusehen. Kannst du es auf deinen TV streamen?"

Mein Kinn fiel herunter. „Warum zum Teufel bist du nicht in New York?"

„Weil ich nicht in New York sein wollte. Ich wollte hier sein. Bei dir."

Ich rieb meine Stirn und blickte nach unten. „Ich verstehe nicht. Du solltest doch mit den anderen Führungskräften auf der Plattform sein, um die Glocke zur Eröffnung zu läuten."

„Nun ... das bin ich aber nicht."

Ich schob mich aus dem Bett, stand auf und verschränkte die Arme vor der Brust. Ich trug ein kurzes, dünnes Nachthemd, weil es heute Nacht warm gewesen war. Jordans Augen wanderten wie eine warme Umarmung über mich. Ich bekam Gänsehaut von der Berührung seines Blicks. Was mich sauer machte. Ich sollte sauer auf ihn sein. Ich sollte ihn hassen.

Es war fünf Uhr vierzig. „Ich bin gleich wieder da."

Im Badezimmer putzte ich mir die Zähne, spritzte mir etwas kaltes Wasser ins Gesicht und fand eine dünne Robe, die ich über meine Schultern warf. Schnell abschätzend, dass ich keine Zeit für eine Notfall-Make-up-Session hatte, streckte ich die Wirbelsäule durch und ging wieder ins Schlafzimmer. Er hatte sich meinen Laptop geschnappt und ungeöffnet aufs Bett gestellt. Ich blinzelte.

„Können wir den Livestream ansehen? Es ist dort schon fast neun. Die Glocke erklingt in zehn Minuten."

Mit einem Achselzucken setzte ich mich neben ihm aufs Bett – nicht zu nahe, da ich mir immer noch nicht sicher war, was zum Teufel er hier machte – und lehnte mich gegen die Wand. Jordan rutschte neben mich, damit er gut auf den Bildschirm sehen konnte. Ich tippte mein Passwort ein und schloss schnell die Webseiten, die ich benutzt hatte, um nachzusehen, wie mein Name auf der ganzen Welt in den Schmutz gezogen wurde. Jordan reagierte nicht darauf, als ich ein neues Browserfenster öffnete und einen Livestream des New York Stock Exchange googelte. Bis ich das erledigt hatte, waren es nur noch fünf Minuten bis zur Eröffnung des Handels und dem Läuten der Glocke.

Die Plattform mit Blick auf die Handelsebene war ein weißer Balkon. Vor der Front hing ein Banner mit dem Logo und Schriftzug von Draco. Meine früheren Bosse und ihre Partner und Partnerinnen drängten sich auf der Plattform um den Geschäftsführer. Adam sprach mit dem Leiter der Börse und erhielt wahrscheinlich gerade die letzten Anweisungen. Mia stand mit einem breiten Lächeln im Gesicht an seiner Seite. Die Betriebsdirektorin, Cheryl Waltman, die alle nur *Walt* nannten, stand mit ihrem Ehemann und den anderen dahinter.

Aber es gab einen erkennbar leeren Platz an Adams anderer Seite, wo Jordan hätte stehen sollen.

Adam sah angespannt aus. Aber ob es an dem Rummel lag, den der Börsengang verursachte, oder an Jordans Abwesenheit, konnte ich nicht sagen. Amerikas bald neuester Milliardär trat aufs Podium und drückte um Punkt neun Uhr den Knopf, der ein Konzert aus Glocken einleitete, während alle um ihn herum strahlten und applaudierten. Dann nahm er den Auktionshammer und reichte ihn Mia, die ihn mit einem schockierten Lächeln auf den Klotz schlug. Dann umarmten sie sich.

Ich drehte mich, um Jordan zu beobachten, wie er das Geschehen verfolgte. Sein Gesicht war eine unleserliche Maske und seine Augen verschleiert. Es war sein Traum gewesen, dort oben auf der Plattform zu stehen, wenn die Firma auf dem Markt gelistet wurde. Er hatte *jahrelang* hart für dieses Ziel gearbeitet. Aber er war gegangen. Er war hier, saß auf meinem Bett und schaute es sich stattdessen auf einem zwölf Zoll Laptopbildschirm an.

Meine Kehle zog sich zu, aber ich wollte diesen Augenblick nicht stören. Kurz nachdem der Livestream endete, wechselten wir zur Handelsseite, um den Preis der für fünfunddreißig Dollar datierten Aktien zu verfolgen, und sahen zu, wie er stetig stieg. Jordan blieb still und zog seine Augen nicht vom Bildschirm weg.

Schließlich lehnte ich mich gegen die Wand zurück und seufzte. „Willst du mir sagen, warum du nicht mit dem Rest deiner Kollegen dort oben bist?"

Sein Blick sauste zu mir, bevor er sich wieder abwandte. „Ich arbeite nicht mehr bei Draco."

Die ganze Luft strömte plötzlich aus mir und mein Kinn fiel herunter. Ich blinzelte, mein Gehirn raste und mein Mund war unfähig, die richtigen Worte zu finden – irgendwelche Worte. Aber Jordan sprach für mich.

„Ich habe Adam gesagt, dass er mich feuern muss und als er sich geweigert hat, habe ich gekündigt."

„*Warum?*"

„Weil – weil ich kein Heuchler sein wollte."

Mein Mund arbeitete einen Augenblick lang und mein Mund wurde trocken. „Das ... das ist so dumm."

Seine Augenbrauen schossen empor. „Entschuldigung?"

„Es gibt keinen Grund, diese Demütigung mit mir zu teilen ... es ist nicht so, als würde dies das Ganze für mich erträglicher machen. Es macht alles sogar noch schlimmer."

Er runzelte die Stirn, aber sagte nichts. Meine Fäuste ballten sich.

„Du musst ihm sagen, dass du deinen Job zurückwillst."

„Das werde ich nicht tun."

Mein Gesicht errötete und ich schlug mit der Faust zwischen uns aufs Bett. „Jordan! Kannst du noch dümmer sein? Ich hätte mein Praktikum in zwei Wochen sowieso beendet. Das war es nicht wert!"

Er blickte finster drein und seine Augen zogen sich zusammen. „Ich hasse es wirklich, wenn du das sagst. Denn das ist nicht wahr."

Verärgert stellte ich den Laptop beiseite und stand auf. Ich brauchte eine Minute. Diese Übelkeit und diese Wut und ... und ... diese brodelnden Emotionen in meiner Brust machten mir das Atmen schwer. Ich war schon fast aus dem Zimmer, als er meinen Arm packte und die Tür schloss. Er zog mich herum, sodass ich ihn ansah.

„Warum ist es so schwer für dich, das zu sehen?", fragte er mit emotionsgeladener Stimme.

Das Chaos in mir kochte über. Tränen sprangen aus meinen Augen und meine Brust schnürte sich zu. Ich konnte nicht reden, also schüttelte ich den Kopf.

„April", sagte er leise und legte seine Hände an meine Wangen, um meinen Kopf stillzuhalten. Ich drückte die Augen zu. Wer hätte gedacht, dass ich noch mehr Tränen vergießen könnte, als ich es bereits getan hatte?

„Geh weg", flüsterte ich. „Ich habe mich bereits entschieden, dass ich dich hassen muss."

„Wirklich?", fragte er mit ebenso leiser Stimme. Sein Daumen strich sanft über meine Wange und er kam so nahe, dass ich seinen warmen Atem auf meiner Haut spüren konnte. Meine Kehle zog sich zusammen und diese verdammten Tränen wollten nicht aufhören.

„Das ist gerade meine einzige Verteidigung. Du musst gehen."

Langsam fielen seine Hände von meinem Gesicht, aber er bewegte sich nicht. Ich zitterte ein wenig und sein Verlust schmerzte bereits. Ich wollte die Augen nicht öffnen. Wollte nicht sehen, wie sein schönes Gesicht in meines starrte. Es tat zu sehr weh. Aber ich wollte auch nicht, dass er wegging.

„Lass mich dir etwas sagen und dann werde ich gehen, wenn du das wirklich möchtest."

Ich sagte nichts, aber nickte meine schweigende Zustimmung.

„Es macht mich wirklich sauer, wenn du sagst, dass du es nicht wert bist. Du sagst das wieder und wieder und ich bin ehrlich der Meinung, dass du es glaubst."

„Das ist nur eine Redensart –"

„Nein. Es ist eine Ideologie. Du glaubst fest daran. Du denkst, dass du es nicht wert bist, dass ich dich vor deinem beschissenen Exfreund oder deinem Dad oder wem auch immer verteidige. Du denkst, du bist es nicht wert, dass ich für dich eintrete. Aber weißt du was? Das ist nicht *genug*. Diesen Job aufzugeben war nichts im Vergleich zu dem, was du mir bedeutest."

Diese Worte. Diese Worte machten physisch etwas mit mir. Sie durchstachen mich mit einem nadelartigen Schmerz, während Freude glühend heiß in meiner Brust brannte.

„Wir haben nur rumgemacht ...", sagte ich schwach, fast hoffend, dass es er bestätigen würde. Ich musste wütend auf ihn bleiben. Ich brauchte diese Wände, um mein zartes und angeschlagenes Herz zu beschützen.

„Ich wollte dich, seit ich dich das erste Mal gesehen hatte. Und ja, ich wollte das auf meine Weise, zu meinen Bedingungen. Ich wollte deinen Körper. Du hast mir gefallen. Ich wusste auf der Comic-Con, wer du warst und ich dachte, dass es eine großartige Ausrede wäre, wenn ich betrunken bin, um einmal mit dir zu schlafen und dich dann zu vergessen."

Er blies seinen Atem hinaus und hob die Hand, um seinen Nacken zu reiben. „Aber es hat so nicht funktioniert. Ich konnte deinen Geschmack nicht aus dem Kopf bekommen und das ließ mich dich nur noch mehr wollen."

Er hatte keine Ahnung, dass diese Worte das Gegenteil machten von dem, was er damit erreichen wollte. Denn sie bestätigten nur, was ich die ganze Zeit vermutet hatte. „Ja. Wir hatten Spaß, aber –"

„Ich bin noch nicht fertig." Ich zog meine Augenbrauen hoch und verschränkte die Arme vor der Brust, während ich mich gegen die Tür lehnte und ihm erlaubte fortzufahren. „Der Sex war gut. *Wirklich* gut. Ich dachte – ich dachte, dass das alles wäre. Nur wirklich guter, heißer Sex." Ich öffnete meinen Mund, um ihn zu unterbrechen, aber er hob eine Hand, um mich aufzuhalten.

„Aber dann realisierte ich, dass noch andere Gefühle im Spiel waren und dass ich das Pferd beim Schwanz aufzäumte. Ich dachte, dass dieser atemberaubende Sex mich dazu veranlasste, das mit tieferen Gefühlen zu verwechseln ... bis ich gestern auf dem Flug und in New York anfing, über Sachen nachzudenken. Ich konnte nicht aufhören, über alles, was geschehen war und wie beschissen ich mich deshalb fühlte, nachzudenken. Und dann kam mir in den Sinn, dass der Grund, warum der Sex so gut war, der war, dass ich bereits Gefühle für dich hatte. Tiefere, als ich je für möglich gehalten hätte. Die ich nie haben wollte."

„Du wolltest sie nicht haben?"

Er blickte weg und dann wieder zu mir. „Nein."

„Was – was hat dich dazu gebracht, deine Meinung zu ändern?"

„Ich habe meine Meinung nie geändert, April. *Du* hast mein Herz geändert." Meine Augen wandten sich von seinen ab, selbst als mein Herz einige Schläge aussetzte. Erst einen, dann zwei. Dann stolperte es über sich selbst, als seine Worte einsanken.

„Ich wünschte – ich wünschte, du hättest Samstag auf der Party etwas zu mir gesagt. Aber das hast du nicht. Du hast mich da vor allen stehenlassen."

Er schloss die Augen und sein Kiefer arbeitete. „Dafür schäme ich mich zutiefst. Und wenn ich das ändern könnte, würde ich es. Alles ist so schnell passiert. Es gibt keine Entschuldigung dafür, wie ich mich benommen habe. Es war feige. Es tut mir so leid, April. Ich hätte mit dir da oben stehen sollen."

Er öffnete die Augen und blickte wieder in meine. Dann atmete er tief ein.

„Diese letzten zwei Wochen, in denen ich auf Reisen war, habe ich dich vermisst. Sehr. Ich dachte die ganze Zeit an dich und fragte mich, was du gerade machst. Ich habe mein Handy mindestens hundert Mal am Tag aufgehoben, um dir zu schreiben. Ich musste mich zurückhalten. Jede lustige Sache, die passiert ist, jeden Witz, den ich gehört habe, wollte ich dir schreiben. Ich wollte, dass du mir sagst, dass ich mich unangemessen verhalte. Ich liebe es, mich dir gegenüber unangemessen zu verhalten."

Ich atmete nun selbst tief ein. Er lächelte, streckte die Hand aus, nahm eine Strähne meines Haars und wickelte sie um seinen Zeigefinger. „Ich liebe *dich*, April Weiss. Meine ganz persönliche Märchenprinzessin."

Tränen prickelten sofort in meinen Augen und ich bedeckte meinen Mund und meine Nase mit meinen Händen. Jordan sah mich aufmerksam an, machte jedoch keine weiteren Anstalten, mich zu berühren. Ich sprang nach vorne, warf meine Arme um ihn und zog ihn an mich.

Seine Arme schlangen sich um meine Taille und drückten mich. Es fühlte sich so gut an. So verdammt gut. Er vergrub sein Gesicht in meinem Haar und küsste meinen Hals. Ich küsste ihn überall, wo ich ihn erreichen konnte ... an seinem Hals, seinem Kinn, seiner Wange.

„Wer hätte gedacht, dass der Teufel so schöne Worte sagen kann?"

Er drehte den Kopf und fing meinen Mund mit seinem ein. Mein Herz erhob sich in meiner Brust, als wäre es zu groß geworden oder mein Brustkorb zu klein, um es zu fassen. Es fühlte sich voll an, sogar schmerzhaft. Und es konnte die ganze Liebe, die hier war, einfach nicht aufnehmen.

„Ich sagte dir doch, ich bin der große böse Wolf. Und später werde ich dich verschlingen."

Ich lächelte und knabberte mit meinen Zähnen an seinem Hals. „Ja, bitte."

Er hielt mich lange fest, seine Hände waren auf meinem Rücken, sein Gesicht in meinen Haaren, sein Kopf an meinem. Ich hätte den ganzen Tag so dastehen können, so gut fühlte es sich an.

„Komm, zieh dich an und hol deine Sachen. Ich will, dass du bei mir in meinem Haus bist. Ich bin erschöpft und du siehst auch nicht viel besser aus." Ich schnaubte ihn mit gespielter Empörung an und er lächelte und tippte auf meine Nase. „Wir können ein Nickerchen machen und um ein Uhr aufstehen, um zu sehen, wie hoch die Aktien zu Börsenschluss stehen."

„Und danach?"

Er lächelte. „Werde ich dir das Surfen beibringen."

Ich zog schnell eine Jeans an und stopfte genügend Klamotten und Toilettenartikel für ein paar Tage in meine

Tasche. Dann schnappte ich mir meinen Laptop und meine Handtasche und sagte Sid, was wir vorhatten. Sie hatte ein riesiges Grinsen im Gesicht, als wir händchenhaltend hinausgingen.

Wir schliefen auf einer Liege auf seiner überdachten Veranda ein, während die kühle Brise des Ozeans durch die Sichtschutzwände wehte und die Wellen gnadenlos gegen den Sand schlugen. Er war warm und hart und – anders als in der ersten Nacht, in der wir in Vancouver nebeneinander geschlafen hatten – ein friedlicher Schläfer.

Er lag so ruhig da, dass ich ihn als Kissen benutzte, wobei sich mein Kopf mit seiner sanften Atmung hob und senkte. Sein schwerer Arm ruhte auf meinem Rücken und hielt mich an ihn. Es dauerte eine Weile, bis ich einschlief, da ich ihm lange beim Schlafen zusah. Dann schließlich kuschelte ich mich in die Kuhle zwischen seinem Körper und seinem Arm, presste meinen Kopf an seine Schulter und döste ein.

Wir wachten zum Geräusch seines unaufhörlich piepsenden Handys auf. Wir brauchten beide eine Minute, um uns zu strecken und zu blinzeln – da das helle Sonnenlicht des frühen Nachmittags durch den Sichtschutz strahlte und uns blendete.

Als ob er sich plötzlich an etwas erinnerte, setzte er sich auf, schaltete den Alarm ab und öffnete die Aktienapp auf seinem Handy.

„DME, komm schon … DME, wo stehst du? Ah! Heilige *Scheiße*!"

Ich setzte mich ebenfalls auf und rieb mir den Schlaf aus den Augen, wobei ich versuchte, über seine Schulter zu blicken. „War das ein gutes *heilige Scheiße* oder ein schlechtes *heilige Scheiße*?"

Sein Arm legte sich um meine Schultern, um mich an sich zu ziehen, und er küsste mein Haar. „Das war ein gutes *heilige Scheiße*. Ein sehr, sehr gutes *heilige Scheiße*. Die Aktie steht zum Tagesschluss bei etwas über einundvierzig Dollar."

„Heilige Scheiße!"

„Ich weiß, oder?"

„Das ist Wahnsinn."

„Ja. Zeit für mich, mir meine tropische Insel zu kaufen und mich zur Ruhe zu setzen."

Ich lachte und blickte in sein Gesicht. Er schien erfreut zu sein, aber da war noch etwas. Sein großer Sieg war mit einem gewaltigen Verlust einhergegangen.

Ich räusperte mich und er blickte von seinem Handy hoch. „Also, ähm, was bedeutet das alles? Du bist arbeitslos. Bedeutet das, dass ich mein Studium abbrechen und arbeiten gehen muss, um dich zu unterstützen?", scherzte ich. Es war leichthin formuliert, aber da war immer noch die Tatsache, dass er seine ganze Karriere wegen mir geopfert hatte.

Er fuhr mit einem Daumen über meine Wange. „Keine Sorge wegen des Jobs. Abhängig davon, wie der Handel sich entwickelt, muss ich mit meinen Aktienanteilen vielleicht nie wieder arbeiten."

Ich presste die Lippen zusammen. „Aber es geht nicht nur um Geld. Du wirst mit sechsundzwanzig nicht zu einem Faulenzer ohne Ziel werden. Wir machen vielleicht darüber Scherze, aber ... das war ein ziemlich großes Opfer, das du gemacht hast."

„Denkst du immer noch, dass es dumm war?"

Ich schüttelte den Kopf. „Ich denke, dass du glaubst, dass ich es wert bin."

Seine Augen glühten mit etwas – Bewunderung vielleicht?

„Das bist du.“

Dieses unbeschreibliche Gefühl erfüllte meine Kehle und ich konnte kaum schlucken. Ich hob die Hand und ließ sie über seinen köstlichen Dreitagebart gleiten.

„Dann werden wir das ergründen … wir finden einen neuen Traum, an dem wir zusammen arbeiten können.“

Er grinste. „Vielleicht gehe ich auch wieder studieren und wir könnten Klassenkameraden sein.“

Er beugte sich vor und wir küssten uns. Es war ein langsamer, süßer Kuss. Wie hatten solche in den Wochen, in denen wir uns verzweifelt Zeit gesucht hatten, um etwas miteinander zu haben, nur selten geteilt. Aber das hier war anders, denn jetzt wussten wir … es gab eine Zukunft für uns und wir müssten nicht jedes Quäntchen Leidenschaft, Verlangen und Lust in die wenigen Minuten packen, die wir einem Arbeitstag entlocken konnten.

„Ich weiß nicht … der Adel muss nicht wirklich zur Schule gehen“, sagte ich und hob in gespielter Arroganz meine Nase. „Und ich denke, dass ich als Prinzessin mein erstes königliches Dekret verlauten lassen muss.“

Ein Lächeln formte sich langsam auf seinen Lippen. „Und das wäre, Eure königliche Hoheit?“

„Du musst immer einen Dreitagebart tragen. Immer genau das richtige Maß. Kein Vollbart und nicht glattrasiert.“

Er lachte. „Nun, das wird knifflig. Genau das richtige Maß Dreitagebart zu haben, ist eine Kunst, weißt du?“

Ich lachte. „An den Tagen, an denen du einen Dreitagebart hast, darfst du mich so viel küssen, wie du willst und wo du willst.“

Seine Augen wurden dunkler. „Nun, das ist ein Anreiz. So spricht eine wahre Wirtschaftstheoretikerin. Und ich nehme dich beim Wort, nachdem ich etwas zu essen hatte. Ich verhungere."

„Ich auch."

Wir aßen. Wir verbrachten den Rest des Tages zusammen, spazierten am Strand entlang, redeten, scherzten, sahen uns die Aufnahme des Interviews an der Börse an. Es gab einen Haufen wilder Energie da draußen und wir saugten sie auf.

Später am Abend, nachdem wir uns einen Film auf seinem Großbildfernseher angesehen und mit Pizza und Wein diniert hatten, schlichen wir uns an den Strand und liebten uns auf dem festen Sand unter einer dicken Decke. Es fühlte sich wagemutig und riskant und spaßig an, nicht viel anders als die anderen Male, an denen wir Sex gehabt hatten.

Aber *anders* als die anderen Male gab es nicht diese gehetzte Dringlichkeit, so viel aus der kurzen Zeit rauszuholen, wie wir konnten. Dieses Mal gab es ein Versprechen auf eine Zukunft – und oh, was für einen Unterschied das machte.

Kapitel Neunundzwanzig
Jordan

IN MEINEN TRÄUMEN KLOPFTE JEMAND AN DER TÜR. ES begann als sanftes Klopfen und wurde nach ein paar Minuten zu einem Poltern. Zur selben Zeit klingelte mein Handy mit einer Nachricht.

April setzte sich zuerst auf und rüttelte an meiner Schulter. „Irgendein Penner hämmert an deiner Tür.“

„Mmm.

„Es ist wahrscheinlich derselbe, der dir schreibt.“

Ich setzte mich auf. *Was zum Teufel?*

„Vielleicht will die sexy Sondra ihre Handschellen zurück. Sie hatte wohl genug vom Warten“, sagte sie und streckte sich geschmeidig. Das Laken rutschte von ihrem Oberkörper und meine Augen fixierten sich auf ihre köstlichen nackten Brüste. Nichts im Erdgeschoss war verlockend genug, um mich von dieser schönen nackten Frau in meinem Bett und der Aussicht auf Morgensex wegzuziehen ...

Die Türklingel ging erneut – in Fünf-Sekunden-Intervallen – und ich hatte letztendlich genug davon. Ich stieg aus dem Bett und suchte meine Jeans auf dem Boden, verzichtete jedoch auf Unterwäsche oder ein Hemd. Wer auch immer es war, der würde sich damit abfinden müssen.

April ließ sich wieder auf die Matratze fallen. „Du hast mich gestern ausgelaugt mit dem ganzen Sex. Ich schlafe noch eine Runde."

„Erhol dich gut. Ich habe vor, dich erneut auszulaugen, wenn ich wieder hochkomme."

„Mmm", murmelte sie, als ich den Raum verließ. Ich sauste die Treppe hinab und rief, dass ich auf dem Weg war. Das Hämmern hörte auf.

Als ich die Tür aufriss, bereit denjenigen davor zur Schnecke zu machen, hielt ich plötzlich inne.

„Du siehst übel aus", sagte ich. Adam hatte sich nicht rasiert und wirkte, als hätte er einen Nachtflug genommen und in seinen Klamotten geschlafen. So wie ich vierundzwanzig Stunden zuvor.

„Du hingegen siehst wie frischer Morgentau aus."

Ich lachte und trat zurück, um ihn hereinzulassen, wobei ich mit einer Hand durch mein Haar kämmte, das sicherlich in alle Himmelsrichtungen davonstand.

„Ich hätte gesagt, dass du nach einer Million Dollar aussiehst, aber das ist jetzt nur noch Kleingeld für dich. Eigentlich sind es sogar einundvierzig, zweiunddreißig pro Aktie."

Er grinste breit. „Das schockiert mich immer noch."

„Gratulation, Alter. Du bist der erste offizielle Milliardär, mit dem ich je befreundet war ..." Falls wir wirklich immer noch Freunde waren.

Adam ging ins Wohnzimmer und blickte durch die Glasschiebetür zum Strand hinaus. Er verschränkte die Arme vor der Brust.

„Setz dich. Kann ich dir etwas bringen? Ich könnte Kaffee machen ..."

„Passt schon", sagte er und drehte sich zu mir um. „Ich habe in letzter Zeit sehr viel gesessen. Ich stehe lieber."

Das bedeutete, dass er nicht lange bleiben würde. „Wo ist Mia?"

„Sie musste heute Morgen gleich wieder in die Uni. Es war schon schlimm genug für sie, dass sie den einen Tag verpasst hat."

„Also, ähm. Ich wollte nur noch einmal sagen, dass es mir leid tut –"

Er hob die Hand. „Nicht. Du musst das nicht sagen. Es tut mir auch leid. Ich habe da wirklich nicht gut reagiert."

Meine Augenbrauen zuckten, als ich versuchte, meine Überraschung zu verbergen. Eine Entschuldigung von Adam zu bekommen, war etwa so selten wie die Anwesenheit eines Spiele-Nerds auf einer Studentenverbindungsparty.

Ich zuckte mit den Schultern. „Ich habe dich mit diesem Geständnis überrumpelt. Da ist das verständlich."

„Und ich bin immer noch sauer deswegen. Hauptsächlich, weil es scheiße war, ohne dich in der Börse zu stehen. Das hätte unsere Krönung sein sollen. Unser erster gewaltiger Meilenstein."

Ich blickte weg und verlagerte mein Gewicht von einem Bein aufs andere. „Es war scheiße, nicht mit dir dort zu sein. Aber ich habe mir alles im Internet angesehen."

„Ich will den Rest davon nicht ohne dich machen, Jordan. Die Firma braucht dich unbedingt. Ich brauche dich unbedingt."

„Aber du verstehst, warum ich das tun musste, oder?"

„Nein, diesen Teil verstehe ich immer noch nicht." Er runzelte die Stirn. „Kannst du mir das nochmal erklären?"

„Dass es unfair war, nur sie zu bestrafen?"

„Aber hättest du das auch für jemand anderes getan? Warum sie?“

Ich steckte meine Hände in die Taschen. „Weil sie ...“

Er verschränkte die Arme vor der Brust. „Weiter ...“

„Weil ich ...“

„Ja?“

„Es ist anders mit ihr. Ich ... ach verdammt, ich liebe sie.“

Adam zog seine Lippen für etwa zwei Sekunden in den Mund, bevor er in schallendes Gelächter ausbrach. „Scheiße!“, sagte er. „Emilia wird sauer sein, dass sie es nicht aus erster Hand erfahren hat.“

Ich verzog das Gesicht. „Tut mir leid, sie enttäuschen zu müssen.“

„Also ja, wir hatten uns das schon gedacht. Es war einfach nur lustig, dich dazu zu bringen, es zuzugeben. Verdammt, ich hätte es mit dem Handy aufnehmen sollen.“

„Fick dich.“

Er zog sein Handy heraus und drückte den Aufnahmeknopf. „Kannst du das nochmal sagen, damit ich es ihr schicken kann?“

„Du wirst es aus mir herausprügeln müssen, Alter.“

„Das lässt sich einrichten.“ Er steckte sein Handy wieder in die Tasche und wurde ernst. „Also, wenn ich hier abhaue, werde ich April kontaktieren und ihr anbieten, ihr Praktikum bei uns zu beenden. Dann wirst du einen Weg finden müssen, wie du David beschwichtigst, nachdem du ihm gesagt hast, dass du seine Tochter vor der Kamera entehrt hast.“

Ich schluckte.

„Und dann musst du deinen faulen Hintern in Schale schmeißen und ins Büro kommen, bevor ich dich feuern muss.“

„Also, wegen David ...“

Adam blickte eine Minute weg und fühlte sich sichtlich unbehaglich. „Ich habe ehrlich gesagt keine Ahnung, wie David das aufnehmen wird. Das werden du – und sie – herausfinden müssen. Ich habe Walts Team die Leute von der Firmenparty ausfindig machen lassen, die die Fotos von ihr getweetet und gepostet haben. Sie wurden gebeten, sich einen anderen Job zu suchen. Es waren fünf und drei von ihnen waren Praktikanten. Cari, das Mädchen, das Aprils Badeanzug zerrissen hat, wurde bereits ohne Empfehlungsschreiben entlassen." Er hielt inne und verlagerte sein Gewicht. Sein Blick wandte sich von meinem ab. „Ich denke, es wäre angebracht, die Führungskräfte über die Geschehnisse zu informieren. Das wird nicht einfach für dich sein ..."

Ich atmete tief ein. „Ich werde mein Süppchen auslöffeln. Das ist nur fair."

Er lächelte. „Und du musst diese ganze Demütigung natürlich dokumentieren, damit ich sie auch in Zukunft noch genießen kann ..."

„Das steht außer Frage", sagte ich grinsend.

Er hielt inne, da er anscheinend nicht wusste, was er sagen sollte. Dann blickte er mich wieder an. „Also, zwischen uns alles in Ordnung?"

„Ja, außer dass du nirgends hingehen musst, wenn du mit April sprechen möchtest."

Seine Augenbraue ging hoch und er warf einen Blick Richtung Treppe. „Würdest du sie dann bitte runterholen, damit ich mit ihr reden kann? Und um Himmels willen, zieh dir ein Shirt an."

Ich brauchte kurz, um April schnell zu erklären, was geschehen war und sie dann zu überzeugen, dass sie gut genug aussah, um nach unten zu gehen. Sie wusch sich den Schlaf aus dem Gesicht, zog sich an und band ihre Haare zurück, murmelte aber trotzdem, wie schrecklich sie aussah. Meiner Meinung nach war das unmöglich.

Schließlich kam sie nach unten. Zu diesem Zeitpunkt tranken Adam und ich gerade frisch aufgebrühten Kaffee in der Küche. April war blass – noch mehr als gewöhnlich – und wirkte verlegen, doch gratulierte Adam leise zu dem erfolgreichen Börsengang. Er dankte ihr und erklärte, dass er ihr eine Chance anbieten wolle, ihr Praktikum bei Draco zu beenden.

Sie atmete tief ein und rührte in ihrem Kaffee herum, wobei sie sehr gedankenversunken wirkte. Dann blickte sie hoch. „Danke für das Angebot. Und danke, dass du Jordan zurücknimmst. Er sollte seinen Job nicht wegen etwas verlieren, das praktisch meine Schuld war." Adams Augen weiteten sich und ich runzelte die Stirn und wollte widersprechen. Sie stoppte mich mit einer Handbewegung. „Ich habe das Video ohne sein Wissen aufgenommen. Er hätte nie etwas so Dummes gemacht."

„Ich habe schon dumme Sachen gemacht. Das haben wir alle. Auch Adam." Adam verdrehte die Augen und wandte seine Aufmerksamkeit wieder April zu.

„Wie ist es im Internet gelandet?", fragte er.

April richtete sich auf und sah mich an. „Nun, selbst Jordan weiß das noch nicht, weil ich es gerade erst herausgefunden habe. Ich hatte immer gedacht, dass es ein Unfall war. Ich bin wahrscheinlich die technisch unbegabteste Person, die du je eingestellt hast. Aber meine Mitbewohnerin hat mit Hilfe meines Handys die Geschehnisse zurückverfolgt und herausgefunden, dass eine der anderen Praktikantinnen – Cari – das Video gefunden hat, als ich ihr ein paar Fotos gezeigt habe.

Sie hat sich eine Kopie geschickt und diese hochgeladen." Sie drehte sich zu mir, als ich auf diese Nachricht mit einem Fluch reagierte. „Bei all dem, was gestern geschehen ist, habe ich vergessen, es dir zu sagen. Sid hat es die Nacht zuvor herausgefunden."

Nun, jetzt war ich wirklich angepisst. Adam rieb sich die Stirn und nahm die Info auf. „Wow, sie ist eine wirkliche Unruhestifterin. Ich wünschte, ich hätte das vor sechs Monaten gewusst."

April seufzte. „Ich wünschte, ich hätte den Mut gehabt, es dir früher zu erzählen ... aber ich sollte dich warnen, sie steht auf dich und ist ein wenig besessen." Adam wurde rot, war aber kein bisschen überrascht. Dann leckte April sich über die Lippen und richtete sich auf. „Als sie anfing, ein Komplott zu schmieden, um Mia aus dem Weg zu schaffen, habe ich schließlich erkannt, dass sie durchgedreht war. Sie versuchte, mich und andere zu erpressen, die Drecksarbeit für sie zu erledigen."

Adam und ich sahen sie beide aufgebracht an. *Verdammt.* Ich wollte gerade etwas sagen, als Adam mich unterbrach. „Sie hatte vor, Mia etwas anzutun?"

April blickte in ihren Kaffee und errötete. „Auf der Party wollte Cari, dass ich Mias Kleid öffne und es ihr herunterziehe, und sie drohte mir, mich bloßzustellen, falls ich es nicht täte. Als ich mich weigerte, packte sie meinen Badeanzug und stellte stattdessen mich bloß."

Ich wechselte einen Blick mit Adam. Wow ... das war eine verrückte Scheiße. Ich hatte schon gewusst, dass das Mädchen etwas verwirrt war, als ich sie erwischt hatte, wie sie April bedrohte. Jetzt bereute ich, sie nicht sofort entlassen zu haben.

Aber ich war mehr darauf bedacht gewesen, meinen eigenen Arsch zu retten, damit nichts davon herauskam ...

Ich betrachtete April, die Adam mit nicht gerade wenig Angst in den Augen ansah. Adams Kiefer verkrampfte sich. „Nun, danke, dass du mir das gesagt hast. Ich kümmere mich darum und du musst dir wegen ihr keine Sorgen mehr machen.“

Sie ließ erleichtert die Schultern sacken. Ich wusste, dass es sie viel Mut gekostet hatte, ihm davon zu erzählen. Aber ich war froh, dass sie nicht daran erinnert werden musste, für sich selbst einzutreten.

Sie blinzelte und blickte zum Fenster hinaus. „Ich muss ehrlich sein. Ich bin nicht mutig genug, nach dem, was Samstag geschehen ist, wieder zu Draco zurückzukehren. Aber ich bin dankbar, was du für mich getan hast – die Leute zu entlassen, die die Bilder gepostet haben, und das alles.“

Ich runzelte enttäuscht die Stirn, aber konnte ich es ihr verübeln? Ich räusperte mich, um ihre Aufmerksamkeit zu erregen. „Ich werde mal dazwischen platzen und sagen, dass ich sehr wohl denke, dass du den Mut hast, wieder dorthin zu gehen. Ich weiß es.“

Sie schüttelte den Kopf. „Das sagst du so einfach. Sie alle wissen nicht, dass du das in dem Video bist.“

Ich nickte. „Du hast recht. Deshalb werde ich es ihnen sagen.“

Sie richtete sich auf und ihre Augen blickten wieder in meine. „Jordan –“

Ich hob die Hand. „Wir können später darüber reden. Ich werde dich nicht zwingen, wieder dorthin zu gehen, wenn du nicht willst, aber ... ich könnte deine moralische Unterstützung brauchen, wenn *ich* zurückgehe.“

Adam blickte zwischen uns beiden hin und her und schob seine Kaffeetasse beiseite. „Ich werde gehen. Ich muss zumindest kurz vorbeischauen, bevor ich heimfahre und mich hinhaue."

Ich brachte Adam hinaus und bevor er ging, legte ich meine Hand auf seine Schulter. „Danke, Kumpel."

Er schüttelte den Kopf. „Dafür sind Freunde da." Und dann verschwand er.

Als ich wieder hineinging, umarmte mich April an der Taille und hielt mich, den Kopf an meine Schulter gepresst, lange Zeit fest. Ich fuhr mit einer Hand durch ihr seidiges Haar. „Wir werden eine Lösung –"

„Ich mache es. Ich gehe mit dir. Ich war sowieso fast mit meinem Projekt fertig."

Ich küsste sie auf den Kopf und etwas wie Stolz glühte in meiner Brust. „Bist du sicher?"

Sie neigte den Kopf und sah mich an. „Ja. Jetzt küss mich, bevor ich es mir anders überlege."

Ich tat genau das. Lange, langsam und tief verbanden sich unsere Lippen. Ich erinnerte mich an den Morgensex, dessen ich beraubt worden war ... Aber es gab immer noch einiges, was wir klären mussten.

„Weißt du ... wann ich dich wirklich brauchen werde, ist, wenn ich mit deinem Dad rede."

Ihr Mund verzog sich bei dem Gedanken. „Da werfe ich dich vielleicht den Wölfen zum Fraß vor."

Ich lachte. „Solange er kein Waffennarr oder Auftragsmörder ist. Ist er doch nicht, oder?"

Sie lachte. „Mein Dad bringt nicht mal Spinnen im Haus um. Ich denke, du bist sicher. Aber er bringt vielleicht meine Großmutter dazu, dir einen Fluch aufzuerlegen."

„Ich fordere vielleicht das Schicksal heraus, wenn ich das sage, aber gegen Flüche bin ich immun. Diese jungen Damen meiner früheren *Begegnungen,* die das ein oder andere Mal versucht haben, gewisse Organe von mir zu verfluchen, damit sie eingehen oder abfallen, können das bezeugen."

Ihre Augen weiteten sich. „Er geht besser nicht ein oder fällt ab, oder ich muss dich verlassen. Der einzige Grund, aus dem ich dich behalte, ist der heiße Sex."

„Und der Dreitagebart. Vergiss den Dreitagebart nicht."

Sie lächelte. „Definitiv."

Mit diesen Worten küsste ich sie und nahm sie bezüglich ihres königlichen Dekrets, sie *überall* küssen zu dürfen, wo ich wollte, beim Wort. Das Kratzen des Dreitagebarts kitzelte sie noch tagelang.

Kapitel Dreißig
April

ZU SAGEN, DASS MEIN DAD DIE NEUIGKEITEN NICHT ZU gut aufnahm, war eine Untertreibung epischen Ausmaßes. Jordan und ich hatten entschieden, es ihm vor der Bekanntgabe vor den Angestellten von Draco zu sagen, also hatten wir ein Meeting zum Mittagessen an einem neutralen Ort arrangiert – ein Privatraum in einem nahegelegenen Restaurant.

Dad hatte seinen Ellbogen auf dem Tisch und drückte mit geschlossenen Augen seine Nasenwurzel. Jordan und ich wechselten einen langen Blick und meine Kehle schnürte sich vor Angst zu. Derselbe Fluchtinstinkt raste durch meine Adern und ich wollte zur Tür hinausstürmen und Jordan sich alleine mit den Konsequenzen herumschlagen lassen.

„Also, lass mich das klarstellen – du hast dich beim Sex mit ihm gefilmt – aber du wusstest nicht, dass er es war."

Ich zog meine Lippe besorgt zwischen meine Zähne. „Ja ..."

Seine Hand senkte sich und seine Augen öffneten sich. Er schaute mich an und obwohl ich wirklich wegsehen wollte, hielt ich seinem Blick stand. „Diese Geschichte wird immer bizarrer. Ich fühle mich, als wäre ich in irgendein alternatives Universum geraten und du ..." Er schüttelte den Kopf. „Was zum Teufel hast du dir dabei gedacht, April?"

Ich rutschte auf meinem Stuhl umher. „Wir haben das bereits durchgesprochen – wo mein Kopf war, als ich diese Entscheidungen getroffen hatte. Der einzige Unterschied ist, dass du jetzt weißt, wer die andere Person in dem Video war.“

Dads Wangenknochen traten hervor, als sein Kiefer sich verkrampfte. Er hatte, seit ich ihm die Nachricht verkündet hatte, nicht in Jordans Richtung geblickt. „Das ist ein ziemlich interessantes Detail, das du ausgelassen hast. Aber“ – er warf Jordan einen flüchtigen Blick zu – „er hätte mich auch darüber informieren können.“

Jordan richtete sich auf seinem Stuhl auf. „April und ich haben beide einige gewaltige Fehler gemacht, David. Ich werde nicht abstreiten, dass –“

„Sie dürfen mich Mr. Weiss nennen“, biss er heraus. „Und wirklich, macht es noch Sinn, es jetzt abzustreiten?“

Jordan zögerte, schüttelte verblüfft den Kopf.

Dads Augen schossen zurück zu mir. „April, ich will nicht, dass du das falsch auffasst, aber ... deine Auswahl an Freunden war in der Vergangenheit nicht wirklich toll gewesen. Angefangen mit diesem Idioten, mit dem du dir dieses Tattoo hast stechen lassen, bis zu dem letzten Penner, der deine Mutter geheiratet hat.“

Autsch. Das tat weh.

„Und glaube nicht, dass ich die Gerüchte über den hier nicht gehört habe.“ Er drehte sich wieder zu Jordan und seine Nasenlöcher flatterten. „Die Partys, der Alkohol, die Frauen ... Jeder verpickelte Nerd in der Firma verehrt ihn als eine Art Womanizer-Gott. Ich weiß, dass Sie von Natur aus ein Charmeur sind ... und es sieht so aus, als hätten Sie momentan meine Tochter hinters Licht geführt. Zu sagen, dass ich nicht froh darüber bin, dass Sie ein Auge auf sie geworfen haben, ist eine Untertreibung.“

Jordan atmete tief ein und war während der Schimpftirade meines Dads ein wenig blass geworden. „Mr. Weiss, so ist das nicht. Ich weiß, dass dies angesichts unserer Arbeitsbeziehung eine schwierige Situation ist. Aber ich habe nur die besten Absichten, was April betrifft. Ich bin nicht dumm genug, um Sie diesbezüglich anzulügen. Ich weiß, dass es schwierig werden wird, wenn das den Bach runtergehen sollte. Aber ... ich liebe sie.“

Dad hielt einen Augenblick inne und blickte Jordan finster an. Er wirkte völlig unbeeindruckt von dessen Rede. „Ich nehme an, Sie haben keine Kinder – von denen Sie wissen zumindest.“ Jordan zuckte leicht zusammen. „Aber Sie haben eine Schwester, richtig? Hmm? Ihre kleine Schwester, die mit jemandem etwas anfängt, der mit wie vielen im Bett war? Dutzenden? Hunderten? Denken Sie, ich sollte darüber glücklich sein? Wären *Sie* darüber glücklich?“

Jordans Bein wippte auf und ab und seine Hände verkrampften sich auf dem Tisch. „Nein. Ich wäre rein gar nicht glücklich darüber. Aber es würde nicht viel geben, was ich dagegen tun könnte. Meine Schwester ist erwachsen. Es ist ihre Entscheidung. Ich würde natürlich genau dasselbe tun wie Sie und sie vor jemandem wie mir warnen. Aber letztendlich ... würde es nicht in meinen Händen liegen.“ Zum ersten Mal, seit sich mein Dad mit ihm angelegt hatte, blickte Jordan zu mir herüber. Mein Mund zog sich in einem kleinen ermutigenden Lächeln nach oben.

„April ist mir wichtig. Ich will eine Zukunft mit ihr aufbauen. Wir lieben einander. Meine Vergangenheit ist meine

Vergangenheit. Ich kann das nicht ändern. Jeder hat Dinge getan, die er bedauert. Das bedeutet nicht, dass ich mit sechsundzwanzig aufhören muss zu leben, weil ich plötzlich aufgewacht bin und realisiert habe, dass der Lebensstil, den ich geführt hatte, nichts mehr für mich ist."

„Es gibt ein Sprichwort – niemand kann aus seiner Haut heraus –"

„Genug, Dad." Ich rutschte in meinem Stuhl hoch und legte meine Hand auf dem Tisch über seine. „Es ist meine Entscheidung. Ich bin erwachsen und ich liebe ihn. Ich will ihn. Und ich will dich – und Rebekah und Sarah und Daniel. Ich will ein Teil deiner Familie sein. Aber du musst akzeptieren, dass ich auch Jordan will."

Dads Augen wanderten zu Jordan, wobei sie scharf wie eine Klinge durch die Luft schnitten. „Sie haben recht. Ich habe kein Mitspracherecht. Aber glauben Sie nicht, dass ich sie nicht wie ein Falke beobachten werde. Wenn Sie ihr wehtun ..."

„Ich verstehe. Sie lieben sie auch. Aber ich will, dass Sie wissen, dass ich mir lieber ein Auge ausstechen würde, als Ihre Tochter zu verletzen."

„Dad, *bitte*. Bitte lass uns dem eine Chance geben."

„Also, ich nehme an, dass er dir die Empfehlung für die Business School ausstellt?"

Ich blickte wieder zu Jordan. „Ich muss mir das mit der Business School nochmal überlegen. Erinnerst du dich, dass ich dir gesagt habe, dass ich gerne die Theorie studieren würde?"

Seine Stirn legte sich in Falten. „Du willst Wirtschaftstheorie studieren? Und was zum Teufel willst du damit anfangen?"

„Ich weiß nicht ... vielleicht als Consultant arbeiten – vielleicht für ein Spiel. Oder neue Modelle entwickeln und unterrichten."

Dads Handy klingelte und er blickte darauf. „Wir können später weiter darüber reden. Ich habe nichts gegen diese Idee, solange du sicher bist, dass du das tun möchtest." Er stand auf und sah uns beide noch einmal an. Dieses nervöse Zittern war wieder in voller Stärke zurück. Ich brauchte Dads Einwilligung nicht – aber ich wollte sie wirklich, *wirklich*.

Er rieb sich am Kinn und seufzte. „Ich werde ehrlich sein und dir sagen, dass ich dabei kein gutes Gefühl habe – besonders nicht, wenn man bedenkt, wie es angefangen hat. Aber du bist eine Frau. Du bist meine wunderschöne Tochter und ich bin stolz auf dich und ich hoffe wirklich, dass du dich in ihm nicht irrst."

Nun ... besser ging es wahrscheinlich nicht. Ich stand auf und legte meine Arme um seinen Hals, um ihn für eine Umarmung und dann einen Kuss auf die Wange an mich zu ziehen. „Danke, Daddy."

Er klopfte mir auf den Rücken und meine Augen weiteten sich überrascht. „Ich liebe dich, April. Bitte ... sei einfach vorsichtig, okay? Das ist alles, worum ich dich bitte."

Ich wich zurück und blickte nickend in sein Gesicht. „Das werde ich. Wenn er mir wehtut, kannst du ihn feuern und auf die Straße setzen."

Er lachte, aber aus den Augenwinkeln sah ich Jordan zusammenzucken. Um ihn vom Haken zu lassen, schenkte ich ihm ein hinterhältiges Lächeln und er kniff die Augen zusammen, bevor er das Lächeln erwiderte. Dad drehte sich um und wollte gehen, als Jordan vortrat und seine Hand zur Verabschiedung ausstreckte.

Dad winkte ab. „Dafür bin ich noch nicht wirklich bereit. Geben Sie mir ein wenig Zeit. Ich bin ein alter Mann. Aber ...“ Ich brach fast in schallendes Gelächter aus, als er mit zwei Fingern auf seine Augen zeigte und sie dann auf Jordan richtete. Das allgemeingültige Symbol für: *Ich behalte dich im Auge.*

„Wir sehen uns bald, Sweetheart.“ Dann drehte er sich um und ging.

Jordan blies erleichtert seinen Atem hinaus und ich realisierte plötzlich, wie nervös er gewesen sein musste. Er hatte es gut verborgen. „Scheiße, das war hart“, sagte er.

„Hast du ein Picknick erwartet?“

Er schüttelte den Kopf und näherte sich mir mit ausgebreiteten Armen. Ich schmiegte mich in sie und er zog mich an sich und küsste meine Wange. „Danke, dass du für mich eingetreten bist“, sagte er. „Ich war *so* kurz davor abzuhauen, als er anfing, mit harten Bandagen zu kämpfen.“

Ich wich zurück, um ihm einen tödlichen Blick zuzuwerfen, und sah, dass er lächelte und mich offensichtlich neckte. „Nun ... ich denke, dass es das wert war.“ Ein Lächeln kroch langsam auf mein Gesicht.

Sein Arm um meine Taille wurde enger. „Wie wäre es, wenn wir die Zeit nutzen? Ich muss erst morgen wieder zurück in der Arbeit sein, also haben wir noch einen ganzen Tag, meine ungezogene Märchenprinzessin ...“

Ich grinste. „Was war es, was Schneewittchen gesungen hat? *Irgendwann wird mein Prinz kommen ...*“

Sein Mund verzog sich. „*Irgendwann?* Dein Prinz hat vor, heute Abend zu kommen – mehr als ein Mal.“ Ich brach in schallendes Gelächter aus und er wackelte mit den Augenbrauen. „Nur damit du es weißt, ich will alles oder nichts. Und ich kann ziemlich stur sein, wenn ich mich auf etwas fixiert habe ... also keine Rückzieher, kein Zaudern, kein Davonlaufen."

„Hmm. Aber unangemessenes Benehmen ist in Ordnung?"

Er grinste. „Verdammt ja. Es ist sogar *vorgeschrieben*."

Kapitel Einunddreißig
William

ICH HASSE ES, IN DER LAGERHALLE ZU SEIN. JEDER LAUT hallt vom Boden, von den Wänden, der hohen Decke wider. Es ist kein *schlechter* Ort, aber alles hier ist intensiv. Die Lichter sind heller, die Geräusche sind lauter, die Gerüche – ich mag die Gerüche *wirklich* nicht – sind ölig und plastikartig. Synthetisch und überwältigend.

Aber ich finde, dass es hilft, wenn ich langsam durch den Mund atme. Ich stehe am hinteren Ende der Menge und verschränke die Arme fest vor meiner Brust. Wenn ich merke, dass ich aufgeregt bin, spanne ich sie plötzlich an. Der Druck hilft mir, ruhig zu bleiben. Es hilft mir auch, wenn ich meinen Kiefer zusammenpresse oder meine Augen so fest schließe, dass ich Punkte hinter ihnen sehen kann.

Das sind Tricks, die ich mir selbst beigebracht habe, um mit der lauten, intensiven Helligkeit von Plätzen wie diesem umzugehen. Es ist entweder das oder mein Zeichenblock, doch der liegt auf meinem Schreibtisch, da ich keine Vorwarnung für dieses Meeting bekommen hatte.

Das ist noch etwas, was mich beunruhigt und aufregt. Ich spanne meine Arme wieder an, als ich daran denke, dass meine ganze Tagesroutine durch diese Bekanntmachung, die die Führungskräfte machen wollen, durcheinander geraten ist.

Vermutlich würde Adam mich an meinem Schreibtisch bleiben lassen, wenn ich ihm sagen würde, wie sehr mir das zuwider ist. Tatsächlich habe ich es ihm schon öfter gesagt und er verstand es – oder zumindest sagte er, dass er es verstand. Aber dieses Mal muss ich seinem lästigen besten Freund ein oder zwei Sachen sagen. Und *er* ist auch hier und steht neben April Weiss.

Adam hat gerade die Aktienpreise und die Freigabetermine für Mitarbeiter-Aktien verkündet. Er hat auch berichtet, dass Draco eine Firma erwerben wird, die die Hardware für das neue Virtual-Reality-Equipment herstellen wird. Das bedeutet mehr Arbeit für mich, da ich in dem Team bin, das das dreidimensionale Modell für die neue Schnittstelle gestalten wird.

Ich blinzle. Ich weiß nicht, was ich davon halten soll, und obwohl ich versuche es nicht zu tun, kneife ich die Augen zusammen, als Adam ankündigt, dass Jordan etwas hat, worüber er jetzt sprechen möchte. Ich sah ihn heute Morgen händchenhaltend mit April Weiss auf dem Parkplatz, als er glaubte, dass niemand es sehen würde. Er schafft es einfach, dass alle Mädchen sich in ihn verlieben.

Und trotzdem sind seine ganzen Ratschläge reiner Schwachsinn.

Möglicherweise lügt er, damit er keine Konkurrenz hat. Möglicherweise ist seine Vorgehensweise ein Geheimnis. Der Ausdruck auf seinem Gesicht bedeutet, dass er nervös ist, glaube ich. Er spricht bereits und ich bin ganz in Gedanken, also habe ich verpasst, was er gesagt hat. Er steht ungefähr sechzehn Meter entfernt und es sind viele Leute zwischen uns ... denn in größeren Menschenmengen stehe ich nie in der Mitte. Immer am äußeren Rand. Dort zu atmen ist einfacher.

„Wenn euch das Wohl dieses Unternehmens wichtig ist, dann seid euch darüber im Klaren, dass wir erwarten, dass das, worüber wir hier sprechen, Firmeninterna sind", sagt er gerade. Ich muss meine Brauen zusammenziehen und meine Augen verengen und mich wirklich fokussieren, um ihm zu folgen. Er steht weit weg, und die Geräusche – schlurfende Füße, flüsternde Leute - hallen von jedem kleinen Gegenstand wider. „Der Vorfall bei der Pool-Party, bei dem eine unserer Mitarbeiterinnen ungerechtfertigterweise gedemütigt wurde, hätte nicht geschehen dürfen. Was noch schlimmer ist, er hätte nicht über soziale Medien mit der Außenwelt geteilt werden dürfen. Aber das Beschämendste daran ist, dass sie diese Demütigung alleine ertragen musste. Ich möchte das richtig stellen. Im Namen der Firma und in meinem eigenen Namen möchte ich mich bei April Weiss für das Verhalten entschuldigen, das sie auf der Party ertragen musste. Ich denke auch, dass es richtig ist, euch darüber zu informieren, dass ich die andere Partei war in dem Video war."

Alles ist jetzt viel ruhiger. Niemand bewegt sich. Einige Augen werden größer, Körperhaltungen verändern sich, Münder klappen nach unten. Überraschung. Sie sind überrascht. Unangenehm überrascht.

„Ich schulde auch euch, meinen Mitarbeitern, eine Entschuldigung ..." Aber ich höre jetzt nicht zu. Ich fühle mich angespannt, meine Fäuste sind geballt. Ich bin verärgert. Ich kann Jordan nicht leiden. Ich mochte ihn mal, aber heute mag ich ihn nicht.

Und ich werde es ihm sagen ... sobald ... sobald diese Leute gehen und es nicht mehr so voll ist. Also fokussiere ich meine Aufmerksamkeit nach innen, indem ich versuche, meine Tricks anzuwenden, um nicht daran zu denken, dass ich in diesem Raum mit diesen hellen Lichtern und diesem Lärm bin.

Ich verbringe die Zeit damit, an *sie* zu denken. Dass ihr Haar so hell ist, dass es fast weiß ist. Helles Blond. Manchmal streicht sie es aus ihrem Gesicht zurück. Die Art, wie es kleine Locken an ihrem Hals bildet. Ich mag ihre Handgelenke. Sie sind zart. Dünn. Elegant. Selbst ihre Handgelenke sind schön. Und ihre Augen. Ein so weiches Blau, dass, wenn ich sie malen würde, ich Weiß mit einer himmelblauen Ölfarbe würde mischen müssen. Wahrscheinlich zwei Teile Weiß und einen Teil Blau.

Sie erinnert mich an einen Engel des Malers Raphael.

Es sind dreizehn Minuten vergangen, bevor die Versammlung beginnt, sich aufzulösen. Ich warte bis zu diesem Zeitpunkt, um nach vorne zu gehen und mit Jordan zu sprechen. Er geht neben Adam und April, und als sie in meiner Nähe sind, winke ich, um seine Aufmerksamkeit zu erlangen.

Die drei bleiben stehen. Mein Cousin sagt: „Hey Liam, alles in Ordnung?“

Ich nehme einen Atemzug, erinnere mich daran, nicht gereizt zu sein. Nur Familienmitglieder sagen *Liam* zu mir. Ich toleriere es nur bei drei Leuten: bei meinem Dad, bei Adam und bei meiner Schwester Britt. Oh, da ist auch noch meine neue Stiefmutter. Manchmal rutscht es ihr heraus und sie nennt mich *Liam*, weil die anderen es tun und sie vergisst, dass ich es nicht mag.

„Ich muss mit Jordan sprechen.“ Ich zeige auf ihn.

Jordans Gesichtsausdruck verändert sich. Seine Augenbrauen ziehen sich zusammen. Adam sagt etwas zu ihm und wendet sich dann an mich. „Okay. Bis später.“ Er geht weiter. April folgt Adam nach kurzem Zögern.

„Ich bin sauer auf dich", sage ich zu Jordan.

Er seufzt und blickt mir in die Augen. Ich wende sie ab. Ich mag es nicht, Leuten in die Augen zu sehen. Ich balle meine Hände zu Fäusten und versuche, mich zu beruhigen.

„Der Rat, den du mir gegeben hast, war ziemlich schlecht."

Jordan neigt seinen Kopf zur Seite. „Das tut mir leid. Hat es nicht funktioniert?"

„Du hast gesagt, ich solle Jenna mit einer größeren Gruppe von Freunden einladen. Ich lud sie zu meiner Mittelalter-Gesellschaft ein, zusammen mit Alex, Heath, Connor und Katya."

Jordan blinzelt einige Male. „Okay … ich nehme an, dass es ihr nicht gefallen hat?"

„Es gefiel ihr sehr gut. Sie kommt jetzt regelmäßig."

Seine Füße reiben auf dem Fußboden. Ich hasse die Art, wie seine Schuhe auf dem Boden des Lagerhauses klingen. Er trägt heute keine Turnschuhe. Die sind viel leiser.

„Ist das nicht gut? Möchtest du nicht, dass sie regelmäßig kommt, damit du sie öfter sehen kannst?"

Meine Fäuste ballen sich wieder zusammen. Ich möchte ihm eine reinhauen. „Nein, das ist nicht gut. Denn an diesem ersten Abend hat sie Doug Callihan kennengelernt. Er ist einer der obersten Ritter unserer Organisation."

Meine Hand ballt sich erneut zur Faust und entspannt sich dann immer mehr – noch etwas, das ich tue, um mich zu beruhigen. Ich nehme noch ein paar tiefe Atemzüge, da ich Jordan wirklich noch immer schlagen möchte.

„Okay … und was geschah, als sie ihn getroffen hat?"

„Er bat sie um ein Date. Und jetzt sind sie Freund und Freundin."

Jordans Mund öffnet sich, als wäre er geschockt. „Oh. Das tut mir leid … aber das bedeutet nicht, dass es vorbei ist. Du kannst das immer noch herumreißen. Ich werde –"

Ich halte meine zitternde Hand in die Höhe. „Ich will das nicht herumreißen. Ich will Jenna. Ich will keine weiteren Ratschläge, weil ich deine Ratschläge nicht mag. Du hast gesagt, dass, wenn ich sie bitte, mit einer Gruppe auszugehen, wir uns besser kennenlernen und dann wir Freund und Freundin werden könnten. Du hattest unrecht."

Jordan hält seine Hände mit den Handflächen nach vorne hoch. „Tut mir leid, Junge. Meine Ratschläge haben keine eingebaute Garantie. Aber lass mich sehen, ob ich–"

„Nein!", schreie ich. Ich schreie nicht gerne, aber ich bin so verärgert, dass ich nur zwei Möglichkeiten habe, Jordan zu schlagen oder zu schreien. Ich drehe mich um und beginne, mich von ihm zu entfernen. Ich muss die Lagerhalle verlassen.

„Hey, William, warte." Jordan beschleunigt seine Schritte, um neben mir zu gehen. „Lass mich sehen, ob ich das regeln kann."

„Ich werde das selbst tun. Doug ist mein Gegner. Mein Rivale. Mein Erzfeind. Ich habe ihn bereits zu einem Kampf Mann gegen Mann herausgefordert."

Jordan bleibt stehen und starrt mich an. Ich werde schneller und laufe aus der Lagerhalle. Ich bleibe nicht stehen, obwohl Jordan meinen Namen ruft.

Ich muss mich auf ein Duell vorbereiten.

BIOGRAPHY

Brenna Aubrey ist eine USA TODAY-Bestsellerautorin von zeitgenössischen Liebesgeschichten, die sich um die Nerd-Kultur drehen.

Sie hat schon immer gerne gute Bücher gelesen und lange komplexe Geschichten in ihrem Kopf ersonnen. Brenna ist ein Stadtmädchen mit dem Herzen einer Naturliebhaberin. Deshalb verbringt sie so viel Zeit wie möglich im Grünen. Sie ist auch Mutter, Lehrerin, Nerd, Frankophile, bekennende Videospielsüchtige und eBook-Sammlerin.

Zurzeit lebt sie mit ihrem Mann, zwei Kindern, zwei hinreißenden Golden Retriever-Welpen, einem Vogel und ein paar Fischen an der Westküste der USA.